# Kampf um die Erde III

# Unter den vielen klassichen Werken von L. Ron Hubbard sind:

**In Deutsch:**

Kampf um die Erde - Band 1: Menschheit in Gefahr
Kampf um die Erde - Band 2: Geheimnis Enthüllt

*Die Mission Erde Dekalogie**:*
Band 1 Die Verschwörer planen
Band 2 Der Anfang vom Untergang
Band 3 Der Feind im Innern

in Vorbereitung:
Band 4 Eine bizarre Affäre
Band 5 Vermächtnis aus Angst
Band 6 Tödlich verrückt
Band 7 Drang zur Vergeltung
Band 8 Das Verhängnis
Band 9 Abscheulicher Triumph
Band 10 Der verdammte Planet

**In Englisch:**

Buckskin Brigades
Fear
Final Blackout
Mission Earth Band 1 bis 10
Ole Doc Methuselah

in Vorbereitung:
Masters of Sleep/Slaves of Sleep
The Kingslayer
Return to Tomorrow

* Dekalogie: eine Serie von zehn Bänden

Die Saga aus dem Jahr 3000

# Kampf um die Erde III

## Die Vergeltung

L. Ron Hubbard

NEW ERA Publications Deutchland GmbH

Verlag:
**NEW ERA** Publications Deutschland GmbH
Bahnhofstr. 40
D-21629 Neu Wulmstorf

mit Genehmigung durch die Mutterfirma
**NEW ERA®** Publications International ApS
Store Kongensgade 55, 1264 Copenhagen, Denmark

KAMPF UM DIE ERDE - Die Vergeltung

Originaltitel: *Battlefield Earth: A saga of the year 3000*


Umschlaggestaltung: Greg Winters


Übersetzt aus dem Amerikanischen von Lisa Jota und Klaus Eff im Auftrag von **NEW ERA** Publications International ApS.



Dritte Auflage.

ISBN 87-7336-490-8 (geb.)
Originalausgabe: ISBN 0-312-06978-2
St. Martin's Press, New York

Druck in Dänemark 1993.

*»Man wird noch in zehn Jahren davon sprechen ... wundervolle Abenteuer ... ein Meisterwerk.«* **A.E. van Vogt**

*»... es ist ein ... Vergnügen, wieder ein Werk im Sinne der ›goldenen Jahre der SF‹ zu lesen.«* **Clark Darlton**

*»Hubbard versteht es, spanned zu erzählen. Der Drang weiterzulesen ist kaum zu bremsen.«* **Ruhr-Nachrichten**

*»Ein Meisterwerk, das sich in kürzester Zeit einen Platz unter den Klassikern des Genres sichern konnte ... ein außergewöhnliches Lesevergnügen für all jene, die Spannung, Abenteuer und beeindruckende Erzählkunst lieben.«* **Stadt-Kurier**

*»... ein spannendes Abenteuer und phantasievolle Beschreibung einer möglichen Zukunft der Erde, die sehr realisticsh erscheint.«* **Wochenspiegel**

Dieses Buch ist die Fortsetzung von

**KAMPF UM DIE ERDE**
**Menschheit in Gefahr**

und

**KAMPF UM DIE ERDE II**
**Geheimnis enthüllt**

und ergänzt die umfangreichste Science-fiction-Erzählung, die je geschrieben wurde. Besorgen Sie sich die vorangehenden Bände, wenn Sie sie noch nicht gelesen haben sollten. Holen Sie sich diese Bücher in Ihrer nächsten Buchhandlung.

Dieses neue Buch ist Robert A. Heinlein, A.E. van Vogt, John W. Campbell jr. und all denen* gewidmet, die in den 30er und 40er Jahren, dem Goldenen Zeitalter der Science-fiction und der Fantasy, mit dazu beigetragen haben, daß diese beiden Genres heute so beliebt und anerkannt sind.

*Zu den Starautoren dieser Zeit gehören unter anderem: Forrest J. Ackerman, Poul Anderson, Isaac Asimov, Harry Bates, Eando Bender, Alfred Bester, James Blish, Robert Bloch, Nelson Bond, Anthony Boucher, Leigh Brackett, Ray Bradbury, Fredric Brown, Arthur J. Burks, Edgar Rice Burroughs, Karel Čapek, E. J. Carnell, Cleve Cartmill, Arthur C. Clarke, Hal Clement, Groff Conklin, Ray Cummings, L. Sprague de Camp, Lester del Rey, August Derleth, Ralph Milne Farley, Hugo Gernsback, Mary Gnaedinger, H. L. Gold, Edmond Hamilton, Robert E. Howard, E. Mayne Hull, Aldous Huxley, Malcolm Jameson, David H. Keller, Otis Adelbert Kline, C. M. Kornbluth, Henry Kuttner, Fritz Leiber, Murray Leinster, Willy Ley, Frank Belknap Long, H. P. Lovecraft, R. W. Lowndes, J. Francis McComas, Laurence Manning, Leo Margulies, Judith Merril, Sam Merwin jr., P. Schuyler Miller, C. L. »Northwest Smith« Moore, Alden H. Norton, George Orwell, Raymond A. Palmer, Frederik Pohl, Fletcher Pratt, E. Hoffman Price, Ed Earl Repp, Ross Rocklynne, Eric Frank Russell, Nathan Schachner, Idris Seabright (Margaret St.Clair), Clifford D. Simak, C. A. Smith, E. E. »Doc« Smith, Olaf Stapledon, Theodore Sturgeon, John Taine, William F. Temple, F. Orlin Tremaine, Wilson Tucker, Jack Vance, Donald Wandrei, Stanley G. Weinbaum, Manly Wade Wellman, H. G. Wells, Jack Williamson, Russell Winterbotham, Donald A. Wollheim, Farnsworth Wright, S. Fowler Wright, Philip Wylie, John Wyndham, Arthur Leo Zagat; was sie geschrieben haben, jeder einzelne von ihnen, sollte man noch einmal lesen. Und ich will bei meiner Widmung auch nicht die Illustratoren ihrer Bücher vergessen.

# CHARAKTERE UND GLOSSAR

**ALLISON:** schottischer KOORDINATOR, der von den PSYCHLOS grausam gefoltert und getötet wurde.

**ANDREW:** schottischer Soldat.

**ANGUS MacTAVISH:** ein Schotte mit großem Talent für Mechanik und Elektronik.

**ARGYLLIS:** einer der wenigen überlebenden schottischen Clans.

**ARF MOIPHY:** Hauptmann der BRIGANTEN.

**ATEMGAS:** die Atmosphäre auf PSYCHLO (die PSYCHLOS atmen keinen Sauerstoff). Es explodiert bei Kontakt mit radioaktiver Materie.

**BERYLLIUM:** ein Metall mit extremer Dichte, welches als Kern für eine vernichtende Bombe gebraucht wird.

**BITTIE MacLEOD:** JONNIES junger Begleiter, der von den BRIGANTEN getötet wird.

**BOLBODS:** außerirdische Rasse.

**BRIGANTEN:** ein aus Söldnern bestehender Menschen-Clan, der den PSYCHLOS diente und etwas für Menschenfleisch übrig hat.

**BROWN LIMPER STAFFOR:** Sohn des ALTEN STAFFOR und eifersüchtiger Feind von JONNIE. Beansprucht für sich selbst, das Oberhaupt aller amerikanischen Stämme zu sein, und strebt die totale Kontrolle über die Erdenregierung an. Hat eine fixe Idee: JONNIE zu töten.

**CHAMCO-BRÜDER:** PSYCHLO-Ingenieure, die Selbstmord begingen, als sie über TELEPORTATION befragt wurden.

**CHAR:** ehemalige PSYCHLO-Führungskraft der irdischen Bergbauzentrale.

**CHINKOS:** eine fremde Rasse von Gelehrten und Künstlern; wurde von den PSYCHLOS erobert und schließlich ausgerottet.

**CHINKO-SPRACHTRAINER:** eine superschnelle Lernmaschine.

**CHIRK:** Sekretärin von Terl. Sie fiel in ein tiefes Koma, als sie über Mathematik befragt wurde.

**CHRISSIE:** JONNIES Liebste. Sie wurde von TERL als Geisel gehalten, um JONNIE zu nötigen, für ihn Gold zu fördern.

**COLONEL IWAN:** Oberhaupt der russischen Stämme und persönlicher Freund von JONNIE.

**DANCER:** eines von JONNIES Packpferden.

**DER ALTE STAFFOR:** früherer Pfarrer aus JONNIES Dorf und Vater von BROWN LIMPER.

**DOKTOR ALLEN:** schottischer Arzt.

**DOKTOR MacDERMOTT:** schottischer Historiker, der JONNIES Geschichte für die künftigen Generationen aufzeichnete.

**DOKTOR MacKENDRICK:** schottischer Arzt.

**DROHNE:** unzerstörbarer, programmierter Flugkörper, welcher vor tausend Jahren auf die Erde TELEPORTIERT wurde und mit versprühendem »Killer-Gas« fast die ganze menschliche Rasse ausrottete; wurde schließlich von JONNIE zerstört.

**DUNNELDEEN:** schottischer Pilot.

**DWIGHT:** schottischer Soldat.

**IMPERIAL CITY:** Hauptstadt von PSYCHLO.

**INTERGALAKTISCHE ROHSTOFF-COMPANY:** die PSYCHLO-Company, die auf PSYCHLO Monopolstellung für Metallabbau hat und fast die ganze Menschenrasse ausrottete, um die Erzvorkommen der Erde auszubeuten.

**JAMBITCHOWS:** außerirdische Rasse.

**JAYED:** ehemaliger I.B.I.-Agent und geflohener Krimineller, der unter dem falschen Namen »SNIT« auf die Erde kam. TERL ermordete ihn, um seine eigenen Pläne zu schützen.

**JONNIE GOODBOY TYLER:** ein junger Mann, der von TERL gefangengenommen wurde und es auf sich nahm, die Erde nach tausend Jahren der PSYCHLO-Herrschaft zu befreien.

**KARIBA:** frühere PSYCHLO-Mine, die in den Hauptverteidigungsstützpunkt der Erde umgewandelt wurde.

**KER:** ein kleinwüchsiger und freundlicher PSYCHLO, Minenexperte und ehemaliger Krimineller.

**KERBANGO:** Lieblingsgetränk der PSYCHLOS mit stark berauschender Wirkung.

**KLEINER GRAUER MANN:** ein Außerirdischer, der einige Macht über die anderen fremden Rassen zu haben scheint.

**KOORDINATOREN:** eine Gruppe von Schotten, deren Aufgabe es ist, alle über den Planeten verstreuten Menschen zu finden und zu organisieren.

**KREATUREN:** Die PSYCHLOS bezeichnen die Menschen als KREATUREN.

**LARS THORENSEN:** schwedischer Pilot, aufgewachsen mit der Verehrung des Nazitums. Freund von BROWN LIMPER.

**MacADAM:** schottischer Vizedirektor und Gründer der Irdischen Planetarischen Bank.

**MARK 32:** bewaffnetes Kampfflugzeug, das von den PSYCHLOS verwendet wird und beinahe unzerstörbar ist.

**NUMPH:** ehemaliger Planetarischer Direktor von PSYCHLO, der einen Teil der Löhne seiner Arbeiter veruntreute und von TERL ermordet wurde.

**OLD PORK:** eines von JONNIES Pferden.

**OLD STAFFOR:** siehe DER ALTE STAFFOR.

**PATTIE:** CHRISSIES jüngere Schwester, deren Liebster, BITTIE, von den BRIGANTEN getötet wurde.

**PSYCHLO:** der Planet, von dem aus die PSYCHLOS 16 Universen und Millionen von Planeten beherrschten und tyrannisierten. JONNIE griff den Planeten an, indem er nukleare Kernwaffen nach PSYCHLO teleportierte. Auch: die Sprache der PSYCHLOS.

**PSYCHLOS:** eine grausame außerirdische Rasse, die den größten Teil des bekannten Universums versklavte, indem sie ihre Vormachtstellung nutzte, die sie durch ihre Technologie der TELEPORTATION hatte.

**SIR ROBERT (DER FUCHS):** Führer der schottischen Clans und einer von JONNIES engsten Freunden.

**SNIT:** siehe JAYED.

**STORMALONG:** schottischer Pilot und JONNIES Freund.

**TANTE ELLEN:** JONNIES Tante und einzige noch lebende Verwandte.

**TELEPORTATION, TELEPORTIEREN:** eine ausschließlich von den PSYCHLOS beherrschte Technologie, mit der sich Materalien, Ausrüstung, Personen oder ganze Armeen augenblicklich von einem Platz im Universum zu einem anderen transportieren lassen. Das Geheimnis der TELEPORTATION wird sorgsam gehütet.

**TELEPORTATIONSMOTOR:** Raumschiffantrieb, der nach dem gleichen Prinzip wie dem der TELEPORTATION arbeitet.

**TERL:** Sicherheitschef der PSYCHLOS auf der Erde, der geplant hatte, reich zu werden und den Planeten zu verlassen, indem er Menschen zwang, für ihn Gold zu fördern. Persönlicher Feind von JONNIE.

**THOR:** schwedischer Pilot und Freund von JONNIE.

**TOLNEPS:** Außerirdische, deren Biß tödlich ist. Sie sind auf Sklavenhandel spezialisiert.

**TOM SMILEY TOWSEN:** Freund von JONNIE, der im selben Dorf aufwuchs.

**WINDSPLITTER:** JONNIES Lieblingspferd, hoch trainiert und furchtlos.

# Teil XXIV

## 1

Als Tag 92 im amerikanischen Rohstoffcamp heraufdämmerte, war es windig und kalt. Und dann hatte es vier Stunden vor dem für die Teleportation festgesetzten Zeitpunkt zu schneien begonnen. Schneefälle waren zu dieser Jahreszeit durchaus normal, doch dieser zeichnete sich durch besondere Heftigkeit aus. Die dicken, weichen Flocken rieselten unablässig herab und wurden von Windstößen durch die Luft gewirbelt.

Terl kümmerte das nicht. Für ihn zählte nur eins: Dies würde sein letzter Tag auf der Erde sein. Und diese Aussicht ließ ihn frohlocken.

Bisher war alles glatt und reibungslos verlaufen. Von Sonnenaufgang bis zum Beginn des Schneetreibens hatte er draußen die Drähte und Kabel überprüft. Fast liebevoll hatte er den entscheidenden Abfeuerungspunkten am Gestänge den letzten Schliff gegeben, jenen Stellen, die ihn durch das Verfahren der Raumumwandlung zurück auf seinen Heimatplaneten bringen würden.

Die Geschichte, die er dort auftischen wollte, hatte er fix und fertig ausgetüftelt. Sie war ebenso großartig wie überzeugend und handelte von einem Aufstand, von schmählichem Verrat an eine fremde Spezies. Und natürlich davon, wie er, Terl, in hartem, unermüdlichem Kampf die Technologie der Company gerettet hatte und dann einfach gezwungen war, als letzte Lösung die Bombe einzusetzen und so ein für allemal zu verhindern, daß die Company weiterhin verraten wurde. Auf Psychlo würde man ihm Glauben schenken. Natürlich würde man beim Rücktransfer eine Kamera herschicken, die seinen Bericht überprüfen sollte, doch diese Aufzeichnungen würden nur noch eine schwarze Rauchwolke zeigen.

Dann würde er sich zur Ruhe setzen und dies damit begründen, daß die ganze Anspannung zuviel für ihn gewesen sei. Und eines Nachts würde er einen Friedhof aufsuchen, dort klammheimlich ein bißchen graben und um zehn goldene Sargdeckel und zwei Milliarden Währungseinheiten reicher werden. Ein Reichtum, den er natürlich nicht auf einmal, sondern nur vorsichtig dosiert zu zeigen gedachte. Erklären würde er seinen Wohlstand mit Wechselkursgewinnen in den verschiedenen Galaxien.

Ein perfekter Plan, hieb- und stichfest.

Ein paar Minuten hatte er noch untätig verharrt und sich gefragt, wann der Spezialtrupp der Briganten sich nun endlich aus den Bergen herunterbequemen würde. Er hielt sich ausgesprochen ungern im Freien auf. Dieser Planet war ihm eben zutiefst verhaßt. An diesem Tag jedoch schien ihn das Atemgas nicht krank zu machen, und so gehörte es sich schließlich auch bei einem solchen Anlaß.

Und nun erschien auch der Spezialtrupp der Briganten auf der Bildfläche. Sie hatten ihr Bündel dabei - genau nach Anweisung. Es war lang und wirkte wie ein Gepäckstück. Unmittelbar vor dem Abfeuern würde Terl das eine Ende öffnen, und einer der Leibwächter von Snith würde schnell eine Atemmaske darüberstülpen. Und dann würde es sich wohl jeder, der das sah, zweimal überlegen, ob er einen Angriff auf die Plattform riskieren sollte!

Er befahl den Briganten, das Bündel einfach in der Mitte der Plattform abzulegen und sich dann in Bereitschaft zu halten.

Jetzt kam der zweite Schritt. Terl kehrte ins Camp zurück und holte den kleinen Gabelstapler, den er dort im Korridor geparkt hatte, setzte sich darauf und fuhr in sein Büro.

Es spielte wirklich keine Rolle, ob er die Särge oder die Konsole zuerst verfrachtete. Die Särge waren jedenfalls wetterfester. Angesichts des bereitstehenden Brigantentrupps konnte ohnehin niemand hinaufgelangen und sie stehlen. Dazu waren sie zu schwer.

Er hielt kurz inne, betrachtete seinen Teppich, auf dem sich eine staubige Trittspur befand. Aber dann meinte er, sie müsse wohl von ihm selber stammen. Seine »X«-Markierung befand sich auf jedem einzelnen Sarg.

Mit raschen, gezielten Handgriffen und äußerst geschicktem Einsatz des Gabelstaplers beförderte er nacheinander die vier Särge nach draußen und setzte sie auf der Plattform ab. Auf jeder dieser vier Touren schärfte er dem Brigantentrupp ein, ja gut aufzupassen und ein wachsames Auge auf sie zu haben.

Jetzt kam die Konsole dran. Er kippte sie hochkant, damit er so die hohle Unterseite zu fassen bekam. Er öffnete einen Schrank, entnahm ihm die getarnte Sprengbombe und befestigte sie vorne an der Unterseite. Einzustellen brauchte er sie jetzt noch nicht. Er würde ihr zehn Minuten geben, nachdem er bei der Teleportation an der Konsole zu operieren begonnen hätte. Das Abfeuern würde insgesamt drei Minuten beanspruchen - er hatte beschlossen, sich selbst jede Hektik zu ersparen -, und der Rückstoß wäre dann rund vierzig Sekunden später zu erwarten. Das hieß sechs Minuten und zwanzig Sekunden nach dem Abfeuern ... peng! Keine Konsole mehr!

Er brachte sie nach draußen und stellte sie auf der überdimensionalen Metallplattform ab, die eigens dafür bestimmt war - eine Plattform von mehr als sechs Quadratmetern, direkt innerhalb des Luftschirmbereichs. Alles genau ausgeklügelt. Die wuchtigen Hauptleitungen, die das Luftschirmkabel versorgten, waren seit langem auf einer vorspringenden Platte installiert. Mit Schnee hatte er zwar nicht gerechnet, aber dennoch die Kabelplatte mit einem Wetterschutz versehen. Für die Konsole selbst gab es keine entsprechende Vorrichtung, so daß er jetzt eine Plane darüberwerfen mußte, um die Funktionsschalter von Schnee freizuhalten.

Terl regulierte die Position der Konsole und schaffte dann den Gabelstapler fort, den er einfach irgendwo stehenließ. Was spielte das schon für eine Rolle? Die Kreaturen hatten überall Maschinen abgestellt - große magnetische Kräne, Frontschaufler und Bagger. Ein heilloses Durcheinander!

Er machte sich daran, die Starkstromkabel von dem Gestänge an die Konsole anzuschließen. Es war insgesamt ein recht kompaktes Bündel, und da er nicht darüber stolpern wollte, wenn er von der Plattform zur Konsole ging, um die Koordinaten einzuprogrammieren, bündelte er sie zusammen. So entstand eine Schlange von rund fünfzehn Zentimeter Durchmesser.

Terl überprüfte die Farbcodes mit besonderer Gründlichkeit. Ja, sie stimmten alle.

Dann schaltete er das Luftschirmkabel zwecks Kontrolle ein. Eine Wolke Neuschnee flog kreisförmig in die Luft. Ja, es funktionierte. Er schaltete es wieder ab.

Nun die Stromzufuhr in die Konsole. Alles einwandfrei.

Er sah auf seine Uhr.

Noch eine volle Stunde bis zum Abfeuern. Zeit genug, drinnen einen Schluck Kerbango zu nehmen.

Ein Rundblick durch das Büro. Das letzte Mal, daß er *diesen* Platz sehen würde ... Ein wahrhaft erleichternder Gedanke!

Terl öffnete seine Wandschränke und begann, den gesamten Inhalt in den Recyclingcontainer zu werfen. Alles, was sich in den doppelten Böden und Rückwänden befand, überantwortete er ebenfalls der Vergessenheit. Macht der Gewohnheit ... Die ganzen Berge von Notizen und Formeln warf er dem Container in den Rachen. Dann merkte er, daß die Anlage nicht lief. Ach so, natürlich, als er vorhin das Zuleitungskabel eingeschaltet hatte, mußten wohl die Sicherungen im Camp durchgebrannt sein. Wen kümmerte das schon? Der Planet würde sich ja sowieso in Rauch auflösen.

Er ging zum Kleiderschrank, nahm seine Uniform und die Stiefel heraus und zog sich schnell um. Er setzte die Parademütze auf und betrachtete sich im Spiegel. Stattlich!

Terl stopfte ein paar Sachen in eine Reisetasche. Er sah auf die Uhr. Noch zwanzig Minuten ...

Ein Blick durch das zusammengesetzte Dach zeigte ihm, daß es inzwischen noch stärker schneite. Und wenn schon!

Er setzte eine mit zwei Reservetanks bestückte Atemmaske auf, ergriff die wunderschön verpackte - und sehr schwer auszupackende - Bombe für die endgültige Vernichtung, nahm die Reisetasche und verließ sein Büro zum allerletzten Mal.

Draußen war alles bereit!

Fünfhundert Briganten waren aufmarschiert und standen jetzt in der von ihm exakt vorgeplanten Position - die Bogen vor dem Wetter geschützt, wirkten sie leicht zusammengekauert und trotz der Mäntel aus Büffelfell durchfroren. Mit dem Rücken zum Ionisationskabel bildeten sie einen geschlossenen Kreis, einen nahezu lückenlosen Wall aus Briganten.

Captunk Arf Moiphy war offenbar der kommandierende Offizier. Terl schärfte ihm nachdrücklich ein: »Du und deine Leute, ihr seid euch doch klar darüber, daß ihr nur Bogen, Giftpfeile und Messer oder Bajonette benutzen dürft, kapiert? Mit Feuerwaffen oder Sprengsätzen wird nicht rumgefummelt, unter keinen Umständen!«

»Is doch klar!« rief General Snith.

Na also! General Snith stand mit einer Ehrengarde von sechs Briganten auf der Plattform. Sie trugen alle Atemmasken und Bogen, die sie vor dem Schnee schützen sollten.

Terl blickte umher. Die dichten Schneeflocken und die Windböen erschwerten die Sicht. Aber von irgendwoher hatte er doch Stimmengewirr gehört ...

Was war denn das? Verdammt und zugenäht, da hatte sich doch tatsächlich unten beim Leichenschauhaus der gesamte Brigantenstamm eingefunden, um General Snith zu verabschieden! Unglaublich! Die Frauen waren alle gegen Schnee und Kälte warm eingemummt, und zwischen ihnen drängten sich Söldner, die dienstfrei hatten. Ein widerlicher, verrotteter Haufen! Ein wahres Glück, daß er die Maske trug, denn den gräßlichen Gestank kannte er ja zur Genüge.

Und da waren ja auch Brown Limper Staffor und Lars Thorenson. Sie hatten ein Landfahrzeug benutzt und standen jetzt auf der Anhöhe. Die beiden kamen ihm wirklich wie gerufen.

Terl ging zu ihnen.

Statt einer Höflichkeitsfloskel wie etwa »Auf Wiedersehen« oder auch »Nett, Sie kennengelernt zu haben« sagte Brown Limper Staffor nur: »Ich sehe Tyler nicht.«

Terl blieb vor ihm stehen. Brown Limper war in irgendeinen kostbaren Pelz vermummt. Auf sein Haar und den Kragen rieselten Schneeflocken. Seine Augen glänzten fiebrig.

»Ach, keine Sorge, der kommt schon«, entgegnete Terl. »Der taucht bestimmt hier auf, da kannst du ganz sicher sein.«

Er sah hinunter auf Brown Limpers Füße. Da stand doch tatsächlich eine Kiste, ein umfangreicher Behälter, etwa neunzig Zentimeter lang. Hatte er sich's nicht gleich gedacht? Terl bückte sich, und ehe ihn Brown Limper oder Lars daran hindern konnten, hatte er die Kiste hochgehoben und mit einem Prankenschlag die Schlösser aufgesprengt.

Eine Thompson - Maschinenpistole! Also war sein Mißtrauen gegenüber dieser Kreatur doch berechtigt. Ein einziger Schuß aus dieser Waffe während einer Teleportation konnte die Plattform in die Luft jagen!

Terl packte den Lauf und bog die Waffe mit den Pranken zu einem Halbkreis. Dann warf er sie beiseite. »Das war nicht nett«, sagte er. »Damit hättest du alles hier hochgehen lassen können!« Brown Limper schien das nicht zu beeindrucken. In seinen Augen lag immer noch dieser verschlagene Blick.

Terl zog Lars die Waffe aus dem Gurt, entnahm ihr das Magazin und schleuderte es fünfzehn Meter weit weg. »Geschossen wird nicht!« warnte er und fuchtelte ihnen dabei eindringlich mit der Pranke vor dem Gesicht herum. Ob dieser Brown Limper noch etwas bei sich hatte? Er sah reichlich verwirrt drein, aber nicht wegen der Waffen.

»Hier«, begann Terl in ungewohnt sanftem, einschmeichelndem Tonfall, »hier habe ich ein hübsches Geschenk für dich als Entschädigung.«

Damit überreichte er Brown Limper die wohlverpackte Bombe. Sie wog rund achtzig Pfund, und als Brown Limper sie nahm, hätte er sie beinahe fallen lassen. Doch Terl ahnte so etwas und konnte sie noch rechtzeitig schnappen. Mit gezwungenem Lächeln händigte er sie Brown Limper wieder aus.

»Ein wirklich hübsches Geschenk«, versicherte er. »Mach's auf, wenn ich fort bin, und du wirst deine kühnsten Träume erfüllt finden. Das ist wirklich ein bleibendes Andenken an mich.« Es war völlig ungefährlich, ihnen das jetzt schon zu geben; sie würden eine Stunde brauchen, bis sie das ausgepackt hätten. Und dann den

Deckel anheben und peng ... kein Planet mehr, aus und vorbei!

Terl tätschelte Brown Limpers Kopf. Er schaute auf seine Uhr. Immer noch massenhaft Zeit. Er stapfte zur Plattform. Captunk Arf Moiphy ließ seine Leute Haltung annehmen und Terl schritt die Reihe ab.

Dann marschierte er zackig auf die Konsole zu.

Er langte hinunter und schloß den Stromkreis an das Luftschirmkabel an. Von einem Ende zum anderen stäubte Schnee hoch. Ausgezeichnet! Nun war er abgesichert! Ein zweifacher Schutzwall - der eine umgab Konsole und Plattform, und der andere dahinter bestand aus bewaffneten Briganten.

Wieder ein Blick auf die Uhr. Er hatte jede Menge Zeit. Er stapfte zum Gepäck und beförderte seine Reisetasche mit einem Fußtritt auf den Stapel. Die Briganten hatten einen reichlichen Vorrat an Preßluftflaschen für sich aufgehäuft.

General Snith, militärisch ausstaffiert mit einem Mantel aus Büffelfell, den »Diamant« an der Ledermütze, die gekreuzten Lederriemen gespickt mit Giftpfeilen, rammte ihm zur Begrüßung die Faust in die Brust. »Wechselste das Geld auch bestimmt ein?« erkundigte er sich und zeigte auf einen hoch aufgetürmten Stapel - Brown Limpers Banknoten.

»Aber selbstverständlich«, versicherte Terl. »Solche Verpflichtungen werden prompt eingelöst, daran gibt's doch nichts zu rütteln. Außerdem hast du ja mich als Geisel, nicht wahr?« Snith war beruhigt.

Und da er gerade von Geiseln gesprochen hatte, beugte sich Terl über das lange Bündel und öffnete es oben. Schwarze, glühende Augen durchbohrten ihn förmlich. Er winkte den dafür zuständigen Briganten heran, der dem Gesicht eine Atemmaske aufstülpte und eine Flasche auf die Brust schob und sie festschnallte. Dabei wäre er um ein Haar gebissen worden!

Terl sah auf die Uhr. Es war soweit. Er ging zur Konsole.

Er drückte den Kippschalter in der Ecke links oben hinauf und setzte den Hauptleitungsträger in Betrieb. Die oberen Knöpfe an der Konsole glühten auf.

Nun kam der Countdown, Sekunde für Sekunde. Danach gab Terl die Koordinaten ein, die er längst auswendig konnte. Mit einem Blick auf die Uhr vergewisserte er sich, daß er das Schaltsignal zum Abfeuern im genau richtigen Zeitpunkt auslöste.

Er reichte nach unten und setzte die auf zehn Minuten programmierte Zündung der Zeitbombe in Gang.

Die Drähte begannen zu summen.

Aus dem Augenwinkel beobachtete er, daß sich hinter Brown

Limpers Fahrzeug ein Mann aufrichtete. Da sprang doch jemand auf. Eine Gestalt im Strahlenschutzanzug. Terl blickte angestrengt hinüber, und da - plötzlich wurde ihm klar, daß er sich nicht getäuscht hatte. Dieser Jemand sah nicht nur so aus wie die Kreatur, nein - *sie war* es, ohne jeden Zweifel!

Ha! Brown Limper hatte seinen Tyler nun doch erwischt.

Terl ging zur Mitte der Plattform.

Das Summen wurde immer stärker. In knapp drei Minuten würde er auf Psychlo sein - eine überaus erfreuliche Vorstellung!

## 2

Brown Limper Staffor kochte vor Zorn, als Terl die Maschinenpistole entdeckte. Doch beim Anblick des anscheinend mühelos zusammengebogenen Laufs hielt er es für ratsam, Ruhe zu bewahren. Das Monster verfügte über ungeahnte Kräfte.

Also hieß es stillhalten und das Geschenk entgegennehmen. Dem Gewicht nach mußte es Gold sein - pures Gold. Das mochte zwar nach Bestechung aussehen, aber da kannte er keine Skrupel. Warum sollte er das Gold denn nicht annehmen? Er hatte es schließlich verdient. Doch in Gedanken war er nicht recht bei der Sache. Sein ganzes Sinnen und Trachten galt nach wie vor Tyler.

Aber das mußte warten, bis Terl an der Konsole war und ihr seine ungeteilte Aufmerksamkeit widmete.

Er sah Captunk Arf Moiphy salutieren, sah die Briganten Aufstellung nehmen und Giftpfeile aus den gekreuzten Lederriemen ziehen. Sah, was sich dort auf der Plattform abspielte. Terl hatte doch in dem Bündel jemanden mitgeschleppt. Tyler? Nein, Tyler konnte es nicht sein, das hätte Terl lautstark verkündet. Vielleicht war es aber doch Tyler. Vielleicht führte Terl ihn hinters Licht! Nein, es konnte sich nicht um Tyler handeln. Wer war es dann? Aber ja, es könnte doch Tyler sein. Jedenfalls setzten sie diesem Jemand eine Atemmaske auf. Das hieß, sie wollten einen Menschen nach Psychlo mitnehmen!

Nein, nicht Tyler, unmöglich.

Vielleicht aber doch?

Als der Schnee vom Boden aufstob, hatte Brown Limper etwas verdutzt reagiert. Doch dann war nichts weiter passiert, als daß Terl zu dem Bündel hinging.

Aha, endlich kehrte Terl zur Konsole zurück. Brown Limper wußte, daß die Drähte anfangen würden zu summen.

So lange wollte er abwarten.

Das Schneetreiben erschwerte die Sicht. Das blendende Weiß und die vom Wind herumgewirbelten dichten Flocken ließen alle Umrisse verschwimmen.

Doch hören konnte er immerhin.

Begann es in den Drähten zu summen? Er meinte, es deutlich zu vernehmen, war freilich nicht ganz sicher. Das Tosen des Windes und das gellende Geschrei, mit dem dieser Brigantenhaufen General Snith verabschiedete, übertönte alles. Deshalb hielt es Brown Limper für angebracht, abzuwarten, bis Terl wieder zur Mitte der Plattform ging, und sich erst dann zu rühren.

Hinten im Fahrzeug befand sich eine weitere Maschinenpistole. Brown Limper hatte an alles gedacht.

Sobald Terl im Zentrum der Plattform angelangt war, würde Brown Limper blitzschnell die Thompson-Maschinenpistole hinten aus dem Fahrzeug holen, durchladen und bis zur Plattform sausen, um alles unter Feuer zu nehmen. Es mußte Tyler sein, der in dem Bündel verschnürt lag!

Da stand Brown Limper nun, das vermeintliche Geschenk umklammernd, und wartete darauf, daß Terl sich von der Konsole entfernte. Bei dem Gebrüll der Briganten und dem Heulen des Windes ließ sich unmöglich feststellen, ob das Summen begonnen hatte. Und eben diese Gewißheit brauchte er.

Also lieber bis zum letzten Moment warten. Dann konnte Terl nicht mehr von der Plattform wegstürzen, um ihn aufzuhalten.

Die raschen Schritte hinter seinem Rücken hörte er nicht.

Plötzlich griffen zwei Hände nach dem »Geschenk«. Ein Gesicht - von einer Strahlenschutzhaube verdeckt, darunter noch eine Atemmaske.

Und dann sah er durch all das Bleiglas den blonden Bart.

*Tyler!* Direkt über ihm!

»Los, lauf weg!« schrie das Gesicht.

Die Hände entrissen Brown Limper das Päckchen, das er in seiner Einfalt für ein Abschiedsgeschenk hielt.

»Los, lauf um dein Leben!« beschwor ihn die Stimme unter der doppelten Schutzkleidung.

Dann drehte sich der Mann um und sprintete mit dem Paket in Richtung Hangar, entschwand im dichten Schneegestöber und war kaum noch zu erkennen.

»Erschieß ihn!« kreischte Brown Limper. Der Befehl galt Lars. Doch als er herumwirbelte, sah er, wie Lars davonlief! Er war bereits dreißig Meter entfernt und im Schneetreiben schon fast unkenntlich. Er rannte, so schnell er konnte, in Richtung Denver.

Aber dann klickte es bei Brown Limper. Diese Stimme! Wenn er etwas genau kannte, dann war es Tylers Stimme. Daran konnten auch zwei Masken und Sichtschutz nichts ändern. Nein, das war nicht Tylers Stimme. Sie hatte sich anders angehört - schwedisch.

Doch Tyler mußte in der Nähe sein. Irgendwo hier.

Brown Limper hastete zur Fahrzeugtür, um sich die andere Maschinenpistole zu holen. An dieser Seite war die Tür abgeschlossen.

Verzweifelt vor sich hin wimmernd raste er um das Fahrzeug herum. Er mußte sich die Waffe schnappen - unbedingt!

Und während er noch lief, hörte er es ganz deutlich durch Wind und Gebrüll - Tylers Stimme von der Plattform. Unverkennbar! Er mußte sich beeilen.

## 3

Dwight erhob sich vorsichtig unmittelbar hinter dem Rand der Schlucht. Er trug einen Strahlenschutz-Tarnanzug und unter dem Sichtschutz aus Bleiglas eine Atemmaske.

Als Terl das Umfeld der Plattform erreichte, hielt Dwight das Walkie-talkie dicht an den Sichtschutz und gab durch: »Alarmstufe eins!«

Dwight war für die Aufgabe bestimmt worden, den Angriff von außen zu führen, weil man sich bei ihm darauf verlassen konnte, daß er sich exakt an die erteilten Befehle hielt, nichts von sich aus unternahm und sich auf den Umgang mit Menschen verstand, was er bereits in leitender Funktion bei den Schürfarbeiten an der Goldader bewiesen hatte.

Sie lagen seit kurz nach Mitternacht in den Bleisärgen, die in bestimmten Abständen rund um die Plattform vergraben waren. In der Nacht, als Ker mit den Kadetten das Kabel verlegte, hatten sie auch bereits die Särge an Ort und Stelle gebracht und mit Erde zugeschüttet. Und jetzt waren sie überdies noch durch eine Schneeschicht abgedeckt.

Der Einstieg vergangene Nacht war spielend geglückt. Die Wachposten der Briganten hatten sich wie immer seit zwei Monaten mit der üblichen Mischung aus Whisky und Drogen vollaufen lassen und nichts gemerkt.

Dwight hatte eine abergläubische Anwandlung. Das Ganze war fast zu glatt gegangen. Jonnie befand sich im Bereich des Luftschirms in einem Sarg unmittelbar am Rand der Teleportations-Plattform. Von außerhalb kommendes Feuer konnte ihn nicht treffen, das hatten sie ausprobiert. Doch der Gedanke, daß Jonnie dort drin ganz allein mit diesen wilden Bestien war, ließ Dwight erstarren. Er hatte Jonnie zu überreden versucht, den Part jemand anders zu überlassen - vergebens. Jonnie hatte sich geweigert, einen Mann dieser Gefahr auszusetzen. Es mußte jemand dort drin sein, der das Ionisationskabel abschaltete, mittels Fernbedienung den Kran bis zum Abschluß der Aktion dirigierte und eine gepanzerte Kuppel zum Schutz der Konsole herunterließ. Der Kran konnte diese Kuppel nur durch den Luftschirm bringen, wenn das Kabel abgeschaltet war. Das hatte irgendwas mit einer Schalterstellung zu tun, die beim Abfeuern geregelt werden mußte, denn bei diesem Schalter bestand die Möglichkeit, daß er sich automatisch bewegte, sobald das Summen aufhörte. Und schließlich mußte jemand die Kabel von der Konsole abtrennen. Nach Dwights Wunsch hätten das drei Männer übernehmen sollen, was Jonnie jedoch mit der Begründung ablehnte, so viele fänden zusätzlich zur Konsole keinen Platz unter der Kuppel.

Jetzt war Terl zur Konsole gegangen. »Alarmstufe zwei!« sagte Dwight in sein Walkie-talkie. Die dritte wäre fällig, sobald Terl den Knopf zum Abfeuern betätigte. Und wenn er sich dann im Zentrum der Plattform befand und die Drähte zu summen begonnen hatten, mußten sie losschlagen.

Für den gesamten Einsatz standen Dwight und seinem Team nur anderthalb Minuten zur Verfügung. Sie hatten das Ganze in Afrika wieder und wieder durchexerziert. Aber man konnte ja nie wissen ...

Die Sichtverhältnisse wechselten durch das Schneetreiben dauernd. Doch was er sehen mußte, konnte er auch sehen. Eine geradezu furchterregende Menge von Briganten! Sie bildeten einen fest geschlossenen Kreis um die Plattform, mit dem Rücken direkt gegen das Ionisationskabel. In den Mänteln aus Büffelfell boten sie einen reichlich verlotterten Anblick. Sie schützten die Bogensehnen gegen den Schnee, aber ihre gekreuzten Lederriemen strotzten förmlich vor Giftpfeilen.

Dr. Allen hatte sie über diese Pfeile aufgeklärt. Das Gift wirkte langsam, aber tödlich. Es beschleunigte die Funktion des Nervensystems so lange, bis der Tod eintrat. Dr. Allen hatte ein Gegenmittel entwickelt und ihnen allen eine kleine Dosis davon verabreicht. Das hinderte jedoch nicht, daß jede Wunde schnellstens behandelt werden mußte. Jeder von ihnen trug eine kleine Ampulle mit dem Serum bei sich. Dwight konnte nur hoffen, daß es auch tatsächlich wirkte.

Dann sah er, daß sich sieben Briganten auf der Plattform befanden. War das der, den sie General Snith nannten, mit seiner

Gruppe? Damit hatten sie nicht gerechnet. Was mußte dieser Snith für ein Idiot sein, sich freiwillig nach Psychlo katapultieren zu lassen. Aber Jonnie! Das dürfte er wohl nicht in seine Pläne einbezogen haben. War es zu spät für Dwight, irgend etwas zu unternehmen? Seine Befehle lauteten klar und eindeutig: Er hatte seine Aufgabe zu erfüllen, und sonst gar nichts.

Sie hatten doch auf der Plattform noch jemanden ... gefesselt. Wer war das? Du lieber Himmel, Jonnies Plan würde nicht funktionieren! Er wäre all dem so gut wie wehrlos ausgeliefert! Dwight knirschte mit den Zähnen. Er hatte nur seine Aufgabe wie befohlen zu erledigen. Und das würde er auch tun. An Jonnie aber konnte er nur voller Verzweiflung denken.

Die Briganten drüben am Leichenschauhaus veranstalteten einen Höllenspektakel. Die stellten weiter kein Problem dar. Dwight wandte seine Aufmerksamkeit wiederum Terl zu, der gerade den Signalknopf für das Abfeuern betätigte.

»Alarmstufe drei!« verkündete Dwight durch sein Walkie-talkie.

Mit den Waffen, die sie einsetzten, würden sie den Vorgang nicht unterbrechen. Das hatten sie ebenfalls ausprobiert. Zusätzlich verfügten sie über Radioaktivwaffen - für den Fall, daß beim Rücktransfer Psychlos auf der Plattform erschienen.

Terl stapfte zum Zentrum der Plattform, blieb dort stehen. Das Summen hatte begonnen, deutlich vernehmbar, trotz Wind und Geschrei. Dwight hörte Jonnies Stimme. Das war außerplanmäßig.

Trotzdem - er mußte seine Aufgabe erfüllen. »Einsatz!« befahl er.

Dreißig Schotten klappten die Sargdeckel auf. Fünfundzwanzig setzten ihre Zündvorrichtungen in Gang. Einer bereitete sich zum Spurt auf den Kran vor. Vier formierten sich als Reserve.

Da - ein Aufblitzen! Fünfundzwanzig Schotten hatten den geschlossenen Ring der Briganten umstellt und fünfundzwanzig russische Flammenwerfer auf sie gerichtet, die nun ihre grellroten todbringenden Strahlen ausspien.

Es war, als ob aus fünfundzwanzig Rohren das Inferno auf die Briganten einbrach.

»Für Allison!« ertönte ein schottischer Schlachtruf.

»Für Bittie!«

»Schottland für immer!«

Dwight stellte einen versteckten Lautsprecher an. Auf dem Band, das abgespielt wurde, war das donnernde Stampfen und Trompeten einer angreifenden Elefantenherde aufgezeichnet - eine markerschütternde Geräuschkulisse, die den Briganten

Furcht und Schrecken einflößen sollte.

Die Söldner drängten vorwärts und versuchten, ihre Bogen zu spannen. Doch die Wucht der Flammen ließ die Sehnen im Nu zusammenschrumpfen. Die Briganten zückten die Bajonette zum Angriff.

Das Gebrüll, das von der Gruppe am Leichenschauhaus herüberdrang, steigerte den Lärm ins Unerträgliche. Dann machten sie kehrt und liefen, so schnell sie konnten, hinaus in die Ebene - eine wilde Flucht, bei der jeder mit brutaler Gewalt seine Haut zu retten suchte.

Bei einem Schotten versagte der Flammenwerfer. Eine Gruppe Briganten griff ihn mit Bajonetten an.

»Gebt Andrew Deckung!« brüllte Dwight.

Die Schotten, zu beiden Seiten des defekten Flammenwerfers, vergrößerten ihren Kreis. Andrew hatte das Schwert gezogen. Er mähte den Anführer der Briganten nieder und ging dann selbst zu Boden.

Zwei von der Reservemannschaft bahnten sich mit Lochaberäxten den Weg durch das Chaos und metzelten die Briganten nieder, die mit den Bajonetten auf Andrew einstachen.

Dwight sah auf die Uhr. Noch achtundfünfzig Sekunden.

Die Flammenwerfer spuckten weiterhin ihre vernichtende Ladung aus. Die Büffelfellmäntel und Affenhautanzüge der Briganten brannten lichterloh.

Dwight versuchte, durch Flammen und Schnee etwas zu erkennen. Der Kran. Er müßte sich jetzt in Bewegung setzen!

Ja, der Kranführer hatte es geschafft. Einer von der Reservemannschaft gab ihm mit einem Flammenwerfer Feuerschutz.

Sie hatten das Kuppeldach für die Konsole mit bereits angeschlossenem Kabel im Boden vergraben. Es war offensichtlich festgefroren. Das Material für die Kuppel stammte von einem ausrangierten Panzer. An der Unterseite waren Gleitkufen von einem Flugkörper angebracht; sobald sie das Metall, auf dem die Konsole stand, berührten, würden sie fest haftenbleiben.

Dwight sah, wie der Kranarm sich senkte. Der Kranführer schwenkte ihn hin und her, um die Kuppel aus dem gefrorenen Boden herauszubekommen.

Da war sie. Sie hob sich mit einem heftigen Ruck, schwang hin und her.

Der Kranführer brachte sie zum Stillstand.

Briganten rasten auf den Kran zu, griffen an. Der dort postierte Schotte schleuderte ihnen einen Flammenschwall entgegen.

Der Kranführer brachte inzwischen ungerührt die Kuppel in

die gewünschte Position, das hieß, sie durfte nur bis zum Luftschirm gelangen, nicht weiter. Dwight konnte erkennen, daß der Kranführer auf Fernbedienung umschaltete. Das Fernbedienungsgerät hatte Jonnie bei sich. Den Rest mußte er erledigen. Es blieb nur zu hoffen, daß es ihm gelang, dem Ionisationskabel die Stromzufuhr abzuschneiden ...

Dwight versuchte auszumachen, was auf der Plattform vor sich ging. Schneetreiben, Rauch und aufzischende grellrote Flammenstrahlen versperrten ihm die Sicht. Er war fest davon überzeugt, daß Jonnie Hilfe brauchte. Ihm blieb nichts weiter übrig, als die Zähne zusammenzubeißen und weiterhin seine Aufgabe zu erfüllen.

Hier und da hatten die Flammenwerfer inzwischen die Tätigkeit eingestellt. Wechselten sie die Flüssigkeitsbehälter? Nein. Die Briganten in ihrer Reichweite waren zu lichterloh brennenden Klumpen geworden. Schmieriger schwarzer Rauch stieg auf.

Dwight blickte auf die Uhr. Sie hatten Zeit. Er selber sollte wieder in Deckung gehen, sobald Jonnie das Kabel abschaltete und die Kuppel sich zu senken begann. Dann mußte er sich befehlsgemäß in den schützenden Sarg zurückziehen.

Die Schotten säuberten das Kampffeld mit Flammenwerfern. Zwei aus der Reservemannschaft transportierten Andrew mit Windeseile in seinen Sarg zurück. Nachdem sie ihn hineingelegt hatten, schoben sie rasch noch Wundpflaster unter den Strahlenschutzanzug.

Ein Brigant erhob sich inmitten eines Leichenberges. Er hatte ein Bajonett. Als er damit angriff, wurde er von einem heranschwirrenden Dolch getroffen. Ein Flammenwerfer ging los und verwandelte ihn in einen rotierenden Feuerball.

Der Kranführer war abgestiegen und rannte zu seinem Sarg. »Zehn Sekunden zum Rückzug!« verkündete Dwight über sein Walkie-talkie.

Plötzlich kehrte Stille ein, nur noch das Knistern der Flammen und das Brausen des Windes waren zu hören. Von dem Brigantentrupp war nichts übriggeblieben als qualmender Rauch und verlöschende Glut. Allison und Bittie waren gerächt ...

Die flüchtigen Reste des Stammes liefen weit draußen über die Ebene.

Durch den dicken Rauch konnte Dwight nicht erkennen, was auf der Plattform vor sich ging.

Aus seinem Walkie-talkie ertönten Zahlen; jede einzelne signalisierte, daß ein Mann sich wieder in Deckung in seinem Bleisarg befand und den Deckel über sich geschlossen hatte. Dwight hakte sie ab. Bis auf Andrew meldeten sich alle zurück, und bei ihm wußte Dwight ja, daß man ihn wieder in seinen Sarg gebettet hatte. Hoffentlich nicht für immer ...

Von der Plattform war in dem Qualm nichts zu erkennen.

Er beobachtete den Kran.

Das Summen in den Drähten dauerte an. Vor dem Rückstoß mußten sie alle in Deckung sein, hatte Jonnie gesagt.

Dwight sah auf die Uhr. Der Luftschirm hatte sich nicht gehoben. Der Kranarm war nicht in Bewegung geraten.

Die Unschlüssigkeit quälte ihn maßlos. Aber der Luftschirm machte es ihm unmöglich, bis zur Plattform zu gelangen. Er wollte den Gehorsam verweigern, sich den ausdrücklichen Befehlen widersetzen, denn er wußte genau, daß Jonnie in der Klemme steckte, weil der Luftschirm nicht rechtzeitig aufgehoben worden war.

Doch man hatte ihn ja gerade deshalb ausgewählt, weil man sich darauf verlassen konnte, daß er sich an seine Weisungen hielt. Es war soweit. Das Summen ebbte ab. Dwight kroch zu seinem Sarg zurück, kletterte hinein und schloß den Deckel über sich.

## 4

Als aus dem Walkie-talkie in seinem Gürtel die Durchsage »Alarmstufe drei!« ertönte, war Jonnie dem Sarg entstiegen, der dicht an der Plattform und noch innerhalb des Luftschirms vergraben war. Er trug einen Strahlenschutz-Tarnanzug und unter dem Sichtschutz eine Atemmaske. Am breiten Gürtel hing sein Beutel. Seine Bewaffnung bestand aus drei Keulen, einem Dolch und einem Flammenwerfer. Außerdem hatte er ein paar Utensilien bei sich, die sich gegebenenfalls als brauchbar erweisen könnten.

Mit den Briganten auf der Plattform hatte er nicht gerechnet. Sechs Wachen und General Snith! Für ihn war es schlechthin unvorstellbar, daß selbst ein Brigant so verrückt sein könnte, sich nach Psychlo katapultieren zu lassen. Geld! Das war die Erklärung. Gebündelte Banknoten lagen stapelweise auf der Plattform herum.

Alle Blicke waren auf Terl gerichtet, der gerade das Signal zum Abfeuern ausgelöst hatte und sich von der Konsole abwandte. Die Briganten hatten Jonnie nicht bemerkt, der sich neun Meter entfernt etwas hinter ihnen befand.

Na gut, es würde auch so klappen. Jonnie begann, den Flammenwerfer in Betrieb zu setzen.

Und dann sah er eine Bewegung. Sie hatten dort etwas in

einem langen Bündel, das oben offen war. Da steckte doch irgend jemand drin. Eine Geisel, die sie nach Psychlo mitnahmen? Graues Haar, ein Stück von einem Umhang ...

Sir Robert!

Kein Gedanke mehr an den Flammenwerfer. Der würde ja Sir Robert ebenfalls töten!

Terl marschierte lässig und selbstsicher von der Konsole zurück zum Zentrum der Plattform. Die Drähte summten. Dann blieb er wie vom Donner gerührt stehen. Vor einer Sekunde hatte er doch noch eine Gestalt gesehen, in der er die Kreatur zu erkennen meinte, und zwar draußen! Dort drüben neben dem Fahrzeug.

Und jetzt befand sich das Menschending tatsächlich innerhalb des Luftschirms!

War der etwa aufgehoben worden? Nein, er konnte ihn durch den Schnee schimmern sehen. Wie hatte es die Kreatur nur geschafft, diese Sperre zu überwinden?

Terl wollte gerade zum Angriff ansetzen, als er bemerkte, wie das Menschending eine lange, stabförmige Waffe, die es trug, fallen ließ und zu dem Beutel an seinem Gürtel griff.

Jonnie zog die von Terl unterzeichneten Verträge heraus, stieß sie zur Mitte der Plattform, wo die Siegel im rieselnden Schnee blutrot leuchteten. Kein Zweifel - das waren die Verträge, die er, Terl, unterzeichnet hatte!

Jonnie schrie aus Leibeskräften, um sich durch Masken und Sichtschutz verständlich zu machen: »Vergiß nicht, die auf Psychlo registrieren zu lassen!«

Terl war wie gelähmt vor Schreck. Das letzte, was er auf der Plattform nach Psychlo befördern wollte, waren diese faulen Verträge! Er wollte sich danach bücken und sie aufheben. Dabei prallte er mit General Snith zusammen, als dieser gerade seinen Bogenschützen Befehle erteilen wollte.

Jonnie langte nach unten und brachte eine Berylliumbombe zum Vorschein. Ursprünglich hatte er sie einfach auf die Plattform werfen wollen. Sie war mit einer Schnur umwickelt. Das goldglänzende Metall, die Größe und die sechseckige Form machten sie völlig unverkennbar. Gezündet wurde die Bombe nicht durch die Schnur auf der Außenseite, sondern durch eine Vorrichtung im Innern, die ein oben angebrachtes Uhrwerk in acht Minuten auslösen würde. Den Zugang zum Zünder hatte man durch eine Deckplatte wohlweislich blockiert.

Jonnie berührte die Zündvorrichtung, die er immer noch ans Ende der umgewickelten Schnur hielt. Zwei Giftpfeile schwirrten dicht an ihm vorbei.

»Granate!« schrie er.

Er schleuderte das achtzig Pfund schwere Ding gezielt zu Terl hinüber. Es traf den Psychlo mit voller Wucht, prallte ab und plumpste ihm unter die Füße.

Eine gezündete Granate, ihre ureigene Lieblingswaffe ... da genügte ein flüchtiger Blick, und die Briganten suchten das Weite.

Im gleichen Augenblick ertönte draußen lautes Trompeten ... Elefanten! Die Briganten stießen an den Luftschild und wurden zurückgeworfen.

Terl musterte die Bombe, und sein Schrecken steigerte sich zu panischem Entsetzen. Kein Gedanke mehr an irgendwelche Papiere ...

Das war die Bombe! Kein Zweifel. Aber sie besaß einen Zeitzünder. Wie hatte es das Menschending geschafft, sie Brown Limper zu entreißen, sie auszupacken und einen anderen Zünder einzubauen - und das alles im Handumdrehen?

Doch Terl wußte, was er zu tun hatte. Er mußte das Ding schleunigst loswerden!

Er wollte die Bombe gerade von der Plattform werfen, als die Briganten am Luftschirm abprallten und zurückgeschleudert wurden. Er wußte, die Bombe würde zurückspringen, wenn er sie warf.

Die Drähte summten!

Er mußte diese Deckplatte aufbekommen und den Kern herausholen, und zwar schnell! Er konnte ja sogar sehen, daß die Zündschnur sich dem Ende näherte.

Er kauerte sich nieder und begann, an der Deckplatte unten zu zerren. Sie saß fest! Wie besessen bearbeitete er sie mit den Klauen.

Jonnie sprintete an Terl vorbei. Er mußte zu Sir Robert gelangen und ihn zur Kernkonsole schaffen.

Ein Brigant hockte da, ein Knie aufgestützt, und schoß einen Giftpfeil ab, der an Jonnies Kopf vorbeischwirrte.

Jonnie zog Sir Robert aus dem langen Behälter. Er war an Händen und Füßen gefesselt. Sir Robert rief etwas. Es hörte sich an wie: »Lassen Sie mich hier und bringen Sie sich selbst in Sicherheit!«

Jenseits des Luftschirms war ein unbeschreibliches Chaos ausgebrochen. Schottische Schlachtrufe und das bedrohliche Getöse einer aufgescheuchten Elefantenherde.

Flammen spritzten an die Außenseite des Luftschirms. Die Hitze wurde selbst im Umkreis der Plattform so stark, daß sich die Schneeflocken in Regentropfen verwandelten.

Terls Klauen zogen und zerrten an der Deckplatte herum. Er

hatte kein Brennmesser bei sich, um das Metall zu schneiden. Er versuchte, einen Kreis einzuritzen und dann die Metallscheibe mit den Klauen herauszutrennen, und schrie dabei vor Wut und Enttäuschung.

Zwei Briganten griffen Jonnie an. Er ließ Sir Robert los, zog aus dem Gürtel eine Keule und schlug zweimal zu. Beide gingen zu Boden.

Danach konnte er Sir Robert ein Stück weiterziehen. Bis zur Kernkonsole war es ein langer Weg!

Da - schon wieder ein Brigant! Jonnie schleuderte die Keule nach ihm. Sie traf ihn an der Stirn, worauf sich sein Kopf seltsam verdrehte und in den Nacken fiel.

Snith stieß ein markerschütterndes Gebrüll aus und zeigte auf Jonnie.

Draußen außerhalb der Plattform herrschte ohrenbetäubender Lärm.

Ein Brigant packte Jonnie an den Beinen. Jonnie ergriff eine weitere Keule und schlug ihm den Schädel ein. Dann wieder Sir Robert. Es ging nur etappenweise voran, denn der Schotte hatte ein ganz beträchtliches Gewicht.

Snith versuchte, die verbliebenen zwei Wachen zum Angriff zu bewegen. Doch ihre Bogensehnen waren zu feucht geworden. Also stürmten sie mit gezückten Bajonetten los.

Jonnie schleuderte eine Keule, und einer der Briganten wurde nach rückwärts katapultiert. Der andere rückte vor. Jonnie nahm die letzte Keule vom Gürtel, wehrte das Bajonett ab und hieb sie dem Briganten über den Schädel. Dabei flog ihm die Keule aus der Hand.

Er zerrte Sir Robert wiederum ein Stückchen näher zur Kernkonsole heran. Er versuchte, ihn hochzuheben und zu tragen.

Dabei wendete er Snith für einen Augenblick den Rücken zu. Der Brigantengeneral zog einen Giftpfeil aus den gekreuzten Lederriemen und hastete los.

Der massige Körper prallte gegen Jonnies Beutel. General Snith hob den Giftpfeil und stieß ihn in Jonnies linken Oberarm, durch den Strahlenschutzanzug und tief ins Fleisch.

Jonnie sank zu Boden, rollte sich herum, zog einen Dolch. Er stand wieder auf und stieß ihn General Snith mitten ins Herz.

Die Wunde schmerzte heftig. Jonnie packte den Pfeil am Schaft und zog ihn ruckartig heraus. Doch er wußte, es war schon geschehen. Es brannte wie Feuer, schien unerträglich.

Er biß die Zähne zusammen und mobilisierte seine Kräfte. Es handelte sich um ein schleichendes Gift, hatten sie gesagt. Vielleicht blieb ihm doch noch Zeit, Sir Robert und die Konsole zu retten.

Er umklammerte das Heft des Dolches und versuchte, ihn herauszuziehen. Vergebens, die Waffe steckte fest im Herzen des Brigantengenerals. Er sah zu Terl hinüber.

Das Monster kratzte immer noch wutschnaubend an der Deckplatte herum, riß sich die Klauen ein bei dem Versuch, aus dem harten Metall eine runde Scheibe herauszuschneiden und dann den Kern zu entfernen.

Draußen war es ruhiger geworden. Aus dem Walkie-talkie an seinem Gürtel ertönte Dwights Stimme: »Zehn Sekunden zum Rückzug!«

Jonnie wußte, es war höchste Zeit.

Die Drähte summten noch.

Er zwang sich zur Konzentration. Er hatte ja noch eine Aufgabe zu erledigen. Sein Herz schlug schneller, er konnte es deutlich spüren.

Er schob die Hand unter Sir Roberts Achselhöhle und zerrte ihn durch den Schneematsch. Mühsam erreichte er die Kernkonsole. Er wußte, daß sich darin eine Bombe befand, die er schleunigst unschädlich machen mußte. Doch zunächst bettete er Sir Robert sorgsam neben der Konsole, so daß die Kuppel ihm beim Herunterlassen weder Beine noch Arme abtrennen konnte.

Ein Blick auf die Konsole zeigte ihm, daß der Schalter nach oben gekippt war. Dabei müßte es genau umgekehrt sein. Hätte er doch nur noch die Zeit, das jemandem zu sagen, bevor die Teleportation vor sich ging.

Er tastete nach seinem Fernbedienungsgerät. In seinem Beutel waren Glasscherben. Sein Arm brannte wie Feuer. Die Glasscherben stammten von der Serumampulle! Kein Serum also.

Das Fernbedienungsgerät wackelte. Nein, das war seine Hand, die so zitterte. Er betätigte den Schalter und schwenkte den Kranarm herum. Falsch. Zuerst mußte er den Luftschirm ausschalten. Ihm wurde immer wieder schwarz vor Augen. Sein Herz jagte schneller und schneller.

Der Luftschirm! Er kroch zum Hauptleitungsträger und stellte ihn ab. Zurück an der Kernkonsole, blickte er zur Kuppel hinauf. Er hantierte am Fernbedienungsgerät, bis er die Kuppel in die richtige Position gebracht hatte, so daß sie sich genau über sie senken würde. Er betätigte den Schalter, mit dem sie heruntergelassen wurde. Das ging zu langsam. Die Kabel mußten in der Kälte steif geworden sein. Daran konnte er nichts ändern.

Er nahm ein Beil aus dem Gürtel. Damit mußte er die Kabel

durchtrennen, sowie das Summen aufhörte.

Jonnie verlor jedes Zeitgefühl. Er konnte immer noch das Summen der Drähte hören.

Er blickte hinüber zu Terl auf der Plattform. Das Monster schien die Deckplatte aufbekommen zu haben. Jetzt machte er sich an der Bombe zu schaffen, holte überaus vorsichtig den schweren Metallkern heraus.

Plötzlich war Jonnie klar, was Terl tun würde. Er würde diesen Metallkern wie eine Kugel nach ihm schleudern. Und der konnte ihn mühelos durchschlagen ...

Da sah Jonnie noch etwas.

Tatsächlich ... Brown Limper!

Er stürmte heran, eine Thompson-Maschinenpistole in den Händen. Er war am anderen Ende der Plattform durchgekommen, als sich der Luftschirm hob, und versuchte nun, in Jonnies unmittelbare Nähe zu gelangen, so daß er ihn nicht verfehlen konnte.

Die Kuppel war noch nicht unten.

Terl hielt jetzt den Metallkern in der Pranke, wollte ihn auf Jonnie schleudern.

Es war ruhiger geworden, nur noch Rauch, fallender Schnee und das Knarren der Kabel, an denen die Kuppel heruntergelassen wurde. Jonnie deutete auf Brown Limper.

»Terl! Er wird gleich schießen!«

Terl wirbelte herum und sah Brown Limper. Sah ihn die Thompson heben und zielen. Ein Schuß in diesem Augenblick würde die ganze Teleportation zunichte machen!

Ein Wurf. Terl legte seine volle Kraft hinein.

Der Metallkern traf Brown Limper in die Seite und schlug durch bis zur Wirbelsäule. Die Thompson polterte zu Boden.

Brown Limper sackte unter wilden Zuckungen in sich zusammen, brüllte auf: »Hol dich der Teufel, Tyler! Hol dich der Teufel!« Dann rührte er sich nicht mehr.

Die Drähte summten immer noch.

Terl schrie zu Jonnie hinüber: »Ich gewinne trotzdem, Rattenhirn!« Er wußte sehr wohl, daß er sich jetzt nicht bewegen durfte.

Jonnies Kopf hämmerte, sein Herz schlug viel zu schnell. Dennoch konnte er zurückschreien. Er war sich klar darüber, daß er Terl dort festhalten, ihn ablenken mußte.

»Die Särge dort sind mit Sägemehl gefüllt! Sie wurden heute früh in deinem Schlafzimmer ausgetauscht!« schrie er.

Terl drehte sich blitzschnell um und betrachtete sie.

»Und das Gold ist auch nie nach Psychlo gelangt! Die Särge haben wir ebenfalls ausgetauscht!« brüllte Jonnie.

Terl riß die Mundknochen auf zu einem Wutgeheul.

Die Ladung auf der Plattform flimmerte. Die mit Sägemehl gefüllten Särge flimmerten. Die Leichen der Briganten auf der Plattform flimmerten. Terl flimmerte. Und dann war alles fort, die Plattform wie leergefegt, kein bißchen Schneematsch mehr.

Das Summen verstummte. Jonnie packte das Beil und hieb die Kabel durch. Es gelang ihm nicht vollständig, so daß er noch zweimal zuschlagen mußte, bis sie alle durchtrennt waren.

Ringsherum wurde es dunkler. Nein, das lag nur an der Kuppel.

Die unter ihr angebrachten umgearbeiteten Gleitkufen setzten auf dem Metall auf. Jonnie langte ins Innere der Kuppel und zog den Verschlußhebel zu, der sie fest auf der Metallunterlage der Kernkonsole verankerte.

Es war sehr dunkel.

Offenbar hatte er nun auch den Rest von Zeitgefühl verloren. Oder war es vielleicht Terl, der für seine Teleportation die Zeitspanne verlängert hatte?

In seinem Beutel mußte doch eine kleine Grubenlampe sein. Er bemühte sich angestrengt, sie zu fassen. Er begann am ganzen Körper zu zittern, als ob alles zu straff gespannt sei.

Eine Stimme sprach zu ihm. Sir Robert. »Rasch, schneiden Sie mir die Handfesseln auf.«

Jonnie nahm das Beil, tastete mühsam nach Sir Roberts Händen. Das Beil war stumpf und die Schnur überaus stabil.

Dann fiel ihm voll panischem Schrecken ein, daß sich unter der Kernkonsole eine Zeitbombe befinden mußte. Sie würde Sir Robert in Stücke zerreißen. Er ließ das Beil fallen und packte die Konsole mit einer Hand an der Seite. Sie war furchtbar schwer. Er konnte ja nur mit dem einen Arm arbeiten, aber er stemmte die schmerzende Schulter gegen das Metall ... Und schaffte es tatsächlich, den Boden der Konsole anzuheben.

Er tastete die unteren Kanten ab, dann etwas höher. Es war angeheftet und deutlich zu spühren. Mit einer Hand löste er es ab und zog es heraus. Er ließ die Konsole wieder zurückkippen. Dann holte er im Dunkeln die Zündvorrichtung heraus.

Jonnie spürte, daß er das Bewußtsein verlor. Sein Herz begann zu hämmern. Schneller und schneller.

Etwas mußte er noch tun. Der Schalter. Die Stellung des Schalters ...

Jonnie schien es, als rissen ihn seine aufs äußerste angespannten Nerven in Stücke.

»Sir Robert! Sagen Sie ihnen, der Schalter ... der Schalter muß nach unten gekippt sein ... nach unten gekippt für die nächste ...«

Die Außenseite wurde von einem so heftigen Schlag getroffen, daß die gesamte Plattform schwankte!

Eine Erschütterung, als hätte es ein Dutzend Erdbeben auf einmal gegeben. Als sei der ganze Planet auseinandergerissen worden.

Jonnie versank in unermeßlichen schwarzen Tiefen. Von dem Tumult, der sich draußen erhob, hörte er nichts mehr.

## 5

Etwa eine Stunde vor der Teleportation war der gemischte Verband der Raumschiffe gerade über dem Horizont erschienen, was ihm die Sicht auf das amerikanische Rohstoffcamp gewährte.

Ein kleiner Aufklärer der Hawvins, der sich vor ihnen in der Umlaufbahn befand, hatte von dort bereits früher am Tag gewisse Aktivitäten gemeldet. In dem Bericht war lediglich davon die Rede, daß mitten in der Nacht auf den Infrarotschirmen eine Gruppe zu sehen gewesen sei, die das Gelände des Camps betrat. Die Gruppe sei dann wieder verschwunden und habe nur das übliche Gewimmel sowie offenbar schlafende Nachtwachen hinterlassen.

Die Drehantennen des gemischten Verbandes fingen jetzt am näherkommenden Horizont unten etwas Ungewöhnliches auf: Auf dem Camp schien eine größere Anzahl von Menschen versammelt zu sein als normalerweise.

In der Gegend kam ein Schneesturm auf, und das verursachte eine leichte Irritation der Infrarotstrahlen.

Die Aufmerksamkeit des gemischten Verbandes richtete sich noch nicht auf das Rohstoffcamp, wie es in Kürze geschehen würde. Die Zentralstelle für das Verteilernetz der Sichtschirme war mit einem Interview beschäftigt, das gerade stattfand.

Als Semi-Hauptmann Rogodeter Snowl wegen Verstärkungen nach Tolnep zurückgekehrt war, hatte er sich mit seinem Onkel, Quart-Admiral Snowleter in Verbindung gesetzt. Nach Rogodeters Überzeugung sollte Profit in der Familie bleiben. Der Quart-Admiral war freudig mit einem Verband von fünf Raumschiffen eingesprungen; das größte, ein Superraumschiff namens »Volltreffer«, gehörte zur Klasse »Furcht und Schrecken« der Kampfflugkörper-Killer. Snowleter hatte es nicht ohne eine gewisse Fertigkeit zum Quart-Admiral gebracht, und so befand sich auch eines seiner bewährten Hilfsmittel in seiner Begleitung: ein Reporter.

Roof Arsebogger hielt sich für den Topreporter der »Mitternachts Hatz« auf Tolnep. Sogar bei den Nachrichtenmedien anderer Systeme erregte die »Hatz« Neid als Inbegriff von Ungenauigkeit, Korruption und tendenziösen Meldungen. Sie druckte stets genau das, was die Regierung wünschte, und gab zugleich vor, stramm gegen die Regierung zu sein. Und Roof Arsebogger sonnte sich in dem Ruf, in einem Stab von Reportern, die auf dieses Gebiet spezialisiert waren, als derjenige zu gelten, der am meisten Gift verspritzte.

Das Interview führte Arsebogger an Bord von »Volltreffer« mit Semi-Hauptmann Rogodeter Snowl. Es handelte sich nur um Hintergrundinformationen, keinerlei Sensationen für die anderen, die mithörten. Der Quart-Admiral war nicht sonderlich beliebt. Andere Befehlshaber setzten sich gegen Snowleters Argumentation zur Wehr, ihm stehe als Dienstältestem das Kommando über den gemischten Verband zu. Und die Tatsache, daß er der Onkel des noch unbeliebteren Rogodeter Snowl war, machte ihn nicht gerade annehmbarer. Sie verabscheuten Snowl.

»Lassen Sie uns jetzt zurückkommen auf den Mann, der auf dieser gefälschten Banknote abgebildet ist«, sagte Arsebogger. »Würden Sie ihn als unehrlich bezeichnen?«

»Oh, schlimmer«, erwiderte Snowl.

»Könnte man ihn als notorischen Betrüger und Verräter charakterisieren?«

»Oh, schlimmer«, wiederholte Snowl.

»Gut, gut«, sagte Arsebogger. »Dieses Interview muß ausschließlich auf Tatsachen beruhen, verstehen Sie? Würde es dieser Forderung entsprechen, wenn man es folgendermaßen formuliert: ›Er stiehlt Säuglinge und trinkt ihr Blut‹?«

»Ausgezeichnet, genau das«, bestätigte Snowl.

»Ich meine, in Ihren Meldungen hätten Sie erwähnt, Sie seien mehrmals zusammengetroffen mit diesem ... wie heißt er doch gleich ... mit diesem Ehrabschneider, diesem Verleumder, der etablierte Regierungen mit Schmutz überhäuft ... ehem ... diesem Tyler? Ja, richtig. Sie hätten ihm persönlich im Kampf gegenübergestanden.«

Dies hörten nun auch andere Befehlshaber. Rogodeter hatte nicht damit gerechnet, daß alles in der Öffentlichkeit breitgetreten würde, und die Publicitysucht seines Onkels außer acht gelassen. »Nicht direkt«, korrigierte Rogodeter hastig. »Ich wollte damit sagen, daß ich es zwar versuchte, er jedoch immer weglief.«

Hinter Arsebogger ließ sich eine Stimme vernehmen. Sie gehörte Quart-Admiral Snowleter. »Das nächste Mal kommt er bestimmt nicht wieder davon!«

»Sagen Sie uns, Rogodeter, ist es Ihrer Meinung nach wirklich *der eine?«*

Der kleine graue Mann hatte das Ganze auf seinen Bildschirmen verfolgt. Er hegte eine tiefe Abneigung gegen Reporter, und dieser Arsebogger hatte wahrhaftig sein besonderes Mißfallen verdient; die scharfen, spitzen Zähne des Reporters waren dunkel verfärbt, fast schwarz, und eine Krankheit hatte sein Gesicht mit Pusteln übersät, kurz - ein Schmutzfink, dessen penetranten Gestank man sogar über den Bildschirm wahrzunehmen glaubte.

Nun wollte es das Glück oder - je nach Auffassung - Pech, daß sein Kurierraumschiff gerade einen Tag zuvor zurückgekehrt war. Es hatte haufenweise Kleinkram mitgebracht, darunter aber auch die eindeutige Aussage, daß der *eine* nicht gefunden worden war.

Zugleich gab es eine Prämienerhöhung. Das Bolbod Equality Empire hatte die ursprünglich von Hawvin Interrelated Confederation of Systems gebotene Summe, nämlich einhundert Millionen Währungseinheiten, verdoppelt. Der kleine graue Mann wußte nicht, was in anderen Sektoren, geschweige denn in anderen Universen vor sich ging, konnte sich jedoch vorstellen, daß die gleiche wilde Jagd stattfand.

Insgesamt gesehen ließ sich der Inhalt aller Meldungen auf einen Nenner bringen: Die Zeiten waren außergewöhnlich schwierig, und ein derartiges Problem hatte es in der ihnen bekannten Geschichte noch niemals gegeben. Außerdem wiesen gewisse Andeutungen darauf hin, wie dringend notwendig seine Anwesenheit dort sei, »wo er etwas Gutes tun könnte«, anstatt hier draußen »den einzigen Planeten eines Marginalsternbildes der zwölften Größenordnung« zu umkreisen. Natürlich handelte es sich nicht um direkte Kritik. Nichts als unterschwellige Andeutungen.

Tatsächlich aber würde es keine Rolle spielen, ob er sich nun zu Hause aufhielt oder nicht. Solange sich keine Lösung zeigte, würde sich das Chaos in ungeahntem Maße weiter ausbreiten, so daß weder für ihn noch für andere die Hoffnung bestand, es in den Griff bekommen zu können.

Geistesabwesend verfolgte er dieses hirnrissige Interview eines hirnrissigen Reporters mit einem hirnrissigen Militär, als plötzlich sein Brückensummer ertönte und das Gesicht seines Wachoffiziers auf dem Bildschirm erschien.

»Euer Exzellenz«, sagte der Wachoffizier, »irgend etwas geht vor sich dort unten im Umfeld dieser Hauptstadt. Die Infrarotstrahlen werden gestört. Was da eigentlich geschieht, können wir nicht sagen. Es kommen keine klaren Bilder.«

Das sogenannte Interview brach plötzlich ab. Auch andere Befehlshaber schienen etwas bemerkt zu haben.

Auf dem Bildschirm des kleinen grauen Mannes tauchte der Befehlshaber vom Hockner auf. »Euer Exzellenz, wenn ich mich recht erinnere, sagten Sie, dort sei der Sitz der Zentralregierung. Wir empfangen Bilder von Truppenmassierungen sowie Aufzeichnungen, die extreme Hitze registrieren. Halten Sie dies alles für politisch?«

Der kleine graue Mann betrachtete das Gebiet auf seinen Bildschirmen.

Der Schneesturm hatte die Wiedergabe schon zuvor stark beeinträchtigt, jetzt aber war sie geradezu unglaublich schlecht, einfach miserabel. Man konnte überhaupt nichts erkennen. Offensichtlich irgendeine Interferenz ...

Moment mal! Da wanderte doch eine Zickzacklinie über den Bildschirm!

Eine Teleportationszeile.

Hastig überlegte sich der kleine graue Mann, was er dem Hockner antworten sollte. »Ich glaube«, begann er vorsichtig, »die Zusammenhänge sind vermutlich irgendwo politischer Natur. Nach sämtlichen Informationen, die ...«

Die Bildschirme brachen beinahe zusammen!

Eine gewaltige Stichflamme, dann nichts mehr ...

Ein Signalhorn kreischte. »Bildschirm überbelastet! Bildschirm überbelastet!«

Du lieber Himmel, das passierte doch nie - außer in einem Hauptkampfgebiet.

Der kleine graue Mann rannte zu seinem Ausguck, wie es ja die Pflicht eines Befehlshabers war.

Er blickte hinunter.

Auf den verbliebenen Tonfrequenzen war von den anderen Raumschiffen ungläubiges Gestammel zu vernehmen.

Der Sturm hatte sich nahezu entladen.

Ein Feuerball stieg in den Himmel. Ein riesiger Teppich aus Rauchwolken und Flammen ballte sich immer dichter zusammen, wurde in schwindelnde Höhen getrieben - unwahrscheinlich!

Diese Eruption dämpfte das Tageslicht, breitete graue Dämmerung über die Szene.

Es hatte den Anschein, als sei die Welt in Stücke geborsten!

# 6

Sir Robert wartete kaum ab, bis die Erde zu beben aufhörte. Er fragte sich nicht einmal, was das alles bedeuten könnte. All sein Denken richtete sich nur auf ein Ziel: seine Hände von den Fesseln zu befreien und Jonnie zu helfen.

Er hatte gesehen, wie Jonnie von dem Pfeil getroffen wurde. Er hatte auch gesehen, wie der Junge ihn herauszog. Sir Robert wußte natürlich, daß es sich um einen Giftpfeil handelte, und war sich über die Folgen im klaren. Wenn ein solches Gift in den Organismus gedrungen war, würde die Ausbreitung durch körperliche Anstrengung erheblich beschleunigt. Und Jonnie hatte sich viel und heftig bewegt ...

Das Beil hatte die Fesseln nicht vollständig durchtrennt. Sir Robert spannte alle Sehnen an, um die verbliebenen Seilfasern zu zerreißen. Unter dieser Kuppel herrschte pechschwarzes Dunkel. Er konnte nicht einmal sehen, wohin genau Jonnie gefallen war oder in welcher Stellung er dalag. Doch der Raum hier war sehr eng. Er konnte und mußte zu ihm gelangen! Auch wenn es wahrscheinlich schon zu spät war ...

Die Haut an den Handgelenken drohte aufzuplatzen. Er hatte es geschafft!

In fieberhafter Eile streckte er die Hand aus, tastete umher und fand Jonnies Arm, den verwundeten Arm. Sir Robert umschloß ihn mit seiner mächtigen Hand direkt unter der Achselhöhle und schnürte mit eisernem Griff das Blut ab.

Das Beil war irgendwohin gefallen und durch die Erschütterung wohl weggerutscht. Ächzend tastete Sir Robert danach herum - auf dem Metallboden, unter der Kernkonsole, unter Jonnie. Plötzlich, in einer Ecke, berührten seine Finger den Griff.

Er packte ihn am Kopfende, direkt unter der Klinge, versuchte den Ärmel von Jonnies Strahlenschutzanzug aufzuschneiden.

Mit einer Hand ging es sehr mühsam.

Und dann noch die Dunkelheit ...

Er bemühte sich verzweifelt, Jonnie dabei nicht zu verletzen.

War da nicht eine Falte im Anzug? Vielleicht ließ sich die leichter aufschlitzen. Das Beil war beim Durchtrennen der Kabel stumpf und schartig geworden. Und das mit Blei beschwerte

Ärmelmaterial war sehr widerstandsfähig. Er schaffte es nicht. Nicht mit einer Hand.

Plötzlich fiel ihm ein, daß Jonnie in seinem Beutel immer Lederriemen mitnahm. Der lag zwar unter dem Körper, aber Sir Robert konnte ihn schließlich hervorziehen. Er langte hinein und fand zunächst Glasscherben, die ihm die Finger aufschnitten. Er kümmerte sich nicht darum.

Dann bekam er das Ende eines langen Riemens zu fassen und zog ihn heraus.

Er schob ein gebogenes Metallstück von einer Grubenlampe unter den Arm, drückte es gegen die Arterie und umschnürte es mit dem Riemen, den er so fest wie nur möglich anzog und dann zuband.

Jetzt konnte er arbeiten.

Er schnitt den Ärmel des Strahlenschutzanzuges direkt unter der Aderpresse ab und zog ihn herunter. Der Stoff war blutgetränkt und der Arm ebenfalls damit verschmiert.

Das viele Blut machte es schwer, die Wunde zu finden.

Da war sie.

Mit der Ecke der Beilklinge ritzte er ein »X« über die Wundöffnung.

Dann streifte er die Atemmaske ab und legte den Mund an die Wunde. Er mußte unbedingt soviel Blut aussaugen, wie er nur konnte!

Der Vorgang wiederholte sich wieder und immer wieder. Das Blut, das er ausspuckte, hatte einen scharfen, bitteren Geschmack. Kein Wunder bei der Menge Gift ...

Endlich schien es sauberer zu werden. Er wußte ja nicht, wie tief der Pfeil eingedrungen war, aber das ließ sich unmöglich feststellen.

Mit kräftigen Strichen bearbeitete er Jonnies Arm, um noch mehr Gift in die Wunde hinaufzupumpen, und legte dann wieder den Mund darauf. Ja, abermals dieser bittere Geschmack. Dann schien es wieder sauberer zu werden.

Sir Robert suchte an Jonnies Gürtel nach einer Wundkompresse, fand aber keine. Nun, die Blutung hatte inzwischen etwas nachgelassen. Vielleicht war doch keine Vene verletzt. Wahrscheinlich ging es sogar besser ohne Kompresse.

Er fühlte Jonnie den Puls, natürlich am gesunden Arm.

Verdammt und zugenäht! Der *raste* ja! So schnell, daß er die Schläge gar nicht mehr zählen konnte.

Jonnie lag stocksteif ausgestreckt, nur die Gliedmaßen zitterten leicht.

Sir Robert durchsuchte im Dunkeln Jonnies Beutel nach der Ampulle mit dem Gegengift, die er unbedingt bei sich haben mußte. Die Glasscherben konnten ja ebenso von der Grubenlampe stammen. Und dann fand er auch die untere Hälfte der Ampulle.

Obwohl er nicht sehen konnte, was er tat, und das Ganze ohnehin nichts weiter als eine Geste war, zog er die Wundränder auseinander und hielt die zerbrochene Ampulle umgestülpt darüber, so dicht wie möglich, um nur ja jeden vielleicht noch vorhandenen Tropfen hineinzuträufeln. Danach massierte er die Stelle, damit die Flüssigkeit tiefer eindringen konnte. Vielleicht bildete er sich das bloß ein, aber er hatte den Eindruck, daß sich der Arm geschmeidiger anfühlte.

Er kontrollierte den Puls. Der raste womöglich noch schneller, und die Gliedmaßen zitterten ebenfalls heftiger.

Hatte er auch wirklich alles getan, was in seinen Kräften stand? Mehr fiel ihm beim besten Willen nicht ein.

Die Luft in dem engen Raum war allmählich verbraucht, so daß er die Atemmaske wieder aufsetzte. Er nahm Jonnie die störende Strahlenschutzmaske ab und überprüfte die darunter befindliche Atemmaske. Das Ventil bewegte sich leicht, aber sehr rasch. Laut Instruktion sollten alle kurz vor Alarmstufe eins einen frischen Preßluftbehälter einsetzen. Wenn Jonnie die Anweisung befolgt hatte, mußte die Luft noch für zwei Stunden reichen.

Sir Robert ließ sich zurücksinken, zerrte die Fesseln von den Knöcheln, rückte dann Jonnies Körper zurecht und zog ihn so weit hoch, daß er den Kopf auf seinem Knie betten konnte. Zum Donnerwetter, dieses verdammte Gliederzittern hielt unvermindert an!

Er durchdachte die Situation. Die letzten Lagebesprechungen hatte er versäumt; folglich wußte er auch nicht, ob dabei irgend etwas erörtert worden war, worüber er jetzt informiert sein sollte.

Erbittert verwünschte Sir Robert seine eigene Dummheit. Da in der Akademie alles so reibungslos gelaufen war, hatte er eines Abends ganz allein - wie ein dämliches Schaf - einen Spaziergang unternommen und eine Anhöhe erklommen, um von dort aus das Camp in Augenschein zu nehmen. Einen bestimmten Zweck verfolgte er damit nicht. Nur ein prüfender Blick auf den künftigen Kampfschauplatz, das war alles. Und die Briganten hatten ihn geschnappt. Sie mußten ihn schon seit Tagen genau beobachtet haben.

Sie hatten ihn gefesselt und in eine Höhle geschleppt. Sie hatten versucht, ihn zu verhören, und ihn geschlagen, ihm das Nasenbein gebrochen. Das geronnene Blut erschwerte ihm auch jetzt noch das Atmen. Doch einen kampferprobten Veteranen wie ihn konnten sie damit nicht zum Reden bringen. Er wußte nicht, was sie nun mit ihm anfangen wollten, bis sie ihn ins Camp brachten und dort hinwarfen.

Daß sie ihn nach Psychlo verfrachten würden, hatte er nicht ernstlich geglaubt und seinen Irrtum erst erkannt, als sie ihm die Atemmaske aufstülpten. Der Gedanke daran, was ihm bevorstand, brachte selbst ihn ins Schwitzen. Wie die Psychlos Verhöre zu führen pflegten, dafür hatte er ein drastisches Beispiel erlebt - Allison.

Sir Robert war innerlich darauf vorbereitet, das auf sich zu nehmen. Über den geplanten Angriff wußte er genau Bescheid, aber wie man ihn da herausholen könnte, das vermochte er sich nicht vorzustellen. Schließlich sollte ja ein Flammenwerfer eingesetzt werden, um die Plattform zu säubern.

Und dann hatte dieser Junge seinen Flammenwerfer fallen lassen und angegriffen! Ein schier aussichtsloses Unterfangen ...

Um Sir Roberts willen hatte dieser Junge seine eigenen Chancen verspielt, sie einfach weggeworfen. Auch sein Leben?

Sir Robert fühlte ihm abermals den Puls. Du lieber Himmel, wie lange konnte ein Puls so jagen, wie lange konnte ein Mensch das durchstehen?

Allmählich begann die draußen herrschende Stille ihm Unbehagen einzuflößen. Tief im alten Campgelände sollte sich eine Rettungsmannschaft bereithalten mit Tiefladern und Flugkörpern; Dr. Allen und Dr. MacKendrick gehörten beide dazu. Alle trugen Strahlenschutzanzüge und Atemmasken.

Auch hier, unter der Kuppel, war es beängstigend ruhig. Hatte da nicht eben ganz leise etwas geknackt?

Jonnie mußte doch ein Walkie-talkie bei sich gehabt haben. Sir Robert tastete Jonnies Gürtel ab und dann den Boden.

Er hatte es! Das Knacken kam aus dem Gerät.

Es war eingeschaltet, aber keine Stimmen ... Waren denn alle da draußen tot?

Er stellte auf Sendung um. »Hallo, hallo.« Mehr zu sagen, das wäre unklug. Man konnte nicht wissen, wer dort draußen herumwimmeln mochte.

Schweigen.

»Hallo, hallo.« Sollte er ihnen nicht besser den Standort angeben? Das war vielleicht unklug, aber er mußte es tun. »Hier Konsole.«

Stammte das Klicken von einer Sendetaste?

Und dann - eine flüsternde Stimme, anscheinend weit entfernt.

»Sind Sie's, Sir Robert?«

Thors Stimme! Vor Erleichterung war Sir Robert den Tränen nahe.

»Thor?«

»Ja, Sir Robert.«

»Thor, Jonnie ist hier drin. Er wurde von einem Giftpfeil getroffen. Sie müssen ihn schleunigst rausholen!«

Dann Dr. Allen. »Haben Sie einen Strahlenschutzanzug an, Sir?«

»Nein, verdammt noch mal! Ich hab keinen Anzug! Zum Teufel damit! Holt den Jungen raus!«

»Ist sein Anzug ganz, Sir?«

Sir Robert fiel ein, daß er ja den Ärmel abgerissen hatte. »Nein.«

»Tut mir leid, Sir«, flüsterte Dr. Allen, »aber das Öffnen der Kuppel würde Sie beide umbringen. Gedulden Sie sich noch ein bißchen. Wir werden sehen, was wir tun können.«

»Was heißt hier Geduld, verflucht und zugenäht!« wütete Sir Robert. »Holen Sie den Jungen raus, und zwar sofort!«

Keine Antwort. Sir Robert wollte schon gegen die Innenwand der Kuppel hämmern. War ihnen denn nicht klar, daß Jonnie höchstwahrscheinlich hier drin sterben würde?

Dann meldete sich eine flüsternde Piepsstimme. »Sir Robert?« Sie gehörte einem der jungen buddhistischen Funker. Vermutlich der jüngste, den sie besaßen. Sie hatten ihm ein Kind als Funkpartner zugewiesen!

In seiner Würde verletzt, wollte Sir Robert gerade seinem Groll Luft machen, als die Kinderstimme wieder zu flüstern anhob, diesmal in Psychlo: »Sie tun alles, was sie können, Sir Robert. Hier draußen sieht's ziemlich schlimm aus, Sir.«

»Wo sind Sie?« erkundigte sich Sir Robert, ebenfalls auf Psychlo.

»Ich bin hier draußen, gleich neben der Kuppel, Sir. Mein Funksprechgerät habe ich in der Atemmaske, unter der Strahlenschutz-Sichtplatte. Entschuldigen Sie mein Flüstern. Wir wollen vermeiden, daß die Besucher oben im Raum etwas auffangen. So können sie nichts hören, und das Walkie-talkie hat auch nicht die entsprechende Reichweite.«

»Was tun denn diese Besucher?«

»Ich weiß es nicht, Sir Robert. Es sind wieder dichte Schneewolken aufgezogen. Ich sehe dort jemand von der Flugkontrolle, den frage ich mal. Ich bin gleich zurück.«

Nach einer langen Pause ertönte die dünne Piepsstimme wieder: »Sir? Der von der Flugkontrolle sagt, sie sind in die Umlaufbahn eingeschwenkt und irgendwo über uns. Sie haben die Gegend hier ins Visier genommen. Aber unsere Kampfflugkörper stehen in Bereitschaft. Dunneldeen ist da oben. Er möchte wissen, wie es uns geht. Wie geht's Lord Jonnie?«

Sir Robert fühlte, wie der an ihn gelehnte Körper an allen Gliedern zitterte. Aber er wußte auch, daß der moralische Faktor dort oben in der Luft eine wichtige Rolle spielte. Er durfte ihnen nicht sagen, daß Jonnie seiner Meinung nach im Sterben lag. Doch noch lebte er. »Berichten Sie ihnen, daß im Augenblick kein Anlaß zur Sorge besteht.«

Nach kurzem Schweigen meldete sich das flüsternde Stimmchen wieder: »Der Funker hat es weitergegeben.«

»Was unternehmen sie hier, um uns rauszubekommen?« erkundigte sich Sir Robert. Es war die Hölle, im Dunkeln dazusitzen und zu warten ... Jonnies Atem ging zu schnell, viel zu schnell!

»Hier draußen ist's sehr schlimm, Sir Robert. Sehr, sehr schlimm. Wenn Sie etwas knacken hören, Sir, das sind die Starkstromleitungen. Die hat's alle erwischt. Sie wurden runtergerissen und verschmoren jetzt funkensprühend am Boden.«

»Hat es beim Angriff irgendwelche Verluste unter den Leuten gegeben?«

»Oh, das wissen wir nicht, Sir Robert. Die Rettungsmannschaft ist mit einem Frontschaufler dabei, die Särge freizulegen. Ich stehe neben einem riesigen Erdloch, genau an der Stelle, wo die Plattform war. Aus dem Trichter quillt Rauch raus. Ist's heiß bei Ihnen drin?«

Sir Robert hatte davon bisher nichts bemerkt. Doch als er die Kuppel anfaßte, stellte er fest, daß sie warm war, und bejahte die Frage.

»Ich soll Ihnen sagen, daß sie bloß nicht den Hebel für die Gleitkufen lösen. Ein wahres Wunder, daß sie haftengeblieben sind. Also ja nicht den Hebel verstellen. Sie wollen die Kuppel mit der ganzen Metallplattform wegbringen.«

Jemand anders kam jetzt auf der Frequenz durch. »Dwight? Können Sie uns hören? Dwight?«

Die dünne Kinderstimme erklärte: »Sie haben gerade eben seinen Sarg unter dem Steilhang der Schlucht gefunden. Ein Erdrutsch hat ihn verschüttet. In der Werkstatt haben sie einen Gabelstapler entdeckt, der noch funktioniert, und mit dem heben sie jetzt den Sarg. Sie öffnen den Deckel. Dwight sieht irgendwie benommen aus, aber er setzt sich auf.«

»Sie sollten sich endlich mit der Kuppel befassen!« wetterte Sir Robert.

»Oh, daran arbeitet ein anderes Team schon mit Volldampf, Sir.

Sie holen gerade einen kleinen Kran aus den Tiefgeschossen. Ich sehe, wie ein Mann an dem großen Kran hantiert. Er ist umgekippt, und sie müssen ihn wieder hochkriegen.«

Allmählich bekam Sir Robert eine Vorstellung davon, wie es draußen zuging.

»Wir waren unten im sechzehnten Stockwerk«, berichtete die Piepsstimme. »Die Erschütterung war schlimm. Die ganze Luft ist dabei rausgesogen worden, aber zu hören war nichts.«

»Na, und was war es? Was ist passiert?« fragte Sir Robert.

»Das wissen wir eben nicht, Sir.«

»Sie hatten ein paar Kernwaffen in Reserve. Sind die explodiert?«

Pause. Der Junge war offenbar fortgegangen und kam dann wieder zurück. »Nein, Sir. Thor sagt, sie sind intakt, und er ist darüber schrecklich erleichtert. Sie sind nicht explodiert.« »Was war es dann?«

»Es tut mir wirklich sehr leid, Sir. Keiner von uns weiß das. Oh, da kommt ein Frontschaufler. Der soll Ihre Plattform lockern, damit sie hochgezogen werden kann. Der erste ist ihnen nämlich kaputtgegangen, nachdem sie das Feuer gelöscht hatten. Ich soll Ihnen sagen, daß Sie Geduld haben müssen, Sir. Wir tun, was wir können.« Und dann: »Sie haben jetzt noch drei Särge rausgeholt.« Pause. Danach tief bekümmert: »Einer ist tot. Er heißt Andrew.«

Die Plattform bekam einen Ruck, als ein Frontschaufler sie anscheinend von unten hochstemmte. Sir Robert konnte das Dröhnen eines Motors deutlich hören.

Dann ertönte ein lauter Warnruf. Unmittelbar darauf folgte ein Krachen.

Danach die dünne Piepsstimme: »Einer von den Masten ist in den Krater gestürzt. Niemand wurde verletzt. Und da kommt Ihr Tieflader, Sir.«

»Pah, Ticflader!« wiederholte Sir Robert wutschnaubend. »Was wir brauchen, ist ein Flugkörper! Wir sollten auf dem Luftweg abtransportiert werden!«

Wieder Pause. Nach einer Weile kehrte der kleine buddhistische Funker zurück. »Sie haben im Süden einen Fluß entdeckt. Er heißt Purgatoire. Das haben uns die Piloten gesagt.«

Sir Robert fühlte Jonnie den Puls. Der raste!

»Ich versteh das nicht!« schrie Sir Robert. »Hier kommt's auf jede Sekunde an! Ich brauche Serum! Können wir denn nicht die Kuppel anheben und etwas Serum reinschieben?«

»Tut mir leid, Sir Robert. Der Purgatoire liegt etwa hundertachtzig Kilometer weiter südlich. Direkt an einem der alten Highways.« Er redete hastig weiter, damit Sir Robert ihn nicht unterbrechen konnte. »Sie haben Schachtpumpen geholt. Unsere ganze Ausrüstung und die Flugkörper - alles ist verseucht. Das muß gründlich abgespritzt werden, damit die radioaktive Strahlung beseitigt wird. Erst wenn das geschehen ist, können sie die Kuppel öffnen.«

Sir Robert ballte die Fäuste. Hundertachtzig Kilometer! Wie lange würde die Fahrt dauern?

Das Kind mußte seine Gedanken gelesen haben: »Sie werden sehr schnell fahren, haben sie mir gesagt. Auf dem alten Highway geht das. Thor wird Ihren Tieflader selber steuern. Sie wissen, wie wichtig es ist. Ihr Tieflader wird als erster starten. Sie haben Ihren Kran jetzt aufgerichtet.«

Wieder ein heftiger Stoß. Anscheinend hatte der Frontschaufler unter der Plattform etwas weggerissen.

»Fünfzehn Särge haben sie jetzt freigelegt«, berichtete der Junge. »Alle Schotten, die darin waren, sind am Leben, bis auf den einen. Sein Sarg wurde in die Luft geschleudert, und das hat ihm den Schädel zertrümmert. An der Außenseite der Särge ist das Blei geschmolzen wie nichts. Man kann sie kaum anfassen, so heiß sind sie.«

Es gab viel Ächzen und Quietschen, als der Hebehaken des Krans oben auf der Kuppel fest anzog. Das Geräusch veranlaßte sie zu größter Vorsicht, damit die untere Plattform nur ja nicht abfiel.

Die Gleitkufen blieben weiterhin fest haften. Sir Robert spürte, wie sie in der Luft pendelten. Dann ein dumpfer Schlag, als sie auf dem Deck des Tiefladers aufsetzten. Sie zogen das Ganze nochmals hoch, um beim Hinunterlassen das Gewicht der Kuppel besser auszugleichen.

Der Junge stand offenbar weiterhin auf der schwebenden Plattform. Seine dünne Stimme klang ruhig. »Von hier kann ich besser sehen. Es schneit nicht. Weit draußen auf der Ebene erkenne ich ein paar Gestalten. Die müssen zum Briganten-Stamm gehören. Und außerdem sehe ich noch mehr Särge.« Ein lauter Zuruf an irgendwen, vermutlich von einer Geste unterstrichen. »Im alten Camp wurde vom gesamten Gebäudetrakt das Dach weggerissen. Da kann jetzt der Wind richtig reinfegen.«

Sir Robert kontrollierte wieder einmal Jonnies Puls. War er schwächer geworden?

»Thor dreht sich zu jemandem um. Er klettert jetzt in Ihren Tieflader. Keine Sorge, er ist ein guter Fahrer, sagt er. Er wird so schnell fahren, wie er irgend kann. Entschuldigen Sie mich, ich soll einsteigen und den Sicherheitsgurt anlegen.«

Der Tieflader startete mit Donnergetöse. Ratternd holperte er über das rauhe Gelände. Sir Robert stützte Jonnies Kopf. Atmete er noch?

Sie erreichten den ehemaligen Highway. Schrill aufjaulend kam der Motor auf Touren.

Sir Robert erinnerte sich, daß Jonnie eine Uhr getragen hatte. Er suchte nach dem Knopf für den Leuchtziffernanzeiger. Da - die Zahlen liefen jetzt durch.

Sie fuhren so schnell, daß er den Wind draußen heulen hörte.

Ein unerbittlicher Wettlauf mit der Zeit ... Fünfzig Minuten ... Zweiundfünfzig ... Neunundfünfzig ...

Jäh verlangsamte der Tieflader das Tempo, rumpelte abwärts über holpriges Gelände, hielt schwankend an und setzte auf dem Boden auf.

Wieder die dünne Kinderstimme: »Wir sind am Flußufer. Hier gibt's reichlich Wasser. Sie montieren einen Schlauch an die Schachtpumpe. Ich muß ein Stück weggehen, solange die Kuppel abgespritzt wird. Ich selber muß mich ja auch abspritzen lassen und die anderen ebenso. Wenn das erledigt ist, machen sie einen Test mit Atemgas.«

Und plötzlich ... ein Wasserschwall ... Der scharfe Strahl donnerte gegen die Außenwand der Kuppel, überschwemmte sie ... Das Tosen der Wassermassen hallte im Innenraum wieder, erfüllte alles ringsum ... Und dann ergossen sich die Fluten offenbar über den Tieflader.

Danach trat Stille ein. Die Piepsstimme meldete sich wieder: »Sir Robert? Der Transporter mit dem kleinen Kran ist angekommen und abgespritzt worden, genau wie ich. Können Sie drinnen den Hebel zum Öffnen finden? Der an der Außenseite ist nach unten gekippt.«

Sir Robert hatte sich bereits orientiert und war ja schon vor einer Stunde drauf und dran gewesen, den Hebel zu betätigen. Jetzt zog er ihn auf. Mit Klirren und Rasseln näherte sich ein Kran. Da er hatte die Kuppel im Griff.. sie hob sich!

Das dunstige Tageslicht schmerzte in den Augen. Jonnie lag reglos da. Atmete er überhaupt noch?

Dort stand er - klein, schmal, tropfnaß, Sichtschutz und Atemmaske hatte er abgenommen. Der Junge mit der Piepsstimme, etwa dreizehn Jahre alt. »Mein Name ist Quong. Ich danke Ihnen, Sir Robert, daß Sie so geduldig mit mir waren. Ich habe mir genausoviel Sorgen gemacht wie Sie.«

Dr. Allen schwang sich mit einem Satz auf den Tieflader. Er hatte eine Spritze in der Hand und ergriff sofort Jonnies Arm. Eine

Krankenschwester assistierte ihm. Sie hielt Jonnies Kopf fest.

Sir Robert erhob sich schwankend. Er war schweißgebadet, und hier blies ein kalter Wind.

Er blickte nach Norden.

Der Himmel dort leuchtete glutrot.

»Was ist das?« erkundigte er sich.

Thor stand in der Nähe, neben ihm ein anderer aus der Rettungsmannschaft. Weiter flußabwärts trafen mehrere Transporter ein.

Thor antwortete: »Das ist Denver.«

Sir Robert starrte unverwandt nordwärts - gebannt, fassungslos. Sie waren wahrhaftig der Hölle entronnen ...

# Teil XXV

## 1

Zum ersten Mal in einem bisher mühsam und trostlos verlaufenen Jahr war der kleine graue Mann innerlich bewegt und beteiligt. Ein ihm fremd gewordenes Gefühl begann sich in ihm zu regen: Hoffnung. Zwar noch zaghaft, aber eindeutig vorhanden.

Dem gigantischen Blitz, den sie gesehen hatten, konnte er kein echtes Interesse abgewinnen, und auch der schmutzigen, heftig brodelnden Wolke, die über der Erde aufstieg, schenkte er kaum Beachtung.

Es ging um diese Zeile, die kurz auf seinem Bildschirm aufgeflimmert war. Eine Teleportations-Abfeuerung! Eine Spur, der wiederzubegegnen er nie zu hoffen gewagt hätte.

Seine Spontanreaktion war Neugier, ob einer von diesen Kommißköpfen in den kreisenden Raumschiffen die flimmernde Zeile ebenfalls wahrgenommen hatte. Und so hörte er ihrem Geschwätz gespannt zu.

»Das war ein klarer Fall von Kernexplosion«, sagte der Bolbod. Damit war für ihn die Angelegenheit erledigt. Kampflustig reckte er das Gesicht über den Kragenrand, so daß es fast aussah, als wäre er erpicht darauf zu streiten.

Der Tolnep kam sofort mit dem Vorschlag, einzugreifen und »den Spuk da unten ein für allemal zu beseitigen!«

Der Hawvin spekulierte über mögliche politische Zusammenhänge und suchte den kleinen grauen Mann mit hereinzuziehen. Doch der hielt sich zurück: Er wollte zunächst sehen, was die anderen wußten.

Der Super-Leutnant der Hockner faßte schließlich die Situation zusammen. Er klemmte sich das Monokel ins Auge und musterte die anderen herablassend. »Sie alle begreifen offenbar nicht recht, worum es eigentlich geht!« schnarrte er. »Frühere Berichte sprachen von einem Kommando, das einen nächtlichen Angriff unternahm und spurlos in der Gegend verschwand. Bei dem, was wir eben gesehen haben, handelt es sich ganz eindeutig um den Höhepunkt einer bewaffneten politischen Auseinandersetzung.

Und ich möchte eigentlich behaupten, daß die Regierung jetzt in andere Hände übergegangen ist. Wie wir sehr wohl wissen, war die politische Lage unsicher; Priester hatten zuvor auf dem Planeten die Regierung übernommen, diese gelben Kerle in den langen Gewändern. Aber vielleicht wurden sie geschlagen und in diesen Tempel dort in der südlichen Hemisphäre zurückgetrieben.«

Nach kurzer Pause fuhr er fort: »Irgendeine Militärgruppe hat nun die ehemalige Hauptstadt des Planeten mit Kernwaffen vernichtet. Durch zwei getrennte Revolten allein in den letzten paar Monaten ist das politische Klima überaus labil und die Zeit reif für einen konzertierten Angriff unsererseits.«

»Stimmt!« brummte der Bolbod. »Wir sollten wie der Blitz nach unten fahren und sie fertigmachen!«

Der Jambitschow-Kommandant lachte leise auf. »Auf mich werden Sie dabei leider verzichten müssen, verehrte Freunde. Zumindest im Augenblick. Haben Sie mal dort rübergeschaut, zu dem Felsvorsprung am Berggipfel - gleich westlich der Hauptstadt?« Verblüfftes Schweigen, dann hier und da Keuchen.

Ein Verband aus Kampfflugkörpern und Truppentransportern war jetzt deutlich auszumachen.

»Das war ein Hinterhalt!« sagte der Semi-Hauptmann.

»Pah!« sagte der Bolbod wegwerfend. »Ihre Feuerkraft reicht noch nicht mal an die eines einzigen unserer großen Raumschiffe heran!«

»Trotzdem könnten sie ziemlich gefährlich werden«, meinte der Jambitschow mit seiner wie immer munter klingenden Stimme.

Das Gespräch stockte. Unvermittelt tauchte auf dem Bildschirm des kleinen grauen Mannes ein Gesicht auf: Roof Arsebogger von der »Mitternachts-Hatz« meldete sich an Bord des Tolnep-Superraumschiffs der Klasse »Furcht und Schrecken«.

»Euer Exzellenz«, schleimte der Reporter, »könnten wir uns wohl die Gesprächspause zunutze machen, um von Ihnen eine persönliche Stellungnahme zur allgemeinen Lage zu bekommen?« Der kleine graue Mann blieb immer ruhig, wurde nie erregt. Auch jetzt antwortete er nur völlig gelassen: »Verschwinden Sie von meinem Bildschirm.«

»Oh, Sir, hm ... Euer Exzellenz. In der Tat, Sir ... Euer Exzellenz. Sofort, Sir!« Damit blendete sich das krankhaft verunstaltete Gesicht wieder aus.

Der kleine graue Mann quittierte das mit angewiderter Miene und wandte sich wieder den anderen zu. Früher oder später würden sie einen Beschluß fassen und eine konzertierte Aktion unternehmen. Bislang hatte noch keiner die Teleportations-Spur erwähnt.

Und von irgendeiner logischen Schlußfolgerung war auch weit und breit nichts zu entdecken. Gierte tatsächlich jeder nur für sich persönlich nach dem Prämiengeld und kaschierte das vor den übrigen? Nun, er würde zuhören.

Das war immer der sicherste Weg ...

Der gemischte Verband war rege geworden und hatte seine Position in der Umlaufbahn so korrigiert, daß er über dem Gebiet stationiert blieb. Aus den Motoren zischten aufleuchtende Strahlen in den Himmel empor, und auf den verschiedenen Frequenzen konnte man die Befehle verfolgen, die - immer im gleichen monotonen Stakkato - an die Besatzungen der Raumschiffe ausgegeben wurden. Sie machten sich bereit.

Der Hawvin sprach schließlich das an, was wohl alle am meisten beschäftigte - die Prämie. »Mir ist eben folgende Idee gekommen - bei denen da unten könnte ja auch der *eine* sein, und die wissen es vielleicht gar nicht! Hier liegt ein Bericht über einen massigen Psychlo vor, der früher am Tag dort unten um eine Abfeuerungsplattform rumgelaufen ist.«

»Na ja, falls es wirklich ein Psychlo war, meinen Sie denn nicht, daß er's gewußt hätte?« fragte der Jambitschow-Kommandant.

Nun schaltete sich der Hockner-Super-Leutnant ein. »Wenn der alberne Trottel es nicht gewußt hat, könnte er ja trotzdem der *eine* sein.«

»Aber wenn er's gewesen wäre, wüßte er's«, konterte der Hawvin. »Und er wußte es eben nicht, folglich ist er auch nicht der *eine.*«

Der Quart-Admiral tippte gedankenvoll an einen seiner Fangzähne, als er einwarf: »Da nunmehr die Möglichkeit besteht, daß sie der *eine* sind ...« Die anderen starrten fassungslos auf ihre Bildschirme, während er das verkündete, denn sie konnten sich nicht vorstellen, wie er wohl zu dieser Schlußfolgerung gelangt sein mochte. »... also, hm, ich vermag in dem Fall nicht einzusehen, weshalb wir uns noch länger Zurückhaltung auferlegen sollen, anstatt anzugreifen, alles gründlich abzuräumen und dann wieder abzuhauen.«

Er räusperte sich und fuhr mit einem geradezu bestechenden logischen Schlenker fort: »Andererseits aber, falls sie der *eine* sind, dann stellen sie für uns eine extreme Gefahr dar, der unbedingt mit einem Angriff begegnet werden sollte. Wie auch immer - wir machen einfach einen Überfall, teilen uns die Beute und türmen.«

»Und das Prämiengeld?« gab der Jambitschow zu bedenken.

»Pah«, schnaubte der Quart-Admiral, »der beste Weg, das herauszufinden, ist ein ausgedehntes Verhör der Gefangenen, die wir dabei nehmen. Als Oberbefehlshaber dieses gemischten Verbandes ...«

Sofort hagelte es Proteste. Sie waren sich einig darüber, daß sie in jedem Fall angreifen, gründlich abräumen und verschwinden sollten. Doch den Quart-Admiral als ihren Oberbefehlshaber zu akzeptieren, das kam überhaupt nicht in Frage!

Quart-Admiral Snowleter reagierte darauf sehr sauer. Immerhin hatte er Roof Arsebogger an Bord und dem wollte er ein möglichst lupenreines Image präsentieren. Diese Streitigkeit war seinem Bestreben abträglich, was ihn erheblich verärgerte.

Das anschließende Gerangel kostete viel Zeit, und der kleine graue Mann wandte sich wieder dem Schauplatz Erde zu.

Er hatte einen kleinen Konvoi ausgemacht, der Richtung Süden raste. Er bestand aus zwei Teilen. Der erste kleinere benutzte vermutlich einen ehemaligen Highway. Der zweite war größer und fuhr fast ebenso schnell. Auf Anhieb mochte es so scheinen, als ob der zweite den ersten verfolge. Doch jetzt hatten sie sich ohne jeden Kampf am Flußufer getroffen. Kein Zweifel, sie gehörten wohl zu einer Gruppe.

Der Fluß führte das jahreszeitliche Hochwasser, und bald nach Ankunft der ersten Abteilung waren Pumpen installiert, und man konnte erkennen, wie sie ihre Fahrzeuge und sich selbst ausgiebig unter dem scharfen Wasserstrahl abspülten.

Der Vorgang an sich war dem kleinen grauen Mann unbekannt, so daß er ein paar Nachschlagewerke zu Rate zog. Radioaktive Strahlung! Im Fall einer Verseuchung empfahl sich als Gegenmittel die reichliche Verwendung von Wasser. Infolge ihres Gewichts ließen sich die radioaktiven Teilchen ab- und wegwaschen. Dann hatte es sich also tatsächlich um eine Kernexplosion gehandelt. Die Psychlos hatten von jeher jeden Versuch, solche Waffen einzusetzen, unerbittlich geahndet. Sie gehörten einem nahezu vergessenen Kapitel einstiger Kriegführung an.

Der kleine graue Mann ließ den Nachrichtenoffizier seine Bildschirme regulieren. Dunst und Wolkendecke erschwerten die Sicht nach unten. Die Stadt im Norden brannte inzwischen heftig, unter den dichten Rauchschwaden leuchtete es rot. Der Wind kam von Süden, so daß es in der Flußgegend, wohin sich die Lastwagen zurückgezogen hatten, klarer blieb; trotzdem gab es massenhaft Interferenzen. Aha, es lag an der durchgeschmorten Hauptstromleitung zur alten Außenstation. Das machte die Bildwiedergabe verwackelt und verzerrt.

Es dauerte eine ganze Weile, bis die Gruppe am Fluß sich restauriert hatte. Was waren sie?

Flüchtlinge? Reste eines Sturmtrupps?

Und dann sah er es: Unter der Kuppel, die sie mit einem Kran gehoben hatten, eine Teleportations-Konsole.

Er begann die Situation Stück um Stück zu analysieren. Er wußte weder, wie und warum, aber dieser Kampf und die Explosion hatten etwas mit Teleportation zu tun.

Der eine oder andere Kommandant in den Raumschiffen ringsum würde sich bei ihm Rat holen. Und er würde eine unverbindliche Antwort geben. Diesmal hätten sie keinerlei Hilfe von ihm zu erwarten. Er konnte nur hoffen und beten, daß sie diese Konsole dort unten nicht entdeckten.

Offenbar hatte die Gruppe einige Verwundete zu versorgen, was sie eine Zeitlang voll beanspruchte. Kein Gedanke an Sicherheit - nein, die Konsole stand klar und deutlich da, ohne jeden Schutz.

Endlich näherten sich sechs Kampfflugkörper und landeten. Außerdem befand sich jetzt ein starker Verband als Luftsicherung über der Gruppe.

Der kleine graue Mann blickte unverwandt auf die Konsole. Endlich trugen sie sie, jetzt gut verhüllt, in einen der Kampfflugkörper.

Plötzlich sagte der Hockner: »War das nicht eine Transferkonsole, die sie vom Lastwagen in den Flugkörper verfrachtet haben? Ich lasse die Bildfolge noch einmal durchlaufen.«

Der kleine graue Mann sackte in sich zusammen. Genau das hatte er verhindern wollen. Er hatte gehofft, sie würden sie nicht erkennen, selbst wenn sie sie sähen.

Trügerische Hoffnung. Stimmt, das ist eine«, stellte der Hockner fest.

Das Einladen dort unten beanspruchte ziemlich viel Zeit. Einige der Kampfflugkörper waren ganz leer, zwei dagegen randvoll. Der kleine graue Mann schlug die Kapazitäten nach. Da stand es ... die ganze Gruppe ließ sich mit Sack und Pack mühelos in zwei Flugkörpern unterbringen.

Das Palaver der Kommandanten überstürzte sich jetzt förmlich. Manche hatten Abbildungen von solchen Konsolen gesehen. Die allgemeine Erregung schlug immer höhere Wellen, die Aussicht, sich die zweihundert Millionen Währungseinheiten Prämiengeld zu teilen, wirkte berauschend.

Dann ließ die Gruppe unten alles im Stich - Tieflader, Pumpen, einen Kran sowie einige mutmaßliche Särge. Sechs Kampfflugkörper hoben ab.

Und was sie nun taten, war höchst rätselhaft und verwirrend.

Statt in geordneter Formation kurvten sie in wildem Zickzackkurs durch die Luft, zogen willkürlich Kreise und Schleifen - ein heilloses Durcheinander. Selbst wenn man die Bildsequenz noch einmal über den Schirm laufen ließ, konnte man die Flugkörper unmöglich auseinanderhalten!

Vier landeten wieder. Welche vier? Wo steckte die kostbare Ladung?

Die Kommandanten erörterten die Frage immer hitziger. Sie ließen die Bildaufzeichnung nochmals durchlaufen und suchten nach irgendwelchen Erkennungsmerkmalen. Ausgeschlossen bei diesen atmosphärischen Störungen.

Urplötzlich kam der Hockner auf die Lösung. Zwei Flugkörper hoben ab und gingen gemächlich - mit nur sechzehnhundert Stundenkilometern - auf Nordostkurs. Die anderen vier und der weitaus größte Teil der zusätzlichen Begleitschutzstaffel blieben am Fluß.

»Das ist ein Köder!« rief der Super-Leutnant. »Sie wollen uns auf die Fährte der Gruppe locken, die in Richtung Nordost fliegt!«

Sie verfolgten das Geschwader auf seinem Nordostkurs und überlegten, welche Route es wohl nehmen würde. Es würde den Pol in dieser Richtung überqueren und - sofern es nicht vorher irgendwo landete - am Standort der Pagode in der südlichen Hemisphäre niedergehen, was bei dem Tempo in etwa neun Stunden erfolgen dürfte.

Als wollten sie den Hockner in seinem Argwohn bestätigen, starteten die verbliebenen vier Kampfflugkörper und der Rest des Begleitschutzgeschwaders und nahmen Kurs in nordwestlicher Richtung. Ihre Fluggeschwindigkeit betrug gut dreitausendzweihundert Stundenkilometer.

Eine hastig angestellte Extrapolation ergab als einzig mögliches Ziel eine alte Außenstation, die in der Nähe eines einst Singapur genannten Ortes lag.

»Das wär's wohl, Freunde«, sagte der Hockner. »Hier liegt ein Bericht vor, demzufolge in der Gegend emsige Geschäftigkeit geherrscht hat und eine Art Plattform errichtet worden ist. Sie schaffen diese Konsole nach Singapur!«

Der Quart-Admiral versuchte zu widersprechen. Als ranghöchster Offizier stand ihm von Rechts wegen Gehorsam zu. Es müsse sich um die Pagode handeln, erklärte er. Sein Grund dafür war, daß er alle Religionen verabscheute. Ihre Anhänger waren durchweg Fanatiker, stürzten Regierungen und mußten in jedem Fall vernichtet werden. Dies war nun offensichtlich eine religiöse Revolte, wofür sie sogar Beweise besaßen. Ein religiöser Orden hatte die Regierung des Planeten gestürzt und jetzt eine Kernkonsole gestohlen. Dieser Planet war der *eine*, ohne jeden Zweifel, und somit erteilte er ihnen allen den Befehl, die Pagode anzusteuern.

Sein Befehl wurde prompt befolgt. Der gemischte Verband formierte sich blitzschnell und jagte mit Donnergetöse hinter dem in Richtung Singapur fliegenden Geschwader her.

Doch das Superraumschiff »Volltreffer« der Klasse »Furcht und Schrecken« folgte ihnen nicht.

Dafür gab es zwei Beweggründe: Roof Arseboggers Hinweis auf die auflagesteigernde Wirkung eigenständigen Handelns und ein glühender Haß auf alle Religionen. Beides zusammen hatte Quart-Admiral Snowleter dazu getrieben, sein gewaltiges, mit Kampfflugkörpern gespicktes Superraumschiff in Richtung Kariba zu steuern.

## 2

Jonnie fuhr alarmiert aus dem Schlaf hoch. Die Erde hatte gebebt! Eine Krankenschwester, die an seinem Bett gesessen haben mußte, verließ das Zimmer.

Er blickte sich benommen um, zunächst außerstande, sich in der ungewohnten Umgebung zurechtzufinden. Dann erkannte er, wo er war. Es war der Bunkerraum, den die Chinesen in Kariba eigens für ihn eingerichtet hatten. Er befand sich an der Innenseite einer schalenförmigen Vertiefung. Die Teleportations-Plattform lag am Boden dieses Kraters, in dessen Innenwand sie ringsum tiefe Bunker eingebaut hatten, einige sogar voll verkachelt. Beleuchtet wurden sie mit Grubenlampen.

Sein Bunker war gelb gekachelt und mit einem Bett, Stühlen und einem Kleiderschrank möbliert. Auf die Kacheln hatten sie sogar ein Porträt von Chrissie gemalt - nach einer Vorlage aus einem Bildrecorder. Es war durchaus ähnlich geraten - bis auf die Augen, die sie leicht geschlitzt wiedergegeben hatten.

Die Erde bebte schon wieder. Bomben?

Er wollte sich gerade aus dem Bett schwingen, als Dr. Allen hereinkam und ihn sanft zurückbeförderte. Alles in Ordnung«, sagte Dr. Allen. »Da draußen haben sie die Lage unter Kontrolle.« Er fühlte Jonnie den Puls.

Sir Robert tauchte in der Tür auf. Dr. Allen hatte ihm die Nase bandagiert. Offensichtlich wartete Sir Robert, bis der Doktor fertig war.

»Sie hat's arg erwischt«, sagte Dr. Allen. »Aber Ihr Puls ist jetzt normal. Das Serum, das Ihnen zur Vorbeugung gespritzt wurde, hat die Giftwirkung etwas abgeschwächt. Aber eigentlich verdanken Sie alles Sir Robert - er hat die Wunde ausgesaugt und Ihnen sogar noch ein paar Tropfen Serum verpaßt.«

Jonnie sah auf seine riesige Psychlo-Armbanduhr, die auf dem Nachttisch lag. Er hatte volle achtzehn Stunden geschlafen! Was mochte wohl alles in der Zeit geschehen sein?

Dr. Allen erriet seine Gedanken. »Ich weiß, ich weiß. Aber es mußte sein bei dem Herzjagen. Ohne Beruhigungsmittel hätte sich das keinesfalls normalisieren lassen.« Er horchte Jonnies Brust mit dem Stethoskop ab. »Ich kann keinen Herzschaden feststellen. Strecken Sie den Arm aus.«

Jonnie gehorchte.

»Sehr gut, kein Zittern«, sagte Dr. Allen. »Meiner Meinung nach sind Sie in Ordnung. Noch ein paar Tage Bettruhe ...«

In diesem Augenblick gab es wieder einen Erdstoß. Jonnie wollte aufstehen, und Dr. Allen schob ihn abermals zurück.

»Sir Robert!« rief Jonnie. »Was ist denn los?«

Dr. Allen nickte Sir Robert aufmunternd zu und verließ den Raum. Sir Robert trat ans Bett. Er beantwortete Jonnies Frage nicht, sondern stand nur da und strahlte vor Freude, ihn lebend und wohlauf zu sehen. Der Junge hatte sogar schon wieder Farbe in den Wangen.

»Was ist los?« wiederholte Jonnie seine Frage und betonte dabei jedes Wort.

»Ach, da oben kurvt ein Raumschiff der Tolneps. Über dreihundert Kilometer entfernt, aber es schickt ununterbrochen Flugkörper runter, die hier Bomben abwerfen sollen. Wir haben Luftsicherung. Stormalong leitet die Luftverteidigung. Bis jetzt richten die Tolneps ihr Hauptaugenmerk auf Singapur.«

Angus stand in der Tür. Jonnie rief ihm zu: »Haben Sie die Konsole aufgestellt?«

»Na klar«, nickte Angus und kam herein. »Deshalb hat man Sie nicht gestört.« Er zeigte mit dem Finger nach oben. »Bei all dem Geballer ... dazu noch unsere Flugabwehr außerhalb des Luftschirms und die Motoren unserer eigenen Flugkörper - da wollten wir's nicht riskieren, die Vorrichtung fürs Abfeuern zu benutzen. Aber angeschlossen ist alles. Die Chinesen haben die Anlage sehr schön hergerichtet.«

»Beim Abfeuern muß der Schalter zunächst nach unten gekippt werden«, sagte Jonnie.

»Ja, das hat uns Sir Robert mitgeteilt. Es ist alles soweit vorbereitet. Sollte die Schießerei jemals aufhören, kann's losgehen. Ruhen Sie sich jetzt ein bißchen aus.« Angus traf Thor in der Tür.

»Na, wie fühlen Sie sich?« erkundigte sich Thor.

Jonnie winkte ab. »Unwichtig. Als letztes erinnere ich mich, daß ich in der Kuppel war. Sie sollten mich besser aufs laufende bringen.«

Sie berichteten ihm, was passiert war und was sie unternommen hatten.

»So ein verheerender Rückstoß!« wunderte sich Jonnie. »Schlimm«, sagte Thor.

»Wie viele Männer haben wir verloren?« wollte Jonnie wissen. »Andrew und MacDougal«, antwortete Thor. »Aber außerdem liegen fünfzehn in dem kleinen Lazarett, das sie hier eingerichtet haben. Mehrere mit Gehirnerschütterung, dann noch Arm- oder Beinbrüche. Vorwiegend Quetschungen und sehr üble Prellungen. Dank der Bleisärge keine radioaktiven Verbrennungen. Andrew hatten die Briganten mit ihren Bajonetten so schwer erwischt, daß er den Sargdeckel nicht von innen festmachen konnte; der wurde dann durch den Luftdruck hochgerissen.«

»Und MacDougal?« erkundigte sich Jonnie.

»Also das war irgendwie scheußlich. Er lag drüben neben dem alten Käfig in Stellung und der Sarg wurde aus dem Boden herauskatapultiert. Wir konnten seine Leiche eine ganze Weile nicht finden und haben dann mit der systematischen Suche begonnen.« Jonnie bemerkte, daß Thor ein schweres Paket trug und es am Tisch abstützte. »Wir mußten anfangen, nach Leichen zu suchen. Sie waren überall hingeschleudert worden, weitgehend verbrannt. Wir folgten der Druckwelle, weil wir annahmen, daß sein Körper direkt von der Plattform weggerissen wurde, und dabei gerieten wir in die Überreste von Terls Büro - da hatte es das ganze Dach weggerissen. Vier oder fünf Leichen waren vom Rand der Plattform bis dorthin geschleudert worden. Wir wollten keinen einfach nur als vermißt aufführen, deshalb versuchten wir, die Leichen zu identifizieren. Dabei fanden wir dann auch MacDougals Leiche.«

Er wickelte das schwere Paket aus. »Und wir fanden dies. Ich weiß, wie erleichtert Sie sein werden, das wieder in Händen zu haben. Von einem war nur noch das verkohlte Skelett übrig, und das Ding steckte in der Wirbelsäule.«

Es war die erbsengroße Kugel, das unbekannte Kernmaterial der Bombe.

»Brown Limper«, sagte Jonnie. »Terl hat sie auf ihn geschleudert. Wie ein Geschoß. Ja, ich bin sehr, sehr froh, daß Sie sie gefunden haben!«

»Wir haben auch das andere Paket, das Terl ihm übergeben hatte«, berichtete Thor. »Das haben wir Angus entschärfen lassen. Was kann das anrichten, was ist es überhaupt?«

»Das wissen wir nicht genau«, antwortete Jonnie. »Aber wenn man Terl kennt ...«

»Wir haben seinen ganzen Recyclingcontainer mitgenommen«, berichtete Thor. »Wir dachten uns, daß er versuchen würde, sie in Betrieb zu setzen, und haben die Energiezufuhr gekappt. Das Ding ist randvoll! Sie steht draußen auf einem Rollwagen, wenn Sie sich's anschauen wollen. Zum Glück hatten wir alles in einen strahlensicheren Grubensack gesteckt.« Er winkte zur Tür hin. »Wir haben es uns geschnappt, gleich nachdem Terl das Büro verlassen hatte.« Der Rollwagen wurde hereingefahren. Sie hatten alles fein säuberlich aufgestapelt.

»Versuchen Sie ja nicht, mit den Killerpistolen zu schießen«, warnte Thor. »Ker hat Bolzen reingeschoben, so daß der Schuß nach hinten rausgehen und Sie treffen würde. Ker hat ausdrücklich gebeten, Ihnen das auszurichten, und auch, daß er sie wieder in Ordnung bringen würde.«

Sie gaben Jonnie einige Broschüren und Papiere, die in den Geheimfächern der Wandschränke aufbewahrt worden waren. Von denen hatte er schon eine Menge. Sein Blick fiel auf ein Bändchen »Erkenntnisse über die Verteidigungskapazitäten gegnerischer Planetarier sowie Angaben zu deren Heimatgestirnen«. Er blätterte es durch. Erstaunlich, wie viele Planeten da verzeichnet waren. Er sah unter Tolnep nach:

> Dieser Planet gehört zu einem Doppelsternsystem (siehe Koordinaten-Tabelle zwecks Lokalisierung). Das System selbst besitzt nur drei bewohnte Planeten: den siebenten, achten und neunten. Der neunte Planet ist das Heimatgestirn der Tolneps. Er hat fünf Monde, von denen jedoch nur Asart eine Rolle spielt. Er wird als Abschußrampe für große Kampfraumschiffe benutzt. Kein Tolnep-Raumschiff kann in der Atmosphäre operieren, was auf die geringe Leistungsfähigkeit ihrer Antriebsaggregate zurückzuführen ist. Es sind meistens Rückstoßmotoren, die in dichteren Luftschichten zuviel Energie verbrauchen würden. Nach der Konstruktion werden diese Raumschiffe auf dem Mond Asart stationiert; der Transport von Besatzung und Material erfolgt dann vom Planeten aus mittels Raumfähren. Da von Zeit zu Zeit Pläne vorgelegt wurden, den Planeten Tolnep zu besetzen und die Bodenschätze abzubauen, und da überdies im Fall eines

solchen Krieges die üblichen Offensivtaktiken für ausreichend erachtet werden, hat bis zum gegenwärtigen Zeitpunkt kein Angriff auf den Mond Asart stattgefunden.

Jonnie überprüfte das Datum der Psychlo-Publikation. Sie war erst zwei Jahre zuvor erschienen. Der Katalog ging weiter. Jonnie legte das Bändchen beiseite.

Da - wieder ein dumpfer Schlag und ein Erdstoß.

Plötzlich wurde Jonnie bewußt, daß bei all seinen Besuchern die gleiche starke innere Anspannung zu spüren gewesen war. Sie wollten ihn nicht belasten und bemühten sich deshalb, den Schein zu wahren! Während er in seine Lektüre vertieft war, hatte Thor einen dringenden Ruf erhalten. Und jetzt stürzte ein Funker mit einem Bündel Eilmeldungen für Sir Robert herein und verschwand ebenso schnell wieder. Jonnie sah, daß Sir Robert beim Lesen die Stirn runzelte.

»Die Lage ist schlimmer, als Sie zugeben, stimmt's?« fragte Jonnie.

»Aber, aber«, wehrte Sir Robert ab. »Machen Sie sich keine Sorgen, mein Junge.«

»Wie sieht es wirklich aus?« wollte Jonnie wissen. Auf solche allgemeinen Redensarten wich Sir Robert nur aus, wenn er zutiefst beunruhigt war.

Seufzend entschloß sich der grauhaarige Schotte zu einer direkten Antwort. »Na, gut, wenn Sie's unbedingt wissen wollen - wir haben uns die Initiative entreißen lassen. Aus welchen Gründen auch immer hat sich der Gegner zum massierten Angriff entschlossen.« Er tippte auf die Berichte. »Singapur hält sich vorerst und hat im Augenblick ungefähr dreiviertel ihrer Streitkräfte gebunden. Aber das wird nicht unbegrenzt andauern. Auf die russische Basis haben es Flugkörper aus einem riesigen Kampfraumschiff abgesehen. Edinburgh ist ebenfalls dran. Beide sind völlig ungeschützt ... kein Luftschirm ... nichts dergleichen. Und da oben«, er zeigte zur Decke, »direkt über uns befindet sich ein gewaltiges Monstrum von einem Kampfraumschiff, das seit etlichen Stunden ununterbrochen Flugkörper und Bomben runterschickt. Es könnte auch ohne weiteres bis zu tausend Tolnep-Sturmtruppen herkatapultieren, und für einen solchen Bodenangriff sind wir nicht hinreichend gewappnet. So, nun wissen Sie Bescheid. Es kann nur noch schlimmer werden, besser jedenfalls nicht ...«

»Rufen Sie Dr. Allen«, sagte Jonnie. »Ich stehe auf.«

Sir Roberts Proteste fruchteten nicht, so daß er schließlich Dr. Allen hereinrief.

Der Arzt war natürlich wenig erbaut. »Sie sind vollgepumpt mit einem sogenannten Sulfonamid, einem Vorbeugungsmittel gegen Infektionen und Blutvergiftung, das wir gefunden haben. Ihnen wird schwindlig werden, wenn Sie plötzlich aufstehen. Ich kann da nur abraten.«

Jonnie blieb hartnäckig. Er wußte, daß sie alles taten, was in ihren Kräften stand. Aber er wollte sich selber ein Bild von der Lage machen. Er konnte einfach nicht stillsitzen und alles über sich ergehen lassen.

Gab es denn hier nirgends irgendwelche Kleidungsstücke? Ein Koordinator erschien, begleitet von einem älteren grauhaarigen Chinesen. »Das ist Mr. Tsung«, stellte der Koordinator vor. »Er hat Ihr Zimmer hergerichtet und ein bißchen Englisch gelernt, so daß er Ihnen behilflich sein kann.«

Mr. Tsung verneigte sich. Seine Freude, Jonnie leibhaftig vor sich zu sehen, war ebenso unverkennbar wie die Tatsache, daß ihn die Bombeneinschläge irritierten. Als er Jonnie eine Schale mit Suppe zum Trinken hinhielt, zitterten seine Hände. Jonnie bedeutete ihm, sie irgendwo abzustellen, doch Mr. Tsung schüttelte energisch den Kopf. »Trinken! Gleich trinken!« sagte er. »Vielleicht später nix da zu essen.«

Wieder tauchte ein Funker in der Tür auf und winkte Sir Robert, der sofort davoneilte.

Allmählich legte sich Mr. Tsungs Nervosität. Er begann, sich an Jonnies Gegenwart zu gewöhnen, und war jetzt so beschäftigt, daß ihm auch die Bombeneinschläge weniger ausmachten. Mehr und mehr festigte sich in ihm die Überzeugung: Wenn überhaupt jemand hier etwas ausrichten konnte, dann wäre es Lord Jonnie ... Als er die Waffen bereitlegte, lächelte er zuversichtlich.

Was Dr. Allen gesagt hatte, stimmte. Beim Anziehen merkte Jonnie, daß ihm schwindlig wurde, sobald er eine abrupte Bewegung machte. Sein Arm war steif und schmerzte. Es kostete ihn einige Mühe, in die Kleider zu kommen.

Mr. Tsung half ihm in die schlichte grüne Uniform, die sie alle trugen. Er schnallte ihm die Halfter an den Gurt; links das mit der Smith and Wesson und rechts das mit der Killerpistole. Dann legte er ihm eine Schlinge aus schwarzer Seide um und arrangierte sie so, daß Jonnie den Arm rasch herausziehen konnte, wenn er zur Smith and Wesson greifen mußte. Auf seinen Wunsch mußte Jonnie ausprobieren, ob das wirklich reibungslos klappte. Zum Schluß reichte Mr. Tsung ihm den grünen Helm.

»Jetzt Sie können schießen«, sagte Mr. Tsung. Mit der ausgestreckten Hand ahmte er eine Pistole nach, die er zweimal abfeuerte. »Peng! Peng!« Er lächelte vertrauensvoll, schob die Hände in die Ärmel und verneigte sich.

Wenn es doch nur so einfach wäre, dachte Jonnie. Doch er verbeugte sich ebenfalls und dankte dem zierlichen Chinesen. Ihm wurde schwindlig, alles drehte sich, sobald er den Kopf senkte. Eine besonders heftige Explosion ließ den Boden schwanken. Draußen war wirklich die Hölle los ...

## 3

Beim Verlassen seines Zimmers stellte Jonnie fest, daß der unterirdische Gang auch am Hospital vorbeiführte. Eigentlich wollte er ja geradewegs hinaus zu dem Erdtrichter, in dem die Plattform lag, aber die Sorge um die Verwundeten ließ ihn vor der Tür zum Lazarett haltmachen.

Von drinnen kamen allerlei sonderbare Geräusche. Es klirrte und schepperte. Waffen? Er trat ein. Über die Hälfte der rund dreißig Betten war belegt. Doch zwei Chinesen, deren Armbinden zeigten, daß sie im Arsenal beschäftigt waren, hatten einen mit verschiedenen Waffen beladenen Rollwagen mitgebracht. Sie verteilten Sturmgewehre AK 47 mit Thermit-Munition und Handfeuerwaffen unter den verwundeten Schotten.

Eine grauhaarige schottische Krankenschwester ging auf Jonnie zu. Daß sie diesen Betrieb auf ihrer Station mißbilligte, stand ihr im Gesicht geschrieben. Sie wollte gerade ihrem Unmut Luft machen, doch das Wort blieb ihr in der Kehle stecken, als sie Jonnie erkannte.

Jonnie hatte inzwischen die Patienten gezählt. »Das sind dreizehn vom Sturmtrupp und zwei Richtschützen. Gibt's noch mehr?« »Die beiden Schädelbrüche liegen in der Chirurgie«, antwortete die Krankenschwester. »Dr. MacKendrick sagt, die Operation sei glatt verlaufen, und die beiden Jungen würden wieder ganz gesund. Dürfen Sie denn aufstehen, MacTyler?«

Einer der verwundeten Schotten hatte inzwischen Jonnie an der Tür entdeckt und ihn lautstark mit Namen begrüßt. Jonnie wollte eigentlich von Bett zu Bett gehen und sich bei jedem einzelnen entschuldigen. Immerhin waren von den insgesamt einunddreißig Männern des Sturmtrupps siebzehn verwundet worden. Nein - sogar achtzehn, mit ihm selber. Schlimm! Die Leute hatten schwere Prellungen und Quetschungen erlitten. Etliche Arm- und Beinbrüche. Bei besserer Planung wäre das wohl nicht passiert, fand er.

Jetzt hatten ihn auch die anderen Schotten gesehen und begannen zu johlen. Es hörte sich ganz nach Triumphgeheul an, wobei Jonnie allerdings nur ein Wort verstehen konnte - Schottland, immer wieder - Schottland! Sie setzten sich in den Betten auf und brüllten vor Freude. Nein, ihre Moral hatte wahrhaftig keinen Schaden genommen!

Plötzlich wurde Jonnie klar, daß diese Burschen die Briganten niedergemetzelt und damit für Schottland Blutrache geübt hatten. Sie waren Sieger geblieben. Und ihre Verwundungen empfanden sie als Auszeichnung. Sie würden Helden sein - für das ganze Volk der Schotten ...

Hier erübrigte sich jede Entschuldigung. Sein Versuch, den Lärm zu übertönen, scheiterte. Also salutierte er einfach und zog sich lächelnd und winkend zurück.

Aus den Lautsprechern draußen erklang feierliche religiöse Musik, um Überwachungsversuche durch Infrarotstrahlen abzuwehren.

Er trat aus dem Durchgang und schaute hinab in die schalenförmige Vertiefung. Schwärzliche Rauchschwaden vernebelten die Sicht. In den leichten Geruch, den der Luftschirm auf Kraftstufe Drei verbreitete, mischte sich der scharfe, durchdringende Geruch von Holzkohle. Im Rund des Kraters schien es ungewöhnlich lebhaft zuzugehen.

Der Durchmesser betrug am Boden dreihundert Meter. Doch was ihm anfangs riesig vorgekommen war, wirkte jetzt ausgesprochen beengt.

Der Pagodenbau im Zentrum des Kraters reichte überall weit über die Plattform hinaus. Rund um den Krater zog sich ein breiter, gepflasterter Weg.

Als er es zum erstenmal gesehen hatte, war hier alles fast menschenleer gewesen. Dort drüben rechts verlegten zwei Elektriker aus der italienischen Schweiz weitere Drähte in den Bunkern. Ein deutscher und ein Schweizer Pilot sortierten an einem Rollwagen eine Ladung Atemmasken aus. Ganz in der Nähe gab ein schottischer Offizier einem russischen Soldaten einige Instruktionen. Weiter entfernt auf der linken Seite war eine Gruppe schwedischer Soldaten damit beschäftigt, auf einem Rollwagen gestapelte Ersatzmunition zu ordnen. Aus einem offenbar nach draußen führenden Durchgang kamen zwei Sherpa-Jäger, die einen Rollwagen mit afrikanischem Büffelfleisch schoben, vermutlich zur Küche. Da und dort eilte ein buddhistischer Funker wiegenden Schrittes von einem Bunker zum andern. Und überall entlang der Innenwand des Kraters hatten chinesische Familien mit Kind und

Kegel sich häuslich niedergelassen. An einem der dicken Pfosten, die das Pagodendach trugen, hatten die Chinesen Tafeln mit den Symbolen der auf Erden verbliebenen Stämme aufgehängt.

Ein wahrhaft internationales Bild - die Völker der Erde ...

Jonnie wollte gerade weitergehen, als er rechts hinter sich eine Psychlo sprechende Stimme hörte.

»Ich bedaure zutiefst«, sagte Chong-won, Stammesführer der Chinesen, der an der Planung und Durchführung der Bauarbeiten hier maßgeblich mitgewirkt hatte. »Wir mußten alle Leute aus dem Dorf am See herbringen. Der See ist so breit, daß in der Mitte der Kabelschutz nicht mehr ausreicht und einige Bomben über dem Staudamm durchgeschlagen sind. Die Druckwellen der Explosion haben das Dorf gefährdet. Und der Rauch der Kochstellen kann nicht durch den Luftschirm abziehen.«

Er verneigte sich. Jonnie nickte. »Aber sehen Sie«, fuhr Chong-won fort, »meine Ingenieure graben unter dem Kabel Luftschleusen durch den Hügel.«

Erd- und Steinhaufen markierten an beiden Seiten des Kraters die Stellen, wo die Chinesen mit Bohrmaschinen den Durchstoß nach draußen vorantrieben.

»Am einen Ende werden Einlaß- und am anderen Auslaßventilatoren angebracht, und zwar schräg, damit sie die Druckwellen abhalten. Es tut mir aufrichtig leid, daß wir das übersehen haben.«

»Ich finde, Sie haben hervorragende Arbeit geleistet«, entgegnete Jonnie. »Sie erwähnten, daß Bomben oberhalb des Staudamms in den See fallen. Hat es am Staudamm irgendwelche Schäden gegeben?«

Stammesführer Chong-won winkte einen chinesischen Ingenieur heran, mit dem er sich kurz in Mandarin unterhielt. Dann wandte er sich an Jonnie: »Bisher nicht. Aber nach manchen Einschlägen ist Wasser über die Staumauer geschwappt, deshalb haben sie die Staubretter eingesetzt, um den Überlauf zu drosseln. Sollte sich das Volumen des Sees verringern, hätten wir keinen Strom mehr.«

Das ganze unterste Stockwerk der sogenannten Pagode war nach allen vier Seiten weit offen. Eigentlich bestand die Pagode nur aus einem reich verzierten, phantasievollen Dach. Die metallene Teleportationsplattform war deutlich sichtbar. Die Chinesen hatten sie so auf Hochglanz poliert, daß sie selbst im gedämpften Licht blitzte und schimmerte.

Jonnie ging unter dem hohen Dach umher, um genauer sehen zu können, wo sie die Kernkonsole hingestellt hatten. Der Anblick entlockte ihm ein Lächeln. Drüben auf der anderen Seite der

Plattform hatten sie ein Gestell errichtet, dessen Seitenteile die Form eines riesigen, bedrohlich aussehenden, geflügelten Fabeltiers aufwiesen.

Angus, der an der Konsole stand, winkte ihm zu. »Das ist doch was, oder?« fragte er.

Ja, wahrhaftig. Ein mächtiger Kopf, zwei Flügel, ein geringelter Schwanz. Gepanzertes Metall. In Rot und Gold bemalt.

»Ein Drache«, erklärte Chong-won. »Einst das Emblem des Kaiserlichen China. Sehen Sie, es handelt sich um lamellierte Molekularpanzerung.«

Damit nicht genug - ein Dach gab es auch noch! Die Konsole war im Rücken des Drachen untergebracht, dessen Schuppenpanzer die Abdeckung bildete, so daß der Operator die Konsole bedienen konnte, ohne daß jemand merkte, was er eigentlich tat. Die erhöhte Plattform, auf der die Konsole stand, war mit zwei Hockern, einem Aktenständer und einem Computer ausgestattet. Und alles gepanzert. Dieser Konsole konnte nichts etwas anhaben, niemand vermochte ihren Zweck zu erkennen.

Kaum zu glauben, daß es zwischen diesem Kunstwerk, das die Chinesen geschaffen hatten, und dem materialistischen, amusischen Planeten Psychlo irgendeinen Zusammenhang geben sollte ...

»Sehen Sie?« fragte Stammesführer Chong-won. »Er ist absolut identisch mit all den anderen Drachen.« Er wies auf die vier Drachen, die sich an jeder Ecke des Pagodendaches befanden. Und dann deutete er zur Innenwand des Kraters. »Jeder Bunker sollte über dem Eingang einen Drachen bekommen. Dazu hatten wir nicht mehr genug Zeit. Die dafür bestimmten Drachen waren aus gebranntem Ton, wesentlich kleiner und ebenfalls in Rot und Gold bemalt.

Die Kernkonsole unter ihrem Schutzdach aus Drachenschuppen nahm sich vortrefflich aus. Angus hatte das Handbuch mit den Koordinaten vor sich und büffelte eifrig, ohne einen Funktionsschalter zu berühren. Er tüftelte aus, wie die Zahlen im Buch in bezug auf Zeitpunkt und Funktionsschalter der Konsole modifiziert werden müßten. »Ich hab's ganz gut hingekriegt«, sagte er. »Die ganzen Berechnungen brauchen eben ihre Zeit. Für jeden Planeten sind acht getrennte Schritte aufgeführt, und man muß die gewünschte Stelle sorgfältig wählen. Aber das sind alles keine unüberwindlichen Schwierigkeiten.«

Jonnie sah hoch. Gerade war wieder irgendwo eine Bombe eingeschlagen. »Wenn das endlich mal aufhören würde, könnten wir loslegen. Keine Ahnung, wann das der Fall sein wird oder was genau wir am Ende mit der Konsole anfangen können.«

Stammesführer Chong-won zeigte auf die Innenseite eines der mächtigen Pfosten, die das Pagodendach trugen und die Plattform sowie die Konsole vor Regen schützten. Sie hatten an jedem dieser Pfeiler Grubenscheinwerfer angebracht, die das Zentrum der Plattform anstrahlten. »Nachts dringt kein Licht nach draußen«, sagte er.

Jonnie wollte in den Operationsbunker hinübergehen, doch Chong-won führte ihn zuvor in einen großen unterirdischen Raum in der Seitenwand des Kraters. Er war hübsch gekachelt und hatte an der Rückfront eine Rednertribüne. In den Stuhlreihen konnten rund fünfzig Menschen Platz finden. Sehr schön.

Dann zeigte ihm Chong-won eines der dreißig Apartments, die sie für Gäste und Besucher hergerichtet hatten. Außerdem gab es noch die Unterkünfte für die Piloten und das übrige Personal. Die chinesischen Ingenieure waren wirklich Baukünstler und konnten hervorragend mit Holz, Kacheln und Stein umgehen, insbesondere wenn ihnen der Maschinenpark der Psychlos zur Verfügung stand.

Jonnie betrachtete interessiert die Geschützstellungen ringsum, die Feuerschutz für die Plattform und den Innenraum des Trichters ermöglichten. Mit den entsprechenden Truppen ließ sich die Anlage wirklich gut verteidigen. Doch so viele Leute hatten sie eben nicht.

Schließlich gelangte er in die Operationszentrale, die der in der unterirdischen amerikanischen Basis haargenau glich, nur eben im Kleinformat. Im Mittelpunkt befand sich eine riesige Weltkarte. Sobald Berichte aus der angrenzenden Fernmeldezentrale hereinkamen, schoben Männer mit langen Stöcken kleine bleierne Modelle von Flugkörpern und den Kriegsraumschiffen in der Umlaufbahn hin und her. Die feindlichen Raumschiffe waren mit roten, ihre eigenen Flugkörper mit grünen Fähnchen markiert.

Dort stand Stormalong, wie immer mit weißem Schal, Ledermantel und überdimensionaler Schutzbrille bekleidet und flankiert von zwei buddhistischen Funkern. Die beiden sprachen in Mikrophone, die sie dicht am Mund hielten, so daß ihre Durchsagen durch keine anderen überlagert wurden. Die Kopfhörer über den kahlgeschorenen Schädeln waren ihnen zu groß.

Sie operierten über zwei planetarische Frequenzen, erläuterten sie Jonnie; eine benutzte Stormalong zur Lenkung der Kampfhandlungen, die andere Sir Robert, der das Oberkommando innehatte. Den Funkverkehr für den schottischen obersten Kriegsherrn besorgte ein dreizehnjähriger Junge, ein Buddhist.

Einen Lagebericht benötigte Jonnie nicht. Alles, was er wissen mußte, konnte er der großen Operationstafel entnehmen. Singapur war wirklich schlimm dran. In der russischen Basis fand ein massiver Einsatz von Flugabwehr statt. Dunneldeen sicherte in seiner Maschine den Luftraum über Edinburgh. Thor sorgte für die Luftsicherung über Kariba. In der Außenstation am Victoriasee herrschte Ruhe und ebenso in den übrigen. Aber an den eigentlichen Schauplätzen ging es dafür sehr heiß her.

Jonnie hörte kurz auf beiden Frequenzen mit, doch der Funkverkehr fand in Pali statt - eine Sprache, die er nicht beherrschte.

Es gab noch ein drittes Gerät, an dem ein schottischer Offizier die Bewegungen der feindlichen Verbände überwachte.

Unten an der Rückseite des Raumes standen einige Reserveschreibtische. An einem saß Glencannon, über einen Stapel Bildaufzeichnungen gebeugt. Jonnie warf einen Blick darauf. Es schien sich um Aufnahmen von einem Luftkampf zu handeln ... Bildschirmmaterial. Stammte es von jenem Luftkampf, bei dem der Schweizer getötet worden war? Glencannon nahm sich einen neuen Stapel Aufzeichnungen vor, die offenbar eben erst gemacht worden waren. Sie zeigten das Monster von einem Raumschiff, das oben kreiste.

Glencannons Hände zitterten, er wirkte sehr erregt. Anscheinend hatte er sich von diesem Kurierauftrag noch nicht richtig erholt, denn Stormalong ließ ihn nicht fliegen. Er antwortete nicht, als Jonnie ihn anredete.

Es stand nicht gut, das war an der Operationstafel abzulesen, aber Jonnie sah sich außerstande, aktiv einzugreifen. Wie lange könnten wohl Orte, die nicht durch einen Luftschirm geschützt waren, diesem erbarmungslosen Angriff standhalten? Edinburgh war besonders gefährdet. Voller Sorge dachte er an Chrissie. Hoffentlich befand sie sich in einem sicheren Bunker unter Castle Rock. Auf seine Frage antwortete Sir Robert, ja, alle dort oben wären in Bunkern untergebracht. Die Stadt wurde hauptsächlich mittels Luftabwehr verteidigt. Dunneldeen fing feindliche Maschinen ab, die im Tiefflug anzugreifen versuchten. Die Flugabwehrgeschütze richteten sich gegen Bombenabwürfe.

Jonnie wollte sich die hiesige Flugabwehr lieber persönlich anschauen. Er hatte die Geschütze der Psychlos noch nie in Aktion erlebt, zumindest nicht aus der Nähe.

Er ging nach draußen. Stammesführer Chong-won war verschwunden. Er hatte sich wohl wieder anderen Aufgaben zugewandt. Überall chinesische Familien, von Kindern und gelegentlich auch Hunden umgeben, hockten sie meist in oder neben den Schützenlöchern. Sie wirkten teils etwas erschöpft, teils etwas beunruhigt. Einige Kinder weinten. Doch als Jonnie vorbeiging, standen die Eltern breit lächelnd auf und verneigten sich. Hoffentlich war ihr Vertrauen gerechtfertigt ...

Der Ausgang aus dem Krater führte durch eine unterhalb des Kabels gelegene unterirdische Passage; so konnte man sie ungehindert benutzen, ohne daß jedesmal abgeschaltet werden mußte. Durch die zahlreichen Windungen sollten Druckwellen und Bombensplitter abgehalten werden.

Er ging zur ersten Flugabwehr-Stellung. Die beiden Schützen trugen kugelsichere Kampfanzüge russischer Herkunft. Ein schottischer Offizier entdeckte Jonnie und kam auf ihn zu.

»Wir haben nicht genügend davon«, sagte er und zeigte auf das Geschütz. »Dem See können wir keinen Feuerschutz geben, es reicht nur für den Krater.«

Jonnie trat ans Geschütz. Die Visiereinrichtung wurde durch einen Computer bei jeder Bewegung justiert. Man brauchte nur einen Hebel auszulösen, und schon wurde Geschwindigkeit und Richtung eines Flugobjekts automatisch errechnet und abgefeuert. Danach kam das nächste Ziel dran.

Er blickte nach oben. Ein feindlicher Flugkörper in etwa sechzig Kilometer Höhe war kaum auszumachen. Jonnie wußte: Die Reichweite dieses Geschützes lag rund fünfzehn Kilometer darunter. Dem Gegner war dies offenbar ebenfalls bekannt.

Der Flugkörper warf Bomben ab.

Das Geschütz feuerte fünfmal rasch hintereinander. Volltreffer - fünf Bomben explodierten in der Luft; die Reste kamen herunter. »Die Brocken landen alle im See«, sagte der schottische Offizier. »In unserem Abschnitt schlagen sie jedenfalls nicht auf, und natürlich gehen auch welche weit entfernt in den Wäldern nieder. Um die kümmern wir uns gar nicht.«

Jonnie sah zum Wald hinüber. Elf bis zwölf Kilometer von hier loderte ein heftiger Brand. Nein, es waren drei verschiedene Brände. Im Umkreis von achtzig Kilometern mußten sämtliche Tiere geflüchtet sein. Der afrikanische Büffel, den die Sherpas vorhin angeschleppt hatten, war vermutlich durch Bomben getötet worden. Nun, allzu lange würde der Waldbrand bei der gegenwärtig herrschenden Feuchtigkeit wohl nicht wüten.

Sein Blick richtete sich wieder auf das Geschütz. Was für katastrophale Schäden hätte ein solches Ding bei ihrem Angriff auf die Außenstationen vor einem Jahr angerichtet, wenn ihnen der Überraschungscoup mißglückt wäre! Und wenn Sicherheitsbeauftragte wie Terl die Verteidigungsanlagen der Company nicht so sträflich vernachlässigt hätten ...

Wieder ein Bombeneinschlag auf einem etwa fünfzehn Kilometer entfernten Hügel. Selbst von hier aus konnte man Rauch und Bäume hoch in die Luft wirbeln sehen. Das Kampfraumschiff dort oben warf ganz schön schwere Bomben ab. Falls eine den Trichter traf, war er sich nicht sicher, ob der Luftschirm sie abprallen ließ.

Als er zum Eingang zurückkehrte, sah er Glencannon herauskommen. Er knöpfte eine schwere Fliegermontur zu. In seiner Begleitung befanden sich weder ein Funker noch ein Copilot. Er nahm Richtung auf einen Flugkörper, um den herum Sandsäcke aufgeschichtet waren. Jonnie vermutete einen Sonderauftrag und hielt ihn nicht an.

Glencannon stieg in den Flugkörper, einen schwer gepanzerten Mark 32, der für Höhenflüge umgerüstet worden war.

Jonnie wollte gerade in den Durchgang hinunter, als ihm Stormalong entgegengerannt kam.

»Glencannon!« brüllte er.

Doch der Pilot hatte bereits abgehoben.

## 4

Tagelang hatte Glencannon diesen Plan ausgebrütet. Nachts ließen ihm quälende Alpträume keine Ruhe.

In Gedanken hörte er immer noch die Stimme seines schweizer Freundes: »Los! Komm schon! Ich schieße sie ab! Mach weiter!« Und dann sein Aufschrei, als er getroffen wurde, kurz ehe er absprang. Und vor seinem inneren Auge sah Glencannon immer noch jene Szene auf dem Bildschirm ablaufen - jene grauenvolle Szene, wie der im Raum schwebende Körper seines Freundes von Schüssen zerfetzt wurde.

Er besaß eigene Aufzeichnungen von dem Kampfraumschiff, aus dem diese Flugkörper herauskatapultiert worden waren. Und ebenso Aufnahmen von dem Ungetüm da oben.

Es handelte sich um das Superraumschiff »Volltreffer«, das zur Klasse »Furcht und Schrecken« der Kampfflugkörper-Killer gehörte. Daran konnte nicht der geringste Zweifel bestehen. Dies war das Raumschiff, das seinen Freund hingemetzelt hatte.

Er hätte unbedingt zurückkehren müssen, ohne Rücksicht auf irgendwelche Befehle. Zu zweit hätten sie den angreifenden Tolnep-Flugkörper vernichten können, davon war er überzeugt. Doch statt dessen hatte er den Befehlen gehorcht.

Auf der Nahbereichs-Frequenz hörte er Stormalongs Stimme: »Glencannon! Sie müssen zurückkommen! Ich befehle Ihnen zu landen!« Glencannon schaltete den Empfänger ab.

Es war Stormalongs Mark 32, den er flog. Er gehörte zur Ersatzreserve. Man hatte ihn für große Flughöhen umgebaut, Türen und Luken fest abgedichtet. Neben dem enormen Potential an Feuerkraft gab es sogar noch Seitenschächte für Bomben, die eine Stadt zur Hälfte zerstören konnten. Die Panzerung wappnete ihn gegen schwersten Beschuß. Und unabhängig davon, ob die Bordgeschütze nun imstande waren, die Außenhaut eines Superraumschiffes zu durchschlagen, oder nicht, blieben immer noch andere Mittel und Wege.

Er schraubte sich höher und höher. Dann zog er die Atemmaske fest an, da er gleich die Atmosphäre hinter sich lassen würde.

Das Raumschiff »Volltreffer« zog langsam und schwerfällig in einer ellipsenförmigen Bahn fünfhundertsechzig Kilometer über Kariba dahin. Das hieß, es befand sich rund achtzig Kilometer über der Grenze der Erdatmosphäre. Es wurde von Rückstoßmotoren betrieben und kreiste nicht mehr einfach in der Umlaufbahn.

Aus dem Rumpf schossen Raumgleiter blitzschnell hinunter auf ihre Ziele zu und kehrten dann zurück, um sich neu bestücken zu lassen. Einer sichtete ihn und stürzte sich auf ihn. Fast verächtlich nahm ihn Glencannon ins Visier und eröffnete mit einem Knopfdruck das Feuer. Der Rückstoß lies den Mark 32 rucken.

Der Tolnep brannte lichterloh und stürzte wie ein Komet zur Erde hinunter.

Dadurch wurde man an Bord des »Volltreffer« auf ihn aufmerksam; als er näherkam, sah er das Mündungsfeuer der Bordgeschütze aufblitzen und die grellen Strahlen über den Himmel zucken. Einer traf den Mark 32 an der Seite und ließ das Flugdeck heiß werden.

Glencannon zog den Flugkörper rückwärts außer Reichweite. Er verfolgte den Düsenstrahl der Rückstoßmotoren und konnte so den Kurs des Raumschiffes voraussehen und sich danach richten.

Vierzig Kilometer vor dem Raumschiff begann er, seine Konsole zu programmieren, um diese Position zu halten. Hier befand er sich gerade noch außerhalb der Reichweite.

Er justierte seine Bildschirme und legte sich auf die Lauer.

Über ihm in der schwarzen Unendlichkeit glitzerten die Sterne, doch er hatte kein Auge dafür. Auch an den Erdball der sich unter ihm wölbte, verschwendete er keinen Blick.

Seine geradezu besessene Aufmerksamkeit konzentrierte sich ausschließlich auf die Beobachtung des Raumschiffs.

Das begann nach einer Weile wieder zu operieren, wohl in der Annahme, Glencannons Mission sei Überwachung, nicht Angriff.

Die Überheblichkeit, die daraus sprach, war unverkennbar. Jeder Tolnep schien ein solches Raumschiff für unverwundbar zu halten.

Abermals wurden Raumgleiter herauskatapultiert und an Bord genommen.

Glencannon sah an der Außenwand ein kleines Warnsignal aufblinken, unmittelbar bevor sie die gewaltigen Frontluken des Trägerdecks öffneten - wahrscheinlich ein Zeichen für herannahende Flugkörper, Abstand zu wahren und den Bugbereich zu meiden, da man gleich mit dem Katapultieren beginnen wolle.

Bei jedem Öffnen studierte er das Innere des Raumschiffes auf dem vergrößerten Bildschirm. Das ganze Trägerdeck war gerammelt voll. Tolneps in Druckanzügen flitzten umher, befüllten die Flugkörper und beluden sie mit Bomben, und zwar mit erheblich größeren als bisher.

Das Magazin im Innenraum ließen sie offen. Auf dem Trägerdeck lagen Treibstoffbehälter herum, vermutlich benutzten sie verflüssigtes Gas als Antriebsenergie. Die Tolneps waren wirklich überaus selbstsicher und schlampig! Aber was konnte man schon anderes von einem Sklavenhalter erwarten?

Glencannon richtete sein Augenmerk nun auf die wie ein geschliffener Diamant geformte Kommandobrücke. Zwei Gestalten bewegten sich dort hin und her. Die eine war nicht uniformiert, also offensichtlich ein Zivilist. Die andere mit der Militärmütze interessierte sich offenbar nur für den Zivilisten. Nein, die beiden zeigten sich in keiner Weise alarmiert.

Er wandte sich wieder dem Warnsignal an der Außenwand und dem Eingang zum Trägerdeck zu. Er kontrollierte die zeitliche Abfolge und berechnete seine Position.

Im Geist hörte er immer wieder die Stimme seines Freundes: »Los! Komm schon! Ich schieße sie ab! Mach weiter!«

Genau das hatte Glencannon jetzt vor: Sie abschießen!

Zum ersten Mal seit längerem fühlte er sich ruhig, entspannt, zuversichtlich, und bedingungslos entschlossen. Er tat genau das, was er tun mußte.

Das nächste Mal ...

Das Warnsignal leuchtete auf!

Ein paar rasche Handgriffe auf der Konsole ...

Der Mark 32 schoß vorwärts, wobei ihn die Beschleunigung beinahe durch die Sitzlehne gedrückt hätte.

Auf dem Raumschiff eröffneten die Geschütze das Feuer.

Orangerote Flammenkugeln donnerten gegen den Mark 32.

Er bahnte sich unbeirrt seinen Weg durch das Sperrfeuer.

Als er den offenstehenden Einlaß zum Trägerdeck passierte,

betätigte Glencannon die Auslöser für sämtliche Geschütze und Bomben.

Die Explosion glich einer berstenden Sonne ...

Jonnie und Stormalong standen außerhalb des Trichters und beobachteten das Schauspiel auf dem Bildschirm eines Geschützes. Sie sahen zu, wie der Flugkörper mit voller Feuerkraft in das Trägerdeck eindrang.

Doch das grelle Aufblitzen war auch ohne Bildschirm sichtbar. Im Umkreis von achtzig Kilometern leuchtete es hell auf, tauchte die beginnende Dämmerung in gleißendes Licht, das den Augen weh tat.

Geräusche aus dem leeren Raum dort oben wären hier zwar nicht wahrzunehmen, wohl aber Bewegungsabläufe.

Das gigantische Raumschiff begann zu fallen - ein Flammenbogen markierte die Absturzbahn am Himmel ... langsam, sehr bedächtig zunächst, dann allmählich schneller werdend.

Und als es schließlich in die Erdatmosphäre eintrat, brannte es heller.

Es kam weiter und weiter nach unten, tiefer und tiefer. »Meine Güte!« rief Stormalong. »Es wird im See aufschlagen!« Schneller und schneller kam es herunter - gleich einem mächtigen Kometenschweif, der den Himmel teilte.

Stormalong spannte die Muskeln, als könne er allein durch Willenskraft den Fallwinkel ändern, so daß es nicht im Wasser über dem Staudamm, sondern weiter weg in den Hügeln aufschlug.

In rasendem Tempo stürzte das glühende, lodernde Wrack der Erde entgegen.

Acht Kilometer oberhalb des Staudammes krachte es in den See.

Hitze und Fallgeschwindigkeit ließen die Luft erdröhnen. Dann folgte der ohrenbetäubende Aufschlag.

Eine Fontäne aus Dampf und Wasser schoß auf - etwa dreihundert Meter hoch.

Unter Wasser blitzte es noch einmal auf, als Treibstoffreste explodierten.

Die Druckwelle pflanzte sich rasend schnell fort, gefolgt von einer regelrechten mächtigen Flutwelle.

Das verlassene Chinesendorf wurde mit einem Schlag ausgelöscht, als habe es niemals existiert.

Die Druckwelle traf die Rückseite des Staudammes.

Die Flutwelle überschwemmte das Bauwerk, zerschmetterte Staubretter, zischte an der Frontseite der Staumauer in einer gewaltigen Kaskade in die Luft.

Die Erde unter ihnen erbebte.

Atemlos suchten sie Halt zu gewinnen und starrten gebannt auf das Geschehen. Würde der ganze Staudamm brechen?

Die Wellen ebbten ab. Der Staudamm stand noch. Aber akustisch hatte sich da etwas verändert.

Die Beleuchtung war intakt. Die Generatoren liefen.

Die Wachposten, die im Gebäude mit den Turbinenanlagen stationiert waren, kamen herausgewankt.

Die Wassermassen aus den Überläufen ergossen sich donnernd in den Fluß, rissen die Uferböschungen mit sich, sprengten Inseln auseinander.

Aus dem Krater kamen Ingenieure herbeigestürzt.

Der in Seenähe stationierte Maschinenpark war größtenteils weggeschwemmt worden. Sie suchten fieberhaft nach einer fliegenden Plattform.

Sie fanden eine, die am Ufer vergraben und zur Hälfte mit Schlamm bedeckt war. Sie holten sie heraus, kehrten den Schlamm weg und bekamen sie schließlich flugtüchtig.

Die Ingenieure und ein Maschinist flogen oben am Staudamm entlang.

Jonnie und Stormalong standen an einem Flugkörper bereit, falls die Ingenieure Hilfe brauchten. Über ein Funksprechgerät konnten sie ihre Stimmen hören, ohne allerdings etwas vom Inhalt des auf Chinesisch geführten Gesprächs zu verstehen.

Der Luftschirm über dem Krater zischte immer noch auf Kraftstufe Drei. Die Wachposten gingen zurück ins Turbinenhaus, schalteten das Kabel, das den Staudamm schützte, ab und den Luftschirm für den Krater auf Kraftstufe Eins zurück.

Der Stausee war immerhin hundertachtzig Kilometer lang, und trotzdem schien der Wasserspiegel gesunken zu sein.

Jonnie und Stormalong wollten gerade starten, um zu erkunden, was die Ingenieure festgestellt hatten, als diese zurückkamen. Sie landeten und erstatteten sogleich Chong-won Bericht. Es erhob sich ein lebhaftes Hin und Her; Jonnie ging zu ihnen hinüber.

»Sie sagen, der Damm ist nicht gebrochen«, erklärte Chong-won. »Die Staubretter sind überall oben kaputtgegangen, und sogar die Betoneinfassung am Gehweg und die Schutzgitter hat es teilweise weggerissen. Aber das macht nichts. Risse können sie nicht entdecken. Auf der anderen Seite des Staudammes allerdings, dort gegenüber, ist die Staumauer anscheinend nicht mehr fest am Ufer verankert, und da tritt Wasser aus. Wasser frißt sich weiter, sagen sie, und das Loch könnte sich vergrößern. Dadurch könnte sogar der Wasserspiegel im See so weit absinken, daß schließlich die Turbinen nicht mehr arbeiten.«

»Wie viele Stunden?« fragte Jonnie.

Chong-won gab die Frage weiter. Das konnten sie nur schätzen. Vielleicht vier, vielleicht auch fünf Stunden. Sie würden alles tun, was in ihren Kräften stand, um das Wasser zu stoppen und das Leck zu stopfen. Ob sie dafür genügend Mörtel hätten, sei fraglich. Am anderen Ende schien die Staumauer ganz herausgerissen worden zu sein. Sie wollten wieder hinüberfliegen und ihr möglichstes tun.

Angus kam aus dem Durchgang angelaufen, auf der Suche nach Jonnie. »Wir können jetzt abfeuern! Es wird nicht mehr geschossen!«

»Vielleicht könnten Sie die Anlage abfeuern«, entgegnete Stormalong, zutiefst erschüttert über die Aufopferung Glencannons. »Aber für wie lange?«

»Zumindest hat er uns das erkauft«, sagte Jonnie traurig.

## 5

Der kleine graue Mann war dem gemischten Verband in das Gebiet von Singapur gefolgt. Er hatte seinen Chefpiloten angewiesen, den Kurs der Kampf-Raumgleiter nicht zu kreuzen, da die Militärs bekanntlich zur Unbesonnenheit neigten und somit auch leicht Unfälle heraufbeschwören könnten, von miserabel gezielten Schüssen ganz zu schweigen. Daher erschienen sie etwas verspätet am Schauplatz, und die Schlacht hatte bereits begonnen.

Die Außenstation war ohne Schwierigkeiten auszumachen - das Mündungsfeuer der Abwehrgeschütze bündelte sich am Himmel zu einem Leuchtkegel, wanderte von einem Ziel zum nächsten. Sie lag ein gutes Stück nördlich von der alten zerstörten Stadt, und im Norden der Außenstation befand sich ein Wasserkraftwerk. Der heftige Geschützdonner verursachte Störungen im Bereich der Infrarotstrahlen, so daß er im Augenblick außerstande war, von seinem Leitzentrum aus das Geschehen dort unten näher zu betrachten.

Auf militärischem Gebiet hielt sich der kleine graue Mann nicht gerade für einen Experten; Dinge, die ein Fachmann vermutlich auf Anhieb wußte, mußte er gewöhnlich erst nachschlagen. Er suchte nach den Grenzwerten, um eine risikofreie Flughöhe abzusichern, und es kostete ihn viel Mühe, die Geschütze zu identifizieren. Endlich wurde er fündig: »Örtlicher Abwehrring, computergesteuerte Abfangflugkörper und Geschütze mit Peilstrahllenkung,

Sprenggeschosse detonieren vor Verlassen der Erdatmosphäre; Leistung 15.000 Schuß pro Minute, maximale Reichweite 52.500 Meter, unteres Sicherheitslimit 600 Meter; zwei Mann Besatzung; Rohre und Schutzschilde: Hersteller Tambert Armaments, Preducham; Computer: Intergalactic Arms, Psychlo; Preis: GW 4.269 ab Plattform Preducham.« Du lieber Himmel, was für billige Geschütze! Aber das war typisch für Intergalactic Mining: »Profit, darum drehte sich alles, von Anfang bis Ende nur immer wieder - Profit.« Kein Wunder, daß sie Ärger hatten! Orbitalgeschütze hätte man ja wohl bei ihnen erwarten können ...

Also empfahl es sich, auf dreihundertzwanzig Kilometer Flughöhe zu bleiben, solange sie nicht die Bahn der Raumgleiter kreuzten, die aus den in fünfhundertsechzig Kilometer Höhe oberhalb der Erdatmosphäre operierenden großen Kampf-Raumschiffen katapultiert wurden. Er instruierte seinen Chefpiloten entsprechend und bat dann den Techniker im Kontrollraum, die Infrarotstrahlen genau auf die mutmaßliche Abfeuerungs-Plattform unter dem Luftschirm auszurichten.

Es klappte unverzüglich, und der Anblick erweckte einen Hoffnungsschimmer. Tatsächlich - das war eine Kernkonsole! Eine Konsole für den intergalaktischen Transfer stand direkt neben der Plattform dort unten! Sogar ein paar Männer waren zu erkennen, die sie anscheinend in Betrieb setzten.

Gespannt suchte er auf seinen Bildschirmen nach einer Teleportationszeile. Eine ganze Weile ließ er sie nicht aus den Augen. Doch es zeigte sich nicht die leiseste Spur. Er wunderte sich, daß die Militärs in den Kampf-Raumschiffen dieses Manko nicht bemerkt hatten. Vielleicht wußten sie gar nichts von der Existenz dieser verräterischen Zeile. Vielleicht hatten sie auch ein anderes Bildschirm-Fabrikat. Wahrscheinlich aber war es so, daß sie nie eine gesehen hatten, weil sie ständig drauflosballerten, und man durfte nicht schießen, wenn ...

Der kleine graue Mann seufzte. Er war kein Detektiv, und der eindeutige Beweis, der da vor ihm lag, hatte keine Beachtung gefunden. Dabei lag es doch auf der Hand, daß die Männer dort unten eine Transferanlage gar nicht in Gang bringen konnten. Sie hatten ja sogar noch eigene Flugkörper in der Luft. Und sowohl Flugkörper wie Schüsse machten es unmöglich, eine Teleportation durchzuführen. In einem solchen Fall würde die gesamte Anlage explodieren.

Die Militärs hatten jetzt den Stausee aufs Korn genommen und versuchten, ihn mit einem Bombenteppich zu belegen, um die Energieversorgung der Außenstation zu kappen. Das verschaffte der Außenstation selbst eine Ruhepause und dem kleinen grauen Mann Gelegenheit, der Kernkonsole auf die Schliche zu kommen.

Er analysierte die übermittelten Mineralspuren. Kohlenstoff!

Damit war der Fall klar. Bei dem Ding da unten handelte es sich um eine ausgebrannte Kernkonsole!

Eine herbe Enttäuschung!

Er zog sich vorerst wieder auf seinen Beobachtungsposten zurück. Die Raumgleiter des gemischten Verbandes hatten wenig Glück mit dem Stausee, der durch den Luftschirm geschützt wurde, und konzentrierten sich jetzt auf die Abfang-Flugkörper. Es gab einen heißen Luftkampf, und er sah zwei Jambitschow-Raumgleiter explodieren.

Er hatte sein Raumschiff höher hinauf dirigiert. Im Süden warfen die Kampf-Raumgleiter des gemischten Verbandes Bomben in die Ruinen von Singapur. An mehreren Stellen entstanden Brände. Was mochte diese Hohlköpfe bloß veranlassen, eine verlassene offene Stadt ohne jede militärische Bedeutung zu bombardieren? Die vage Aussicht auf irgendwelche Beute etwa? Lohnte das? Eine müßige Frage. Der kleine graue Mann seufzte. So waren sie eben, diese Militärs, und so würden sie immer bleiben ...

Seine Magenverstimmung machte ihm wieder zu schaffen. Kein Wunder bei diesen schlimmen Zeiten. Weit und breit schien es auch nicht den kleinsten Hoffnungsstrahl zu geben.

Er wußte, daß es auf dem nördlichen Kontinent, den die Menschen früher »Rußland« genannt hatten, eine Basis gab, und ließ seinen Chefpiloten dorthin Kurs nehmen.

Aus einem Kampf-Raumschiff des gemischten Verbandes wurden Flugkörper über jener Basis herauskatapultiert. Es handelte sich um Truppentransporter. Der kleine graue Mann beobachtete, wie eine Sturmtruppe der Hawvins, etwa fünfhundert an der Zahl, sich auf der Ebene vor der Basis formierte und unter Feuerschutz vorzustoßen begann. Es erweckte fast den Anschein, als gäbe es in der Basis keine Verteidigung. Das Feuer der immer weiter vorrückenden Sturmtruppen wurde nicht erwidert. An mehreren Stellen entstanden Brände. Dann begann der Verband, einen Berghang hinaufzuklettern, vermutlich in Richtung auf eine unterirdische Verteidigungsstellung. Jetzt hatte er sich auf hundert Meter herangearbeitet und eröffnete ein heftiges Trommelfeuer.

Da - plötzlich - klaffte die Erde unter ihnen auf.

Minen! Das gesamte Terrain stand in Flammen.

Auf dem Berghang brach die Hölle los. Die Basis nahm die Angreifer jetzt unter Dauerbeschuß, worauf diese sich in wilder Flucht hinter das Dorf zurückzogen. Lautstarke Kommandos der

Offiziere ... die Sturmtruppen formierten sich wieder. Doch auf dem Gelände vor der Basis lagen über hundert Tote und Verwundete.

Abermals rückten die Sturmtruppen zum Angriff auf die Basis vor.

Aus den Toren des Hangars schossen Flugkörper heraus und mähten die Sturmtruppen nieder.

Der kleine graue Mann hatte keinerlei Spuren auf seinen Bildschirmen entdeckt. Darauf zu hoffen wäre ja auch unrealistisch gewesen, bei dieser wüsten Ballerei ...

Da dies nicht allzuweit außerhalb seiner derzeitigen Umlaufbahn lag, wies er seinen Chefpiloten an, die amerikanische Außenstation in sechshundertvierzig Kilometer Höhe zu überfliegen.

Das dauerte eine Weile, und der kleine graue Mann machte ein Nickerchen. Ein Summton weckte ihn, als sie die Position erreicht hatten, und er wandte sich wiederum seinen Bildschirmen zu.

In den Ruinen der Außenstation dort unten regte sich nichts, gar nichts. Die verlassenen Lastwagen und Pumpen lagen immer noch am Flußufer. Keine Spur von Leben - ein trostloser, gespenstischer Anblick! Da hing ja auch noch die Kuppel, unter der sich die Kernkonsole befunden hatte, an einem Kranhaken - allerdings umgestülpt.

Die Stadt im Norden brannte immer noch.

Sein Mineral-Indikator zeigte für das ganze Gebiet starke radioaktive Strahlung an.

Er wies seinen Chefpiloten an, die Umlaufbahn zu wechseln und Schottland zu überfliegen. Ursprünglich hatte er beabsichtigt, haltzumachen und festzustellen, ob die alte Frau wohl zurückgekommen wäre. Aber dann registrierten die Sensoren unten hinter dem Horizont starke Hitzeentwicklung, und gleich darauf wurde ein Kampf-Raumschiff der Drawkins deutlich sichtbar. Er befragte seine Landkarten. Besonders gut waren sie zwar nicht, denn sie stammten nur aus Schulbüchern, aber die Stadt konnte er mühelos identifizieren. Es war »Edinburgh«. Und Edinburgh brannte ...

In seinem Funkgerät knackte es, und der Funker regulierte den Ton. Unglaublich, was da jetzt heraussprudelte, in einem geradezu atemberaubenden Tempo. Einiges von dem Redeschwall war Drawkin, eine Sprache, die der kleine graue Mann nicht verstand, obwohl die Drawkins nicht weniger als zwanzig Planeten kontrollierten. Dieser Wortsalat hörte sich irgendwie hysterisch an. Er könnte freilich den Sprachumwandler einschalten, die Chips mit dem gespeicherten Vokabular mußten hier irgendwo sein, aber es würde sich ja doch nur um Kommandos an die Piloten dort unten handeln. Die andere Sprache hatte er in letzter Zeit sehr oft gehört.

Sie klang ganz anders - weich, nachdenklich ... Er hatte sogar geraume Zeit vor dem automatischen Entschlüsselungsgerät verbracht und sich bemüht, wenigstens etwas zu erfassen, doch diese Sprache schien sich all solchen Versuchen zu widersetzen.

Allerdings brauchte er sie gar nicht zu verstehen. Die handgreiflichen Tatsachen sprachen für sich. Dort unten entwickelte sich ein schwerer Luftkampf.

Er blickte durch die Sichtkuppel hinunter. Ein hoher Felsen war der Stadt vorgelagert, von dem aus die Flugabwehrgeschütze feuerten. Die Stadt ringsum brannte, und der Felsen stand in einem wahren Flammenmeer. Ein Drawkinbomber explodierte mitten in der Luft und stürzte ab - wie grünes Feuerwerk vor dem Orange der brennenden Stadt.

Spuren von Teleportation waren dort völlig undenkbar, daran gab es nicht den leisesten Zweifel.

Er empfand tiefe Niedergeschlagenheit, sogar ein Gefühl von Traurigkeit. Er wunderte sich über sich selbst. Hatte die Anspannung dieses letzten Jahres ihn etwas empfindsam gemacht? Mit Sicherheit nicht! Trotzdem - die alte Frau oben im Norden Schottlands ... Und vor allem die Tatsache, daß er sie nicht mehr vorfand ... das hatte Gefühle aufgerührt. Und jetzt, in diesem Augenblick, verspürte er ein wenig *Angst,* daß sie sich dort unten inmitten der lodernden Flammen befinden könnte.

Das alles sah ihm so gar nicht ähnlich. So reagierte ein Anfänger, aber doch nicht jemand mit seiner Erfahrung ...

Vielleicht sollte er sich besser eine kurze Schlafpause gönnen. Nach dem Aufwachen könnte er dann bestimmt wieder klarer denken und wäre nicht mehr so benommen und verwirrt. Nein, dieses letzte Jahr war durch und durch gräßlich gewesen ...

Er ging in seine Kabine und legte sich hin. Und es schienen nur ein paar kurze Augenblicke verstrichen zu sein, als er erwachte und die ganze Sache klar und deutlich vor sich sah.

Der Tanz, den diese irdischen Sturmtruppen mit ihren Kampfflugkörpern aufgeführt hatten. Wie dumm von ihm! Freilich war er kein Militärtaktiker, aber das hätte er doch längst erkennen müssen. Dieser schnelle Verband, der nach Singapur abbrauste, war *der Köder.* Und ebenso die ausgebrannte Kernkonsole - nichts als ein Lockmittel.

Er ging in sein kleines graues Leitzentrum, wo er sich die Aufnahmen von dem »Kontertanz der Flugkörper« noch einmal sehr gründlich anschaute und dann den Kurs des eigentlichen Verbandes ziemlich genau bestimmte. Ja, auf diesem Kurs würden sie zu der Pagode in der südlichen Hemisphäre des Planeten Erde gelangen.

Der Chefpilot bekam seine Anweisungen, und nun sausten sie ihrem Ziel entgegen.

Er kam gerade noch zurecht, um das Ende von »Volltreffer« mit anzusehen.

Das bestürzte ihn.

Wie konnte das nur geschehen? Er fand keine Erklärung. Ein Superraumkreuzer vom Typ »Furcht und Schrecken« mit Kampf-Raumgleiter-Katapult? In der Umlaufbahn explodiert?

Eine Anweisung an den Funkkontrollraum, sich vorsichtshalber zurückzuziehen, und dann widmete sich der kleine graue Mann ganz dem Schauspiel, sah gebannt zu, wie die Trümmer des Superraumkreuzers die Erdatmosphäre durchstießen und im Stausee aufschlugen. Er wartete noch etwas ab, um festzustellen, ob der Damm brach. Vielleicht war er beschädigt, aber im Augenblick schien er jedenfalls noch zu halten, lautete sein Fazit. Gewaltige Wassermassen stürzten in den Flußkanal - eine reißende Flut. Doch da unten war nichts, was sie unter sich begraben könnten.

Er ließ jetzt Funkbilder vom Staudamm selbst über das Wiedergabegerät laufen. Ja, er war tatsächlich getroffen worden. Eine beträchtliche Wassermenge floß an der tiefergelegenen linken Seite ab, großenteils quoll es dort unter der Staumauer durch. Das sah nach einem erheblichen Leck aus.

Ein heftiger Kampf hatte hier getobt. Waldbrände. Ja, und dort raste ein Raumgleiter-Verband über den Horizont - vermutlich in der Hoffnung, von einem Tolnep-Raumkreuzer im Bereich Singapur an Bord genommen zu werden. Sie mußten wohl unterwegs gewesen sein, als »Volltreffer« explodierte. Na ja, höchstwahrscheinlich würden sie es nicht schaffen. Sie besaßen nicht den erforderlichen Aktionsradius und würden im Meer enden.

Doch er sollte besser diese Pagode beobachten. In deren Umkeis befanden sich jetzt keine Flugkörper. Dic Infrarotstrahlen konnten nichts als religiöse Musik übermitteln, die sämtliche Stimmen übertönte.

In gebührendem Abstand betrachtete er unverwandt seine Bildschirme. Allzu lange brauchte er nicht zu warten.

Eine Teleportationsspur!

Ja, ja, ja! Er ließ die Bilder noch einmal durchlaufen.

Hoffnung regte sich.

Dann kamen ihm Zweifel. Das war einfach zu schön, um wahr zu sein. Anhand von erbeuteten Kernkonsolen hatte man festgestellt, daß sie einmal die Abfeuerung auslösten, und das war's dann auch. Keine Wiederholung ... niemals.

Er wartete weiter - endlos, wie ihm schien.

Da war es wieder.

Es hatte eine zweite Abfeuerung gegeben! Tatsächlich - eine zweite!

Freude erfüllte ihn. Zwischendurch Erstaunen. Was war bloß mit ihm los? Gefühl? Angst? Und nun Freude? Wie laienhaft! Er mußte sich schleunigst an die dringenden Aufgaben machen, die vor ihm lagen!

Wie konnte er die Verbindung zu ihnen herstellen?

Das Abhörgerät übermittelte ununterbrochenes Reden - ruhig, mit leicht religiösem Anklang. Was für eine Sprache mochte das sein?

Er griff nach einem Sprachumwandler. Er schaltete seine Sendeanlage ein und installierte den Sprachumwandler vor einem Mikrophon. Aber welche Sprache? Im Sprachumwandler waren mehrere gespeichert. Eine davon hieß »Französisch« - nein, die war restlos tot. Eine andere namens »Deutsch«? Nein, die hatte er auch nie auf ihren Frequenzen gehört. »Englisch«. Gut, er würde also mit Englisch anfangen.

Er murmelte in den Sprachumwandler, und der übersetzte: »Ich bitte um freies Geleit durch Ihre Linien. Mein Raumkreuzer ist nicht bewaffnet. Sie können Ihre Geschütze darauf oder auf mich richten. Ich habe keinerlei feindliche Absichten. Es könnte zum beiderseitigen Nutzen sein, wenn Sie mir eine Unterredung gewähren würden. Ich bitte um freies Geleit durch Ihre Linien. Mein Raumkreuzer ist nicht bewaffnet. Sie können Ihre Geschütze darauf oder auf mich richten. Ich habe keinerlei feindliche Absichten. Es könnte zum beiderseitigen Nutzen sein, wenn Sie mir eine Unterredung gewähren würden.«

Der kleine graue Mann wartete. Er wagte kaum zu atmen. Von der Antwort hing ungeheuer viel ab ...

# TEIL XXVI

## 1

Jonnie und Angus bemühten sich verzweifelt, diese harte Nuß zu knacken.

Sie saßen an dem Arbeitstisch, der in dem kleinen, abgeschlossenen Raum mit der Konsole stand, über ein technisches Handbuch gebeugt. Angus hatte es in Terls Recycling-Anlage gefunden. Die technischen Handbücher der Psychlos taugten sowieso nicht viel, dies aber war wirklich eine Zumutung. Nichts schlimmer als ein Handbuch, das für einen hochqualifizierten Experten gemacht wird und statt wesentlicher Grundinformationen nur Geschwafel enthält.

Jedenfalls wurden Jonnies halbfertige Pläne dadurch über den Haufen geworfen, und es ergab sich ein taktisches Dilemma. Das Handbuch trug den Titel »Warnende Beispiele zur Instruktion für das ausgebildete Bedienungspersonal an Umschlagkonsolen« und erwähnte natürlich die entscheidende Schalterstellung mit keiner Silbe. Dafür wurde allerdings das sogenannte »raumidentische« Phänomen erörtert.

Das Handbuch warnte ausdrücklich davor, Gegenstände abzufeuern, die für ein näher als vierzigtausend Kilometer gelegenes Ziel bestimmt waren.

Jonnie hatte gehofft, er könnte irgendwie in jeden dieser großen Kampf-Raumkreuzer eine Kernwaffe plazieren und sie dadurch loswerden.

Zum Phänomen der »Raumidentität« erfuhren sie, daß diese sich jeweils nach dem Ähnlichkeitsprinzip definiere. Einer quadratischen Gleichung zufolge galt der Grundsatz: Je weiter im Raum ein Punkt entfernt war, desto mehr »unterschied« er sich vom Koordinatennullpunkt. Totale Differenz ergab sich erst, wenn ein ungefähr vierzigtausend Kilometer entfernter Punkt erreicht wurde.

Diese Gegebenheit wurde genutzt, um Teleportationsmotoren in Gang zu halten, die sich von der Funktionsweise beim Umschlag erheblich unterschieden. Ein Motor lief nach dem Prinzip, daß

»Raumidentität« einer Verformung massiv entgegenwirkte. Je kürzer die Entfernung, desto stärker die Verformung. Also beruhte die Leistungsfähigkeit des Motors darauf, daß die Raumbedingungen keine Verformung zuließen. Aber hier wurde ja kein Gegenstand fortbewegt, sondern lediglich die Position des Motorgehäuses verändert. Man könnte sogar ein Dutzend Motoren im selben Raum laufen lassen; und obwohl sie sich zwar gegenseitig verformten, würden sie funktionieren.

Um allerdings einen Gegenstand reibungslos fortzubewegen, ohne ihn zu zerstören oder die Umschlaganlage zu beschädigen, mußten zwei Räume in Deckungsgleichheit gebracht werden, was nicht zu realisieren war, solange sie sich als »raumidentisch« definierten. Ein derartiger Versuch würde nur einen Trümmerhaufen hervorbringen.

Das Ganze war reichlich stumpfsinnig, und Jonnie fühlte sich nicht wohl. Sobald er sich vorbeugte, wurde ihm schwindlig. Dr. Allen kam herein und verabreichte ihm unerbittlich wieder eine Dosis Sulfonamid.

»Die Raumkreuzer können wir damit nicht bombardieren«, sagte Jonnie. »Und wenn wir mit dem Ding hier ihre Heimatplaneten bombardieren, merken das die Angreiferverbände erst nach Monaten. Sie haben alle Rückstoßantrieb und sind bis hierher Monate unterwegs gewesen.« Er seufzte. »Zu offensiven Zwecken können wir die Anlage jedenfalls nicht benutzen.«

Den Beweis dafür, daß die Anlage einwandfrei funktionierte, hatten sie gerade erbracht, und zwar mit Hilfe einer Kamera mit Gyroskäfig aus dem Reservedepot für die Aufklärungsdrohnen. Diese Art von Bildreguliergerät wurde von Drohnen zu Sichtzwecken benutzt und dirigierte jede Art von Recorder durch sämtliche Luftschichten in der gewünschten Einstellung. Man konnte jeden Typ von Bildrecorder einmontieren, und genau das hatten sie getan.

Die Anlage konnte einen Gegenstand in die Höhe »werfen« und ihn zurückbringen oder ihn nach einem solchen »Wurf« dort oben belassen. »Dieser Raum« wurde also hin- und zurückbewegt, nur um einen Gegenstand auszusenden und ihn wieder herunterzuholen. Oder »dieser Raum« wurde zu den Koordinaten »jenes Raums« bewegt, und nun würde »jener Raum« den Gegenstand einbehalten und »dieser Raum« leer zurückgebracht. Faktisch bewegte sich überhaupt nichts durch den Raum. Aber »dieser Raum« und »jener Raum« wurden deckungsgleich gemacht.

Sie hatten einen Bildrecorder in die Kamera mit Gyroskäfig eingebaut und sie zum Mond geschickt, was mühelos funktionierte, da der Mond in ihrer Gesichtslinie am Himmel stand. Die Bilder, die sie übermittelt bekamen, zeigten grell leuchtende Krater.

Danach hatten sie den Bildrecorder zum Mars geschickt, von dem sie die Bahn und die Koordinaten kannten, und gerade eben ein gewaltiges Tal betrachtet, das man sich unschwer als Flußbett vorstellen konnte.

Die Anlage funktionierte, daran gab es für sie keinen Zweifel. Aber sie waren ja nicht hier, um hübsche Aufnahmen zu machen. Aus dem nahen Operationsraum drang gedämpftes Stimmengewirr zu ihnen, und sie wußten, daß ihre Freunde gnadenlos attakkiert wurden. Es mußte doch irgend etwas geben, wozu sie diese Anlage benutzen konnten.

Und dieses Schwindelgefühl war auch nicht gerade hilfreich.

Vielleicht ließen sich die Eindringlinge von der Drohung, ihre Planeten zu zerstören, beeindrucken? Aber höchstwahrscheinlich würden sie darauf nur mit einem neuen Angriff auf den Staudamm reagieren.

Plötzlich summte die Gegensprechanlage, und aus dem Operationsraum ertönte Stormalongs Stimme: »Ihr solltet das Abfeuern besser einstellen. Wir haben ein unbekanntes Raumschiff in etwa sechshundertvierzig Kilometer Höhe, nördlich von hier. Bleibt auf Empfang! Halte euch auf dem laufenden.«

Als Stromalong fertig war, nahm er seinen Finger von der Sprechanlage und begann eine Meldung, die ihn erreicht hatte, durch das Bildwiedergabegerät laufen zu lassen, als ihn die junge Buddhistin, die jetzt bei ihm Schichtdienst als Funker hatte, auf die Schulter tippte. »Sir«, sagte sie auf Psychlo. »Ich habe auf der Frequenz für das Kampfgebiet eine Nachricht empfangen, aus der ich nicht klug werde. Ein gleichbleibender Ton, aber irgendwie hört es sich an wie die Sprache, in der Sie und Sir Robert miteinander reden. Ich habe die Aufzeichnung dabei, Sir.«

Stormalong war immer noch mit der automatischen Entschlüsselung beschäftigt und antwortete gleichgültig: »Spielen Sie's ab!«

»Mein Raumkreuzer ist nicht bewaffnet. Sie können Ihre Geschütze darauf oder auf mich richten ...«

Stormalong blinzelte ungläubig. Englisch? Eine drollige Art von Englisch, wie maschinell hergestellt!

Er nahm das inzwischen entschlüsselte Bild, sah es an, schnappte sich das Wiedergabegerät und raste nach draußen zur Kernkonsole.

Jonnie und Angus blickten alarmiert auf. »Nein, nein«, beruhigte sie Stormalong. »Ich glaube, das ist schon in Ordnung.

Schaut euch das an!«

Er legte ihnen das Bild hin. Es zeigte ein Raumschiff in Kugelform, von einem Ring umgeben. »Erinnern Sie sich an das Raumschiff, dem ich begegnet bin, und das gar nicht da war? Und an die alte Frau an der schottischen Küste? Das ist dasselbe Raumschiff!« Er sah sie fragend an. »Soll ich es durchlassen?«

»Könnte ein Trick sein«, gab Angus zu bedenken.

»Sind Sie da auch ganz sicher?« wollte Jonnie wissen. »Ich meine, ob es sich nicht vielleicht doch um ein anderes Raumschiff handelt?«

Die junge Buddhistin war Stormalong mit Mikrophon und Kabel gefolgt. Er entriß es ihr. »Hallo. Hallo dort oben. Verstehen Sie mich?«

Ein metallisches, monotones »ja« kam zurück.

»Was hat Ihnen die alte Frau angeboten?« fragte Stormalong.

Wieder die metallische, monotone Stimme: »Kräutertee.«

Stormalong grinste. »Landen Sie nördlich von hier auf dem freien Feld, wo man Schußwaffen auf Sie richten kann. Verlassen Sie Ihr Raumschiff ohne Begleitung und kommen Sie unbewaffnet. Sie werden von Wachposten in Empfang genommen.«

»Sehr gut. Sicheres Geleit akzeptiert.«

Stormalong gab die erforderlichen Anweisungen für die Schützen und Wachposten draußen.

Dann spielte er Jonnie die ganze Nachricht vor.

»Wer ist der Knabe?« fragte Angus. Das hätten sie alle gern gewußt.

## 2

Der kleine graue Mann wurde von zwei schottischen Wachposten eskortiert, die ihn höflich, aber mit der gebotenen Vorsicht zur Pagode geleiteten. Er reichte Jonnie bis an die Schulter. In seinem gepflegten grauen Anzug wirkte er durchaus menschenähnlich, bis auf die graue Haut.

Angus musterte ihn. »Das ist eine schottische Strickjacke«, stellte er argwöhnisch fest.

»Ich weiß«, entgegnete der kleine graue Mann durch seinen Sprachumwandler. »Ich bedauere aufrichtig, daß wir für den Austausch von Höflichkeiten keine Zeit haben. Wir müssen gleich zur Sache kommen und das Ganze schnell hinter uns bringen.«

Einer der Wachposten berichtete: »Oben auf seinem Raumschiff ist ein weißes Blinklicht zugange.«

Sir Roberts Funker, der Junge namens Quong, teilte ihm flüsternd und natürlich auf Psychlo mit: »Auf der Frequenz für Kampfgebiet sendet er einen Funkspruch: ›Zeitlich und örtlich begrenztes sicheres Geleit‹.«

Der kleine graue Mann hatte offenbar besonders scharfe Ohren, denn er sagte prompt: »Oh! Sie sprechen Psychlo!« Damit nahm er den Sprachumwandler ab und steckte ihn in die Tasche. »Dann können wir ja auf den verzichten«, fuhr er auf Psychlo fort. »Diese Geräte sind manchmal ungenau - sie geben kritische Passagen mit falschen Worten wieder, und das führt zu Auseinandersetzungen.«

Dabei trat er, ohne daß sie es verhindern konnten, rasch auf das Podest vor der Kernkonsole und schaute hinein. »Aha! Eine Standardausführung für den Gütertransfer. Sie haben nur eine, soweit ich sehe.«

Jonnie empfand das irgendwie als Kritik. »Wir können weitere bauen.« Damit wollte er dem kleinen grauen Mann deutlich machen, daß jeder Versuch, diese Konsole zu stehlen, zwecklos wäre, da sie schnellstens Ersatz schaffen könnten.

Doch der kleine Mann strahlte vor Freude. Er stieg wieder hinunter und blickte sich geschwind um. »Wir müssen uns wirklich beeilen. Ist ein autorisierter Vertreter der planetarischen Regierung anwesend?«

»Das wäre Sir Robert«, erwiderte Jonnie mit einer entsprechenden Handbewegung.

»Besitzen Sie die Vollmacht, im Namen Ihrer Regierung zu unterzeichnen?« lautete die gezielte Frage.

Das ergab eine kurze Verzögerung. Sir Robert verzog sich mit Quong außer Hörweite und bekam schnell eine Funkverbindung mit dem Clanchef der Fearghus im heiß umkämpften Edinburgh. Die Verständigung erfolgte über die beiden Funker in Pali. Der Clanchef der Fearghus meinte, er sehe keinen Hinderungsgrund, schließlich seien sie die ursprüngliche Regierung, und eine andere gäbe es nicht.

Der kleine graue Mann rief zu ihnen herüber: »Zeichnen Sie seine kurze Erklärung bitte in Klartext auf. Wir müssen jede Unkorrektheit vermeiden. Es darf nichts darunter sein, was sich rechtlich anfechten ließe.«

Der Gedanke, es unverschlüsselt über den Äther gehen zu lassen, mißfiel ihnen. Deshalb benutzte der Clanchef der Fearghus die gälische Sprache, und so zeichneten sie es auf.

Der kleine graue Mann war ganz bei der Sache. Er nahm die Bandaufzeichnung und fragte: »Haben Sie irgendwelche Geldmittel zur Verfügung? Galaktische Währungseinheiten, meine ich.«

Nun, normalerweise hatte der eine oder andere Galaktische Währungseinheiten bei sich - sie stammen von toten Psychlos und wurden als Souvenir eingesteckt. Aber Jonnies Beutel war dahin, Angus hatte nur eine Werkzeugtasche bei sich, und Robert der Fuchs pflegte sich um dergleichen nie zu kümmern. So flitzte nun Quong von einem Wachposten zum anderen und kehrte im Handumdrehen zurück mit einer Banknote über einhundert GW, die der Inhaber Sir Robert gern überließ.

»Ach herrje«, sagte der kleine graue Mann. »Trotz der Eile hätte ich mich genauer ausdrücken sollen. Fünfhundert Währungseinheiten wären das Minimum.«

Jonnie wußte, wo sich vermutlich etliche hunderttausend GW befanden - in Kers Gepäck! Doch das war weit weg am Victoriasee. Außerdem lagen weitere rund zwei Millionen in einem Safe, und der stand gleichfalls nicht hier.

Quong machte bei den Piloten die Runde. Volltreffer! Sie hatten sie den abgeschossenen Piloten abgenommen. Einer steuerte eine Banknote über fünfhundert, sechs je einhundert Währungseinheiten bei ... Sir Robert konnte die gern haben, kein Problem.

»Aha, insgesamt zwölfhundert Währungseinheiten«, sagte der kleine graue Mann, der inzwischen ein Formular ausgefüllt hatte. »Und welchen Titel führen Sie?« fragte er Sir Robert.

»Oberkommandierender von Schottland.«

»Ach, nein. Wir schreiben einfach >Ordnungsgemäß ausgewiesener Unterschriftsbevollmächtigter<. Und hier oben tragen wir ein >Provisorische Regierung des Planeten Erde< Datum ... Anschrift, Rufnummer ... nein, das können wir unbesorgt weglassen, das ist rechtlich ohne Belang. Bitte unterschreiben Sie hier unten.«

Sir Robert tat es.

Inzwischen hatte der kleine graue Mann einen kleinen Notizblock aus der Tasche gezogen. Er schlug ihn auf und schrieb auf die Innenseite: »Provisorische Regierung des Planeten Erde«. Und dann auf die erste Zeile der nächsten Seite: »GW 1.200«. Daneben setzte er seine Initialen und reichte den Block Sir Robert. »Hier ist Ihr Bankbuch. Bewahren Sie es sicher auf und verlieren Sie es nicht.« Sie schüttelten sich die Hände.

Der kleine graue Mann seufzte tief auf. Dann wurde er wieder betriebsam. Er drehte das Revers seines grauen Jacketts um und sagte etwas in ein knopfgroßes Funkgerät.

Der Wachposten draußen meldete über sein Funksprechgerät: »Die Blinklichter oben auf seinem Raumschiff sind jetzt blau.«

Und Quong: »Der abgeänderte Funkspruch lautet: ›Lokale Konferenz. Bitte nicht stören‹.«

Der kleine graue Mann strahlte sie an und rieb sich zufrieden die Hände. »Da Sie nun zu den Kunden gehören, kann ich Sie auch beraten. Und mein erster Rat heißt: *Handeln Sie schnell!*«

Er zog ein Buch aus der Innentasche. Es trug die Aufschrift »Adreßbuch« in Psychlo. »Stellen Sie den Transfer zu diesen Adressaten so schnell wie möglich her. Wir erteilen dafür kriegsbedingte Priorität. Als erstes käme Hockner ... Heimatplanet Hockner ... Koordinaten ... Koordinaten ... ja, Fountain Garden vor dem Imperial Palace ... Basiskoordinaten ...« Er ratterte eine Serie von Zahlen herunter, die Angus eilends mitschrieb. Sie waren in der gleichen Reihenfolge wie die in Terls riesigem Planetenbuch.

»Können Sie eine Kernkonsole bedienen?« erkundigte sich Angus argwöhnisch.

Der kleine graue Mann schüttelte nachdrücklich den Kopf. »Ach, i wo! Da fehlt's weit, und bauen könnt ich schon gar keine! Ich hab lediglich die Adressen!«

Dann bemerkte er, daß Angus die Koordinaten handschriftlich aufs laufende bringen wollte. »Du meine Güte! Haben Sie denn keinen Koordinaten-Computer? Mit der Hand dauert das doch ewig! Wir haben keine Zeit zu verlieren!«

Er drehte das Revers um, aber bevor er zu sprechen anfing, sah er Sir Robert um Erlaubnis bittend an. »Kann ich von einem meiner Leute einen Computer herbringen lassen? Außerdem brauche ich die roten Kästen. Könnten Sie wohl einen Wachposten als Begleitung hinschicken? Es passiert garantiert nichts, und Sie haben ja mich als Sicherheit.«

Sir Robert nickte, und der kleine graue Mann sprach hastig in das winzige Funkgerät. Ein Wachposten stürzte nach draußen. Der kleine graue Mann wartete voller Ungeduld. Dabei tätschelte er liebevoll die Seite des Konsolenbehälters und strahlte. »Sehr dekorativ. Im allgemeinen sind sie so unansehnlich.«

Ein grau uniformiertes Besatzungsmitglied kam mit dem Wachposten angerannt und überreichte dem kleinen grauen Mann einen recht eindrucksvollen Computer, legte einen Stapel roter Pappe auf den Boden und wurde wieder hinausgebracht.

Mit flinken Fingern manipulierte der kleine graue Mann an einer Sperre, die sich an der rechten Seite des Computers befand. Er ließ eine Serie verschieden angeordneter Bedienungselemente durchlaufen, bevor er arretierte.

»So, hier haben Sie einen Koordinaten-Computer«, sagte er und legte ihn vor Angus hin. »Auf diesen Tasten speisen Sie die genauen Abfeuerungszeiten ein. Sie müssen exakt mit dem Augenblick übereinstimmen, in dem Sie Ihren Schalter betätigen. Dann programmieren Sie auf diesen Knöpfen hier, ob es sich nur um >Transfer< oder >Transfer und Rücktransfer< oder um >Austausch< handelt. Und danach geben Sie einfach das Universum und die acht Basiskoordinaten für den Nullpunkt laut Tabelle auf diesen Tasten hier ein. Ganz einfach. Sie können den Computer als Gegengabe für die Kontoneröffnung behalten. Ich habe davon noch mehrere. Jetzt lassen Sie uns überlegen. Ich denke mir, wir können mit dem Abfeuern bei zweitausendzweihundert, siderisch, Basis-Universum beginnen.« Er sah auf die Uhr. »Das ist in acht Minuten. Ein Transfer braucht etwa zwei Minuten. Wir haben dreißig zu erledigen. Wir berufen die wichtigsten zivilisierten Nationen ein - unter Auslassung von Psychlo, das macht dann neunundzwanzig, aber dafür nehmen wir Lord Voraz hinzu ... du meine Güte, hoffentlich ist er nicht schon zu Bett gegangen. Für das Ganze brauchen wir eine Stunde. Dann warten wir drei Stunden bis zum nächsten Schritt - >Transfer und Rücktransfer<. Dafür sind jedesmal sechs Minuten erforderlich - wir wollen es ihnen bequem machen, damit sie nicht aufgeregt und verärgert hier ankommen - drei Stunden insgesamt. Das heißt, in etwa sieben Stunden, einen kleinen Spielraum für die Organisation hinzugerechnet, sollten Sie sie hergebracht haben.«

Er war völlig außer Atem und nahm von dem Stapel Pappe ein obenauf liegendes Päckchen Karten, das er Sir Robert hinschob. »Setzen Sie einfach unter jede Ihre Unterschrift, den Rest fülle ich schon aus. Geben Sie sie mir gleich nach Unterzeichnung weiter.«

Sir Robert sah sich den Vordruck an. Da stand auf Psychlo:

EILT

Sie werden höflich gebeten, einen autorisierten Gesandten zu delegieren, der in allen die politischen und militärischen Beziehungen zu anderen Planetenbewohnern betreffenden Angelegenheiten uneingeschränkte Vollmachten besitzt und befugt ist, verbindliche Vertragsverhandlungen bis zum Abschluß zu führen. Seine persönliche Sicherheit ist gewährleistet, und jeder Versuch, ihn als Geisel festzuhalten, wird seinerseits den sofortigen Widerruf sämtlicher Vereinbarungen und seinen Selbstmord zur Folge haben.

Erscheinungstermin ________________ am Ankunftsplatz
AN: ________________
KONFERENZORT: ________________
DAUER DER KONFERENZ NACH GUTDÜNKEN DER GESANDTEN.
NAME DES PLANETEN: ________________
ATMOSPHÄRE DES PLANETEN: ________________
DURCHSCHNITTSTEMPERATUR: ________ SONNENTYP: ______
GRAVITATION DES PLANETEN: ________________
METABOLISMUS DER BEWOHNER: ________________
VERPFLEGUNG: Verfügbar für Ihre Spezies ________________
Nicht verfügbar ________________
Rückkehr des Emissärs garantiert, sicher und wohlbehalten mit allen wichtigen Sitzungsprotokollen.
Befürwortet ________________ (Initialen und Siegel)

Handlungsbevollmächtigter für die rechtsgültige Regierung dieses Planeten.

________________ (Unterschrift)

Alle einschlägigen Kosten dieser Mission werden von diesem Planeten übernommen.

________________ (Unterschrift)

Sir Robert studierte den Text für den Geschmack des kleinen grauen Mannes etwas zu lange. »Unterschreiben Sie, so unterschreiben Sie doch!« drängt er. »Zweimal. Auf den letzten beiden Zeilen. Ich zeichne es ab, siegele dann und fülle das übrige aus.«

Er machte sich mit den roten Pappdeckeln zu schaffen; klappte sie diagonal zusammen und hatte mit einem Schlag ziemlich große rote Kästen daraus gezaubert.

Kaum hatte Sir Robert die erste Karte unterschrieben, riß sie ihm der kleine graue Mann aus den Händen, füllte die verschiedenen Spalten in Windeseile aus, zeichnete ab, knallte ein Siegel darauf und warf sie in die Schachtel. »Hockner!« sagte er zu Angus, trottete in die Mitte der Abfeuerungs-Plattform, ließ die Schachtel hinfallen und eilte dann zurück, um die nächste vorzubereiten.

Jonnie sah auf die Uhr, nahm sich das Band mit Koordinaten und sonstigen Orientierungsdaten, das Angus aus dem Computer bezogen hatte, und programmierte sie ein. »Zeit!« Er betätigte den Funktionsschalter für die Abfeuerung.

Die erste Schachtel flimmerte kurz auf und verschwand.

»Tolnep«, sagte der kleine graue Mann. »Freitreppe vor ihrem House of Plunder.«

Angus hämmerte auf dem Computer herum. Jonnie programmierte die Kernkonsole. Der kleine graue Mann sauste herbei und legte die zweite Schachtel auf die Plattform. Sobald er sie wieder verlassen hatte, löste Jonnie die Abfeuerung aus, und schon war auch dieses rote Kästchen verschwunden.

Zwei buddhistische Funker beobachteten den Ablauf und nahmen dem kleinen grauen Mann die Beförderung der Schachteln zur Plattform ab. Er war schon ganz außer Atem. Der junge Quong stellte fest, daß sämtliche Karten bis auf die Adressen gleichlautend waren, und half ihm beim Ausfüllen, so daß er sie nur noch abzeichnen und siegeln und dann in die Schachtel werfen mußte. Der kleine graue Mann hielt Schritt, und so war vierzig Minuten, ehe die letzte abgefeuert werden konnte, alles fix und fertig.

Japsend trat der kleine graue Mann beiseite und ließ die anderen weitermachen.

»Werden Sie die Konferenz ebenfalls leiten?« fragte ihn Sir Robert.

Der kleine graue Mann schüttelte den Kopf. »Aber nein, wo denken Sie hin! Wenn sie hier eintreffen, liegt alles weitere ganz bei Ihnen.«

Jonnie und Sir Robert tauschten einen Blick. Sie sollten sich dazu besser schnell etwas einfallen lassen! In sechseinhalb Stunden würden bevollmächtigte Gesandte als Vertreter von neunundzwanzig Spezies, die offenbar insgesamt rund fünftausend Planeten kontrollierten, hier erscheinen ...

Der kleine graue Mann sprach wieder in sein Funkgerät am Revers.

Von draußen meldete ein Wachposten: »Eben haben sich Lichtsignale auf seinem Raumschiff verändert. Das blaue blinkt schneller, und außerdem ist jetzt noch ein großes rotes im Gange.« Ein Funker berichtet Sir Robert: »Der Funkspruch, den sie ständig ausstrahlen, hat neuerdings einen anderen Wortlaut. Es heißt nun: >Örtliches Waffenstillstandsgebiet. Geschützfeuer, laufende Motoren oder Angriff würden Sicherheit unserer Vertreter gefährden. Halten Sie achthundert Kilometer Abstand zu dieser Zone<.«

»Können Sie nicht einfach einen allgemeinen Waffenstillstand für den Planeten verkünden?« fragte Sir Robert.

»O nein, ausgeschlossen. Das könnte ich nicht tun. Damit würde ich nur Protest auslösen - wegen Anmaßung der Staatsgewalt. Tut mir leid. Ihre Leute in anderen Gegenden werden eben durchhalten müssen.«

Sir Robert ging in die Operationszentrale, um die verschiedenen Befehlsbereiche entsprechend zu benachrichtigen. Dort fühlte man sich ermutigt. Die Heftigkeit des Angriffs dauere unvermindert an, berichteten sie. Sie hielten stand, wenn auch mit knapper Not. Aus völlig unerfindlichen Gründen habe der Feind, wie die Piloten meldeten, die alte Ruinenstadt London in Brand gesetzt.

Angus hatte jetzt Bänder für einen Großteil der Abfeuerungen fest programmiert. Der kleine graue Mann bot ihm an, den Rest zu übernehmen und danach alles für »Transfer und Rücktransfer« nach der dreistündigen Wartezeit fertigzumachen.

Ein chinesischer Ingenieur und der Stammesführer Chong-won versuchten nach einigem Zaudern, Jonnies Aufmerksamkeit auf sich zu lenken. Als er das bemerkte, überließ er die Kernkonsole Angus.

»Bitte verzeihen Sie«, begann Chong-won. »Aber es geht um den Staudamm. Das Wasser fällt, und man kann jetzt schon die Einlaßöffnungen der Generatoren ausmachen. Wie mein Ingenieur hier, Fu-ching, sagt, werden Sie in vier Stunden keinen Strom mehr haben.«

Und dabei hatten sie noch sechseinhalb Stunden vor sich, in denen sie Energie unbedingt benötigten.

## 3

Jonnie schickte nach Thor und einigen Karten, darunter ein Exemplar mit alten Verteidigungsanlagen der Psychlos.

Während er wartete, beobachtete er den kleinen grauen Mann, der den Computer neben der Kernkonsole programmierte. Die Finger schienen förmlich zu fliegen, sie handhabten den Computer mit der gleichen Geschwindigkeit wie ein hochqualifizierter Pilot das Instrumentenbrett. Dann wurde ihm klar, daß der kleine graue Mann nicht einmal hinschaute, daß diese blitzschnellen Bewegungen offenbar ganz von selbst abliefen. Nach Jonnies Meinung mußte weit mehr an ihm sein, als es bisher den Anschein gehabt hatte. Name und Identität spielten keine Rolle dabei, die hatten sie ja auch noch nicht erfahren. Aber sein Beweggrund, ihnen zu helfen, mußte viel stärker sein, als er durchblicken ließ. Jonnie mißtraute ihm nicht etwa - nein, das war es nicht. Nur so ein unbestimmtes Gefühl, daß selbst hinter den Informationen, die der kleine graue Mann ihnen gab, wesentlich mehr steckte, daß seine Anwesenheit viel tiefere Gründe hatte. Was immer der kleine graue Mann ihnen später noch alles erzählen mochte, für Jonnie war es beschlossene Sache, daß er die Zusammenhänge aufdekken würde. Ein vages Gefühl? Unsinn - eine Gewißheit ...

Nun, immer eins nach dem anderen. Er mußte sich jetzt um den Staudamm kümmern, denn ein Stromausfall würde dem Ganzen ein Ende setzen! Und er hatte tatsächlich nur zwei Arbeitsstunden zur Verfügung. Einen Staudamm dieser Größenordnung in zwei Stunden reparieren? Uff!

Da kamen die Karten, darunter eine Skizze, die kürzlich von den chinesischen Ingenieuren angefertigt worden war. Sie hatten das Dorf mit eingezeichnet. Ihre Kartenskizze vom See war, abgesehen von den chinesischen Schriftzeichen und Zahlen, recht klar und übersichtlich. Sogar Lotungen hatten sie vorgenommen.

Er betrachtete die Karte mit den Verteidigungsanlagen und bemerkte zum ersten Mal, daß es sich um eine »Kopie nach dem Originalplan« handelte. Und den Daten zufolge war der Originalplan annähernd elfhundert Jahre alt. Mit Hilfe einer Lupe entzifferte er die ursprünglichen Daten des Staudamms.

Der Kariba-Damm, wie ihn die Psychlos nach ihrer Invasion umgebaut und die Verteidigungsanlagen installiert hatten, war demnach ursprünglich etwa sechshundert Meter lang gewesen. Die Höhe des Bauwerks betrug ungefähr einhundertsechsundzwanzig Meter, der dahinterliegende Stausee war zweihundertachtzig Kilometer lang und bis zu zweiunddreißig Kilometer breit. Ein wahrhaft gewaltiger Staudamm. Sogar eine richtige Fahrstraße führte oben entlang.

Jonnie verglich die Karten. Auf dem Original fand sich kein Platz für ein Dorf. Was bedeutet denn das? Hatte sich die Erdoberfläche verändert?

Er nahm sich die noch von Menschen stammende Karte vor. Der Fluß hieß damals »Sambesi«, war fast dreitausend Kilometer lang und zählte zu den bedeutenden Strömen der Welt. Er hatte die sogenannte Karibaschlucht durchquert, wo er aufgestaut und ein Wasserkraftwerk errichtet wurde, eine enorme technische Leistung. Auch an dieser Stelle hatte es beiderseits der Schlucht Steilwände gegeben. Kein Platz für ein Dorf! Er verglich die Karten.

Der Damm, auf dem auch vor dem Absturz des Raumschiffes in den See noch eine Straße entlanggeführt hatte, war überschwemmt worden.

Dann erkannte Jonnie, was passiert war. Die Strömung des Sambesi hatte im Laufe von elfhundert Jahren den See verschlammt.

Kein Wunder, daß der Wasserspiegel so unglaublich rasch gefallen war. Durch den Absturz mußten Millionen Tonnen Schlamm hochgeschleudert und über den Damm verspritzt worden sein. Und jetzt konnten so schnell nicht genügend Wassermengen nachströmen, das hätte der See nicht geschafft! Er war nurmehr rund hundertneunzig Kilometer lang und am Damm selbst lediglich etwa dreihundert Meter breit. Der Rest bestand aus Schlick.

Er wandte sich an Chong-won und den chinesischen Ingenieur: »Die Anlage hatte sechs Einlaßöffnungen, durch die das Wasser aus dem See einströmte und die Generatoren in Gang hielt. Ich möchte, daß jetzt alle sechs geschlossen werden. Sobald sie in etwa fünfundzwanzig Minuten mit dem Abfeuern fertig sind, stellen wir den Strom ab. Tun Sie das zuerst, dann machen Sie die Einlaßöffnungen zu. Wenn sie für die nächste Abfeuerung Strom brauchen, schalten wir das Kabel für den Luftschirm über dem See ab, so daß wir dafür keine Energie verbrauchen, und öffnen für die Generatoren nur zwei Einlässe. Können Sie das tun?«

»Aber ja!« Dann wiederholten sie: »Sie wünschen, daß wir in etwa fünfundzwanzig Minuten den Strom ganz abstellen, alle Einlaßöffnungen für die Generatoren schließen, ungefähr zwei Stunden später das Kabel für den Luftschirm am See abschalten und nur zwei Einlässe für die Generatoren öffnen. Sollen wir auch sämtliche Überläufe zumachen?«

Jonnie nickte. Das überschüssige Wasser war noch nie zuvor über die Staumauer, sondern durch Abflußkanäle weit unten in den Fluß abgeleitet worden. Wenn man es jetzt sozusagen als Reserve behielt, würde damit zwar nicht alles behoben, aber vielleicht etwas geholfen.

Thor erschien. »Holen Sie mir Dwight!« bat Jonnie.

»Der liegt im Lazarett. Armbruch. Hat schwer zugeschlagen.«

»Er war auch bei den Sprengungen in der Goldmine unser bester Mann«, antwortete Jonnie. »Holen Sie ihn her.«

An der Kernkonsole wurde immer noch abgefeuert, aber er konnte in der Zwischenzeit ja schon mal einiges organisieren.

Dwight kam. Er hatte sich links und rechts ein blaues Auge geholt, den Arm in Gipsverband. Außerdem humpelte er. Aber er strahlte über das ganze Gesicht.

Jonnie verlor keine Zeit. »Dwight, beschaffen Sie zwei Dreihundert-Meter-Rollen Zündschnur, etwa drei Einhundert-Pfund-Behälter mit flüssigem Sprengstoff, drei von den tragbaren Gesteinsbohrmaschinen, für jede einen dreißig Meter langen Aufsatz ... und dann noch Zünder und das übliche Zubehör.«

»Was haben Sie denn vor?« erkundigte sich Thor. »Wollen Sie den Planeten in die Luft jagen?«

Als Stormalong auftauchte, wurde auch er gleich mit Aufträgen eingedeckt. »Bereiten Sie alles vor, um Sprengmaterial und Leute über den See zu transportieren. Sobald sie mit den ersten Stunden der Abfeuerung fertig sind, müssen wir loslegen können.«

Jonnie brachte hastig eine Mitteilung für Angus zu Papier, die ein Funker nach beendetem Transfer der Schachteln sofort aushändigen sollte: »Die Energieversorgung wird für zwei Stunden unterbrochen. Informieren Sie uns gleich nach Abschluß der ersten Etappe, denn wir müssen Motoren laufen lassen und Sprengungen vornehmen. Warten Sie mit dem nächsten Transfer, bis Sie von uns grünes Licht bekommen. Halten Sie Funkkontakt mit mir.«

Männer wurden durch den Gang nach draußen geschickt. Manche von ihnen hatten den Angriff auf die amerikanische Außenstation mitgemacht, andere kamen aus der Krankenstation. Dr. Allen stand die Mißbilligung im Gesicht geschrieben; sie galt in erster Linie Jonnie. Aber er sagte kein Wort.

Als Jonnie ins Freie trat, atmete er auf ... Tageslicht, eine wahre Wohltat! Jetzt konnte er wenigstens sehen, was er tat. Er inspizierte den Staudamm. Ja, es stimmte. Schlamm! Überall Schlammspritzer. Da hatten sie eine Drecksarbeit vor sich. Oben auf den eingebrochenen Stellen der Staumauer türmten sich wahre Schlammberge. Die Steilwände waren bis hinauf mit Schlamm überzogen, wie von einem Riesenpinsel draufgekleckst. Feuchter Schlamm. Hier mußte man höllisch aufpassen, daß man nicht ausrutschte - das konnte gefährlich werden.

Er hatte sein Funksprechgerät eingeschaltet, damit er sofort erfuhr, wann der erste Transfer abgeschlossen war. Aus unterirdischen Magazinen wurden mit Sprengmaterial beladene Rollwagen zu einem Flugkörper gefahren. Piloten standen bereit. Zwei Personaltransporter luden Leute ein. Ein Dutzend Chinesen sausten, mit riesigen Schraubenschlüsseln bewaffnet, in das Kraftwerk; ohne diese Hilfsmittel wäre es unmöglich gewesen, die seit tausend Jahren festgefressenen Hebel und Funktionsschalter zu lokkern.

Jonnie ging zur Staumauer und blickte über den See.

Er wollte seinen Augen nicht trauen. Bei einem solchen Absturz durch die Erdatmosphäre hätte er erwartet, daß weitaus mehr Schaden angerichtet worden wäre.

Da lag das Superraumschiff, ein gigantisches Wrack, hochkant im Schlamm eingegraben - neun Kilometer vom Staudamm seeaufwärts.

Und es trug sein Teil zur Katastrophe bei ... Der ramponierte, verkohlte Koloß blockierte den Zufluß von frischem Wasser zum Staudamm. Oberhalb begann sich ein neuer See zu bilden.

Er wandte sich an Dwight: »Suchen Sie sich drei Männer und schaffen Sie sie auf eine fliegende Plattform. Legen Sie eine Zündschnur an der Ostseite des Wracks, so daß ringsum ein neuer Abflußkanal herausgesprengt werden kann. Wenn Sie das erledigt haben, kommen Sie wieder zu mir. Ich sage Ihnen dann den Zeitpunkt für die Zündung.«

Dwight machte sich eilends auf die Suche nach Leuten und weiterem Sprengmaterial.

Jonnie ging inzwischen zu einer Stelle, von wo er das gegenüberliegende Ende des Staudamms sehen konnte. Es war ein vielfach geschwungenes Bauwerk, das halbmondförmig in den See hineinragte. Kein Zweifel, dort strömte Wasser aus. Wegen der Form dieser Anlage würde jede heftige Erschütterung bewirken, daß sich die Staumauer an den Enden noch tiefer ins Ufer bohrte. Das andere Ende drüben hatte genügend Halt durch die Felswand, aber am *Fundament* mußte sich die Staumauer gelockert haben. Dort schoß das Wasser von unten heraus wie aus einer riesigen Feuerspritze.

Womöglich handelte es sich dabei um alte Risse, die bis jetzt durch Schlamm abgedichtet worden waren, den die Druckwelle dann hinausgefegt hatte. Es gab nur ein Mittel, diese Risse wieder zu verstopfen - etwa eine halbe Million Tonnen Gestein, das weiter stromaufwärts versenkt würde. Und jetzt war nicht die Zeit, Steinmassen mit Hilfe von Frontschauflern und Kränen abzuladen.

Der halb ausgegorene Plan, den er gemacht hatte, war schon richtig gewesen. Er sah sich die Felswände an der anderen Seite der Schlucht an. Wenn er die eine sprengte und dadurch das Leck verstopfte, würde dann auch die restliche Staumauer durch die Erschütterung herausgerissen werden?

Das Panzerkabel für den Luftschirm verlief ebenfalls an den Felswänden entlang. Sollte er das etwa auch noch opfern? Nein, das Risiko war ihm zu groß.

Aus dem Funksprechgerät ertönte die Stimme Angus: »Erste Phase beendet. Strom kann abgeschaltet werden.«

»Abschalten!« sagte Jonnie. »Kraftwerk! Stellt den Strom ab! Stormalong! Fliegen Sie los!«

Das Ionisationskabel hörte auf zu summen. Bombensplitter, tote Vögel und Blätter, die der Luftschirm abgefangen hatte, fielen nun zu Boden.

Die Flugkörper hoben laut dröhnend ab.

Jonnie hatte eine unbenutzte fliegende Plattform entdeckt, schwang sich hinauf und betätigte die Funktionsschalter. Blitzschnell überquerte er den Staudamm und den See, als er den oberen Rand der Felswände drüben ansteuerte. Dwight war bereits dort. Prüfend betrachtete Jonnie die Struktur des Gesteins und schätzte die Strömung ab, die auf dieser Seite am Grund des Sees entstehen mußte. Seine Aufgabe bestand darin, von diesen Felswänden genügend Gesteinsmassen abzusprengen und in den See zu befördern. Und zwar so, daß sie zu dem Leck getragen wurden und es verstopften. Das richtig zu berechnen, war schon eine verzwickte Sache.

Drei Löcher. Er brauchte drei Bohrlöcher, jedes ungefähr dreißig Meter tief, und jedes in einem exakten Winkel an den Stellen, wo die Felswand weggesprengt werden mußte.

Er bezeichnete sie, während er hinter dem Klippenrand entlangraste. Eins, zwei, drei. Etwa zweihundert Meter seeaufwärts vom Staudamm. In einem Neigungswinkel von rund fünfzehn Grad.

Die Männer setzten die Gesteinsbohrer in Betrieb, die schnell und präzise arbeiteten. Schnell genug? Er hatte ja nur zwei Stunden zur Verfügung.

Das Kabel! Es war in diesem Abschnitt dicht am See verlegt. Er durfte es nicht opfern. Wenn sie es dort ließen, würde es durch die Sprengungen herausgerissen und in den See abrutschen.

»Stormalong!« schrie Jonnie. Der Pilot war eben aus einem Grubentransporter geklettert. »Welcher von den Motoren, die wir hier haben, ist der stärkste?«

Stormalong sah sich die vier Flugkörper an, die sie hergebracht hatten, darunter auch einen Truppentransporter. Auf den zeigte Stormalong.

»Schaffen Sie ein paar Techniker zu diesem Ende des Staudamms. Aus dem alten Verteidigungsplan hier geht hervor, daß die Verteidigungsanlage dort einen Kabelkasten hatte. Die Männer sollen ihn aushängen. Und dann binden Sie da ein kräftiges Seil drum, so daß Sie mit Ihrer Maschine diesen ganzen Kabelabschnitt aus der Erde herausreißen und ihn da oben wieder runterlassen können.«

Das war ganz nach Stormalongs Geschmack. Er lebte förmlich auf bei dieser verrückten Vorstellung. Da würde er das nunmehr lose Kabelende am Flugkörper festmachen, in südwestlicher Richtung seeaufwärts fliegen und das Kabel aus der Erde herausreißen! Weitere Anweisungen brauchte er nicht. Er wußte sehr wohl, daß das Gewicht von nur hundertfünfzig Metern Kabel den Absturz bedeuten könnte. Also mußte er zusehen, es so schnell wie möglich wieder loszuwerden. Er schickte ein paar Techniker zum Staudamm, um das dortige Ende zu lösen.

Jonnie betrachtete die Bohrmaschinen. Sie hatten gehärtete Spitzen und konnten enormen Hitzegraden standhalten. Aber jetzt gab es eine Rauchentwicklung. Wie schnell konnten sie bohren? Er kontrollierte, was sie bisher schon geschafft hatten, und sah auf seine Uhr. Das würde einen Wettlauf mit der Zeit geben!

Etwa acht Kilometer weiter seeaufwärts, neben dem Wrack des Kampf-Raumschiffes, war der alte Grubenarbeiter, den Dwight hingeschickt hatte, mit zwei Assistenten am Werk. Sie rutschten im Schlamm umher und sanken fast bis zu den Hüften ein. Die fliegende Plattform, die sie benutzt hatten, mußte alle paar Minuten in Bewegung gesetzt werden, sonst wäre sie einfach auf Nimmerwiedersehen im Schlick versunken.

War das ein gigantisches Wrack! Kein Wunder, daß sie mit den Dingern nicht unten in der Atmosphäre operieren konnten. Sie mußten sie auf den Mond Asart hinaufschaffen. Vermutlich flogen sie die einzelnen Teile nacheinander von Tolnep hinauf. Es gehörten komplizierte Berechnungen der planetarischen Schwerkraft und Gravitationsfelder dazu, damit diese Ungetüme überhaupt fliegen konnten.

Bedrückt fragte er sich, ob Glencannons Leiche wohl irgendwo da drin wäre. Doch selbst ein Mark 32 hätte einer solchen Explosion wohl nicht standhalten können. Das Raumschiff war wirklich nichts als ein Friedhof. In diesem demolierten rauchgeschwärzten Wrack mußten die verkohlten Überreste von fünfzehnhundert Tolneps herumliegen. Wie lang mochte es sein? Sechshundert Meter? Neunhundert? Schwer zu sagen von seinem Standort aus, denn ein großer Teil lag unter Wasser. In jedem Fall aber stellte es einen stattlichen Damm dar. Genau genommen hätte es sich noch tiefer einbohren müssen. Doch dann sah er, was tatsächlich geschehen war. Das Wrack hatte eine Art Krater entstehen lassen, und dessen *Rand* war es, der das Wasser staute.

Jonnie zog ein kleines Fernglas aus der Tasche, um genau festzustellen, was die Männer taten. Ja, sie legten um den jenseitigen Kraterrand eine Zündschnur und danach ebenso auf der anderen Seite. Sie verstanden sich darauf und brauchten keine guten Ratschläge!

Die Bohrer arbeiteten sich kreischend durch den Felsen, aus den überhitzten wassergekühlten Düsen zischte Dampf hoch. Zwanzig Männer bildeten eine Kette vom See zu einer Grubenpumpe, um Nachschub an Kühlwasser zu beschaffen.

Dieser Schlamm, überall! Man konnte kaum gehen, rutschte

immer wieder aus, und so war fast jeder der Leute mit einer Schlammkruste bedeckt.

Er sah auf die Uhr. Das Unternehmen hing an einem seidenen Faden. In drei Stunden ein dreißig Meter tiefes Loch zu bohren, das wäre wahrhaftig ein Bravourstück - sie jedoch mußten es in anderthalb Stunden schaffen! Die Männer stemmten sich regelrecht gegen die Bohrer, jeweils vier halfen mit ihrem Gewicht nach.

Er konnte nur hoffen, daß das Blinklicht auf dem Raumschiff des kleinen grauen Mannes seine Wirkung tat. Sie hatten ihre Verteidigungskräfte weitgehend für die Reparaturarbeiten am Staudamm abgezogen und wären ohne den Luftschirm jetzt jedem Angriff offen ausgesetzt.

Auf seinem Funksprechgerät meldete sich die Mannschaft am Wrack und verlangte Dwight. Sie waren soweit. Dwight blickte fragend auf Jonnie, der versuchte, mit dem Fernglas die Einlaßöffnungen der Generatoren am Staudamm genauer auszumachen. Waren sie geschlossen? Von hier aus konnte er es nicht erkennen bei diesem schlammigen Wasser. Er rief die chinesischen Ingenieure über Funk. Aus dem Innenraum meldete sich Stammesführer Chong-won.

»Es dauert fünf Minuten, bis die letzte Einlaßöffnung geschlossen ist«, sagte er. »Die Überläufe haben sie bereits zu. Tut mir wirklich leid, Lord Jonnie. Ich glaube, die ganzen Hebel und Räder sind seit Jahren nicht mehr von der Stelle bewegt worden.«

»Seit einem Jahrtausend, dann stimmt's«, erwiderte Jonnie. »Wieviel Männer haben Sie dort drin?«

»Zweiundsiebzig.«

Er hatte die Hälfte seiner Leute innerhalb des Staudamms.

»Sie machen das großartig. Wenn Sie fertig sind, räumen Sie das Ganze. Bei den Sprengungen könnte es den Staudamm wegreißen, die gesamte Anlage.«

»Wir beeilen uns«, versicherte Chong-won.

Ein lautes Aufdröhnen - Stormalong hatte das lose Ende des Ionisationskabels angehoben. Er brüllte über die Lautsprecher seines Flugkörpers: »Fertig zum Rausreißen! Melden Sie, wenn alles geräumt ist!«

Der riesige Truppentransporter schwebte über dem Ende des Staudamms. Greifarme hatten das Kabel gefaßt, das aus dem Kasten ausgehängt worden war. Die dafür eingesetzten Männer kletterten ins Freie.

Jonnie schrie den Männern an den Bohrmaschinen zu: »Wegtreten!«

Sie hatten zwar wenig Neigung, die Bohrer im Stich zu lassen, stellten sie aber doch ab und entfernten sich schlitternd vom Klippenrand.

Jonnie kontrollierte, ob sie tatsächlich aus dem Weg waren, und rief dann ins Funksprechgerät: »Los, reißen Sie's raus!«

Stormalong raste los. Das Kabel, einer Riesenschlange gleich, wand sich, bockte und begann sich aus der Erde zu lösen. Es blockierte den Flugkörper, den Stormalong nun in raschem Wechsel aufwärts und wieder abwärts zog und dabei heftig an dem Kabel zerrte. Zentimeter um Zentimeter und Meter um Meter löste es sich aus der Erde. Der Flugkörper schraubte sich immer höher und operierte am Klippenrand entlang.

Fast die Hälfte hatte er schon aus dem Boden gerissen!

Dann ein scharfer Knall ...

Das Kabel war gerissen!

Stormalongs Flugkörper wurde hoch in den Himmel katapultiert, wobei er zweihundert Meter Kabel hinterherzog.

Doch gleich darauf hatte er die Maschine wieder in der Gewalt, flog mit dem abgerissenen Stück seeaufwärts und legte es dort am Ufer ab, betätigte den Auslösehebel für den Greifarm und ließ es fallen. Dieser Stormalong war wirklich ein As!

Jetzt kam er zurück. Er flog über die Felswand. Die Greifarme wurden nach unten ausgeschwenkt. »Hakt ihn fest!«, schrie er durch den Lautsprecher.

Die Männer schlitterten hinunter zum Rand der Felswand. Sie packten den Greifarm und machten ihn gut an dem abgerissenen Kabelende fest.

Das konnte man flicken. Aber all dies kostete Zeit, und die Männer an den Bohrmaschinen arbeiteten nicht!

Sobald sie fertig waren, zog Stormalong wiederum das verbliebene Kabelende aus dem Bett, in dem es jahrhundertelang geruht hatte.

Er zerrte es aus dem Sprengungsgebiet und ließ es fallen.

Die Männer rannten an ihre Bohrmaschinen zurück.

»Wir haben hier alles erledigt!« meldete sich Stammesführer Chong-won über Funk.

»Ausgezeichnet«, lobte Jonnie. »Jetzt schicken Sie bitte alle Männer raus und sagen mir, wenn alle in Sicherheit sind, Sie eingeschlossen!«

Er sah, wie sie aus dem Kraftwerk strömten und auf der anderen Seite den Weg hinaufgingen, winzige Gestalten in blauen Arbeitsanzügen. Endlich waren sie in sicherer Entfernung vom Staudamm. »Alles klar, Lord Jonnie«, meldete Stammesführer Chong-won.

Das Bohren ging weiter. Jonnie gab Dwight ein Zeichen, der nun der Mannschaft am Wrack Anweisungen erteilte. »Zünden!« schrie Dwight. Jonnie sah, wie sie die Zünder anbrachten. Dann rutschten und schlingerten sie durch den Schlamm zu ihrer fliegenden Plattform und kletterten hinauf. Den letzten mußten sie tatsächlich am Kragen hinaufziehen und abschwirren, während seine Beine noch herabbaumelten. Die Plattform steuerte sicheres Terrain an und landete. Jonnie beobachtete gespannt das Umfeld des Wracks.

Da - das scharfe Knacken der explodierenden Zündschnur ...

Schlamm wurde in langem Strahl in den Himmel geschleudert. Rauch und eine dichte Masse aufspritzender Schmutzpartikel nebelten das Wrack einen Augenblick lang ein.

Eine Stoßwelle ließ die Erde erbeben. Eine kleine Furche kräuselte sich über die Oberfläche des Sees. Vierundzwanzig Sekunden später hörten sie dann die Detonation - sie traf sie wie ein heftiger Schlag.

Der Rauch verzog sich allmählich. Das riesige Wrack hatte sich nicht vom Fleck gerührt, aber durch den oberen und den unteren Kraterrand führte jetzt eine Rinne. Durch die weiter weg liegende begann ein Rinnsal zu tröpfeln. Nur ein Rinnsal?

Jonnie hielt den Atem an, als er durch das Fernglas hinüberspähte, voller Angst, daß sie bei ihrer Zeitnot womöglich noch einmal zünden müßten. »Los! Mach schon!« sagte er. »Mehr! Viel mehr!« Er wußte ja, mit welcher Kraft sich Wasser seinen Weg zu erzwingen pflegt. »Los doch!«

Auf der Seite drüben war der Wasserspiegel mindestens sechzig Zentimeter höher als am Staudamm. Verdammt, es müßte doch mehr Schubkraft haben!

Just da wurde ein Gegenstand, der den Abfluß behindert hatte, ausgeschwemmt - eine riesige Killer-Kanone. Sie wurde im Wasser herumgewirbelt und trieb dann endlich weiter.

Nun schoß das Wasser durch die jenseitige Kraterwand. Es wogte und zischte im Krater, ein brodelnder, schäumender Schlammstrudel. Auch die obere Rinne wurde durch die nachdrängenden Wassermassen verbreitert. Sie brachen sich immer mehr ihre Bahn.

Jetzt gelangten sie zu dem nächstgelegenen Graben, den die Sprengung geschaffen hatte, fraßen sich durch Schutt und alle Hindernisse hindurch. Und dann hatte das Wasser freien Lauf!

Im oberen Krater wallte eine dritte Woge auf, riß Wrackteile los. Ein tosender Strom ergoß sich aus dem Krater in den See.

Sie hatten den Fluß wieder in Bewegung gebracht. Jonnie bat

Dwight, ihnen Lob und Anerkennung für diese Leistung auszusprechen.

Die Bohrer ratterten unentwegt und qualmten. Jonnie sah auf die Uhr. Es blieben ihnen nur noch zwanzig Minuten. Wo war nur die Zeit hingegangen? »Wieviel Abschnitte haben Sie bisher gebohrt?« fragte er Thor.

»Fünf. Das sind fünfundzwanzig Meter.«

»Das muß reichen. Lassen Sie die Bohrmaschinen wegschaffen. Stormalong!« brüllte er in sein Funksprechgerät. »Fangen Sie mit dem Abtransport von Leuten und Ausrüstung an!«

Er entdeckte Stammesführer Chong-won auf der gegenüberliegenden Seite, ein winziger blauer Punkt. »In wenigen Minuten werden Sie hier oben einen furchtbaren Blitz aufflammen sehen. Vergewissern Sie sich zunächst, ob der Staudamm nicht ganz weggeblasen wird; falls er gehalten hat, schicken Sie sofort ein paar ausgesuchte Leute rein, damit sie zwei Einlaßöffnungen für die Generatoren öffnen und das Zuleitungskabel den Bereich um die Pagode wieder mit Strom versorgt. Verstanden?«

»Ja, Lord Jonnie.«

»Und denken Sie ja daran, vor der Explosion in Deckung zu gehen«, schärfte ihm Jonnie nochmals ein.

Sie hatten die Bohrmaschinen abmontiert und verstauten sie in den Halterungen des Mark 32.

»Dwight, nehmen Sie die drei Behälter und schütten Sie den flüssigen Explosivstoff in die Löcher. Und dann stülpen Sie die leeren Behälter darüber, aber bitte schnell!«

Dwight gab Jonnies Anweisungen an seine Leute weiter und trieb sie mit seinem gesunden Arm zur Eile. Die Bohrlöcher waren noch heiß, so daß der Sprengstoff beinahe zu kochen begann. Die eingeschlossene Luft erschwerte das Einfließen und stieg in dampfenden Blasen hoch.

Jonnie raste umher, um die Zündschnur zu spannen. Er legte sie in einer großen Schlinge um die Stellen, wo die Behälter aufgesetzt werden sollten. Diese würden dann die Wirkung von Bomben entfalten, da sich in ihnen ja die explosiven Dämpfe gesammelt hatten.

»Zünder!« schrie Dwight.

»Dafür haben wir keine Zeit mehr!« brüllte Jonnie. »Ich lasse das Ganze mit Bordwaffen losgehen!«

»Was?« fragte Thor verblüfft.

Sie hatten die Behälter geleert und stülpten sie jetzt in den Zündschnurmarkierungen über die drei Bohrlöcher. Mit einem gezielten Schuß in einen Behälter würde das Ganze in die Luft gejagt.

»Laßt mir den Flugkörper hier!« Jonnie deutete auf den einzigen Kampfflugkörper, den sie mitgebracht hatten. »Die anderen sollen mit sämtlichen Leuten sofort abfliegen!«

Stormalongs Protest fruchtete nichts, und so scheuchte er die verbliebenen Männer in die Flugkörper. Als sie die Geräte einluden, rief er zu Jonnie hinüber: »Schießen Sie von oben! Das Ding zischt wie eine Rakete hoch!«

Jonnie sah auf die Uhr. Es blieben ihnen nur noch neun Minuten.

Die Flugkörper hoben ab, Dwight konnte gerade noch in den letzten hineingezogen werden. Mit einem Rundblick überzeugte sich Jonnie, daß alles soweit in Ordnung war.

Er eilte zu dem Kampfflugkörper und startete.

Das gesamte Gelände war geräumt.

Er hob ab, zog die Maschine blitzartig rund sechshundert Meter hoch. Der Staudamm wirkte auch jetzt noch ganz schön groß.

Die Flugkörper landeten auf der gegenüberliegenden Seite in Sandsäcken, die Stormalong zuvor noch in Windeseile abgeworfen hatte.

Stammesführer Chong-won und seine Männer waren in Deckung.

»Achtung, es wird gezündet!« gab Jonnie über Funk durch.

Er stellte die Waffen auf »Flammenwirkung«, »Punktziel« und »Maximaldruck« ein. Dann überprüfte er den Sicherheitsgurt.

Nun konnte die muntere Ballerei losgehen. Unten sah in diesem Augenblick alles ruhig und friedlich aus. Das rauchgeschwärzte Wrack wurde an sämtlichen Bruchstellen kräftig durchspült, wobei das Wasser allerlei Treibgut herausschwemmte. Der Fluß ergoß sich wieder ungehindert in den See.

Doch durch das Leck unter der Staumauer lief nun immer mehr Wasser aus und drohte die Öffnung weiter aufzureißen.

Mit einem Knopfdruck schloß Jonnie sämtliche Fenster und vergewisserte sich, daß die Türen gesichert waren. Sollte er auf neunhundert Meter gehen? Nein. Dies war die beste Schußweite. Ein Kampfflugkörper konnte schließlich einiges vertragen. Allerdings hatte er noch nie gehört, daß jemand auf diese Weise rund fünfhundertsiebzig Liter Sprengstoff zünden wollte. Und dazu noch dreihundert Meter Zündschnur ...

Er richtete die Visiereinrichtungen sorgfältig auf den mittleren Behälter und löste die Bordwaffe aus.

Über den Himmel vor ihm zuckte ein gewaltiger Blitz. Eine

grüne Feuersäule, neunhundert Meter hoch.

Ein ohrenbetäubender Knall.

Als der Rückstoß den Flugkörper erreichte, wurde er wie ein Spielzeug in den Himmel hinaufgewirbelt.

Der Sicherheitsgurt rastete mit einem heftigen Ruck ein, so daß es ihm buchstäblich den Atem nahm.

Nach drei Sekunden stellte er fest, daß sich der Flugkörper in Rückenlage befand. Er hämmerte auf der Konsole herum, worauf die Stabilisierungsmotoren übernahmen und die Position korrigierten. Er flog rückwärts.

Die aufjaulenden Motoren kämpften gegen die verkehrte Richtung.

Der Flugkörper stabilisierte sich. Irgend jemand mußte nachher die Windschutzscheibe ersetzen. Sie hatte einen schräg verlaufenden Sprung abbekommen.

Und dann sah er die Felswand. Der Rauch hatte sich verzogen. Und die gesamte Vorderseite der Felswand rutschte langsam, in Zeitlupe, zum See hinunter.

Eine halbe Million Tonnen Gestein rollte da abwärts.

Offenbar bestand es weitgehend noch aus einem Stück, doch das täuschte. Es handelte sich um eine säuberlich abgetrennte Partie, glatt wie nach einem Messerschnitt. Aber in sich hatte dieses Felsstück Risse und Sprünge und fiel auseinander, kurz bevor es ins Wasser stürzte. Zuerst schien es in Ufernähe zu bleiben. Aber dann erkannte er, daß ein Teil fast in der Mitte des Sees gelandet war.

Er beobachtete den Staudamm. Würde der auch in Zeitlupe zusammenfallen, so daß sich die Wassermassen des Sees ungehindert zur Schlucht hinunter wälzen konnten? Er hatte es so arrangiert, daß die Druckwelle nach oben in die Luft gehen sollte, nicht nach unten und durch den Erdboden. Sie hatte sich in die Luft ausgebreitet, klar, der Flugkörper lieferte den Beweis dafür.

Die erste Welle traf den Staudamm, und eine Wasserfontäne sprühte dreißig Meter über der Dammkrone auf. Hatte er dort zuviel Wasser verloren? Nein, das war nur Gischt.

Hielt der Staudamm?

Er konnte nicht feststellen, ob die Unterwasserströmungen das Gestein in das Leck trugen. Als er den Flugkörper in Schräglage brachte, sah er, daß immer noch Wasser unter der Staumauer heraussprudelte. Er beobachtete weiter.

Bildete er sich das ein, oder wurde es tatsächlich weniger?

Blaue Gestalten, die zum Kraftwerk sausten, lenkten ihn ab. Sie hatten wahrhaftig keine Zeit verloren!

Er blickte auf die Uhr. Ihm blieben nur noch zwei Minuten, seinen Flugkörper nach unten zu bringen.

Seine Finger hämmerten über die Konsole, und dann setzte er den Kampfflugkörper bei den Sandsäcken auf. Er hatte solches Ohrensausen, daß er nachkontrollieren mußte, ob der Motor auch wirklich abgestellt war.

Noch dreiunddreißig Sekunden - das konnte man haarscharf nennen!

Er durchquerte den unterirdischen Durchgang und sah sich die Pagode an. Keine einzige Kachel hatte sich bei der Explosion gelöst.

Angus saß an der Konsole, der kleine graue Mann am Computer. Angus winkte ihm zu und rief: »Strom ist angestellt. Wir feuern ab!«

## 4

Jemand war in den vergangenen zwei Stunden ebenfalls nicht müßig gewesen. Es wurde jetzt eine andere Musik abgespielt, die sich sehr getragen und weihevoll anhörte. Jonnie klang sie irgendwie vertraut, und dann erinnerte er sich, daß ein Kadett einen Stapel sogenannter »Schallplatten« gefunden hatte - große runde Scheiben mit unzähligen Rillen. Wenn man die mit einem von einer Pappschachtel gehaltenen Rosendorn entlangfuhr und das Ohr ganz dicht heranhielt, hörte es sich an, als ob zwanzig oder dreißig Instrumente auf einmal spielten. Das alte, fast verblaßte Etikett auf der Schallplatte gab an, wie das Stück hieß: »Cleveland Symphonie Orchestra. Lohengrin.« Die Musik, die jetzt gespielt wurde, klang sehr ähnlich, nur tiefer, voller - recht eindrucksvoll! Jonnie vermutete, daß der kleine graue Mann das eingefädelt hatte. Etwas von seinem Raumschiff? Musik für den Empfang der Delegierten - natürlich ...

Und noch etwas mußte vom Raumschiff des kleinen grauen Mannes stammen: Um die Abfeuerungs-Plattform zog sich ein engmaschiges Drahtgitter, das Dr. Allen gerade fertig aufgestellt hatte. »Gesundheitskontrolle«, erklärte er geheimnisvoll, als Jonnie vorbeikam und durchspähte.

Verschmitzte chinesische Ingenieure kletterten freudestrahlend aus einem Rohrschacht - die Luftaustausch-Anlage war jetzt installiert und funktionierte einwandfrei. Der Rauch hatte sich bereits verzogen. Gute Arbeit, dachte Jonnie anerkennend.

Und auch die Chinesen, die sich aus dem Dorf hierher geflüchtet hatten, waren irgendwie verändert. Vorhin hatte ihre gerettete Habe noch überall verstreut herumgelegen, doch nun war alles weggeräumt. Kinder und Hunde hockten still in den Schützenlöchern, und die Eltern standen schwatzend mit anderen zusammen, die gerade dienstfrei waren. Sie trugen offensichtlich ihre besten Kleider.

Aus einem Bunker kam eine Ehrengarde - sechs Mann verschiedener Nationalität. Sie hatten ihre besten Uniformen an und zupften und putzten daran herum, um alles auf Hochglanz zu bringen. Keine Waffen, nur kurze Fahnenstangen. Ein betagter Chinese - nein, ein buddhistischer Funker, der sich mit einer gemusterten Seidenrobe und Käppchen wie ein Chinese ausstaffiert hatte, stellte sich an die Spitze der Ehrengarde. Natürlich - jemand, der die Ankömmlinge auf Psychlo begrüßen konnte, aber zugleich wie ein Würdenträger aussah.

In drei bis vier Minuten würde der erste erscheinen, und Jonnie steuerte zur Operationszentrale, kam jedoch nicht bis dort hinein. Der dreizehnjährige Quong stürzte im Laufschritt nach draußen, als Sir Robert auftauchte und ihm etwas nachrief. »Und sag Stormalong, er soll das andere Nachschlagbuch auch gleich mitbringen!« Der Junge nickte, ohne innezuhalten, und stürmte weiter.

In der Operationszentrale summte es geschäftig.

Jonnie wollte gerade fragen, wie alles lief, doch Sir Robert, der immer noch in der Tür stand, kam ihm zuvor. Er schüttelte traurig den Kopf. »Sie werfen jetzt einen neuartigen Bombentyp ab. Die Abwehrgeschütze schaffen es manchmal nicht, sie zur Explosion zu bringen. Und dann brennen diese Idioten verlassene Städte nieder! Unsere Drohnen kreisen immer noch. Warum bloß wollten sie einen ausgestorbenen Ort, den man früher mal San Francisco nannte, in Schutt und Asche legen? Auf der letzten Bildaufzeichnung, die wir von der Drohne bekamen, trotteten zwei Bären über die Straße, weiter nichts. Wir haben es mit verdammten Hohlköpfen zu tun!«

Jonnie wollte an ihm vorbei in die Operationszentrale gehen, doch Sir Robert schüttelte wiederum den Kopf. »Sie können auch nicht mehr tun als wir. Haben Sie sich schon mal überlegt, was wir diesen Emissären sagen wollen?«

»Keine Ahnung«, bekannte Jonnie. »Sollten wir nicht lieber Clanchef Fearghus herholen lassen?«

»Nein, da besteht auch nicht die leiseste Chance! Edinburgh geht in Flammen auf!«

Jonnie spürte, wie sich sein Herz zusammenkrampfte. »Irgendwelche Nachrichten von Chrissie?«

»Sie sind alle unten in den Schutzräumen. Dunneldeen sorgt nach besten Kräften für die Luftsicherung.«

Stormalong kam mit dem Buch angerannt.

Sir Robert musterte Jonnie mit kritischem Blick. »Gehen Sie sich frisch machen. Und überlegen Sie sich, was wir den Ankömmlingen sagen wollen!« Mit einer Handbewegung scheuchte er Jonnie zu seinem Zimmer und entschwand in der Operationszentrale. Er schloß die Tür hinter sich, um den geräuschvollen Betrieb nicht bis zur Plattform dringen zu lassen.

Jonnie hatte auf dem Weg zu seinem Zimmer gerade den Durchgang erreicht, als das Summen der Drähte, das die ganze Zeit unter der Musik zu hören war, plötzlich verstummte. Nach kurzer Pause kam ein leichter Rückstoß.

Auf der Plattform stand ein Abgesandter von Hockner. Keine Nase, ein Monokel am Stiel haltend, in schimmernde Gewänder gekleidet. Neben sich hatte er eine Glocke. Der obere Rand der Einzäunung glühte rundum purpurrot auf. Der Hockner ergriff den Korb, beäugte alles durch sein Einglas und stolzierte von der Plattform. Die Ehrenwache salutierte und senkte die Fahnenstangen.

Er blieb in gebührendem Abstand vom Zaun für die Gesundheitskontrolle stehen. Ein Bote nahm ihm den Korb ab. Der chinesisch gekleidete Buddhist verbeugte sich.

Die Stimme des Abgesandten von Hockner klang hochmütig, als er auf Psychlo sagte: »Ich bin Blan Jetso, bevollmächtigter Sonderminister des Kaisers von Hockner, möge er noch lange regieren! Ich bin befugt, in sämtlichen politischen oder militärischen Angelegenheiten zu verhandeln und verbindliche und endgültige Vereinbarungen oder Verträge abzuschließen. Wird die Unantastbarkeit meiner Person durch irgendwelche Übergriffe berührt, so hat dies zur Folge, daß sämtliche getroffenen Abkommen null und nichtig werden. Jeder Versuch, mich als Geisel festzuhalten, ist zum Scheitern verurteilt, da meine Regierung mich nicht freikaufen wird. Nehmen Sie zur Kenntnis, daß ich bei Androhung von Folter oder Erpressung sofort Ihnen unbekannte Mittel anwenden werde, um Selbstmord zu begehen. Ich schleppe weder Krankheiten noch irgendwelche Waffen ein. Lang lebe der Kaiser von Hockner! Und wie geht es Ihnen heute?«

Der chinesisch gekleidete Funker verbeugte sich, hielt eine kurze, angemessene Begrüßungsansprache und teilte ihm mit, daß die Konferenz in etwa drei Stunden beginnen würde. Dann führte er ihn zu einem Gäste-Apartment, wo er sich ausruhen oder frisch machen konnte.

Jonnie ahnte, daß sich bei jeder Ankunft in etwa das gleiche abspielen dürfte. Unterscheiden würden sie sich wohl nur in bezug auf Herkunft, Person und Kleidung.

Er überlegte angestrengt, was man den Delegierten sagen sollte. Daß Sir Robert ihm diese Aufgabe zuschob, hatte ihm einen kleinen Schock versetzt. Wenn dieser grauhaarige alte Haudegen schon keinerlei Vorstellungen hatte ... Aber man durfte auch nicht vergessen, wie schrecklich verzweifelt er wegen Edinburgh sein mußte. Jonnie war es nicht minder.

## 5

Jonnie bückte sich unter dem Türbalken, als er den Durchgang zu seinem Zimmer betrat, und ihm wurde prompt wieder schwindlig. Solange er versuchte, den Staudamm wieder in Ordnung zu kriegen, hatte er sich mit Willenskraft aufrechtgehalten und jede Gefühlsregung unterdrückt. Aber nun, in seinem Kummer um Edinburgh und Chrissie, wurde ihm klar, daß er nicht eben in der Verfassung war, irgend etwas Nennenswertes zustande zu bringen. In den vergangenen Tagen hatte er ziemlich viel einstecken müssen.

Er war nicht auf das gefaßt, was er in dem Durchgang unmittelbar vor seinem Quartier vorfand. Vier Leute arbeiteten dort emsig - woran, konnte er nicht recht erkennen. Sie hatten niedrige Bänke, saßen auf dem Fußboden, die Köpfe gesenkt, die Hände flogen nur so dahin.

Mr. Tsung mußte wohl seine Gegenwart gespürt haben und sprang vom Boden auf. »Lord Jonnie, darf ich Ihnen meine Frau vorstellen!« sagte er mit einer Verbeugung.

Nun sprang als zweites eine grauhaarige Chinesin auf, lächelte über das ganze freundliche Gesicht und verbeugte sich ebenfalls. Jonnie erwiderte die Geste, was seinem Kopf nicht gut bekam. Die Frau ließ sich wieder nieder und nahm ihre Arbeit auf.

»Darf ich Ihnen meine Tochter vorstellen?« fragte Tsung.

Sofort sprang die dritte Person auf und verbeugte sich - eine bildschöne, zarte Chinesin. Sie trug eine Blume im Haar. Jonnie verbeugte sich und fühlte sich benommener. Das Mädchen setzte sich wieder und arbeitete wie besessen weiter.

»Darf ich Ihnen meinen Schwiegersohn vorstellen?« fuhr Mr. Tsung unverdrossen fort.

Ein gutaussehender Chinese sprang geräuschvoll von der

Bank hoch. Er verbeugte sich. Er trug die blaue Arbeitsuniform der Mechaniker. Jonnie erwiderte die Verbeugung nur andeutungsweise, um zu verhindern, daß sich ihm abermals der Kopf zu drehen begann. Der junge Mann setzte sich wieder und handhabte seine Werkzeuge, daß die Funken sprühten.

Jonnie musterte die vier. Was auch immer sie da taten, sie arbeiteten voller Hingabe und mit geradezu wilder Entschlossenheit daran. Jonnie empfand plötzlich Kummer. Wenn diese Konferenz nun ein Fehlschlag wurde und sie unterlagen ... nicht auszudenken, wir furchtbar diese ordentlichen Leute darunter zu leiden hätten! Diese vier und der Rest der Fünfunddreißigtausend - das war alles, was von der Menschheit übriggeblieben war ... Die Aussicht, sie womöglich ihrem Schicksal überlassen zu müssen, war unerträglich ...

Er ging in sein Zimmer. Irgend jemand hatte sich seine zweistündige Abwesenheit zunutze gemacht. Vermutlich Angus und ein Elektriker. An der Wand hinter dem Fußende seines Bettes war ein Gestell mit drei Bildschirmen installiert worden. Für den einen hatten sie eine Minikamera in der Operationszentrale angebracht, so daß er nun die verschiedenen Gruppen sehen konnte, die dort mit äußerster Anspannung arbeiteten - an Mikrophonen, mit Bildaufzeichnungen der Aufklärungsdrohnen, an der Operationstafel. Die Minikamera für den zweiten Bildschirm befand sich im Konferenzsaal - und der war noch gähnend leer. Die dritte übermittelte die Vorgänge an der Plattform und der Kernkonsole.

Gerade als er den dritten Bildschirm betrachtete, kam der Delegierte von Tolnep an. Er war ganz in schimmerndes Grün gekleidet, sogar die Mütze war grün. Doch er trug schmutzige blaue Stiefel. Die Augen waren hinter einer riesigen Schutzbrille verborgen. Er hatte eine Art Zepter in der Hand, an dessen oberen Ende sich ein breiter Knauf befand, und einen grünen Korb mit grünen Rädern für Lebensmittel und sonstige Vorräte dabei. Er glich einem Reptil, obwohl er aufrecht ging und Gesicht, Arme sowie Beine hatte. Ein Abkömmling der Dinosaurier, nur kleinformatiger und mit Sinnesorganen ausgestattet!

Seine Ansprache glich der des Hockner, Erwiderung quittierte er mit einem heimtückischen Lächeln, schlang den schimmernden grünen Umhang fest um seinen stahlharten Körper und ließ sich zu einem Gäste-Apartment bringen. Er machte ganz den Eindruck, als würde es mit ihm Ärger geben.

Jonnie wollte sich gerade aufs Bett fallen lassen, als er energisch wieder aufgescheucht wurde. Mr. Tsung war ihm gefolgt und sagte: »Nein, nein! Ins Bad!«

Zwei Chinesen schoben hinter Mr. Tsung eine dampfende Badewanne auf einem Rollwagen herein, stellten sie auf einen freien Platz und verschwanden lautlos.

»Ich bin aber ziemlich fertig«, protestierte Jonnie. »Ich wasche mir nur eben das Gesicht ...«

Mr. Tsung baute sich vor ihm auf und hielt ihm einen Spiegel hin. »Schauen Sie sich doch an!« verlangte er.

Jonnie betrachtete sein Spiegelbild. Schlamm. Rußflecken von der Sprengung. Die schwarze Seidenschlinge, in der er den Arm getragen hatte, war nur noch ein zerfetzter gelbbrauner Lappen. Bart und Haare erstarrten vor Schmutz. Ein Blick nach unten zeigte ihm, daß er offenbar bis zur Taille durch Schlick gewatet war. Und an den Händen ließ sich noch nicht einmal die Hautfarbe erkennen. So, wie er aussah, hätte ihn kein Hund im Dorf aus der Müllgrube gezogen.

»Sie haben gewonnen«, sagte Jonnie und begann sich langsam ermattet auszuziehen. Mr. Tsung hatte einen großen Förderkübel mitgebracht, in den er - ziemlich angewidert - jedes einzelne abgelegte Kleidungsstück warf, sogar den Schutzhelm, die Stiefel und die Waffen.

Jonnie stieg in die Wanne. Sie war zwar nicht lang genug, um die Beine auszustrecken, aber das Wasser reichte ihm bis zur Brust. Bisher hatte er noch nie ein heißes Bad genommen, nur kalte in Flüssen und Bergbächen. Er fühlte, wie die Erschöpfung nachließ und er sich entspannte. Erstaunt mußte er feststellen, daß tatsächlich vieles für ein heißes Bad sprach!

Mr. Tsung schrubbte ihn mit schäumender Seife und einer Bürste ab, wobei er den Armverband sorgsam aussparte. Plötzlich hielt er inne, um sich hinter Jonnies Rücken flüsternd mit jemandem zu beraten. Dann tippte ihm etwas leicht auf die Schultern. Abermals eine Beratung, worauf Mr. Tsung den gesunden Arm Jonnies ausgestreckt hochhielt und mit einer Schnur abmaß.

Als Jonnie klar wurde, daß sich Mr. Tsungs Tochter hinter ihm befand, während er nackt in der Wanne saß, verlor er ein wenig die Fassung. Er drehte den Kopf, aber die Tochter war bereits gegangen. Mr. Tsung schrubbte unermüdlich weiter, wusch ihm Bart und Haare.

Die Prozedur wurde noch zweimal unterbrochen. Einmal legte man ihm eine Schnur um die Brust, beim zweitenmal an die Außenseite des Beines.

Schließlich rieb ihm Mr. Tsung Bart und Haare mit einem Tuch trocken und wickelte ihn in ein größeres ein, als er aus dem Bad stieg. Damit rubbelte er Jonnie ab, wobei er hochhüpfen mußte, um bis zu den Schultern zu reichen. Nachdem Jonnie abgetrocknet war, ließ er ihn in ein weiches blaues Gewand schlüpfen. Erst dann durfte er sich aufs Bett legen.

Dankbar streckte Jonnie sich endlich lang aus, verschwendete keinen Blick an die Bildschirme und wurde schon wieder gestört.

Dr. MacKendrick und Dr. Allen kamen herein. Sie zogen seinen Arm aus dem weiten Gewand. Dr. Allen schnitt den Verband auf, reinigte die Wunde mit Alkohol, der Jonnie beißend in die Nase stieg - wahrscheinlich schlecht gebrannter Whisky -, bestäubte die Wunde mit einem weißen Pulver, von dem er ihn danach etwas schlucken ließ. Schon wieder Sulfonamid! Während Dr. Allen einen frischen Verband anlegte, erschien Mr. Tsung mit einer Schale Suppe.

Dann traten die beiden Ärzte einen Schritt zurück. Jonnie, inzwischen erfahren in diesen Berufsgewohnheiten, begann zu argwöhnen, daß sie etwas im Schilde führten. Sie zeigten jene penetrante Munterkeit, die Ärzte an den Tag zu legen pflegen, kurz bevor sie ihren Überraschungsangriff starten und den Patienten nach Herzenslust piesacken.

»Ich war immer der Meinung, Dunneldeen und Stormalong seien wild und ungezügelt«, sagte Dr. Allen. »Aber ich war draußen Zeuge, wie Sie die Felswand weggesprengt haben. *Sie* sind der Draufgänger, Jonnie Tyler. Benutzen Sie immer einen Kampfflugkörper, um Sprengladungen zu zünden?«

Jonnie wollte ihm gerade etwas schroff erwidern, daß keine Zeit mehr war, Zünder anzubringen, als Dr. MacKendrick näher herankam.

»Ich nehme an, er fand das einfach zweckentsprechender«, sagte er. Er wollte offensichtlich ablenken.

Und schon zückte er die lange Nadel, die er hinter seinem Rücken versteckt hatte, packte Jonnies Handgelenk, bohrte ihm die Stahlspitze in die Vene und pumpte den ganzen Spritzeninhalt in Jonnies Blut.

»Au!« sagte Jonnie. »Das war unfair! Sie wissen doch, daß ich Ihre Nadeln nicht ausstehen kann!« Das Zeug brannte wie Feuer in der Vene.

»Das ist gegen Ihre Schwindelanfälle«, erklärte Dr. MacKendrick, während er die Nadel gewissenhaft säuberte. »Wir haben das Medikament gefunden - es heißt ›B-Komplex‹. Es gleicht die Mangelerscheinungen aus, die durch das Gift, das Beruhigungsmittel und das Sulfonamid im Körperhaushalt entstanden sind. Sie werden sich bald sehr viel wohler fühlen.«

»Mir macht das alles sowieso schon reichlich zu schaffen«,

entgegnete Jonnie leicht verärgert, »auch ohne daß man mich überall anbohrt.«

Dr. Allen legte ihm die Hand auf die Schulter. »Genau das ist es ja. Sie haben sich bei weitem zuviel an Sorgen und Arbeit aufgeladen. Sie müssen unbedingt lernen, sich von anderen helfen zu lassen. Die sollen auch ihren Teil beitragen. Sie machen Ihre Sache großartig. Lassen Sie sich von anderen dabei helfen.« Er klopfte Jonnie auf die Schulter, und dann gingen die beiden.

Sein Magen hatte sich durch die Suppe deutlich gebessert. Nach einer Weile hob er den Kopf und bewegte ihn hin und her. Ihm wurde nicht mehr so schwindlig wie zuvor.

Auf der Plattform waren weitere Delegierte angekommen. In der Operationszentrale herrschte Hochbetrieb. Die bevorstehende Konferenz machte ihm Sorgen. Jonnie fand, er habe nun lange genug müßig herumgelegen.

»Tsung!« rief er. »Bitte bringen Sie mir meinen besten Wildlederanzug!« Ja, er würde auch andere mit heranziehen. Mr. Tsung sollte ruhig die Sachen heraussuchen.

Das Ergebnis freilich war völlig unerwartet. Mr. Tsung kam angesaust, reckte sich auf zu seinen anderthalb Metern Körperlänge und erklärte kategorisch: »Nein!« Dann suchte er in seinem spärlichen englischen Vokabular verzweifelt nach den richtigen Worten. »Sie alle Lords!« Mehr brachte er vor Aufregung nicht zustande.

Verblüfft sah Jonnie zu, wie Mr. Tsung nach draußen flitzte und gleich darauf mit einem Koordinator für Chinesisch zurückkehrte - einem, der Mandarin sprach. Auf den ratterte Mr. Tsung nun wie ein Maschinengewehr ein. Als er sein Pulver verschossen hatte, verstummte er, und der Koordinator wollte zu sprechen anfangen. Da fiel Mr. Tsung noch etwas ein, das er den Koordinator unbedingt wissen lassen mußte, und erst dann trat er zurück: »das wär's«, sagte sein Gesichtsausdruck, er steckte die Hände in die Ärmel und verbeugte sich.

Der Koordinator, ein schwarzbärtiger Schotte, holte tief Luft. »Sie werden das vielleicht nicht gern hören, MacTyler, aber Sie haben sich einen diplomatischen Manager an Land gezogen. Ich kenne die Chinesen, wenn die sich was in den Kopf gesetzt haben, sind sie schlimmer als meine Alte!«

Jonnie hatte sich wieder zurückgelegt und sprach zur Decke: »Und was ist nun verkehrt daran, wenn ich darum bitte, mir meinen besten Wildlederanzug herauszulegen?«

»Alles«, entgegnete der Koordinator. »Einfach alles.« Er seufzte und begann zu erklären: »Mr. Tsung entstammt einer Familie, die unter der Ch´ing-Dynastie als Kammerherren gedient hat - sie herrschte in China von 1644 bis 1911. Das liegt etwa elfhundert Jahre zurück. Es war die letzte Dynastie, bevor China Volksrepublik wurde. Die Kaiser und ihr Hofstaat waren keine Chinesen, sondern gehörten einem Stamm an, der sich >Mandschu< nannte. Und sie brauchten eine Menge Ratgeber. Tsung sagt, seine Familie habe dem Kaiser gute Dienste geleistet, aber dann kamen andere Zeiten, und eben weil seine Vorfahren den Mandschus gedient hatten, wurden sie nach Tibet verbannt. Die Westmächte haben die Mandschus gestürzt, sagt Tsung, nicht die Beratertätigkeit seiner Familie. Somit ist Mr. Tsung hier ein >Mandarin vom blauen Knopf< und von der Abstammung ein kaiserlicher Kammerherr. Alle Familiendokumente und Urkunden liegen in dem Tresor, in dem Sie die Bestände der chinesischen Universitätsbibliothek eingeschlossen haben, sagt er.«

»In Rußland«, sagte Jonnie. »Das befindet sich alles in der russischen Basis, der Himmel weiß, wie's jetzt dort aussieht!«

»Nun ja, hoffen wir das beste!« tröstete der Schotte. »Er sagt, er könnte Ihnen etwas daraus vorlesen, aber er hat die Unterlagen nicht hier. Seine Familie jedenfalls hat an der Tradition festgehalten und sie gepflegt in der Erwartung, daß irgendwann wieder eine Dynastie an die Macht käme, der sie dienen könnte. Die Chinesen haben ein Langzeitgedächtnis - stellen Sie sich das mal vor, elfhundert Jahre warten, bis man eine Stellung wiederbekommt!«

Mr. Tsung merkte die Abschweifung vom Thema und stupste den Koordinator am Arm. Gestikulierend beschwor er ihn - sag's ihm, so sag's ihm doch endlich!

Der Koordinator seufzte. Er war sich nicht sicher, wie Jonnie das aufnehmen würde. »Er sagt, Sie sind >Lord Jonnie< und ...« Kurz entschlossen sprudelte er es heraus: »Und deshalb dürfen Sie nicht wie ein Barbar herumlaufen!«

Wäre Jonnie nicht mit anderen Problemen beschäftigt gewesen, hätte er laut losgelacht.

Der Koordinator war sichtlich erleichtert, daß Jonnie die Bemerkung nicht als Kritik aufgefaßt hatte, und fuhr fort: »Er weiß, daß eine diplomatische Konferenz stattfinden soll, sagt er. Und daß eine Menge Lords ankommen, die alle sehr hochnäsig, aufgeblasen und extravagant auftreten würden. Und das stimmt wahrhaftig. Ich hab sie bei der Ankunft auf der Plattform gesehen. Mit Edelsteinen besetzte Atemmasken, glitzernde Stoffe, jede Menge Schmuck und Zierat - einer hatte sogar ein mit Juwelen eingefaßtes Monokel. Ganz schön aufgetakelte Gecken!«

Dann schluckte er und haspelte den Rest in Windeseile herunter: »Und wenn Sie da rausgehen und in *Häute* gekleidet mit ihnen reden, werden die Sie eben für einen Barbaren halten und Ihnen gar nicht zuhören. Er sagt, wenn Sie ...« Er schluckte wieder tief, »wie ein ungehobelter Wilder aussehen und auftreten, werden die Sie verachten.« Erleichtert, das hinter sich gebracht zu haben, hielt er inne. »Und eben das hat er Ihnen zu sagen versucht. Nehmen Sie ihm das nicht übel. Von mir aus könnte ich noch hinzufügen, daß es sich nicht nur um eine wirklich echte Zuneigung für Sie handelt, sondern daß darüber hinaus etwa fünfunddreißigtausend Menschenleben - nein, es sind jetzt weniger, aber immer noch eine Menge - von dieser Konferenz abhängen. Sonst hätte ich das nicht für ihn übersetzt, denn für mich, MacTyler, sind Sie kein Barbar!«

Jonnie dachte, nun brauchte er Mr. Tsung nur noch zu versichern, daß er sich benehmen und keinen schlagen würde, und damit hätte es sich dann. Doch weit gefehlt!

Mr. Tsung sorgte zielstrebig dafür, daß der Koordinator an Ort und Stelle blieb und alles, was er sagte, wortwörtlich übersetzte, ohne auch nur die kleinste Änderung. Er kauerte sich dicht neben die Bettkante und fing an, und der Koordinator übersetzte, sobald er eine Pause machte.

»Ein großer Krieger zu sein, ist eine Sache ... aber wenn Sie auch jede Schlacht gewonnen haben ... und nach blutigem Ringen ... den Feind in die Flucht geschlagen haben ... kann der ganze Krieg ... am Konferenztisch ... noch verloren werden!«

Jonnie dachte darüber nach. Tatsächlich hatten sie ja den Krieg noch lange nicht gewonnen, doch selbst wenn dem so wäre, könnten sie in jenem Konferenzsaal sehr wohl alles verlieren. Das hatte er zwar gewußt, aber es beeindruckte ihn, daß Mr. Tsung sich diese Stellung nicht etwa mit dem Ziel, Zimmer sauberzumachen, gesucht hatte, sondern mit Blick auf eine Ratgeber-Funktion. Nun, er brauchte Rat, weiß der Himmel! Bisher war ihm noch nichts Brauchbares eingefallen.

Der Koordinator übersetzte weiter, was der kleine Mr. Tsung nun sagte: »Ihr Verhalten ... muß sich gezielt darauf richten ... Eindruck zu machen ... ein Lord ist es gewohnt, mit Untergebenen umzugehen ... Wenn er selber wie ein Untergebener behandelt wird, beeindruckt ihn das ... Seien Sie hochmütig ... Keinesfalls höflich ... Seien Sie kalt und herablassend ... Bleiben Sie reserviert und abweisend ...«

Aufseufzend fügte er hinzu: »Na, der Alte preßt mein Mandarin wirklich restlos aus. Das ist echtes Chinesisch, was er spricht!« Mr. Tsung ermahnte ihn durch Gesten, keine eigenen Kommentare abzugeben.

Gehorsam übersetzte der Schotte weiter: »Stimmen Sie nichts und niemandem zu, nicht einmal dem Anschein nach ... Ihre Worte können Ihnen im Munde umgedreht werden ... vermeiden Sie deshalb jedes Ja ... Sie werden absurde Forderungen stellen, von denen sie genau wissen, daß sie nicht erfüllt werden können ... nur um damit verhandlungsfähige Punkte zu erzielen ... daher sollten Sie im Gegenzug unmögliche Ansprüche an die anderen richten ... auch wenn Sie diese für unannehmbar halten ... wer weiß, vielleicht tragen Sie sogar den Sieg davon! Jede Diplomatie beruht auf Kompromissen ... Zwischen den beiden gegensätzlichen Maximalforderungen gibt es einen Mittelweg ... der schließlich das Abkommen oder den Vertrag ermöglicht ... arbeiten Sie stets auf die vorteilhafteste Position hin, die Sie erreichen können.«

Nach kurzer Pause sagte der Schotte: »Er möchte wissen, ob Sie das alles verstanden haben.«

»Ja, Sir!« bestätigte Jonnie. »Und vielen Dank auch.«

Auch wenn ihn das noch nicht auf die dringend benötigte Idee brachte, empfand er es doch als nützlich.

»Und nun möchte er Ihnen eine Lektion über Verhaltensweisen erteilen«, erklärte der Koordinator. »Schauen Sie ihm gut zu.«

Nun, sie hatten es mit Außerirdischen verschiedenster Herkunft zu tun, deren Verhaltensmaßstäbe vermutlich ganz anders aussahen als die im alten kaiserlichen China. Jonnie beobachtete den Chinesen mit einer gewissen Nachsicht, doch unmittelbar darauf wurde ihm klar, daß er sich irrte. Diese Umgangsformen paßten überallhin!

Zunächst Körperhaltung und Bewegung. Aufrecht stehen, Oberkörper leicht zurückgebeugt, Füße nebeneinander, fest auf dem Boden. Kurz - Herrscherpose. Begriffen? Dann zeigen Sie's mal!

Zepter oder Stab - eine Hand umschließt den Griff, das obere Ende ruht im anderen Handteller. Zwecks Machtdemonstration beide Ende packen. Gekränktsein zeigt man, indem man mit dem oberen Ende von Zepter oder Stab leicht auf die Handfläche klopft und damit eventuelle Strafmaßnahmen andeutet. Haltlose Argumente werden durch lässiges Schwenken des Stabes weggefegt, quasi in den Wind geschickt. Verstanden? Hier ist ein Stab. Machen Sie's mal! Nein, so ist's nicht ganz richtig. Seien Sie locker, lässig, überlegen. Nun das Ganze noch einmal.

Im Gang soll sich ausdrücken: Mich kümmert's nicht, was vor mir liegt. Stets den Eindruck von Kraft und Macht vermitteln - unerschütterlich, durch nichts aufzuhalten. So etwa. Kapiert? Jetzt sind Sie dran!

Eine halbe Stunde arbeitete Mr. Tsung intensiv mit Jonnie. Dabei wurde Jonnie klar, daß sein Gang dem eines Panthers glich, während er doch für diese Konferenz gemessen und würdevoll zu sein hatte.

Mr. Tsung ging nochmals alles mit ihm durch und ließ dann noch einmal jede Haltung, jede Geste, jede Bewegung wiederholen, ehe er zufrieden war. Jonnie, der von jeher wenig Zutrauen zu seinen diplomatischen Fähigkeiten gehabt hatte, gewann allmählich etwas Selbstsicherheit. Hier handelte es sich um eine Kunst, die ihn an die Jagd auf Wild erinnerte, nur daß es um eine andere Art von Wild ging. Es hatte auch etwas von einer Schlacht an sich, freilich nicht im herkömmlichen Sinne.

Er meinte, alles hinter sich zu haben. Auf dem Bildschirm konnte er die Ankunft von immer mehr Delegierten verfolgen. Doch Mr. Tsung sagte, bei der ersten Versammlung im Konferenzsaal müßten alle zunächst einmal ihre Beglaubigungsschreiben vorweisen, also wäre noch massenhaft Zeit. Hatte Jonnie sich schon eine Strategie überlegt? Eine Verhandlungsstrategie war dringend geboten. Wie sollte diese diplomatische Schlacht eröffnet werden, womit beabsichtigte er zu manövrieren? Nun, darüber konnte Jonnie jetzt in Ruhe nachdenken. Einen Schlachtplan entwerfen, bei dem allerdings anstelle von Kavallerie und Infanterie Ideen und Worte eingesetzt werden müßten. Falsches Manövrieren war gleichbedeutend mit Niederlage!

Sie müßten inzwischen diese andere Sache erledigen - damit verschwand Mr. Tsung und ließ Jonnie leicht verwirrt zurück.

Stammesführer Chong-won machte sich die Gelegenheit zunutze, Jonnie allein anzutreffen. Er strahlte über das ganze Gesicht, als er hereinkam. »Der Damm!« Er ballte die Fäuste, um seinen Worten Nachdruck zu verleihen. »Das Loch. Der Abfluß wird geringer. Der Wasserspiegel des Sees steigt.« Er nickte nachdrücklich, verbeugte sich tief und entschwand.

Da ist wenigstens etwas mal glatt gelaufen, dachte Jonnie. Die Stromversorgung würde nicht ausfallen, so daß kein Diplomat irgendwo im verkehrten Raum steckenbleiben konnte! Seine Sorge galt jetzt ausschließlich einem brennenden Planeten, dem Schicksal seiner Bewohner und der bevorstehenden Konferenz.

Die Spritze hatte tatsächlich gewirkt. Benommenheit und Schwindelgefühl waren wie weggeblasen.

# 6

Die »andere Sache« stellte sich als Haarschnitt heraus. Mr. Tsungs Tochter erschien, plazierte ihn in einen Stuhl, mit Blick auf die Bildschirme, und machte sich mit einer kleinen Schere und einem Kamm ans Werk. Eine für Jonnie recht ungewohnte Prozedur. Wenn das Haar zu lang wurde, pflegte er es einfach mit dem Messer abzusäbeln.

Sie schien viel Geschick und Erfahrung zu besitzen und hatte zweifellos bei so manchen den Wildwuchs gestutzt, das merkte man schon an dem flinken Klappern der Schere - es hörte sich an wie Maschinengewehr-Schnellfeuer.

Diplomatie ist also wie eine Schlacht, dachte Jonnie. Bei der Ankunft der Delegierten war es deutlich zu sehen, wie sie förmlich vor Autorität und Macht strotzten. Die Besucher, die den Angriff auf die Erde führten, kontrollierten höchstenfalls ein paar Dutzend Planeten und zählten damit fast zur zweitrangigen lokalen Kategorie. Einige der Ankömmlinge stammten aus anderen Universen und kontrollierten Hunderte von Planeten in einem einzigen Regierungsbereich, wie er aus Büchern wußte. Und sie waren sehr arrogant, sehr selbstsicher. Sie mochten noch so fremdartig aussehen, aber eins stand zweifelsfrei fest - als bevollmächtigte Minister vertraten sie einflußreiche, bedeutende Regierungschefs. Unvorstellbar, was sie an Reichtum und Macht repräsentierten! Hinter ihnen standen ungeheure Massen von Bewohnern, deren Zahl allein in einem Staat in die Billionen ging. Diese Veteranen hatten bereits Hunderte solcher Konferenzen siegreich hinter sich gebracht. Ja, es stimmte - eine Konferenz glich einer Schlacht, die freilich noch bedeutsamer war als jede kriegerische Auseinandersetzung.

Und welche Chancen hatten er und Sir Robert diesen erfahrenen Diplomaten gegenüber? Sie beide waren Krieger, keine gewandten, aalglatten, gewitzten Höflinge mit tausend parlamentarischen Tricks im Ärmel. Ohne Waffen und Truppen, nur auf seinen gesunden Menschenverstand und die Ratschläge von Mr. Tsung angewiesen, fühlte er sich ausgeliefert. Und von irgendeiner Verhaltensstrategie konnte bisher auch noch nicht die Rede sein.

Das Mädchen hielt ihm einen Spiegel hin, damit er sich betrachten konnte. Sie hatte das Haar hinten auf Kragenhöhe geschnitten, es glattgekämmt und die Spitzen eingerollt. Es erinnerte ihn an einen Helm mit Nackenschutz, den er einmal gesehen hatte. Und wie das Haar glänzte! Sein Bart war stark gestutzt und wirkte überaus exakt. Er erkannte sich kaum wieder - ob sie wohl alte Gemälde von Männern mit solcher Barttracht gesehen hatte? Tatsächlich - auf dem Bett lag ein altes englisches Buch aufgeschlagen, das einen gewissen Sir Francis Drake zeigte. Der Bildunterschrift nach sollte er vor unendlich langer Zeit die sogenannten Spanier geschlagen haben.

Er nahm ihr den Spiegel ab, weil etwas seine Aufmerksamkeit erregte. Sein Hals! Die Narben waren mit der Zeit hart und schwielig geworden und verblaßt. Und jetzt waren sie ganz verschwunden.

Er mußte scharf hinschauen, um auf der Wange noch die Spuren zu erkennen, die die Granate der Briganten hinterlassen hatte. Vermutlich würden auch die vernarben.

Irgendwie fühlte er sich befreit, weil die vom Halseisen verursachten Narben verschwunden waren. Er verstand die Ironie, die darin lag, und hätte darüber gelächelt, wenn seine Aufmerksamkeit nicht auf die aus dem Operationszentrum übermittelten Bilder gelenkt worden wäre. Der Ton war abgeschaltet, so daß er den Spiegel zurückgab und den Knopf drückte.

»... kann mir nicht vorstellen, worauf die hinauswollen!« sagte Stormalong, während er eine weitere Bildaufzeichnung der Aufklärungsdrohne aus dem Gerät zog. Es klang wütend. »Ich kann gar nicht mehr mitzählen!«

»Fünfzehn«, sagte jemand anders.

»Seht euch das an! Da hagelt es Brandbomben auf dieses verlassene ...« Er blickte auf eine Karte. »Detroit! Warum stecken sie Detroit an? Seit über tausend Jahren lebt niemand mehr in Detroit! Versuchen sie, Verteidigungskräfte auf den Kontinent drüben abzuziehen? Die sind verrückt.« Er warf das Bild auf den Tisch. »Ich denke nicht daran, für einen Haufen Ruinen Luftsicherungen zur Verfügung zu stellen! Was hört man aus Edinburgh?«

»Die Flugabwehr reagiert immer noch«, sagte jemand an der Operationstafel. »Gezieltes Feuer durch Rauch behindert. Dunneldeen hat eben seinen sechzehnten Hawvin-Kampfraumgleiter abgeschossen.«

Jonnie stellte den Ton wieder ab. Er spürte, wie er vor Ungeduld zu fiebern begann. Da kamen diese Diplomaten nun einer nach dem anderen an ... das ging einfach zu langsam!

Der Koordinator erschien zusammen mit Mr. Tsung, der einen Haufen Sachen auf dem Arm trug. Jonnies Anspannung war nicht zu übersehen. Mr. Tsung sagte etwas mit seiner eintönigen Stimme, was der Koordinator übersetzte: »Mr. Tsung erinnert Sie daran, daß selbst eine verlorene Schlacht am Konferenztisch wiedergutgemacht werden kann, wenn man mit Geduld und Geschick vorgeht.«

Für Mr. Tsung hatte jetzt anderes Vorrang. Er nahm Jonnie den Umhang vom Haarschneiden ab und zeigte ihm einen Uniformrock.

Ein ganz einfaches Kleidungsstück auf den ersten Blick. Glänzende schwarze Seide, mit Stehkragen, enganliegend auf Figur gearbeitet. Doch es waren die silberfarbenen Knöpfe, die Jonnies Interesse erregten.

Er wußte, woher sie stammen. Es sei erstaunlich, daß die Psychlos ein solch hübsches Metall für einen Notschalter verwendeten, hatte er einmal Ker gegenüber bemerkt. Zunächst sah es wie Silber aus, aber sobald nur ein wenig Licht darauf fiel, leuchtete es in allen Regenbogenfarben auf. Ker hatte ihm darauf erklärt, es werde nicht des hübschen Aussehens wegen für Notschalter genommen, sondern weil es so hart sei. Es handelt sich um einen monomolekularen Metallspray einer Iridium-Legierung, den jede Menge spitzer Klauen bearbeiten konnten, ohne ihm das geringste anzuhaben. Und bei der schwachen Beleuchtung unter Tage konnte man den Notschalter jederzeit mühelos finden. Jetzt wußte Jonnie, was Mr. Tsungs Schwiegersohn gemacht hatte - Knöpfe mit diesem Spray überzogen, bis ihr Funkeln blendete.

Mr. Tsung reichte ihm eine schwarze Seidenhose, und als Jonnie beides angezogen hatte, knöpfte er ihm die Jacke zu - alle fünf Zentimeter ein Iridium-Knopf.

Dann kamen die Stiefel dran - sie stammten von den Chinkos, waren aber ebenfalls mit Iridium-Legierung überzogen.

Auch der breite Gürtel, den man ihm umlegte, war plattiert, bis auf die Schnalle, die alte goldfarbene Schnalle mit der Aufschrift »U.S. Air Force«, die sie blitzblank poliert hatten. Im Käfig war ihm damals der Gedanke gekommen, er sei vielleicht der letzte überlebende Angehörige einer längst dahingegangenen Streitmacht. Eine merkwürdige Vorstellung, die ihn jedoch in diesem Augenblick irgendwie aufmunterte.

Als er dachte, nun sei er fix und fertig, mußte er zu seinem Leidwesen feststellen, daß Mr. Tsung ein Fältchen an der Schulter und den nicht einwandfreien Sitz des Rückteils beanstandete und beides zurückschickte.

In der Zwischenzeit hatte Mr. Tsung etwas weiteres auf Lager - Jonnies Knüppel mit den geschnitzten Figuren. Auch den hatten sie mit Iridium-Legierung überzogen, so daß er wie ein Flammenstrahl leuchtete. Benutzen konnte er ihn natürlich so nicht, trotzdem war er froh, nicht ganz ohne Waffe in den Konferenzsaal zu gehen.

Nun erschien der Schwiegersohn mit einem Helm in der Hand. Ursprünglich nichts weiter als ein einfacher russischer Helm, den sie ausgebeult hatten. Aber dann ... Helm samt Kinnriemen plattiert ... und was noch? Der Schwiegersohn drehte den Helm mit bescheidenem Stolz um, so daß Jonnie die Vorderseite betrachten konnte.

Wie hatten sie das nur gemacht? Dann sah er die einzelnen Papiermuster, die der Schwiegersohn vorne und an den Seiten aufgelegt und die ausgesparten Stellen mit verschiedenen Metallsprays besprüht hatte.

Auf diese Weise war ein Drache entstanden.

Und was für einer!

Goldene Flügel an den Seitenteilen des Helms, scharfe Krallen, die den unteren Helmrand zu packen schienen, entlang des Rückgrats Schuppen und Stacheln mit Spitzen in blau, ein furchteinflößender Kopf mit flammenspeienden Augen, die echten Rubinen glichen, weiße Fangzähne in einem scharlachroten Maul. Grausam, wild. Und schließlich - ein weißlicher runder Ball in dem drohend aufgerissenen Maul.

Es wirkte dreidimensional. Die Ähnlichkeit mit dem Drachen an der Kernkonsole und den draußen liegenden aus Ton war unverkennbar - bis auf die große weiße Kugel.

Zuerst empfand Jonnie das alles als viel zu protzig. Und gerade da erschien ein weiterer Gesandter auf der Plattform, der eine hohe goldene Krone trug. Dagegen war der Helm ja ausgesprochen schlicht. Aber dennoch ...

Jonnie sah sich den Drachen noch einmal an. Er unterschied sich doch etwas von den anderen. »Sehr schön«, sagte er - ein Lob, das der Koordinator prompt an den Schwiegersohn weitergab.

Sie arbeiteten an seinen Sachen. Es war noch massenhaft Zeit. Durch den Koordinator richtete Jonnie an Mr. Tsung die Bitte, ihm etwas über den Drachen auf dem Helm zu erzählen.

Die Antwort kam wie aus der Pistole geschossen. In China habe man den kaiserlichen Thron als »Drachenthron« bezeichnet. Sogenannte »Lung p'ao« oder »Chi-fu« seien Muster oder Gewänder, die man bei Hofe trug. Es war kaiserliches ...

Das alles war Jonnie bekannt. »Sagen Sie ihm, er soll mir etwas über diesen Drachen erzählen. Der ist anders.«

Mr. Tsung seufzte. Es gab wahrhaftig eine Menge viel wichtigerer Dinge, die er Lord Jonnie zu berichten hätte, und außerdem hielt er den Zeitpunkt nicht für sonderlich geeignet, sich auf Mythen und Märchen einzulassen. Aber wenn es sein mußte, bitte schön. Ja, dieser Drache war anders. Die ganze Geschichte? Ach du liebe Güte. Also gut, es war einmal ...

Jonnie lag auf dem Bett, den Helm auf dem Bauch, und lauschte. Er hatte ja Zeit, leider. Also hörte er zu, wie Mr. Tsung ihm das lange, verzwickte Märchen erzählte.

Als er etwa zur Hälfte fertig war, fuhr Jonnie plötzlich hoch und sagte zum Koordinator: »Hab ich's mir doch gedacht! Schicken Sie bitte nach Sir Robert.«

Mr. Tsung war ganz verdattert, und Jonnie wandte sich an ihn: »Vielen Dank. Eine sehr gute Geschichte. Sie ahnen ja gar nicht, wie dankbar ich Ihnen bin.«

Da Lord Jonnie erfreut schien und alles ein bißchen drängte, zog Mr. Tsung beglückt ab, um sich draußen zu vergewissern, ob der seidene Anzug richtig geändert wurde.

Jonnie suchte das Zimmer nach versteckten Minikameras ab. Hundertprozentig sicher war er sich nicht. Er glaubte es zwar nicht, würde sich aber jedenfalls kurz und mysteriös geben, um ja kein Risiko einzugehen.

Sir Robert erschien wenige Minuten später. Auch er hatte sein Äußeres aufpoliert. Er trug einen Umhang mit dem königlichen Wappen der Stewarts, einen dazu passenden Kilt und weiße schottische Gamaschen. Vom Scheitel bis zur Sohle ein vollendeter schottischer Soldat und Edelmann, bis auf die Waffen. Jonnie hatte ihn bisher noch nie in voller Regimentsuniform gesehen. Recht eindrucksvoll. Doch der alte Mann sah hohläugig und bekümmert aus.

»Das wird eine harte Nuß«, sagte Jonnie.

»Da sagen Sie was, mein Junge. Haben Sie diesen Tolnep mitgekriegt? Ich bin nun mal kein Diplomat, und es besteht nicht die geringste Chance, Fearghus herzuholen. Die Gefahr liegt darin, daß wir uns die Staaten zu Feinden machen, die bisher noch nicht beteiligt sind. Ein falscher Schritt, und wir können die auch noch zu unseren Gegnern zählen!«

Sir Robert war tatsächlich außer sich. Sogar an seiner Redeweise merkte man die Erregung.

Jonnie hätte es sich niemals träumen lassen, daß er Sir Robert besänftigen müßte. »Wir haben eine Chance. Eine gute. Ich schlage Ihnen jetzt folgendes vor: Sie gehen allein in den Konferenzsaal und tun, was Sie können.« Das schmeckte Sir Robert gar nicht, aber er hörte immerhin zu. »Und wenn Sie dann fertig sind oder meinen, soweit wie möglich gegangen zu sein, rufen Sie mich in den Saal. Als was Sie mich vorstellen wollen, überlasse ich ganz Ihnen, nur bitte nicht zu präzise.«

»Der Kommunikator, den sie als Gastgeber herausstaffiert haben, übernimmt auch die übrigen Formalitäten«, berichtete Sir Robert.

»Um so besser. Dann sagen Sie ihm bitte, worum ich Sie eben gebeten habe. In Ordnung?«

»Alles klar, mein Junge. Ich tue, was ich irgend kann. Und wenn ich Waffenstillstand erreichen kann, rufe ich Sie.«

Der alte Haudegen wandte sich zum Gehen. »Viel Glück!« rief ihm Jonnie nach.

»Genau das brauche ich auch, mein Junge! Wir sind jetzt allein auf weiter Flur!«

Jonnie blickte auf die Uhr. Es war bald soweit.

Stammesführer Chong-won platzte herein, bis über beide Ohren grinsend. »Das Loch im Staudamm ist zu, es tröpfelt nur noch ein bißchen! Meine Männer flicken das Zuleitungskabel und verlegen es dann neu. Der Luftschirm über dem See ist vor Dunkelheit wieder in Ordnung.« Mit einer Pantomime führte er die einzelnen Etappen der Sprengung vor, sagte: »Bumbum, weg!« und entschwand.

Es stimmt schon, dachte Jonnie. Wenn diese Konferenz scheitert, gilt das für uns alle - bumbum, weg ...

## 7

Sir Robert war noch keine drei Minuten im Konferenzsaal, als ihm klar wurde, daß er das schwierigste Duell seines Lebens ausfocht.

Und dafür war er keineswegs in Form. Seit ihrer Rückkehr hatte er sich kaum Schlaf gegönnt - ein großer Fehler, wie er jetzt erkannte. Vom schlauen Fuchs keine Spur; er fühlte sich geistig träge, ausgelaugt. Seinen Beinamen hatte er schließlich im Kampf erworben und nicht in einem Konferenzraum. Hätte es sich hier um Truppenaufstellung und taktische Fragen gehandelt, so wäre er ohne weiteres damit fertig geworden. Dann hätte er diesen Tolnep in einen Hinterhalt gelockt, ihn mit Pfeilen durchbohrt und mit Lochaberäxten in Stücke gehackt.

Doch hier stand der Tolnep - elegant, gelassen, unerbittlich und trieb Sir Robert in die Enge, der sicheren Niederlage entgegen.

Um Sir Roberts Kampfgeist war es sehr schlecht bestellt. Die halbe Flugabwehr für Edinburgh war durch einen schrecklichen Angriff tolnepischer Sturmtruppen vernichtet worden.

Aus Rußland kam überhaupt keine Antwort. Und Sir Roberts Frau wurde vermißt, seitdem ein Durchgang zu den Bunkern verschüttet worden war. Er mußte um jeden Preis einen Waffenstillstand erreichen, unbedingt!

Doch dieser Tolnep hampelte herum, gebärdete sich großspurig, fuchtelte mit seinem Zepter, schmierte den Emissären Honig ums Maul und benahm sich, als hätte er jede Menge Zeit!

Er hieß Lord Schleim, gab abwechselnd ein meckerndes Lachen und scharfe, heimtückische Zischlaute von sich. Er führte die Debatte mit gleicher Meisterschaft wie ein Schwertfechter die Klinge.

»Und somit, meine hochgeschätzten Kollegen«, sagte der Tolnep jetzt, »habe ich auch nicht die leiseste Ahnung, weshalb diese Versammlung überhaupt einberufen wurde. Niemals hätte es geschehen dürfen, daß Ihre kostbare Zeit, Ihr körperliches Wohlbefinden, ja sogar die Würde Ihrer erlauchten Person - denn Sie repräsentieren doch die mächtigsten Lords der Universen -, daß all dies durch die Übergriffe einer Horde Barbaren aufs schändlichste mißachtet wird. Und das nur, weil diese Emporkömmlinge in eine völlig unbedeutende lokale Auseinandersetzung verstrickt sind. Es geht hier um eine rein lokale Angelegenheit, ein albernes Gezänk, eine Bagatelle. Verträge sind dabei überflüssig, und damit ist auch Ihre Anwesenheit nicht erforderlich, was dieser jämmerliche Haufen von Banditen und Rebellen, der danach giert, sich als Regierung zu bezeichnen, sehr wohl wußte. Ich schlage vor, die Versammlung einfach aufzulösen und die Sache den kommandierenden Militärs zu überlassen.«

Die erlauchte Runde regte sich - gelangweilt. Und sie bildeten wahrhaftig eine erlauchte Runde. An manchen Atemmasken funkelten Edelsteine. Glänzende Stoffe raschelten bei jeder Bewegung. Einige trugen sogar Kronen als Wahrzeichen der souveränen Macht, die sie vertraten. Neunundzwanzig, die das Schicksal von sechzehn Universen lenkten und die sich ihrer Macht vollauf bewußt waren. Wenn es ihnen gefiele, könnten sie diesen kleinen, unwichtigen Planeten in die Ewigkeit schnippen und bräuchten dazu nur eine Geste mit der Klaue oder einer Fingerspitze zu machen. Um Lord Schleim kümmerten sie sich nicht sonderlich, lieber tuschelten sie kichernd miteinander, vermutlich hechelten sie sämtliche banalen Skandale durch, die sich seit ihrem letzten Zusammentreffen ereignet hatten.

Der kleine graue Mann saß abseits. Ein weiterer, ihm sehr ähnlicher Mann war inzwischen angekommen, er unterschied sich nur durch den qualitativ besseren grauen Anzug von ihm. Ruhig beobachteten sie Sir Robert. Es bestand kein Zweifel daran, daß sie weder einzugreifen noch weiterzuhelfen gedachten.

Sir Robert verabscheute Höflinge. Schwächlich, korrupt, gefährlich - so hatte er diese Sippschaft immer eingeschätzt. Seine Verachtung durfte er nicht zeigen, das war ihm klar. »Sollten wir nicht fortfahren?« schlug er vor.

Unter den Delegierten erhob sich Unruhe, dann gedämpftes Gemurmel. Ja, erledigen wir die Formalitäten. Irgendwie müssen wir ja weiterkommen. Bringen wir's also hinter uns - auf mich wartet die Geburtstagsgesellschaft für meine Lieblingseidechse (eine Bemerkung, die mit Gelächter quittiert wurde).

Ihre Beglaubigungsschreiben hatten alle bereits vorgelegt. Sie waren von der Versammlung anerkannt - die Sir Roberts ausgenommen.

Lord Schleim hatte sich vorn etwas abseits niedergelassen, um den Anschein zu erwecken, er führe den Vorsitz. »Bisher haben wir doch wohl die Beglaubigungspapiere dieses ... dieses Soldaten, der diese Versammlung einberufen hat, noch nicht überprüft!« begann er. »Ich beantrage, ihm die Funktion eines Sprechers zu entziehen und statt dessen mich zu benennen.«

Sir Robert legte ihnen die Bandaufzeichnung vor, die abgespielt wurde. Da keiner der Anwesenden Gälisch verstand, wäre er vermutlich als untauglich für die Aufgabe des Versammlungsleiters befunden worden, wenn der kleine graue Mann nicht auf seinen flehenden Blick hin auf die Frage eines unparteiischen Anwesenden, ob er diese Beglaubigung akzeptiert habe, bejahend genickt hätte. Daraufhin gaben sich auch die übrigen achselzukkend zufrieden.

Für Sir Robert eine überaus prekäre Situation, der er um Haaresbreite entkommen war. Denn er hatte unmittelbar vor seinem Auftritt hier die Nachricht erhalten, daß Clanchef Fearghus bei der Abwehr eines Angriffs auf die Geschützstellungen verwundet worden und es daher ungewiß war, ob er sich eine Bestätigung aus Edinburgh verschaffen könnte.

»Ich fürchte, ich muß einen weiteren kritischen Punkt zur Sprache bringen«, sagte Lord Schleim. »Was garantiert uns, daß dieser Möchtegernplanet überhaupt die geringfügigen Kosten, die bei Einberufung einer solchen Versammlung entstehen, aufbringen kann? Sie, meine verehrten Anwesenden, wären doch zweifellos nicht gewillt, derartige Ausgaben selber zu tragen? Man hat zwar die Übernahme der diplomatischen Aufwandsentschädigungen zugesichert, aber wir haben keinerlei Möglichkeit, festzustellen, ob dies auch tatsächlich geschehen wird. Ein Schuldschein nützt da nichts - Papier ist geduldig.«

Die Delegierten belachten selbst diesen armseligen Witz.

»Wir können sehr wohl zahlen!« grollte Sir Robert. »Womit denn? Mit wertlosen bedruckten Papierfetzen?« Wieder allgemeines Gelächter. »Mit Galaktischen Währungseinheiten!« entgegnete Sir Robert barsch.

»Die zweifellos aus den Taschen unserer Besatzungen entwendet wurden«, höhnte Lord Schleim. »Nun, lassen wir das. Selbstverständlich steht Ihnen, hochgeschätzte Kollegen, das Recht zu, für den Fortgang der Verhandlung zu plädieren. Ich meinerseits empfinde es jedoch als erniedrigend für die Repräsentanten so mächtiger Herrscher, einer Zusammenkunft beizuwohnen, die lediglich über die Bedingung für die Kapitulation von einigen Kriminellen zu beschließen ...«

»Halt!« brüllte Sir Robert. Er hatte endgültig genug. »Wir sind nicht hier, um über unsere Kapitulation zu sprechen! Außerdem sind noch andere Planeten neben den Ihren beteiligt, und von denen haben wir bisher nichts gehört!«

»Aha«, sagte Lord Schleim und ließ sein Zepter leicht und lässig kreisen, »mein Planet hat aber die meisten Raumschiffe hier - exakt doppelt soviel wie die anderen. Und der ranghöchste Offizier dieses >gemischten Verbandes< ist zufällig ein Tolnep. Quart-Admiral Snowleter ...«

»Ist tot!« brüllte Sir Robert. »Sein Raumkreuzer >Volltreffer< liegt dort draußen im See. Ihr Admiral und die ganze Besatzung sind dahin.«

»Ach ja?« bemerkte Lord Schleim. »Das war mir entfallen. So etwas kann mal passieren. Raumfahrt ist eben ein gefahrvolles Unternehmen, gelinde gesagt. Vermutlich war der Treibstoff ausgegangen. Das ändert jedoch nichts an dem, was ich gerade ausgeführt habe. Dann ist also Hauptmann Rogodeter Snowl der ranghöchste Offizier. Er wurde gerade befördert. Damit bleibt die Tatsache bestehen, daß Tolnep sowohl den ranghöchsten Kommandeur als auch die größte Anzahl der Raumschiffe stellt, wodurch es folgerichtig mir obliegt, die Verhandlungen über die Kapitulation Ihrer Bevölkerung und Ihres Planeten nach diesem vom Zaun gebrochenen Angriff auf uns zu führen.«

»Wir werden nicht verlieren!« wetterte Sir Robert.

Lord Schleim zuckte die Achseln. Er blickte gleichgültig in die Runde, als wolle er jeden einzelnen anrufen, Geduld mit diesem Barbaren zu haben, und fragte: »Würde die geschätzte Versammlung mir erlauben, gewisse Punkte bestätigen zu lassen?«

»Ja natürlich«, murmelten sie. »Eine vernünftige Forderung«.

Lord Schleim senkte den Kopf über die Kugel an der Spitze seines Zepters, und Sir Robert erkannte voller Schrecken, daß es sich da um ein getarntes Funkgerät handelte und daß der Tolnep die ganze Zeit in Verbindung mit seinen Streitkräften gestanden hatte.

»Aha«, zischte Lord Schleim. Er hob den Kopf, entblößte lächelnd die Fangzähne und fixierte Sir Robert durch seine Schutzbrille. »Achtzehn Ihrer Großstädte stehen in Flammen!«

Das war also der Grund, weshalb sie verlassene Städte in Brand steckten. Um sich den Anschein des Siegers zu geben. Nur um zu terrorisieren und bei Übergabeverhandlungen etwas in der Hand zu haben.

Sir Robert wollte ihn gerade informieren, daß es sich lediglich um seit einem Jahrtausend unbewohnte Ruinenstädte handelte, doch Lord Schleim stieß nach. »Diese erlauchte Runde braucht einen Beweis. Bitte lassen Sie diese Aufzeichnung abspielen!« Er zog einen winzigen Streifen aus dem Boden des Funkgeräts, eine Aufzeichnung, wie sie auch von den Aufklärungsdrohnen übermittelt wurde.

»Das werde ich nicht tun!« erklärte Sir Robert.

Die Anwesenden wirkten leicht schockiert. Ihnen begann zu dämmern, daß die Streitkräfte dieses Planeten vielleicht doch die Verlierer seien.

»Unterdrückung von Beweismaterial«, lachte Lord Schleim meckernd, »ist eine strafbare Handlung, für die dieses Gremium eine Geldbuße verhängen kann. Ich schlage vor, Sie revidieren Ihren Standpunkt. Falls Sie natürlich keine Geräte besitzen ...«

Sir Robert schickte die Aufzeichnung zur Entschlüsselung. Sie warteten, und bald darauf wurde ein Stapel Aufnahmen zurückgebracht.

Es waren spektakuläre farbige Luftaufnahmen von fünfundzwanzig brennenden Städten. Die Flammen schossen mehrere hundert Meter hoch, und wenn man mit dem Finger unten rechts über die Kante strich, wurde die Tonspur eingeschaltet, und man hörte die Flammen prasseln, Gebäude einstürzen, den Feuersturm heulen. Jede Aufnahme war in einer Höhe gemacht worden, die den Brand optimal zeigte, und hatte eine entsprechend katastrophale Wirkung.

Lord Schleim reichte die Bilder herum. Pranken, juwelengeschmückte Hände, neugierige Fühler streckten sich danach aus.

»Wir bieten überaus großzügige Bedingungen an«, sagte Lord Schleim. »Diese Großzügigkeit wird mir mit Sicherheit einen Tadelsantrag unseres >House of Plunder< einbringen. Doch mein

Motiv heißt Mitleid, und es versteht sich, daß meine hier abgegebenen Erklärungen für meine Regierung bindend sind. Die Bedingungen lauten wie folgt: Ihre gesamte Bevölkerung wird in die Sklaverei verkauft, um damit Entschädigung zu leisten für alles, was dieser von der Erde willkürlich angezettelte Krieg verursacht hat - durchschnittlich überlebt mehr als die Hälfte einen solchen Transport. Die anderen kriegführenden Parteien - die Hawvins, Jambitschows, Bolbods, Drawkins und Kayrnes - teilen den Rest des Planeten unter sich auf zur Deckung der Unkosten, die ihnen durch die Verteidigung gegen diesen grundlos erfolgten Angriff auf ihre friedlichen Raumschiffe entstanden sind. Ihr König kann nach Tolnep ins Exil gehen, wo ihm sogar ein geräumiger Kerker zur Verfügung stehen wird. Gute, faire Bedingungen. Allzu großzügig, gewiß, aber sie wurden mir von meinem Mitgefühl diktiert.«

Die übrigen Delegierten zuckten die Achseln. Für sie schien es auf der Hand zu liegen, daß man sie nur hergeholt hatte, um Kapitulationsbedingungen in einem läppischen Krieg als Zeugen zu beglaubigen.

Sir Robert überlegte blitzschnell, ob und wie es ein Entrinnen aus dieser Falle geben könnte. Zu Beginn der Versammlung hatte er zwei- oder dreimal das Summen der Teleportationsdrähte zu hören gemeint. Ganz sicher war er sich freilich nicht. Im Augenblick konnte er sich auf gar nichts verlassen. Er war müde, sein König verwundet, seine Frau vielleicht tot ... Er hatte nur einen einzigen klaren Gedanken - sich auf diese gräßliche Kreatur zu stürzen und es mit ihr aufzunehmen, trotz der Giftzähne! Aber wenn er diesen Gedanken vor den Delegierten in die Tat umsetzte, würde er die letzten schwachen Chancen zunichte machen, das wußte er.

Lord Schleim, der Sir Roberts Unentschlossenheit bemerkte, zischte scharf: »Als Irdische müssen Sie sich klar darüber sein, daß diese mächtigen Lords Ihre Kapitulation durch ein Abkommen erzwingen können! Ich denke, die übrigen Angehörigen des gemischten Verbandes stimmen meinen Bedingungen zu!«

Die Vertreter der Hawvins, Jambitschows, Boldods, Drawkins und Kayrnes nickten bestätigend und erklärten einer nach dem anderen, selbstverständlich stimmten sie diesen großzügigen Bedingungen zu. Die restliche Runde beschränkte sich aufs Beobachten. Ein lokaler Zwist ... Aber sie konnten sich ja immer noch auf die Seite der Tolneps schlagen, wenn sich damit diese sinnlose Zeitverschwendung beenden ließe.

»Ich bin hergekommen, um über *Ihre* Kapitulation zu verhandeln«, sagte Sir Robert. »Doch bevor wir in Einzelheiten gehen, muß ich meinen bevollmächtigten Kollegen hereinbitten.«

Er wußte, wo sich die Minikamera befand, und machte ein Zeichen in diese Richtung. Dann setzte er sich. Er war müde.

Diese schleppenden Beratungen - die offensichtliche Verzögerungstaktik - hatten ihn restlos erschöpft. War diesen aufgetakelten Affen denn nicht klar, daß draußen gute Männer starben, während sie hier herumtrödelten mit ihrem leeren Geschwätz? Daß Eile dringend geboten war, kümmerte sie nicht. Das Ganze interessierte sie kein bißchen.

Er hatte schmählich versagt, keine Frage. Er konnte nur hoffen, daß er nicht auch noch Jonnie womöglich das Konzept verdorben hatte.

Jetzt lag alles bei Jonnie. Aber was konnte der arme Junge überhaupt noch tun?

# Teil XXVII

## 1

Im Konferenzraum ertönte jetzt Musik. Eine langsame, feierliche Musik. Getragen. Eindrucksvoll. Die Delegierten blickten sich einigermaßen interessiert um. Was mochte da wohl geschehen? Bisher war es eine sterbenslangweilige Konferenz gewesen auf einem offenbar sterbenslangweiligen Planeten, wo es nicht einmal ein Nachtleben gab oder weibliche Bedienung, die tanzte oder sang oder sonstwie für ein bißchen Stimmung sorgte. Nein, die Konferenz hatte sofort begonnen, als ob es um eine wer weiß wie dringende und wichtige Sache ginge; nicht mal der gewohnte Streifzug durch ein paar zünftige Vergnügungslokale, um Kontakt zu kriegen. Und Bestechungsgelder hatte bislang auch noch niemand angeboten! Statt dessen nichts als anödendes, belangloses Gezänk, das die kriegführenden Parteien dieses einen lächerlichen Universums betraf, und obendrein auch bloß einen Teilbereich. Hübsche Musik... Paßte eher für prunkvolle Feste als für eine solch stinklangweilige Konferenz.

Ein hochgewachsener Mann trat durch die Tür. Etwa zwei Meter groß, bis zum Gürtel entblößt, rote Schärpe, gelbe Haut, kahlgeschorener Kopf. (Es war ein aus der Mongolei stammender Chinese.) Das allein wäre noch nicht sonderlich interessant gewesen. Aber seine mächtigen Muskeln schwollen immer mehr an, weil er irgend etwas offenbar sehr schweres auf dem Kopf trug. Doch seltsam - soweit sie sehen konnten, trug er *nichts!* Ein verblüffendes Schauspiel - dieser Muskelprotz schritt aufs äußerste angespannt im Takt einher, wobei ein leichtes Zittern in den Beinen wahrnehmbar war. Doch von einer Last, die er da so angestrengt zu schleppen schien, konnten sie keine Spur entdekken.

Der Mann stieg aufs Podium und setzte dieses Nichts mit größter Sorgfalt auf den Boden. Sogar das Aufbumsen hörten sie deutlich. (Es handelte sich um einen Glassintisch, den die Psychlos für elektronische Feinarbeit benutzten, bei der sie Licht von allen Seiten brauchten. Sie hatten die Beine kürzer gesägt und alles mit Linsenspray besprüht, der hundertprozentig lichtdurchlässig war und daher nicht reflektierte.) Er rückte das Nichts behutsam zurecht.

Es entstand leichte Unruhe im Raum, als die Delegierten sich amüsiert und interessiert fast verrenkten, um etwas mitzubekommen. Der Koordinator, der als Gastgeber auftrat (er hatte ein kleines umgebautes Miniradio im Ohr), sagte: »Sie haben die feierliche Zusicherung dieses Planeten, daß keinerlei Gegenstand in diesen Konferenzraum gebracht wird, der tödliche, gesundheitsgefährdende oder sonstige Schäden hervorrufen könnte.«

Etliche Delegierte lachten. Sie waren ausgesprochen vergnügt. Wirklich ein guter Witz, nichts auf das Podium zu stellen und dann feierlich zu versichern, es sei ganz harmlos. Das war so recht nach ihrem Geschmack.

Doch schon ereignete sich wiederum etwas Neues. Der riesige Mongole hatte sich entfernt. Zu den erlesenen Klängen der Musik kamen nun zwei kostbar gewandete chinesische Jungen mit unbewegten Gesichtern den Gang entlang. Jeder trug ein prachtvolles rotes Satinkissen mit goldenen Quasten, und auf jedem Kissen ruhte ein riesiges Buch. Gemessen traten sie nacheinander vor den Koordinator, der erst das eine, dann das andere Buch nahm und sie auf den bisher unsichtbaren Tisch legte, und zwar so, daß die Anwesenden die Rückentitel lesen konnten.

Also war doch etwas auf dem Podium. Ein unsichbarer Tisch. Neuerliches Interesse. Wer gute Augen hatte, konnte die Titel auf den Buchrücken entziffern - der eine lautete »Wörterbuch der Psychlo-Sprache«, der andere »Intergalaktische Gesetze gemäß multilateralen Verträgen der regierenden Nationen«.

Lord Schleim aber machte mit seinen schwachsichtigen Tolnep-Augen nicht einmal den Versuch, die Buchtitel zu lesen. Angewidert krampfte er sich zusammen. Mätzchen! Mit Schmierentheater wollten sie ihn hinters Licht führen. Na schön. Wer immer dahintersteckte, er würde ihn in die Enge treiben und mit seinem scharfen Verstand in der Luft zerfetzen! Pah, so ein albernes Possenspiel würde nichts ändern, gar nichts.

Die beiden jungen Chinesen schritten gemessen mit den leeren Kissen aus dem Saal.

Plötzlich brach die Musik ab.

Trommelwirbel.

Der Koordinator richtete sich auf und verkündete laut und schallend: »Ihr Herrscher über alle Planeten! Lords der großen, mächtigen Reiche in sechzehn Galaxien! Darf ich diese erlauchte Runde mit LORD JONNIE bekanntmachen! In seiner Person verkörpert sich der Geist, der die Erde belebt!«

Eine schmetternde Fanfare übertönte die Trommeln, erfüllte den Raum.

Jonnie kam durch den Gang - mit langsamen, gewichtigen, achtunggebietenden Schritten. Er war in Schwarz und Silber gekleidet und trug einen silbernen Stab. Nein, es sah nur aus wie Silber, funkelte und blitzte aber bei der kleinsten Bewegung in strahlenden Regenbogenfarben.

Er erreichte das Podium, stieg hinauf, ging hinter den Tisch und wandte sich um.

In diesem Augenblick flammte ein direkt über der Tür angebrachter Scheinwerfer auf und verwandelte ihn in eine strahlende Lichterscheinung.

Er sagte kein Wort, stand, für alle sichtbar, ruhig und fest da, den silbernen Stab zwischen beiden Händen, und sah sie mit ernstem, ja sogar verächtlichem Blick unverwandt an. Dominierend ...

Das Ganze verfehlte nicht seinen Eindruck auf die Delegierten, auch wenn sie an Prunk gewöhnt waren und ihn eher skeptisch beurteilten. Aber da war noch etwas anderes.

Das Tier auf dem Helm! Es sah wie *lebendig* aus. Ob es nun durch die rot aufblitzenden Augen bewirkt wurde - Tatsache blieb: Das Tier sah wie lebendig aus. Trug er ein lebendiges geflügeltes Tier am Helm?

Lord Schleim nahm von alldem keine Notiz. Er war beschäftigt mit jenem bedauerlichen kleinen Ausrutscher, den es da gegeben hatte und der ihm direkt in die Hände spielte. Bei Psychlo-Wörtern, die mehrere Bedeutungen hatten, erforderte die jeweils gemeinte eine bestimmte leichte Veränderung der Aussprache. So konnte das Psychlo-Wort für »Geist« zugleich »Meinung«, »Schutzengel« oder »Dämon« bedeuten, und obwohl der Koordinator die korrekte Aussprache für »Geist« gebraucht hatte, zog es Lord Schleim vor, das zu ignorieren und ihm eine andere unterzuschieben.

Vehement sprang er auf und zischte scharf: »Erlauchte Anwesende, ich erhebe Einspruch gegen das Rederecht dieses *Dämons.* Wir haben keinerlei Beglaubigungsschreiben gesehen. Wir ...«

»Sir«, sagte Jonnie, »ich konnte Sie nicht wirklich verstehen. Was haben Sie gesagt?«

Lord Schleim wirbelte zu ihm herum und begann wütend: »Ich sagte ...«

»Ach, ja, ja, ja«, wiegelte Jonnie ab und schwenkte seinen Stab. »Ich bitte Eure Lordschaft um Verzeihung. Es lag lediglich an Ihrem sonderbaren Tolnep-Akzent. Ziemlich provinziell. Können Sie ihn verstehen, verehrte Lords?«

Sie lachten. Schleim hatte tatsächlich einen leichten Akzent, der vermutlich von seinen Fangzähnen und dem dadurch bedingten Zischen herrührte. Wirklich, die Tolneps waren engstirnige Spießer, sie hatten nur einen Planeten, und der lag weit vom Schuß.

»Sie Dämon!« zischte Schleim.

»Aber, aber«, sagte Jonnie. »Keine heftigen Ausfälle in einer solchen Zusammenkunft. Weder ich noch die hochgeschätzten Gesandten haben den Wunsch, Sie von der Versammlung auszuschließen, dessen bin ich völlig sicher.«

Bevor Schleim ihm das heimzahlen konnte, passierte schon wieder was anderes. Der Stab, mit dem Jonnie sich bisher leicht auf den Handteller geklopft hatte, zeigte plötzlich auf Schleims Füße, beleuchtete sie mit einem kleinen Lichtstrahl. Mit dieser eingebauten Vorrichtung wurde die Staubbildung im Schacht kontrolliert.

Jonnie machte eine ungläubige Miene, wandte dann den Kopf zur Seite, als wollte er ein Lachen verbergen. Der Lichtstrahl verlöschte.

Schleim blickte nach unten, was ihm seines Bauches wegen einige Verrenkungen kostete. Was hatte dieser Dämon gesehen?

Endlich konnte er es erkennen. Seine Stiefel! Statt der richtigen geschuppten, schimmernd grünen trug er alte, rissige blaue Stiefel. Sein Leibdiener! In der Hast des Aufbruchs hatte ihm dieser verdammte Tölpel die verkehrten Stiefel angezogen. Wehe, wenn er nach Hause kam ... dann würde er den Vollidioten durchsieben lassen! Nein, schlimmer. Durch die Straßen schleifen und von kleinen Kindern totbeißen ...

Jonnie hingegen wandte sich an die Delegierten. »Ich muß mich bei Ihnen entschuldigen, hochgeschätzte Lords. Ich bitte Sie inständig, mir mein verspätetes Erscheinen nachzusehen. Aber ich bin sicher, Sie werden Verständnis dafür aufbringen, wenn ich Ihnen sage, daß ich nach einem Passus im Gesetz gesucht habe.« Er bedachte sie mit einem freundlichen, respektvollen Blick, legte den Stab auf den unsichtbaren Tisch und tippte auf den Deckel des Gesetzbuches. (Die vollendeten Manieren und die höflichen Redewendungen des alten Chinko-Sprachtrainers kamen ihm jetzt sehr zustatten! Als er eintrat, hatte er sich zunächst steif und unnatürlich gefühlt, gekünstelt und heuchlerisch, aber plötzlich schien es, als habe er dergleichen sein Leben lang gemacht.)

»Niemand durfte sich erkühnen«, setzte er fort, »so hochgestellten, so ausgezeichneten Persönlichkeiten die Strapazen einer solchen Reise zuzumuten, sich auf einem derart minderen, unwürdigen Planeten zu versammeln, und das alles nur, um über irgendwelche läppischen Zwistigkeiten auf irgendeinem unbedeutenden

Planeten eine Entscheidung zu fällen.«

Die Delegierten setzten sich auf. Das hörte sich schon anders an. Genau das hatten sie sich die ganze Zeit auch gedacht. Alle Achtung!

Sir Robert war wie vom Donner gerührt. Worauf wollte dieser Junge hinaus? Der Krieg nicht wichtig? Da brachen ihre Stützpunkte zusammen, da starben ihre Freunde, und er konnte sagen, es sei nicht wichtig? Er sah zu den zwei kleinen grauen Männern hinüber. Beide saßen da und lächelten, ein wenig abwesend, aber immerhin lächelten sie. Das hatten sie bisher nicht getan, und Sir Robert wußte mit Bestimmtheit, daß Jonnie nicht mit ihnen gesprochen hatte, sie waren also nicht besser informiert als er. Er mußte sich mühsam zurückhalten, um nicht aufzuspringen und herauszuschreien, daß es sich hier sehr wohl um einen wichtigen Krieg handelte. Eins war allerdings bemerkenswert: Diese schmuckbeladenen, prunkvoll gewandeten Emissäre mit den fremdartigen Gesichtern und Fühlern wiegten alle die Köpfe, ließen sich zu einer echten Konferenz nieder.

»Nein«, fuhr Jonnie fort, »das wäre eine schwere Beleidigung für die mächtigen Reiche gewesen, die Sie vertreten, wenn man Sie wegen einer Geringfügigkeit wie der Abwehr von Piraten hergebeten hätte!«

Lord Schleim begann sich aus seinem Stuhl hochzustemmen. Er wollte den Dämon niederbrüllen und ihn zwingen, seine Sprache zu mäßigen, als er dessen Augen abermals auf seine Stiefel geheftet sah. Doch nicht der Blick war es, der Lord Schleim innehalten ließ. Mit diplomatischer Schläue erkannte er, daß dieser Dämon in die Grube fallen könnte, die er sich selber gegraben hatte. Es war ein Kinderspiel, zu beweisen, daß die angreifenden Raumkreuzer der Tolneps ebenso wie ihre Besatzung völlig rechtmäßig zur tolnepischen Luftflotte gehörten. Also ließ er den Dämon vorerst ruhig weitergraben. In Kürze würde er ihn dann schnappen. Pah, der Kerl war im Grunde eben doch kein ebenbürtiger Gegner!

»Solche erlauchten Repräsentanten von Königen und Regierungen«, fuhr Jonnie fort, »sollten - bitte korrigieren Sie mich, wenn ich mich da irre - sich in wirklich wichtigen Fragen zusammensetzen, die Verträge und Intergalaktisches Recht betreffen. Und da dürfte ihre profunde Sachkenntnis wohl unbestritten sein.«

Hört, hört. Sehr wahr. Natürlich, das ist es genau. Bitte weiter im Text! Die Delegierten straffen sich, voller Interesse. Nur die Vertreter der am Kampf Beteiligten begannen beunruhigt dreinzusehen. Alle, ausgenommen Lord Schleim, der wachsende Zuversicht empfand - dieser Dämon grub sich selber eine Grube! Eins machte ihm freilich zu schaffen: Sobald der Dämon sich bewegte, blitzten seine Knöpfe grell auf, und da Tolneps zur Anpassung an das gewöhnliche sichtbare Spektrum Filter tragen mußten, wurde deren Kapazität bei jedem Aufstrahlen so überfordert, daß er davon Kopfschmerzen bekam. Wenn er sie doch nur veranlassen könnte, den Scheinwerfer abzuschalten, der auf diese Kreatur gerichtet war!

Jonnie redete munter weiter. »Den Gegensatz zwischen >Pirat< und >militärischer Streitmacht< begrifflich klar und sauber zu trennen, ist eine heikle Definitionsfrage. Meiner Überzeugung nach haben von Zeit zu Zeit selbst in den bestorganisierten, hochdotierten und straff gelenkten Streitkräften Teile der Kampf-Raumflotte oder auch zivile Handelsraumschiffe gemeutert oder sich verflogen oder sich verleiten lassen und sind so zu Piraten geworden, eine ungeheuerliche Herausforderung für Ihre treusorgenden, verantwortungsbewußten Regierungen.«

O ja. Viele Fälle. Gerade erst im vergangenen Monat hatte bei einer Raumkreuzerstaffel auf Oxentab eine Meuterei stattgefunden. Im Lauf der Geschichte gab es dergleichen massenhaft.

Ein uraltes Problem, darin waren sich die Delegierten einig. Jede Menge Geschichten wurden darüber geschrieben. Fahren Sie fort.

»Will man nun die legitime Autorität schützen, die Sie vertreten«, (hocherfreute Gesichter, nur nicht bei den am Kampf Beteiligten) »und wirklich in der Lage sein, Piraterie zu bekämpfen, sobald sie irgendwo vorkommt, muß die Definition eindeutig geklärt werden. Und dies kann durch ein erlauchtes Gremium wie das Ihre geschehen, nämlich in Gestalt eines formellen Vertrages.«

Gute Idee. Sehr wahr. Völlig richtig. Düstere Mienen bei den am Kampf Beteiligten, bis auf Schleim, nach dessen fester Überzeugung dieser Dämon jetzt in Kürze schmoren würde.

Jonnie schlug das Psychlo-Wörterbuch an einer mit einem Zeichen versehenen Stelle auf. »Bekanntlich setzt sich die Psychlo-Sprache aus vielen anderen zusammen, wozu auch die Ihren zählen, und wurde keineswegs ausschließlich von den Psychlos geschaffen. Da sie aus vielen Universen entnommen wurde, kann man sie als universale Sprache bezeichnen, und das ist wiederum der einzige Grund dafür, daß wir sie alle beherrschen.«

Das stimmte. Eine wahrhaft wissenschaftliche Darstellung. Die Psychlos holten sich alles von anderen, einschließlich der Sprache, die man eigentlich gar nicht »Psychlo« nennen dürfte. Allgemeines angeregtes Getuschel.

»Dieses Wörterbuch ist das allseits anerkannte Standardwerk, stimmt's?« fuhr Jonnie fort. Er hielt es hoch. Bejahendes Kopfnicken. Er legte das Buch wieder hin und las daraus vor. »Hier steht: >Pirat - darunter versteht man jeden, der in einer Raumfähre oder einem Raumschiff oder einer Raumflotte, die nicht der Ordnung einer nationalen oder planetarischen Regierung unterstellt sind, Raubzüge gegen Handel, Gemeinwesen oder Planeten unternimmt; ebenso jeden Kommandanten sowie jedes Besatzungsmitglied eines derartigen Fahrzeugs.<«

Sehr richtig. Genau das war ein Pirat. Lord Schleim freilich fühlte sich haushoch überlegen. Er meinte, diesem Dämon jetzt auf die Schliche gekommen zu sein. Er konnte genau sehen, welche Richtung er einzuschlagen versuchte. Ein Kinderspiel, diese Argumente in der Luft zu zerreißen und danach endlich die Kapitulationsgespräche fortzusetzen. Der Dämon würde eine ordentliche Blamage erleben. Jedes Raumschiff der Tolneps unterstand dem direkten Befehl der tolnepischen Regierung. Völlig legal.

Jonnie hatte sich dem Intergalaktischen Gesetzbuch zugewandt. »Den Verträgen zufolge, aus denen das Intergalaktische Recht besteht, lautet die Definition jedoch anders. Wenn Sie gestatten, lese ich es Ihnen vor: >Artikel 234, 352, 678. Gemäß den Verträgen zwischen Psychlos und Hawvin, unterzeichnet auf Blonk, und zwischen Psychlo und Camchod, unterzeichnet auf Psychlo, ist künftighin als Pirat zu definieren, wer vorsätzlich Erz stiehlt oder abbaut.<« Jonnie klopfte auf das Buch und lachte geringschätzig. »Ich schätze, wir alle wissen, wie, warum und durch wen diese Fehldefinition zustande gekommen ist!«

Sie lachten. Psychlo war nicht eben sonderlich beliebt, und ein Psychlo würde so gut wie jedes Gesetz durchgehen lassen, wenn es nur den Interessen von Psychlo diente.

»Daher sollte meiner Meinung nach diese erlauchte Versammlung eine Begriffsbestimmung vornehmen, die genau festlegt, was unter >Pirat< und >Piraterie< zwischen Galaxien und Planeten zu verstehen ist, und nach entsprechender Beratung den Entwurf von Verträgen ins Auge fassen, die derartige Umtriebe verbieten.«

Sir Robert ächzte. Was der Junge da vorschlug, bedeutete tagelange Diskussionen über öden Vertragskram, während der Planet mit einem massierten Angriff zertrümmert wurde, den dieser Tolnep über sein verstecktes Funkgerät zweifellos anheizte. Doch sein Stöhnen ging in der allgemeinen Zustimmung unter.

Jonnie hatte sich wieder von den Büchern entfernt und den Stab aufgenommen, mit dem er sich leicht auf den Handteller schlug. »Meiner bescheidenen Meinung nach müssen wir uns unverzüglich daranmachen«, begann er und wirkte alles andere als bescheiden, »Klarheit darüber zu gewinnen, ob die Offiziere und Besatzungsmitglieder der Tolnep-Raumflotte einzeln als Piraten ausgelöscht oder einfach vor ein Kriegsgericht gestellt und als Soldaten erschossen werden sollen.«

Lord Schleim stemmte sich hoch. »Halt!« schrie er mit einem düsteren Blick auf die anderen am Kampf Beteiligten, die unmittelbar hinter ihm saßen. Sie sagten kein Wort, sahen nur bestürzt drein. Dann wurde ihm klar, daß der Dämon von »Tolnep« gesprochen hatte und nicht von einem »gemischten Verband«. Gift verspritzte, als Lord Schleim zischend protestierte.

Der Dämon war zu weit gegangen! In Kürze würde Lord Schleim dieses Lügengebäude zum Einsturz bringen, zunächst jedoch gab es etwas anderes zu regeln.

»Sie greifen sich die ehrenwerten Tolnep-Streitkräfte heraus für Ihre gehässigen Anspielungen!« schäumte Schleim. »Das ist ein klarer Fall von Voreingenommenheit und muß als solcher von diesem Gremium zurückgewiesen werden! Es sind noch andere Parteien am Kampf beteiligt. Ich verlange, daß diese Behauptungen in unseren Recordern gelöscht werden - als voreingenommen, verfälscht und als vorsätzliche Beleidigung der planetarischen Streitkräfte von Tolnep.«

Jonnie lächelte ihm gelassen zu, blickte auf die Stiefel und wieder dem Tolnep ins Gesicht mit den Fangzähnen. »Mit hochtrabendem Gehabe läßt sich hier Unrecht nicht in Recht verwandeln. Ihr Verhalten ist eine Beleidigung für die Lords. Nehmen Sie sich zusammen!«

»Ich verlange eine Antwort!« kreischte Schleim.

Jonnie seufzte nachsichtig. »Nun gut. Sie sollen sie bekommen. Meiner Meinung nach wurden die Streitkräfte der Hawvins, Bolbods, Drawkins, Jambitschow und Hockner - vermutlich unter Vorspiegelung falscher Tatsachen - einfach gezwungen, mit den Tolneps zusammenzuarbeiten. Da Sie Ihrer eigenen Aussage zufolge weitaus in der Mehrzahl sind und da Ihr eigener ranghöchster Offizier, wie Sie erklären, den Oberbefehl über den sogenannten gemischten Verband innehatte und nach seinem Tod ein anderer Tolnep zum Nachfolger ernannt wurde, der jetzt als ranghöchster Offizier amtiert, erscheint es doch zweifelsfrei, daß sie durch die überlegene Feuerkraft der tolnepischen Raumflotte zur Teilnahme an diesem Angriff gezwungen wurden. Daher können wir die anderen beteiligten Streitkräfte auch nicht für schuldig erachten. Und wir klagen sie nicht an. Sie sind Opfer und meiner Auffassung nach auch dann nicht anders einzustufen, wenn wir den Begriff

>Pirat< klar und eindeutig definiert haben.«

Jetzt! Jetzt war es an der Zeit! Lord Schleim erkannte den rechten Moment, sobald er ihn sah. Er würde diesen Dämon zerschmettern. Er rappelte sich zu seiner vollen Körperlänge hoch und nahm die Haltung unantastbarer Würde an.

»Ihre Argumente, Dämon, treffen ins Leere und zerfallen zu Staub. Weder der tolnepische Admiral noch der tolnepische Hauptmann noch sämtliche tolnepischen Raumschiffe und Besatzungen haben je in irgendeiner Weise ohne oder gegen den Befehl der Zentralregierung von Tolnep gehandelt. Also genug mit diesem törichten Geschwätz über >Piraten< ; kommen wir endlich wieder zur Sache - zum Thema Kapitulation!«

Der Tolnep ließ sich den Geschmack von Triumph und Sieg im Munde zergehen, er war süß wie Gift. In ein paar Sekunden wäre nun die ganze Sache ausgestanden.

Sir Robert ächzte.

Er sah, daß die beiden kleinen grauen Männer zu Boden blickten, sichtlich nervös geworden. Bereuten sie womöglich ihr hilfreiches Eingreifen?

## 2

Jonnie sah den Tolnep an.

Er schüttelte bekümmert den Kopf.

Er blickte in die Runde. Die Delegierten lehnten sich zurück, begannen das Interesse zu verlieren. Eine Zeitlang sah es so aus, als würden Fragen aufgeworfen, die ihre Kompetenz betrafen.

»Verehrte Lords«, begann Jonnie, »bitte verzeihen Sie diese Ablenkung vom eigentlichen Zweck der Zusammenkunft. Dieser ... dieser Tolnep fordert hartnäckig, daß wir die nebensächliche Frage eines Überfalls auf einen friedlichen Planeten abschließen. So bleibt mir wohl mit gütiger Erlaubnis nichts anderes übrig, als diesen kleinen Störfaktor aus dem Weg zu räumen.«

»Ja, sehr wohl, machen Sie nur weiter. Man erkennt zwar noch nicht, wohin das Ganze steuert, aber fahren Sie ruhig fort. Ich vermute, der Tolnep legt es auf ständige Unterbrechungen an. Also weiter im Text.«

Jonnie seufzte. »Vielen Dank, verehrte Lords. Sie sind sehr langmütig.« Dann wandte er sich Lord Schleim zu. Jonnie stand da - hochaufgerichtet, unverrückbar, den funkelnden Silberstab in der Rechten, mit dem er jetzt leicht auf den linken Handteller schlug.

»Lord Schleim, so werden Sie doch von manchen genannt, wie ich glaube, bitte legen Sie die Befehle vor, die Ihren Admirälen und Hauptleuten erteilt wurden.«

Schleim lachte meckernd. »Sie wissen sehr wohl, daß ein Gesandter nicht die ganzen Akten des Militärs bei sich tragen kann. Hinzu kommt, wovon Sie als Barbar keine Ahnung haben dürften, daß ein tolnepischer Kommandant bei militärischen Expeditionen berechtigt ist, selbständig zu handeln.«

»Wie ich befürchtet habe«, entgegnete Jonnie. »Es gab keine ordnungsgemäßen Befehle.«

»Das habe ich nicht gesagt!« zischte Schleim.

»Leider doch. Jetzt bleibt mir nichts anderes übrig, als dies endgültig zu klären, denn Sie verzögern damit wichtigere Verhandlungen.«

Jonnie hieb zweimal kräftig mit dem Zepter auf die Handfläche. Es knallte wie Pistolenschüsse.

Sofort eilten zwei uniformierte Techniker durch den Gang. Sie schoben einen Förderwagen, der mit Gold überzogen war und blank glänzte. Darauf stand ein ebenfalls goldplattierter, ziemlich großer Projektor. Es handelte sich um ein Gerät zur Projektion auf Luft, das normalerweise für die Bildwiedergabe in Schächten und Tunnels benutzt wurde. Die dabei verwendete Lichtquelle beruhte auf dem gleichen technischen Prinzip wie das Ionisationskabel, mit einer Variante. Sobald Licht auf die in der Luft befindlichen Ionen traf, bewirkte es deren graduell variable Verdichtung und löste dadurch eine Reflexion aus. Auf diese Weise wurde ein dreidimensionales Bild in die Luft gezeichnet. Versah man das abzubildende Original mit einer Meßskala, dann konnte man auf dem projizierten Bild Entfernungen punktgenau nachmessen.

Die Techniker stellten das Gerät so hin, daß es in den breiten leeren Raum links von Jonnie projizierte. Sie plazierten Mehrstufenschalter auf den unsichtbaren Tisch direkt neben Jonnies Hand. Sie verbeugten sich, machten kehrt und verschwanden.

Das Ganze war so blitzschnell geschehen, daß Lord Schleim keine Zeit gehabt hatte, irgendwelche Einwände zu erheben. Das holte er nun nach. »Ich muß schärfstens protestieren gegen die blödsinnige Schau, die hier abgezogen wird! Ich werde es nicht zulassen, daß Sie mit Ihren Täuschungsmanövern diese erlauchte Versammlung weiterhin ...«

»Schleim!« unterbrach ihn Jonnie streng. »Es ist nicht gut für Sie, wenn Sie Beweismaterial zu unterdrücken versuchen, von dem Sie genau wissen, daß es gegen Sie spricht.«

Gemurmel von den Delegierten. Setzen Sie sich, Schleim. Seien

Sie still. Sieht ganz so aus, als würde das interessant. Pst, Schleim.

Jonnie drückte zweimal auf die Schaltung. Der Scheinwerfer an der Tür verlöschte, und gleichzeitig leuchtete dort ein Bild auf. Eine dreidimensionale, bemerkenswert scharfe Großaufnahme von Roof Arsebogger. Den Delegierten schien es, als stehe er leibhaftig dort in dem zuvor leeren Raum. Kein Laut war zu hören. Sie hatten einen solchen Projektor noch nie gesehen - aus dem einfachen Grund, weil die Psychlos niemals Geräte, die auch zu Unterhaltungszwecken benutzt werden konnten, auf den Markt brachten, und weil dies zur Grubenausrüstung gehörte.

Roof Arseboggers Gesicht war mit Pusteln übersät, höchst unappetitlichen Krankheitsspuren. Seine scharfen, spitzen Zähne waren dunkel verfärbt, fast schwarz, und einer war abgebrochen. Seine Kleider sahen aus, als stammten sie aus einer Lumpensammlung. Das Bild gehörte zu einer ganzen Serie, die Piloten während der Luftsicherung über dem Purgatoire mit einer Telekamera aufgenommen hatten. Ein Stapel dieser Funkbilder war in Jonnies Zimmer deponiert worden, um die durch seine Bewußtlosigkeit entstandenen Informationslücken zu schließen.

»Ist dieser Mann ein Mitglied Ihrer Regierung?« fragte Jonnie. »Überlegen Sie sich Ihre Antwort vorher genau, Schleim. Handelt es sich um einen Ressortminister, um einen militärischen Amtsträger?«

Einige Delegierte kicherten. So eine ekelhafte Erscheinung ... wenn das ein Regierungsmitglied auf Tolnep sein sollte ... na ja!

Schleim war aufs höchste irritiert. Er betrachtete das Bild. Eine widerliche Kreatur! Ein Brechmittel! Das Funkeln und Glitzern, das von diesem Dämon ausging, blendete ihn immer noch etwas, so daß er an dem Filter herumfummelte und dann wieder hinstarrte. Kam ihm dieser Miesling nicht irgendwie bekannt vor?

Durch diese angestrengte Begutachtung erweckte er den Anschein, daß die Regierung von Tolnep womöglich doch aus solchem Abschaum bestand. Verschiedene Delegierte lachten laut und höhnisch.

Das reichte. Lord Schleim schlug blindwütig um sich. »Selbstverständlich nicht! Diese schmierige Kreatur würde bei jeder Dienststelle der Tolnep-Regierung in hohem Bogen rausfliegen! Sie beleidigen mich, und Sie beleidigen Tolnep! Sie führen da eine gezielte Verleumdungskampagne, um die Bedeutung und das Ansehen meines Amtes und meines Heimatplaneten in den Schmutz zu ziehen. Ich muß schärfstens protestieren ...«

»Ganz ruhig bleiben«, besänftigte ihn Jonnie. »Hören Sie jetzt genau zu. Sie haben erklärt, daß er weder Ihrer Regierung angehört noch eine offizielle Stellung bekleidet. Das stimmt doch?«

»Hundertprozentig! Wenn Sie denken ...«

»Wie kommt er dann dazu, Quart-Admiral Snowleter Anweisungen zu erteilen?« fragte Jonnie.

Er drückte wieder auf den Schalter. Die Kamera schien zurückzufahren. Szenenwechsel. Die Kommandobrücke von »Volltreffer« kam ins Bild, mit dem Quart-Admiral Snowleter dieser gräßlichen Kreatur gegenüber, diesem Roof Arsebogger.

Jonnie schaltete weiter auf Tonspur. Durch das Dröhnen des Superraumschiffes hindurch war die Stimme von Roof Arsebogger deutlich zu hören.

»Sie müssen selbständig handeln, Snowleter, unabhängig! Sie müssen jede Chance nutzen, selber den größtmöglichen Profit einzustreichen. Ich rate Ihnen, schnappen Sie sich schleunigst diese Basis dort unten! Sobald Sie den Planeten persönlich unter Kontrolle haben, können Ihnen alle anderen gestohlen bleiben. Schlagen Sie den ganzen Laden zusammen, packen Sie sich die Leute und verkaufen Sie sie als Sklaven. Das bringt Ihnen ein hübsches Sümmchen. Ich gebe Ihnen Rückendeckung. Ob es Ihnen nun gefällt oder nicht, so und nicht anders müssen Sie es machen. Macht ist alles, denken Sie daran! Und den Gewinn teilen wir uns! Kapiert?«

Snowleter lächelte. Er salutierte zackig und sagte: »Zu Befehl!«

Jonnie schaltete abermals um. Die Kamera schien weiter weg zu schwenken auf den gesamten gemischten Verband am Himmel über dem Purgatoire. Der Ton war ausgeblendet.

»Das also ist Ihr Admiral und das die Flotte.« Jonnie schaltete das Bild aus und den Scheinwerfer wieder an.

Die Delegierten waren hingerissen. Bilder, die nicht auf eine Leinwand oder ähnliches, sondern in die Luft projiziert wurden, hatten sie noch nie gesehen. Unglaublich, wie lebendig das wirkte. Ja, das war tatsächlich die Raumflotte der Tolneps.

Und es war auch der Admiral. Schleims Verhalten ließ daran keinerlei Zweifel.

Dann, plötzlich, explodierte Lord Schleim. »Fälschung! Montiertes Bildmaterial! Jeder kann Aufzeichnungen manipulieren. Dieses sogenannte Beweismaterial ...«

»Ach, lassen Sie das doch, Schleim!« winkte Jonnie ab. »Mit Getue und Hysterie schaffen Sie das nicht aus der Welt. Die Bilder waren viel zu klar und deutlich für eine Montage, wie Sie es nennen!«

Er wandte sich an die Delegierten. »Sie sehen also, verehrte Lords, der Admiral ist nicht den Weisungen seiner Regierung, sondern denen einer Privatperson gefolgt. Sein Handeln galt dem persönlichen Gewinn, nicht dem Wohl seines Planeten. Seien Sie still, Schleim, mit derart ungezügelten Wutausbrüchen können Sie eindeutiges Beweismaterial auch nicht verschleiern. Ich möchte mich für ihn entschuldigen, verehrte Lords. Er befindet sich wirklich in einer bedauernswerten Lage. Dieser Quart-Admiral Snowleter ist übrigens der Onkel von Semi-Hauptmann Rogodeter Snowl. Er wurde durch seinen Neffen in dieses Abenteuer hineingezogen, wie aus den uns vorliegenden Aufzeichnungen hervorgeht. Es handelt sich um ein Familienunternehmen, und der Neffe führt dieses Piratenstückchen offenbar fort.«

Jonnie verschwieg wohlweislich, daß vieles in den eben gezeigten Bildern seine Beweisführung nicht unbedingt untermauerte. Eins jedoch blieb unbestritten: Roof Arsebogger war der Scharfmacher, der den Admiral in das Ganze hineingehetzt hatte.

»Der Tatbestand der Piraterie ist also bewiesen!« sagte Jonnie. »Es handelt sich hier um eine Raumflotte, die nicht im Auftrag ihrer Regierung operierte, sondern anderweitigen Weisungen folgte. Wenn Sie sich noch einen kurzen Augenblick gedulden würden, möchte ich diesen Schleim einfach um die Übergabe dieser Raumschiffe bitten, und dann könnten wir uns endlich unserem eigentlichen Thema zuwenden, der Piraterie und den entsprechenden vertraglichen Vereinbarungen. Schleim, setzen Sie sich bitte mit dem derzeitigen Befehlshaber in Verbindung und sagen Sie ihm, er soll die Raumschiffe in einer Wiese landen lassen, die ich ...«

»Sie müssen verrückt sein!« kreischte Schleim. »Unsere Raumflotte beherrscht Ihren Luftraum unangefochten, und da fordern Sie uns auf ...«

»Ein Piratenabenteuer beenden zu helfen«, ergänzte Jonnie. »Verübeln Sie es mir nicht, verehrte Lords, aber dieser Schleim wird unsere kostbare Zeit noch eine kurze Weile in Anspruch nehmen, ehe Sie ihn endgültig los sind. Wenn Sie gestatten, bringen wir diese widerwärtige Geschichte zum Abschluß.«

Ja, freilich. Machen Sie um Himmels willen weiter! Wir können uns später mit dem Vertrag befassen. Allgemeine Zustimmung. Die Delegierten der am Kampf beteiligten Planeten sahen sich etwas verängstigt an. In was hatten sie sich da bloß hineinziehen lassen?

Der kleine graue Mann blickte nicht mehr ganz so miesepetrig drein.

Sir Robert aber, der Schleim scharf beobachtete, wußte, daß er noch längst nicht erledigt war. Er nutzte die Unterbrechung, etwas in sein Funkgerät zu zischen. Er erteilte Anweisungen, irgend etwas von Absturz und Selbstmordkommandos. Er mußte ziemlich durcheinander sein, denn er sprach Psychlo.

Sir Robert entschuldigte sich und eilte in die Operationszentrale, um die eigenen Streitkräfte über den Stand der Dinge zu informieren, ihnen höchste Wachsamkeit nahezulegen sowie verdoppelte Abwehranstrengungen.

Der erste kleine graue Mann schlüpfte hinaus und gab seinem Raumkreuzer Weisungen, zwei rote Blinkzeichen einzuschalten und das Funksignal abzuändern in: »Achtung! Achtung! In diesem Gebiet findet eine interplanetarische, intergalaktische Konferenz statt. Jedes Kampfschiff oder sonstige Raumfahrzeug, das diese Sperrzone durchbricht, wird intergalaktisch geächtet, und die zuständige Regierung beziehungsweise der Eigner erhalten die gesetzlich zulässigen Höchststrafen. Achtung! Achtung! In diesem Gebiet findet eine interplanetarische, intergalaktische Konferenz statt ...«

## 3

Lord Schleim war nicht im mindesten durcheinander. Er wußte genau, was er tat: Er hielt sich jetzt an einen Grundsatz der Diplomatie, der beinhaltete, daß man dann, wenn die Diplomatie scheiterte, zu militärischen Maßnahmen greifen mußte.

In diesen letzten paar Minuten war ihm deutlich geworden, daß er bei Fortsetzung des bisherigen Kurses verlieren würde. Daraufhin hatte er seine gesamte Planung mit einem Schlag radikal umgestellt.

Die Zeiten waren überaus schwierig. Seiner Auffassung nach war die Macht des kleinen grauen Mannes zerfallen und alles andere auch nicht mehr so wie früher. Deshalb konnte man jede von dem kleinen grauen Mann angedrohte Vergeltungsmaßnahme getrost ignorieren. Dies war die erste Delegierten-Versammlung seit über einem Jahr, und er hatte nicht den leisesten Zweifel, daß die Macht der Emissäre und der gesamten Regierungen zu einem Phantom geschrumpft war, das für Tolnep keine wirkliche Gefahr bedeutete - all diese Imperien und Staaten lagen viel zu weit entfernt.

Soeben hatte er Semi-Hauptmann - nein, seit heute Hauptmann Snowl - sehr präzise Anweisungen erteilt. Und zwar mit Hilfe eines Codes, der nur kommandierenden Offizieren und hohen Regierungsbeamten auf Tolnep bekannt war. Wenn man eine bestimmte Gruppe von Wörtern verwendet, ließ sich damit eine gänzlich andere Aussage übermitteln. Außerdem benutzten sie eine richtstrahlendeterminierte Hyperfrequenz, die nur den Tolneps bekannt war und von keinem anderen Funkgerät empfangen werden konnte, nur von denen der kommandierenden Offiziere und des diplomatischen Dienstes - eine Frequenz, die auf der Kommandobrücke jedes großen tolnepischen Kampfschiffes pausenlos angehört wurde. Und als ob das immer noch nicht sicher genug wäre, wurden die Funksprüche auch noch verwürfelt.

Schleim hatte Rogodeter Snowl gerade angewiesen, die Raumschiffe der übrigen am Kampf Beteiligten an die Plätze zu beordern, die von den Irdischen verteidigt wurden, sämtliche tolnepischen Streitkräfte zu sammeln und mit Höchstgeschwindigkeit den Schauplatz der Konferenz anzusteuern. Er hatte Snowl eingeschärft, sich in keiner Weise um die von dem kleinen grauen Mann ausgestrahlten Warnungen zu kümmern.

Da der Großteil der tolnepischen Raumschiffe sich über Singapur befand, gute siebentausendzweihundert Kilometer entfernt - wirklich ein Katzensprung -, würden sie hier in etwa zwei Stunden aufkreuzen.

Unten in Schleims Zepter war an dem einen Ende das Funkgerät eingebaut und am anderen ein Paralysierungsstab. Er brauchte dieses Ende nur zu drehen, und jede Person, jede Kreatur in Hörweite wäre auf der Stelle gelähmt. Bis auf ihn - er mußte bloß zuvor mit einem leichten Schlag an beiden Ohren die Gehörgänge verschließen. Die gesamte Konferenz war ihm auf Gedeih und Verderb ausgeliefert. Er mußte lediglich die ganze Sippschaft unter irgendeinem Vorwand nach draußen in dieses Kraterrund bringen, so daß auch sämtliche Wachen in Hörweite waren, auf die ersten Anzeichen der herannahenden Raumflotte lauschen, sich einen kleinen Schlag auf beide Ohren versetzen und unten am Zepter drehen.

Bei der Auswahl von Diplomaten spielte auf Tolnep Mut die gleiche ausschlaggebende Rolle wie Verstand. Notfalls würde er sich eine Waffe schnappen und den Weg zu den Schaltern für das Ionisationskabel freischießen, es abstellen und seine Sturmtruppen hereinlassen.

Und was diese Kernkonsole anging, die war ihm nun wirklich schnurzegal. Es wäre nur von Vorteil für Tolnep, wenn sie zerstört würde - eine Nation, deren Wirtschaftssystem sich auf Sklaverei gründete, war stets irgendwie bedroht, und diese Teleportation hatte sich für Tolnep vorwiegend als störend und nur selten als hilfreich erwiesen.

Er selbst konnte seinen Heimatplaneten mit dem Raumschiff mühelos erreichen. Die anderen am Kampf Beteiligten ebenfalls.

Entweder fügten sie sich seinen Befehlen, oder sie wurden getötet. Ob und wie die übrigen Delegierten nach Hause kamen, scherte ihn nicht. Und schließlich - ein paar tote Delegierte und ein ganzer Haufen toter Irdischer schwatzten nicht, schon gar nicht, wenn man sie begrub.

Natürlich würde er diesen Dämon nach allen Regeln der Kunst foltern und versuchen, die erforderlichen Angaben über Teleportation aus ihm herauszupressen. Falls der Dämon dabei draufging, wäre das auch kein Schaden ...

Die Pointe aber bestand darin, daß er, sollte irgend etwas schieflaufen, zu seiner Verteidigung genau die Argumente des Dämons benutzen würde. Er würde dann behaupten, Rogodeter Snowl sei plötzlich zum Piraten geworden, habe den Anweisungen zuwidergehandelt und durch sein Verhalten dieser Konferenz gegenüber eine Straftat begangen. Keine Frage - er konnte Snowl absetzen, ihn hinrichten und trotzdem die tolnepischen Streitkräfte befehligen. Snowl würde eben dem Staatswohl geopfert werden - ein in diplomatischen Kreisen durchaus gängiges Verfahren.

In diesem Fall könnte Schleim sogar die tolnepische Raumflotte einsetzen, um die übrigen Beteiligten zu vernichten.

Eine beispielhafte Planung, bis ins kleinste ausgefeilt ...

Jetzt blieb ihm nur noch ein Problem zu lösen: Wie sollte er sämtliche Delegierten nach draußen in diesen Rundkrater bringen?

Er fühlte sich so sicher, daß er den weiteren Ausführungen des Dämons nicht zuhörte. Der konnte tun und lassen, was er wollte, es wäre doch sinn- und zwecklos.

Großmütig lehnte sich Lord Schleim zurück und lauschte mit halbem Ohr dem Fortgang der Debatte.

Diplomatie - das war wirklich eine Kunst. Aber im Fall des Scheiterns gab es immer noch ein Mittel: Gewalt ...

Er fingerte am unteren Ende seines Zepters.

Konzentriert lauschte er zugleich nach draußen, um ja nicht das erste ferne Motorengeräusch zu verpassen, mit dem sich das Herannahen seiner Raumflotte ankündigte.

## 4

Es war eine Verzögerung entstanden, weil ein Techniker die Energiebatterien in dem Projektor wechseln mußte.

Als die Delegierten sahen, daß Jonnie weitersprechen wollte, setzten sie sich zurecht.

»Verehrte Lords, ich weiß Ihr Entgegenkommen zu schätzen, das mir erlaubt, diese unerfreuliche Tolnep-Angelegenheit restlos zu bereinigen. Die Geduld, die Sie in diesem Fall beweisen, beeindruckt mich zutiefst. Ich versichere Ihnen, daß wir uns in Kürze den Sachfragen zuwenden können, die Ihrem Wissen und Ihrer Erfahrung angemessen sind.« Die höfliche Redeweise des Chinko-Sprachtrainers war ihm inzwischen wieder ganz geläufig - ein Glück, denn er hatte die Delegierten nun zweifelsfrei auf seiner Seite, mit Ausnahme der am Kampf Beteiligten.

Hochaufgerichtet stand Jonnie im Scheinwerferkegel. Seine Knöpfe blitzten und funkelten. Als er den Kopf Lord Schleim zuwandte, schien sich der Drache am Helm zu bewegen.

»Tolnep«, begann Jonnie verächtlich, »ich habe einige Aufnahmen, die gemacht wurden, während man die Beglaubigungsschreiben überprüfte. Ich gedenke Sie zu bitten, gewisse Dinge für mich zu identifizieren.«

Schleim lehnte sich ungezwungen zurück, er wirkte jetzt ganz ruhig und gelassen. »Fangen Sie an, Dämon!« sagte er leichthin, geradezu unbekümmert.

Jonnie musterte ihn scharf. Was hatte diese plötzliche Ruhe ausgelöst? Wollte er damit nur vorbildliche diplomatische Beherrschtheit demonstrieren? Schließlich war Schleim ja ein mit allen Wassern gewaschener, bestens geschulter Diplomat.

Ein rascher Schalterdruck brachte den Scheinwerfer zum Erlöschen, und dann erschien ein neues Bild, das links von Jonnie den gesamten leeren Raum füllte. Eine bemerkenswerte Aufnahme. Die Delegierten betrachteten sie voller Interesse.

Wie von der Sichtkuppel eines Raumschiffes wurde dort klar und deutlich das ganze Sternensystem dreidimensional projiziert, in dem der Planet Tolnep im neunten Ring seine Bahn zog. Die riesige Sonne, ein Doppelstern, dessen kleiner Begleiter den größten umkreiste, sandte ihr Licht - zweifach verschattet - auf das ausgedehnte Planetensystem und seine Monde. Die Koordinationsbücher der Psychlos nannten das System »Batafor«, auf den alten Himmelskarten der Menschen wurde der Name mit »Sirius« oder »Hundsstern« angegeben.

»Ist dies Batafor?« wollte Jonnie von Lord Schleim wissen.

Der Tolnep lachte. »Sie haben doch die Aufnahme gemacht. Wozu fragen Sie mich da noch?«

Jonnie wies mit seinem Stab auf den Hawvin, der in der zweiten Reihe saß. »Vielleicht hat der königliche Emissär der Hawvins die Freundlichkeit, uns behilflich zu sein. Ist dies das System Batafor?«

Der Hawvin bereute es schon seit geraumer Zeit, in die ganze

Sache verwickelt zu sein. Seine Nation gehörte von jeher zu den Feinden der Tolneps und hatte in der Vergangenheit viel zu leiden gehabt, wenn diese ihre Raubzüge auf Sklaven unternahmen. Ihm war allmählich der Verdacht gekommen, daß bald von Strafmaßnahmen und Reparationen die Rede sein würde. Dieser »Geist der Erde« schien sich Mühe zu geben, die übrigen Beteiligten auszuklammern, und so hatte er eine Möglichkeit gesehen, sich ohne nachteilige Folgen aus der Affäre zu ziehen, sollte hier alles schiefgehen - woran wohl kaum noch Zweifel bestand. Sich beliebt zu machen, das konnte in keinem Fall schaden.

Er erhob sich und kam nach vorn. Jonnie reichte ihm den Stab, dessen Leuchtstrahl eingeschaltet war.

Der Hawvin ließ den Strahl über das Sternensystem wandern. »Es handelt sich in der Tat um das Batafor-System, das kann ich einwandfrei bestätigen. Der Name kommt von Psychlo. Wir nennen das Doppelgestirn >Twino<, was in unserer Sprache >Mutter und Kind< bedeutet.«

Er wies auf den am nächsten zur Sonne gelegenen Planetenring. »Das ist Jubo, unbewohnt wegen seiner extremen Hitzegrade und der starken Gravitationsfelder.« Er zeigte rasch auf den zweiten, dritten, vierten und fünften Ring. »Die haben zwar Namen, sind aber nicht von Bedeutung. Ebenfalls unbewohnt wegen Erdbeben und Vulkanausbrüchen.« Nun kam er zum sechsten Ring, dem hinter der Doppelsonne fast verborgenen Planeten. »Dies ist Torthut, auf dem die Psychlos die Erzvorkommen ausbeuten; früher gab es hier eine Bevölkerung, die wurde aber vernichtet.«

Der Hawvin blickte fragend zu dem Hockner hinüber. »Verehrter Kollege, haben Sie etwas dagegen, wenn ich fortfahre?«

Der Hockner zuckte die Achseln, lachte dann gezwungen. »Sie haben es ja schon so gut wie ausgesprochen, mein lieber Kollege, da können Sie ihnen auch noch mitteilen, daß es sich um einen Besitz von Hockner handelt.«

»Sehr gut. Der siebente Planet ist Holoban, er gehört zur Hockner-Konföderation. Der achte heißt Balor, einer unserer Hawvin-Planeten.«

Er ließ den Leuchtstrahl sinken und sah Lord Schleim an. Doch der sagte nur achselzuckend: »Für Vorlesungen über Astronomie eignen Sie sich vorzüglich, Lord der Hawvins. Sie haben zwar Fauna und Flora übergangen, aber machen Sie nur weiter.«

Der Hawvin zeigte auf den neunten Ring. »Und dies ist Tolnep.« Er blickte näher hin. »Ja, ich kann es bestätigen, die kleinen Punkte ringsum sind die fünf Monde, einer ist allerdings aus diesem Gesichtswinkel nicht auszumachen. Tolnep ist durch seine Monde eine Besonderheit in einem System, dessen Planeten selten mehr als einen besitzen. Das einigermaßen ungewöhnliche Reflexionsvermögen dieser Monde geht auf ihre Struktur zurück. Die Doppelsonne kann das normale Lichtspektrum aussenden, das sich aber, von diesen Monden reflektiert, nach oben verschiebt. Die Bevölkerung von Tolnep zieht es vor, bei Mondlicht zu arbeiten, und schläft gewöhnlich während der direkten Sonneneinstrahlung. Angeblich handelt es sich hier nicht um Eingeborene ...«

»Ach, verschonen Sie uns doch damit«, fiel ihm Lord Schleim ins Wort. »Demnächst werden Sie uns noch aufbinden, die Tolneps pflanzten sich durch Zellteilung fort! Bleiben Sie sachlich, Hawvin!« Einige der unbeteiligten Delegierten lachten. Allmählich sammelte Schleim wieder Punkte bei ihnen.

»Auf dem zehnten Planeten beuten die Psychlos die Erzvorkommen aus«, fuhr der Hawvin fort. »Er heißt Tung. Seine einstige Bevölkerung wurde von den Tolneps weggeschafft, noch vor der Besetzung durch die Psychlos. Der elfte ...«

»Haben Sie vielen Dank, Lord der Hawvins«, sagte Jonnie. »Sie waren sehr hilfreich.«

Der Hawvin wollte auf seinen Platz zurückkehren, doch Jonnie hielt ihn auf.

Er betätigte wiederum den Schalter, worauf eine Stadtansicht projiziert wurde, ein derart lebensechtes Panorama, daß man direkt darüber zu schweben meinte.

»Das ist Creeth«, erläuterte der Hawvin, »die Hauptstadt von Tolnep. Sehr charakteristisch. Beobachten Sie das Straßengeflecht.« Er trat wieder aufs Podium und nahm den Stab. »Das ist das ›House of Plunder‹, das Zentrum der Legislative, typisch in der Aufgliederung - wie die einzelnen Sektionen sich herumschlingen und wieder zusammenlaufen. Unverkennbar tolnepische Architektur. Dies hier ist Grath, die berühmte Kombination von öffentlichem Park und Sklavenmarkt. Der Felsenhügel mit den vielen Löchern ...« »Danke«, unterbrach Jonnie. »Und nun kommen wir zu dem, was ich eigentlich von Ihnen wissen möchte.« Auf einen neuerlichen Schalterdruck wechselte das Bild. Es schwenkte hinunter auf den Park, was den Delegierten das Gefühl gab, frei durch den Raum zu fallen. Der Park selbst blieb unbeweglich, das gesamte Umfeld jedoch verschwand blitzschnell, so daß kurzfristig eine tiefe Mulde zu entstehen schien. Dann stabilisierte sich das Bild, das jetzt nur noch den Park zeigte.

Man erkannte die langen Stände, auf denen die Sklaven versteigert wurden, die bequemen Sessel und Logen für die Käufer. Am auffallendsten aber war das riesige Zifferblatt auf dem Hügel am

Rand.

»Die Uhr«, sagte Jonnie.

»Ach ja, die Uhr.« Seufzend blickte der Hawvin zu Lord Schleim, der dasaß, als ginge ihn das alles nichts an, ein Lächeln auf den Lippen, an seinem Zepter herumspielend. »Man sagt, die Uhr sei aus Sklavenknochen zusammengesetzt. Unvorstellbare Mengen wurden in Räder eingefügt, die sich drehen und durch die Fenster zu sehen sind. Achtundfünfzigtausend weibliche Sklavinnen sollen allein für die Einfassung getötet worden sein, sehen Sie ...«

»Ich meinte eigentlich Uhrzeit und Datum«, erklärte Jonnie. »Die Schreibweise ist tolnepisch, und ich nehme an, Sie können es lesen.«

»Ach so.« Der Hawvin war froh, aus dem Schneider zu sein. Er hatte schon befürchtet, Lord Schleim würde mit den Fangzähnen auf ihn einhacken. »Uhrzeit und Datum. Ehem, ja ... Ich kenne das Zahlensystem der Tolneps in der Tat. Diese Aufnahme wurde vor ungefähr zwei Stunden gemacht.« Er blickte vergleichend auf seine Uhr. »Um genau zu sein - etwa vor einer Stunde und einundfünfzig Minuten. Bemerkenswert. Wurde es heute mit dem Teleportationsgerät draußen aufgenommen?« Ein grübelnder Blick. »Muß ja wohl so sein.«

»Ich danke Ihnen aufrichtig«, sagte Jonnie. Er nahm den Stab entgegen, als der Hawvin das Podest verließ und furchtsam zu Schleim hinüberschielte.

Jonnie drückte auf den Schalter, worauf der Planet Tolnep mit seinen fünf Monden ins Bild kam. Erstaunlich scharf und genau.

»Lord Schleim, ist dies der Planet Tolnep mit seinen Monden?« fragte Jonnie.

Schleim lachte. »Es würde mir wohl nichts nützen, wenn ich das verneinte, oder? Ja, Dämon, dazu braucht man keinen Professor der Astronomie wie unseren Freund, den Hawvin, um festzustellen, daß es sich hier um Tolnep und seine fünf Monde handelt.«

»Sehr gut. Könnten Sie als gebürtiger Tolnep, der doch sicher auch etwas für dessen Monde übrig hat, mir wohl sagen, welchen Sie am liebsten mögen?«

Diese plötzliche Abschweifung machte Schleim stutzig. Er widmete ihr jedoch nur geteilte Aufmerksamkeit. Bis zur Ankunft der Raumflotte würde es vermutlich noch eine Weile dauern, aber vielleicht schickten sie einen schnellen Aufklärer voraus. Er schaute auf seine Uhr, fingerte am unteren Ende des Zepters. Die Frage, wie er die Delegierten nach draußen bekommen und dann sie alle nebst den Wachposten mit einer Drehung des Zepters auf einen Schlag lahmlegen könnte, beschäftigte ihn unaufhörlich.

»Nun, ich fürchte, daheim habe ich besseres zu tun, als herumzustehen und Monde anzustarren.«

»Welchen mögen Sie am liebsten?« beharrte Jonnie.

»Ach, einen wie den anderen«, entgegnete Schleim leichthin.

Jonnie lächelte. Der Drache am Helm blitzte und schien sich wieder zu bewegen, als Jonnie sich zu den Delegierten umdrehte.

»Da Schleim keine Vorliebe äußert, werden wir diesen hier wählen. Asart!« Er bezeichnete ihn mit dem Lichtstrahl. »Beachten Sie die eigentümlichen Kraterformationen, diese fünf Ellipsen, die charakteristisch für diesen Mond sind.«

Schleim durchrieselte es plötzlich eiskalt. Asart! Wohlverborgen unter seiner Oberfläche lagen die riesigen Werkstätten und Hangars für die gesamte tolnepische Raumflotte. Dorthin wurden die Einzelteile der Raumschiffe verfrachtet und dann auf Asart zusammengebaut. Diese gewaltigen Raumschiffe konnten ausschließlich im luftleeren Raum operieren und waren außerstande, auch nur vom Boden irgendeines Planeten abzuheben. Vor jedem Transport von Material oder Besatzungen wurde das gesamte Firmament peinlich genau nach Feindbeobachtern abgesucht. Und bevor ein Kampfraumschiff von der Abschußrampe gestartet wurde, feuerte man auf Tolnep selbst Aufklärer ab, um den Raum eingehend zu überprüfen. Die Funktion von Asart war ein streng gehütetes Geheimnis. Wie hatte sich der Dämon nur diese Information verschafft? Oder war es ein Zufallstreffer? Schleim wurde zunehmend mulmiger zumute.

Und dann waren mit einem Schlag seine sämtlichen Sorgen wie weggeblasen. Der Dämon mit diesem unheimlichen Untier am Helm sagte nämlich: »Dürfte ich die verehrten Lords nach draußen bitten? Für Sitzgelegenheiten ist gesorgt. Ich bin sicher, daß die geplante Demonstration Ihr Interesse finden wird.«

Damit hatte er, ohne es zu wissen, Schleims Problem gelöst!

# 5

Lord Schleim vergewisserte sich, daß er tatsächlich als letzter den Saal verließ. Keinesfalls durfte jemand zurückbleiben. Er hatte festgestellt, daß es hier eine Tür mit Schloß gab. Wenn er als letzter hinausging, konnte er sie ganz selbstverständlich zumachen und abschließen. So bliebe ihm eine Tür weniger zu beobachten, und er konnte zudem sicher sein, daß sich niemand in diesem nahezu schalldichten Raum versteckt hielt, um auszuspionieren, was vor sich ging, und plötzlich überraschend auftauchte.

Die übrigen Delegierten strömten nach draußen. Da er sich ganz hinten befand, war es nur natürlich, daß er als letzter den Raum verließ. Der Dämon hatte sich den anderen angeschlossen, und die beiden kleinen grauen Männer waren ebenfalls weg.

Aber dieser verflixte Kerl, der den Gastgeber mimte! Der ältliche Mann im prachtvollen chinesischen Gewand hatte anscheinend allerlei Papierkram gesammelt, der neben seinem Stuhl am Boden lag. Gästelisten, klar! Und ein Blatt war offenbar hinter den Stuhl gefallen, weil er dort herumsuchte. Endlich fand er es, und da stand er nun, studierte es gründlich - zweifellos übte er ein paar schwer auszusprechende Namen. Folglich mußte Schleim wohl oder übel so tun, als habe er etwas verlegt. Nachdenklich stand er da, wühlte in seinen Taschen herum und wartete einigermaßen entnervt, daß der andere endlich verschwand. Der schien ihn gar nicht zu bemerken, sondern fuhr mit dem Finger über eine Liste und murmelte vor sich hin. Genau der richtige Augenblick für Sprechübungen, dachte Lord Schleim erbittert. In wenigen Sekunden würde seine Säumigkeit auffallen. Doch er mußte unbedingt sichergehen, daß der Raum leer war. So gut wie schalldicht und womöglich auch noch mit Bildschirmen gespickt! Er sah sich um - dort oben in der Ecke befand sich ein Gerät. Etwa eine Art Monitor? Schwer zu sagen. Miserable Beleuchtung. Der Projektor könnte ebenfalls Beobachtungszwecken dienen. Nein, er wartete besser, falls irgend jemand hereinschauen sollte.

Endlich! Der Kerl im chinesischen Gewand setzte sich in Bewegung, durchquerte mit wenigen Schritten den Gang und murmelte immer noch vor sich hin. Schleim folgte ihm auf den Fersen.

Der Tolnep hatte die Tür fast erreicht, streckte sogar schon den Arm aus, um sie dann gleich zuzumachen, als der andere stehenblieb.

Lord Schleim, jetzt beinahe in der Türöffnung, ganz darauf konzentriert, wurde durch das Auftauchen von zwei Technikern abgelenkt. Dieselben, die den Projektor installiert hatten, eilten nun herein, um ihn abzutransportieren.

Es gab einen jähen, heftigen Zusammenstoß.

Das Zepter flog Schleim aus der Hand.

Einer der Techniker nahm direkt vor seinem Gesicht Fangzähne wahr und hob abwehrend den Arm. Der Schwung ließ sich nicht mehr aufhalten, und so traf der Schlag Schleims Mund mit voller Wucht.

Die Reaktion erfolgte prompt. Der Tolnep biß zu. Er biß mehrfach kräftig und zischte dabei vor Wut!

Mit einem gellenden Aufschrei taumelte der Techniker zurück. Er entfernte sich wankend, hielt den Arm mit der anderen Hand fest an den Körper gepreßt und verschwand in einer Türöffnung.

Der zweite Techniker stammelte verschreckt in irgendeiner Sprache Entschuldigungen. Chinesisch? Er bückte sich und hob einen goldenen Gegenstand vom Boden auf, den er Schleim zitternd überreichte.

Schleim griff danach, betastete die kleinen Löcher am oberen Ende und die Ringe unten. Er rückte seine Brille zurecht und seufzte erleichtert auf. Wenigstens sein Zepter war in Sicherheit!

Der Kerl, der den Gastgeber mimte, gebärdete sich äußerst erregt und entschuldigte sich wortreich. Er hielt kurz inne, winkte dem zweiten Techniker ungeduldig zu, der erst dann mit wankenden Knien hineinging, um den Projektor zu holen und hinauszurollen.

Schleim blieb, offensichtlich beleidigt, zurück, bis der Raum endlich leer war, und konnte, ohne daß der besorgte Gastgeber es bemerkte, die Tür zumachen und abschließen. Er hinkte sogar ein wenig und erklärte dem Koordinator, es sei kein Grund zur Aufregung. Damit humpelte er nach draußen zu den anderen.

Im Hospital schälten Dr. Allen und eine Krankenschwester den chinesischen »Techniker« aus der Jacke. Sie taten es mit größter Behutsamkeit. Der Arzt nahm den ausgepolsterten Ärmel, schnitt ihn vorsichtig ab und ließ ihn in einen Eimer fallen. Auf dem Stoff zeigten sich ein paar Tropfen Gift, die aus der Abfütterung quollen.

Dr. Allen untersuchte den Arm. »Kein einziger Kratzer«, sagte er auf Psychlo, »ein Glück, daß wir das Lederfutter eingenäht haben. Sie haben wirklich Mut bewiesen, Chong-won.«

Der Stammesführer überhörte das Kompliment. Er warf ein dünnes Messer und einen kleinen Handfeuer-Killer auf den Tisch. »Das Messer hatte er im Nacken versteckt und die Waffe im Stiefel. Ich fand, die sollten wir uns ruhig auch noch nehmen.«

»Sind Sie sicher, daß er weiter nichts mehr bei sich hat?« erkundigte sich Dr. Allen. »Die Löcher, die Jonnie bisher davongetragen hat und die ich zusammenflicken muß, reichen vollauf.«

»Sonst hat er nichts bei sich«, erwiderte Chon-won. Es sei denn, er schlägt jemandem das Zepter über den Schädel.«

»Da kann Jonnie sich bestimmt rechzeitig ducken, falls es zum Nahkampf kommen sollte«, meinte Dr. Allen. »Dieser Lord Schleim ist ein höchst gefährlicher Geselle.« Er deutete auf den Eimer mit dem Ärmel. »Bringen Sie das in unsere Sammlung, Schwester, damit wir ein Serum entwickeln können.«

# 6

Colonel Iwan lag im Dunkeln, vor ihm auf dem Wall aus Sandsäcken ein Flammenwerfer. Er befand sich an der ersten Biegung des unterirdischen Labyrinths, das in die Basis hinunterführte. An jeder Biegung hinter ihm gab es weitere durch Sandsäcke geschützte, bemannte Stellungen.

Sein Bart war abgesengt, die Hände waren mit Blasen bedeckt.

Vor ihm, etwa fünfzehn Meter entfernt, hatte die stahlgepanzerte Tür des Haupteingangs unter dem ständigen schweren Beschuß zu glühen begonnen.

Seine Flugkörper hatte er in die unterirdischen Hangars zurückgezogen - wann war das gewesen - gestern! Ohne Energiebatterien und Munition konnte er sie ja nicht mehr einsetzen. Die Piloten waren jetzt auf die Stellungen unten verteilt.

Seine Funkverbindung war zusammengebrochen. Auch seit gestern! Ihm schien es eine Ewigkeit her zu sein.

Jede Mine, die sie im Gelände vor der Basis vergraben hatten, war mittlerweile hochgegangen. Tausend Minen! Und obwohl draußen alles mit gräßlich verstümmelten Leichen übersät war, hatte das den Angriff nicht zum Stillstand gebracht.

Die Tür wurde immer heißer, an manchen Stellen glühte sie nicht mehr rot, sondern blau. Wie lange würde sie standhalten? Wie lange konnte er die sengende Hitze ertragen?

Wie mochte es wohl Marschall Jonnie gehen?

Der Clanchef der Fearghus lag auf der nicht verwundeten Seite, sein Blick wanderte über die Felswand. Es gab keinen Ausweg. Die unterirdischen Gänge hinter ihm waren eingestürzt.

Sie hatten noch ein funktionierendes Flugabwehrgeschütz.

Sie benutzten es jetzt nicht, um nach oben zu feuern, sondern hatten es auf die Stelle gerichtet, wo der Gegner höchstwahrscheinlich angreifen würde, um die letzte Barrikade zu durchbrechen und den Felsen zu stürmen.

Der Feuersturm, zu dem Edinburgh geworden war, tobte unaufhörlich, mischte sich mit den peitschenden Salven der Handfeuerwaffen. Wie lange konnten alte Gebäude brennen?

Ihre Annahme, sie hätten den feindlichen Angriff zum Stillstand gebracht, war widerlegt worden, als jetzt ein neues Raumschiff ganz oben erschien. Es katapultierte einen Truppentransporter nach dem anderen zur Erde hinunter.

Dunneldeen war als einziger Pilot noch im Einsatz. Gerade kehrte er aus Richtung Cornwall zurück, wohin er wegen neuer Energiebatterien geflogen war.

Warum hatten sie nicht auf MacTyler gehört und sämtliche Einwohner nach Cornwall in das alte Rohstoffcamp evakuiert? Aus einem sentimentalen Gefühl heraus - Edinburgh zuliebe! Na und? Was war denn Edinburgh jetzt? Schutt und Asche ...

Die gegnerischen Truppen sammelten sich zum Sturm auf den anderen Eingang. Er hoffte nur, daß Dunneldeen dies alles durchstehen würde. Sollten noch irgendwelche Schotten übrigbleiben, würden sie ihn brauchen. An sein eigenes Überleben glaubte der Clanchef der Fearghus nicht mehr. Der Blutverlust war zu stark.

Was mochte wohl MacTyler jetzt tun?

»Eröffnen Sie das Feuer auf die erste Angriffswelle, zielen Sie tief hinein«, befahl er dem Maschinengewehrschützen. »Und schießen Sie weiter, solange Sie Munition haben. Zumindest können wir in Glanz und Glorie untergehen!

In Singapur wandte sich der schottische Offizier zu dem rußgeschwärzten Funker und ließ das Infrarotfernglas sinken. »Ich verstehe das nicht.«

Tolnepische Sturmtruppen hatten Artillerie eingesetzt, um durch gezielten Beschuß unter dem Ionisationskabel im Norden ein Loch herauszusprengen. Das Unternehmen war sie sehr teuer zu stehen gekommen. Sie hatten allein bei diesem Versuch zwölf Panzer verloren. Ein Trupp war jedoch im Laufschritt zu dem fernen Kabel gelangt, bevor sie ihn aufhalten konnten, und er hatte darunter einen breiten Erdtrichter gesprengt, wobei fünf von ihnen ihr Leben ließen.

Der schottische Offizier hatte fest damit gerechnet, daß bei der nächsten Angriffswelle einige zum Kraftwerk vorstoßen, ihnen die gesamte Energieversorgung abstellen und sie wehrlos zurücklassen wurden.

Doch nein - plötzlich hatten sie sich zurückgezogen.

In den vergangenen zwanzig Minuten hatten sie Verwundete abtransportiert, Ausrüstungsgeräte geborgen und dann die Raumgleiter bestiegen, unter ständigen Störangriffen durch irdische Kampfflugkörper.

Sie stiegen immer höher - jetzt waren sie außer Reichweite.

Die tolnepische Raumflotte kreiste. Vor wenigen Minuten hatte der Beobachter der Flugabwehr berichtet, sämtliche nicht zu den Tolneps gehörenden Raumschiffe hätten abgedreht, eins Richtung Edinburgh, drei weitere mit Kurs Rußland. Jetzt gab es dort oben nur noch Tolneps.

»Sie hauen ab!« meinte der schottische Offizier. Tatsächlich, das Ablenkungsmanöver mit der Außenstation Singapur hatte geklappt und Streitkräfte des Gegners gebunden. Und das eine ganze Zeitlang, mit ganz geringen Verlusten, wohingegen die des Feindes sehr hoch waren.

Während er den Himmel beobachtete, schwebten die letzten seiner eigenen Flugkörper ein. Keines besaß die erforderlichen Abdichtungsvorrichtungen an den Türen, um die Erdatmosphäre verlassen zu können.

Jetzt setzten sie auf. Nachdem auch der letzte seinen Motor abgestellt hatte, verursachte die plötzliche Stille nach all dem Getöse fast Ohrenschmerzen. Man hörte nur noch das leise Summen des Ionisationskabels.

Im Westen und Süden sah man von ferne immer noch schwarze Rauchwolken über den alten Ruinen von Singapur aufsteigen.

»Die Raumschiffe da oben nehmen Kurs nach Westen!« rief der Beobachtungsposten für die Flugabwehr zu ihm herüber. »Etwas nach Südwesten abdrehend.«

»Geschwindigkeit?« fragte der schottische Offizier.

»Sie beschleunigen noch. Einen Moment. Ich bestimme das gleich genau. Auf dem Kurs kommen sie nach Kariba. Sie müssen knapp an Solarenergie sein, denn sie legen nur etwas über drei Kilometer pro Sekunde zurück. Das heißt, sie brauchen bis Kariba ... siebenunddreißig oder achtunddreißig Minuten.«

Der schottische Offizier wandte sich an den Funker: »Benachrichtigen Sie die Operationszentrale in Kariba, daß sie dort bald Besuch bekommen.«

Das verwüstete, rauchverhangene Gelände ringsum zeigte mehr als deutlich, wie vernichtend diese Raumflotte zuschlagen konnte. Ohne das Ionisationskabel wären sie alle längst tot ...

Irgendwo zwitscherte ein Vogel - seltsame Laute in dieser ausgebrannten Trümmerlandschaft.

Der schottische Offizier fragte sich, was wohl Jonnie jetzt tun mochte. Eins stand fest - in Kariba war höchste Eile geboten. Wenn er doch bloß nicht so müde wäre! Diese Tolneps setzten einem gehörig zu! Unverständlich, warum sie auf einmal abgezogen waren ... Sonst hätte es höchstens noch zwanzig Minuten gedauert, bis sie den Luftschirm ausgeschaltet und die gesamten Streitkräfte in der Außenstation Singapur hingemetzelt hätten. Ja, die Leute in Kariba sollten bloß die Augen offenhalten ...

# 7

Es hatte ein wenig gedauert, bis die Delegierten wieder draußen auf ihren Plätzen saßen. Einige wollten rasch die Energiebatterien in ihren Atemgeräten wechseln, andere eine Kleinigkeit essen. Ein paar waren nur herumspaziert, um sich den Erdkrater von innen anzusehen - voller Neugier, aber durchaus freundlich. Einer hatte sich sogar dazu verstiegen, mit einem der Dorfflüchtlinge zu schachern, weil er ihm unbedingt seinen Hund abkaufen wollte. Es war der erste Hund, den er zu Gesicht bekam, und er fand ihn hübsch und klug, besonders als er nach ihm geschnappt hatte. Er konnte gar nicht verstehen, daß der Chinese, der kein Psychlo sprach, ablehnte. Fünftausend Währungseinheiten waren schließlich eine Menge Geld, das ließ man sich doch nicht entgehen! Auf Splandorf, seinem Heimatplaneten, konnte man sich dafür ein Haus und eine Farm kaufen.

Doch jetzt hatten alle wieder Platz genommen. Auch Lord Schleim, der unentwegt herumgelaufen war, das Kinn meist auf die abgerundete Spitze seines Zepters gestützt.

Es war Nacht geworden. Die Plattform wurde von Grubenscheinwerfern angestrahlt. Die Delegierten saßen auf Bänken und Stühlen, die im Halbkreis angeordnet waren, gleich außerhalb der Gefahrenzone des wuchtigen Metallquadrates. Einige schwatzten noch miteinander, waren aber durchaus interessiert.

Jonnie stand im Zentrum der Plattform, so daß sie sich schon fragten, ob er sich selber irgendwohin transferieren wolle oder etwas dergleichen vorhabe. Seine Knöpfe funkelten und blitzten im Scheinwerferlicht, und die Kreatur auf seinem Helm erschien lebendig. Ein bemerkswertes Schauspiel, selbst für einen hochnäsigen Emissär.

»Verehrte Lords, ich muß Sie nochmals um Vergebung bitten, wenn ich Ihre kostbare Zeit in Anspruch nehme«, begann Jonnie. »Aber ich fürchte, wir benötigen eine Demonstration, um die Angelegenheiten mit Schleim zu regeln. Es handelt sich um eine Demonstration von übermäßigem Appetit. Sie gestatten doch?«

Allgemeines Gelächter, bis auf Schleim und die anderen am Kampf Beteiligten. Eine Demonstration von Appetit. Eine Art von Eß-Wettbewerb? So etwas hatten sie schon gesehen. Warum nicht, machen Sie ruhig weiter!

Jonnie schlug zweimal mit dem Stab in die Hand. Aus dem Dunkel eilten zwei Mechaniker mit einem prachtvoll dekorierten

Förderwagen herbei.

Und auf dem Karren hockte ein Drache. Er glich dem auf Jonnies Helm, war jedoch etwa anderthalb Meter lang. Er hatte ebenfalls Flügel, und auf dem Hals saß ein furchteinflößender Kopf mit einem weit aufgerissenen Maul voller Reißzähne, wild funkelnde rote Augen, Hörner. Und vom Kopf bis zum Schwanz eine Reihe spitzer, scharfer Zacken, die an eine Riesensäge erinnerten. Ein Drache mit goldenem Schuppenpanzer und scharlachrotem Maul.

Die Mechaniker machten Anstalten, den Drachen vom Karren herunterzuheben, doch Jonnie scheuchte sie zurück, als ob der Drache beißen könnte.

Schleim wieherte vor Lachen. Obwohl er vollauf mit Lauschen beschäftigt war und genau wußte, daß es gar keine Rolle spielte, was der Dämon anstellte, konnte er sich einfach nicht zügeln. »Das ist doch kein lebendiges Tier!« wetterte er. »Das ist nichts weiter als eine bemalte Tonfigur. Direkt gegenüber gibt's mehr davon!« Er zeigte auf die Stelle, wo die für die Häuser bestimmten lagen. »Eine hohle Plastik, mehr nicht! Schmierentheater, und da dachte dieser arme Irre, er könnte die Gesandten mächtiger Reiche hereinlegen wie Kinder!«

Die Lords aber sahen ihn leicht vorwurfsvoll wegen der Unterbrechung an, insbesondere der hinter ihm, der sich vorbeugte und »Pst!« machte. Schleim taxierte ihn. Ein riesenhaftes Wesen, dessen genetische Ursprünge auf Bäume zurückgehen dürften. Seine Haut war borkenartig, und die Unmassen von sogenanntem Haar glichen Blättern. Der Durchmesser der Arme betrug rund dreißig Zentimeter. Auf den müsse er gut achten, wenn es losging, befand Schleim. Und das wäre ja in Kürze der Fall.

»Vergeben Sie Lord Schleim«, sagte Jonnie. »Er stand unter starker Belastung und sieht nicht gut.«

Nun wieherten die Lords los.

»Dieses Tier auf dem Wagen nennt man einen Drachen«, erläuterte Jonnie. »Wenn Sie dort hinüberschauen, sehen Sie seine Mutter an der Konsole.«

Die Lords betrachteten den größeren Drachen, der die Konsole umkleidete. Sie lachten. Seine Mutter!

Sir Robert stand in der Tür zur Operationszentrale. Hinter ihm Stormalong, einen Stapel Meldungen in der Hand. Er redete leise, aber heftig auf Sir Robert ein, der jedoch den Kopf schüttelte. Schließlich sagte er hörbar: »Lassen Sie den Jungen in Ruhe!« Worauf Stormalong wieder nach drinnen ging.

Lord Schleim hatte die Szene sehr wohl bemerkt. Ob jemand die Raumflotte irgendwo gesichtet und die Meldung weitergegeben hatte? Vielleicht mußte er schneller als geplant handeln. Mit gespitzten Ohren horchte er himmelwärts. Sobald sie angekommen waren, würden sie irgend etwas in die Erdatmosphäre abfeuern, das er hören konnte. So lautete seine Anweisung.

»Wenn Sie genau hinsehen, werden Sie feststellen, daß der Drache auf dem Wagen und der auf meinem Helm sich sehr wohl unterscheiden«, fuhr Jonnie fort und deutete auf seine Stirn. »Der kleine hat nämlich Futter bekommen.«

Stimmt, der Drache am Heim hatte einen kleinen Ball im Maul. Einen kleinen, kugelrunden weißen Ball.

»Und der auf dem Wagen ist hungrig!« erklärte Jonnie. »Für Ihre Datensammlungen über Flora und Fauna der verschiedenen Welten dürften diese Fakten von Interesse sein. Hier handelt es sich um einen Kaiserlichen Drachen! Er ernährt sich von Monden und Planeten!«

Wirklich ein guter Witz, fanden sie. Herrscher pflegten sich nun mal Planeten einzuverleiben. Kaiserliche Verzehrgewohnheiten! Kapiert? Guter Witz, ehrlich. Sie lachten. Natürlich hatten sie es mit einem Gleichnis zu tun, keine Frage. Sehr geistreich.

Wieder winkte Jonnie die Mechaniker warnend zurück, tätschelte dem tönernen Drachen besänftigend den Kopf. Dann, mit einer plötzlichen Bewegung, schob er ihm die Arme unter Hals und Bauch und geriet ins Wanken. Der Drache war schwer!

Die Mechaniker zogen den Wagen hastig weg und entschwanden. Schleim verfolgte sie mit den Blicken, so gut er es in der Dunkelheit vermochte. Kein Problem, sie gingen nur ein Stückchen zurück und blieben dann stehen, um den weiteren Ablauf zu beobachten. Ausgezeichnet, das gäbe also keine Schwierigkeiten, wenn der paralysierende Strahl in Funktion trat.

Jonnie hatte den Drachen in der Mitte der Plattform abgesetzt. Und nun tat er etwas überaus Interessantes. Er beugte sich über den Kopf des Drachens und sagte ihm etwas ins Ohr.

»Sehr gut. Ich weiß ja, daß du hungrig bist. ALSO LOS, VERSPEISE ASART!«

Auf der den Zuschauern abgewandten Seite langte er ins Innere des Drachens, und als ihm Angus von der Konsole leise zurief: »Jetzt!«, stellte er den Zeitzünder für die im hohlen Bauch des Drachens liegende Bombe auf fünf Minuten ein. Mit dem Daumennagel der anderen Hand durchbohrte er die Zündkapsel einer Rauchbombe, mit der man Luftströmungen in Schächten festzustellen pflegte.

Aus dem Drachenmaul begannen weiße Rauchstrahlen hervorzuschießen. Bedrohlich!

Jonnie sprang von der Plattform zurück. Angus drückte auf den Knopf für die Abfeuerung.

Jonnies Stab zeigte auf den Drachen. »Verschwinde! Und komm erst zurück, wenn du Asart verschlungen hast! Los!« Drähte summten.

Der rauchspeiende Drache flimmerte und war verschwunden.

Es gab einen ganz schwachen Rückstoß.

Jonnie blickte auf die Uhr. Noch dreieinhalb Minuten.

Er ging über die Plattform zurück. Die Deckungsgleichheit mit dem eisigen Raum von Asart hatte Spuren hinterlassen ...

»Hat einer von Ihnen, verehrte Lords, einen Bildrecorder bei sich, auf den er sich verlassen kann?« fragte Jonnie. »Ich möchte keinen der unseren benutzen, um Ihnen keinen Grund zum Mißtrauen zu geben. Ich würde mir lieber einen Bildrecorder ausleihen, den Sie plombieren können, so daß jede Manipulation unmöglich gemacht wird.«

Der Lord von Fowljopan, einem Reich, das siebenhundert Welten umfaßte, erklärte, da könne er aushelfen. Er holte das Gerät aus seinem Apartment. Als er damit zurückkam, überprüfte er, ob der Chip richtig eingelegt war. Jonnie bat ihn, den Klappenverschluß zu plombieren und sich zu vergewissern, daß nicht daran herumgepfuscht werden konnte.

Nun eilten die beiden Mechaniker zur Plattform und stellten einen Gyrokäfig aus einer Drohne ab. Jonnie bat den Lord von Fowljopan, den Recorder hineinzulegen. Mit einem Blick überzeugte dieser sich, daß weder an der Konsole operiert wurde noch die Drähte summten, und ging dann bis zur Mitte der Plattform, deponierte den Bildrecorder im Gyrokäfig und machte ihn auf Jonnies Wunsch fest. Danach verließ er die Plattform wieder.

Jonnie sah auf die Uhr. Sieben Minuten waren verstrichen. Der Drache war exakt auf die Oberfläche von Asart gebracht worden. Die Bombe dürfte vor zwei Minuten explodiert sein. Die nächste Abfeuerung würde den Bildrecorder zu einem hoch über diesem Mond und seitlich von ihm liegenden Punkt befördern.

»Jetzt!« sagte Angus.

Die Drähte summten.

Der Bildrecorder und der Käfig flimmerten und verschwanden.

Ein Rückstoß erfolgte nicht.

Die Zahlen auf Jonnies Uhr liefen rasend schnell durch. Neununddreißig Sekunden.

Der Summton veränderte sich. Auf der Plattform flimmerte es.

Der Bildrecorder und der Gyrokäfig wurden wieder sichtbar.

Ein schwacher Rückstoß.

Zwei Mechaniker rollten den Wagen, auf dem der Projektor stand, heran, so daß er sich nun inmitten der Delegierten befand.

»Würden Sie jetzt bitte die Freundlichkeit haben, verehrter Lord, Ihren Recorder von der Plattform zu holen, ihn zum Projektor zu bringen und die Plombe abzunehmen«, forderte Jonnie den Fowljopan auf. »Und fügen Sie bitte am Ende der Aufzeichnung ein paar Worte hinzu, um eindeutig klarzustellen, daß es sich um den Chip aus Ihrem Gerät handelt. Dann überzeugen Sie sich bitte, daß sich im Projektor weder ein anderer Chip noch ein Band befinden, und legen erst danach Ihren Chip ein. Sie können jetzt beginnen. Verbindlichsten Dank.«

Der Lord von Fowljopan hielt sich genau an diese Anweisungen. »Der Recorder ist eiskalt!« war sein einziger Kommentar.

Jonnie hielt den Atem an. Was die Bombe anzurichten vermochte, konnte er sich zwar recht gut vorstellen, ohne sich allerdings sicher zu sein. Jetzt kam der entscheidende Augenblick ...

Er betätigte die Fernbedienung. Die Scheinwerfer verloschten. Das vom Recorder aufgezeichnete Bild erschien.

Vor ihnen im Dunkel lag Asart, dreidimensional. Da waren die fünf Ellipsen, an denen er sich eindeutig identifizieren ließ.

Die Delegierten, an Bomben und Explosionen gewöhnt, hatten mit ein paar hohen Staub- oder Rauchsäulen gerechnet - na, wenn schon ... Die meisten waren in ihren Erwartungen nicht einmal so weit gegangen. Jonnies ruhiges, höfliches Verhalten sprach dagegen - keine Gemütslage, die auf kriegerische Absichten hindeutete.

Zunächst entdeckten sie nichts Außergewöhnliches. Und dann, als die Bildaufzeichnung abrollte, sahen sie ein *Loch*. Ein Loch, oben rechts auf der Oberfläche von Asart. Ein Loch, nichts weiter. Nein, um den Rand eine Spur von Schwarz.

Schleim, immer noch auf Geräusche am Himmel konzentriert, durchfuhr ein Schreck. Was in drei Teufels Namen ging hier eigentlich vor? Doch dann beruhigte er sich. Bombeneinschläge hatten ganz andere Folgen als nur ein Loch. Das Bild verschwand, und Lord Fowljopans Stimme ertönte, unverkennbar: »Hier spreche ich!«

»Fauler Zauber!« lachte Schleim. »Sie lassen sich alle verschaukeln!«

Jonnie achtete nicht auf ihn, sondern wandte sich an die Delegierten: »Hat von den verehrten Lords noch einer einen Bildrecorder bei sich, den ich ausleihen könnte?«

»Ja«, meldete sich Lord Dom. Er holte ihn und machte dann alles genauso wie sein Vorgänger.

Angus gab die neuen Daten ein, der Bildrecorder entschwand und kehrte zurück.

Lord Dom, etwas verängstigt durch die möglichen Folgen dieses Unternehmens für die zwölfhundert Welten seiner Republik, sprach mit bebender Stimme die Erkennungsworte.

Jonnie betätigte die Schalter.

Vor ihnen im Dunkel schimmerte Asart.

Das von kräuselnden schwarzen Wolken umrandete Loch nahm nun etwa den hundertsten Teil des Mondes ein. Und kurz ehe das Bild ausblendete, schien sich links unten eine Öffnung in der Kruste gebildet zu haben, die nichts mit dem sich ständig vergrößernden Loch zu tun hatte.

Entsetzen machte sich in der Versammlung breit. Doch zu einem offenen Aufruhr ließ Jonnie es nicht kommen.

»Wie Sie sehen, verehrte Lords, war der Drache tatsächlich hungrig.« Er lachte leichthin. »Außerdem ist er sehr folgsam. Befiehlt man ihm, den Mond zu verspeisen, verschlingt er prompt Asart! Also doch ein Drache, der sehr wohl unter Kontrolle gehalten werden kann.«

Eine eiskalte Dusche hätte sie auch nicht mehr erschauern lassen. Alle Augen richteten sich gebannt auf Jonnie, und sie spiegelten wachsenden Schrecken wieder.

Schleim brach den Bann. Ihm war eine neue Lösung eingefallen, die ihm den Erfolg sichern mußte. In seinem Korb hatte er eine Reservewaffe sowie einen Bildrecorder. Die Waffe, die er im Stiefel versteckt zu tragen pflegte, war nicht da, wie er gerade festgestellt hatte. Der Teufel sollte diesen Diener holen. Hawvins als Sklaven taugten zu gar nichts.

»Sie schaffen den Recorder einfach zu einem Modell, das Sie irgendwo in den Hügeln gebastelt haben, das ist das ganze Kunststück«, sagte Schleim. »Und Sie haben Ihre Leute da draußen, die alles so herrichten, wie es für die Aufzeichnungen gewünscht wird! Sie sind ein Betrüger!« Und das glaubte Schleim tatsächlich. Aber er mußte sich absichern, bevor er scharfes Geschütz auffuhr. »In meinem Reisekorb befindet sich ein Bildrecorder.« »Holen Sie ihn doch«, erwiderte Jonnie.

Schleim sauste los. In seinem Apartment durchwühlte er den Korb. Aha! Unten am Boden lag nicht nur eine Reservewaffe versteckt, sondern auch noch ein weiteres Zepter, in dessen unterem Ende ebenfalls ein paralysierender Strahl eingebaut war. So konnte er das eine im Stuhl liegenlassen, während er das andere mit hinausnahm, um das Zuleitungskabel auszuschalten. Haha! Drei Handgranaten! Sobald der Strahl in Funktion war würde er eine davon in die Operationszentrale schleudern und mit den beiden anderen jeden zum Schweigen bringen, der durch eine andere Tür zu entkommen suchte. Perfekter Plan! Den Sklaven, diesen Hawvin, würde er nun doch nicht foltern. Ein braver, umsichtiger Bursche!

Schleim nahm den ganzen Korb mit nach draußen und stellte ihn neben seinen Stuhl. Er öffnete ihn behutsam, damit niemand sehen konnte, was er sonst noch enthielt, und nahm den Bildrecorder heraus. Es war zwar ein anderes Fabrikat, konnte aber mit den gleichen Chips bestückt werden.

»Wir werden jetzt ein für allemal Schluß machen mit Ihrem Schwindel, Dämon«, sagte Schleim. »Als Bewohner eines unbedeutenden, unzivilisierten Planeten wissen Sie natürlich nicht, daß sich auf der Rückseite von Asart ein riesiger Diamant mit einem Schlitz befindet. Er dient als Ortungs- und Kennungszeichen und ist nur einem Offizier der Raumflotte bekannt, sonst praktisch niemandem. Da es mit automatisch löschenden Hyperfrequenzen arbeitet, erscheint das Sichtzeichen nicht auf Ihren Standardrecordern. Und Sie besitzen keine Ausführungen wie diese, die das Hyperspektrum ebenso aufzeichnen wie Ihr sogenanntes sichtbares Licht. Dies Gerät wird den Diamanten und den Schlitz zeigen, Ihres dagegen nicht. Das erklärt natürlich, warum Sie auf Ihrem windigen Modell dieses Wahrzeichen nicht angebracht haben. Ich werde Sie nun als den größten Betrüger aller Zeiten entlarven!«

Er hörte sich zuversichtlich an. Doch bevor er diesem Possenspiel ein Ende machte, mußte er Bescheid wissen. Handelte es sich um eine Attrappe in den Hügeln, oder war es Asart? Wenn es Asart war ... bedeutet das etwa, daß sein Peiniger das Geheimnis der Teleportation kannte? Was für eine unvorstellbare Waffe!

Er schlitterte zur Plattform, deponierte seinen Bildrecorder im Gyrokäfig, plombierte ihn mit einem klauenförmigen Siegel und ging zu seinem Platz zurück.

Angus hatte alles mitbekommen. Er veränderte die Koordinaten, so daß der Recorder sowohl auf die Rückseite von Asart als auch auf das Loch ausgerichtet würde.

Er feuerte ihn ab und holte ihn wieder zurück. Sobald der Rückstoß abgeebbt war, stürzte Lord Schleim zur Plattform, riß den Bildrecorder an sich, überprüfte die klauenförmige Plombe. Sie war intakt.

Er ging wieder zum Projektor, vergewisserte sich genaustens, daß kein anderes Material eingelegt war, besprach die Aufzeichnung mit >Hier spricht Lord Schleim< und montierte sie eigenhändig ein.

Hörte er da nicht ein fernes Jaulen am Himmel?

## 8

Lord Schleim war der Meinung, daß es auf dem in Kürze zu erwartenden Bild weder einen Diamanten noch ein schlitzartiges Signal zu sehen geben würde. Nur die Augen eines Tolneps vermochten sie wahrzunehmen, und nur ein auf Tolnep entsprechend modifizierter Bildrecorder konnte sie aufzeichnen. Er würde die Zeitspanne bis zum Beginn nutzen, um die anderen abzulenken.

Ja! Da war ein zischender Pfeifton am Himmel. Binnen weniger Sekunden würde die Raumflotte über ihnen sein. Genau zum richtigen Zeitpunkt. Wirklich schlau eingefädelt, das mußte man ihm lassen. Schließlich galt er nicht umsonst als aalglatter Diplomat. Diesem Ruf machte er wieder mal alle Ehre.

Er ging zu seinem Platz hinüber, vergewisserte sich, daß der Reisekorb in Reichweite stand. Dann ein kurzer Blick über die Schulter auf die versammelten Delegierten. Alle streckten die Hälse nach vorn, warteten gespannt auf das Bild - achteten auf nichts sonst. Und nun der genaue Standort des Dämons - dicht vor der Versammlung und in gehörigem Abstand vom Projektor. Schleim fingerte am unteren Ring des Zepters.

»Zeigen Sie das letzte Bild von Ihrer Attrappe!« höhnte er.

Jonnie drückte auf den Knopf. Die Scheinwerfer verlöschten. Das dreidimensionale Bild von Asart wurde sichtbar.

Aus einem anderen Gesichtswinkel aufgenommen zeigte es sowohl die Rückseite des Mondes als auch einen Teil der vorderen. Die Filtrierung verlieh ihm eine bläuliche Tönung, aber es war Asart, der in voller Riesengröße vor ihnen schwebte.

Und dort, genau in der Mitte, massig und unverkennbar, Diamant und Schlitz, die Zeichen von Tolnep. Tiefschwarz prangten sie auf der Mondoberfläche.

Schleim keuchte. Das war echt ... Das war tatsächlich Asart ...

Das eine Ende des Schlitzes sollte auf ein Hangartor zeigen. Und während sie noch hinschauten, hatte sich das Tor vollends geöffnet. Der gigantische Eingang zu einer von den Tolneps geschaffenen Höhle!

Der Mond war jetzt noch weiter zusammengeschrumpft. Er glich einem blauen Luftballon, der an einer Seite schonungslos angestochen wurde, immer mehr und immer schneller zusammenschrumpelte.

Ein Strudel schwarzer Gasmassen schien die entstandenen Hohlräume zu füllen.

Und dann schoß aus dem weit geöffneten Hangar ein Kampfraumschiff heraus! Obwohl das zweifellos mit enormer Geschwindigkeit geschah, erweckte es wegen seiner gewaltigen Ausmaße den Eindruck, als bewege es sich im Zeitlupentempo. Das waren mindestens dreißigtausend Tonnen, die da zu entkommen suchten.

Doch es war zu spät. Der fortschreitende Einsturz des Mondes hatte auch das Raumschiff erfaßt und einen Teil des Hecks weggerissen!

Vor den Augen der faszinierten Zuschauer wurde das riesige Raumschiff vom Heck zum Bug verschlungen, löste sich die massive Metallhülle in Gase auf.

Andere Hangartore begannen sich zu öffnen.

Doch damit hatte die Aufzeichnung ihr Ende erreicht. Eine letzte schwarze Gaswolke stieg auf, als der Rest des Superraumschiffes im Nichts verschwand, und dann ertönte die Stimme: »Hier spricht Lord Schleim!«

Schleim brüllte laut auf. Dann schritt er zur Tat.

Er verstopfte sich die Ohren, sprang hoch, drehte am unteren Ring des Zepters, schwenkte es wie ein Maschinengewehr von links nach rechts, um die ganze Versammlung erstarren zu lassen.

»Keine Bewegung!« kreischte Schleim. »Nicht rühren! Verdammt, so stehen Sie doch still!«

Es klappte nicht schnell genug! Die Delegierten wichen vor ihm zurück, einige fielen hin.

Er schnappte sich das andere Zepter aus dem Korb. Er drehte den unteren Ring herum und machte einen großen Schwenk, der auch die Wachposten in den Schützenlöchern erfaßte.

Wieder dasselbe - sie fielen einfach nicht schnell genug zu Boden.

Schleim bückte sich und holte drei Granaten aus dem Korb. Unter Einsatz seiner ganzen beachtlichen Kraft schleuderte er eine in die geöffnete Tür der Operationszentrale, die zweite auf den Eingang zum Kraterrund, die dritte auf den Dämon.

Noch ehe sie auftrafen, hatte er mit der ihm eigenen Reaktionsschnelligkeit die Waffe aus dem Korb gezogen. Er richtete sie auf den Dämon, zielte direkt in das neun Meter entfernte Gesicht, drückte voller Freude ab.

Sie feuerte nicht.

Lord Dom, der einer großenteils aus Flüssigkeit bestehenden Welt entstammte und äußerlich einem Knollengewächs glich, sprang auf die Füße und kam auf ihn zu.

Schleim hob die Waffe, um Dom mit einem wuchtigen Schlag zu zerschmettern. Ein Tolnep besaß die Kraft, sie alle zu erledigen.

Jonnie schleuderte seinen Knüppel, der wie ein Pfeil durch die Luft schwirrte und mit dem harten Knauf in Schleims Augenfilter krachte.

Lord Browl, der massige baumähnliche Delegierte, der hinter Schleim gesessen hatte, umklammerte ihn mit den dreißig Zentimeter dicken Armen wie in einem Schraubstock.

»Halten Sie ihn ganz fest!« schrie Fowljopan. »Lassen Sie ja nicht zu, daß er seinen Körper berühren kann!« Mit einem Ruck schnippte Fowljopan ein schnabelförmig gebogenes Messer in seine rechte Klaue und näherte sich Schleim.

Der Tolnep kämpfte wie wild, doch der Griff der starken Arme lockerte sich nicht. Fowljopans funkelnde Perlaugen inspizierten den stahlähnlichen Nacken des Tolneps. »Aha« sagte er schließlich. »Da ist ja der erst halb verheilte Einschnitt!« Er setzte das Messer an und begann zu schneiden. Graue Blutstropfen quollen aus der nicht tiefen Wunde, die Fowljopan nun ausdrückte, bis eine zerbrechliche Glassinkapsel heraussprang. Sie war intakt.

»Seine Selbstmordkapsel«, stellte Fowljopan fest. »Ein Schlag auf die Nackenseite hätte genügt, und er wäre auf der Stelle tot gewesen.« Er sah Jonnie vorwurfsvoll an. »Wenn Sie ihn da mit Ihrem Wurfgeschoß getroffen hätten, wären wir ohne Angeklagten zurückgeblieben!«

Für Jonnie war dies das erste Anzeichen, daß nicht alles genau nach Plan lief und daß es insgesamt nicht zum besten stand.

Fowljopan wandte sich nun den anderen zu, die sich um ihn geschart hatten, und schrie mit quiekender Stimme: »Ist es der Wille der Konferenz, diesen Delegierten unter Arrest zu stellen und ihm den Prozeß zu machen?«

Sie überlegten. Sie grübelten angestrengt. Sie sahen einander an. Einer murmelte etwas von »Klausel 32 anwenden«.

Jonnie hatte nur den einen Gedanken - hineinzugehen und den Krieg sofort zu beenden. War diesen Lords denn nicht klar, daß Menschen starben? Und was Schleim betraf - hatten sie denn nicht mit eigenen Augen gesehen, wie er Waffen gegen sie alle zu richten versuchte? Aber er war aneinandergeraten mit den aberwitzig umständlichen Formalien, für die Regierungen und Gerichte ja berüchtigt waren. Dabei schwoll der zischende Pfeifton am Himmel immer mehr an, bedrohte ihre eigene Sicherheit.

»Ich beantrage, ihn ordnungsgemäß vor Gericht zu stellen«, rief ein Lord von hinten.

»Sind alle dafür?« schrie ein anderer.

Die nicht am Kampf beteiligten Lords antworteten sämtlich: »Ja«, die übrigen sagten: »Nein!«

»Hiermit erkläre ich den Gesandten Tolnep zum Gefangenen der Konferenz«, verkündete Fowljopan. »Er ist ordnungsgemäß vor Gericht zu stellen, nach Klausel 32, wegen physischer Gewaltandrohung, womit er das Leben der Konferenzteilnehmer gefährdet hat.«

Das durchdringende Geräusch am Himmel war jetzt wesentlich lauter geworden. Jonnie bahnte sich den Weg durch die Menge, bis er dem Tolnep gegenüberstand. Mit einer heftigen Bewegung hielt er ihm ein Zepter vors Gesicht.

»Haben Sie nach dem hier gesucht, Schleim? Dies ist das echte. Die anderen waren lediglich von uns gefertigte Kopien. Attrappen genau wie Ihre übrigen Waffen!«

Schleim wehrte sich brüllend mit Händen und Füßen. »Bringen Sie mir Ketten!« schrie Fowljopan.

Jonnie kam dicht an den Tolnep heran. Doch Fowljopan inspizierte nun das Gebiß Schleims, um sicherzugehen, daß dort keine weiteren Kapseln waren, die er zerbeißen konnte. Sobald er das erledigt hatte, ergriff Jonnie wieder das Wort.

»Schleim! Sagen Sie Ihrem Hauptmann da oben, er soll abdrehen! Los, reden Sie, sonst ramme ich Ihnen dieses Funkgerät in den Hals!«

Lord Dom versuchte, Jonnie beiseite zu stoßen. »Dies ist ein Gefangener! Vor Abschluß des Gerichtsverfahrens darf niemand mit ihm sprechen! Gemäß Klausel 51 gilt für die Prozeßordnung ...«

Irgendwie gelang es Jonnie, sich zu beherrschen. »Lord Dom, diese Konferenz kann jeden Augenblick bombardiert werden! Zu seiner eigenen Sicherheit verlange ich, daß Schleim ...«

»Verlangen?« wiederholte Fowljopan gedehnt. »Nun, das sind wahrhaft starke Worte! Es gibt gewisse Verfahrensweisen, die unter allen Umständen eingehalten werden müssen. Und Sie werden hiermit offiziell bezichtigt, selbst mit einem Gegenstand nach einem Delegierten geworfen zu haben. Die Konferenz ...«

»Um ihm das Leben zu retten!« schrie Jonnie und zeigte auf Dom. »Der Tolnep hätte ihm sonst den Schädel eingeschlagen!«

»Demnach haben Sie die Funktion eines Leibwächters für die Konferenz oder besser gesagt, eines Sicherheitsbeamten?« fragte Fowljopan. »Ich erinnere mich an keine Ernennung ...«

Jonnie holte tief Luft. Er dachte blitzschnell nach. »Ich erhielt meine Berufung vom gastgebenden Planeten und wurde mit der Aufgabe betraut, hauptverantwortlich für den Schutz von Leib und

Leben der geladenen Delegierten zu sorgen.« Er wußte nichts von einer solchen Ernennung.

»Aha«, meinte Lord Dom, »er beruft sich auf Klausel 41, Verpflichtungen des für die Einberufung von Emissären verantwortlichen Planeten.«

»Aha«, sagte auch Fowljopan. »Dann können Sie nicht ebenfalls unter Anklage gestellt werden. Wo sind die Ketten?«

Ein chinesischer Wachposten kam angerannt, beladen mit Rollen von Fördermaschinenketten. Ihm folgten zwei Piloten, die einen weiteren Berg klirrender, schwerer Ketten herbeischleppten.

»Gemäß Klausel 41 muß ich den Gefangenen auffordern, die unverzügliche Kapitulation seiner offensiven Streitkräfte zu veranlassen!« sagte Jonnie mit dem Mut der Verzweiflung.

Lord Dom sah Fowljopan an. Der schüttelte den Kopf. »Laut Klausel 19 gibt es nur eine Möglichkeit, nämlich eine zeitweilige Einstellung der Feindseligkeiten, wo durch die Kampfhandlungen die physische Gefährdung einer Konferenz gegeben ist.«

»Gut!« entgegnete Jonnie, der sehr wohl wußte, daß er in Gefahr war. Die Delegierten waren jetzt alles andere als wohlwollend. Doch er würde nicht nachlassen. Er mußte retten, was es an Leben zu retten gab - hier ebenso wie in Edinburgh. Er hielt Schleim das Funkgerät vor den Mund. »Erklären Sie die sofortige Einstellung der Feindseligkeiten, Schleim! Und sagen Sie dem Hauptmann da oben, er soll seine Streitkräfte abziehen!«

Lord Schleim spuckte sie nur an.

Sie verschnürten ihn nun in Ketten. Jemand hatte einen Reservefilter im Korb gefunden und ersetzte damit den zertrümmerten, so daß er wieder sehen konnte. Wie er da auf dem Boden hockte, glich er einer riesigen Förderkettenspule, aus der nur noch sein Gesicht herauslugte. Er fletschte die Zähne und zischte gehässig.

Jonnie wollte ihn schon anfahren, wenn er nicht sofort in das Funkgerät spräche, würde der Planet Tolnep mit einem Riesendrachen beschickt. Doch der Gedanke, daß auch das gegen irgend etwas verstoßen könnte, hielt ihn zurück.

Er suchte noch nach den passenden Worten, als Lord Dom ihm ungewollt zu Hilfe kam. »Ich bin fest davon überzeugt, Schleim«, sagte er, »daß es sich bei der Verhandlung zu Ihren Gunsten auswirken wird, wenn Sie Ihre Streitkräfte abziehen.«

Das war das Stichwort, auf das Schleim gewartet hatte. »Unter der Bedingung und sofern der Hauptmann der Raumflotte sein Piratenabenteuer aufgibt und meine Befehle befolgt, geben Sie mir das Funkgerät.«

Jonnie schob es ihm prompt hin, obwohl er ihm lieber die Fangzähne damit zertrümmert hätte. »Keinerlei Code! Sagen Sie lediglich: ›Ich verkünde hiermit eine zeitweilige Einstellung der Feindseligkeiten‹ und: ›Sie erhalten Befehl, sich in eine von sämtlichen Kampfgebieten weit entfernte Umlaufbahn zurückzuziehen!‹« Schleim blickte nach oben in die Gesichter der Umstehenden. Als Jonnie auf die versteckte Sendetaste drückte, wiederholte Schleim zu aller Überraschung wortwörtlich das, was Jonnie von ihm verlangt hatte. Aber lag da nicht ein lauerndes Lächeln um seinen Mund?

Offenbar gab es gewisse Bestimmungen oder Regelungen, die daraufhin in Kraft traten. Rogodeter Snowls Stimme ertönte durch das Zepter: »Ich habe die Pflicht, mich zu erkundigen, ob der Emissär von Tolnep physisch irgendwelchen Drohungen oder Zwängen ausgesetzt ist!«

Sie sahen sich an. Offensichtlich erstreckten sich die Vorschriften für die tolnepische Raumfahrt auch auf solche unvermittelten und anderweitig nicht erklärbaren Befehle.

Schleim, bis zum Kinn in schwere Förderketten verpackt, lächelte. »Darf ich noch einmal mit ihm reden?«

»Sagen Sie ihm, er soll sich sofort fügen!« Jonnie wollte zu diesem Zeitpunkt und in dieser Gesellschaft keine offene Drohung gegen Tolnep aussprechen.

Abermals wiederholte Schleim getreulich Jonnies Worte.

Rogodeter Snowls Stimme entgegnete: »Ich kann dem Befehl nur nachkommen, wenn ich überzeugt bin, daß die persönliche Sicherheit des Emissärs von Tolnep garantiert wird und daß die Konferenz verbindlich zusagt, ihn unversehrt auf den Planeten Tolnep zurückzubringen.«

Fowljopan wandte sich an Lord Dom: »Das schließt die Vollstreckung glatt aus.«

»Gemäß Klausel 42 kann trotzdem ein Gerichtsverfahren stattfinden«, meinte Lord Browl. Das ist völlig normal. Ich beantrage, daß wir die sichere Rückkehr dieses Gesandten in seiner Eigenschaft als Privatperson garantieren. Wer ist dafür?« Diesmal erfolgte die Befürwortung einstimmig.

Fowljopan blickte sich um. »Wo ist ... wo ist denn ...?

Der kleine graue Mann gesellte sich zu ihnen. Er nahm Jonnie das Zepter aus der Hand, sah die Lords der Reihe nach an, und als sie nickten, sprach er ins Mikrophon. Zuerst nannte er ein Codewort, dem - anscheinend aus dem Revers seines grauen Anzugs - ein eigentümlicher Summton folgte. Dann sagte er: »Hauptmann

Snowl, es wird bestätigt, daß der Gesandte von Tolnep körperlich unversehrt auf seinen Heimatplaneten zurückbefördert wird, und zwar zu gegebener Zeit, jedoch ohne jede ungebührliche Verzögerung.«

Wieder Snowls Stimme: »Vielen Dank, Euer Exzellenz. Bitte teilen Sie den Delegierten mit, daß ich eine zeitweilige Einstellung der Feindseligkeiten zu respektieren gedenke und unverzüglich auf eine andere Umlaufbahn einschwenke, die von der jetzigen und von sämtlichen Kampfgebieten weit genug entfernt ist. Ende.«

Jonnie deutete auf die Delegierten der anderen beteiligten Parteien. Die waren es ja, die Edinburgh und Rußland zerschlugen. »Ich bin sicher, Lord Fowljopan«, sagte er, »daß jede zeitweilige Einstellung der Feindseligkeiten für alle am Kampf Beteiligten gilt.« »Aha.« Fowljopan überlegte. »Wir haben keine Gewähr, daß sich da oben nur Raumschiffe der Tolneps befanden. Es wäre ein klarer Verstoß, wenn diese anderen nicht ebenfalls einwilligen würden«.

Doch die Lords von Bolbod, Drawkin, Hawvin und alle übrigen zeigten auf Sir Robert, der vor der Operationszentrale stand.

»Wir stimmen zu!« schrie Sir Robert. Die Verachtung, die er dieser kleinlichen Verzögerungstaktik entgegenbrachte, war ihm deutlich anzusehen.

Die Delegierten der am Kampf Beteiligten begannen sich nun nach Kommunikationsgelegenheiten umzuschauen. Ein Schwarm von Funkern, mit Mikrophonen bewaffnet, stürzte herbei und hätte sie um ein Haar über den Haufen gerannt.

Unter beträchtlichem Lärmaufwand erteilten die betreffenden Delegierten ihren Raumschiffen Anweisung, die Feindseligkeiten vorübergehend einzustellen. Ein unbeschreibliches Sprachengewirr!

Lieber Gott, dachte Jonnie. Und das alles, während weiterhin Menschen starben. Das Ganze war nach wie vor eine Gratwanderung. Niemand hatte davon gesprochen, daß die Feindseligkeiten nicht wieder eröffnet würden, und das womöglich gar mit verstärkter Grausamkeit.

Und wer war eigentlich dieser kleine graue Mann, der solche Macht über sie ausübte? Wie paßte er ins Bild? Wo kam er her? Was wollte er dabei herausschlagen? Eine weitere Bedrohung?

# 9

Die Delegierten zerrten Schleim vom Schauplatz, als Quong, Sir Roberts buddhistischer Funker, auf Jonnie zugerannt kam.

»Sir Robert bittet mich, Ihnen mitzuteilen, daß es gleich einen plötzlichen Aufbruch geben wird«, flüsterte der Junge. »Sie sollen sich nicht aufregen. Sie haben das in der letzten halben Stunde in der Operationszentrale ausgearbeitet, und die Anweisungen gehen jetzt gerade heraus. In den Bunkern in Edinburgh sind Hunderte eingeschlossen. Die unterirdischen Gänge sind bei der schweren Bombardierung eingestürzt. Sie wissen nicht, wie viele noch leben, auch sonst nichts Genaueres. Er sagt, es ist wie in einem verschütteten Schacht. Sie fliegen in ein paar Minuten ab, und er möchte, daß Sie hier weitermachen. Falls er gebraucht wird, kommt er zurück.«

Jonnie war, als griffe eine eiskalte Hand nach seinen Herzen. Chrissie und Pattie gehörten dazu ... Falls sie überhaupt noch lebten ...

»Ich sollte hinfliegen«, erklärte er.

»Nein, nein«, widersprach Quong, »Sir Robert hat gewußt, daß Sie das sagen würden, Lord Jonnie. Sie werden alles tun, was sie können. Ich soll Ihnen ausrichten, daß er das Ganze hier Ihnen überläßt.«

In diesem Augenblick brach die Hölle los. Sir Robert raste aus der Operationszentrale. Er hatte sich irgendwo umgezogen, und der graue Umhang flatterte, als er ihn beim Laufen überstreifte. »Auf Wiedersehen, Lord Jonnie«, rief Quong und flitzte davon.

Sir Robert winkte ihm vom Durchgang heftig zu.

Die beiden Ärzte verließen eilend den Lazarettbereich und machten im Laufen noch geschwind ihre Koffer zu. Dr. Allen drehte sich um, rief der Krankenschwester etwas zu und hastete dann weiter.

Die gehfähigen Verwundeten humpelten und hinkten zum Durchgang.

Vier Piloten rasten vorbei.

Wachposten, die eben noch Schleim von den Schützenlöchern aus im Visier gehabt hatten, schrien sich irgend etwas zu und verschwanden blitzartig, nachdem ein Soldat, mit mehreren Tornistern beladen, bei ihnen angelangt war.

Eine Schar von Offizieren und Funkern stürmte aus der Operationszentrale in Richtung Durchgang.

Plötzlich wurde Jonnie bewußt, daß auch bei den Chinesen tumultartige Aufregung herrschte. Mütter luden Kleinkinder bei den älteren Töchtern ab, ließen noch einen Schwall lautstarker Ermahnungen vom Stapel und liefen dann zum Ausgang. Die Männer rafften Gepäckstücke an sich, scheuchten die kleineren Kinder zu den halbwüchsigen Mädchen, trieben sich gegenseitig mit viel Geschrei zur Eile an. Hunde, die rasch an die Leine genommen und dann den Jungen zum Festhalten überlassen wurden, protestierten mit ohrenbetäubendem Kläffen und Jaulen dagegen, daß sie zurückbleiben mußten.

Ein Flugkörpermotor dröhnte auf. Dann ein zweiter.

Drei schottische Piloten kamen in Windeseile aus der Operationszentrale, schlüpften in Fliegermonturen und griffen sich Karten.

Und die ganze Zeit stand Sir Robert am Eingang und schrie: »Beeilung! Beeilung!«

Aus der offenen Tür zur Operationszentrale übertönte Stormalongs Stimme das Getöse: »Victoria? Victoria? Verflixt und zugenäht, eure Funkgeräte müssen besetzt bleiben! Nehmen Sie sämtliche Schachtpumpen, sämtliche Luftschläuche, die Sie haben. Kapiert? Ich weiß, das ist Klartext! Schon gut!« Ein weiblicher Funker übernahm jetzt und schwatzte auf Pali weiter.

»Los, beeilt euch!« feuerte Sir Robert die paar Nachzügler an. »Edinburgh brennt, verdammt noch mal!«

Ein Flugkörper hob ab. Sir Robert war verschwunden. Ein zweiter. Und immer weiter. Dem Geräusch nach mußten sie innerhalb von Sekunden Überschallgeschwindigkeit erreicht haben. Jonnie fragte sich, ob sie überhaupt noch einen Flugkörper zurückgelassen hatten.

Lord Dom gesellte sich zu ihm. »Was ist eingentlich los?« erkundigte er sich etwas besorgt. »Räumen Sie das Gebiet hier? Sie sind sich doch klar darüber, daß es unzulässig ist, eine zeitweilige Einstellung der Feindseligkeiten zur Umgruppierung der Streitkräfte zu benutzen und dadurch bei Wiederaufnahme der Kampfhandlungen einen Überraschungseffekt zu erzielen. Ich möchte Sie warnen ...«

Für einen Tag hatte Jonnie eigentlich mehr als genug an erlesener Höflichkeit nach Chinko-Manier verströmt. Er sorgte sich um Chrissie und Pattie. Und das Schicksal seiner Dorfnachbarn, die nach Rußland gegangen waren, beunruhigte ihn ebenfalls sehr.

»Sie sind unterwegs, weil sie versuchen wollen, Hunderte in

Bunkern Verschüttete zu bergen«, erklärte er. »Ich denke nicht, daß Ihre Vorschriften auch für nicht am Kampf Beteiligte gelten, Lord Dom. Und selbst wenn dies der Fall wäre, könnten nicht einmal Sie die Schotten zurückhalten. Sie haben sich aufgemacht, um vom schottischen Volk zu retten, was sie nur können.«

Damit ließ er Lord Dom stehen und ging in die Operationszentrale. Dort herrschte nach dem übereilten Aufbruch ein wildes Durcheinander. Anwesend waren nur noch die Buddhistin und Stormalong. Sie hatte ihre Funksprüche durchgegeben und lehnte sich erschöpft zurück, den Kopf gesenkt. Sie hatten tagelang ununterbrochen Dienst gemacht. Dies war die erste Ruhepause.

»Rußland?« wandte sich Jonnie an Stormalong.

»Vor einer halben Stunde habe ich das ganze Truppenkontingent von Singapur dorthin geschickt. Sie haben alles mitgenommen, was sie hatten. Sie müssen nur den Himalaja überfliegen und sind in weiteren zwei Stunden da. Keine Ahnung, was sie vorfinden werden, wir haben seit zwei Tagen nichts mehr aus Rußland gehört.«

»Edinburgh?« fragte Jonnie.

»Seit einer Stunde nichts.«

»Habe ich richtig gehört?« wollte Jonnie wissen. »Was ist mit den Gefangenen dort?«

«Oh, sie haben Ker einen Handfeuer-Killer gegeben!« Er registrierte Jonnies Blick. »Ker sagt, er pustet ihnen die Köpfe weg, wenn sie auch nur einen Augenknochen bewegen! Sie haben die alte Frau aus dem Mondbergen zurückgelassen, damit sie fürs Essen sorgt. Und all Ihre wichtigen Aufzeichnungen sind sicher ...« Er wollte gerade »hier« hinzusetzen, als er Lord Dom in der Tür stehen sah.

»Ich wollte nicht aufdringlich sein«, sagte Lord Dom. »Aber ich konnte nicht umhin, alles mitanzuhören. Haben Sie nicht das ganze Konferenzareal, vielleicht den ganzen Kontinent, vielleicht sogar den Planeten ohne Luftsicherung gelassen?«

Jonnie zuckte die Achseln und zeigte auf Stormalong. »Dafür sind er und ich da.«

Lord Dom war konsterniert. Er begann leicht zu zittern.

Stormalong lachte. »Na und, das ist immerhin doppelt soviel wie früher! Es ist noch gar nicht lange her, da war er allein!« erklärte er und zeigte dabei auf Jonnie.

Lord Dom blinzelte ungläubig, starrte Jonnie an. Der junge Mann erschien nicht die Spur besorgt.

Lord Dom verzog sich, um seinen Kollegen alles brühwarm zu berichten. Sie erörterten den Fall mit der gebotenen Gründlichkeit. Übereinstimmend stellten sie fest, daß es ratsam wäre, Jonnie gut im Auge zu behalten.

## 10

Jonnie stand vor der Tür zur Operationszentrale und sah sich im Kraterrund um. Wie still und friedlich alles schien ...

Die älteren Chinesenkinder hatten die jüngeren beruhigt und zu Bett gebracht. Die Hunde waren still, offenbar erschöpft nach dem wilden Getobe. Die Delegierten hatten sich alle in ihre Apartments zurückgezogen oder Wachdienst bei Schleim. Weit und breit keine Posten in Sicht. Das Areal wirkte wie ausgestorben, obwohl es noch gar nicht spät war.

Wer wie Jonnie in der Stille der Bergwelt aufgewachsen war, dem tat diese Ruhe wohl.

Vielleicht war es die Ruhe vor dem Sturm? Jedenfalls würde sie kurz andauern.

Zu viele Entwicklungen liefen auf zu vielen Handlungsebenen gleichzeitig ab - wie sollte er da innerlich Ruhe finden? Wer konnte wissen, was bei dem Gerichtsverfahren der Delegierten herauskommen würde? Er traute ihnen nicht. Was würde nach dieser »zeitweiligen Einstellung der Feindseligkeiten« geschehen? Was würden sie in Edinburgh vorfinden? In Rußland? Nein, er durfte sich nicht zu lange mit diesen Gedanken herumschlagen, sonst würde er in Angst und Kummer versinken ...

Was hatte er in jenem Buch gelesen - man könnte nur mit den Dingen fertig werden, wenn man eins nach dem anderen tat. Ein guter Rat.

Psychlo! Die Ereignisse waren wie ein Wirbelsturm über ihn hereingebrochen, so daß jede Frage, die sich um Psychlo drehte, in den Hintergrund gedrängt wurde - ein dumpfer, bohrender Dauerschmerz, ähnlich wie Zahnweh. Bestand die Gefahr eines Gegenangriffs? Oder handelte es sich nur um ein Schreckgespenst?

Ha! Hier war noch die Gelegenheit, auf die er gewartet hatte. Er verfügte über eine intergalaktische Transferanlage, die ausgezeichnet funktionierte. Im Augenblick befanden sich weder Flugkörper in der Luft noch gab es laufende Motoren. Psychlo! Die Frage einer möglichen Bedrohung würde er jetzt endgültig klären.

Er schlenderte zur Konsole hinüber und wäre beinahe über Angus gestolpert, der in einem Lichtkreis saß und vollauf mit irgendwelchen Gestänge- und Radwerkteilen beschäftigt schien.

Er blickte nicht hoch, hatte aber Jonnies Gegenwart registriert.

»Während Sie mit Schleim abrechneten, habe ich einen Bildrecorder auf Tolnep installiert, der von einem Berggipfel aus diesen Mond beobachtet«, erklärte Angus, ohne seine Arbeit zu unterbrechen. »Reaktionsmotoren sind ja kein Störfaktor beim Abfeuern im Gegensatz zu Teleportationsmotoren. Deshalb konnte ich's ohne weiteres riskieren. Aber dabei ist der einzige fertig montierte Gyrokäfig mitgegangen, und ich muß jetzt einen als Reserve zusammenbasteln.«

Hören Sie, Angus, wir werden feststellen, was mit Psychlo passiert ist«, sagte Jonnie. »Wir haben die Vorrichtung, und wir haben im Augenblick Zeit dafür.«

»Geben Sie mir ungefähr eine halbe Stunde«, entgegnete Angus.

Hilfe brauchte er offensichtlich nicht, also hatte es auch keinen Zweck, hier herumzustehen und zu warten.

Auf dem Weg zu seinem Zimmer schaute Jonnie im Hospital herein. Sie hatten eine ältere schottische Krankenschwester dagelassen, was dieser sehr gegen den Strich ging. Sie war gerade mit einem Patienten beschäftigt, als Jonnie hereinkam. »Höchste Zeit für Ihr Sulfonamid und die Spritze!« begrüßte sie ihn drohend. Wäre er doch bloß nicht in ihre Nähe geraten! Dabei hatte er nur nach den Verwundeten sehen wollen.

Die beiden mit dem Schädelbruch lagen brav in ihren Betten und schienen soweit ganz in Ordnung zu sein. Daß sie als Schotten zurückbleiben mußten, hatte sie offenbar schwer getroffen - die bekümmerten, etwas vorwurfsvollen Blicke, mit denen sie Jonnie musterten, verrieten es deutlich. Auch den beiden Schützen von der Flugabwehr, die Verbrennungen erlitten hatten, ging es offenbar ganz gut, bis auf die Tatsache, daß sie sich in ihrem schottischen Ehrgefühl gekränkt fühlten, weil sie hier liegen mußten, während Edinburgh in Flammen stand.

»Ziehen Sie die Jacke aus!« herrschte ihn die Krankenschwester an. Dann nahm sie den Verband ab und betrachtete die Wunde. »Na so was!« Es klang enttäuscht. »Da wird ja nicht mal eine Narbe zurückbleiben!«

Sie ließ ihn das Sulfonamid schlucken und mit Wasser herunterspülen. Dann stach sie mit einer zentimeterlangen Nadel in seinen gesunden Arm und spritzte ihm Vitamin-B-Komplex, ebenso vehement wie genüßlich. Sie maß die Temperatur und zählte den Puls. »Sie sind vollkommen in Ordnung!« Es hörte sich wie eine Anklage an.

Dieser Tag hatte Jonnie reichlich Gelegenheit geboten, sich in

Diplomatie zu üben. Er konnte sich gut in die Schotten hineinversetzen und fühlte mit ihnen. Doch Mitleid durfte er ihnen am allerwenigsten zeigen, und so sagte er leichthin: »Ich bin ehrlich froh, daß Sie alle hiergeblieben sind. Zur Verteidigung dieses Gebiets werde ich vielleicht jede Menge Unterstützung brauchen.«

Kurze Verblüffung, dann kam Leben in sie. Klar, auf sie könne er zählen! Das beteuerten sie immer wieder nachdrücklich. Und als er ging, schwatzten sie munter miteinander, berieten, was sie tun könnten, und lächelten dabei - sogar die Krankenschwester.

Nach dem Aufbruch der erwachsenen Chinesen hatte er nicht erwartet, Mr. Tsung noch vorzufinden. Aber da war er. Auf dem Bett lag eine blaue Jacke und ein paar andere Kleidungsstücke zum Wechseln. Die Hände in den Ärmeln versteckt, verbeugte er sich unentwegt und strahlte dabei über das ganze Gesicht.

Er bemühte sich, etwas zu sagen, doch sein Englisch reichte nicht aus, so daß er plötzlich wegsauste und mit Stammesführer Chong-won zurückkehrte.

»Gut, daß wenigstens Sie hier sind« empfing ihn Jonnie. »Ich dachte schon, es wäre so gut wie keiner mehr da.«

»O nein«, entgegnete Chong-won. »Die Koordinatoren sind alle weg. Aber wir haben Gäste, die Delegierten. Deshalb bin ich dageblieben, außerdem der Koch, ein Elektriker und zwei für die Flugabwehrgeschütze.« Er begann, an den Fingern abzuzählen. »Ein Dutzend Leute müssen noch hier sein. Und wir haben ein Problem.« Er merkte, daß Jonnie sofort alarmiert war. »Nein, nein, es geht ums Essen. Ich dachte, wir hätten sämtliche Gäste zu bewirten, und da haben wir das üppigste chinesische Mahl zubereitet, das Sie sich vorstellen können. Aber sie lehnen unsere Küche ab! Und jetzt sitzen wir mit den vielen guten Dingen da, und niemand ißt sie! Ein Jammer!«

Für ein Volk, das in jener eisigen Bergwelt dahinvegetiert und Hunger gelitten hatte, mußte das eine echte Tragödie sein. »Geben Sie's den Kindern«, riet Jonnie.

»Oh, das haben wir ja getan. Sogar die Hunde haben was bekommen. Trotzdem ist immer noch viel übrig. Ich schlage folgendes vor! Wir richten ein leeres Apartment als Eßzimmer her und servieren ein herrliches Essen für Sie.«

»Ich hab aber was Dringendes zu erledigen.«

»Kein Problem. Spät zu essen, das verrät Stil und Lebensart. Für den Koch wird es jedenfalls eine große Freude sein. Hier ...« Damit flitzte er hinaus auf den Gang und holte ein Tablett mit Suppe und kleinen Fleischpasteten herein. »Das ist ... dafür gibt es kein Wort auf Psychlo ... ein Imbiß, eine Zwischenmahlzeit zur Stärkung. Bitte tun Sie uns den Gefallen!«

Jonnie lachte. Wenn sie weiter keine Probleme hätten, wäre das Leben eitel Sonnenschein! Er setzte sich und begann zu essen. Tsung, der ein Tischchen für ihn hergerichtet hatte, verbeugte sich nun wieder unaufhörlich.

»Weshalb macht er das?« erkundigte sich Jonnie.

Der Stammeschef deutete auf einen vierten Bildschirm, den sie installiert hatten und der ebenfalls für den Konferenzsaal bestimmt war. »Er war die ganze Zeit hier drin, während Sie auf der Plattform standen, und hat sich von einem Koordinator alles haarklein übersetzen lassen, bis der fast zusammenbrach. Es ist alles genau aufgezeichnet worden. Auf dem zweiten Bildschirm konnten sie sowohl Sie als auch die Delegierten sehen. Ich habe ein paarmal hereingeschaut ...«

Mr. Tsung unterbrach ihn mit einem Redeschwall. Der Stammeschef übersetzte: »Er möchte Ihnen sagen, daß er noch nie einen Schüler erlebt hat, der so schnell begriffen hat wie Sie. Mit Ihnen als kaiserlicher Prinz und seiner Familie in Diensten des Hofes, statt im Exil, würde China heute noch existieren, meint er.«

Jonnie lachte und wollte sich mit einem Kompliment revanchieren, doch Mr. Tsung ließ ihn nicht zu Wort kommen, sondern redete hastig weiter und zog dabei etwas aus dem Ärmel. »Er hat einen Wunsch«, erklärte der Stammeschef. »Er möchte, daß Sie Ihren ›Stempel‹ auf dieses Papier setzen. Das heißt, Ihre Unterschrift.« Er faltete den Bogen auseinander, der mit einer Menge chinesischer Schriftzeichen bedeckt war.

Mit hochgezogenen Augenbrauen übersetzte der Stammeschef den Inhalt. »Hier steht, daß Sie die Verbannung seiner Familie vom kaiserlichen Hof aufheben und ihre Wiedereinsetzung als Kämmerer bei der Zentralregierung dieses Planeten und bei Ihnen selbst empfehlen.«

»Ich bin doch kein Regierungsmitglied«, wandte Jonnie ein.

»Das weiß er alles, aber er möchte Ihren Stempel auf dem Papier haben. Ich mache Sie darauf aufmerksam, daß er zwei Brüder und zahlreiche Verwandte hat. Lauter geschulte Diplomaten. Aha, es gibt noch ein zweites Papier, sagt er. Ja. Darauf wird ihnen der Rang als Mandarine vom Blauem Knopf wieder zuerkannt - mit dem Recht, eine runde Kappe, oben mit einem Knopf verziert, zu tragen -, das heißt also, sie gehören dem Adelstand an. Die Urkunde ist gültig, es handelt sich um eine Adelsfamilie.«

»Aber ich bin nicht ...«, begann Jonnie.

Mr. Tsung erhob wortreich Einspruch.

"Er sagt, Sie wissen nicht, was Sie wirklich sind. Setzen Sie Ihre

Unterschrift darunter, das übrige erledigt er schon.«

»Aber ich habe keinerlei Vollmacht«, widersprach Jonnie. »Der Krieg ist noch nicht vorbei. Noch längst nicht! Ich ...«

»Er sagt, Krieg ist eine Sache für sich und Diplomatie ebenso. Wenn das eine aufhört, fängt das andere erst an. An Ihrer Stelle würde ich das unterzeichnen, Lord Jonnie. Sie lernen alle Psychlo und Englisch. Es ist seine Chance - endlich nach elfhundert Jahren sein Ziel zu erreichen. Ich lese Ihnen gern das Ganze Wort für Wort vor.«

Ohne Mr. Tsung hätten wir es womöglich gar nicht geschafft, dachte Jonnie. Deshalb ließ er sich einen Pinsel geben, setzte seine Unterschrift unter die Papiere, die Stammesführer Chong-won dann als Zeuge ebenfalls unterzeichnete.

Mr. Tsung verstaute sie ehrerbietig in einer Goldbrokathülle und legte sie behutsam beiseite, als enthielte sie Kronjuwelen.

Im Hinausgehen sagte Jonnie: »Ach ja, noch etwas. Sagen Sie ihm bitte, wie gut mir die Geschichte vom Drachen, der den Mond verspeist, gefallen hat.«

# Teil XXVIII

## 1

Psychlo!

Der Heimatplanet von zweihunderttausend Welten.

Das Zentrum eines Reiches, das dreihundertundzweitausend Jahre hindurch sechzehn Universen beherrscht und zerstört hatte.

Psychlo. Das war die Ursache gewesen für die Vernichtung der Menschheit. Hatte der Schlag Folgen für das Reich der Psychlos gehabt?

Und wenn ja, welche?

Stellte es eine Gefahr dar - ja oder nein?

Diese Fragen hatten sie während eines schweren, stürmischen Jahres gequält, waren ihnen nie aus dem Kopf gegangen.

Jetzt würden sie die Antwort herausfinden.

Im Kraterrund herrschte ein fahler Lichtschein. Das Metall der Plattform schimmerte matt. Am klaren Sternenhimmel war kein Motorengeräusch zu vernehmen.

Angus und Jonnie blickten sich an. Nun würden sie sich endlich Gewißheit verschaffen.

»Als erstes nehmen wir uns die Rohstoffcamps vor und stellen fest, welche Transferanlagen in Betrieb sind. Vielleicht gibt es irgendwo ein Warnsystem, das sie alarmiert. Wir müssen vorsichtig sein, dürfen nirgends zu dicht herankommen.«

Im Koordinatenverzeichnis war eine Transferanlage auf Loozite aufgeführt, ein Planet, auf dem es nur Erzabbau gab und der, von psychloischen Grubenarbeitern abgesehen, unbewohnt war.

Sie stellten den neuen Gyrokäfig auf die Plattform, legten einen Bildrecorder in den gepanzerten Behälter, errechneten die Koordinaten für einen gut sechzig Kilometer vom Transferbereich entfernten Punkt, drückten die entsprechenden Schaltknöpfe an der Konsole und feuerten ab.

Die Drähte summten.

Der Käfig kam zurück.

Es gab einen leichten Rückstoß.

Jonnie entnahm dem Bildrecorder den Chip und legte ihn in den Projektor ein, der noch draußen stand.

Er betätigte den Schalter.

Einen kurzen Augenblick meinten Angus und er, sich verrechnet und Aufzeichnungen von einer Mine erhalten zu haben. Bei einer Entfernung von rund sechzig Kilometern waren Einzelheiten schwer auszumachen, so daß Jonnie das projizierte Bild mehrfach regulieren mußte.

Es war ein Loch!

Aber keine Schachtöffnung. Dort stand - völlig schiefwinklig - ein Mast der Abfeuerungsanlage.

Doch sonst nichts als ein Loch in der Planetenoberfläche. Nicht die geringste Spur von Kuppelbauten.

Ob die Anlagen auf den verschiedenen Planeten unterschiedlich gestaltet waren? Vielleicht hatte die Plattform auf Loozite fernab vom eigentlichen Gelände des Camps gelegen? Andererseits waren die Psychlos geradezu versessen auf Standardmodelle. Gewöhnlich befand sich die gesamte Zentralverwaltung des Planeten bei der Transferanlage. Denn dorthin wurde von überallher das Erz transportiert. Dort wurden die Bücher geführt, dort gab es die Hauptwerkstätten, dort saßen die leitenden Angestellten.

Nichts weiter als ein Loch. Zwar ein recht großes, aber - Loch bleibt Loch.

Sie wählten ein anderes Ziel: Mercogran im fünften Universum. Den Angaben nach ein Planet, der fünfmal so groß wie die Erde war, jedoch von geringerer Dichte.

Der Gyrokäfig wurde abgefeuert und zurückgeholt.

Als Jonnie den Projektor einschaltete, erkannten sie sofort den Unterschied. Sie mußten die Weitwinkelvorrichtung einschalten, um besser zu sehen.

Von den nahen Bergen waren offenbar Lawinen heruntergekommen, die sämtliche Anlagen weitgehend verschüttet haben mochten.

Jonnie holte das Bild näher heran. Da! Unten rechts! Eine umgestülpte Gebäudekuppel ... sie lag dort wie ein zerbrochener Suppenteller. Unweit davon ein Mast, in der Mitte davon ein Gewirr verschmorter Leitungsdrähte. Aber sonst nichts ...

Hieb- und stichfeste Rückschlüsse ließen sich vorerst nicht ziehen - bis auf die Tatsache, daß diese zentralen Camps und Transferanlagen eindeutig nicht mehr in Betrieb waren.

Auf gut Glück nahmen sie sich einen weiteren Planeten vor: Brelloton. Laut Hinweis handelte es sich um ein Gestirn mit eingeborener Bevölkerung, die seit sechzigtausend Jahren unter der Herrschaft der Psychlos leben mußte.

Sie errechneten die Koordinaten für einen sechzig Kilometer von der Transferanlage entfernten Punkt und feuerten den Gyrokäfig ab.

Die Ausbeute, die zurückkam, verblüffte sie. Das projizierte Bild zeigte eine Stadt. Offenbar hatte sich die dortige Teleportationsanlage auf einer Anhöhe im Zentrum befunden.

Im Umkreis des Plateaus breitete sich eine Trümmerlandschaft aus. Gebäude, die zweifellos solide und etwa sechshundert Meter hoch gewesen sein dürften, waren umgefallen wie Dominosteine und bildeten eine Art strahlenförmiges Muster. Die Stadt mußte schätzungsweise eine Million Einwohner, wenn nicht mehr, gehabt haben.

Die Überreste der Anlage waren deutlich sichtbar: die Plattform - ein tiefes Loch; die Masten alle schräg nach außen gekippt.

Die zum Terminal gehörenden Kuppelbauten, direkt unter dem Plateau gelegen, waren durch die Erschütterung hochgerissen und weggepustet worden, so daß man das übliche Schema der unterirdischen Anlagen genau erkennen konnte.

Als sie den ganzen Komplex näher heranholten, sahen sie, daß in allen Rissen und Spalten Gras wucherte.

Keinerlei Lebenszeichen ...

Jonnie kam zur Konsole zurück, setzte sich hin und dachte angestrengt nach. Dann bat er Angus, einige von den Aufnahmen herauszusuchen, die Piloten der Luftsicherung über dem Purgatoire gemacht hatten. Ansichten vom amerikanischen Camp.

Angus brachte sie, und Jonnie betrachtete sie eingehend: das Erdloch anstelle der Plattform, die schräg nach außen gekippten Masten, die noch im Boden verankert waren, die zerstörte Stadt, achtzig oder mehr Kilometer entfernt.

»Ich weiß, was passiert ist«, sagte Jonnie. »Und wenn wir uns die ganze Nacht über die Planeten von Psychlo ansehen, das Resultat würde sich gleich bleiben. Geben Sie mir mal den Computer. Wir wollen uns Psychlo am Tage 92 des vorigen Jahres anschauen!«

Licht. Es legte annähernd 9.191.541.760.000 Kilometer im Jahr zurück. Das Licht, das Psychlo an diesem Datum und um diese Stunde ausstrahlte, war noch im Raum unterwegs. Sie würden eben die Lichtgeschwindigkeit überbieten und sich mit Hilfe eines Bildrecorders in einer astralen Aufklärungsdrohne, der für sechsbillionenfache Vergrößerung eingerichtet war, die Möglichkeit verschaffen, Psychlo im Augenblick des Geschehens zu sehen. Was immer geschehen sein mochte.

Es lag ein Jahr und wenige Tage zurück.

Zunächst galt es, das Gebiet mit einem siderischen Winkel anzupeilen. Keinesfalls durfte der Gyrokäfig auf seinem Weg irgendwelchen Himmelskörpern zu nahe kommen, um nicht den Einflüssen der Schwerkraft ausgesetzt zu werden, und er mußte zwei bis drei Minuten am Bestimmungsort verbleiben. Nein, sie würden es wagen und ihn fünfzehn Minuten dort lassen, in der Hoffnung, daß er sich nicht bewegte und unbeschadet zurückkäme.

Es dauerte eine Weile, alles vorzubereiten. Sie mußten die Vergrößerung justieren, die Wärmesensoren einstellen und den ganzen Ablauf in Sekunden durchrechnen.

Sie feuerten den Gyrokäfig ab.

Die Drähte summten anhaltend. Sie beorderten den Käfig zurück.

Er kam!

Da stand er nun, ein wenig verrutscht, auf der Platform, und Jonnie wollte schon voller Eifer nach ihm greifen, doch Angus hielt seine Hand fest. An dem eisigen Metall hätte sie glatt festkleben können! Sie mußten warten, bis sich der Käfig wieder erwärmt hatte, denn wenn sie ihn in dem kalten Zustand öffneten, könnte der jähe Temperaturwechsel auch den Chip in Mitleidenschaft ziehen.

Es war genauso, als ob man einem Verdurstenden den Wasserschlauch vorenthielt ...

Endlich setzten sie den Projektor in Gang. Ein hervorragendes, klares Bild! Sie hatten befürchtet, es könnte verschwommen ausgefallen sein, wie es bei starker Hitzeeinwirkung zu geschehen pflegt. Aber das Licht, das über ein Jahr unterwegs gewesen war, war rein und klar wie Kristall.

Da lag Imperial City auf Psychlo. Kreisförmig verlaufende Schienen, Straßen, die wie Förderbänder von den Felsklippen hinunterführten. Bergbau war die Norm, die sie sogar auf die Anlage ihrer Stadt übertragen hatten.

Psychlo - betriebsamer Koloß. Machtzentrum der Universen. Mittelpunkt der großen, grausamen Klaue, die überall zuschlug und Planeten und Völker unbarmherzig ausbeutete. Dort war nun das dreihundertundzweitausend Jahre alte Monster selbst. Diese gigantische Verkörperung des Bösen, der brutalen, sadistischen Gewalt!

Weder Angus noch Jonnie hatten je zuvor eine lebendige Stadt dieser Größenordnung gesehen. Hundert Millionen Einwohner? Eine Milliarde? Nicht der ganze Planet, nein, nur die Stadt, die sich über der Ebene erhob. Diese Schienenstränge, die in kreisförmigen

Spiralen verliefen. Die Wagen, die aufs Haar wie Förderwagen aussahen, aber gerammelt voll mit Psychlos besetzt waren. Diese Massen, die sich auf den Straßen zusammenrotteten. Kein Aufruhr, kein Krawall. Nein, bloß Psychlos unterwegs. Hatte man je so viele Lebewesen auf einem Haufen gesehen? Selbst in diesem winzigen Format konnte man erkennen, daß es sich um *Massen* handelte!

Sie fühlten sich irgendwie eingeschüchtert.

Wenn sie dagegen an die Städte auf der Erde dachten, selbst an die zerstörten Metropolen - das konnte man überhaupt nicht vergleichen!

Reichlich überheblich, so etwas anzugreifen.

Sie waren so beeindruckt und von Ehrfurcht ergriffen, daß sie keinen Blick an die Teleportationsanlage von Psychlo verschwendet hatten. Dadurch war ihnen der Anfang entgangen, und sie mußten zurückdrehen.

Sie regulierten den Projektor, um die Teleportations-Plattform auf Psychlo mehr im Mittelpunkt und vergrößert ins Bild zu bekommen.

Und dann sahen sie den ganzen Ablauf - genauso, wie er sich vollzogen hatte, nachdem Jonnie und Windsplitter über die Plattform auf der Erde gerast waren.

Als erstes stürzen psychloische Arbeiter davon, um die Plattform für die Ankunft des halbjährlichen Transfers von der Erde zu räumen. Tieflader standen aufgereiht, um Särge und Personal in Empfang zu nehmen.

Ein erstes Aufflimmern - das waren die Psychlos, die Jonnie und Windsplitter niedergeschlagen hatten.

Dann ein leichter Knall.

Die Arbeiter wichen zurück.

Ein Kraftfeld hatte sich aufgebaut und die Abschirmung gesichert. Über der Plattform hatte sich sofort eine Kuppel geschlossen, um die kleine Explosion einzugrenzen. Ein Ionisationskabel konnte das nicht bewirkt haben. Was sich da gebildet hatte, war eine Art von schimmerndem, funkelndem Schirm. Durchsichtig, aber sehr stabil.

Den Transportern blieb Zeit zu starten, bevor wieder etwas passierte. Ein riesiger Einsatzwagen war blitzschnell näher an die Plattform herangefahren, offensichtlich wollte er bei der Explosion Hilfe leisten. Eine volle Minute verstrich.

Dann explodierte der erste Sarg mit der tödlichen Ladung: eine große Atombombe, ein sogenannter Planeten-Killer, eingebettet in radioaktive Minen.

Der Kraftschirm hielt.

Die Massenkatastrophe fand nicht statt. Die jähe, wuchtige Detonation hatte den Schirm nicht ausgebeult.

Dann eine nächste Erschütterung, als der zweite eingesargte »Planeten-Killer« hochging.

Der Schirm hielt! Du lieber Himmel, was war das für eine Technologie, mit der man so etwas konstruieren konnte! Die Energiemengen, die dabei verbraucht wurden, mußten unermeßlich sein.

Abermals eine Erschütterung innerhalb der Kuppel. Der dritte Planeten-Killer. Er und all die radioaktiven Sprengkörper.

Der Schirm hielt ...

Von weit her stürmten Psychlos auf ihn zu. Diejenigen, die sich in der Nähe der Plattform befanden, wurden von der durch den Schirm weitergeleiteten Druckwelle zu Boden geworfen.

Die vierte Bombe ging hoch.

Die Abschirmung hielt immer noch.

Doch die Druckwelle hatte den Einsatzwagen rückwärts geschleudert. In den nahegelegenen Gebäuden barsten die Fensterscheiben.

Der Boden schwankte wie bei einem gewaltigen Erdbeben.

Plötzlich stürzte ein Gebäude in der Nähe, wie von einem mächtigen Sog erfaßt, nach unten. Andere begannen auf die gleiche Weise zu verschwinden.

Die fünfte Bombe explodierte.

Und nun geschah es ... in Zeitlupe, immer mehr um sich greifend, wurde die ganze Szene zum lodernden, brodelnden atomaren Feuerball.

Nein, mehr noch! Überall auf der Ebene schossen Flammengarben empor.

Sie schalteten rasch auf Weitwinkel.

Imperial City auf Psychlo sank in sich zusammen, ging unter im tosenden Flammenmeer eines Schmelzfeuers.

Die kreisförmigen Schienen, die Volksmassen, die Gebäude und selbst die hochragenden Felsklippen ertranken in der gelbgrünen Glut dieses siedenden Hexenkessels.

Hastig verstellten sie die Weitwinkelvorrichtung. Und nun sahen sie, wie sich der ganze Planet Psychlo in eine radioaktive Sonne verwandelte!

Damit endete die Aufzeichnung. Sie hockten da - benommen, schlapp.

»Mein Gott«, sagte Angus nach einer Weile.

Jonnie fühlte sich elend. Psychlos hin oder her, eben hatte er das Endergebnis gesehen, das aus all ihren Planungen und Fährnissen vor einem Jahr herausgekommen war, und das verursachte Schuldgefühle. Es war nicht einfach, die Verantwortung für ein solches Ausmaß an Zerstörung zu übernehmen.

Er hatte gedacht, die Bomben würden die Hauptverwaltung der Company vernichten und vielleicht auch noch Imperial City. Aber nein - sie hatten eine neue Sonne geschaffen.

»Was ist passiert?« fragte Angus.

Jonnie blickte auf seine Füße. »Ich hab zehn Laschen aus den Särgen herausgezogen. Wir wollten keinen Zeitzünder anbringen, um zu verhindern, daß sie womöglich noch auf der Erde detoniert wären. Daß die Bomben etwas radioaktiv waren, wußten wir. Sie waren ja alt, die Gehäuse auch, und nicht mehr strahlendicht. Wir trugen Strahlenschutzkleidung, als wir sie zurechtmachten.«

Mit einer entsprechenden Handbewegung erklärte er: »Während des Kampfes warf ich die Laschen der Zündschnur auf die Plattform und vergaß sie dann. Sie müssen geringfügig radioaktiv gewesen sein und lösten einen leichten Knall aus, als sie auf der Psychlo-Plattform landeten. Sie waren es, die letztes Jahr den schwachen Rückstoß verursachten.« Nach kurzer Pause fuhr er fort: »Auf Psychlo wurde dann der Kraftschirm aktiviert, von dem die Chamco-Brüder sprachen. Und der bewies genügend Stabilität, um die Explosionen zu einzudämmen ... In einem Buch, das Char gehörte, habe ich gelesen, daß die Kruste von Psychlo durchzogen ist von stillgelegten Schächten und Stollen, ein regelrechtes Sieb. Die Sprengwirkung der Bomben war nach unten gerichtet. Sie schlugen nacheinander immer tiefer durch zum flüssigen Kern von Psychlo. Die fünfte durchbohrte schließlich den Kern, und die nächsten fünf detonierten dort. Meiner Meinung nach tut eine Kernwaffe weiter nichts, als die Entstehung einer Kettenreaktion zu *stimulieren.* Und es wurde nicht nur die Planetenkruste aufgesprengt, sondern die Kernfusion ging auch weiter. Und dieser Prozeß setzt sich vermutlich immer noch fort, und das womöglich über Millionen von Jahren. Psychlo ist kein Planet mehr, sondern eine lodernde Sonne, ein Feuerball.«

Angus nickte. »Und sämtliche Teleportations-Anlagen im Imperium der Psychlos hatten ja keine Ahnung davon und feuerten genau nach Terminplan ab, mitten in diese radioaktive Sonne, und explodierten dabei selber in tausend Stücke.«

Erschöpft bestätigte Jonnie: »Ebenso wie wir ein Jahr später in Denver.« Er erschauerte. »Terl hat sich selbst in ein Inferno gesprengt. Armer Terl.«

Das genügte, um Angus mit einem Schlag in die Gegenwart zurückzureißen. »Armer Terl! Nach all den Gemeinheiten, die das

Monster begangen hat? Manchmal verstehe ich Sie wirklich nicht, Jonnie. Sie können eiskalt sein, und dann kommen Sie plötzlich mit so was raus wie >armer Terl<!«

»Das muß ein grauenhafter Tod sein«, meinte Jonnie.

Angus straffte sich. »Nun ja!« Es hörte sich an, als sei er eben nach einem Kopfsprung ins Wasser wieder aufgetaucht. »Psychlo ist dahin! Das Imperium existiert nicht mehr! Und das ist eine Sache, über die wir uns künftig keine Sorgen mehr zu machen brauchen! Gott sei Dank, das sind wir los!«

## 2

Jonnie war als Jäger aufgewachsen, und das blieb er auch - trotz aller gefühlsmäßigen Betroffenheit. Er hatte in den Bergen gelebt, sie oft allein durchstreift - auf Pfaden, wo Pumas, Grizzlybären oder Wölfe ihm auflauern konnten. Es gab Zeiten, da konnte man es deutlich spüren, daß sich irgendwo im Hintergrund ein Raubtier versteckt hielt, nur auf eine falsche Bewegung wartend, um dann zum Sprung anzusetzen.

Eben dieses Gefühl hatte er in den letzten fünfzehn Sekunden gehabt. *Gefahr!*

Er wirbelte herum, abwehrbereit.

Hinter ihm sagte der kleine Mann: »Ach, wußten Sie das denn nicht?«

Jonnie ließ die Hand vom Pistolengriff sinken.

Der kleine Mann schien nichts davon bemerkt zu haben.

»Vieles, was ich vorher nicht verstanden habe, rundet sich nun zu einem Gesamtbild. Ja, ich fürchte, Psychlo existiert nicht mehr. Das wußten wir natürlich. Wir waren uns nur nicht sicher, wie es geschehen war.«

»Sind *gar keine* Psychlos übriggeblieben?« erkundigte sich Angus. »*Nirgends?*«

Der graue kleine Mann schüttelte den Kopf.

Der andere kleine graue Mann, der mit der Teleportation hergekommen war, trat jetzt aus dem Schatten hervor. »Wir haben alles immer wieder überprüft. Sondierungen ergaben, daß Psychlo bereits zwei Wochen nach dem Geschehen nicht mehr existierte. Wir hatten überall Raumschiffe unterwegs ...«

Der erste kleine graue Mann hatte ihm einen Blick zugeworfen. Als Warnung?

Der andere kleine graue Mann vollendete den Satz nicht, sondern wechselte geschickt das Thema: »Die Teleportations-

Anlagen befanden sich durchweg auf den Terminals der Rohstoffcamps oder beim Regierungssitz, das war bei der Company so üblich.

Sämtliche leitenden Angestellten und hochrangigen Offiziere waren in der Nähe der Plattform untergebracht - schiere Faulheit, nichts weiter, damit sie nicht weit laufen brauchten und die Post schneller bekamen. Und ihre Atemgas-Vorräte waren größenteils ebenfalls in diesem Areal gelagert.«

Er räusperte sich und fuhr fort: »Mit Raumfahrt an sich hatten sie nie viel im Sinn, da sie ja ein Monopol auf Teleportation besaßen ... und abgesehen davon hätte es auf diesem Weg sowieso zu lange gedauert. Deshalb erfuhren sie erstmals davon, als sie abfeuerten, mitten hinein in Psychlo. Und da war es natürlich zu spät ...« Er legte eine Kunstpause ein.

»Selbstverständlich konnten wir nicht sämtliche Universen überprüfen, aber wie wir die Psychlos kennen, sind wir ganz sicher, daß weder Teleportations-Anlagen noch Außenstationen noch leitende Angestellte übriggeblieben sind. Wir selber haben die Suche vor mehr als fünf Monaten eingestellt. Die Haltbarkeit von Atemgas ist auf sechs Monate begrenzt. Das heißt, das Verfallsdatum war vor sechs Monaten erreicht.«

Jonnie hatte die beiden kleinen grauen Männer genau beobachtet. Sie verheimlichten etwas. Und sie wollten etwas. Sie stellen eine Bedrohung dar. Das wußte er tief im Innern. Sie gaben sich durchaus ungezwungen, waren sehr freundlich und höflich. Aber ihre Offenheit war eine Pose.

»Wie können Sie sicher sein, ob nicht irgendein psychloischer Ingenieur irgendwo eine Teleportationsanlage gebaut hat?« fragte Jonnie.

»Sehr einfach«, erwiderte der zweite kleine graue Mann. »Er hätte nämlich sofort direkt zu uns abgefeuert, falls ihm Psychlo als Ziel irgendwie nicht geheuer gewesen wäre. Die von uns aus nächste Anlage ist explodiert. Hat eine Stadt zur Hälfte mitgerissen. Gräßlich. Ausgerechnet an dem Tag hatte ich plötzlich die Idee, mit meiner Familie einen kleinen Ausflug zu machen, und wir sind dort vorbeigekommen, allerdings kilometerweit entfernt. Wie auch immer, unsere Büros liegen alle unterirdisch, fünfzehn Stockwerke tief.«

Gab ihm der erste kleine graue Mann ein warnendes Zeichen? Jedenfalls betrachtete der zweite auf einmal höchst interessiert seine spitzen Fingernägel.

»In der Liste finde ich keine Planeten mit der gleichen Atmosphäre wie Psychlo«, sagte Angus. »Haben irgendwelche anderen

Planeten auch dieses Atemgas?«

Die beiden kleine grauen Männer überlegten. Dann antwortete der zweite: »Fobia. Ich glaube nicht, daß sie das in ihrer Liste aufführen würden.« Das brachte die zwei zum Lachen.

Der erste sagte: »Entschuldigen Sie bitte. Das ist ein beliebter Scherz bei uns. In unserem Geschäft sind die bestgehüteten Staatsgeheimnisse von Psychlo allesamt eine Art offenes Buch. Daß sie Fobia in der Liste weglassen, ist so typisch Psychlo. Dorthin haben sie nämlich König Hak vor etwa zweihunderteinundsechzigtausend Jahren verbannt. Es ist der einzige andere Planet in jenem System und liegt so weit abseits, daß man ihn vom Heimatplaneten aus mit bloßem Auge nicht einmal sehen kann. Es ist sehr kalt dort, die Atmosphäre hat sich verflüssigt und überrall auf der Oberfläche Seen gebildet. Sie haben einen Kuppelbau errichtet für Hak samt seinen Mitverschwörern, es dann aber so mit der Angst bekommen, er könne fliehen, daß sie Mörder hinschickten, die alle umbrachten. Typisch Psychlo. In ihren Schulbüchern fehlt das ganze trübe Kapitel. Sehen wir uns doch mal Ihre astrographischen Tabellen an.« Er nahm sie, betrachtete sie eine Weile, lachte dann und zeigte sie dem anderen kleinen grauen Mann. »Nichts drin! Lassen die doch glatt einen Planeten in ihrem eigenen System weg!«

Auf Jonnies fragenden Blick erklärte der zweite: »Nein, da gibt's auch keine Psychlos oder sonst irgend etwas. Ein winziger Planet, nichts als vereistes Atemgas. Vor wenigen Wochen haben Sondierungen ergeben, daß er völlig verlassen ist. Nein, Sie können ganz sicher sein - mit den Psychlos ist es zu Ende. Aus Aufzeichnungen hier habe ich gesehen, daß bei Ihnen noch ein paar wenige am Leben sind, aber die konnten Sie bestimmt nicht dazu bringen, dies hier zur bauen.« Er tätschelte den Drachen an der Konsole. »Ein paar hatten überlebt. Ingenieure in Außenstationen. Und glauben Sie ja nicht, daß man sie nicht zu überreden versuchte! Und jetzt sind sie alle tot.«

Bemühte sich der erste kleine graue Mann, den anderen abzulenken? Aber der zweite war etwas besser angezogen und offenbar der Vorgesetzte.

»Ich meine«, sagte der erste, »wir sollten uns wirklich zu einer ordentlichen Konferenz zusammensetzen. Es gibt einiges zu erörtern.«

Aha, dachte Jonnie. Jetzt kommen wir zur Sache. »Ich gehöre nicht der Regierung an«, entgegnete er vorsichtig.

»Das ist uns durchaus klar«, sagte der zweite. »Aber Sie genießen ihr Vertrauen. Wir dachten uns, wenn Sie und wir beide uns einmal gründlich unterhalten, könnten Sie uns vielleicht behilflich sein, eine Konferenz mit Ihrer Regierung zu arrangieren.«

»Ein Gespräch zwecks Vereinbarung einer ernsthaften Verhandlung«, erläuterte der zweite.

Jonnie hatte eine Idee. Er erinnerte sich, daß der erste kleine graue Mann Kräutertee getrunken hatte. »In einer halben Stunde esse ich zu Abend. Wenn Sie unsere Speisen vertragen, wäre es mir ein Vergnügen, Sie zum Dinner einzuladen.«

»Oh, wir essen alles«, antwortete der zweite kleine graue Mann, »was auf den Tisch kommt. Wir nehmen sehr gern an.«

»Also in einer halben Stunde«, sagte Jonnie und ging, um Chong-won mitzuteilen, daß er nun doch Gäste zum Dinner mitbrächte.

Jetzt würde er vielleicht herausfinden, was für eine Bedrohung diese beiden darstellten. Er bildete sich das nicht bloß ein - nein, die zwei waren *gefährlich!*

## 3

Eins mußte man den kleinen grauen Männern lassen - sie konnten wirklich erstaunliche Portionen vertilgen.

Jonnie war überrascht, wie hübsch der Stammesführer den Raum dekoriert hatte. Überall hingen bunte Papierlaternen als Verkleidung für Grubenleuchten; zwei Bilder zierten die Wände - das eine zeigte einen Tiger im Schnee, der direkt auf den Betrachter zuzuschleichen schien, das andere einen Vogel im Flug; Serviertischchen waren aufgestellt, und auf dem großen Tisch in der Mitte, an dem sie saßen, lag sogar eine Decke.

Mr. Tsung hatte nicht lockergelassen - nachdem Jonnie sich geweigert hatte, einen langen, wallenden Hausmantel aus grünen Satin zu tragen - und es schließlich durchgesetzt, daß er eine enganliegende Jacke aus Goldbrokat anzog, die ihm ausgezeichnet stand.

Von irgendwoher erklang sehr gedämpfte, aber irgendwie quieksende Musik. Dies und das Klappern der Schüsseln, die Stammesführer Chong-won unermüdlich hereinschleppte, und die malmenden Kinnbacken der kleinen grauen Männer waren die einzigen Geräusche.

Jonnies Versuch, Angus einzuladen, war gescheitert. Er müsse jenen Mondring im Auge behalten, hatte er erklärt. Auch bei Stormalong hatte er kein Glück gehabt. Der Pilot war todmüde und machte ein Nickerchen in der Operationszentrale. Als er Stammesführer Chong-won und Mr. Tsung bat, mit ihnen zu essen, lehnten sie ab, weil sie ja servieren müßten. Und so blieben schließlich nur Jonnie und die beiden kleinen grauen Männer bei Tisch übrig. Jonnie fand das bedauerlich, denn es gab Unmengen zu essen. Und außerdem hatte er bisher niemanden, mit dem er ein Wort reden konnte. Denn die kleinen grauen Männer taten weiter nichts als essen. Und das mit Ausdauer und Hingabe!

Zum Auftakt hatte es verschiedene Vorspeisen gegeben - Frühlingsrollen, Fleischbällchen, Hühnerspießchen, dazu alle möglichen pikanten Soßen; obwohl wahre Fuhren aufgetragen wurden, ließen die kleinen grauen Männer keinen Krümel übrig. Danach kamen sieben Sorten Nudeln auf den Tisch, die köstlich dufteten und schmeckten und schier unaussprechliche Namen hatten. Auch diese Unmengen hatten die kleinen grauen Männer restlos verputzt! Als nächstes wurden riesige Platten serviert - Huhn mit Mandeln, Huhn mit Cashewnüssen, Huhn mit Morcheln und Huhn mit Litschipflaumen. Und wieder hatten die kleinen grauen Männer kräftig zugelangt und alles bis zum letzten Bissen verzehrt. Mit den vier Rindfleischgerichten ging es nicht anders. Dasselbe wiederholte sich bei der in drei Varianten zubereiteten Pekingente. Jetzt arbeiteten sie sich gerade durch drei Arten von Eierspeisen durch.

Jonnie fragte sich, woher Stammesführer Chong-won all die Zutaten haben mochte, bis ihm einfiel, daß die Chinesen in der Umgebung des Dorfes einen reichen Tierbestand vorgefunden und genügend Zeit gehabt hatten, Gemüsse anzubauen und zu ernten, wobei sie sich das Ionisationakabel am Staudamm zunutze machen konnten und so vor wilden Tieren geschützt waren.

Er hatte nicht sehr viel gegessen. Mr. Tsung hatte ihm voller Geringschätzung klargemacht, daß die meisten Gerichte nach südchinesischer Art zubereitet waren, während die echte chinesische Kochkunst im Norden zu Hause sei und sich unter der Ch'ing-Dynastie entfaltet hatte, als seine Familie sich um all diese Dinge kümmerte. Er solle sich deshalb hauptsächlich mit Pekingente und Rindfleich nach mongolischer Art bedienen. Jonnie hatte den Rat befolgt. Es schmeckte wirklich recht gut. Natürlich nicht zu vergleichen mit Tante Ellens Wildragout, aber durchaus genießbar. Die Krankenschwester hatte ihm ausrichten lassen, er dürfe des Sulfonamids wegen keinen Reiswein trinken, was kein Opfer bedeutete - Jonnie machte sich sowieso nicht viel aus Alkohol.

Diese beiden kleinen grauen Männer schafften doch tatsächlich das ganze, ursprünglich für dreißig Personen bestimmte Bankett! Wo taten sie das nur alles hin?

Jonnie beobachtete sie eingehend. Ihre Haut war grau und irgendwie schuppig. Die Augen - graublau, glanzlos, mit schweren Lidern - erinnerten vielleicht ein wenig ans Meer. Die Köpfe waren rund und kahl. Sie hatten stark ausgeprägte Stupsnasen und eigenartige Ohren, die eher Kiemen glichen. Vier Finger und ein Daumen an jeder Hand, mit auffallend spitzen Nägeln. Insgesamt mußte man sagen, daß sie wirklich sehr menschenähnlich aussahen. Der Hauptunterschied bestand in den zwei Zahnreihen, von denen die zweite direkt hinter der ersten saß.

Während er zuschaute, wie sie diese Unmengen gierig hinunterschlangen, versuchte Jonnie dahinterzukommen, wo die genetischen Ursprünge solcher Geschöpfe liegen mochten. Woran erinnerten sie ihn bloß? Er durchforschte sein Gedächtnis. Dann fiel ihm der Fisch ein, den ihnen ein Pilot bei einem Stopp in Victoria gezeigt hatte. Der Pilot war wegen Treibstoffmangel im Indischen Ozean abgestürzt und mit einem Rettungsfloß aus der Maschine katapultiert worden. Während er auf Hilfe wartete, wurde er von diesen Fischen angegriffen. Bei der Bergung hatten sie dann einen Fisch erschossen und das mit dem Bildrecorder aufgezeichnet. Ein ziemlicher Brocken! Wie hatte der Pilot den Fisch genannt? Jonnie grübelte angestrengt. Sie hatten doch in einem noch von Menschen stammenden Buch nachgeschlagen ... Ach ja, richtig, ein *Hai!* Das war der Name gewesen! Diese kleinen grauen Männer hatten eine ähnliche Haut, ähnliche Zähne. Vielleicht ließ sich ihre Entwicklunggeschichte wirklich auf Haie zurückführen.

Zum Abschluß des Mahls wurde Tee gereicht. Nicht etwa, weil die kleinen grauen Männer nichts mehr essen konnten. Nein, es lag nur daran, daß Stammesführer Chong-won keinerlei Vorräte mehr hatte! Als der Tee serviert wurde, erkundigte sich der erste kleine graue Mann ein wenig besorgt, ob es sich um Kräutertee handele. Nein, es sei einfach nur grüner Tee, versicherte man ihm, was ihn anscheinend erleichterte.

Beide lehnten sich zurück und lächelten Jonnie zu. Es sei das beste Dinner gewesen, das sie seit langem, wenn nicht überhaupt je gehabt hätten, erklärte sie, woraufhin Chong-won hinaushuschte, um das Lob dem Koch weiterzugeben.

Unter ihrem starren Blick konnte sich Jonnie des Gedankens nicht erwehren, daß sie nun, da sie sich alles Vorhandene einverleibt hatten, versuchen würden, ihn zu verspeisen! Aber nein, das war übertrieben. Sie waren doch wirklich recht liebenswürdig. Vielleicht konnte er jetzt ergründen, was es mit ihnen auf sich hatte, was sie tatsächlich wollten.

»Also was die feindlichen Streitkräfte angeht«, begann der

erste kleine graue Mann, »da haperte es hier bei Ihnen wirklich an den Verteidigungsmitteln. Billiger Schund. Aber das haben Sie nur den Psychlos zu verdanken. Die waren nie bereit, Geld für Verteidigungsmittel auszugeben. Das Personal taugte nichts. Lieber kauften sie ein halbes Dutzend neue Frauen oder ein bis zwei Tonnen Kerbango als ordentliche Waffen.«

Er fixierte Jonnie, als wollte er ihm etwas überaus Niederschmetterndes beibringen. »Wissen Sie, wieviel diese Flugabwehrgeschütze, die Sie benutzen, kosten? Nicht mal fünftausend Währungseinheiten. Ausschußware! Die haben ja keine sechzigtausend Meter Reichweite. Das Zeug stammt aus Sonderangeboten und Ramschverkäufen. Vermutlich haben sie's gebraucht aus irgendwelchen Kriegsrestbeständen erstanden. Und manche Manager verbuchten dann einfach den Neuwert und strichen die Differenz ein.«

»Was sollte denn ein vernünftiges Flugabwehrgeschütz kosten?« erkundigte sich Jonnie, um das Gespräch in Gang zu halten.

Der zweite kleine graue Mann überlegte kurz. Dann zog er ein kleineres graues Buch aus der Westentasche und schlug es auf. Die Seite, die er mit einer kleinen Leselupe herunterfuhr, schien irgendwie größer zu werden. »Aha, hier ist eins. Boden/Raum Kombination Rückstoß, multicomputergesteuertes Abwehrgeschütz: maximale Reichweite 900 Kilometer, 15.000 Schuß pro Minute, Simultansteuerung für 130 Raumschiffe oder 2.300 Bomben, Zerstörungspotential A-13 (das heißt Durchschlagskraft für Super-Raumkreuzer), Preis GW 123.475 (Abzüge unberücksichtigt) zuzüglich Fracht und Aufstellung. Hätten Sie Batterien mit diesen Geschützen um Ihre Stützpunkte stationiert, wären Sie spielend mit dem gesamten gemischten Verband fertig geworden oder hätten ihn in einer Höhe festgehalten, aus der es unmöglich gewesen wäre, Raumgleiter in die Erdatmosphäre zu katapultieren.«

Der erste kleine graue Mann pflichtete ihm bei. »Ja, das war die Hauptschwierigkeit. Die Psychlos waren gleichzeitig leichtsinnig und knauserig. Meiner Meinung nach haben sie nicht mal die vorhandenen Verteidigungsanlagen auf diesem Planeten aufrechterhalten.«

Dem konnte Jonnie nur beipflichten. Da die beiden jetzt zu reden begonnen hatten, würde er wohl auch etwas über sie herausbekommen, davon war er überzeugt, und deshalb mußte er dafür sorgen, daß sie weiter so gesprächig blieben. »Was schätzen Sie ungefähr, wieviel angemessene Verteidigungsmittel für diesen Planeten kosten würden?« wollte Jonnie wissen.

Da hatte er den Nerv getroffen!

Die beiden kleinen grauen Männer steckten die Köpfe zusammen. Der erste zog allen möglichen Kleinkram aus der Tasche, betrachtete alles der Reihe nach, bis er das Gesuchte fand. Der andere trug einen breiten Ring an der linken Hand, und zuerst dachte Jonnie, er spiele nur daran herum. Aber nein, er drehte ihn und trommelte abgehackt darauf herum, bis ein langer, hauchdünner, fast unsichtbarer Faden herausrollte.

Sie waren voll bei der Sache, und ihre gedämpft murmelnden Stimmen vereinten sich zu einer Art Sprechgesang: »... dreißig Raumsonden ... Trägerstation mit Wellensonde und Signalstrahler ... fünfzehn Raumdrohnen, automatische Feuereröffnung auf alle nicht durch Signal identifizierten Flugkörper ... Kosten für Ausrüstung der irdischen Flugkörper mit Signalsystemen ... 2.000 Funkbaken für Atmosphäre ... 256 Mark 50 Kampf-Flugkörper ... 400 mobile unbemannte Panzer ... 7.000 unbemannte Barrikaden ... einhundert Ionisationskabel für die Stadtverteidigung mit einziehbaren Zugängen ... fünfzig auf Wärme/Farbe programmierte Aufklärungsdrohnen ... fünfzig automatische Zerstörerdrohnen für Bodenziele ...«

Sie waren fertig. Der zweite zog den Faden aus dem Ring heraus, klopfte leicht auf das Ende, worauf er sich mit einem leisen Knall zu einem langen Papierstreifen ausweitete. Dann schnippte er ihn zu dem ersten kleinen grauen Mann hinüber, der ihn aufnahm, die Zahlenreihe überflog, bis er am Ende angelangt war.

»Mit Ersatzteilen und Fracht kommt es auf GW 500.962.878.431 zuzüglich schätzungsweise GW 285.000.006 jährliche Lohnkosten für Militär- und Wartungspersonal sowie Unterbringung und Ausrüstung.«

Er warf Jonnie den langen Papierstreifen über den Tisch zu und fügte hinzu: »Das wär's. Ein leistungsfähiges und wirtschaftliches planetarisches Verteidigungssystem. Alles Spitzenklasse. Hält glatt seine hundert Jahre. Das ist genau das, was Sie gebraucht hätten!

Und Sie können es immer noch haben!«

Gut und schön, aber es kostete GW 498.960.878.431 mehr als die Erde besaß! Das hatte ihm bewußt gemacht, wie abgebrannt die Erde war. Er mußte jetzt unbedingt mehr über die beiden herauskriegen. »Ich bin Ihnen wirklich sehr dankbar für Ihre umfassenden Informationen. Wenn Sie mir die Frage erlauben - was sind Sie von Beruf? Waffenhändler?«

Er hätte ihnen ebenso eine Bombe hinwerfen können, so entgeistert guckten sie! Dann sahen sie sich an und begannen zu lachen. »Ich muß mich vielmals entschuldigen«, sagte der erste kleine graue Mann nach einer Weile. »Das war schrecklich von uns. In unseren jeweiligen Bereichen sind wir nämlich wohlbekannt, verstehen Sie? Und über Sie wissen wir so viel, wir kennen Sie tatsächlich so gut, daß es uns einfach nicht eingefallen ist, uns Ihnen vorzustellen. Ich bin Exzellenz Dries Gloton. Und es ist mir eine große Freude, Ihre Bekanntschaft zu machen, Sir Lord Jonnie Tyler.«

Jonnie schüttelte ihm die Hand, die sich trocken und ziemlich rauh anfühlte.

»Und das ist Lord Voraz«, sagte Exzellenz Gloton. »Lord Voraz - Sir Lord Jonnie Tyler.«

Jonnie schüttelte auch diese trockene, rauhe Hand und berichtigte: »Ich heiße einfach nur Jonnie Tyler, Lord Voraz. Ich führe keine Titel.«

»Das möchten wir bezweifeln«, meinte Lord Voraz. »Lord Voraz ist Aufsichtsratvorsitzender, Hauptgeschäftsführer und Oberherr der Galaktischen Bank«, erläuterte Exzellenz Gloton.

Jonnie blinzelte und verbeugte sich.

»Dries bezeichnet sich gern als Hauptbevollmächtigten für Inkasso, aber das ist mehr scherzhaft gemeint, eine der in der Branche beliebten Flachsereien.« Lord Voraz lächelte verständnisvoll. »Tatsächlich ist er Filialleiter der Galaktischen Bank für diesen Bereich. Vielleicht haben Sie bemerkt, daß ich ihm ein- oder zweimal versehentlich auf die Zehen getreten bin. Ein Filialleiter besitzt uneingeschränkte Vollmacht für seinen Bereich und ist stets etwas besorgt um seine Vorrechte.« Er lachte; es machte ihm anscheinend Spaß, seinen Untergebenen zu triezen. »Ihr Planet gehört zu seinem Sektor, und einschlägige Verhandlungen sind allein seine Sache. Er muß ja in seinem Gebiet Gewinne erwirtschaften. Was nun mich angeht, ich bin nur hier, weil die Delegierten-Versammlung stattfindet. Sie sind alle höchst beunruhigt ...«

Dries Gloton unterbrach ihn brüsk. »Man kann von Eurer Lordschaft nicht erwarten, sämtliche geschäftlichen Feinheiten in den einzelnen Sektoren zu kennen. Sie tun Ihr Bestes im Bereich von Universen, das ist schließlich Ihre Aufgabe, und die erfordert vollen Einsatz.«

Wieder lachte Lord Voraz. »Ach, mein Lieber, es tut mir wirklich leid, daß wir Sie beunruhigt haben. Wir waren doch nur auf der Suche ...«

Abermals fiel ihm Dries ins Wort. »Wir sind lediglich hier, um zu helfen, Sir Lord Jonnie. Ach übrigens ... wie wär's, möchten Sie ein Konto eröffnen? Ein Privatkonto?« Er fischte in den Taschen

Bitte ausfüllen:

Name: ______________________________

Anschrift: ___________________________

_____________________________________

______ ___________________________

Telefon: _________________________

Ich bezahle:

- ☐ Scheck (beiliegend)
- ☐ Bar (beiliegend)
- ☐ Nachnahme (+ 6 DM Nachnahmegebühr)

Versandangaben:

_____________________________________

Datum: _________________

Unterschrift: __________________________

BE 3 PB

bitte
frei-
machen

new·era
Publications Deutschland GmbH

Bahnhofstraße 40
D-21629 Neu Wulmstorf

## HOLEN SIE SICH EIN KOSTENLOSES "KAMPF UM DIE ERDE"-POSTER!

Wenn Sie diese Karte ausfüllen und an den Verlag schicken, erhalten Sie das speziell für "Kampf um die Erde"-Leser gedruckte Poster von dem Künstler Shun Kijima. Dieses Poster ist sonst nirgendwo erhältlich, und das Angebot gilt nur so lange der Vorrat reicht. Warten Sie also nicht lange, sondern schicken Sie noch heute Ihre Karte ab!

Wie haben Sie etwas über "Kampf um die Erde" herausgefunden?

---

Haben Sie irgendwelche Werbung dafür gesehen?

---

Was hat Ihnen an "Kampf um die Erde" am meisten gefallen?

---

---

Welche besondere Qualität hat Ihnen daran am meisten gefallen?

---

---

In welchen literarischen Bereichen lesen Sie gewöhnlich Bücher?

---

Lesen Sie ab und zu Wochenzeitschriften? Welche?

---

Lesen Sie ab und zu monatliche Magazine? Welche?

---

Füllen Sie die Umfrage aus und senden Sie sie noch heute für Ihr kostenloses Poster ab!

☐ Schicken Sie mir ein kostenloses "Kampf um die Erde"-Poster zu.

☐ Schicken Sie mir mehr Informationen über die Werke von L. Ron Hubbard.

☐ Herr ☐ Frau

Name: ______________________________

______________________________

Adresse:

______________________________

______________________________

______ ______________________

Tel.: ______________________________

Datum: ________

Alter: ________

Beruf: ______________________________

Unterschrift: ______________________________

bitte frei-machen

**new·era**

**Publications Deutschland GmbH**

**Bahnhofstraße 40**

**D-21629 Neu Wulmstorf**

nach den Unterlagen. »Wir können Ihnen eine ganz niedrige Nummer geben und absolute Vertraulichkeit zusichern.

Plötzlich wurde Jonnie klar, daß er kein Geld besaß. Er hatte weder jetzt etwas bei sich noch überhaupt jemals Geld gehabt. Sogar die Goldmünze hatte er verschenkt. Vielleicht bekam er ja ein Gehalt als Pilot, das an Chrissie ausbezahlt wurde, gesehen hatte er davon freilich nie etwas. Die von Angst und Sorge erfüllten Gedanken an Chrissie schob er rasch beiseite. Er mußte sich auf dieses Gespräch hier konzentrieren. Trotzdem - er war völlig mittellos, blank.

»Tut mir leid«, bedauerte er. »Vielleicht später, falls ich je zu Geld kommen sollte, das ich deponieren möchte.«

Die beiden wechselten einen kurzen Blick. »Schon gut, nur vergessen Sie nicht, daß wir nicht Ihre Feinde sind«, sagte Dries.

»Ich glaube, es wäre sehr schlimm, Sie zu Feinden zu haben«, entgegnete Jonnie, immer noch bemüht, etwas herauszufinden. »Die Raumflotte hat sich ja erst vom Fleck gerührt, als Sie mit Snowl sprachen.«

»Ach das!« bagatellisierte Dries Gloton. »Die Galaktische Bank bietet ihren Kunden eine Menge Dienstleistungen an. Was Sie da miterlebt haben, war nur ein notarieller Kundendienst. Sie brauchten über Funk eine ordnungsgemäß codierte notarielle Bestätigung, daß es sich um eine rechtsgültige Konferenzorder handelte. Ihr Wort allein genügte ihm nicht, das versteht sich. Der Bank vertrauen sie.«

»War die Einberufung der Delegierten ebenfalls eine Dienstleistung der Bank?« fragte Jonnie.

»Eigentlich nicht ...«, begann Lord Voraz.

»Wenn Sie wollen, können Sie es so nennen«, unterbrach ihn Dries. »Manchmal wird eine solche Konferenz auch als Kundendienst arrangiert. Es liegt im Interesse der Galaktischen Bank, daß die Geschäftsbeziehungen der zivilisierten Planeten untereinander reibungslos funktionieren.«

Die Antwort stellte Jonnie zwar keineswegs zufrieden, aber er nahm sie gelassen hin. »Immerhin scheinen Ihnen die Delegierten doch Folge zu leisten. Sie reden Sie mit >Euer Exzellenz< und Lord Voraz mit >Euer Gnaden< an. Was tun Sie, wenn sie nicht gehorchen, sondern sich widersetzen? Ich meine, wenn sie zum Beispiel nicht zur Konferenz erscheinen oder nicht das tun, was Sie sagen.«

Die bloße Vorstellung schreckte Lord Voraz. Ehe Dries Gloton ihn daran hindern konnte, entgegnete er: »Undenkbar, völlig ausgeschlossen! Die Bank würde die Darlehen kündigen, ihnen den Kredithahn zudrehen. Ihre Wirtschaft würde zusammenbrechen.

Sie würden Bankrott machen. Unversehens könnten sie ihren gesamten Planeten los sein. O nein, das würden sie sich vorher gründlich überlegen ...«

Endlich gelang es Dries, ihn zum Schweigen zu bringen. »Nun, Euer Gnaden, ich weiß ja, wie engagiert Sie in diesen Fragen sind, aber wir dürfen nicht vergessen, daß es sich hier um meinen Bereich handelt und daß alles, was diesen Planeten betrifft, meine Sache ist. Verzeihen Sie diese freimütige Bemerkung. Meiner Meinung nach wäre es möglich, daß Sir Lord Jonnie nicht allzuviel über die Galaktische Bank weiß. Wir haben unsere Informationsbroschüren seit Ewigkeiten nicht mehr nachgedruckt. Würden Sie gern mehr über das Ganze erfahren, Sir Lord Jonnie?«

Und ob. Dieser Satz hatte ihn innerlich alarmiert ... »Unversehens könnten sie ihren ganzen Planeten los sein ...« Da hieß es höllisch aufpassen!

## 4

Chong-won schenkte Tee nach.

»Sie dürfen keinesfalls den Eindruck gewinnen, wir seien gewalttätig, das wäre falsch«, versicherte Dries und nahm einen großen Schluck aus seiner Teeschale.

Nur mächtig und skrupellos, dachte Jonnie.

»Unsere Spezies heißt Selachee«, fuhr Dries fort. »Wir sind die Urbevölkerung der drei einzigen bewohnbaren Planeten im Gredides-System. Die Planeten bestehen vorwiegend aus Wasser - durchschnittlich verteilen sich Wasser und Festland auf der Oberfläche im Verhältnis neun zu zwei. Und wir haben nur einen Gewerbezweig - das Bankwesen.«

Er lächelte und trank wieder von seinem Tee. »Wir sind geradezu ideal geeignet für das Bankfach. Wir können alles essen, alles trinken, in fast jeder Atmosphäre atmen, vertragen so gut wie jede Schwerkraft. Wir glauben an die sittlichen Gebote unseres Stammes - Redlichkeit und korrekte Pflichterfüllung.«

Das entspricht vermutlich der Wahrheit, dachte Jonnie, meinte aber zugleich, daß sie nicht alles sagten, was sie wußten, und vor allem nicht, was sie zu tun beabsichtigten. Redlichkeit - in diesem Begriff war vielleicht nicht die ganze Wahrheit enthalten, und da könnten sich echte Anhaltspunkte finden lassen für das, was eigentlich vorging. Er lächelte höflich und hörte aufmerksam zu.

»Wir haben auf jedem Planeten rund fünf Milliarden Einwohner«, erklärte Dries. »Eine sehr rege, geschäftige Bevölkerung. Das

Schwergewicht liegt zwar eindeutig auf dem Banksektor, doch wir haben natürlich auch unsere Ingenieure und Spezialisten und selbstverständlich massenhaft Mathematiker. Vor nahezu fünfhunderttausend Jahren haben wir den Raumflug entwickelt. Die Zeitangabe stimmt doch in etwa, nicht wahr, Euer Gnaden?«

Lord Voraz, immer noch leicht beunruhigt von der Vorstellung, Planeten könnten ihre Verpflichtungen nicht einhalten, setzte prompt sein Berufsgesicht auf, als er, durch und durch seriöser Bankfachmann, antwortete: »Vierhundertsiebenundneunzigtausendvierhundertzweiunddreißig Jahre am nächsten Sterntag 103 nach der Zeitrechnung für dieses Universum.«

»Vielen Dank.« Dries war froh, Lord Voraz wieder ins Gespräch einbezogen zu haben. »Und vor dreihundertundzweitausend Jahren ...«

»Dreihundertundzweitausendunddrei Jahren«, korrigierte Lord Voraz.

»Verbindlichen Dank ... Also da gerieten wir an die Psychlos. Nein, kein Grund zur Aufregung. Wir wurden nicht erobert, haben nicht mal Krieg geführt. Damals waren die Psychlos noch nicht so schlimm, wie sie sich ungefähr hunderttausend Jahre später zeigten. Zu jener Zeit hatten sie noch nicht angefangen, aus purem Vergnügen zu töten - aber über die Psychlos brauche ich Ihnen doch nichts weiter zu erzählen.«

»Nein, wahrhaftig nicht!« bestätigte Jonnie. Das Ganze lief unweigerlich auf irgendwelche schlechten Nachrichten hinaus, das spürte er förmlich, mochten sie auch noch so freundlich lächeln.

»Genau!« nickte Dries. »Wo war ich doch gleich? Ach ja - das wird Sie amüsieren. Die Psychlos interessierten sich nicht wirklich für uns, da es bei uns ja keine lohnenden Rohstoffvorkommen gab. Auf unseren Planeten mit ihren enormen Wassermengen hätte außerdem der Abbau beträchtliche Schwierigkeiten bereitet.«

Wieder ein Schluck Tee. »Wir brauchten Metalle, die Psychlos wiederum Computer-Technologie, über die wir verfügten, und so wurden wir zum *Markt.* Für die Psychlos eine völlig neue Erfahrung. Sie mußten eine Menge lernen über Finanzwesen und dergleichen. Und das brachten wir ihnen bei.«

Die beiden kleinen Männer sahen sich stolz lächelnd an. Dann setzte Dries seinen Bericht fort. »Intern waren sie ziemlich übel dran. Sie vermehrten sich wie ... hier auf diesem Planeten gibt's doch eine Fischart, mit der man es vergleichen könnte - richtig ... wie die Heringe! Sie scheuten sich von jeher, richtige Psychlo-Kolonien zu gründen, aus Angst, die könnten dann gegen den

Heimatplaneten revoltieren. Dort hatten sie Massenarbeitslosigkeit. Zeiten schwerster Depression. Ihre Wirtschaft war ein einziges Chaos.«

Ein tiefer Seufzer. »Also halfen wir ihnen, Absatzmärkte für Metalle aufzubauen. Mit ihren Teleportationsanlagen war die Verfrachtung ein Kinderspiel für sie. Sie wurden wohlhabend und entwickelten sogar weitere Systeme für den Erzabbau, und wir sorgten dafür, daß wirtschaftliche Stabilität gewahrt blieb. Und dann plötzlich passierte etwas Furchtbares, vom Standpunkt der Psychlos aus. Es versetzte sie in Angst und Schrecken. Das war vor rund zweihunderttausend Jahren.«

»Zweihundertundneuntausendvierhundertsechsundzwanzig«, korrigierte Lord Voraz.

»Vielen Dank. Eine andere Spezies erfand die Teleportation ... oder stahl sie von den Psychlos.«

»Die Boxnards, Universum Sechs«, ergänzte Lord Voraz.

»Was daraufhin geschah, ist unklar«, berichtete Dries weiter. »Militärische Unterlagen sind uns nicht immer zugänglich, und in diesem Fall haben wir nie auch nur eine Zeile zu Gesicht bekommen. Aber ich nehme an, die Boxnards versuchten, die Teleportation für militärische Zwecke zu nutzen. Die Psychlos kamen ihnen zuvor, und so wurden alle sieben Planeten der Boxnards und die ganze Spezies vernichtet. Die Psychlos brauchten dafür Jahre.« »Drei Jahre und sechzehn Tage«, präzisierte Lord Voraz.

»Sie haben sogar alle hingemetzelt, die mit den Boxnards Beziehungen unterhielten oder die mit ihnen verbündet waren, Individuen und Spezies, denn danach fanden wir keine einzige Spur mehr, von niemandem.«

Dries schüttelte betrübt den Kopf. »Dieser Krieg schien auch die Psychlos verändert zu haben. Annähernd ein halbes Jahrhundert lang vermieden sie jeden Kontakt zu anderen Welten. Auch für uns eine schlimme Zeit, bei der engen wirtschaftlichen Verflechtung. Außerdem müssen sie auch noch im Innern ein Blutbad angerichtet haben, denn aus den nächsten statistischen Angaben, über die wir verfügen, geht hervor, daß sie einen Bevölkerungsschwund von sechs Elftel zu verzeichnen hatten. Es dauerte ein weiteres Jahrhundert, bis die Psychlos wieder tätig wurden. Aber da zeigte es sich, wie sehr sie sich verändert hatten.«

Aha, dachte Jonnie, jetzt kenne ich den Zeitpunkt, an dem sie begannen, den Säuglingen jene bewußten Kapseln in die Schädel einzupflanzen! Und auch den Grund, um ihre Teleportations-Technologie und Mathematik zu schützen.

»Sie hatten ihre sämtlichen Bücher verbrannt«, fuhr Dries fort.

»Auf dem Gebiet der Schönen Künste war nichts mehr vorhanden. An ihren Wörterbüchern können Sie erkennen, daß und wie der Sprachschatz, den sie im Laufe der Zeit erworben hatten, verkümmerte. Wörter wie ›Mitgefühl‹ oder ›Erbarmen‹ wurden einfach ausgemerzt, und allem Anschein nach hatten sie sogar Begriffe wie ›Vernunft‹ und ›Wirklichkeitssinn‹ abgeschafft.«

Jonnie mußte an seine Erfahrungen mit Terl denken.

»Wir nennen sie zwar heute ›Psychlos‹, aber dieser Name kam erst zu jener Zeit auf. Früher nannten sie sich immer nach dem jeweiligen König, der gerade den Imperialen Thron innehatte. Doch ich möchte Sie nicht langweilen, denn ich sehe, daß Sie einiges darüber wissen, wie verheerend die folgenden Jahrhunderte für alle waren. Die Psychlos erwarben sich den Ruf, die grausamsten, sadistischsten Unterdrücker zu sein, die man je erlebt hatte. Das galt für jedes Universum. Doch sie steckten auch in internen Schwierigkeiten - Bevölkerungsexplosion, wirtschaftliches Chaos, Arbeitslosigkeit im Verhältnis neun von elf. Das Königshaus hatte Angst vor Revolution und mußte es tatsächlich auch erleben, daß vier Prinzen ermordet wurden ...«

»Sieben!« berichtigte Lord Voraz. »Außerdem zwei Königinnen.«

»Verbindlichen Dank«, sagte Dries. »Und so erschienen sie völlig verzweifelt auf Gredides und baten die Selachees um Hilfe. Sie wollten Geld, um Soldaten anzuwerben und Waffen zu kaufen. Doch unser Parlament, der ›Creditable Body‹, wollte ebensowenig mit ihnen zu tun haben wie jede andere Spezies in sechzehn Universen, und es sah ganz nach offenem Krieg aus. Aber da war jemand im Parlament ...«

»Lord Finister«, warf Lord Voraz ein.

»Vielen Dank. Er also hatte die vernünftige Idee, sie uns zu überlassen. Der damalige Chef der Bank ...«

»Lord Loonger«, präzisierte Lord Voraz.

»Verbindlichen Dank. Er brachte sie an den Verhandlungstisch und tatsächlich bis zur Unterzeichnung! Die Bank übernahm demnach folgende Angelegenheiten in eigener Regie - sämtliche Wirtschaftsbeziehungen der Psychlos, die sie zu anderen Spezies unterhielten; sämtliche Geldüberweisungen der Psychlos; sämtliche Friedenskonferenzen. Und als Gegenleistung wurde Unverletzlichkeit für jeden Selachee garantiert. Für die Selachee-Planeten und das Gredides-System galt ein absolutes Tabu, und die Psychlos würden Teleportationsanlagen für die Bank in allen Universen liefern. Sie unterschrieben, sie bekamen ihr Geld, sie stabilisierten sich.«

Lord Voraz bemerkte: »Zweimal haben sie versucht, gegen diese Vereinbarungen zu verstoßen, und beide Male gab es eine Bauchlandung, so daß sie schleunigst klein beigaben.«

»So, jetzt konnten Sie sich ein Bild von der Galaktischen Bank machen, mit sämtlichen Hintergründen«, bemerkte Dries abschließend. »Wenn wir von >galaktisch< sprechen, stimmt das nicht ganz, eigentlich müßte sie >pangalaktisch< heißen, da sie in sechzehn Universen vertreten ist. Aber mit dem Beiwort >galaktisch< vermitteln wir den Kunden den Eindruck, es handele sich um die Bank *ihrer* Galaxis. Das klingt mehr nach gutnachbarlich, meinen Sie nicht auch?«

Jonnie meinte, daß er es mit einer Institution zu tun habe, die mächtiger war als die Psychlos. Mit der galaktischen Organisation, die Monstern Weisungen erteilen konnte und deren Befehle befolgt wurden. Er war auf der Hut. Hier lag irgendwo Ärger in der Luft.

»Dann möchten Sie vielleicht mit der hiesigen Regierung über einen Teleportationsdienst sprechen«, sagte Jonnie.

Dries und Lord Voraz tauschten einen Blick und sahen wieder Jonnie an.

»Nicht mit der Regierung«, entgegnete Lord Voraz. »Ich halte das im Augenblick nicht für sinnvoll. Teleportation wäre ein ganz anderes Thema, und wir sind offen gestanden nicht daran interessiert, ausgerechnet jetzt ein solches Gespräch vorzubereiten. Schließlich gibt es ja die Raumfahrt, vergessen Sie das nicht. Sie ist zwar langsam und zeitraubend, aber immerhin vorhanden.«

Jonnie spürte zwar, daß er nicht alles sagte, wollte jedoch nicht drängen. Das war offensichtlich nicht der kritische Punkt - nein, die Gefahr lag zweifellos woanders! Das konnte er fühlen. Er setzte sich bequem zurück und sondierte weiter: »Vielleicht dreht es sich um die Bezahlung der Kosten für diese Konferenz. Sie dürften weitaus höher sein, als wir angenommen hatten.«

»Ach du lieber Himmel, nein!« spöttelte Dries. Und dann machte er sich an einem Ring zu schaffen, den er am Finger trug. Mit flinken Bewegungen brachte er einen Faden zum Vorschein, der zu einem Band aufsprang, und überflog ihn. »Nicht der Rede wert. Die Vergütungen für die Delegierten variieren, weil sie Regierungen unterschiedlicher Größenordnung vertreten und diese sie sogar unterschiedlich bezahlen. Trotzdem belaufen sie sich nur auf rund GW 85.000; falls sie länger bleiben, könnte sich der Betrag natürlich erhöhen. Aber nicht nennenswert. Die Bankgebühr beträgt laut Standardsatz nur GW 25.000. Da wäre allerdings noch die Frage, was mit meinem Raumkreuzer ...«

»Die Bank trägt die Kosten für den Raumkreuzer, wenn er ihn

geschäftlich benutzt«, erläuterte Lord Voraz. »Ich halte es für recht und billig, Dries, wenn Sie die ganzen Monate, die Sie auf Suche waren, in Rechnung stellen ...«

Dries unterbrach ihn schroff. »Für die Regelung dieser Kosten wäre nur der Planet Batafor von Balor zuständig - das ist die Filiale der Galaktischen Bank für diesen Bereich«, erklärte er Jonnie. »Es handelt sich um einen Planeten der Hawvins, die wirklich gar nicht so übel sind. Durchaus redlich, einzeln genommen. Sagen wir also GW 60.000. Die Gesamtsumme beläuft sich also lediglich auf rund GW 170.000.«

Soviel besaßen sie, überlegte Jonnie.

Doch Dries zögerte. »Wir sind noch nicht ganz sicher, daß Sie diese Rechnung bekommen. Das hängt gewissermaßen vom Ergebnis dieser Konferenz ab.«

Hier irgendwo ist der Haken an der Sache, dachte Jonnie. Jetzt konnte er den Finger darauf legen.

## 5

Die Augen mit den schweren Lidern fixierten Jonnie. Beide waren jetzt überaus ernst.

Seine Exzellenz Dries Gloton beugte sich vor. »Es geht um einen klaren Rechtsanspruch. Mit einem zweifelhaften würde sich die Bank niemals befassen.«

»Niemals!« bekräftigte Lord Voraz.

»Der Ruf der Bank, ja, der Ruf der Selachees als Spezies gründet sich auf unbedingte Redlichkeit und einwandfreie Rechtmäßigkeit«, betonte Dries.

»Immer streng legal!« bestätigte Lord Voraz. »Täten wir jemals etwas Ungesetzliches, wäre das unser Ruin. Wir halten uns stets an die Vorschriften - keinerlei Manipulation. Eben deshalb vertrauen uns auch ungezählte Quintillionen von Leuten in allen Galaxien.«

Jonnie gehörte nicht zu diesen Quintillionen. Hier lag etwas in der Luft - kalt, hart, schrecklich. »Vielleicht könnten Sie das näher erläutern«, bat er. »Wenn ich eine Zusammenkunft für Sie arrangieren soll, muß ich unbedingt mehr über den Verhandlungsgegenstand wissen.«

Dries lehnte sich zurück. »Nun ja, das ist wahr. Wo soll ich anfangen? Hm, die Entdeckung dieses Planeten ist ein geeigneter Ausgangspunkt. Das sechzehnte Universum wurde als letztes entdeckt, vermutlich vor knapp zwanzigtausend Jahren. Es wurde niemals vollständig kartographisch erfaßt. Die Imperiale Regierung von Psychlo entsandte Sonden, um weitere Karten erstellen zu können, man fand aber über einen sehr langen Zeitraum hinweg nichts Neues.«

Bedauerndes Kopfschütteln. »Dieser Planet ist Teil eines Marginalsystems, wie man es vielleicht nennen könnte, weit draußen am Rand einer Galaxie. Möglicherweise wäre er unbeachtet geblieben, wenn er nicht selber ein paar Sonden ausgeschickt hätte. So war er genau zu lokalisieren, eine Sonde der Imperialen Regierung erreichte ihn, und der Rest ist Geschichte.«

Kurze Pause. Dann: »Die Imperiale Regierung von Psychlo erwarb einen wohlbegründeten Anspruch. Und dieser Rechtstitel auf die Entdeckung wurde in die Bücher eingetragen, womit dieses Marginalsystem zum ersten Mal aktenkundig wurde. Die Regierung verkaufte den Planeten an die intergalaktische Rohstoff-Company, die gerade knapp bei Kasse war und sich den Kaufpreis bei der Galaktischen Bank lieh. Das alles ist ein ganz alltäglicher Routinevorgang. Die Company hat so etwas zahllose Male getan.«

Er räusperte sich. »Als Sicherheit wird für solche Darlehen die Urkunde, die das Recht auf einen Planeten verbrieft, bei der Galaktischen Bank hinterlegt. Der Zinssatz beläuft sich üblicherweise auf zwei von elf. Oder, nicht nach dem Rechensystem der Psychlos ausgedrückt, ungefähr achtzehn Prozent jährlich. Die Laufzeit betrug zweitausendfünfhundert Jahre. In der Vergangenheit hat die Company solche Darlehen stets anstandslos getilgt - so dumm war sie nicht, da zu schludern. Tatsächlich war dies der einzige Planet, den sie in jüngster Zeit gekauft hatten; alle anderen waren abbezahlt. Eine solche Transaktion bezeichnet man als Hypothek. Können Sie mir soweit folgen?«

Jonnie bejahte. Ihm dämmerte allmählich, was nun kommen würde.

»Es gab auch noch eine zweite Hypothek«, fuhr Dries fort. »Dabei handelte es sich um die Kosten für die militärische Eroberung, die der Company entstanden waren. Doch das war eine Bagatelle, freilich zu einem höheren Zinssatz, so daß diese bereits innerhalb von fünf Jahren abbezahlt worden war.«

Jonnie begriff. Die Galaktische Bank hatte die Invasion der Erde finanziert. Die Drohne mit dem Killergas ...

Sein verändertes Verhalten war ihnen offenbar nicht entgangen.

Lord Voraz versuchte abzuwiegeln. »Geschäft ist eben Geschäft. Die Bank muß ihre Interessen ebenso wahrnehmen wie die Kunden die ihren. Jeder ist sich selber der Nächste. Das heißt aber beileibe nicht, daß die Bank Ihnen jemals feindlich gesinnt gewesen wäre. Auch jetzt kann von Feindschaft keine Rede sein. Das ist alles reine Routine, nichts weiter. Normales Bankgeschäft.«

»Die erste Hypothek hat jedenfalls eine Laufzeit von vierzehnhundert Jahren«, bemerkte Dries leichthin, ohne diesmal auf seine Vorrechte zu pochen.

Jonnie verarbeitete das, sehr bedachtsam, sehr auf der Hut. »Ich würde doch annehmen, daß ein Krieg und so weiter zur Tilgung einer solchen Hypothek führen müßte.«

»Bewahre!« rief Dries. »Nein, die simple Tatsache der Übernahme durch Militär ändert nichts an der grundlegenden Verschuldung eines Planeten. Durch einen Regierungswechsel wird ein Besitz doch nicht plötzlich schuldenfrei. Also wenn das zuträfe, bräuchten Regierungen ja nur noch täglich für einen Machtwechsel zu sorgen, und schon wären sie ihre sämtlichen finanziellen Verpflichtungen los.« Er lachte. »Nein, nein, weder ein Regierungswechsel noch eine Übernahme durch Militär ändert irgend etwas an der Verschuldung eines Landes. Die Besitzer, oder nennen wir sie Machthaber, müssen zahlen.«

»Die Company hat bei der ursprünglichen Eroberung der Erde keine Schulden übernommen«, stellte Jonnie fest.

»Die wären ja interner Natur gewesen«, entgegnete Dries. »Interne Schulden haben mit internationalen nichts zu tun. Nein, der Planet wurde ordnungsgemäß entdeckt und ebenso ordnungsgemäß von der intergalaktischen Rohstoff-Company der Imperialen Regierung abgekauft. Sämtliche Urkunden wurden ordnungsgemäß ausgefertigt. Alles war absolut legal.«

»Absolut«, bestätigte Lord Voraz.

»Die Schuld steht hier nicht zur Debatte«, erklärte Dries. »Es geht ausschließlich darum, wer sie bezahlt.«

»Haben Sie die Konferenz einberufen, um festzustellen, wer die Schuld bezahlt?« fragte Jonnie.

»Nicht ganz, aber fast. Solange Kampf drohte und solange man nicht mit Bestimmtheit sagen konnte, wer tatsächlich die Regierungsverantwortung auf diesem Planeten trug oder tragen würde, war ich außerstande, diese Urkunde zu präsentieren.«

Dries hielt ein großes, amtlich aussehendes Blatt Papier in der Hand. Als Jonnie danach greifen wollte, sagte der kleine graue Mann: »Nein, Sie sind kein Regierungsmitglied, wie Sie selber erklärt haben.«

»Was geschieht, wenn Sie das präsentieren?« erkundigte sich Jonnie.

»Nun, dann werden wir in einer Sitzung über Fristen und sonstige Zahlungsmodalitäten sprechen, und falls wir zu keiner

Einigung kommen sollten, erklären wir die Hypothek für verfallen.«
»Und was passiert dann?« wollte Jonnie wissen.

»Dann wird der Planet zur öffentlichen Versteigerung angeboten und dem höchsten Bieter verkauft.«

Jonnie wurde immer klarer, warum er den beiden gegenüber ein so ungutes Gefühl gehabt hatte.

»Und was wird aus der Bevölkerung des Planeten?« erkundigte er sich.

»Nun, das ist natürlich Sache des Käufers. Den Rechtsanspruch würde das in keiner Weise berühren. Er könnte mit ihnen weitgehend nach Belieben verfahren. Das geht die Bank nichts an, es liegt außerhalb ihres Kompetenzbereichs.«

»Und was tun solche Käufer für gewöhnlich?« bohrte Jonnie weiter.

»Oh, das kommt ganz drauf an. Üblicherweise zahlen sie bar oder nehmen ihren Kredit in Anspruch, um die Kaufsumme für den ersteigerten Planeten zu entrichten - solche Käufer verfügen meist über einen Kredit oder sonstige Sicherheiten, und sie übernehmen den Ausgleich der Hypothek. Häufig lassen sie sich einfach dort nieder, doch wenn es zu Protesten seitens der Bevölkerung kommt, erhalten sie ein kurzfristiges Darlehen von der Bank und unterdrücken den Widerstand durch eine rasche militärische Aktion. Manchmal verkaufen sie die ursprünglichen Einwohner als Sklaven, um aus dem Erlös ihre Zahlungen zu betreiben. Diese Käufer wollen ihre eigene Bevölkerung ansiedeln, verstehen Sie?«

Jonnie saß reglos da und sah sie an. »Ich denke nicht, daß es für einen Käufer so einfach wäre, diesen Planeten einzunehmen.«
»Ach herrje!« antwortete Dries wegwerfend. »Der Planet besitzt keine erwähnenswerten Verteidigungsanlagen. Sie haben sehr wenig Einwohner. Mit modernen Waffen ließe sich das in ein paar Tagen bewerkstelligen. Der gemischte Verband, mit dem Sie es hier zu tun hatten, das war doch nicht mehr als ein Inspektionsschwarm. Die wirklichen Raumflotten der Beteiligten waren ja nicht mal in Erscheinung getreten. Aber bleiben Sie ganz ruhig. Es besteht kein Grund zur Aufregung. Hier geht es nur ums Geschäft. Es handelt sich um eine Hypothek und darum, seinen Zahlungsverpflichtungen nachzukommen. Eine reine Bankangelegenheit.«

»Sie warten also jetzt darauf festzustellen, ob wir gewinnen, damit Sie dieses Papier präsentieren können«, sagte Jonnie.

»Ach, ich nehme an, Sie werden gewinnen«, meinte Dries. »Eben deshalb unterhalten wir uns ja heute abend mit Ihnen. Wir möchten, daß Sie eine Zusammenkunft mit Ihrer Regierung arrangieren, sobald wir wissen, daß sie tatsächlich gewonnen hat. Und danach können wir dieses Schriftstück präsentieren und die Sache besprechen. Das ist alles.«

»Wenn ich diese Zusammenkunft für Sie arrangieren soll, wäre es besser, mir das Schriftstück zu zeigen, damit ich weiß, wovon ich rede«, sagte Jonnie.

»Ich präsentiere es Ihnen nicht formal, aber Sie können es durchlesen.«

Dries gab Jonnie das Schriftstück.

Es enthielt seitenlange juristische Ausführungen über die Entdeckung, das Darlehen, die geleisteten Zahlungen. Und dann war ein großes, einzelnes Blatt angeheftet. Jonnie hatte jede Seite ans Licht gehalten, um besser sehen zu können (und natürlich vor allem für die Minikamera, die in der oberen Raumecke den ganzen Abend über in Betrieb gewesen war), und tat jetzt das gleiche mit dieser letzten. Der Text lautete:

MAHNBESCHEID

An:____________________(rechtsgültige Eigentümer und Besitzer des Planeten zum Zeitpunkt der Zustellung)
Datum:____________________
Sie werden hiermit aufgefordert, zu einer Zusammenkunft mit den ordnungsgemäß bestellten Vertretern der GALAKTISCHEN BANK zu erscheinen. Gegenstand der Besprechung:
a) Fristvereinbarungen für die umgehende Einlösung vorgenannter Zahlungsverpflichtung, unter Hinweis auf deren Überfälligkeit; seit »____Jahr und ____Tag« ist keinerlei Zahlung irgendwelcher Art erfolgt noch irgendeine Vereinbarung zwecks Fristverlängerung oder Einlösung getroffen worden.
b) Sofern die Verhandlungen zu keinem die GALAKTISCHE BANK zufriedenstellenden Ergebnis führen, hat BINNEN EINER WOCHE Verzicht auf jeglichen Rechts-, Besitz- und Nutzungsanspruch zu erfolgen. Der ausstehende Betrag für das vorerwähnte Darlehen und die Hypothek beläuft sich auf VIERZIG BILLIONEN, NEUNHUNDERTUNDSECHZIG MILLIARDEN, ZWEIHUNDERTUNDSIEBZEHN MILLIONEN, SECHSHUNDERTUNDFÜNFTAUSEND, ZWEIHUNDERTUNDSECHZEHN GALAKTISCHE WÄHRUNGSEINHEITEN (GW 40.960.217.605.216,-); er setzt sich zusammen aus der unbeglichenen Restsumme zuzüglich Zinsen für das ursprüngliche Darlehen in Höhe von SECHZIG BILLIONEN GALAKTISCHE WÄHRUNGSEINHEITEN, das

der INTERGALAKTISCHEN ROHSTOFF-COMPANY auf Psychlo gewährt wurde und das die GALAKTISCHE BANK in deren Auftrag auf das Konto der IMPERIALEN REGIERUNG VON PSYCHLO überwiesen hat zwecks Ausgleich des vereinbarten Betrages für den käuflichen Erwerb des vorerwähnten Planeten »Erde, Sonnensystem, Universum 16«.

DRIES GLOTON

____________________________

(Stempel und Unterschrift) Zweigstellenleiter

GALAKTISCHE BANK
Balor, Batafor-System
Hauptbüro Sektor 4
Universum 16

»Und wie sähen diese zufriedenstellenden Zahlungsfristen aus?« fragte Jonnie.

»Oh«, entgegnete Dries Gloton leichthin, »eine sofortige Zahlung von fünf Billionen und dann monatliche Raten in Höhe von etwa fünfhundert Milliarden würden durchaus genügen. Gesetzlich wird bei Zahlungsverzug das gesamte Darlehen sofort fällig. Sie sehen also, daß Sie es mit einem wirklich angenehmen, großzügigen Geschäftspartner zu tun haben, denn wir könnten ja den vollen Betrag unverzüglich einfordern. Wir sind aufrichtige Freunde, glauben Sie das. Wir sind von jeher nicht nur stolz auf unsere unbedingte Redlichkeit und Integrität, sondern ebenso auf das gute Verhältnis zu unseren Kunden.«

Fünf Billionen! Fünfhundert Milliarden monatlich! Sie besaßen insgesamt lediglich zwei Milliarden und zweihundert Millionen. Sie hatten weder eine Industrie noch irgendwelche Einkünfte. Die Bodenschätze, die sie fördern könnten, würden innerhalb dieser Frist niemals die benötigte Summe erbringen.

Dries durchschaute ihn, obwohl Jonnie seine Betroffenheit geschickt zu verbergen wußte. »Sie haben eine volle Woche zur Verfügung! Das ist sehr großzügig bemessen.«

»Und in der Zeit beschließt die Konferenz, was mit Lord Schleim geschehen soll«, bemerkte Jonnie. »Und die Beziehungen zu den andern Beteiligten ...«

»Der Rechtsanspruch auf den Planeten wäre jedenfalls geklärt!« stellte Dries triumphierend fest. »Und Sie können die Zusammenkunft für uns arrangieren. Und wir können dieses Schriftstück präsentieren und die ganze Angelegenheit erledigen!«

»Die siegreiche Regierung hätte tagelang Zeit, alles gründlich zu erörtern und zu überlegen, wo sie sich das Geld leihen kann.« »Sie könnten es uns nicht leihen?« erkundigte sich Jonnie. »Du lieber Himmel, nein! Es wurde ja bereits einmal verliehen!« »Und wer käme als Käufer für diesen Planeten in Betracht?« wollte Jonnie wissen.

»Nun, jede der im gemischten Verband kämpfenden Parteien würde ihn mit Freuden nehmen. Im Gegensatz zu Ihnen hier verfügen sie über Industrie, Kredit und Sicherheiten.«

»Das heißt also, auch wenn wir den Krieg gewinnen, wäre es denkbar, daß wir im nachhinein eine totale Niederlage erleben und den Planeten verlieren, selbst an die Tolneps!« faßte Jonnie zusammen.

Dries Gloton unterstrich seine Worte mit einer ausdrucksvollen Geste. »Nun ja, so ist das eben im Bankwesen ... Geschäft bleibt Geschäft.«

## 6

Stormalong, der erschöpft über einem Schreibtisch in der Operationszentrale eingeschlafen war, wurde jäh hochgeschreckt. Alarmiert erkannte er Jonnie.

»Wachen Sie auf!« Jonnie rüttelte Tinny, den weiblichen buddhistischen Funker, an den Schultern und versuchte, sie zum Leben zu erwecken.

»Was ist denn los?« Stormalong kam allmählich zu sich. »Greifen sie wieder an?«

»Schlimmer!« entgegnete Jonnie. »Diese beiden kleinen grauen Männer! Bitte, Tinny, wachen Sie auf!« Sie hatte tagelang durchgearbeitet und ununterbrochen Funksprüche abgesetzt, so daß sie jetzt in tiefem, ohnmachtähnlichem Schlaf lag.

Jonnie hatte die Gäste hinauskomplimentiert und war dann einmal um das nächtliche Kraterrund herumgegangen. MacAdam! Er mußte sich mit MacAdam, dem Direktor der Irdischen Planetarischen Bank in Luxemburg, in Verbindung setzen, und das auf der Stelle! Eine Zusammenkunft mit der Regierung würde er nicht arrangieren, aber statt dessen eine mit jemandem, der etwas vom Bankgeschäft verstand ... Darauf konnten sich die beiden kleinen grauen Männer verlassen!

Tinny wachte auf. »MacAdam!« sagte Jonnie. »Machen Sie mir eine Funkverbindung mit MacAdam!«

»Worum geht's denn?« fragte Stormalong beunruhigt. Jonnie war doch sonst immer so kühl und ruhig. »Was kann ich tun?« Jonnie schob ihm zwei Chips hin, die Aufzeichnung von diesem abendlichen Zusammensein. »Machen Sie mir davon Kopien. Es handelt sich um eine Dinnergesellschaft.«

Für Stormalong ergab das zwar keinen Sinn, aber er ging zum Vervielfältigungsgerät und ließ die Chips durchlaufen.

Tinny bemühte sich, Luxemburg zu erreichen, und sang verschlafen den Funkcode auf Pali vor sich hin.

»Mit Luxemburg kriegen Sie keine Verbindung, die sind alle weg«, sagte Stormalong. Dann wurde ihm klar, daß es bei Jonnie Informationslücken gab.

»Es dreht sich um Rußland«, erklärte Stormalong. »Die Leute aus Singapur sind hingeflogen und können nicht an die Verteidigungsanlage rankommen, da brennt alles.«

Jonnie begriff nicht. Eine unterirdische Basis sollte brennen?

»Sie waren doch dort«, fuhr Stormalong fort. »Ich weiß nicht, wieso, aber sie hatten dort vor den Haupteingängen irgendwas, irgendein brennbares schwarzes Zeug. Haben Sie eine Ahnung, was das war?«

Kohle! Vor der russischen Basis hatten sie Kohle für den Winter aufgeschichtet. »Das ist Kohle«, antwortete er. »Ein schwarzes Gestein, das brennt.«

»Nun, wer immer diese Anlage errichtet haben mag, hat sie jedenfalls neben oder auf oder unter einer solchen Mine gebaut, und während der Kämpfe muß das Zeug zu brennen angefangen haben. Die Mannschaft aus Singapur konnte nicht mal in die Nähe der Basis gelangen. Es waren sowieso nur ein paar Leute, und Grubenpumpen hatten sie auch nicht mitgenommen, und selbst wenn - genutzt hätte das nichts, weil es kein Wasser in der Nähe gab. Sie riefen um Hilfe. Sie mußten das Feuer löschen, um an die Basis heranzukommen. Luxemburg war als einzige Verteidigungsanlage unbeschädigt geblieben und hatte gepanzerte Kampfflugkörper. Vor ungefähr zwei Stunden beluden sie die Maschinen und starteten nach Rußland. Weitere Berichte über die russische Basis haben wir nicht. Und in Luxemburg sind keine Streitkräfte mehr vorhanden.«

»Aber die Planetarische Bank hat doch sicher ein Funkgerät«, wandte Jonnie ein.

»Ja.« Es klang zweifelnd. »Ich halte es nur für unwahrscheinlich, daß es mitten in der Nacht besetzt ist. Sie sind nicht an das Verteidigungsnetz angeschlossen.«

»Dann muß ich hin!« erklärte Jonnie. »Was haben wir noch an Flugkörpern hier ...«

»Oje!« erwiderte Stormalong. »Ich habe ausdrückliche Anweisung von Sir Robert, daß Sie hierbleiben sollen!«

»Aber wenn sie keine Piloten dort haben, kann MacAdam nicht herfliegen. Ist wirklich kein einziger Pilot mehr in Luxemburg?«

»Nicht einer.«

Jonnie war der Verzweiflung nahe. »Könnten wir nicht einen Piloten aus Edinburgh abkommandieren und ...«

»Aussichtslos«, entgegnete Stormalong. »Bei der Ankunft haben sie ein heilloses Chaos vorgefunden. Das ganze Tunnelsystem unter dem Felsen ist eingestürzt. Sie können nicht rein, um festzustellen, ob es in den Bunkern noch Überlebende gibt. Sie haben Schläuche und sämtliche Geräte dabei, um Luft für die Verschütteten reinzupumpen, und sie schaffen Grubenarbeiter aus Cornwall heran. Aber die vorhandenen Piloten brauchen sie zur Bedienung der Maschinen. Ich glaube nicht, daß ich auch nur einen einzigen überreden könnte ...«

»Haben Sie einen Flugkörper hier?«

»Natürlich, im ganzen fünf! Aber Sie bleiben hier!«

Die Frau wandte sich zu ihnen um. »Alles tot. In Luxemburg meldet sich niemand, weder die Außenstation noch die Bank. Und außerdem ist es dort zwei Uhr morgens!«

»Ich starte!« erklärte Jonnie.

»Das tun Sie nicht!« schrie Stormalong.

»Dann fliegen eben Sie!« brüllte Jonnie zurück.

Stormalong blinzelte. Immerhin waren ihm zwei Stunden vergönnt gewesen, in denen er ein bißchen schlafen konnte. »Dann hängt alles ausschließlich an Ihnen«, meinte er. »Sie müßten überall gleichzeitig sein - zum Beispiel Luftsicherung fliegen und am Funkgerät sitzen.«

»Falls ich aufsteigen und kämpfen müßte, würde ich Tinny nehmen und mit ihrer Hilfe den Funkverkehr von oben aus abwickeln«, entgegnete Jonnie. »Aber der Kampf findet nicht in der Luft statt, sondern hier unten mit den beiden kleinen grauen Männern! Können Sie sich bis Luxemburg wach halten?« Stormalong zuckte die Achseln und nickte dann.

»Alles klar«, sagte Jonnie. »Sie nehmen die Kopien, die Sie von der Aufzeichnung der Dinnergesellschaft gemacht haben, fliegen nach Luxemburg und suchen MacAdam. Scheuchen Sie ihn auf. Richten Sie ihm von mir aus, es sei lebenswichtig, daß er die Aufzeichnungen sofort genau überprüft. Und daß er einen Weg finden *muß,* um eine Schuld zu begleichen. Sagen Sie ihm das.«

»Eine Schuld?« wiederholte Stormalong.

»Ja, eine Schuld. Und wenn sie nicht bezahlt oder sonstwie geregelt wird, haben wir diesen Krieg verloren! Auch wenn wir ihn gewinnen!«

# Teil XXIX

## 1

Die nächsten beiden Tage waren die schlimmsten in Jonnies Leben - trotz Käfig, Drohne und allem, was er an Schrecklichem hinter sich hatte!

Stormalong war einfach aufgestiegen und seitdem spurlos verschwunden.

Über Funk meldete er sich nicht, nicht einmal, wenn Jonnie ihn mit Namen anrief.

Die Bank in Luxemburg war geöffnet und antwortete auch, aber es saß nur ein Mädchen am Funkgerät, dessen Sprache - Französisch? - niemand in Kariba verstand. Und wenn sie noch so oft den Namen »MacAdam« wiederholten - aus der Antwort, die das Mädchen durchzugeben versuchte, konnte kein Mensch klug werden.

Jonnie konnte unmöglich hier weg.

Im Konferenzsaal herrschte ein ständiges Kommen und Gehen. Die Delegierten waren vollauf mit dem Verfahren gegen Lord Schleim beschäftigt und beachteten Jonnie kaum.

Er schlief in der Operationszentrale, die er nur verließ, wenn Stammesführer Chong-won ihn für ein paar Minuten ablöste und sich ans Funkgerät setzte, falls gerade dann irgendwelche dringenden Meldungen einlaufen sollten.

Um der Wahrheit die Ehre zu geben - allzuviel war es nicht, was Jonnie erledigen mußte. Selbst wenn Eilanforderungen gekommen wären, hätte er nichts tun können, denn er verfügte weder über Piloten noch über Soldaten noch über sonstige Verteidigungsmittel. Praktisch war er der einzige, der den Planeten verteidigte. In Tinny hatte er zwar eine große Hilfe, aber jeder Mensch konnte schließlich nur eine begrenzte Anzahl von Stunden wach bleiben, selbst eine buddhistische Nonne.

Angus verbrachte geraume Zeit an der Teleportations-Anlage. Er hatte den Gyrokäfig auf einem Berg auf Tolnep deponiert, um genau zu erfahren, was mit dem Mond Asart geschehen war. »Ich wollte feststellen, ob es auf Tolnep Erdbeben gegeben hat«, erklärte er Jonnie. »Wenn man in einem System die Masse verändert, kann man auch mit einer Veränderung der Gravitationskraft rechnen. Ich habe irgendwo gelesen, wenn unser Mond in den Raum geschleudert würde, hätte das hier bei uns Erdbeben zur Folge. Aber unser Gyrokäfig hat auf Tolnep keinerlei Erschütterungen abbekommen.«

Ein paar Stunden später hatte Jonnie einen laufenden Motor im Kraterrund gehört und war gereizt nach draußen geeilt. Angus schob mit einem Frontschaufler ein riesiges Stück von dem Superraumschiff durch den Eingang unter dem Ionisationskabel; es handelte sich um ein Teil, das am Ufer aufgeschlagen war. Stammesführer Chong-won maßregelte ihn scharf, weil er damit das Pflaster zerkratzte und er, Chong-won, keine Leute habe, die das wieder ausbessern könnten.

Angus sagte etwas davon, er wollte ja nur feststellen, ob die Berylliumbombe noch aktiv sei.

»Bringen Sie uns hier bloß nichts an, was damit in Berührung gekommen ist«, sagte Jonnie und ging wieder in die Operationszentrale, um eine Rückfrage über Funk zu beantworten.

Am nächsten Morgen war Angus erschienen, um mit ihm gemeinsam einen Teller Nudeln zu essen und dabei Näheres zu berichten.

»Ich hab das Metallstück weit über Asart hinaus teleportiert«, erklärte Angus. »Ich dachte, es würde durch das Gas fallen ...« »Was für Gas?« fragte Jonnie.

»Na ja, Asart besteht jetzt anscheinend nur aus Gas«, antwortete Angus. »Eine riesige Gaswolke, weiter nichts. Eine Zeitlang war sie schwärzlich, wurde dann aber heller. Man erkennt genau, daß es eine Gaswolke ist, und trotzdem kann man durch sie hindurchsehen. Jetzt dürfte es ja wohl auf der Hand liegen, warum die Psychlos die Bombe nie eingesetzt haben. Ihnen ging es um Bergbau, und da brauchten sie Erze und kein Gas!«

»Und was geschah nun mit dem Eisenstück?« fragte Jonnie.

»Ich nahm an, es würde durch das Gas hindurchfallen, immer tiefer, und auf der Oberfläche von Tolnep aufschlagen. Tat es aber nicht. Es fiel schon, aber nur bis ins Zentrum der Gaswolke, und dort ist es immer noch. Wollen Sie ein Bild davon sehen?«

»Feuern Sie bloß nicht in diese Wolke hinein und bringen dann beim Rückstoß etwas von dem Zeug hierher!« beschwor ihn Jonnie.

»Ach wo, bestimmt nicht«, versprach Angus. »Aber ich glaube, daß die Bombe unwirksam wurde, sobald sie einmal alles in Gas umgewandelt hatte. Dann ist der Vorgang eben abgeschlossen, und in Ermangelung von neuen Stoffen kann sich die Reaktion auch nicht wieder selbst auslösen. Aus dem Verhalten der Metallspuren läßt sich schließen, daß es sich jetzt um Gas mit sehr geringem Atomgewicht handelt. Wasserstoff.«

»Also besteht die Wirkung der Berylliumbombe darin, daß sie eine Atomspaltung bei schweren Metallen anregt«, sagte Jonnie. »Ich bin ja kein Fachmann, aber nach Ihrer Beschreibung scheint es mir darauf hinauszulaufen.«

»Ich versuchte doch nur, Ihnen klarzumachen, daß sich die Masse des Mondes nicht verändert hat, soweit es die Gravitationswirkung betrifft. In der Kälte hat sich das entstandene Gas irgendwie verflüssigt, und der Mond ist jetzt eine Art Blase mit viel größerem Durchmesser. Meiner Meinung nach könnte man da glatt durchfliegen.«

»Toll, aber lassen Sie's lieber«, kommentierte Jonnie.

Angus hatte seine Nudeln verspeist. »Ich dachte ja nur, Sie wüßten vielleicht gern, daß unsere Koordinaten-Tabellen durch die Zerstörung des Mondes nicht durcheinandergebracht wurden. Bei einer Veränderung der Masse könnten schließlich sämtliche Koordinaten hinfällig werden.«

»Aha«, sagte Jonnie. »Da liegt der entscheidende Punkt! Das war wirklich schlau von Ihnen!«

Angus fand das auch.

Doch die Nachrichten aus anderen Gegenden waren alles andere als ermutigend. Nicht etwa, daß sich die Hiobsbotschaften gehäuft hätten - nein, es ging vielmehr darum, daß überhaupt nichts zu erfahren war über Chrissie und all die anderen in Schottland und ebensowenig über das Schicksal seiner ehemaligen Dorfnachbarn in der russischen Basis. Kein einziges Wort ...

Den Clanchef der Fearghus hatte man draußen gefunden, dem Tode nahe, und ihn nach einer Bluttransfusion schleunigst nach Aberdeen in das alte unterirdische Hospital transportiert. Viel Hoffnung bestand für ihn nicht.

Sie hatten durch das Geröll, das die unterirdischen Gänge blockierte, Löcher gebohrt und hofften, die Luftschläuche richtig in die Bunker dirigiert zu haben. Es kursierten Gerüchte, sie hätten Stimmen gehört, doch wie sollten sie? Zunächst einmal gab es nirgends im Bunkerbereich Funksprechgeräte, und wenn man versuchen mußte, gegen den ohrenbetäubenden Lärm von Luftschläuchen, Pumpen und allen möglichen Maschinen anzuschreien, konnte man ja kaum sein eigenes Wort verstehen.

Die Stadt bestand nur noch aus Rauchsäulen und ebenso Castle Rock.

Sie schufteten rund um die Uhr in dem verzweifelten Bemühen, in die unterirdischen Gänge vorzustoßen.

Viel besser klangen die Nachrichten aus der russischen Basis auch nicht. Die Kohlenfeuer über Tage hatten sie zwar gelöscht, unter Tage aber brannte die Grube weiter, und sie wußten nicht, ob die eigentlichen Ebenen der Verteidigungsanlage ebenfalls davon betroffen waren. Die riesigen Tore hatten sich so verzogen, daß sie sich selbst mit brennenden Fackeln nicht öffnen ließen, und jetzt schufen sie einen neuen Zugang, trieben einen Stollen durch das massive Gestein. Unter dem Boden, auf dem sie arbeiteten, brannte es weiter bis in die Tiefe. Die Luftschächte waren zu gewunden und zu sehr mit Panzerung und Filtern gespickt, so daß sie überhaupt nichts nützten.

Die angespannte Atmosphäre in Kariba wurde noch gesteigert, als Dries Gloton plötzlich von der Bildfläche verschwand. Der einzige verbliebene Mann an den Luftabwehrgeschützen berichtete, Gloton sei im Morgengrauen einfach herausspaziert, habe neue Signallichter setzen lassen sowie Funkfeuer in der Nähe der Stelle, wo sein Raumkreuzer vor Anker lag. Und dann war er in die Lüfte entschwebt, ohne daß sie auch nur seine Spuren verfolgen konnten. Zwei rot aufblitzende Signallichter und das Funkfeuer, das alle Raumschiffe vom Konferenzbereich fernhielt ... mehr hatte er nicht hinterlassen.

Lord Voraz erklärte auf Fragen achselzuckend, es handle sich vermutlich um Bankgeschäfte, und Gloton habe wohl von seinen Vorrechten als Zweigstellenleiter Gebrauch gemacht. Dann widmete er sich wieder hingebungsvoll den Platten mit leckeren Appetithappen, die der Koch ihm ständig zwischen den Hauptmahlzeiten servierte. Hilfe war von ihm nicht zu erwarten.

Der eigentliche Schock jedoch, der Jonnie in diesen zwei Tagen versetzt wurde, war das überraschende Erscheinen von Hauptmann Rogodeter Snowl.

Die Konferenz hatte ihn als Zeugen vorgeladen und weder Jonnie noch den Mann an den Flugabwehrgeschützen davon verständigt.

Den ersten Hinweis bekam Jonnie, als das Geschütz losballerte.

Lord Dom platschte in die Operationszentrale wie eine ans Ufer gespülte Qualle, tobte und schrie, man solle gefälligst das Feuer einstellen.

Jonnie veranlaßte das. Zum Glück lag die Schußweite im äußersten Grenzbereich, und Angus hatte die Teleportationsanlage nicht in Betrieb. Doch Rogodeter Snowl, der es versäumt hatte, um Landeerlaubnis für seinen kleinen Raumgleiter zu ersuchen, wäre um ein Haar abgeschossen worden.

»Er wurde als Zeuge geladen!« wetterte Lord Dom. »Wissen Sie denn nicht, daß hier eine Gerichtsverhandlung stattfindet?«

Prozeß hin oder her, Jonnie steckte eine Smith and Wesson mit Thermitpatronen in den Gürtel und Stöpsel in die Ohren, als er hinausging, um den Raumgleiter selber mit Funk und Handbedienung nach unten zu leiten und sicherzustellen, daß der Tolnep nicht mitbekam, wie schutzlos sie tatsächlich waren.

So sehr es ihn auch drängte, Rogodeter zu erschießen, als er seiner ansichtig wurde, beschränkte er sich doch darauf, ihm den Sichtfilter abzunehmen, wobei er sich vergewisserte, daß der Tolnep keinen Ersatz dabei hatte, und ihn dann persönlich zum Konferenzraum zu geleiten. Er ließ ihn dort zurück, schärfte jedoch den anderen ein, nach der Vernehmung unbedingt die Operationszentrale zu benachrichtigen, denn für die Dauer seines Aufenthalts in Kariba sei Rogodeter stockblind und müsse daher zu seinem Raumgleiter zurückbegleitet werden.

Ungefähr fünf Stunden später riefen sie ihn, und er holte Rogodeter ab und führte ihn zum Raumgleiter. Doch bevor er ihm den Sichtfilter zurückgab, hatte er die Innenseite der Raumgleiter-Kuppel von Stammesführer Chong-won mit wäßriger schwarzer Tinte verschmieren lassen. Ob Rogodeter sich beschwerte oder nicht, daß er sich nun erst irgendwie Gucklöcher schaffen müßte, um zu seinem Raumschiff in der Umlaufbahn zurückzufinden, erfuhr Jonnie nicht - er hatte die Pfropfen in den Ohren.

Jonnie gab Rogodeter den Filter für die Augen zurück und las dem Tolnep, der ihn anstarrte, von den Lippen das eine Wort ab:

»Sie!«

Und Jonnie erwiderte: »Ich. Und zum Abschied nur eine persönliche Bemerkung - wenn ich Sie noch einmal auf dem Boden dieses Planeten sehe, werden Sie nichts zu lachen haben. Also halten Sie sich hier raus und machen Sie, daß Sie fortkommen!« Und damit klappte er geräuschvoll das Kuppeldach über ihm zu.

Als der Raumgleiter abgehoben hatte, nahm Jonnie die Pfropfen aus den Ohren und stellte fest, daß der einzige Mann an den Flugabwehrgeschützen ihn bereits seit zehn Minuten um Erlaubnis gebeten hatte, den Flugkörper »aus Versehen« abschießen zu dürfen. Jonnie konnte ihm das nachfühlen. Ihm war genauso zumute.

Und immer noch kein Lebenszeichen von Stormalong. Und aus Luxemburg nichts als unverständliches Kauderwelsch.

Keine Nachricht von Chrissie. Nichts von den Leuten aus seinem Heimatdorf. Nichts von seinen Freunden.

Zwei Tage schrecklicher Ungewißheit.

Er stellte fest, daß Tatenlosigkeit bei weitem schwerer zu ertragen war als das hektische Leben, das er bisher geführt hatte. Er näherte sich dem Punkt, an dem er meinte, die Angst und Sorge um die Menschen und den Planeten Erde nicht mehr ertragen zu können. Vielleicht hatte er vergebens um ihre Rettung gekämpft ...

Zu allem Überfluß wurde er um acht Uhr abends von Lord Voraz angehalten, der ihm einen Job mit fünfzigtausend Galaktischen Währungseinheiten Jahresgehalt anbot. Dafür sollte er im Gredides-System Teleportations-Konsolen für die Bank konstruieren - eine Lebensstellung! Jonnie mußte schleunigst weggehen, sonst wäre er unweigerlich rabiat geworden.

Ein wahrer Alptraum waren diese zwei Tage ...

## 2

Am folgenden Tag bahnte sich eine Wende an.

Jonnie hatte die Nacht in der Operationszentrale halb auf einem Schreibtisch liegend zugebracht, als Lord Dom erschien und ihn weckte.

»In zwei Stunden wird der Beschluß verkündet und zur Abstimmung gelangen«, teilte ihm Lord Dom mit.

»Ich bin kein Regierungsmitglied«, gab Jonnie wiederum zu bedenken.

»Das wissen wir«, entgegnete Lord Dom. »Aber es betrifft auch Sie persönlich, deshalb sollten Sie zugegen sein. Über die Reparationsfrage ist ebenfalls entschieden worden. Also kommen Sie!«

Aha, Reparationen. Ein plötzlicher Hoffnungsschimmer. Würden sie ausreichen, die Schuld an die Galaktische Bank zu begleichen? Wäre es zumindest genug, um Vereinbarungen zu treffen oder erste Zahlungen zu leisten, etwas in der Art?

Tinny hatte die Nacht über geschlafen, so gut es eben auf einem Stuhl ging; der Funkverkehr war minimal, und daher bat Jonnie den Stammesführer, ihn zu vertreten, und ging sich umziehen.

Mr. Tsung trug ein kleines, rundes, flaches Käppchen aus schwarzem Satin, oben mit einem blauen Knopf verziert, und strahlte unablässig, seitdem er wieder in Rang und Würden war. Er verbeugte sich und ließ die Badewanne auf einem Förderwagen hereinrollen. Danach half er Jonnie beim Ankleiden und versorgte ihn mit Essen.

Als er all das erledigt hatte, nahm Mr. Tsung ein kleines, flaches

Kästchen, das er an einer Seidenschnur um den Hals trug, schaltete es ein und flüsterte etwas hinein, und Jonnie hörte verblüfft, daß englische Worte zurückkamen - monotones Stakkato.

Jonnie zog die Augenbrauen hoch, und Mr. Tsung beeilte sich, ihm mit Hilfe des Kästchens zu erklären, es handele sich um ein Geschenk, das ihm der kleine graue Mann, Dries Gloton, vor seiner Abreise gegeben habe. Als Anerkennung für die Eröffnung eines Bankkontos! Anscheinend bemalte Mr. Tsungs Tochter große Bogen von handgefertigtem Reispapier mit Tigern und Vögeln und verkaufte sie den Delegierten für fünfzig Galaktische Währungseinheiten pro Stück; die Lords sprachen von naiver Kunst und Sammlerwert. Und sein Schwiegersohn hatte Drachenbilder auf runde Metallplatten mit dem Molekularspray aufgesprüht und diese den Lords für hundert Galaktische Währungseinheiten pro Stück verkauft. Und als guter Vater hatte sich Mr. Tsung trotz seiner Verachtung für Händler und ihr Gewerbe darum gekümmert, daß ihr Geld angelegt wurde.

Mr. Tsung erklärte Jonnie, daß Seine Exzellenz in der Bibliothek des Raumkreuzers ein Wörterbuch in Mandarin gefunden und die erforderliche Mikrokopie gemacht habe und - sehen Sie hier den kleinen Schalter? Drückt man ihn nach oben, kommt die Übersetzung von Mandarin ins Englische, bei der Mittelstufe Mandarin in Psychlo und bei der unteren Englisch in Psychlo. Und hörte sich das nicht komisch an, dieser chinesische Tonfall im Englischen?

Aber damit noch nicht genug, es hatte einen eingebauten Adapter, ein sogenanntes Foliophon. Sehen Sie dieses winzige Licht am Ende? Wenn man das über Mandarin-Schriftzeichen gleiten ließ, wurde der Text laut in Englisch oder Psychlo vorgelesen. Und ebenso umgekehrt: Psychlo oder Englisch in Mandarin. In Zukunft war er nun sicher vor Irreführungen oder eigenen Sprachschnitzern!

Das Gerät brauchte keine Batterien, sondern reagierte auf Körperwärme, und so konnte er jetzt direkt mit Jonnie reden! Selbstverständlich würde er trotzdem die Sprachen erlernen, denn auf die Dauer mißfiel ihm diese monotone Wiedergabe. Aber war Dries Gloton nicht ein wirklich netter Mann?

Daß Mr. Tsung sich nun ohne Koordinator mit ihm unterhalten konnte, freute Jonnie, aber dennoch fühlte er sich irgendwie von der Galaktischen Bank eingekreist.

Mr. Tsung legte gleich richtig los. »Wie ich erfahren habe, werden Sie hingehen, um sich das Urteil anzuhören, das Sie irgendwie auch betreffen soll. Da Sie ja noch nicht wissen, ob Sie für schuldig oder für unschuldig befunden werden, sitzen Sie einfach nur da und hören höflich zu, und wenn man Sie etwas fragt, verbeugen Sie sich - aber antworten Sie ja nicht! Verbeugen, weiter nichts. Auf diese Weise eröffnen Sie sich die Möglichkeit, ein neues Verfahren zu verlangen.«

Ein guter Rat, aber zur Nervenberuhigung trug er gewiß nicht bei. Stammesführer Chong-won teilte mit, daß über Funk nichts gekommen sei. Nein, keine Nachrichten von Stormalong, auch nicht aus Edinburgh oder Rußland.

Die Delegierten waren vollzählig versammelt. Sie hatten einiges im Konferenzraum umgestellt. Auf dem Podium stand jetzt ein hoher Schreibtisch, hinter dem Lord Fowljopan saß. Er blickte auf die Reihen der Delegierten. Entlang der Seitenwand waren Stühle aufgereiht. Schleim lag auf einem Förderwagen, in Ketten verschnürt, aus denen nur das Gesicht heraussah, zwischen Schreibtisch und Zuhörern.

Lord Dom wies Jonnie einen der Stühle an der Seitenwand zu, wo auch Lord Voraz Platz genommen hatte. Jonnie war klar, daß sie ihn nicht als zugehörig betrachteten. Sie ließen ihn völlig links liegen, würdigten ihn keines Blickes. Aber wenigstens war er nicht auf dem Förderwagen mit Schleim plaziert!

»Sie haben schon alles erörtert«, flüsterte Lord Voraz ihm zu. »Doch sie müssen noch jeden einzelnen Punkt überprüfen und darüber abstimmen. Das Ganze erinnert mehr an einen Vertragsabschluß als an ein Gerichtsverfahren. Es wundert mich, daß der Delegierte der Erde nicht anwesend ist. Na ja, bis zur Unterzeichnung können sie auch ohne ihn auskommen.«

Lord Fowljopan ersuchte Lord Browl durch ein Zeichen, die Versammlung zur Ordnung zu rufen, was prompt geschah.

»Über die neue Definition des Begriffs »Pirat« haben wir uns bereits geeinigt und dies vertraglich festgelegt«, erläuterte Lord Fowljopan. »Dennoch möchte ich Sie ausdrücklich darauf hinweisen, daß die neue Definition keinen Einfluß auf die jetzt getroffene Entscheidung haben kann, da sie nach dem zur Verhandlung stehenden Vorfall verabschiedet wurde. Ist das so richtig, verehrte Lords?«

Zustimmendes Nicken.

»Somit stützen wir uns in diesem Verfahren auf ermittelte Tatsachen und einschlägige Bestimmungen. Hauptmann Rogodeter Snowl wurde als Zeuge vernommen. Laut seiner ordnungsgemäß aktenkundig gemachten Aussage erhielt er den Befehl, sich über die Unverletzlichkeit der Konferenzzone hinwegzusetzen, von dem damaligen Tolnep-Delegierten Schleim. Ich glaube, es entspricht dem Willen dieser Versammlung, die Aussagen und Beweise des Zeugen Snowl zu akzeptieren, insbesondere unter Berücksichtigung der Tatsache, daß er sich für verpflichtet hielt, den Delegierten von Tolnep zu schützen. Dies entlastet Snowl. Stimmen Sie dafür?« Allgemeine Zustimmung.

»Somit hält es diese Versammlung für erwiesen, daß der besagte Delegierte von Tolnep namens Lord Schleim vorsätzlich und in böswilliger Absicht den Streitkräften von Tolnep den Befehl erteilt hat, den Konferenzbereich anzugreifen. Befinden Sie das für zutreffend?«

Sie bejahten es einstimmig, und Schleim zischte und spuckte vor Wut.

»Weiterhin wurde durch Zeugenaussage erwiesen«, fuhr Fowljopan fort, »daß der besagte Delegierte von Tolnep versuchte, andere Delegierte während der Ausübung ihrer rechtmäßigen, altehrwürdigen Pflichten zu paralysieren, zu erschießen und anderweitig zu verletzen, was einen eindeutigen Verstoß gegen eine Reihe von Bestimmungen darstellt, die einzeln aufzuzählen zu zeitraubend wäre. Stimmen Sie mit diesem Punkt überein?«

Wiederum Einstimmigkeit, und wiederum zischte und spuckte Schleim wie rasend um sich.

»Daher hat dieses rechtmäßig zusammengetretene Gremium aufgrund eines hierdurch zwischen den Planeten getroffenen vertraglichen Abkommens beschlossen, daß Tolnep hinfort für einen Zeitraum von einhundert Jahren als geächteter Staat zu betrachten ist! Stimmen Sie dafür?«

Sie taten es, finster entschlossenen Blickes.

»Sämtliche mit dem Planeten und dem Staat Tolnep geschlossenen Verträge werden hiermit annulliert!« verkündete Fowljopan. Stimmen Sie dafür?«

Wiederum Einstimmigkeit.

»Sämtliche Botschaften, Gesandtschaften und Konsulate des Planeten und Staates Tolnep werden geschlossen und ihre diplomatischen Vertreter ausgewiesen. Die Abwicklung der einschlägigen Routineangelegenheiten wird für die nächsten einhundert Jahre durch die Botschaften, Gesandtschaften und Konsulate von Hawvin wahrgenommen, zu den üblichen Gebührensätzen. Sind Sie mit dieser Regelung einverstanden?«

Sie waren es.

»Da diese Versammlung die Garantie für die persönliche Sicherheit des genannten Schleim sowie für seine unversehrte Rückkehr auf seinen Heimatplaneten übernommen hat, ist es die Entscheidung dieses Gremiums, daß der genannte Schleim nackt und in Ketten auf dem öffentlichen Sklavenmarkt der Stadt Creeth, Tolnep, abgesetzt wird, um damit die Mißbilligung dieser Versammlung zum Ausdruck zu bringen. Entspricht dies Ihrem Wunsch?«

Genau das wünschten sie. Schleim zischte und spuckte. Jonnie fragte sich, wann sie wohl endlich auf die sogenannten Reparationen zu sprechen kämen. Er knüpfte daran zwar nur eine schwache Hoffnung, aber immerhin ...

Fowljopan fuhr fort: »Da Tolnep die Mehrzahl der Kampfraumschiffe gestellt hatte und ebenso, laut Schleims eigener Aussage, die er vor dieser Versammlung gemacht hat, den dienstältesten kommandierenden Offizier des gemischten Verbandes, ist das Gremium zu der Entscheidung gelangt, daß die übrigen Staaten, die dem gemischten Verband angehörten, von der Anklage freizusprechen sind. Da jedoch die Anwesenheit ihrer Streitkräfte im Luftraum über dem Konferenzbereich eine fortgesetzte Bedrohung darstellt, wird dieser Freispruch an folgende Bedingungen geknüpft: a) sie haben zu gewährleisten, daß die tolnepische Raumflotte sämtliche Gefangenen unversehrt an einem vom Oberbefehlshaber der Erde angegebenen Ort übergibt; b) alle möglicherweise von ihnen gefangengenommenen Angehörigen der irdischen Streitkräfte sind unversehrt an den gleichen oder einen ähnlichen Ort zu bringen; c) daß sie dann, notfalls unter Anwendung militärischen Druckes, die tolnepische Raumflotte veranlassen, auf der Oberfläche von Tolnep zu landen, weil damit, wie dieser Versammlung bekannt, jeder neuerliche Start der tolnepischen Raumflotte ausgeschlossen wird; und d) daß sie danach auf ihre jeweiligen Heimatplaneten zurückkehren. Bei den mit der Durchführung dieser Bestimmungen beauftragten Streitkräften handelt es sich um die der Bolbods, Hawkins, Hockner, Jambitschows und der Drawkins sowie um sämtliche in ihren Diensten stehenden Streitkräfte und alle sonstigen anderen Planeten oder Staaten außerhalb dieses Systems. Ist das hiermit entschieden?«

Es ergab sich eine lebhafte Diskussion darüber, ob die Delegierten der Betroffenen abstimmen oder sich der Stimme enthalten sollten.

»Ich nehme an, Sie können einen Ort für die Übergabe der Gefangenen benennen, in Abwesenheit eines amtlichen Vertreters?« flüsterte Lord Voraz.

»Ja«, flüsterte Jonnie zurück, »aber sie sagen ja gar nichts darüber, was wir mit eventuellen Gefangenen tun sollen.«

»Es handelt sich hier um keinen Friedensvertrag«, flüsterte Lord Voraz. »Das alles bezieht sich auf strafbare Handlungen, die gegen diese Konferenz gerichtet sind. Ich ... hm ... habe ein Wort mitgesprochen, was die gefangengenommenen Erdenbewohner betrifft. Sie sind planetarische Aktivposten, verstehen Sie? Angehörige der Raumflotte dort oben, die Sie genommen haben, würden nur in einem Friedensvertrag Erwähnung finden. Und ich bezweifle, daß sie die zurücknehmen würden - aus Angst vor Seuchengefahr. Sie könnten ja auf die Idee kommen, die Sache durch biologische Kriegführung zu beenden. In den Bestimmungen ist ausdrücklich von ›unversehrt‹ die Rede, also sind Sie abgesichert und brauchen sich um Ihre Leute keine Sorgen zu machen.«

Aktivposten, dachte Jonnie. Sie, Lord Voraz, denken doch nur an den Wert des Besitztums, das Sie wieder an sich zu bringen versuchen. Doch das sagte er nicht laut. Er war froh, daß sie all ihre Gefangenen zurückbekamen.

Nach einigem Hin und Her waren sie schließlich zu der Entscheidung gelangt, daß die Delegierten der übrigen am Kampf beteiligten Parteien abstimmen sollten, da sich das im Protokoll besser machen würde. Damit ergab sich ein einstimmiges Votum.

»Den Satzungen dieser Konferenz gemäß muß erwähnt werden, daß ein persönlicher Gewaltakt stattgefunden hat, der sich gegen den damaligen Delegierten, Lord Schleim, richtete«, sagte Fowljopan.

Lord Voraz tippte Jonnie ans Knie. »Das betrifft Sie.«

»Ein gewisser Jonnie Goodboy Tyler hat, Augenzeugen zufolge, einen Stock oder ein Zepter nach dem besagten Lord Schleim geworfen und ihn getroffen. Es ist der Wunsch dieser Versammlung, den genannten Tyler freizusprechen. Stimmen Sie dafür?«

Sie taten es, und *jetzt* spuckte Schleim buchstäblich Gift und Galle.

»Jetzt kommt der angenehme Teil«, flüsterte Lord Voraz.

»Gemäß Klausel 103, die zum Schutz und zur Rettung des Lebens von Konferenzteilnehmern geleistete Dienste betrifft, ist festzustellen, daß der als Jonnie Goodboy Tyler Bezeichnete den Absichten des besagten Schleim zuvorkam und ihn entwaffnete, womit der geplante Angriff verhindert wurde. Als Anerkennung wird ihm hiermit der Orden der Karminroten Schärpe verliehen. Entspricht dies dem Wunsch der Versammlung?«

Prasselnder Beifall, lebhaftes Stimmengewirr.

Lord Voraz wisperte: »Die Kaiserin Beaz, Herrscherin der Chatovarianer, hat diesen Orden vor dreiundachtzigtausendzweihundertachtundsechzig Jahren gestiftet, als ein Diener ihrem Liebhaber bei einer Konferenz das Leben rettete. Jemand wollte ihn ermorden, der Diener verhinderte es, erlitt jedoch dabei eine leichte Schnittverletzung. Daher der Name >Karminrote Schärpe<.« Er zog hastig ein kleines Buch aus der Tasche, das sich prompt vergrößerte, und sah darin nach. »Es berechtigt Sie, den Titel >Lord< zu führen, und bringt eine Pension von zweitausend Galaktischen Währungseinheiten jährlich. Wir verwalten den Treuhandfonds. Ich muß mir das notieren.«

Sie applaudierten immer noch, und Lord Browl gab Jonnie durch ein Zeichen zu verstehen, er sollte sich erheben und verbeugen. Jonnie nahm sich vor, Windsplitter mit der Schärpe zu schmücken. Er war erbittert - was nützten ihm solche Auszeichnungen? Er setzte sich wieder. Das dauerte wirklich seine Zeit, bis sie sich zum Thema Reparationen bequemten. Aha, endlich waren sie soweit!

Fowljopan entrollte eine lange Zahlenliste. »Es wurde ferner festgestellt, daß Ansehen und Würde der Delegierten und ihrer Planeten durch den ungebührenden Angriff oder Angriffsversuch, den besagter Schleim gegen sie gerichtet hat, verletzt wurden. Hiermit wird dem Planeten Tolnep durch diese Konferenz eine Geldbuße und Reparation in Höhe von einer Billion Galaktische Währungseinheiten auferlegt.«

Fowljopan rasselte herunter: »Die Delegierten, deren Raumschiffe sich zum Zeitpunkt dieses Zwischenfalls in der Luft befanden, erhalten keinen Anteil an dieser Entschädigung, da der Verdacht wissentlicher oder unwissentlicher Beihilfe nicht vollständig ausgeräumt werden konnte. Wie bereits in den vorausgegangenen Beratungen erörtert, wird der Betrag, der auf die einzelnen Delegierten entfällt, nach der von ihnen vertretenen Bevölkerungszahl errechnet.« Er ratterte einen Schwall von Zahlen herunter. »Ist die Versammlung damit einverstanden?«

Einige Berechnungen wurden korrigiert.

»Die Erde bekommt fast gar nichts!« sagte Jonnie leise zu Lord Voraz.

»Einige der Delegierten repräsentieren Hunderte von Milliarden Einwohner«, antwortete Lord Voraz. »Die Chatovarianer haben auf ihren siebenhundert Planeten fast dreiundneunzig Billionen. Wieviel sind es hier bei Ihnen? Dreiunddreißigtausend?«

Die Delegierten erklärten sich mit den berichtigten Zahlen einverstanden. Jonnie hielt den Atem an. Wie sah es mit den Schäden aus, die auf der Erde angerichtet worden waren? Würden sie aus diesen Beträgen beglichen? Oder sollte diese Frage ganz unter den Tisch fallen?

»Die gesamte finanzielle Abwicklung liegt bei der Galaktischen Bank zu ihren üblichen Geschäftsbedingungen, die auch für jede

Sondervereinbarung gelten.« Über diesen Punkt ließ Fowljopan nicht abstimmen - eine knappe Mitteilung, und damit basta. Und Lord Voraz nickte nur.

»Hiermit ist unsere Entscheidungsfindung abgeschlossen«, erklärte Fowljopan. »Entspricht es dem Wunsch dieser Versammlung, daß nunmehr die Protokolle formgerecht ausgearbeitet werden zwecks Unterzeichnung und Beglaubigung?«

Jonnie flüsterte Lord Voraz drängend zu: »Einen Augenblick noch! Sie haben eine Anzahl von Städten niedergebrannt, wie sie selber behaupten. Es gibt jede Menge Kriegsschäden.«

»Darauf habe ich hinzuweisen versucht; es hätte eine Wertsteigerung bedeutet«, antwortete Lord Voraz leise, »aber dies ist ja eben keine Friedenskonferenz, sondern ein Verfahren, das über die gegen die Konferenz gerichteten strafbaren Handlungen befindet und darüber eine entsprechende vertragliche Regelung abschließt.« Keine Reparationen für die Erde? Jonnie wäre am liebsten aufgesprungen und hätte lauthals protestiert. Wenn Sir Robert oder MacAdam dagewesen wären ...

»Eine Billion Galaktische Währungseinheiten Geldbuße, das ist hart«, raunte Lord Voraz. »Das macht Tolnep wirtschaftlich restlos kaputt. Selbst wenn der Erde eine Entschädigung für die zerstörten Städte zuerkannt würde, könnte Tolnep sie nach dieser enormen Geldbuße niemals bezahlen. Seien Sie froh. Sie sind all die feindlichen Streitkräfte losgeworden.«

Und zugleich alle Möglichkeiten, den Rechtsanspruch eindeutig zu klären, dachte Jonnie verbittert. Jetzt waren sie wehrlos ausgeliefert, wenn die Bank die Hypothek für fällig erklärte und sie nicht über die erforderlichen Geldmittel verfügten.

Doch zunächst war es Fowljopan, der Jonnie zusammenstauchte. »Ihr Delegierter war nicht zugegen! Ein schwerer Verstoß gegen die Regeln, höchst ungebührlich. An den gefaßten Beschlüssen ändert sich dadurch zwar nichts, sie bleiben bestehen, aber wenn er nicht hier ist, um sie zu unterzeichnen, werden sie nicht rechtsgültig. Dann haben Sie weiterhin Krieg. Deshalb sollten Sie Ihrer Regierung besser empfehlen, ihn schleunigst herzuschaffen. Morgen nachmittag sind die Papiere unterschriftsreif. Sorgen Sie dafür, daß er dann hier ist!«

»Ich bin kein Vertreter ...«, begann Jonnie.

»Sie haben Einfluß!« fiel ihm Fowljopan ins Wort. »Nutzen Sie ihn! Wir wollen hier endlich fertig werden und nach Hause reisen!«

»Tun Sie lieber, was er sagt«, flüsterte Lord Voraz.

Als Jonnie aufblickte, sah er Dries Gloton an der Tür stehen. Er war also zurückgekommen!

Beim Hinausgehen hörte er, wie Dries seinen Chef fragte: »Wird der Vertreter der Erde anwesend sein?«

Voraz deutete auf Jonnie.

»Werden Sie ihn herholen?« wandte sich Dries Gloton an Jonnie. Er werde es versuchen, entgegnete Jonnie, worauf Dries und Lord Voraz sich ansahen und grinsten.

Jonnie achtete kaum auf die beiden. Die Aussichtslosigkeit der Lage bedrückte ihn. Keine Reparationen für die Erde ...

## 3

Jonnie war nur wenige Schritte von der Tür zum Konferenzraum entfernt, als ihn die kalte Wut packte.

Krieg! Jeder einzelne der Lords dort drin oder ihre Regierungen brauchten nur ein Wort zu sagen, und schon schwirrten ihre Raumflotten ab, um anderen die Schädel einzuschlagen!

Und wenn sie das besorgt hatten, konnten sie sich unbeschwert wieder davonmachen, ohne auch nur einen Gedanken daran zu verschwenden, was sie angerichtet hatten, und dann womöglich ein andermal erneut aufkreuzen, um noch mehr Leben und Wohnstätten zu vernichten.

Jonnie machte einen Rundgang um das Areal. Die Mittagssonne schien warm, und als er am Haupteingang vorbeikam, wehten ihm die Ventilatoren eine angenehme Brise entgegen.

In den Schützenlöchern lagen kleine Kinder und schauten ihm neugierig nach. Die angeleinten Hunde beschnupperten ihn hechelnd und begannen dann freudig mit den Schwänzen zu wedeln. Die älteren Kinder, die zuerst die kleineren gefüttert hatten, hockten im Schneidersitz auf der Erde und aßen aus Schalen. Sie nickten ihm freudestrahlend zu, als er an ihnen vorbeiging.

Warum sollten diese Kinder keine Chance haben? Warum konnte ihnen keine glückliche, gesicherte Zukunft beschieden sein?

Krieg! Was gab diesen eiskalten, anonymen Nationen das Recht, zu morden und zu wüten, andere hilflose Lebewesen zu überfallen, zu unterdrücken und auszuplündern?

Ob man es nun »nationale Interessenpolitik« oder »Staatsraison« oder sonstwie nannte, das Ergebnis blieb sich gleich - ein Wahnsinnsakt.

Psychlo! Welches Recht hatte Psychlo, diesen Planeten zu verwüsten? Hätten sie sich nicht alles kaufen können, was sie wollten? Es gab keinen vernünftigen Grund, der sie daran gehindert hätte, einfach zu kommen und zu sagen: »Wir brauchen Erz. Dafür bieten wir dies und jenes, oder Technologie.« Aber nein, Mord und Diebstahl paßten ihnen besser ins Konzept.

Er dachte an die Zeiten, bevor die Besucher aus fernen Galaxien kamen. Wie glücklich waren sie gewesen, frei von Zwang und Unterdrückung, mit dem festen Willen, für ein menschenwürdiges Dasein zu arbeiten. Und dann erschienen die Besucher. Und mit ihnen die Bank.

Organisation mochte ja durchaus notwendig sein. Aber das gab niemandem das Recht, einen derart unmenschlichen, gefühllosen Regierungsapparat zu schaffen!

Er dachte an Brown Limper und all den Blödsinn, den er im Namen des »Staates« verzapft hatte. Und trotzdem war Brown Limper ja noch geradezu vernünftig gewesen, verglichen mit jenen Lords dort drinnen.

Jonnie blickte auf die Kinder. Und da faßte er seinen Entschluß. Was immer geschah, Krieg würde es nicht mehr geben. Nirgends.

Er war so in diesen Gedanken vertieft, daß Stammesführer Chong-won ihn am Arm rütteln mußte, um ihn auf sich aufmerksam zu machen.

Der Stammesführer hüpfte vor Aufregung und bedeutete Jonnie, ihm zu folgen, und schubste ihn schließlich energisch in die Operationszentrale.

Tinny strahlte! Aus ihren Kopfhörern drang ein Wortschwall in Pali. Sie sagte etwas ins Mikrophon und wandte sich dann Jonnie zu.

»Das war der schottische Offizier, der die Rettungsaktion in Rußland leitet«, erklärte Tinny. »Sie haben entdeckt, daß aus einem Lüftungsschacht grüne Rauchwölkchen kommen. Drinnen hat jemand die Panzerplatte von den Rohren entfernen können. Jetzt holen sie gerade die Leute mit einem Grubenaufzug heraus!«

Jede Minute liefen neue Berichte ein. Tinny drehte sich zu Jonnie um: »Colonel Iwan! Es ist für Sie!« Er sagte: »Melden Sie Marschall Jonnie, die tapfere Rote Armee steht ihm nach wie vor zur Verfügung!«

Jonnie wollte antworten, aber das Sprechen fiel ihm schwer. Doch Tinny hatte schon wieder etwas Neues. »Hier ist noch jemand für Jonnie. Er möchte Ihre Stimme hören!« Sie schob Jonnie die Kopfhörer zu.

Unbekümmert sagte die Stimme im Klartext: »Jonnie? Hier spricht Tom Smiley Townsen!«

Jonnie brachte kein Wort heraus.

»Jonnie, die Leute aus dem Dorf sind alle gesund und munter. Es ist keinem etwas passiert, Jonnie. Sind Sie noch da, Jonnie. Sind Sie noch da, Jonnie?«

»Gott sei Dank!« Ein Stoßseufzer entrang sich Jonnie. »Sagen Sie ihnen das in meinem Namen, Tom. Sagen Sie's allen. Gott sei Dank!«

Und dann fiel er auf einen Stuhl und weinte. Tränen der Erleichterung. Er merkte erst jetzt, wieviel Sorgen er sich um sie gemacht hatte. Mit eiserner Willenskraft hatte er das unterdrückt, um arbeiten zu können.

Immer noch wurden Meldungen übermittelt, und er bekam alle Hände voll zu tun. Sie wollten wissen, wohin sie gehen sollten, und er wiederum konnte ihnen die freudige Mitteilung machen, daß der Feind abgezogen sei und zu welchen Bedingungen. Jubelschreie im Hintergrund übertönten nun die Stimme des dortigen Funkers.

Sie hatten fünf verwundete Piloten, zahlreiche Verbrennungen und erbaten Hilfe aus Schottland. Er erfuhr, daß sie das alte unterirdische Hospital in Aberdeen wieder in Betrieb genommen hatten, und ließ die Schwerverletzten direkt hinfliegen. In Aberdeen eiste er eine Krankenschwester los, die gleich mit nach Taschkent zurückfliegen sollte, zur Betreuung der leichteren Fälle.

All diese Probleme hielten ihn so in Atem, daß er Sir Robert ganz vergessen hatte, bis Dries Gloton ihn durch Chong-won daran erinnern ließ.

Jonnie paßte das gar nicht. Die Rettungsaktion in Castle Rock war bisher nicht gelungen, und Sir Robert unter diesen Umständen dort wegzuholen, würde viel Mühe kosten. Weil er das wußte, hatte er schon überlegt, ob er Lord Fowljopan dazu bewegen könnte, die Unterzeichnung um einen Tag zu verschieben. Mit Sir Robert wäre es jetzt bestimmt eine Nervenprobe ...

Trotzdem ließ er die Verbindung herstellen und traf Vorkehrungen für die Übergabe der Gefangenen. Die Sammelstelle sollte Balmoral Castle sein, achtzig Kilometer westlich von Aberdeen und aus der Luft mühelos auszumachen - einmal gab es in der Nähe drei auffällige Berggipfel, außerdem einen Fluß, und schließlich war Balmoral selbst eine markante Ruine. Von Aberdeen führte eine recht gute Straße dorthin, doch Thor meinte, er könnte diejenigen, die ärztliche Hilfe brauchten, in einen Truppentransporter verfrachten und ins Lazarett nach Aberdeen bringen. Jonnie gab ihm ein paar Vorsichtsmaßregeln und ging dann zum Delegierten von Hawvin, der jetzt offenbar die Verbindung zur Raumflotte hielt. Er überreichte ihm einen genauen Lageplan zur

Weiterleitung an den Befehlshaber von Hawvin. Das ließe sich noch an diesem Nachmittag erledigen, erklärten sie ihm, dafür brauchten sie nicht die Unterzeichnung abzuwarten. Wie viele Gefangene es waren, wußte niemand, aber es würden mehrere Raumgleiter hingeschickt. Alles weitere überließ Jonnie ihnen und Thor.

Während er all das in die Wege leitete, war ihm immer deutlicher geworden, wie hektisch es in Edinburgh zuging, so daß er vor einem Gespräch mit Sir Robert noch mehr zurückscheute.

Schon wieder erschien Chong-won, von Dries Gloton geschickt, um ihn zu drängen. Du lieber Himmel, die kleinen grauen Männer setzten wirklich alle Hebel in Bewegung, um Sir Robert herzuholen!

Mit viel Überredungskunst bewog er schließlich die Funker in Schottland, Sir Robert ausfindig zu machen, und als er ihn glücklich am Funkgerät hatte, bestätigten sich seine Befürchtungen in vollem Umfang.

»Was stellt ihr euch eigentlich vor!« hatte Sir Robert losgewettert. Und soweit es den Funkern überhaupt möglich war, das alles zu übersetzen und zu übermitteln, stauchte er Jonnie gehörig zusammen!

Wußte Jonnie denn nicht, daß sich in den alten Bunkern unter dem Felsen zweitausendeinhundert Menschen befanden - sofern sie noch lebten? Daß sämtliche möglichen Zugänge durch schwere Bombeneinschläge verschüttet waren? Daß sie da und dort Luftschläuche hineingebohrt hatten, aber wie sollte man sich auf diesem Weg wohl verständigen? Die seitlichen Felswände von Castle Rock waren zertrümmert, so daß es jedesmal einen Erdrutsch gab, sobald sie einen Verbindungsgang geschaffen hatten.

Ja, Dwight war da. Ja, Dwight hatte Tunnelstützen aus Cornwall geholt und versuchte jetzt, sie einzurammen. Bildete sich Jonnie etwa ein, sie ständen hier alle nur tatenlos herum?

Es war ja ganz in Ordnung, daß Jonnie mit diesen affektierten Lords zusammenhockte und Tee trank.

»Machen Sie ruhig weiter, trinken Sie Tee, aber verschonen Sie die Leute mit diesem, diesem ...«

Es kostete Jonnie eine halbe Stunde, Sir Robert einzuhämmern, daß ohne seine Unterschrift die Angelegenheit mit den »Besuchern« eben nicht beendet wäre, sondern weiterginge.

Schließlich erklärte Sir Robert unter lästerlichen Flüchen, die den Funkern auf Pali erhebliche Schwierigkeiten bereiteten, er werde einen Piloten abzweigen und herunterfliegen.

Jonnie lehnte sich erschöpft zurück. Sich mit Sir Robert

herumzuschlagen, war nicht seine Sache. Außerdem hatte er volles Verständnis für ihn und seine Lage. Immerhin war seine Tante Ellen ja ebenfalls in diesen verschütteten Bunkern. Und Chrissie! Ihm blieb nichts weiter übrig, als hier zu sitzen und das Laufende zu erledigen, während er im Innersten davon überzeugt war, daß er jetzt nach Schottland gehörte, um dort - notfalls mit bloßen Händen - nach den Verschütteten zu graben.

Der kleine graue Mann machte ein hocherfreutes Gesicht, als Chong-won ihm Sir Roberts Erscheinen ankündigte.

## 4

Am nächtlichen Himmel raste von Norden her ein Flugkörper mit Überschallgeschwindigkeit auf Kariba zu.

Der Mann am Flugabwehrgeschütz meldete über Sprechfunk, ein Flugkörper nähere sich in friedlicher Absicht und erbitte Landegenehmigung.

Jonnie ging hinaus, um das Aufsetzen der Maschine zu beobachten. Die Tür öffnete sich, jemand sprang aus dem Cockpit. Anstelle des Gesichts ein weißer verschwommener Fleck - Jonnie spähte scharf durch die Dunkelheit: ein Verband, das Gesicht des Ankömmlings war vollständig bandagiert.

Ein Finger zeigte auf Jonnies Bart. »Klasse!« Dunneldeen!

Sie umarmten sich voller Freude. Dann schubste Dunneldeen ihn zurück an einen Platz, wo die Beleuchtung besser war, und betrachtete Jonnie gründlich. »Einfach Klasse! Jemand hat Ihnen den Bart um die Hälfte gestutzt! Dafür ist meiner zur Hälfte verbrannt! Melden Sie mich bei Ihrem Friseur an!«

»Sind Sie abgeschossen worden?« fragte Jonnie mit etwas besorgtem Blick auf das mit Verbandzeug zugepflasterte Gesicht.

»Nur keine Beleidigungen, mein Junge!« gab Dunneldeen zurück. »Welcher Bolbod oder Drawkin oder Hockner könnte wohl das As der Asse abschießen? Nein, Jonnie, mein Junge, das ist bei der Brandbekämpfung passiert. Die Verbrennungen sind halb so wild, aber Sie kennen doch Dr. Allen. Der ist ja erst glücklich, wenn er einen wie einen Säugling gewickelt hat.«

»Wie sieht's dort oben aus?« erkundigte sich Jonnie.

»Schlimm. Den Brand haben wir zwar gelöscht, aber mehr auch nicht. Dwight und Thor versuchen, Gänge freizulegen, doch der Fels rutscht. Es besteht durchaus begründete Hoffnung, und das ist auch schon alles, was ich Ihnen geben kann. Sagen Sie, ist der kleine graue Mann hierher zurückgekommen? Gehört der Raumkreuzer da drüben ihm?«

»War er denn in Edinburgh?«

»Und ob. Hat überall rumgeschnüffelt und jeden mit Fragen bombardiert. War ständig allen im Weg. Und dann schien er gefunden zu haben, wonach er suchte, und zischte ab nach Aberdeen. Um ein Haar wäre er abgeschossen worden! Er suchte den König - Sie wissen schon, den Clanchef der Fearghus.«

»Wie geht es ihm? Ich meine, dem Clanchef?« erkundigte sich Jonnie.

»Na ja, er ist ein Bluter. Bei ihm hören Schnittwunden einfach nicht mehr auf zu bluten. Ich predigte ihm dauernd, er soll sich aus Kriegen raushalten - die sind ungesund! Immerhin haben wir ihn draußen gefunden und schleunigst ins Lazarett nach Aberdeen geschafft. Dort haben sie Bluttransfusionen gemacht. Der kleine graue Mann hat versucht, reinzukommen und mit ihm zu reden, und natürlich wurde er vom Gefolge des Clanchefs hochkant rausgeworfen. Aber dann hat er Dr. Allen erwischt und ihn in die Enge getrieben. Anscheinend hat der Bursche«, er zeigte auf den Raumkreuzer, dessen Lichter ständig blinkten, »alles vollgestopft mit Büchern, lauter Mikrochips. Und er hat aus Dr. Allen rausgequetscht, was dem Clanchef fehlt, und dann haben die beiden jede Menge von alten Büchern durchgesehen, welche, die noch von Menschen stammten, und Dr. Allen fand raus, daß ein Präparat namens Vitamin K das Blut gerinnen läßt. Dieses Präparat haben sie nun synthetisch hergestellt, und was soll ich Ihnen sagen ... die Blutung wurde gestillt! Der Clanchef erholt sich zusehends. Was ist dieser graue Mann eigentlich - Arzt?«

»Nein«, antwortet Jonnie. »Er ist Zweigstellenleiter der Galaktischen Bank für diesen Bereich. Ich erzähle Ihnen das später ausführlich. Jedenfalls war er in Schottland, um sich zu vergewissern, daß dieser Planet eine Regierung hat!«

»Na, trotzdem war das mit dem Vitamin K nett von ihm«, meinte Dunneldeen.

Über die Genesung des Clanchefs freute sich Jonnie natürlich, aber das Gefühl, von den Bankiers eingekreist zu werden, verstärkte sich. Daß sie drauf und dran waren, ihnen die Verfallserklärung zu präsentieren, verschwieg er Dunneldeen wohlweislich. »Haben Sie Stormalong irgendwo gesehen?« fragte er.

Dunneldeen schüttelte den Kopf. »Lassen Sie uns Sir Robert rausholen. Er schläft im Flugzeug, der Mann ist zu Tode erschöpft.«

Und tatsächlich - da lag Sir Robert wie tot, er sah und hörte nichts. Haar und Bart angesengt, aschgrau im Gesicht, überall rußgeschwärzte Stellen, die Hände mit Schrammen und Kratzern bedeckt, die Kleider zerfetzt und teilweise verbrannt - ein Bild des Jammers. Sir Robert sah genau aus wie das, was er war - ein alter Mann, der tagelang durch die Hölle gegangen war, ohne sich auch nur einen Augenblick Ruhe zu gönnen.

Sie versuchten, ihn hochzubekommen und dann gemeinsam zu tragen, doch der alte Haudegen war sehr schwer, ganz besonders im Ruhezustand. Sie nahmen einen Förderwagen und rollten ihn ins Hospital.

Jonnie scheuchte die Krankenschwester auf, und sie untersuchte Sir Robert. Bis auf die Hände war er nicht verletzt. Sie spritzten ihm Vitamin-B-Komplex, und er zuckte nicht mal beim Einstich der Nadel zusammen.

Plötzlich tauchte Mr. Tsung mitsamt Familie auf. Sie sahen sich genau um und sausten wieder davon, um alles vorzubereiten. Binnen kurzem hatten sie Sir Robert gebadet, die versengten Partien von Haar und Bart weggeschnitten und möglichst gleichmäßig zurechtgestutzt. Dann packten sie ihn ins Bett. Und bei alldem hatte er nicht einmal die Augen geöffnet.

Jonnie ging zurück ins Hospital, wo er Dunneldeen gelassen hatte, und fand ihn tief schlafend auf einem Stuhl sitzend, während die Krankenschwester ihm den Verband wechselte. Die Verbrennungen waren zum Glück nicht entstellend, aber der Bart sah wirklich arg ramponiert aus. Jonnie ließ die Schwester kurz innehalten und rief Mr. Tsungs Tochter herbei, die prompt mit der Schere erschien und Dunneldeen den gleichen Bartschnitt wie Jonnie verpaßte.

Jonnie hatte gehofft, Dunneldeen könnte ihn in der Operationszentrale vertreten, während er nach Stormalong fahndete. Doch Dunneldeen war wahrhaftig nicht in der Verfassung, etwas anderes zu tun als zu schlafen. Jonnie vertraute ihn der Familie Tsung an, die ihm nun ein Bad zurechtmachte und ihn danach zu Bett brachte.

In Edinburgh mußte es unvorstellbar schrecklich zugehen!

Jonnie ließ eine Funkverbindung mit Rußland herstellen. Sie hatten mehrere tausend Leute in die alte Verteidigungsanlage hineingepfercht. Zweihundertfünfzig Chinesen aus Nordchina, dann die Sibirier und die Sherpas. Tinny erhielt ein paar Nachrichten, die für sie von besonderem Interesse waren: die verbliebenen Mönche und die buddhistische Bibliothek, außerdem die chinesische Bibliothek und ähnliches waren in Sicherheit. Sie lief hinaus, um Chong-won und Mr. Tsung davon Mitteilung zu machen. Egal, wie spät nachts es in Taschkent wie in Edinburgh sein mochte -

Jonnie brachte alles auf Trab.

Die wichtigste Frage hieß jetzt: Wo steckte Stormalong? Wo war MacAdam? Aus Luxemburg bekamen sie von der weiblichen Stimme immer wieder die gleichen Worte zu hören - es klang so ähnlich wie »Je ne comprends pas« -, und die sagten mit Sicherheit nichts über Stormalong oder den schottischen Bankier aus. Müßte er etwa die Sache mit der Verfallserklärung ganz allein durchstehen, ohne jede Unterstützung?

## 5

Die Unterzeichnung sollte am Nachmittag stattfinden, wie man Jonnie mitteilte.

Lord Dom und Dries Gloton erschienen in der Operationszentrale. Dries wirkte außerordentlich munter und vergnügt. »Wie ich höre, ist der Vertreter der Erde vergangene Nacht eingetroffen«, sagte er. »Sorgen Sie dafür, daß er bei der Unterzeichnung zugegen ist.« Jonnie blickte auf die Uhr. Es war früh am Vormittag. Er machte sich auf den Weg zu dem Zimmer, in dem sie den alten Haudegen und Dunneldeen untergebracht hatten.

Dunneldeen war bereits angezogen und schien bester Laune zu sein, trotz seines bandagierten Gesichtes. Sir Robert blinzelte nur verschlafen, so daß Jonnie mit Dunneldeen in die Operationszentrale zurückging.

»Ich möchte Sie bitten, diesen Posten hier zu übernehmen«, begann Jonnie. »Ich bleibe noch zur Unterzeichnung, aber sofort danach starte ich, um Stormalong zu suchen.« Er wies Dunneldeen in alles ein und kehrte dann zu Sir Robert zurück.

Der alte Schotte saß griesgrämig auf der Bettkante, die knochigen Gliedmaßen kaum bedeckt, und löffelte etwas in sich hinein, das Stammesführer Chong-won gebracht hatte.

»Vertragsunterzeichnung!« brummte er unwirsch. »Glatte Zeitverschwendung. Die halten sich doch niemals an irgendwelche Verträge. Das hier ist ein wunderschöner Planet, und den wollen sie unbedingt haben! Mein Platz ist jetzt in Edinburgh, da kann ich wenigstens helfen, die armen Leute auszubuddeln. Sie hatten ja recht, MacTyler, in Cornwall wären sie alle besser aufgehoben gewesen!«

Jonnie ließ ihn in Ruhe aufessen und holte dann einen Projektor. Während Sir Robert fast ununterbrochen schimpfte und fluchte, weil man ihn aus Schottland wegbeordert hatte, schaffte es Jonnie, ihn ausführlich über den Ablauf der Ereignisse sowie über mögliche Gegenmaßnahmen zu informieren. Als er damit fertig war, sah er Sir Robert abwartend an.

»Ich bin kein Diplomat!« polterte der alte Haudegen. »Das hab ich schließlich bewiesen! Und Rechtsanwalt oder Bankier bin ich ebensowenig. Die Chance ist wahrhaftig hauchdünn, aber ich werde tun, was Sie sagen.«

Mehr wollte Jonnie ja nicht.

Nachmittags gingen sie in den Konferenzraum - Sir Robert in voller Montur, Jonnie mit Drachenhelm und schwarzseidener Jacke. Keiner der Anwesenden nahm besondere Notiz von ihnen.

Die ausgefertigte umfangreiche Vertragsrolle lag ausgebreitet auf einem Tisch, an den jeder Delegierte einzeln herantreten konnte, um zu unterzeichnen, sein Amtssiegel aufzudrücken, sich beides von der Bank beglaubigen zu lassen und dann an seinen Platz zurückzukehren.

Das Ganze glich einer Prozession. Dries Gloton und Fowljopan verharrten als einzige auf ihrem Platz am Tisch.

Sir Robert kochte vor Wut über diese Zeitverschwendung, aber er äußerte seinen Unmut mit gedämpfter Stimme und nur Jonnie gegenüber. Die Prozedur dauerte nun schon fast eine Stunde und schien kein Ende zu nehmen.

Zuletzt kam die Erde an die Reihe. Sir Robert schritt zum Tisch, setzte seinen Namen unter das Schriftstück, träufelte etwas Siegellack auf das Papier und drückte seinen Siegelring fest in die Masse. Dries versah die Vertragsrolle mit einer bankeigenen plombierten Kordel und hielt sie dann zur allgemeinen Besichtigung hoch.

»Hiermit attestiere ich, daß die Galaktische Bank die Rechtsgültigkeit des Vertrages von Kariba, Erde, beglaubigt hat«, sagte Dries. »Nach Abschluß der Formalitäten möchte ich vorschlagen, sämtlichen betroffenen Raumschiffen unverzüglich Kopien davon zu übermitteln.« Er breitete die Rolle aus, zog einen Mikrosensor aus der Brusttasche und ließ ihn über das Papier gleiten.

Jonnie brachte das Schriftstück zu Dunneldeen in die Operationszentrale zwecks Übermittlung und Herstellung von Kopien für sie selber, sämtliche Delegierten und die Bank.

Der Lord der Hawkins erhob sich. »Ich habe die Nachricht erhalten, daß alle Gefangenen am festgelegten Ort abgesetzt wurden und daß der dortige Vertreter der Erde diese Übergabe ordnungsgemäß quittiert hat«.

Dries sah Jonnie an. Die Nachricht stammte von Thor und war am frühen Vormittag eingetroffen. Es handelte sich um insgesamt dreizehn Gefangene - sieben Piloten, drei russische Soldaten, zwei

Sherpas und ein Schotte. Ihr Zustand war durchaus zufriedenstellend. Aber da es auf keinem der Raumschiffe für Erdenbewohner geeignete Nahrungsmittel gab, hatten sie durch Hungern schwere Mangelerscheinungen davongetragen und wären bei einer monatelangen Raumfahrt mit Sicherheit zugrunde gegangen. Man hatte sie schnellstens nach Aberdeen gebracht, wo sie künstlich ernährt und ihre leichten Verwundungen behandelt wurden. Thor war mit dem Hawvin-Offizier, der die Aktion leitete, in einen heftigen Streit geraten, da einer der Piloten sich genau daran erinnerte, daß die Tolneps noch einen weiteren Piloten gefangengenommen hatten. Nachdem er die erste Gruppe auf den Weg gebracht hatte, wich Thor nicht von der Stelle, bis einwandfrei feststand, daß die Tolneps - wie nicht anders zu erwarten - tatsächlich einen Piloten zurückhielten, einen Deutschen. Es hatte zwei volle Stunden gedauert, bis er endlich abgesetzt wurde. Sie schworen, das sei nun wirklich alles, und Thor hatte ihnen dann auch geglaubt.

»Unser Offizier bestätigt, daß wir die Gefangenen zurückbekommen haben«, erklärte Jonnie

Die Delegierten, deren Raumschiffe in der Umlaufbahn kreisten, erteilten daraufhin ihren jeweiligen Kommandeuren entsprechende Anweisungen.

Alles wartete. Dann erschien Dunneldeen und meldete, Beobachtungen in Rußland zufolge habe die gesamte Raumflotte in der Orbitalbahn Leuchtsignale gegeben, sich um die tolnepischen Raumschiffe formiert und sich entfernt. Eine auffällige Begleiterscheinung sei dabei festgestellt worden. Sie waren zunächst immer größer geworden und dann plötzlich verschwunden. Der Funkkontakt war abgebrochen.

Alle begaben sich nun nach draußen, und Angus teleportierte Schleim - nackt, in Ketten verschnürt und um sich speiend - auf den Sklavenmarkt in Creeth.* Die Delegierten kehrten in den Konferenzraum zurück.

*Dieser Vertrag hatte ein kurioses Nachspiel. Nach seiner Rückkehr benutzte Lord Schleim die Eigentümer von Creeths Presseorgan - die führende Tolnep-Zeitung »Mitternachts-Hatz« -, die über den Tod ihres Starreporters Arsebogger vor Empörung kochten, für eine Verleumdungskampagne gegen Rogodeter Snowl. Man machte ihn für die ganze Katastrophe verantwortlich, denn Schleim behauptete, es sei Snowls "falsche Zeugenaussage« gewesen, die Schande über ihn und Tolnep gebracht habe. Eine aufhetzte Menge fiel in den Straßen

Sir Robert dachte, damit sei der Fall erledigt. Er saß jetzt grollend in der ersten Reihe.

Dries Gloton lächelte. Er ging zu ihm hin und zog ein dickes Schriftstück aus der Tasche.

»Sie, verehrte Lords«, wandte er sich an die Versammlung, »können bezeugen, das die Frage der Eigentümerschaft in bezug auf die Erde nunmehr einwandfrei geklärt ist. Die Regierung des Planeten ist intakt. Der König befindet sich auf dem Wege der Besserung. Der hier anwesende Vertreter der Erde besitzt offizielle Handlungsvollmacht.«

Und dann verkündete er triumphierend: »Der Rechtsanspruch auf den Planeten ist klar. Hiermit präsentiere ich Ihnen als dem Delegierten der Erde einen Mahnbescheid! Wird diese Hypothek nach entsprechender Verhandlung, spätestens jedoch binnen einer Woche, nicht eingelöst, so zieht das die Verfallserklärung nach sich, was den Planeten sowie sämtliche vorhandenen Vermögenswerte und die Bevölkerung einschließt.«

Er warf das Schriftstück Sir Robert in den Schoß. »Hiermit ist die Zustellung ordnungsgemäß erfolgt.«

Sir Robert saß da wie versteinert und starrte auf das Schriftstück.

Dries Gloton bedachte Jonnie mit seinem Haifisch-Lächeln. »Haben Sie vielen Dank dafür, daß Sie ihn hergebracht und zum öffentlichen Auftreten veranlaßt haben, damit ihm dieses Schriftstück rechtmäßig ausgehändigt werden konnte. Neben meiner Funktion als Zweigstellenleiter nehme ich gewöhnlich auch noch die Aufgaben meines Inkassobüros persönlich wahr.«

---

von Creeth über Rogodeter Snowl her, der an den tödlichen Bißwunden starb. Ein Verwandter des Offiziers, Agitor Snowl, legte nun seinerseits den Überfall und den Mord Lord Schleim zur Last. Gemeinsam mit einer Gruppe von Offizieren der Raumflotte wartete er, bis Lord Schleim seine nächste offizielle Rede hielt, und dann sprengten sie ihn mitsamt dem Plenum des House of Plunder in die Luft - ein Zwischenfall, der unter dem Namen »Die große Schleim-Verschwörung« bekannt wurde. Ohne Raumflotte sah sich Tolnep außerstande, weiterhin Sklavenhandel zu betreiben, der die wirtschaftliche Grundlage gebildet hatte, so daß es bald darauf die Entschädigungszahlungen nicht mehr aufbringen konnte. Bei der von jeher korrupten Einkommensteuerbehörde klappte es nicht mehr mit den regelmäßigen Schmiergeldern an höhere Beamte, und so setzten sie nacheinander die Bürger von Tolnep wegen Steuervergehen fest, ließen ihnen die Giftzähne ziehen, sterilisierten sie und verkauften sie als Sklaven.

Schließlich erwarben die Hawvins den Planeten, führten die Ausrottung zu Ende, und damit hatten die Tolneps aufgehört zu existieren.

(Auszug aus: Galaktische Bank, Kundendienst-Information, Bd. 43562789 A.)

Er ging zu einem Stuhl und holte einen Stapel umfangreicher Broschüren, kehrte aufs Podium zurück und wandte sich an die versammelten Delegierten:

»Verehrte Lords, die Hauptfrage dieser Zusammenkunft - den Rechtsanspruch auf die Erde zu klären - ist erfüllt. Wie ich weiß, besitzt jedoch jeder von Ihnen Vollmacht, Territorien für seinen Staat zu erwerben. Dafür gibt es andere Mittel und Wege als Krieg.« Die Lords reagierten achselzuckend. Krieg sei die sicherste Methode, meinte einer. Die geistige Gesundheit des Volkes könne nur durch Krieg erhalten bleiben, verkündete ein anderer. Wie ein Staat denn wohl seine Macht ohne Krieg demonstrieren solle, wollte Browl wissen. Ohne Kriegsanleihen würde sich die Galaktische Bank nur schwer halten können, bemerkte Dom bissig. Für Herrscher seien Kriege das einzige Mittel, zu Ruhm zu gelangen, lachte ein anderer. Sie waren alle recht ausgelassen.

Jonnie packte das kalte Grausen, als er das mit anhörte. Hier wurde ihm die eiskalte Grausamkeit großer Staatswesen vor Augen geführt.

»Fahren Sie fort, Euer Exzellenz«, gluckste Fowljopan. »Wir wissen alle, worauf Sie hinauswollen.«

Lächelnd begann Dries, die Broschüren zu verteilen. »Diese Informationen habe ich zusammengestellt, während ich auf die Klärung des Rechtsanspruches wartete. Sie finden darin Angaben über Masse, Oberflächenstruktur, Klima, Meere, Gebirge und außerdem ein paar Landschaftsansichten. Ein wirklich sehr hübscher Planet. Er könnte mehrere Milliarden Einwohner ernähren, sofern es sich um Luftatmer handelt. Aber die meisten von Ihnen haben ja Kolonien, wo eine gleichartige Lufthülle existiert und die derzeit unter Überbevölkerung leiden.«

Als er die Broschüre verteilt hatte, begannen die Lords sich mit den Farbaufnahmen zu beschäftigen. »Sie verfügen über Sicherheiten, Kredit und viele von Ihnen auch über Barmittel. Zur Besetzung würde ein minimaler Söldnerverband ausreichen, denn Sie wissen ja, daß die Verteidigungsanlagen ziemlich veraltet sind und daß es bei dem geringen Personalbestand unmöglich wäre, sich einer Invasion zu widersetzen. Die Abtretung des Rechtsanspruchs würde sämtliche Einwohner und Aktivposten einschließen.«

Er sah sie der Reihe nach eindringlich an, als er fortfuhr: »Sollten Sie sich also entschließen, noch etwas zu verweilen, kann ich Ihnen in Aussicht stellen, daß dieser Planet - nach Verfallserklärung und Wiederinbesitznahme durch die Bank - innerhalb von sieben Tagen zur Versteigerung gelangt, sofern keine annehmbaren Bedingungen für die Begleichung seiner Schulden vereinbart werden - was wenig wahrscheinlich sein dürfte, da weder Barmittel noch Sicherheiten noch Kredit vorhanden sind. Ich danke Ihnen, werte Lords.«

Sie schwatzten lebhaft, studierten die Broschüren und schienen in ausgesprochener Urlaubsstimmung zu sein. Kein Zweifel, daß sie hierbleiben würden, selbst diejenigen aus fernen Universen.

Jonnie wandte sich an Dries Gloton: »Also war das Ganze nur eine Geldfrage!«

Dries lächelte. »Wir haben Ihnen gegenüber auch nicht die leisesten feindseligen Gefühle. Bankwesen ist nun mal Bankwesen, und Geschäft ist eben Geschäft. Zahlungsverpflichtungen muß man erfüllen. Das weiß schließlich jedes Kind.«

Und zu Sir Robert: »Sorgen Sie dafür, daß wir uns baldmöglichst zu einer Verhandlung zusammensetzen, ja? Dann können wir die Angelegenheit endgültig hinter uns bringen.«

Sir Robert und Jonnie verließen den Raum.

## 6

Im Kraterrund herrschte reges Treiben. Stammesführer Chong-wons Leute waren größtenteils durch die Nordchinesen, die Jonnie von Rußland nach Edinburgh geschickt hatte, abgelöst worden.

Die Rückkehrer waren rußverschmiert und versengt. Manche befanden sich unverkennbar im Zustand totaler Erschöpfung, woran auch die Ruhe während des Fluges von Edinburgh nichts geändert hatte. Sie liefen auf ihre Kinder zu, hoben sie hoch, drückten sie an sich und überschütteten die älteren Kinder mit Fragen. Die Hunde zerrten an den Leinen und kläfften zur Begrüßung. Ein Bild der Wiedersehensfreude.

Jonnie war froh, daß er sie bei den Bergungsarbeiten hatte ablösen lassen. Sie hatten ununterbrochen geschuftet und wären in Kürze am Ende ihrer Kräfte gewesen. Es war eine unglaubliche, nahezu übermenschliche Leistung, die sie hinter sich hatten. Während er beobachtete, wie freudestrahlende Väter mit ihren Sprößlingen schwatzten, wie besorgte Mütter sich erkundigten, ob die Kleinsten gut versorgt worden seien, dachte Jonnie an die eingebildeten, herablassenden Lords und die Arroganz der Staatsmacht. Was kümmerte es sie schon, wie es diesen Menschen hier erging? Ja, selbst wenn die Regierungen solcher Staaten mitunter gerecht oder sogar sozial handelten, so waren das doch nur Gesten, und sie blieben, was sie waren - kalte, harte Machtapparate, die Menschen manipulierten, sie an Leib und Leben bedrohten, gewissenlos, ohne lange zu überlegen.

Stammesführer Chong-won war emsig dabei, alles zu organisieren. Im Vorübergehen teilte er Jonnie mit, daß er sie in dem alten Kuppelbau der Außenstation unterbringen werde. Sie hatten ihn instand gesetzt, es gab dort unterirdische Räume, und das Ionisationskabel funktionierte jetzt auch.

Nun, Jonnie hatte die Unterzeichnung hinter sich. Dunneldeen konnte ihn vertreten.

In der Operationszentrale fragte er ihn: »Haben die Chinesen irgendwelche Nachrichten aus Edinburgh mitgebracht?«

Dunneldeen schüttelte den Kopf.

Jonnie schnappte sich eine Atemmaske und eine Fliegerjacke. »Dann mache ich mich auf die Suche nach Stormalong!«

Er kam nur bis zum Ausgang, wo er mit Stormalong zusammenstieß.

»Wo haben Sie denn gesteckt?« schrie Jonnie. »Ich hab Tag und Nacht probiert, Sie irgendwo zu erreichen!«

Stormalong schob ihn in einen Bunker, wo sie ungehört reden konnten. »Ich fliege seit Tagen ununterbrochen herum und liefere einen Luftkampf nach dem anderen!« Man sah es ihm an. Er war hager und hohläugig, der weiße Schal verschmutzt, die Jacke mit Schweiß- und Schmierflecken übersät. An der Schulter hatte er sogar eine Brandstelle von einem Einschuß.

»Sie sind verletzt«, sagte Jonnie.

»Ach wo, das ist nichts. Ein Offizier der Drawkins hatte sich nicht ergeben. Ich mußte ihn mit einem Kampfflugkörper jagen! Stellen Sie sich das mal vor, er rennt zu Fuß einen Berghang rauf, Ben Lomond und ich müssen ihn mit 'ner Wuchtdruckwaffe stoppen, nicht etwa töten, beileibe nicht, nein, nur zum Halten bringen! Und als ich dann aufsetzte und rauskletterte, hat er sich einfach tot gestellt und auf mich geschossen, und ich mußte ihn wieder mit 'ner Handfeuerwaffe lahmlegen. Junge, das war 'ne wildbewegte Zeit, da ging's rund!«

»Was haben Sie denn nun eigentlich getan?« wollte Jonnie wissen, denn vorerst war ihm das Ganze unklar.

»Gefangene fassen! Sie haben Soldaten und Piloten rings um Singapur einfach zurückgelassen, manche verwundet, manche nicht. In Rußland haben sie sich nicht die Mühe gemacht, ihre Verwundeten abzutransportieren. Bei Edinburgh muß Dunneldeen dreißig feindliche Flugkörper abgeschossen haben, und die herauskatapultierten Piloten lagen irgendwo westlich oder im Hochland verstreut. Die aufzusammeln, das kostet ein hartes Stück Arbeit, glauben Sie mir! Die denken, man wird sie foltern, mit Viren besprühen oder sie umbringen. Und da ergeben sie sich nicht so mir nichts dir nichts!«

»Das haben Sie alles im Alleingang gemacht?«

»Abgesehen von einem halben Dutzend Bankwachen. Und das sind Franzosen, Jonnie. Keine Soldaten. Sie können Tresore bewachen oder Wertsachen transportieren, das vielleicht, aber ...«

»Stormalong, überall dort gab es Funkeinrichtungen! Sie müssen Ihr Gerät doch eingeschaltet haben! Die Leute müssen Sie gesehen haben! Wieso haben Sie sich denn nicht gemeldet?« Jonnie konnte sich das alles nicht zusammenreimen.

»MacAdam wollte es nicht zulassen, Jonnie. Und er hat jedem, dem wir begegnet sind, eingeschärft, ja nicht über Funk durchzugeben, daß sie uns gesehen haben. Ich hab ihm gesagt, daß Sie sich Sorgen machen würden. Aber er meinte, nein, nein. Absolute Funkstille sei unbedingt erforderlich. Tut mir leid, Jonnie.«

Behutsam und geduldig bat Jonnie: »Fangen Sie ganz von vorn an. Haben Sie die Aufzeichnung meines Gesprächs mit den beiden kleinen grauen Männern abgeliefert?«

Stormalong ließ sich auf eine Munitionskiste fallen. Er vergewisserte sich, daß sie außer Sicht- und Hörweite waren. »Ich kam am frühen Morgen dort an und ging sofort in MacAdams Schlafzimmer. Und als er hörte, daß Sie mich geschickt hatten, ließ er das Ganze sofort durch einen Projektor laufen. Danach rief er den Deutschen, schnappte sich sechs Wachen und einen Korb voll Galaktischer Banknoten, schärfte einem Mädchen in seinem Büro ein, keinerlei Auskünfte zu geben, und dann flogen wir los. Er hat mich schlicht und einfach entführt!«

»Und wie ging's weiter?« drängte Jonnie.

»Wir haben auf sämtlichen Kriegsschauplätzen nach Offizieren gesucht. Er hatte eine Liste bei sich und wollte von jeder am Kampf beteiligten Spezies mehrere Vertreter haben. Jonnie, diese französischen Bankwachen waren überhaupt keine Hilfe! Ich mußte alles selber machen, fliegen und kämpfen. Trotzdem konnte ich mich zwischendurch ausruhen. Sobald wir ein paar Offiziere aufgesammelt hatten ... wußten Sie übrigens, daß er und der Deutsche ausgezeichnet Psychlo sprechen? Ich war erstaunt, wie intensiv sie sich damit beschäftigt haben. Sie verhörten sie, und in der Zeit konnte ich wenigstens etwas Schlaf bekommen. Dann verfrachteten wir die Gefangenen, natürlich gefesselt, an Bord - die Wachen hielten die Waffen auf sie gerichtet - und flogen den nächsten Schauplatz an.«

»Was wollte er denn von ihnen wissen?«

»Keine Ahnung. Gefoltert hat er sie jedenfalls nicht. Manchmal hat er sich mit ihnen unterhalten, mehr nicht.«

Jonnie blickte durch den Bunkereingang zum Flugkörper hinüber. Die Wachmänner, in graue Uniformen gekleidet, waren zwar dort, aber anstatt Gefangene vor sich her zu treiben, luden sie Kisten aus, die von ein paar Chinesen in Förderwagen gestapelt und eilends ins Kraterrund gefahren wurden. »Ich sehe keine Gefangenen«, bemerkte Jonnie.

»Na ja«, erwiderte Stormalong, »wir kamen dann nach Luxemburg zurück und holten ein paar Kisten ab, er nahm noch einige Wachen mit - Deutsche diesmal -, und wir flogen runter zur Außenstation am Victoriasee. Dort konnte ich mich' ne Weile ausruhen, weil er sich so lange mit den Gefangenen, die wir schon hatten, unterhielt. Dann luden wir die Gefangenen aus, machten uns auf den Weg, und da sind wir. Und das ist alles.«

Das ist bei weitem nicht alles, dachte Jonnie. Er empfahl Stormalong, etwas zu essen und sich danach hinzulegen, und ging auf die Suche nach dem Bankier.

MacAdam, klein und untersetzt, schwarzer, graumelierter Bart, scheuchte die Leute mit energischen Gesten kreuz und quer durch die Gegend. Als er Jonnie sah, hielt er jäh inne und schüttelte ihm kräftig die Hand. Dann drehte er sich um und winkte einen Mann heran.

»Ich glaube, Sie haben Baron von Roth noch nicht kennengelernt«, sagte MacAdam, »meinen Kollegen in der Irdischen Planetarischen Bank.«

Der Deutsche war ebenso hochgewachsen wie Jonnie, nur massiger. Er hatte eine rötliche Gesichtsfarbe und wirkte offen und herzlich. »Ach, das freut mich aber!« begrüßte er Jonnic und umarmte ihn spontan.

MacAdam war im Kraterrund verschwunden, der Deutsche wuchtete eine schwere Kiste hoch und eilte hinterher.

Jonnie wußte einigermaßen über den Deutschen Bescheid. Der Baron hatte zwar mit Molkereiprodukten und anderen Nahrungsmitteln ein Vermögen verdient, stammte jedoch aus einer Familie, die vor dem Überfall der Psychlos jahrhundertelang das europäische Bankwesen kontrolliert hatte. Er machte jedenfalls den Eindruck eines sehr energischen, fähigen Geschäftsmannes.

Aus dem Kampfflugkörper wurden jetzt die letzten Gepäckstücke entladen und durch den Eingang gefahren. Jonnie konnte sich nicht recht vorstellen, was sie eigentlich vorhatten.

Drinnen war eine Mannschaft aus Chinesen und einigen Bankwachen unter der Leitung von Chong-won damit beschäftigt, an der Dachkante der Pagode riesige Planen aufzuhängen und so die Plattform selbst völlig abzuschirmen. Einige Chinesen spannten von einem Bunker zur Konsole Grubenkabel, an denen sie gleichfalls Planen befestigten, so daß ein geschützter Durchgang entstand. Unmöglich zu erkennen, was auf der Plattform vor sich ging ...

MacAdam sprach mit Angus, als Jonnie dazukam. Beide lächelten ihm zu, doch MacAdam hatte es sehr eilig und sagte nur: »Später, später.«

Das ganze Gepäck war in dem geschützten Bunker verschwunden. Keine Spur mehr von den chinesischen Kindern und den Hunden. Ein paar Chinesen räumten im Kraterrund auf. Einige Delegierte tauchten auf und sahen zu, was mit den Planen geschah, doch entfernten sie sich bald wieder und vertieften sich neuerlich in Gespräche über die Broschüre, erörterten Vorzüge und Nachteile des angebotenen Versteigerungsobjektes Erde.

Dunneldeen war auf seinem Posten in der Operationszentrale und berichtete Jonnie, er habe Stormalong überredet, sich den Bart wie »Sir Francis Drake« stutzen zu lassen. Nein, aus Edinburgh nichts Neues, nur daß die jetzt dort eingesetzten Nordchinesen ihre Sache ausgezeichnet machten. Wußte Jonnie, daß sie von viel höherem Wuchs waren?

Ach ja, Ker und zwei Bankwachen hielten fünfzig neue Gefangene in Victoria mit Sturmgewehren in Schach.

Jonnie blickte zum Himmel empor. Schlimmstenfalls würde er den Fall eben auf seine Art lösen - das mochte zwar unabsehbare Folgen für die Zukunft heraufbeschwören, ließ sich aber vielleicht nicht vermeiden.

Er ging in sein Zimmer, um sich umzuziehen. Ihnen blieben ein paar kurze Tage, und die würden im Fluge verstreichen - wie immer, wenn man nichts so dringend brauchte wie Zeit.

Die entscheidende Konfrontation, die letzte Schlacht ... sie stand unmittelbar bevor.

# 7

Der schicksalhafte Augenblick nahte.

Fünf Tage waren vergangen.

Jonnie saß allein in dem kleinen Sitzungsraum, den man für die Zusammenkunft der Bankiers hergerichtet hatte, und wartete auf die anderen.

Er hegte nicht den leisesten Zweifel, daß die bevorstehende Schlacht viel gewaltigere Ausmaße haben würde als jede andere zuvor.

Einfach nur tatenlos herumzusitzen, während MacAdam und Baron von Roth alles vorbereiteten, war nicht Jonnies Sache.

Die beiden hatten wahrhaft genug um die Ohren. Fünf Tage und Nächte hindurch war das Kraterrund erfüllt gewesen vom Summen der Drähte. Auf der Plattform der Teleportationsanlage hinter den Planen war alles mögliche angekommen und abgefeuert worden, pausenlos.

Sie unterhielten sich nicht, aus Furcht, abgehört zu werden, und beließen es bei knappen Mitteilungen wie »Motoren abgestellt!«, »Keine Flugkörper in Sicht!«, »Achtung!« und »Abfeuern!«. Sobald sich jemand, insbesondere die Delegierten oder die kleinen grauen Männer, den Planen oder dem verhängten Zugang zu einem Bunker näherte, hatten strenge Bankwachen sie energisch zurückgedrängt. Von MacAdam bekam Jonnie nichts weiter zu hören als: »Später, später!« Sogar Angus blieb stumm.

Aus Mr. Tsungs Hinweis auf die komplizierte Materie, um die es in dieser Verhandlung ging, hatte Jonnie geschlossen, daß sie sich wohl mehrere Tage hinziehen würde. Ein Satz von Mr. Tsung war ihm im Gedächtnis haftengeblieben: »Die Macht, die Geld und Gold auf die Seelen der Menschen ausüben, übersteigt jedes Vorstellungsvermögen.«

Am Tag nach MacAdams Ankunft war Jonnie noch vor Morgengrauen oben in den Lüften. Er hatte von einer Universität gehört, die am Rand einer alten Ruinenstadt namens Salisbury lag, etwa zweihundertachtzig Kilometer südöstlich von Kariba. Sein Versuch, Sir Robert zum Mitkommen zu bewegen, war gescheitert; der alte Haudegen verharrte am Funkgerät im Operationsraum, um alles für Edinburgh zu tun, was in seinen Kräften stand. Statt dessen hatte Jonnie nun ein paar chinesische Soldaten mitgenommen, die dafür sorgen sollten, daß er sich ungestört seinen Studien widmen konnte, ohne von Löwen oder Elefanten behelligt zu werden.

Die Universität war zerstört, zur Bibliothek jedoch konnte er sich durch Staub und Schutt Zugang verschaffen, da Dach und Mauern standgehalten hatten. Jonnie hatte sich in dem Trümmerhaufen niedergelassen und die fest verklumpten Karteikarten voneinander gelöst und auch bald genau gefunden, was er suchte. Es handelte sich um eine erstaunlich reichhaltige Bibliothek. Wirtschaftliche Fachliteratur gab es in Hülle und Fülle, wahrscheinlich, weil der verhältnismäßig junge Staat auf ökonomischem Gebiet schwer zu kämpfen gehabt hatte. Über die Geschichte von Volkswirtschaft und Bankwesen konnte man sich anhand der englisch geschriebenen Bücher ein recht umfassendes Bild machen.

Mr. Tsung hatte völlig recht! Eine komplizierte, hochspezialisierte Materie. Und wenn man sich irrte, wie beispielsweise ein gewisser Keynes, auf den alle eine Wut bekommen hatten, gab es ein heilloses Durcheinander. Jonnie gelangte zu dem Schluß, daß der Staat für die *Menschen* da war und nicht umgekehrt. Jedenfalls sollte es so sein. Und der einzelne arbeitete, stellte irgendwelche Dinge her und tauschte sie gegen andere Dinge. Und das Ganze ließ sich mit Geld leichter durchführen. Das Geld selbst aber konnte manipuliert werden. Die Chinkos waren hervorragende, geduldige Lehrer gewesen, sie hatten Jonnie beigebracht, systematisch zu lernen. Und mit seinem Verstand begriff er Fakten und Zusammenhänge im Nu.

Vier jener fünf Tage hatte er in der staubigen Luft gehockt, nur Augen und Ohren für die Bücher gehabt, während die chinesischen Wachen ihm schwarze Mambas und afrikanische Büffel fernhielten.

Als er jetzt im Sitzungsraum auf die anderen wartete, erfüllte es ihn mit Genugtuung, daß er zwar kein Fachmann war, aber zumindest verstehen konnte, worum es in dieser Schlacht ging.

Sir Robert erschien, übellaunig grummelnd, und setzte sich neben Jonnie. Wenn auch die kleinen grauen Männer angedeutet hatten, daß der Fall zwischen ihnen und Sir Robert verhandelt würde, so wußte der Befehlshaber von Schottland doch genau, daß hier mit Zweihändern und Lochaberäxten nichts zu gewinnen war, und überließ für seine Person alles den Fachleuten. Seine Sorge galt in erster Linie Edinburgh. Mit Hilfe von dünnen Schläuchen hatten sie Lebensmittel und Wasser in die verschiedenen Bunker bringen können, aber ihre Bemühungen, die unterirdischen Gänge freizubekommen, wurden immer wieder durch zerbröckelndes Gestein behindert. Seit Tagen hatten sie nun gewaltige, schwere Rohrverschalungen eingerammt und konnten nur hoffen, daß der Fels diesmal hielt.

Dries Gloton und Lord Voraz traten ein. Sie setzten sich an die eine Seite des Tisches, den man für vier Personen in der Mitte aufgestellt hatte. Sie wirkten überaus gepflegt in ihren tadellosen grauen Anzügen. Die Papierberge und die Aktenkoffer, die sie mitgeschleppt hatten, legten sie nun vor sich hin. Sie glichen haargenau hungrigen Haifischen.

Weder Jonnie noch Sir Robert hatten von ihrer Ankunft Notiz genommen.

»Sie scheinen heute nicht gerade gut gelaunt zu sein«, bemerkte Lord Voraz.

»Wir pflegen unsere Kämpfe mit dem Schwert auszutragen«, entgegnete Sir Robert. »Mit den Geldwechslern im Tempel haben wir nichts zu tun.«

Daß Sir Robert plötzlich ins Englische verfiel, veranlaßte die kleinen grauen Männer, ihre Sprachumwandler einzuschalten.

»Beim Hereinkommen habe ich überall in den Schützenlöchern um den Erdtrichter fünfzig Soldaten mit weißen Jacken und roten Hosen bemerkt«, sagte Dries Gloton.

»Eine Ehrenwache«, erklärte Sir Robert.

»Sie hatten jede Menge Waffen«, stellte Dries fest. »Und der eine Riesenkerl, der sah nun wirklich eher wie ein Bandit aus und nicht wie der Kommandeur einer Ehrenwache.«

»Das würde ich Colonel Iwan besser nicht hören lassen«, meinte Sir Robert.

»Ist Ihnen eigentlich klar, daß Sie als Staat geächtet würden, wenn Sie die Delegierten und uns töten?« fragte Dries Gloton. »Es ist allgemein bekannt, wo wir uns aufhalten. Ein Dutzend Raumflotten würde hier aufkreuzen und Sie restlos fertigmachen.«

»Immer noch besser, gegen Raumflotten zu kämpfen, als durch einen Papierkrieg zu verenden«, knurrte Sir Robert und zeigte auf die Aktenberge. »Von den Russen droht keine Gefahr, wenn Sie uns reinen Wein einschenken und keine Mätzchen machen. Wir wissen, daß hier mit faulen Tricks gekämpft wird. Trotzdem bleibt es eine Schlacht, und zwar eine verdammt mörderische!«

Lord Voraz wandte sich an Jonnie. »Warum betrachten Sie uns mit solcher Feindseligkeit, Sir Lord Jonnie? Ich versichere Ihnen, daß wir für Sie persönlich nur die aller freundschaftlichsten Gefühle empfinden. Wir hegen größte Bewunderung für Sie. Das müssen Sie glauben.« Er wirkte aufrichtig und war es vermutlich auch.

»Aber Bankwesen ist Bankwesen. Und Geschäft ist Geschäft. Stimmt's nicht?« fragte Jonnie ironisch.

»Natürlich!« bestätigte Lord Voraz. »Dennoch kommt mitunter persönliche Wertschätzung ins Spiel. Und bei Ihnen ist das fraglos der Fall. In den letzten paar Tagen habe ich mehrfach versucht, Sie ausfindig zu machen. Höchst bedauerlich, daß wir vor dieser Sitzung nicht das geplante Gespräch führen konnten. Wir sind Ihre persönlichen Freunde, ehrlich!«

»In welcher Hinsicht?« erkundigte sich Jonnie kühl.

Vor diesem Tonfall hätte ein Grislybär oder ein Elefant die Flucht ergriffen. Nicht so Lord Voraz. »Sind Sie sich im klaren darüber, daß der Verkauf eines Planeten auch seine sämtlichen Bewohner und seine Technologie beinhaltet? Haben Sie denn die Broschüre nicht gelesen? Sie selbst und Ihre nächsten Mitarbeiter sind vom Verkauf ausgenommen und ebenso alles, was Sie möglicherweise entwickelt haben.«

»Wie großzügig!« kommentierte Jonnie voll beißendem Sarkasmus.

»Da wir keine Gelegenheit hatten, miteinander zu reden, und die anderen sich anscheinend verspäten, kann ich es Ihnen auch jetzt gleich mitteilen«, begann Lord Voraz. »Wir haben ein Angebot ausgearbeitet. Wir wollen in der Galaktischen Bank eine technische Abteilung einrichten und Sie zum Leiter machen. Wir werden eine schöne Fabrik in Snautch - das ist die Hauptstadt des Systems, verstehen Sie - bauen, Ihnen alles zur Verfügung stellen, was Sie brauchen, und Ihnen einen Vertrag auf Lebenszeit geben. Sollte Ihnen die Summe, die ich ja schon einmal angeboten habe, zu niedrig erscheinen, können wir darüber verhandeln. An Geld würde es Ihnen nicht fehlen.«

»Und Geld ist alles!« bemerkte Jonnie schneidend.

Beide Bankiers waren über diesen Ton entrüstet. »Aber das ist es doch auch!« schrie Lord Voraz. »Jedes Ding hat seinen Preis! Man kann alles kaufen.«

»Dinge wie Anstand und Loyalität sind nicht käuflich«, entgegnete Jonnie.

»Junger Mann«, sagte Lord Voraz streng, »Sie sind hochbegabt und besitzen sicherlich noch viele andere hervorragende Eigenschaften, aber bei Ihrer Erziehung sind einige fundamentale Fehler und Versäumnisse begangen worden!«

»Ich würde nicht so mit ihm reden«, warnte Sir Robert.

»Oh, das tut mir leid. Entschuldigen Sie bitte. Vor lauter Hilfsbereitschaft habe ich mich hinreißen lassen.«

»Das hört sich schon besser an«, knurrte Sir Robert und ließ den Griff des Zweihänders los.

»Sehen Sie, ein Wissenschaftler sollte von einer Gesellschaftengagiert werden«, erklärte Lord Voraz. »Was er entwickelt, gehört der Gesellschaft. Wenn er versucht, selbständig zu arbeiten und alles in eigener Regie abzuwickeln, hat das für ihn ziemlich verheerende Folgen. In diesem Punkt sind sich alle Gesellschaften, alle Banken und gewiß alle Staaten völlig einig. Ein Wissenschaftler sollte in aller Ruhe sein regelmäßiges Einkommen beziehen, seine Patente der Gesellschaft überlassen und weiterarbeiten. Das sind die gültigen Regeln. Versuchte er nun, daran irgend etwas zu ändern, würde er die meiste Zeit im Gerichtssaal verbringen. So ist für alle Eventualitäten vorgesorgt.«

»Das heißt doch, daß die Schuhe, die ein Schuster anfertigt, auch ihm gehören, die Entwicklung eines Wissenschaftlers dagegen Eigentum der Gesellschaft oder des Staates sind«, sagte Jonnie.

»Ich verstehe. Klarer Fall.«

Lord Voraz übersah den Sarkasmus. Oder er hörte ihn nicht.

»Ich bin so froh, daß Sie es verstehen. Geld ist alles, und jedes Ding, jedes Talent ist käuflich. Und das macht die Seele, den Herzschlag des Bankwesens aus, das bildet die Basis des Geschäfts, den eigentlichen Grundstein. Das erste und wichtigste Prinzip.«

»Ich dachte, Profit zu machen sei vorrangig«, sagte Jonnie.

»Aber ja, das auch«, bestätigte Lord Voraz. »Solange der Profit ehrlich erworben ist. Aber glauben Sie mir, Herz und Seele ...«

»Ich bin so froh zu erfahren, daß Bankwesen und Geschäft sowohl Herz wie Seele besitzen«, konterte Jonnie. »Bisher hatte ich keine Spur davon entdecken können.«

»Aber, mein Lieber, was soll denn dieser Sarkasmus?«

»Alles, was anständige Menschen zugrunde richtet, hat weder Herz noch Seele«, entgegnete Jonnie. »Und darin schließe ich Bankwesen, Geschäft *und* Staat ein. Diese Institutionen können nur existieren, wenn sie für den Menschen da sind. Wenn sie die elementaren Wünsche und Bedürfnisse des täglichen Lebens befriedigen. Wenn sie zum Selbstzweck werden, verlieren sie jede Daseinsberechtigung.«

Lord Voraz sah ihn forschend an und überlegte ein Weilchen. An dem, was Sir Lord Jonnie da sagte, war schon etwas dran ... Er gab es auf. Schließlich war er Bankier

»Sie sind wirklich ein eigenartiger junger Mann«, sagte er. »Mit den Jahren werden Sie auch Ihre Erfahrungen sammeln und dann vielleicht eher begreifen, wie es im wirklichen Leben zugeht ...« Sir Robert wollte gerade wieder dazwischenfahren, wurde jedoch durch die Ankunft von MacAdam und Baron von Roth daran gehindert.

»Wer ist ein eigenartiger junger Mann! « sagte Baron von Roth.

»Jonnie? Das stimmt aufs Wort! Gott sei Dank! Wie ich sehe, sind Sie beide zu früh gekommen«, nahm er Dries Gloton und Lord Voraz aufs Korn. »Das hab ich noch nie erlebt, daß jemand so begierig war, sein Pfund Fleisch einzufordern! Wollen wir anfangen?«

# Teil XXX

## 1

Andrew MacAdam und Baron von Roth deponierten Papierstapel und Aktenkoffer neben sich auf dem Fußboden, schüttelten Dries Gloton und Lord Voraz kurz die Hände und nahmen an ihrer Tischseite Platz.

Jonnie blinzelte ungläubig. MacAdam und der Baron trugen graue Anzüge! Aus erstklassigem, teurem Tweed. Die einzelnen Fasern funkelten, aber es waren graue Anzüge.

Eine Weile saßen sich die vier stumm am Tisch gegenüber und musterten sich. Jonnie erinnerten sie an ein paar graue Wölfe, die er früher einmal beobachtet hatte, wie sie umeinander herumschlichen, sich gegenseitig abschätzten, ehe sie sich bösartig knurrend in den tödlichen Kampf stürzten.

Und es war ein Kampf bis aufs Messer, denn wenn MacAdam und der Baron unterlagen, bedeutete es das Ende für die Bewohner dieses Planeten und für alles, was ihnen lieb und teuer war. Er hatte nicht die geringste Ahnung, was MacAdam und der Baron die ganze Zeit über getan hatten; und ihm wurde flau zumute, als er MacAdam den ersten Schuß abfeuern hörte.

»Sind Sie ganz sicher, daß Sie uns nicht ein wenig mehr Zeit lassen könnten?« fragte MacAdam. »Sagen wir - einen Monat?« Dries entblößte seine doppelte Zahnreihe, als er verächtlich die Lippen kräuselte. »Ausgeschlossen! Sie haben bis zum letzten Moment gewartet. Eine Verlängerung kommt nicht in Frage.«

»Die Zeiten sind miserabel«, erklärte der Baron. »Überall herrscht wirtschaftlich das reinste Chaos.«

»Das ist uns bekannt«, entgegnete Lord Voraz. »Es kann und darf nicht als Vorwand benutzt werden. Wenn Sie außerstande waren, Ihre ordnungsgemäß ausgewiesenen Schulden zu bezahlen und Ihren Verpflichtungen nachzukommen, hätten Sie das schon vor Tagen sagen und uns die Warterei ersparen können. Ich kann mir beim besten Willen nicht vorstellen, was Sie in der Zeit eigentlich getan haben.«

»Ich habe zurückgelassene Besatzungsmitglieder der abgezogenen Raumschiffe befragt«, erklärte MacAdam. »Es war ein wenig schwierig, von jeder Spezies, die diesen Planeten angegriffen hat, einen Offizier ausfindig zu machen.«

»Und die haben Ihnen von wirtschaftlichen Schwierigkeiten, von Chaos berichtet«, spottete Dries. »Am besten unterzeichnen Sie diese Abtretungsurkunde gleich, dann haben Sie es hinter sich. Alles andere ist doch bloß Zeitverschwendung.« Er schob ein Formular schwungvoll zu Sir Robert hinüber, der jedoch gar nicht erst dazu kam, es zu nehmen.

MacAdam schnappte sich das Blatt, beförderte es zum Tisch zurück und ließ es fallen. »Ich stellte fest, daß die Besatzungsmitglieder nicht heimkehren wollten. Sie waren eingezogen, praktisch zwangsrekrutiert worden. Einige meinten, zu Hause dann an Revolutionen oder Bürgerkriegen teilnehmen zu müssen, wollten jedoch nicht auf die eigene Bevölkerung schießen. Andere glaubten, nach der Rückkehr einfach entlassen zu werden, so daß sie sich ins Heer der Arbeitslosen einreihen müßten, der Hungerleider, die sich in vielen Hauptstädten auf den Straßen zusammenrotten und randalieren.«

»Das ist nichts Neues«, erklärte Lord Voraz. »Das ganze letzte Jahr über hat es Unruhen gegeben. Eben deshalb planen die Delegierten hier Eroberungskriege - um die Aufmerksamkeit der Bevölkerung davon loszubekommen. Da hätten Sie sich auch an mich wenden und alles von mir erfahren können.«

»Am Tatbestand ändert dies nichts«, schaltete sich Dries ein. »Ich rate Ihnen, den Planeten friedlich zu übergeben. Denn jeder der Delegierten täte nichts lieber, als diesen Planeten zu kaufen und eine Militärexpedition loszuschicken, um ihn Ihnen zu entreißen. Die Raumschiffe, die hier oben kreisten, waren nichts verglichen mit dem, was dann auf Sie zukommen könnte. Wenn Sie also nur ...«

Der Baron durchbohrte ihn mit Blicken und entgegnete: »Nachdem wir alle hier erhältlichen Informationen zusammengetragen hatten, machten wir uns auf, um uns durch persönlichen Augenschein ein Urteil zu bilden.«

Jonnie wurde hellhörig. Aha, deshalb also die ständigen Abfeuerungen. Die beiden waren überall herumgereist! An den Kinnbacken sah man noch den Einschnitt der Atemmasken. Hatten sie außerdem irgend etwas getan, ein Ziel verfolgt, oder waren sie bloß durch die Gegend kutschiert?

»Es herrscht ein wirtschaftliches Chaos!« verkündete der Baron. »Als die Metallieferungen der Company aufhörten, verursachte die Verknappung einen enormen Preisanstieg. Geschlossene Fabriken, Arbeitslose, Krawalle ... Zur Ablenkung der Massen planen die Regierungen Kriege, ein Ausweg, der alles andere als populär ist. Um sich die für die Waffenfabrikation notwendigen Metalle zu verschaffen, werden sogar die Autos von Privatpersonen und die Töpfe und Pfannen der Hausfrauen eingezogen.«

Dries zuckte die Achseln. »Auch das ist nicht neu und hat nicht das mindeste mit Ihrem Zahlungsrückstand zu tun. Gibt der Delegierte der Erde nun seine Unterschrift, oder greifen wir ...« Er ließ die Drohung in der Luft hängen.

Einen Augenblick lang schien die Atmosphäre im Raum vor Spannung zu knistern.

Die blaßgrauen Augen des Barons sahen Dries Gloton durchdringend an. »Sie befinden sich in ernsten Schwierigkeiten, Euer Exzellenz.«

Der Zweigstellenleiter machte eine wegwerfende Geste. »Interne Belange der Bank stehen in keinerlei Zusammenhang mit den Zahlungsverpflichtungen, denen Sie nachzukommen haben.«

Baron von Roth wandte sich an Sir Robert. »Seine Exzellenz hier hat sich und die ihm unterstellte Bankniederlassung in eine mißliche Lage gebracht, indem er den Beamten auf den Psychlo-Planeten Torthut und Tun im Batafor-System törichterweise persönliche Darlehen gewährte und das gleiche, nur in noch größerer Höhe, den amtierenden Gouverneuren von sechzehn den Psychlos gehörenden Planeten in vier benachbarten Sternensystemen. Diese Darlehen waren durch Grundbesitz auf Psychlo selbst gesichert.«

»Wie haben Sie das herausgefunden?« fauchte Dries. »Es handelt sich um eine vertrauliche Bankinformation!«

»Ein verärgerter Angestellter, den Sie rausgeworfen haben«, antwortete der Baron. »Der Grundbesitz auf Psychlo hat sich in Rauch aufgelöst, und die Schuldner sind tot. Ein höchst unkluges Bankrisiko. Die Psychlos waren doch als faule Kunden berüchtigt.«

»Diese Kunden konnten aber Druck auf die Bank ausüben«, verteidigte Voraz seinen Zweigstellenleiter. »Doch das ändert nichts daran, daß Sie ...«

*»Sie konnten* tatsächlich Druck ausüben«, unterbrach ihn der Baron. »Ihre wesentlichen Gewinne erzielte die Galaktische Bank mit der Abwicklung des Kapitaltransfers für Psychlo-Planeten. Dieser Profit stammte nicht aus Darlehen, sondern aus dem Prozentsatz, den die Bank als Gebühren für diese Transaktionen erhob. Und als nun der Geldverkehr zwischen den von Psychlo beherrschten Planeten abbrach, Euer Exzellenz, da mußten Ihre Banken in diesem Herrschaftsbereich ihr Personal entlassen und schließen. Die älteste Bank in Balor, Ihre eigene Geschäftsstelle,

hat fast sämtliche Mitarbeiter gefeuert.«

An Sir Robert gewandt, fuhr der Baron fort: »Aus diesem Grund also werden Sie, Sir Robert, unter Druck gesetzt. Dries sah nur noch einen Weg, der ihn vor dem Bankrott retten konnte - sich wieder in den Besitz der Erde zu setzen. Sie ist der einzige Planet in allen Universen, auf dem die Intergalaktische Rohstoff-Company Geld schuldete. Wenn es ihm nun gelänge, diesen Planeten zu versteigern und auch nur eine geringe Summe zu erzielen, könnte er seiner Meinung nach die völlige Zahlungsunfähigkeit verhindern. Das war jedenfalls der Plan, nach dem er vorging.«

»Wenn man auf die schlammbespritzten Schwimmflossen des anderen zeigt, kann man selber deswegen noch lange nicht besser schwimmen!« konterte Dries. »Sie sollten lieber unterschreiben, sonst werden Sie ertrinken!« Daß die Schwierigkeiten des vergangenen Jahres wieder zur Sprache gebracht wurden, machte ihn gereizt. »Zahlen Sie, und zwar sofort!« Er nahm das Formular und wedelte damit Sir Robert vor der Nase herum. Es knatterte wie ein Maschinengewehr.

MacAdam packte Glotons Arm und zog ihn mit sanfter Gewalt wieder auf den Tisch zurück. »Darauf kommen wir später noch.«

Der kleine graue Mann zitterte. Er konnte sich nicht erinnern, jemals so außer sich gewesen zu sein. Dieses furchtbare Jahr war nicht spurlos an ihm vorübergegangen. Worauf wollten diese Burschen hinaus? Wenn sie das Geld nicht hatten, weshalb spielten sie dann auf Zeit? Wozu diese Hinhaltetaktik? Er lehnte sich zurück. Was soll's! Der Ausgang der Sache stand so oder so fest. Sollten sie doch weiter Theater machen!

»Kommen wir jetzt zur Bankzentrale in den Gredides«, sagte der Baron. »Wir haben uns dorthin begeben, geradewegs ins Universum Eins. In der Hauptstadt Snautch sind durch den Teleportations-Rückstoß Schäden entstanden. Das gleiche gilt für die Hauptstädte der beiden anderen Selachee-Planeten. Die oberen Etagen der Bankgebäude wurden durchweg schwer beschädigt.«

»Die kann man restaurieren«, knurrte Lord Voraz.

»Durch die Erschütterung wurden die riesigen Firmenschilder heruntergerissen, die Wahrzeichen der Galaktischen Bank, die man im gesamten Stadtgebiet sehen konnte. Die Trümmer baumeln jetzt noch da. Die Aufschrift kann man zwar noch entziffern, aber mehr auch nicht.«

»Die kann man wieder aufhangen«, sauselte Lord Voraz.

»Aber eben das haben Sie über ein ganzes Jahr hinweg nicht getan!« Der Baron ließ nicht locker. »Tatsache ist nun, daß alle drei Selachee-Planeten vom Bankwesen abhingen. Vom Wohl und

Wehe dieser Banken wurden Millionen und Abermillionen Einwohner betroffen. Nach dem Verlust der Teleportationsgelegenheit waren sie außerstande, die anderen fünfzehn Universen zu erreichen, Raumfahrt hin oder her. Überall in diesen Universen haben Sie Millionen von gestrandeten Selachees, gestrandet in Niederlassungen der Bank, die ebenso pleite sind wie die Seiner Exzellenz, und Sie können sie nicht nach Hause schaffen. Unzählige auseinandergerissene Familien, die jede Hoffnung verloren haben, ihre Väter, Brüder oder Söhne jemals wiederzusehen. Vor den Toren Ihrer Bankhäuser tobt der Mob. Die aufgebrachten Massen randalieren lautstark und schreien nach Blut!«

Lord Voraz zuckte die Achseln. »Es gibt überall starke Wachmannschaften.«

»Und wie gedenken Sie die zu bezahlen?« fragte der Baron. »Ihre Einnahmen resultierten ja eben nicht aus dem Darlehensgeschäft, sondern aus dem Kapitaltransfer für Psychlo. Sobald Psychlo und die Company in die Luft gejagt worden waren, flossen auch keine Gelder mehr. Damit begann Ihr Ruin und die Entlassung von Angestellten. Von Dries wissen Sie, daß viele Ihrer Niederlassungen bereits schließen mußten!«

»Wirtschaftliche Engpässe haben wir früher auch schon erlebt«, entgegnete Lord Voraz.

Der Baron beugte sich zu ihm herüber. »Aber keine so verheerenden wie diesmal, Lord Voraz. Die Psychlos waren bei allen Spezies zutiefst verhaßt. Als Ihr Lord Loonger, dessen Konterfei Sie auf Ihren Banknoten verewigt haben, vor etwa zweihunderttausend Jahren mit den Psychlos vereinbarte, ihre Finanzgeschäfte zu erledigen, lehnte er es strikt ab, einem Psychlo einen Sitz im Aufsichtsrat der Bank zu geben.«

»Das hätte dem Ansehen der Bank geschadet«, erklärte Lord Voraz. »Eine vernünftige Maßnahme. Sonst hätte alle Welt behauptet, es handle sich um eine Bank der Psychlos.«

»Ach ja. Aber die Psychlos bestanden damals darauf, daß die Bankreserven künftig nur in Tresoren auf Psychlo aufbewahrt werden dürften. Die sind dahin!«

Lord Voraz klappte kurz die schweren Augendeckel herunter. Er strich sich mit der Hand über das Gesicht. Dann sammelte er sich wieder. »Das ist wahr. Dennoch ändert es nichts daran, daß Sie ein Schuldner sind.«

»Und ob das was ändert!« widersprach der Baron. »Sie sind zahlungsunfähig. *Und wenn Sie nicht schnellstens irgendwelche Aktivposten als Rückendeckung auftreiben, gehen Sie unter!«*

»Nun gut«, entgegnete Lord Voraz. »Doch gerade das bestätigt die Tatsache, daß wir diesen Planeten wieder in Besitz nehmen müssen!«

»Dieser eine Planet wird Sie auch nicht mehr retten«, meinte MacAdam. »Warum greifen Sie sich nicht einfach einige von den alten Planeten, auf denen die Psychlos geherrscht oder Rohstoffe gefördert haben?« erkundigte sich der Baron höflich. »Von denen gibt's über zweihunderttausend.«

»Was fällt Ihnen denn ein!« rief Lord Voraz entsetzt. »Unsere Bonität anzuzweifeln und unsere Schwierigkeiten zu enthüllen, ist eine Sache. Aber der Bank vorzuschlagen, daß sie sich auf Piraterie einlassen und irgendwelche Objekte kapern soll, auf die sie keinen Anspruch hat, also das steht nun wirklich auf einem ganz anderen Blatt!«

»Der Himmel bewahre uns!« stimmte Dries empört ein. »Für all diese Planeten ist ordnungsgemäß bezahlt worden! Man kann sich doch nicht einfach auf Diebstahl verlegen!«

»Die Rechtsansprüche wären in jedem Fall strittig«, fügte Lord Voraz hinzu. »Daraus könnten sich kriegerische Auseinandersetzungen ergeben, und die Bank ist schließlich keine militärische Organisation! Wer Hand an diese Planeten zu legen sucht, endet vor Gericht. Niemand besitzt einen Rechtsanspruch auf sie! Ich muß schon sagen, Sie wissen sehr wenig über die nach intergalaktischem Recht regierten Staaten.«

»Nun, ich denke doch«, meinte MacAdam. »Haben Sie jemals die Gründungsurkunde der Intergalaktischen Rohstoff-Company im Original gelesen? Die sogenannte Psychlo Imperial Royal Charter?« »Ausgiebig!« erwiderte Lord Voraz. »Man kann mit keiner Company Geschäfte machen, die ihre Satzungen nicht korrekt verwahrt. Sie wurden vor dreihundertundzweitausendneunhunderteinundsechzig Jahren von König Dith von Psychlo gebilligt. In jeder Außenstation der Company hängt - oder war eine Kopie an der Wand. Gesetzliche Vorschrift. Ich habe sie gelesen ...«

Der Baron warf ein Exemplar auf den Tisch. »Sie sollten das Kleingedruckte lesen.« Er schob Voraz das Blatt hin und bezeichnete ihm die entsprechende Stelle. Doch der Lord machte keine Anstalten, den Text zu lesen, den er beinahe auswendig kannte.

»Beachten Sie diese Klausel hier«, sagte der Baron. »Nummer 109: ›In Abwesenheit von einem oder mehrerer Direktoren eines im Besitz der genannten Intergalaktischen Rohstoff-Company befindlichen Planeten ist der Planetarische Direktor befugt, Entscheidungen zu treffen, und diese gelten als verbindlich.‹«

Lord Voraz zuckte die Achseln. »Natürlich. Damals besaßen sie nur einen weiteren Planeten, und dessen Planetarischer Direktor war ein königlicher Prinz. Zu jener Zeit durfte das Direktorium nicht mit Geschäften behelligt werden. Ich sehe nicht recht ...«

»Aber es handelt sich doch um eine rechtsgültige Klausel«, stellte der Baron fest.

»Durchaus richtig«, bestätigte Voraz. »Aber Sie verzögern ja nur ...«

»Nehmen Sie jetzt die nächste Klausel«, fiel ihm der Baron ins Wort. »Nummer 110: ›Bei eingetretenem Notstand und/oder unmittelbarer Bedrohung der Company und insbesondere im Katastrophenfall kann der Planetarische Direktor eines Planeten über das Eigentum der Company nach Belieben verfügen‹. Beachten Sie, daß dieser Passus weder Einschränkungen noch spezifizierte Bedingungen enthält.«

»Warum sollte er auch?« fragte Lord Voraz. »Es betraf denselben königlichen Prinzen. Sonst hätte er eine Position fern von daheim gar nicht übernommen. Er fürchtete, von allen Verbindungen abgeschnitten zu werden, oder es könnten Palastrevolutionen ausbrechen. Prinz Sco sah sich immer allein und verlassen da draußen zurückbleiben mit einem Bündel Rechnungen der Company in der Klaue und sonst nichts.«

»Aber Sie pflichten mir doch bei, daß es sich hier um rechtsgültige Klauseln handelt?« beharrte der Baron.

»Wann kann ich nun endlich diesen Planeten wieder in Besitz nehmen?« fragte Dries verdrossen. »Diese Satzungen enthalten nichts, was es Ihnen erlauben könnte, sich da herauszuwinden und die vierzig Billionen Währungseinheiten nicht zu bezahlen!«

Lord Voraz verbesserte ihn: »Vierzig Billionen, neunhundertundsechzehn Milliarden, zweihundertsiebzehn Millionen, sechshundertundfünftausendzweihundertundsechzehn Galaktische Währungseinheiten.«

»Diese königlichen Satzungen enthalten also nichts Falsches«, wiederholte der Baron hartnäckig.

»Selbstverständlich nicht!« entgegnete Lord Voraz.

Baron von Roth und Andrew MacAdam sahen sich an und brachen in Gelächter aus, sehr zur Verblüffung der beiden anderen.

MacAdam zog aus dem Stapel neben seinem Stuhl ein dickes Bündel Dokumente. »Dies wurde elf Monate nach der Zerstörung des Planeten Psychlo ordnungsgemäß unterzeichnet und beglaubigt.« Damit knallte er das Schriftstück auf den Tisch.

Es war über und über mit Siegeln verziert, mit grellroten amtlichen Streifbändern üppig ausstaffiert und mit scharlachroten und goldenen runden Plättchen plombiert.

Der von Terl geschlossene Vertrag!

Darin wurde der gesamte Besitz der Intergalaktischen Rohstoff-Company komplett verkauft, alle Geräte, Vermögenswerte, Planeten und Konten.

MacAdam ließ ein weiteres Dokument darauf plumpsen. »Hier ist die Bescheinigung des letzten Planetarischen Direktors der Company, daß es sich um einen ordnungsgemäßen, rechtsgültigen Vertrag handelt; in einem Zusatz wird die vollständige Abtretung der Company durch ihn bekräftigt. Dies wurde erst vor wenigen Tagen unterzeichnet.«

Er legte ein weiteres Schriftstück obenauf. »Und dies hier ist die Quittung, und sie trägt den Vermerk: >Vollständig bezahlt<.« Dries und Lord Voraz starrten mit offenem Mund vor sich hin. Noch nie zuvor in ihrem bewegten Leben waren sie derart fassungslos gewesen. Sekunden verstrichen.

Dann machten sie sich gleichzeitig über den Papierberg her und begannen ihn durchzugehen. Sie lasen Satz für Satz und suchten eifrig nach Schwachstellen.

Schließlich sagte Lord Voraz voll ehrfürchtiger Scheu: »Es ist tatsächlich rechtsgültig. Ich stelle sogar fest, daß es von der rechtmäßigen Regierung dieses Planeten an die Planetarische Bank der Erde zur Begleichung gewährter Darlehen abgetreten wurde. Durchaus rechtmäßig. Hält vor jedem Gerichtshof stand.«

Doch Dries schüttelte den Kopf. »Um Rechtsgültigkeit zu erlangen und für Sie zur Verhinderung der Wiederinbesitznahme von Nutzen zu sein, hätte es in der >Hall of Legality< von Snautch beurkundet und hinterlegt werden müssen.«

»Oh, aber das ist ja geschehen, alles in bester Ordnung«, flötete der Baron zuckersüß. Damit zog er eine Kopie des Formblatts der >Hall of Legality< aus der Tasche und warf sie auf den Tisch. »Erst vor drei Tagen komplett erledigt - beurkundet, hinterlegt! Das war tatsächlich das erste, was ich getan habe, nachdem ich mich durchgekämpft hatte!«

Dries hatte seinen Schock überwunden. »Gut, damit hätten Sie den Planeten samt Geräten, Material und so weiter. Vielleicht sogar Sicherheiten, gegen die Sie Geld aufnehmen können. Allerdings würde die Bank Zeit brauchen für eine gründliche Überprüfung. Und wir pflegen kein zweites Darlehen zu gewähren, solange das erste nicht zurückgezahlt ist. Das Dokument beweist lediglich, daß Sie jetzt tatsächlich der Schuldner sind. Ich werde auf unverzüglicher Barzahlung bestehen müssen ...«

»Darauf kommen wir später zurück«, unterbrach ihn der Baron. »Lord Voraz, wie hoch würden Sie den Vermögenswert der Bank beziffern? Das heißt, Aktiva und Passiva, wie in Ihrer letzten

Bilanz ausgewiesen?«

Voraz wurde widerborstig. »Wir sind in keiner Weise verpflichtet, unsere Bilanzen offenzulegen! Schon gar nicht, wenn wir gerade eine Schuld eintreiben!«

»Sie haben aber eine Kopie der vor zwei Wochen erstellten Bilanz bei sich!« trieb ihn der Baron in die Enge.

Voraz drohte zu ersticken vor Wut. »Haben Sie etwa meinen Reisekorb durchgewühlt?«

»Ach du lieber Gott, nein!« antwortete der Baron. »Dazu war kein Anlaß. Man hat mir berichtet, daß Sie eine bei sich haben. Jedenfalls ist hier ein laufender Rechnungsabschluß aus Ihrer Buchhaltung.« Er zog einen riesigen Bogen mit einer engzeilig getippten tabellarischen Aufstellung aus seinem Aktenstapel und warf ihn auf den Tisch. »Zählt man sämtliche Gebäude, Grundbesitz und effektiv eintreibbaren Außenstände zusammen und zieht fällige Rechnungen, Steuern und so weiter ab, dürfte man auf rund eine Billiarde Währungseinheiten kommen.«

»Sie hatten kein Recht, das herauszugeben«, bemängelte Voraz. »Aber ich erkenne an, daß es zutrifft - ungefähr eine Billiarde.«

»Vorausgesetzt, wir sehen darüber hinweg, daß Sie kurz vor der Pleite stehen«, sagte MacAdam.

»Dafür würde die Bank einstehen«, fauchte Voraz.

»Sofern Sie die Zweigstellen in anderen Universen erreichen könnten, was eben nicht der Fall ist«, bemerkte MacAdam.

Der Baron wedelte leichthin mit der fleischigen Hand. »Aber wir sind großzügig gestimmt, nicht wahr, Andrew?« Er lächelte Jonnie zu. »Ist doch so?«

Jonnie hatte die Augen unverwandt auf die Szene gerichtet, die sich da abspielte. Sie erinnerte an einen Stierkampf.

»Unsere beiden Freunde dagegen scheinen nicht sonderlich großzügig zu sein«, stellte MacAdam fest und wies auf die kleinen grauen Männer.

»Dafür zeigen wir uns um so nobler«, meinte der Baron. »Sie, Voraz, brauchen dringend Rückendeckung, Sie brauchen handgreifliche Aktivposten. Ohne das werden Sie Bankrott gehen. Richtig?« Voraz starrte ihn düster an. Dann senkte er den Kopf und bestätigte: »Stimmt.«

»Also werden wir Ihnen aus der Klemme helfen. Einverstanden, Jonnie?«

Jonnie zuckte die Achseln. Sollten sie doch weitermachen. Offensichtlich ging der Kampf noch weiter.

Voraz blickte mit gespannter Aufmerksamkeit von MacAdam zum Baron.

Dieser sagte: »Hiermit erbietet sich die Planetarische Bank der Erde, zwei Drittel der Galaktischen Bank käuflich zu erwerben.«

»Was?«, schrie Voraz auf. »Ein solcher Anteil ist gleichbedeutend mit Kontrollrecht! Sie würden dann das ganze ausgedehnte Imperium der Galaktischen Bank kontrollieren!« Er überlegte kurz. »Und womit bitte?«

Der Baron lächelte. »Wir werden mit Planeten im Gegenwert von zwei Dritteln einer Billiarde Währungseinheiten bezahlen.« Wieder zog er einen Bogen aus dem Papierstapel. »Der Mindestwert eines Planeten beläuft sich auf sechzig Billionen Währungseinheiten, die definitive Festsetzung bleibt einer weiteren Taxierung vorbehalten.«

»Offen gestanden liegt der Wert bei den meisten erheblich höher«, sagte Voraz.

»Damit hätten Sie dann Aktivposten«, meinte der Baron. »Sie würden über Deckungsreserven für Ihre Währung verfügen, die Sie momentan nicht haben. Die Psychlos hatten es Ihnen stets verwehrt, Planeten zu besitzen, dem steht jetzt nichts im Wege. Wir überlassen Ihnen elf Planeten im Gegenwert von je sechzig Billionen Währungseinheiten für das Eigentumsrecht an zwei Dritteln der Galaktischen Bank, Aktiva, Passiva, alles eingeschlossen.«

Lord Voraz schwankte. Aber noch hatte er nicht zugestimmt.

MacAdam lehnte sich lässig zurück. »Und wir bringen 199.989 Planeten sowie sämtliche Aktivposten der Company in eine Treuhandgesellschaft ein, deren Verwaltung die Galaktische Bank übernimmt. So können Sie wieder Gewinne durch Kapitaltransfer erzielen. Oder Sie können Schürfrechte verpachten. Das bedeutet fraglos für Ihre Bank die Rettung!«

»Einen Moment bitte«, sagte Lord Voraz. Sie dachten, jetzt käme die Ablehnung. »Ich muß Ihnen gegenüber mit offenen Karten spielen. Sie haben Ihre Auflistung der Planeten der Intergalaktischen Koordinaten-Tabelle entsprechend vorgenommen. Sie enthält nicht die Planeten, deren Rohstoffvorkommen als Abbaureserve vorgesehen sind. Ein sogenanntes *Imperiales Dekret* verfügte, daß die Intergalaktische Rohstoff-Company für jeden Planeten, auf dem sie Erzabbau betrieb, fünf weitere in Besitz haben mußte. Zweck des Erlasses war, so viele Planeten wie nur möglich an die Company abzustoßen und sie zu schröpfen. In der >Hall of Legality< ist eine Liste hinterlegt, auf der eine Million weitere Planeten mit den jeweiligen Koordinaten aufgeführt sind, die alle von der Company nicht ausgebeutet wurden. Außerdem befürchte ich, daß Dries Ihnen den eigentlichen Kaufvertrag für diesen Planeten vorenthalten hat. Sie sprechen von ihm immer im

Singular, tatsächlich aber gehören neun weitere Planeten in dieser Galaxis dazu und alle Monde, die nur nebenbei erwähnt werden, weil sie für wertlos erachtet werden. Ferner sind da auch noch Sternhaufen und Nebel. Offensichtlich umfaßt der Besitz der Company unendlich viel mehr, als Sie bisher geahnt haben. Würden Sie es uns überlassen, das zu ermitteln, und würden Sie es dann ebenfalls in die von der Bank verwaltete Treuhandgesellschaft einbringen?«

MacAdam lächelte. »Halten Sie das für vertretbar, Baron? Finden Sie irgend etwas daran auszusetzen, Jonnie?«

Jonnie überlegte. Die veränderte Sachlage war zweifellos schwer zu überblicken. Aber im Vorgehen der Irdischen Bank vermochte er keinen Fehler zu entdecken.

MacAdam streckte Lord Voraz die Hand hin und erklärte: »Wir sind einverstanden.«

Voraz hatte erreicht, was er wollte. Er wollte schon die Hand ergreifen und zögerte dann doch. »Ein solches Abkommen muß durch eine Aufsichtsratssitzung der Galaktischen Bank genehmigt werden.«

Der Baron lachte. »Gut, dann halten wir eben eine ab. Sie kann - Ihren Satzungen gemäß - an jedem beliebigen Ort in sechzehn Universen einberufen werden.«

»Nicht so hastig«, bremste Lord Voraz. »Es gibt noch zwölf weitere Aufsichtsratsmitglieder, lauter begüterte, einflußreiche Selachees, die ...«

»Eine Todesangst ausstehen«, beendete der Baron. »Die Lage der Bank und die Krawalle brachten sie zu der Auffassung, daß sie ihren gesamten persönlichen Besitz und ihr Vermögen verlieren würden, wenn die Bank unterging. Deshalb hielten sie dieses Angebot für phantastisch!«

Voraz starrte ihn mit weit aufgerissenem Mund an. »Aber sie dürfen doch hinter meinem Rücken keine Aufsichtsratssitzung abhalten!«

»Das haben sie ja auch nicht getan«, entgegnete der Baron. »Sie erteilten mir Handlungsvollmacht, und darin wird mir das Recht übertragen, ihre Voten einzubringen.« Er langte nach unten und warf einen neuen Stapel Dokumente auf den Tisch. »Da sind sie.«

Lord Voraz betrachtete sie prüfend und erkannte die persönlichen Stempel. Sie waren sogar in der Hall of Legality beurkundet worden.

»Hätten Sie nun wohl die Freundlichkeit, als Vorsitzender unverzüglich eine Aufsichtsratssitzung der Galaktischen Bank einzuberufen und den Antrag einzubringen, daß die Planetarische

Bank der Erde zwei Drittel der Galaktischen Bank käuflich erwerben ...«

»Dazu ist eine maschinengeschriebene Entschließung erforderlich«, erklärte Voraz. »Hiermit berufe ich die Sitzung ein. Ich habe sogar meine Stempel dabei. Aber ...«

»Hier ist die Entschließung!« unterbrach ihn der Baron. »Maschinengeschrieben, alles in bester Ordnung. Ich bin sehr froh, daß Sie die Sitzung einberufen haben. Das vereinfacht die Sache ungemein. Es erspart uns den Aufwand einer Reise nach Snautch, und Ihnen die Abfeuerungs-Prozedur.«

Voraz begann plötzlich loszulachen. »Sie beide sind wirklich mit allen Wassern gewaschen! Das hat doch meine eigene Sekretärin getippt! Da sind ja ihre Initialen!«

»Ganz recht. Eine reizende Person. Sie hat alles versucht, Ihnen und sich selbst den Job zu erhalten! Jetzt unterschreiben Sie hier als Aufsichtsratsvorsitzender und Präsident ...«

»Einen Moment noch!« Voraz war auf einmal ganz nüchtern und voller Bedenken. »Das ist alles gut und schön. Aber da sind drei Punkte, die könnten das ganze Abkommen zunichte machen und uns alle ruinieren.«

Dries schaltete sich ein. »Punkt eins: Wie bekomme ich mein Geld für die Hypothek, und zwar sofort in bar!«

»Ach das!« MacAdam fischte einen riesigen Bogen Papier heraus und entfaltete ihn zur vollen Größe. »Dies ist die Aufstellung Ihrer Bank über den Zahlungsverkehr der Intergalaktischen Rohstoff-Company. Daraus geht hervor, daß am Tag 92 des vergangenen Jahres bestimmte Gelder für die Company transferiert werden sollten. Die Bank hatte sie zwecks Weiterleitung erhalten, konnte diese jedoch danach natürlich nicht mehr vornehmen. Die Zahlungen betrafen Erzlieferungen, Löhne und Gehälter ... das ist alles hier genau aufgeführt. Die Gelder befinden sich noch in Ihrer Bank. Sie stammten durchweg von der Company. Als wir in Snautch waren, haben wir ein Konto für die Planetarische Bank der Erde eröffnet. Die Summe der von zweihunderttausend Planeten eingegangenen und nicht weitergeleiteten Beträge belief sich auf insgesamt 209.439.971.438.643 Galaktische Währungseinheiten. Dieses Geld gehört uns. Wenn Sie davon jetzt einfach den Betrag für die Hypothek abziehen, bleiben uns immer noch rund einhundertachtundsechzig Billionen.«

MacAdam durchwühlte seinen Papierwust. »Hier ist unsere Vollmachtsurkunde und hier die Empfangsbestätigung für Sie zur Unterschrift, Dries.«

Der kleine graue Mann war sprachlos. Die Vorstellung, solvent zu sein, erschien ihm fast unglaublich. Von einer Zwangsversteigerung hatte er sich höchstenfalls einen Erlös von zehn Billionen versprochen. Er straffte sich und griff zum Federhalter, um die Quittung zu unterzeichnen.

Lord Voraz hielt ihn zurück. »Das ist ja alles gut und schön«, meinte er mit sorgenvoller Stimme. »Aber es gibt noch zwei weitere Punkte.« Er wandte sich zu Jonnie. »Können Sie uns verzeihen, Sir Lord Jonnie, daß wir versucht haben, Sie als gewöhnlichen Angestellten zu engagieren? Es entspricht völlig der Wahrheit, daß wir ohne Teleportations-Anlagen und Konsolen handlungsunfähig sind. Unsere gesamte Geschäftspost wurde in bankeigenen Behältern von den Psychlos mit ihren Anlagen befördert. Sie haben uns dafür bezahlen lassen, aber eine Eilsendung via Raumschiff kann fünfzigtausend Währungseinheiten kosten und dauert ewig! Mit anderen Worten - wir sind jetzt völlig abgeschnitten. Wären Sie bereit, uns in dieser mißlichen Lage zu helfen?«

»Das ist ausschließlich Jonnies Geschäft«, entgegnete MacAdam. »Der Bank gehört nicht einmal ein Teil davon. Wir können Ihnen ein Darlehen zu einem günstigen Zinssatz geben, Jonnie, das Ihnen den Aufbau von Produktionsstätten ermöglicht. Einen unabhängigen Betrieb, der Ihnen gehört. Wie wär's damit?«

## 2

Jonnie riß sich zusammen. Er hatte sich so ausschließlich auf das Thema Finanzwesen konzentriert, daß er sich jetzt bewußt zwingen mußte, über technische Fragen nachzudenken.

Es wäre mit Gefahren für die Erde verbunden, wenn diese Konsolen in sechzehn Universen aufgestellt würden - Tausende, womöglich Hunderttausende solcher Anlagen in den Händen von nicht immer freundlichen oder wohlmeinenden Besitzern, von anderen Spezies betrieben.

Mit einer Konsole ließ sich eine Menge anfangen: Personenbeförderung, Postversand, Transport von Erzen, Fertigwaren, Lebensmitteln. Aber man konnte damit auch Bomben losschicken, was er selber ja im Fall der Psychlos auf so verhängnisvolle Weise bewiesen hatte, und das gleiche Ende wäre den Tolneps beschieden gewesen.

Er hatte über das Problem noch nicht gründlich nachgedacht. Viele andere Dinge waren vordringlicher. Ja, schon eine Konsole irgendwo dort draußen, geschweige denn eine halbe Million davon, konnte für diesen Planeten hochgefährlich werden.

»Lassen Sie mir einen Augenblick Zeit«, bat er.

Mr. Tsung machte sich die Gelegenheit zunutze, ihnen Tee und ein Tablett mit Imbißhappen zu servieren. Es war sowieso bald Mittag, und außerdem verschaffte er damit Jonnie die erforderliche Denkpause.

Die Psychlos hatten ihre eigenen Operatoren gehabt. Für die Plattform und die gesamte Anlage spielte dieser Punkt keine besondere Rolle.

In der Konsole selbst konnte man die Sicherheitsvorrichtungen beibehalten, sie vielleicht sogar noch etwas verbessern.

Wenn er zum Beispiel in der gepanzerten Vorderseite des Gehäuses eine Kamera anbrächte, die von jeder Fracht eine Aufnahme machte ...

Aha! Erzanalysatoren. In die Plattform selbst eingebaut, konnten sie eine Fracht von allen Seiten, oben und unten, analysieren. Und wenn diese Geräte an einen Stromkreis in der Konsole angeschlossen würden, an den niemand herankonnte, und wenn dieser Stromkreis einen Metall-Indikator hätte ... ja. Falls nun irgendwelche verbotenen Stoffe in der Fracht aufgespürt würden, würde diese Anzeige im Stromkreis ein Relais ausschalten, so daß die Konsole nicht abfeuern könnte ...

Alle starrten ihn erwartungsvoll an, und das machte das Nachdenken etwas mühsam. Man brauchte ihm nicht erst groß und breit zu erklären, daß davon das Geschick beider abhing. Und sie hatten eins nicht erwähnt, was das ganze Abkommen vermasseln konnte ... Krankheiten, Epidemien ...

Wenn er nun gemeinsam mit Allen und MacKendrick nach wirksamen Schutzmaßnahmen suchte ... die beiden behaupteten ja, Krankheiten hätten eine Art Umfeld. Jedenfalls gab es doch nachweisbare Krankheitserreger, Viren oder Bakterien, und deren spezifische Merkmale könnte er irgendwie einprogrammieren, so daß auf der Plattform registrierte Erreger automatisch die Auslösung des Relais bewirkten und damit die Abfeuerung verhindern würden. Eventuell ließe sich sogar die Abfeuerung gefährlicher Fracht zur Erde durch den Einbau einer Vorrichtung stoppen, die in einem solchen Fall automatisch die Koordinaten umprogrammierte, so daß die Konsole explodierte ...

Man könnte auch jede Konsole mit einem deutlich sichtbaren Schild versehen, etwa: »Jeder Versuch, verbotene Fracht abzufeuern, setzt die Konsole außer Betrieb ...« Keine Aufzählung, was alles darunter fiel, sonst könnte jemand versuchen, verräterische Spuren zu tarnen. Und wenn man noch hinzufügte: »Jeder Versuch, diese Konsole zu einem feindlichen Akt gegen den Planeten Erde zu mißbrauchen, hat deren sofortige Explosion zur Folge ...« Vielleicht sollte man sogar verbreiten, die Konsole besitze eine so hochentwickelte Sensortechnik, daß sie schon auf finstere Absichten reagiere ...

Ja, er war imstande, eine narrensichere Konsole zu bauen. Und wenn die Schlußphase der Fertigung an einem unbekannten Ort erfolgte, wenn die Montage von ein paar ausgesuchten Leuten durchgeführt wurde, die unauffindbar blieben ...

Er konnte dafür sorgen, daß die Fabrikationsanlagen durch einen schwerbewaffneten Verteidigungsring geschützt wurden. Die Endfertigung würde er wenigen erprobten, unbestechlichen Männern überlassen ... Zur Ausbildung außerirdischer Operatoren mußte eine Schule gegründet werden, auf der sie die Konsole bedienen lernten, aber darüber hinaus nichts ...

»Ich denke, ich kann das machen«, erklärte er.

Die Mienen der Anwesenden erhellten sich. Mr. Tsung räumte das Tablett ab.

»Die Anlagen werden allerdings ein bißchen teuer«, ergänzte Jonnie.

Unwichtig.

»Und ich werde sie nicht verkaufen, sondern nur vermieten. Alle fünf Jahre muß jede Konsole gegen eine neue umgetauscht werden.« Damit wäre für die Erde, die ja keine richtigen Einnahmen hatte, das Auskommen gesichert, und außerdem könnte man dann das ganze Bildmaterial der eingebauten Kameras überprüfen. »Wir werden ein außerirdisches Werk zur Herstellung von Einzelteilen und Gehäusen heranziehen müssen. Sonst brauchen wir zu lange für die Stückfertigung.«

»Sie können also tatsächlich Konsolen liefern?« vergewisserte sich Lord Voraz.

»Das hat er doch gesagt«, entgegnete der Baron. »Und wenn Jonnie sagt, daß er etwas tun wird, dann tut er's auch, darauf können Sie sich verlassen!«

»Na schön. Damit wären wir nun beim heikelsten Teil.« Lord Voraz wies in die Richtung des großen Konferenzraumes. »Die Delegierten!«

Seine Miene verdüsterte sich. »Sie sind jetzt schon beinahe im intergalaktischen Bankgeschäft und werden es vollends sein, sobald diese Entschließung unterzeichnet ist. Daher sollten Sie sich besser klarmachen, wie schwierig es ist, mit solchen Kunden fertig zu werden!«

Er holte tief Luft und fuhr fort: »Wie Sie ja selber festgestellt haben, herrscht derzeit überall in ihren Staaten Aufruhr und Wirtschaftschaos. Aber trotzdem halten sie stur an ihren Vorurteilen fest, beharren auf ihren überheblichen Standpunkten und nehmen einfach nicht zur Kenntnis, was ringsum geschieht. Ich weiß genau, worauf sich ihr Sinnen und Trachten in eben dieser Minute richtet, und ich habe mehr Grund für diese Behauptung, als Sie ahnen. Sie verlassen sich völlig darauf, daß nur ein Krieg ihre Wirtschaft und ihre Staaten retten kann. Sie sind der Meinung, daß Kriegsmacht und Kriegshysterie die Bevölkerung ablenken und ihre eigene Position sichern werden. Das ist ihr Rezept, ein anderes kennen sie nicht. Die Bank lebte im Schatten der mächtigen, wenngleich verhaßten Psychlos. Die gibt es nicht mehr. Im Vergleich zu Psychlos handelt es sich bei Ihnen und sogar bei den Gredides um kleine, unbedeutende Planeten. Sie haben keine imposanten Streitkräfte. Rundheraus - diese Lords werden Sie nicht respektieren. Lord Schleim war für mich geradezu ein Schulbeispiel. An ihm läßt sich die Sachlage bis ins Kleinste demonstrieren. Er ging davon aus, daß die Bank nicht mehr der Machtfaktor sei, der sie einmal war. Also meinte er, sich einer Konferenz gegenüber Gewalttätigkeit erlauben zu können. Er erlitt Schiffbruch, aber eine solche Denkweise wäre noch vor dreizehn Monaten unmöglich gewesen. So etwas gab es einfach nicht. Nun aber werden früher oder später andere dieser hochmütigen Lords auf die gleichen Gedanken kommen.«

Er zeigte auf die Papiere. »Sie haben hier über eine Million zweihunderttausend bewohnbare Himmelskörper, die sich nutzen lassen. Ein verlockender Köder für gierige Mäuler. Und da diese Lords nun einmal auf Krieg aus sind, um ihr Regime zu retten, werden sie einen Vorwand finden und sich über Besitzrechte hinwegsetzen. Ohne sich darum zu scheren, ob es sich da um Eigentum der Intergalaktischen Rohstoff-Company der Erde oder der Bank handelt, werden sie diese Planeten überfallen. Sie werden sie sich gegenseitig streitig machen, jede Vernunft und Ordnung über Bord werfen. Je weiter das Wirtschaftschaos zu Hause um sich greift, desto bedenkenloser werden sie sich in Unrecht und Gewalt verstricken.«

Jonnie hörte ihm aufmerksam zu. Er hatte sich schon eine ganze Weile gefragt, wann sie endlich auf diesen Punkt zu sprechen kommen würden. Hier lag das Kernproblem. Und wenn man es nicht löste, würden sie sich all die Wege, die sie zu bahnen versuchten, nur wieder verschütten.

»Seitdem ich hier bin«, sagte Lord Voraz, »hat nicht einer dieser geschniegelten Aristokraten versäumt, mich beiseite zu ziehen und mit mir die Frage einer Kriegsanleihe für seinen Staat zu ventilieren. Natürlich machen wir so etwas nur selten. Wir legen nur die Anteilscheine für sie auf, die sie sich dann gegenseitig verkaufen können. Wirklich Geld verdienen kann man dabei nicht. Denn bei einer derart wackligen Wirtschaftslage besteht nur eine sehr geringe Aussicht auf Rückzahlung. Kriege sind nun mal bei denen, die sie ausbaden müssen, keineswegs so populär wie bei den Lords, die sie führen und davon profitieren! Revolutionen könnten die Folge sein, und Revolutionäre sind als Risikofaktoren berüchtigt. Es empfiehlt sich also, daß Sie sich das alles klarmachen, ehe Sie sich in ein solches Wagnis stürzen.«

Jonnie erhob sich. Die beiden kleinen grauen Männer hatten bis jetzt noch nichts unterschrieben. Er hatte befürchtet, daß es Ausflüchte und Spitzfindigkeiten geben würde. Er nahm seinen Helm und den silbernen Stab.

»Sir Robert und ich haben das besprochen und die Sache geprobt. Sie ist riskant. Aber ich glaube, wir haben keine Wahl. Gestehen Sie mir vorübergehend das Recht zu, für die nächsten zwei Stunden die Politik der Bank zu bestimmen? Wenn es gelingt, wird es Ihr Schaden nicht sein. Und wenn ich keinen Erfolg habe, verlieren Sie nichts dabei.«

»Sie bestimmen die Politik der Bank?« fragte Lord Voraz ungläubig.

»Lassen Sie ihn nur machen!« meinte der Baron.

»Aber wer weiß denn, in was er uns da ...«

»Sagen Sie doch einfach ja, Lord Voraz«, empfahl MacAdam. »Sie haben es schließlich mit Jonnie MacTyler zu tun. Auf sein Wort ist Verlaß.«

Lord Voraz blickte wie betäubt von MacAdam zum Baron. »Ich habe noch nicht unterschrieben ...«

»Ich auch nicht«, ergänzte Dries.

Kurz entschlossen versetzte der Baron seinem Gegenüber einen leichten Stoß, so daß der Kopf nach vorn kippte. »Er hat genickt, Jonnie. Gehen Sie los.«

»Aber vielleicht tut er irgend etwas Gefährliches!« blubberte Lord Voraz. »Er ist ein sehr eigenartiger junger Mann!«

Jonnie hatte bereits zusammen mit Sir Robert den Raum verlassen.

Und Sir Roberts Miene verriet finstere Entschlossenheit ...

# 3

Die Planen, mit denen man den Bereich um die Abfeuerungs-Plattform verhängt hatte, waren wieder entfernt worden. In jedem Schützenloch stand ein russischer Kavallerist, die Mittagssonne brannte und tauchte die weißen Uniformjacken und die Gewehre in gleißendes Licht. Im Schatten des Pagodendaches lungerten ein paar Delegierte herum.

Jonnie rief nach dem Koordinator, der den Gastgeber mimte, und gab ihm Anweisungen, die Lords in den Konferenzsaal zu bringen.

Stormalong, der von dem Betrieb draußen etwas mitgekriegt hatte, stürzte aus der Operationszentrale herbei, eine Meldung in der Hand, und wollte zu Jonnie und Sir Robert eilen. Doch Colonel Iwans breiter und bandagierter Arm stoppte ihn.

»Lassen Sie sie alleine«, brachte Colonel Iwan auf Englisch hervor. Er hatte seine Befehle. Hier sollte er stehen und die Delegierten im Auge behalten, wenn sie durch die Tür des Konferenzraumes traten. Er wußte, daß Jonnie in Kürze ebenfalls hineingehen würde, und er wußte auch, was Jonnie dann vorhatte. Ein wenig beunruhigt war er schon, denn dort drin hatte Jonnie keinen direkten Schutz. Mit geübtem Blick hatte er festgestellt, daß viele dieser aufgeputzten, hochnäsigen Lords sorgsam versteckte Waffen bei sich trugen. Wenn Jonnie ihnen nun den geplanten Schock versetzen würde, wäre es durchaus möglich, daß sie gewalttätig reagierten. Es war etwa so, als ob er in einem Fluß schwimmen wollte, in dem es von Krokodilen wimmelte! Colonel Iwan faßte einen Entschluß: Wenn sie Jonnie etwas antaten, würde kein einziger dieser feinen Lords oder dieser Bankiers die Erde lebend verlassen. Doch das nützte Jonnie auch nichts, wenn sie über ihn herfielen. Und damit mußte man jedenfalls rechnen.

Angus kauerte neben dem Projektor, um die Feineinstellung vorzunehmen. Ein Blick über das Kraterrund zeigte ihm, daß er sich beeilen mußte. Sie würden das Gerät in Kürze brauchen.

Stormalong stand immer noch, von Colonel Iwan zurückgehalten, an der gleichen Stelle und wedelte frustriert mit der Meldung hin und her. Er sah zu, wie der letzte der Lords den Konferenzsaal betrat. Dann folgten Sir Robert und Jonnie.

Drinnen rückte der Koordinator den Lords die Stühle zurecht.

Nun kamen die beiden kleinen grauen Männer in Begleitung von MacAdam und Baron von Roth herein und nahmen an der Wand Platz.

Sir Robert stand mit Jonnie neben dem Podium und schoß unter den buschigen grauen Augenbrauen finstere Blicke auf die Lords ab. Irgendwie mußten diese mächtigen Staaten gebändigt werden. Was an ihm lag, sollte geschehen, er würde ihnen schon tüchtig einheizen. Er hoffte nur, daß es nicht mit einer Katastrophe enden würde.

Militärmusik erklang.

Der Koordinator erhob sich. »Verehrte Lords, die Schlußsitzung der Konferenz hat der Delegierte der Erde einberufen. Sir Robert, darf ich bitten!«

Kein guter Auftakt.

Die Lords tuschelten erregt miteinander, blickten fragend zu Voraz hinüber. Sollte nicht jetzt die Versteigerung stattfinden? Wozu hielt dann der Delegierte der Erde eine Rede?

Sir Robert in seiner Regimentsuniform stellte sich in die Mitte des Podiums. Der Scheinwerfer flammte auf.

»Verehrte Lords«, begann er mit fester, kräftiger Stimme, »wir haben über etwas anderes zu sprechen als über Versteigerung!«

»Wollen Sie damit andeuten, daß wir tagelang für nichts und wieder nichts hingehalten wurden?« rief Fowljopan.

»Unser Vorrat an Nahrungsmitteln und Nachfüllbatterien für die Atemgeräte geht zu Ende«, schrie Lord Dom. »Wir sind längst überfällig! Ist das alles hier etwa nichts als Zeitverschwendung?«

Sie wurden aggressiv. Voraz rührte sich nicht, saß nur mit ausdruckslosem Gesicht da. Er hielt gar nichts von dieser ganzen Aktion.

»Verehrte Lords«, dröhnte Sir Robert so laut, als gelte es, Schlachtenlärm zu übertönen, »In letzter Zeit ist zwischen Ihnen von einer Belohnung die Rede gewesen!«

Sie verstummten sofort. Eine Belohnung - das verdiente ungeteilte Aufmerksamkeit.

»Es wurden zwei Beträge in Höhe von jeweils einhundert Millionen Währungseinheiten ausgesetzt, um eine gewisse Suche zu fördern.«

Und dann donnerte er es in den Saal: »Es ging darum, den *einen* zu finden!«

Die Lords wurden hellhörig.

*»Dort* ist der *eine!«* Und mit einer blitzartigen Bewegung zeigte er auf Jonnie.

Der Scheinwerfer schwenkte auf Jonnie und ließ Knöpfe und

Helm auffunkein.

Eine dramatische Szene. Die Lords holten tief Luft.

Es war nicht ganz so gelaufen, wie Jonnie es geplant hatte. Sir Robert hatte sich von seinen Gefühlen leiten lassen und einiges abgeändert. Trotzdem war es überaus wirkungsvoll.

Nun verkündete er lautstark und triumphierend: »Mit Hilfe einiger weniger Schotten hat *er* dem mächtigsten Imperium in sechzehn Universen endgültig Einhalt geboten! Dieser Mann hat einem Imperium, das Sie alle unterdrückte und zittern ließ, den Rest gegeben! Sie nennen fünftausend Planeten Ihr eigen. Er machte Schluß mit einem Imperium, dem über eine Million Planeten gehörten!«

Die Delegierten saßen ganz still da, warteten ängstlich auf das, was noch kommen mochte. Aber sie waren tief beeindruckt.

»Wollen Sie jetzt sehen, was er getan hat, um Psychlo endgültig zu vernichten?«

Die Antwort wurde nicht abgewartet. Vier Russen und Colonel Iwan rollten in Windeseile den Förderwagen mit dem Projektor herein. Sie stellten ihn zurecht und traten dann zur Wand zurück, wo sie sich abrufbereit aufstellten.

Sir Robert betätigte einen Fernbedienungsschalter. Der Scheinwerfer verlöschte, der Projektor ging an.

Das Bild zeigte Imperial City unmittelbar vor der Katastrophe. Wie gestochen, einer uneinnehmbaren Festung gleich, zeichnete sich das Panorama ab: von geschäftigem Leben erfüllt lag es da vor ihnen - das stolze Machtzentrum von Psychlo.

Nur wenige Delegierte hatten bisher Gesamtansichten der Stadt gesehen. Sie hätten alles dafür gegeben, ein einziges Mal den Boden von Imperial City betreten zu dürfen. Doch die Kuppeln des Palastes waren ihnen von den Stempeln und Siegeln der Psychlos her wohlbekannt. Allein der Anblick der imposanten Szenerie bedeutete ein Erlebnis.

Und dann brach die vernichtende Katastrophe herein.

Sie hielten den Atem an.

Nie zuvor hatten sie Urgewalten dieses Ausmaßes toben sehen.

Wie in einem riesigen Schmelztiegel löste sich Psychlo vor ihren weitaufgerissenen Augen auf, verwandelte sich in einen versengenden, lodernden Feuerball.

Das Bild verschwand. Der Scheinwerfer flammte nicht auf. Aus dem Dunkel hämmerte Sir Roberts Stimme auf sie ein.

»Denken Sie an Terror und Unterdrückung, die Psychlo ausübte! Denken Sie an die brutalen Eingriffe in jeden Lebensbereich anderer Staaten! Denken Sie daran, wozu diese Tyrannei geführt, was sie Ihnen allen angetan hat! Und machen Sie sich klar, daß es damit ein für allemal vorbei ist!«

Der Scheinwerfer richtete sich auf Jonnie, als Sir Robert ausrief: »Diesem Mann hier verdanken Sie es, daß er Sie von einem Monster befreit hat. Sie alle stehen tief in seiner Schuld!«

Den Delegierten war Furcht fremd, doch jetzt hatten sie Angst.

Sir Robert bohrte unablässig weiter. Er hatte Jonnies Anweisungen in den Wind geschlagen, er konnte nicht gegen seine eigenen übermächtigen Gefühle an. Und er empfand Haß auf diese unbarmherzigen Lords, die möglicherweise Schottland vernichtet hatten. »Sie haben mit eigenen Augen gesehen, wie er mit einem Planeten wie Psychlo verfahren kann. Jetzt werde ich Ihnen zeigen, wozu er außerdem noch imstande ist! Sir Robert schaltete den Scheinwerfer aus und den Projektor wieder an.

In kompletter Bildfolge wurde nun das Schicksal des Mondes Asart von Tolnep gezeigt. Teile des Geschehens hatten sie zuvor bereits gesehen, nicht jedoch die gesamte Endphase, die erst nach dem Kampf mit Schleim aufgezeichnet worden war.

Vor ihren Augen begann nun der Mond zu zerbröckeln und in sich zusammenzufallen. Auch das große Raumschiff, das zu entkommen versucht hatte, wurde noch einmal vor ihren Blicken verschlungen. Und dann erschienen die Bilder, die von dem Berggipfel auf Tolnep aufgenommen worden waren.

Die hatte auch Jonnie noch nicht gesehen. Wenn man nicht genau hinschaute, schien es, als verwandle sich der Mond in Gas; und als begänne sich dann das Gas in der eisigen Kälte des Raumes zu verflüssigen.

Die Szenen, die das herunterfallende Stück Eisen zeigten, waren ebenfalls neu für Jonnie. Kurz bevor es die Oberfläche des Mondes durchschlug, zischte ihm ein Blitzstrahl entgegen. Eine Sekunde lang wurde es rotglühend, und als es dann auf das sich verflüssigende Gas auftraf, zerfiel es, während es deutlich sichtbar zum noch gasförmigen Kern hinuntertrieb.

Der Mond war nun zum Ball geworden, der nicht nur aus Gas bestand, sondern mit Elektrizität in astronomisch hoher Voltstärke aufgeladen war. Die Atomspaltung hatte eine enorme Ladung erzeugt, da aber weder Sauerstoff noch ein zweiter Pol vorhanden war, um Stromfluß zu bewirken, hatte die intensive Kälte des Raumes die entstandene Elektrizität gefrieren lassen. Jonnie erkannte, daß die Energiebatterien der Psychlos auf eben diesem Prinzip beruhten, jedoch kein Schwermetall, sondern nur unedle Metalle enthielten. Und dieser Mond würde jedes Raumschiff, das in seine Nähe käme, vernichten, und zwar durch gewaltige elektrische Ladung und nicht durch Aufspaltung. Aha, jetzt kam ein Meteor! Ein Blitzstrahl schoß auf und brachte ihn zum Zerschmelzen.

Die Delegierten hatten gesehen, wie ein Planet jäh zum glühenden Feuerball wurde.

Jetzt verfolgten sie, wie ein Mond sich auflöste und dann zu einer unheimlichen, eisigen, zerstörerischen Masse erstarrte.

Sir Roberts schneidende Stimme durchfuhr sie wie ein Schock: *»Das gleiche kann er mit Ihrem Heimatplaneten tun, wenn es ihm beliebt!«*

Sie waren wie gelähmt.

*»Und es gibt nichts, womit Sie das aufhalten könnten!«* dröhnte Sir Robert.

So massiv hatte Jonnie diesen Auftritt nicht geplant.

Doch für Sir Robert war es die Stunde der Rache. Endlich konnte er es diesem hochnäsigen Pack heimzahlen!

Der Scheinwerfer richtete sich auf Jonnie.

Und Sir Robert fuhr mit seinem Donnerwetter fort: »Er wird achtundzwanzig Abfeuerungs-Plattformen an achtundzwanzig verschiedenen Stellen installieren - keine einzige davon auf diesem Planeten! Die Koordinaten Ihres Heimatplaneten werden eingespeist. Sollte einer von Ihnen feindselige Absichten zu erkennen geben, wird von sämtlichen achtundzwanzig Plattformen abgefeuert!«

Das entsprach nicht dem mit Jonnie abgesprochenen Text. Die achtundzwanzig Plattformen ja, aber nicht ...

»Sie brauchen sich bloß die allergeringste Kleinigkeit zuschulden kommen lassen, und alle Ihre Heimatplaneten werden das gleiche Schicksal erleiden wie jener Mond!«

Regloses Entsetzen.

»Sie alle werden einen Vertrag unterzeichnen«, brüllte Sir Robert weiter auf sie ein, »einen Vertrag, der Ihnen verbietet, Krieg gegen uns oder gegeneinander zu führen. Wenn Sie das nicht tun, werden alle Ihre Heimatplaneten sich genauso auflösen wie jener Mond, und Ihre ganze Bevölkerung wird dabei ebenfalls vernichtet!« Wiederum zeigte er auf Jonnie. »Er kann das bewerkstelligen, und wird es auch tun! Deshalb machen Sie sich besser gleich ans Werk und unterzeichnen jetzt den Vertrag!«

Nun brach die Holle los!

Sämtliche Emissäre sprangen auf, tobten vor Wut.

Colonel Iwan und seine Leute strafften sich.

Der Lärm war ohrenbetäubend.

Sir Robert starrte finster auf das Getümmel, kostete seinen Triumph aus.

Jonnie ging zur Mitte des Podiums. Der Scheinwerferkegel wanderte mit. Mit erhobenen Händen versuchte er, sie zum Schweigen zu bringen. Der Tumult ebbte etwas ab.

Ein letzter Aufschrei von Browl brachte die allgemeine Stimmung zum Ausdruck: »Das ist eine *KRIEGSERKLÄRUNG!*«

Jonnie stand aufrecht da und wartete, bis allmählich Stille eintrat.

»Es ist keine Kriegs-, sondern vielmehr eine *Friedenserklärung*«, sagte er ruhig. »Ich weiß, daß Ihre Wirtschaft auf Krieg eingestellt ist. Und ich weiß auch, daß Sie Krieg für den besten Weg halten, Ihren vermeintlichen Bevölkerungsüberschuß loszuwerden. Kriege aber haben es nun einmal so an sich, daß die eine oder andere Partei unterliegt. Jede geht natürlich davon aus, daß sie keinesfalls der Verlierer sein könnte. Trotzdem sind die Chancen gleich verteilt. Das heißt also, daß wir Sie durch unsere Friedenserklärung nur voreinander schützen.«

Fowljopan explodierte. »Wenn wir nach Hause kommen, können wir Ihnen gigantische Raumflotten auf den Hals schicken! Das könnten Sie nicht einmal dadurch verhindern, daß Sie uns alle umbringen. Die Raumflotten würden trotzdem aufkreuzen und Sie vernichten. Und was Sie selbst betrifft, Sie haben Ihre eigene Ermordung ja direkt vorprogrammiert!«

Sir Robert stand plötzlich vor Jonnie. »Ihre Raumflotten werden Ihre Planeten auch nicht retten. Gegen diese Plattformen sind Sie machtlos. Ihren Standort würde nur einer kennen - dieser Mann nämlich. Und nach dreißig Tagen würden diese Plattformen automatisch abfeuern, falls ihm etwas zustoßen sollte, so daß er sie nicht mehr umprogrammieren könnte. Passiert ihm oder der Erde etwas, so würde jeder Ihrer Heimatplaneten unweigerlich zerstört. Und noch eins - er hat Doppelgänger. Sie gleichen ihm aufs Haar, man kann sie nicht unterscheiden. Aller Wahrscheinlichkeit nach würden Sie also gar nicht ihn, sondern statt dessen einen seiner Doppelgänger ermorden. Und auch in dem Fall würden sämtliche achtundzwanzig Plattformen abfeuern. Sofern Sie sich an einem seiner Doppelgänger vergreifen, wäre Ihr Schicksal und das Ihrer Heimatplaneten besiegelt! Es ist ausschließlich Ihre Sache, die Erde und *ihn* zu schützen. Davon hängt Ihrer aller Leben, das Ihrer Herrscher und das Ihrer Bevölkerung ab. Was nun die Entsendung Ihrer Raumflotten angeht, die uns vernichten sollen, so mögen sie ruhig kommen. Doch daß Sie dann kein Zuhause mehr hätten, das wüßten sie nicht. Sie würden zwar uns hier angreifen, doch wo sollten sie dann bleiben - ohne Basis, ohne Bevölkerung, ohne Herrscher? Denken Sie daran!«

»Er bedroht hier Delegierte!« schrie Browl empört.

»O nein, er *beschützt* Delegierte!« konterte Sir Robert. »Da Ihre Rüstungsindustrie auf Hochtouren arbeitet, wird über kurz oder lang mehr als einer der in diesem Raum Versammelten Vertreter eines eroberten Staates geworden sein! Sie sollten sich mit einem Phänomen vertraut machen, das man als höhere Gewalt bezeichnet. Es bedeutet, daß in den Universen plötzlich ein unerwartetes elementares Ereignis eingetreten ist. Betrachten Sie es doch von dieser Warte - höhere Gewalt! Bei diesem Mann und dem, was er bewirken kann, handelt es sich um dieses Phänomen der höheren Gewalt. Es verändert den bisherigen Lauf der Dinge. Und es markiert neue Wege für die Zukunft. Ich bin ein Krieger. Sie dagegen sind Diplomaten! In Ihrer Macht liegt es von Stund an, auf diese höhere Gewalt Einfluß auszuüben. Wenn Sie sich das nicht zunutze machen, dann sind Sie keine Diplomaten, sondern Narren ... ja, selbstmörderische Dummköpfe!«

»Wie können wir das kontrollieren? Welche Möglichkeit haben wir denn?« fragte ein kleinwüchsiger Delegierter aus dem Hintergrund.

Jonnie führte Sir Robert behutsam zur Seite. Das Ganze war nicht ganz nach Plan gelaufen, sondern mehr nach Sir Roberts Kopf. Trotzdem hatte er seine Sache sehr gut gemacht und sich Gehör verschafft.

»Vor der Abfeuerung der Plattformen würde eine Delegiertenkonferenz einberufen«, antwortete Jonnie auf die Frage. »Dabei könnte man sich mit jeder ungerechtfertigten Maßnahme, mit jeder irrigen oder mißverstandenen Idee beschäftigen und die strittigen Punkte klären.«

Er sah, daß er damit auf ein gewisses Interesse stieß.

»Die Plattformen ließen sich durchaus als langer Arm einer solchen Konferenz benutzen«, fügte er hinzu.

Es war ihnen deutlich anzumerken, wie sie das Ganze überlegten. Zumindest einigen begann es zu dämmern, daß ihnen dies als Einzelpersonen in ihren Staaten eine neue Machtposition verschaffen könnte. Das lag in ihrer Art. Sie dachten nicht etwa über ihn nach, sondern nur über sich selbst. Sie betrachteten ihre Hände oder ihre Klauen. Sie wiegten die Köpfe. Doch für sich gewonnen hatte er sie noch nicht, das wußte er.

»Trotz alledem ist und bleibt es eine unheimliche Bedrohung«, meldete sich einer.

»In unserer Wirtschaft wird damit kein einziges Problem gelöst«, meinte ein anderer. »im Gegenteil - das wird ein totales Chaos hervorrufen.«

Jonnie blickte sie an. Dann wurde ihm allmählich bewußt, womit er hier eigentlich konfrontiert war. Jeder einzelne dieser Lords und ihre gesamte Bevölkerung waren im Schatten der Psychlos aufgewachsen, deren grausame, sadistische Herrschaftsmethoden die Bewohner aller Universen seit undenklichen Zeiten geprägt hatten. Mochten sie auch in politischer Hinsicht ihre Freiheit bewahrt haben, so war doch die Maxime der Psychlos fest in ihnen verankert - alle Wesen sind nichts weiter als Tiere. Habgier, Profitstreben, Korruptheit gehörten für sie zu den natürlichen Charaktereigenschaften, die ausnahmslos bei jedem einzelnen zu finden waren. Rechtschaffenheit und Anstand existierten für sie nicht.

Das Brandmal der Psychlos!

Sie hatten es allen aufgedrückt, hatten ihnen diese Denkmuster aufgezwungen, hatten sie zu gefügigen Werkzeugen herabgewürdigt.

Wie konnte er diese hochmütigen Lords erreichen, wie sich ihnen verständlich machen?

»Unsere gesamte Industrie ist auf Krieg eingestellt!« schrie einer. »Ein intergalaktischer Friede würde uns ruinieren, ausnahmslos!«

So ist es, dachte Jonnie. Nach Wunsch und Willen der Psychlos sollten sich alle ihre Geschäftspartner untereinander bekriegen. Wen kümmert es schon, was diese sogenannten »freien Planeten« taten, solange sie Erze kauften? Die Psychlos konnten sie ja jederzeit vernichten. Die Psychlos wollten, daß sie wie Tiere kämpften, in ihren Augen waren sie nichts weiter als Tiere.

»Es gibt andere Wirtschaftsmodelle«, sagte Jonnie. »Sie könnten Ihre gesamte Rüstungsindustrie umstellen auf Konsumgütererzeugung, wie man das nennt. Sie fertigen Dinge für die Bevölkerung und schaffen damit Arbeitsplätze. In den verschiedenen Industriezweigen werden Waren für den täglichen Gebrauch produziert, die Beschäftigten kaufen sie, und Sie haben sich auf diese Weise den besten Absatzmarkt geschaffen, den Sie sich wünschen können. In allernächster Zukunft wird sich ein reger Güterverkehr zwischen Ihren Sternensystemen entwickeln. Die Psychlos hatten es durchgesetzt, daß alles zuerst nach Psychlo verfrachtet wurde. Und durch eben diese Maßnahmen würgten sie jeden echten Handelsverkehr ab. Der intergalaktische Warenaustausch kann schnell und billig erfolgen, das ist eine reine Organisationsfrage. Allein dieser Bereich wird Wohlstand schaffen. Ihre Bevölkerung, die jetzt Hunger leidet und randaliert, kann in der Friedensindustrie einträgliche Beschäftigung finden. Und von ihrem Verdienst können sie Anschaffungen machen. Zum Beispiel bessere Wohnungen und Einrichtungen, bessere Kleidung, bessere Nahrungsmittel. Sie haben hier die günstige Gelegenheit, ein Zeitalter des Wohlstands und der Fülle einzuleiten!«

Richtig zu packen vermochte er sie nicht. Sie hörten zu, mehr ließ sich dazu nicht sagen.

»Damit wird der Aufruhr, der eben jetzt überall stattfindet, nicht beseitigt«, wandte Dom ein.

Jonnie sah ihn an. Nun mußte er den großen Sprung riskieren, der Voraz schaudern machen würde. »Ich bin sicher, daß die Galaktische Bank sich gern zur Gewährung hoher Darlehen bereitfinden würde, wenn die Regierungen dann mit diesen Geldern Lebensmittel für die Bevölkerung kaufen und sie so lange über Wasser halten würde, bis die Friedensindustrie anläuft. Das und die Nachricht, daß es keinen Krieg mehr geben wird, würde die inneren Unruhen beenden und Ihre Regierungen stabilisieren.«

Browl fixierte Voraz scharf. »Wären Sie dazu bereit?«

Voraz saß eingekeilt zwischen MacAdam und dem Baron, die ihn beide durch Rippenstöße ermunterten, die Frage zu bejahen. Er tat nichts dergleichen.

Jonnie ergriff wieder das Wort. »Und ich bin sicher, daß die Bank sämtliche Darlehen zur Verfügung stellen würde, die zur Umstellung Ihrer Industrie auf Konsumgüterproduktion erforderlich sind. Nicht nur das, ich bin außerdem fest davon überzeugt, daß die Bank auch für den privaten Sektor Darlehen bereitstellen würde - an Ladenbesitzer und sogar an Einzelpersonen für Neuanschaffungen.«

Voraz nahm die Rippenstöße nicht zur Kenntnis. Er sah Jonnie unentwegt an. Dieser junge Mann redete von sogenannten Kleinkrediten, Geschäften, die für gewöhnlich von unbedeutenden Geldinstituten in irgendwelchen Bruchbuden getätigt wurden und bei denen es um geradezu lächerliche Beträge ging. Obskure Kleinkrämerei!

Jonnie fuhr fort: »Ferner möchte ich Ihnen mitteilen, daß viele neue Planeten auf dem Markt sein werden. Sie können sich dann ausreichend Geldmittel leihen, um sie käuflich zu erwerben und zu besiedeln, womit das Problem Ihres derzeitigen Bevölkerungsüberschusses gelöst wäre.« Jonnie hob die Stimme ein wenig, als er sich gezielt an Voraz wandte: »Das ist doch richtig, Lord Voraz?«

Dem Chef der Galaktischen Bank war, als werde er von einer Flutwelle davongetragen. Eigentlich hatte er ja nicht eingewilligt, diesen Mann die Richtlinien der Bankpolitik bestimmen zu lassen.

Sollte er aufstehen und ihn öffentlich bloßstellen?

Die Galaktische Bank hatte Staaten zu Geschäftspartnern gehabt. Dann wurde ihm plötzlich klar, daß sie dabei ganz von den Psychlos abhängig gewesen waren.

Voraz überlegte fieberhaft. Die Bankiers von den Gredides kannten sich mit diesen Dingen aus. Er dachte an die eigene immense Bevölkerung und an die weitverbreitete Dauerarbeitslosigkeit. Plötzlich sah er es deutlich vor sich, wie kleine Zweigstellen der Galaktischen Bank überall entstanden - in jeder Stadt, auf jedem Kontinent, auf jedem Planeten, von Selachees betrieben - leicht erreichbare Bankfilialen für jedermann! Kreditgeber für kleine Geschäfte, für Neugründungen und sogar für Angestellte. Hatten sie so etwas nicht früher einmal gemacht? Vor Lord Loongers Zeit? Ja ... er erinnerte sich ... Da würden zahlreiche Selachees Beschäftigung finden!

Und dann die Besiedlung dieser Planeten. Geld ausleihen für den Ankauf ... Schlagartig kam ihm zu Bewußtsein, daß er ja mit einer Million zweihunderttausend Planeten *irgend etwas* anfangen müßte! Sie könnten nicht einfach untätig im Treuhandfonds liegenbleiben. Und durch Ankurbelung der Produktion würde auch der Geldumlauf stabilisiert und eine Inflation verhindert. Der junge Mann versuchte, diese überzähligen Vermögenswerte zu aktivieren.

Aber, aber ... Eine innere Stimme meldete Protest an. Diese Idee, Gelder an Regierungen zu verleihen, damit sie für ihre Bevölkerung Lebensmittel einkaufen und kostenlos verteilen könnten ... Das machte die Bank zu einem gemeinnützigen Unternehmen! Kein unbekannter Aspekt, trotzdem mußte das reichlich überlegt werden. Immerhin würde diese Periode der industriellen Umstellung, von der er sprach, lange dauern. Die Staaten würden bis zum Hals in Schulden stecken.

Lord Voraz musterte Jonnie mit einem raschen, fassungslosen Blick. War er sich wirklich klar darüber, was er diesen hochnäsigen Lords und ihren Regierungen da antat - falls sie allem zustimmen?

Ja! Er konnte es in Jonnies Augen lesen - er wußte es genau! »Antworten Sie, Voraz!« forderte ihn Browl auf. »Wären Sie wirklich in diesem Umfang zu alldem bereit?«

Voraz erhob sich. »Verehrte Lords, es ergibt sich, daß die Galaktische Bank soeben in den Besitz von Vermögenswerten gelangt ist, die alles, was sie bisher kontrollierte, um mehr als das Tausendfache übersteigen. Es wird sich als notwendig erweisen, diese Vermögenswerte zu aktivieren. Sie alle waren stets sichere

Schuldner. Meine Antwort lautet - ja. Einwandfrei erfüllte Formalitäten vorausgesetzt, steht die Galaktische Bank bereit, die beschriebenen Darlehen zu gewähren.«

Die Lords saßen eine Zeitlang stumm da. Diese Erweiterung der Geschäftspolitik war atemberaubend.

»Wie wäre es, verehrte Lords«, sagte Jonnie, »könnten wir jetzt den intergalaktischen Friedensvertrag erörtern?«

Sie zögerten. Schlimmer noch, einige wirkten ausgesprochen ablehnend. Wieder ging ihm Mr. Tsungs Ausspruch durch den Kopf: »Die Macht, die Geld und Gold auf die Seelen der Menschen ausüben, übersteigt jedes Vorstellungsvermögen.« Hier handelt es sich zwar nicht um menschliche Wesen, aber es paßte. Sie waren über einen so langen Zeitraum hinweg vom Materialismus der Psychlos beherrscht worden, daß sie die Denkweise der Psychlos übernommen hatten. Er würde sie also auch wie Psychlos behandeln müssen, an ihre persönliche Habgier appellieren.

Ein solches Vorgehen widersprach zwar seinem ethischen Empfinden, aber er wußte jetzt, daß ihm gar nichts anderes übrigblieb. Es standen zu viele Leben, zu viele Zivilisationen auf dem Spiel, so daß er sich einen Fehlschlag keinesfalls leisten durfte.

Jonnie ging nach vorn und dann am Rand des Podiums in die Hocke, damit sein Kopf sich auf gleicher Höhe mit den ihren befand. »Sämtliche Recorder abschalten!« rief er zu den Minikameras hinauf.

»Sie sind abgestellt«, meldete ein dünnes Stimmchen.

Jonnie blickte die Zuhörer an. »Schalten Sie alle Recorder aus, die Sie bei sich haben.« Und zu den kleinen grauen Männern: »Es dürfen keine bankeigenen Recorder eingeschaltet bleiben, und Sie müssen dies ausdrücklich bestätigen.«

Die kleinen grauen Männer drehten an ihren Revers. »Wir bestätigen, daß sie abgeschaltet sind.«

Jetzt hatte er ihre volle Aufmerksamkeit gewonnen. Sie lauschten gebannt.

Jonnie wandte den Kopf den Lords zu. Sie mußten sich vorbeugen, um zu verstehen was er im Verschwörerton sagte: »Sie nehmen doch nicht etwa an, ich würde Sie persönlich dabei vergessen?«

Sie wurden überaus hellhörig.

»Was stellen Ihre Großunternehmen her?« flüsterte Jonnie.

»Waffen«, raunten sie im Chor.

»Und was wird Ihrer Meinung nach mit den Anteilen geschehen, mit den Aktien und Wertpapieren?«

Verblüfft, daß er das nicht wußte, antworteten sie: »Die purzeln in den Keller und werden zu Makulatur.«

»Genau«, bestätigte er flüsternd. »Lassen Sie mich Ihnen erklären, worum es hier wirklich geht. Wenn Sie nach Ihrer Rückkehr überall groß und breit herumerzählen, daß Kriege jetzt vertraglich verboten sind, werden die Aktien und Wertpapiere der Rüstungsunternehmen ins Bodenlose fallen. Und wenn Sie weiterhin kein Wort von Plänen verlauten lassen, diese Werke auf Konsumgüterproduktion umzustellen, und auch nichts von den zugesagten Darlehen der Bank erwähnen, könnten Sie und Ihre Freunde diese Rüstungsfirmen einfach zusammenkrachen lassen, sämtliche Anteile aufkaufen, eventuell mit Darlehen der Bank, und wären dann Alleineigentümer. In der Zwischenzeit wären Sie zu Volkshelden geworden, weil Sie Geld für den Ankauf von Lebensmitteln gegeben haben, und die Unruhen würden aufhören. Wenn Sie dann alles vollständig unter Kontrolle haben, würde die Bank Darlehen für die Produktionsumstellung gewähren. Und die Firmen würden einen rasanten Aufschwung nehmen. Binnen kurzem wären die Wohlhabenden zu Millionären und die Millionäre zu Milliardären geworden.«

Er ließ das einen Augenblick einwirken und sagte dann: »Sie müssen vergessen, daß ich je ein Wort davon gesagt habe.«

Er erhob sich.

Er wartete. Hatte er sich geirrt? Das konnte nicht sein.

Die lange Zeit unter dem Joch der Psychlos hatte ihr Denken unauslöschlich geprägt.

Gedämpftes Stimmengewirr. Dann ein leises Kichern hinter vorgehaltener Hand, dichter zusammengesteckte Köpfe.

Jonnie begann, geflüsterte Bemerkungen aufzufangen. »Ich kann mir eine neue Freundin anschaffen.« - »Meine Frau hatte von jeher etwas gegen das alte Schloß.« - »Ich bräuchte meine Jacht nicht zu verkaufen.«

Wieder steckten sie die Köpfe zusammen, tuschelten miteinander. Jonnie konnte nichts verstehen.

Dann stand Fowljopan plötzlich auf. »Lord Jonnie, wir haben alles vergessen, was sie sagten. Wir werden es mit keiner Silbe erwähnen.«

Fowljopan schien zu wachsen. »Bauen Sie Ihre Plattformen! Wir werden den schärfsten Antikriegsvertrag aufsetzen, von dem Sie je gehört haben - stahlhart, bombensicher, schußfest!«

Er wandte sich nach hinten: »Scheinwerfer einschalten! Recorder anstellen!«

Die Delegierten erhoben sich fast gleichzeitig und begannen

zu brüllen: »Es lebe Lord Jonnie! Es lebe Lord Jonnie!«

Ohrenbetäubender Beifall brandete auf.

Colonel Iwan stieß einen Seufzer der Erleichterung aus und nahm den Finger vom Abzug. Dann sorgte er eilends dafür, daß seine Leute Jonnie den Weg nach draußen bahnten und ihn sicher in den kleinen Konferenzraum zurückbegleiteten. Diese Lords klopften Jonnie so heftig auf den Rücken, daß er fast zu Boden ging. Ein Irrenhaus! Er wußte weder, was Jonnie gesagt noch wie er die Kehrtwendung zustande gebracht hatte. Er zerbrach sich auch nicht weiter den Kopf darüber, sondern konzentrierte sich lediglich auf das Nahziel, Jonnie herauszuschaffen, bevor sie ihn wohlmeinend zu Brei schlugen. Da er Jonnie kannte, überraschte ihn dieser Stimmungsumschwung nicht weiter. So etwas brachte das Leben in der Nähe von Jonnie Goodboy Tyler nun einmal mit sich!

## 4

Die Russen hatten sie sicher in den kleinen Konferenzraum zurückgebracht, wo sie wieder Platz nahmen.

Dries Gloton schnurrte beinahe vor Behagen, als er Wortlaut und Unterschriften des Schecks überprüfte, mit dem die Gelder der Intergalaktischen auf seine Bank überwiesen wurden. Es war nicht der größte Scheck, von dem er je gehört hatte, aber immerhin der höchste Betrag, der je in seiner Zweigstelle deponiert worden war. Und mehr als das - dieser Scheck bedeutete Zahlungsfähigkeit, Wiedereröffnung der kleineren Filialen seines Sektors, Rückkehr der Angestellten auf ihre Arbeitsplätze. Genaugenommen brauchte er ihn gar nicht zu überprüfen. Er wußte ja, daß er in Ordnung war. Aber es machte ihm einfach Freude, ihn zu studieren.

Schwungvoll zog er die Empfangsbestätigung zu sich heran, setzte mit geübter Hand seine Unterschrift darunter. Und dann nahm er sich die Hypothekenurkunde vor und malte in großen Buchstaben quer darüber: »VOLL EINBEZAHLT!«

Wahrhaftig, das lohnte all die sorgenvollen Monate des Wartens.

Er steckte den Scheck behutsam in die Tasche und schnippte dann die Quittung und die Urkunde fröhlich zu MacAdam hinüber. »Damit ist die Sache abgeschlossen. Es war mir ein Vergnügen, mit Ihnen Geschäfte zu machen.«

Er schüttelte ihm kräftig die Hand und als er sie loslassen wollte, bemerkte er, daß Lord Voraz reglos dasaß und leeren Blickes auf den Tisch starrte. Dries war alarmiert. »Euer Gnaden!

Stimmt etwas nicht?«

Voraz drehte sich zu ihm um. Er war so in seine Gedanken vertieft, daß er Jonnies Anwesenheit gar nicht zur Kenntnis nahm, als er Dries antwortete: »Ist Ihnen denn nicht klar, was er da angerichtet hat?«

»Spekulationskredite?« fragte Dries. »Die Lords werden versuchen Geld aufzunehmen, um Aktien zu kaufen, wenn sie ins Bodenlose gefallen sind. Aber das ist doch eine Bagatelle. Die Darlehen sind sicher.«

»Nein, nein«, entgegnete Voraz. »Ich meine, was er diesen Lords und ihren Regierungen eingebrockt hat. Merken Sie das denn nicht? Dann werde ich's Ihnen erklären. Indem er für Vollbeschäftigung sorgt und es jedermann ermöglicht, Geld zu leihen, schafft er eine unabhängige Arbeiterklasse. In den kommenden Jahren müssen sie nicht mehr herumlungern und um Almosen betteln. Sie werden finanziell unabhängig. Und der Staat wird fortan von ihnen abhängig sein, denn sie bilden für ihn einen wichtigen Absatzmarkt, also kann er sie auch nicht mehr übergehen. Und eben diese Arbeiterklasse wird einen wesentlichen Teil des Bankgeschäfts ausmachen.«

»Ich sehe darin nichts Verkehrtes«, meinte Dries. »Bei der Menge Geld, das uns die Regierungen schulden, müssen sie auch das tun, was die Bank ihnen sagt.«

»Das ist es ja genau«, seufzte Voraz. »Die Bank wird ihnen immer häufiger empfehlen, die Belange der Arbeiterklasse zu berücksichtigen, weil eben dort das Hauptinteresse der Bank liegt! Diese Lords und ihre derzeitigen Regierungen werden rapide an Macht verlieren. Als besondere Klasse werden sie praktisch verschwinden.«

»Aha, gemeinnütziges Bankwesen.« Dries erinnerte sich an seine Schulzeit.

Jonnie war ein wenig ausgepumpt und lehnte sich in seinem Stuhl zurück. Wenn sie doch endlich aufhören würden! »Man nennt das soziale Demokratie«, schaltete er sich ein. »Das wird so lange funktionieren, wie es Neuland in Hülle und Fülle zu erschließen gibt, inhaltlich und räumlich. Aber wir haben ja beides, und in ein paar tausend Jahren kann sich dann irgend jemand etwas anderes ausdenken.«

Voraz sah den Baron und MacAdam an. »Wissen Sie, was er gerade getan hat? In der kurzen Zeit in jenem Raum dort hat er mehr Völker befreit, als es in sämtlichen Revolutionen der Geschichte je der Fall war!«

»Ich weiß, daß er uns die Machtmittel in die Hand gegeben hat, diese Lords in Schach zu halten«, erwiderte MacAdam. »Wollen wir nicht diese Entschließung fertigmachen, damit wir die Konferenz beenden können?«

Voraz rappelte sich zusammen und nahm eine Vollmacht zur Hand. »Hier steht ja was von einer zweiten Entschließung.« Der Baron wurde munter. »Darin geht's um Lord Loonger.« »Wie lange ist er jetzt schon tot?« fragte Voraz. »Zweihundert ...«

»Hören Sie zu«, unterbrach ihn der Baron. »Die Psychlos sind wohl die am meisten gehaßte Spezies, die sämtliche Universen je gekannt hat. Vor zweihunderttausend Jahren hat Ihr Lord Loonger sie nur mit Hilfe der Bank gerettet. Heutzutage keine sonderlich populäre Tat.«

»Wahrhaftig nicht«, stimmte Voraz zu.

»Geld sei ein abstrakter Begriff, dem Vertrauen Inhalt verleiht - so lautet eine bekannte Definition«, sagte der Baron. »Lord Loongers Konterfei auf Ihren sämtlichen Banknoten verschafft Ihrem Geld garantiert kein Vertrauen!«

Jonnie wurde plötzlich unruhig. Ihm schwante Unheil, als er sich daran erinnerte, was mit dem irdischen Geld passiert war. Doch ehe er zu reden anfangen konnte, brachte ihn Sir Roberts kräftige Hand zum Schweigen.

Dries hatte Jonnie seit Minuten unentwegt beobachtet und ließ ihn auch nicht aus den Augen, als er fragte: »Euer Gnaden, ist Ihnen schon aufgefallen, daß dieser junge Mann ein halber Selachee sein könnte?« Das hörte sich auch nicht die Spur scherzhaft an.

Über Sir Roberts Hand hinweg, mit der er ihm immer noch den Mund zuhielt, starrte Jonnie düster auf die Anwesenden. Mit Sir Robert würde er sich nicht anlegen. Die anderen aber durchbohrte er förmlich mit Blicken.

»Es sind seine Augen«, erläuterte Dries. »In denen ist auch Grau enthalten. Natürlich neben einer anderen Farbe, sicher. Aber die Augen haben irgendwas vom Meer. Aber sehen Sie sich doch bloß diese Augen an! Grau!«

»Natürlich sehe ich, was Sie meinen«, entgegnete Lord Voraz. »Er gleicht tatsächlich einem Selachee.«

»Ich habe mehrere Aufnahmen von ihm«, sagte Dries, »mit dem Bildrecorder aus den verschiedensten Blickwinkeln gemacht. Wir können den Maler Rensfin nach diesen Vorlagen ein idealisiertes Porträt malen lassen. Mit dem Helm in Farbe. Es gibt eine Spezialtusche, mit der sich das Aufblitzen der Knöpfe wiedergeben läßt. Und den Helm können wir ganz in Farbe und dreidimensional reproduzieren. Aber was sollen wir als Inschrift auf den Streifen setzen? ›Jonnie Goodboy Tyler, Sieger über die Psychlos?«

»Nein, nein«, wehrte Voraz ab.

»›Der Freiheit von Krieg brachte‹?« schlug der Baron vor.

»Nein, nein«, wiederholte Voraz. »Das Wort ›Freiheit‹ wird bei den Lords und ihresgleichen Widerstand hervorrufen. Wir müssen hier eine unanfechtbare Lösung finden, denn wir wollen einen kompletten Neudruck herausgeben und die alten Banknoten vollständig einziehen. Am unteren Rand müssen wir einen Zusatz machen: ›Deckung durch Vermögenswerte der Planetarischen Bank der Erde und der Intergalaktischen Rohstoff-Company‹ - oder so ähnlich. Das Bild in der Mitte könnten wir etwas größer bringen.

Aber die Inschrift ...«

MacAdam strahlte. »Da muß drinstehen, was er getan hat. Im Hintergrund soll der Maler die Explosion von Psychlo zeigen. Und in den Streifen können wir ›Jonnie Goodboy Tyler‹ setzen und als Unterzeile ›der allen Spezies das Glück brachte‹.«

»Haargenau richtig!« lobte Voraz. »Damit wird es nicht bloß auf die Zerstörung von Psychlo reduziert. Weil das ja nun wirklich nicht alles ist, was er geleistet hat. Das werden alle schnell genug erfahren. In allen Galaxien, auf allen Planeten in sechzehn Universen wird man ihn kennen und lieben!«

Lord Voraz nahm sich die Entschließung vor und trug den Wortlaut des Aufdrucks für die Banknoten ein. Dann zupfte er die Manschetten zurecht, zückte den Federhalter und unterzeichnete schwungvoll beide Resolutionen.

Damit war alles erledigt. Die kleinen grauen Männer erhoben sich. Sie strahlten über das ganze Gesicht. Sir Robert ließ Jonnie, der mürrisch dreinblickte, los, und nun begann das allgemeine Händeschütteln.

»Ich bin überzeugt, daß wir hervorragend zusammenarbeiten werden«, sagte Voraz zu MacAdam und dem Baron. »Das ist Bankgeschäft ganz nach meinem Herzen!«

Sie lachten. Die kleinen grauen Männer rafften ihre Unterlagen zusammen und verließen den Raum.

»Uff!« MacAdam grinste bis über beide Ohren. »Das hätten wir hinter uns. Jetzt sind wir frei und unbeschwert wie die Vögel!« Er sah Jonnie an. »Das verdanken wir nicht zuletzt Ihnen, mein Junge!«

# 5

MacAdam und Baron von Roth packten ihre Papiere zusammen, bewunderten die Unterschriften noch einmal und bereiteten sich zum Aufbruch vor.

»Wie haben Sie es denn geschafft, daß die Direktoren in Snautch Ihnen tatsächlich Gehör schenkten?« wollte Jonnie wissen.

Der Baron lachte dröhnend. »Durch die Art und Weise, wie wir unser Konto eröffneten. Das hatte sich mit Windeseile in der Bank herumgesprochen. Bei der Raffgier der Psychlos war Gold bereits rar geworden und der Preis für die Unze in den Gredides auf eine halbe Million Währungseinheiten geklettert. Und wir haben unser Konto mit Gold eröffnet. Mit Ihrem Gold, Jonnie. Knapp eine Tonne. Vor einer Weile hatten wir es in Barren gegossen. Beim Reinschleppen wäre uns fast der Rücken entzweigebrochen. Eine solche Menge Gold hatten die seit Ewigkeiten nicht gesehen.«

Jonnie lachte. »Also kam Ihnen sogar Terls Gold zustatten.«

»Nach der ganzen Schufterei an der Ader gehörte das Gold Ihnen und den Leuten«, erklärte MacAdam. »Wenn Sie es wünschen, holen wir es hierher zurück. Aber im Augenblick wird es gerade hinter Panzerglas ausgestellt in den Überresten der Haupthalle der Galaktischen Bank in Snautch! Historisches Gold, Jonnie.« »Noch etwas«, sagte Jonnie. »Wie haben Sie Ker dazu gebracht, diese Papiere zu unterschreiben?«

»Ker?« wiederholte der Baron. »Na, zum einen ist er Ihr Freund, Jonnie, und wir sagten, es würde Ihnen helfen. Außerdem hatte Stormalong an dem Abend Ihre Aufnahmen von Psychlo gesehen und Ker vom Ende des Planeten erzählt. Diese Erleichterung können Sie sich einfach nicht vorstellen! Er fühlte sich ständig von ihnen gehetzt. Als letzter offizieller Planetarischer Direktor - sogar seine Ernennungsurkunde hatte er parat, sie liegt dem Dokument bei - war er ehrlich froh, von alledem befreit zu sein. Wir versprachen ihm den üblichen Anstellungsvertrag, selbstverständlich ohne die Klausel, daß seine Leiche nach Psychlo zu überführen ist. Die paar hunderttausend Währungseinheiten, die er sich aus den Schiebungen seines Vorgängers geschnappt hat, ließen wir ihm und garantierten ihm die lebenslängliche Versorgung mit Atemgas. Ich hoffe, wir können diese Zusage einhalten.«

Jonnie dachte an den Planeten Fobia. Ja, mit Hilfe der Teleportationsanlage konnten sie dort jede Menge Atemgas in Behälter abpumpen. »Keine Sorge. Das läßt sich mühelos machen.«

Jonnie beobachtete interessiert, wie sie ihre Papierberge verstauten, und sagte dann: »Sie beide haben das glänzend gemeistert, wirklich phantastisch.«

Sie lächelten breit. »Wir hatten ja auch ein gutes Vorbild. Sie, Jonnie.«

»Aber woher wußten Sie, wie Sie den Kaufvertrag der Company formulieren mußten, damit ihn Terl auch unterschrieb?« erkundigte sich Jonnie.

MacAdam lachte. »Als Brown Limper Staffor ihn als Sicherheit für seine neu ausgegebenen Banknoten verwenden wollte, sahen wir auf den ersten Blick, daß es sich um keinen rechtsgültigen Vertrag handelte. Terl hatte sich sogar bemüht, seine eigene Unterschrift zu fälschen!« Er zeigte ihm das Original, das wirklich grotesk anmutete. »Und da fingen der Baron und ich an nachzudenken. Es waren nahezu elf Monate verstrichen, seitdem Sie die Bomben nach Psychlo geschickt hatten, und kein Gegenangriff. Falls Psychlo also zerstört war, dann bestand laut Ker für die übrigen Planeten, auf denen Rohstoffe gefördert wurden, kaum eine Überlebenschance. Die Atemgasvorräte reichten nicht aus, und die dort beschäftigten Psychlos mußten inzwischen alle tot sein.«

»Also nahmen wir unsere Chance beim Schopf und wählten Formulierungen, die für beide Seiten rechtsgültig waren«, erklärte der Baron.

»Und es gab noch einen weiteren Grund«, ergänzte MacAdam. »Wir wußten ja, wie Sie operieren. Wenn Sie sich vornahmen, Psychlo zu zerstören, konnten wir getrost darauf wetten, daß Sie es wirklich getan hatten. Und die Tatsachen gaben uns recht.«

»Wenn man auf Jonnie setzt, kann kaum was schiefgehen«, meinte der Baron. Er klemmte sich einen Stapel Papiere unter den Arm, ergriff eine randvolle Aktenmappe und vergewisserte sich mit einem Rundblick, daß nichts liegengeblieben war. »Das wär's dann wohl.«

»Ach wo, kein Gedanke!« widersprach Sir Robert so streng und nachdrücklich, daß sie innehielten und ihn verdutzt ansahen.

»Ich finde es schon ein wenig schäbig, wie Sie den armen Jungen für sich benutzen«, tadelte Sir Robert.

»Das verstehe ich nicht!« antwortete MacAdam erschrocken.

»Sie benutzen sein Bild für die irdischen Banknoten, Sie benutzen seine Energie und seine Ideen zur Förderung Ihrer Ziele. Ihnen gehört ein Großteil von sechzehn Universen. Jetzt wollen Sie sein Konterfei auf dem galaktischen Geld abbilden. Und hier steht er, arm wie eine Kirchenmaus. Meines Wissens läßt er sich noch nicht mal sein Pilotengehalt auszahlen! Gut, Sie wollen ihm Geld für eine Fabrik leihen. Aber was bedeutet das? Mit diesem Plan stürzt er sich doch nur in Schulden. Sie sollten sich wirklich schämen!« Und das meinte er ehrlich.

MacAdam und der Baron waren wie vom Donner gerührt.

Jonnie hatte versucht, Sir Robert ins Wort zu fallen, sowie er merkte, worauf der alte Haudegen hinauswollte. Seiner Überzeugung nach brauchte er kein Geld - wenn er Hunger hatte, konnte er jederzeit draußen auf die Jagd gehen. Doch Sir Robert ließ sich nicht so leicht unterbrechen, wenn er einmal in Fahrt war.

Der Baron sah MacAdam an, und MacAdam sah den Baron an. Beide waren sichtlich ratlos.

Sir Robert musterte sie nur unverwandt mit finsteren Blicken. Eine sehr ungemütliche Situation. Schließlich sagte Sir Robert: »Für die Verwendung seines Bildes könnten Sie ihm wenigstens ein bißchen was bezahlen!«

Plötzlich erhellte sich MacAdams Miene. Er ließ die gebündelten Dokumente auf den Tisch fallen und begann in seinem randvollen Aktenkoffer herumzuwühlen. Als er das gesuchte Schriftstück gefunden hatte, setzte er sich vor die anderen.

»Ach, Jonnie, Jonnie, bitte verzeihen Sie uns. Kein Zweifel, Sie sind nicht darüber informiert.« Er entfaltete ein Blatt.

»Da Sie es nie erwähnt haben, dachten wir, Sie wollten es nicht bekanntmachen«, erklärte der Baron.

MacAdam hielt ihnen den Papierbogen hin und begann: »Die Planetarische Bank der Erde erhielt ihre Satzungsurkunde von dem ursprünglichen, rechtmäßigen, aus dreißig Mitgliedern bestehenden Rat. Dies hier war die öffentliche Bekanntmachung.« Er nahm das zweite Dokument, das er in der Hand hielt, und entfaltete es. »Dies aber ist die tatsächlich verabschiedete Satzung, die einzig und allein rechtsgültige. Der Baron und ich haben uns oft gefragt, weshalb beide voneinander abweichen. Aber erinnern Sie sich, wer gelegentlich beim ursprünglichen Rat als Sekretär amtierte?«

Die Bekanntmachung enthielt nur die Namen von MacAdam und Baron von Roth.

Die beiden Bankiers sahen sich an und antworteten wie aus einem Mund: »Brown Limper Staffor!«

»Aus nur ihm bekannten Gründen hat er für die öffentliche Bekanntmachung den Wortlaut der Resolution fehlerhaft kopiert«, sagte MacAdam. »Und wir nahmen törichterweise an, das sei auf

Ihren Wunsch geschehen, weil Sie es geheimhalten wollten.«

Er entfaltete die Originalurkunde, und da stand ganz oben, noch vor den beiden anderen Namen, klar und deutlich zu lesen: Jonnie Goodboy Tyler!

»Ist Ihnen denn nie aufgefallen, daß wir bei allen großen Transaktionen stets versucht haben, Ihre Meinung einzuholen?« fragte der Baron völlig zerknirscht.

»Sie waren mit so vielen wichtigeren Dingen befaßt, daß wir eben einfach weitermachten«, fügte MacAdam hinzu. »Doch nun zu Ihnen, Sir Robert! Diesem Jungen gehört ein Drittel der Planetarischen Bank! Laut Gründungsurkunde!«

Und der Baron fügte hinzu: »Jonnie besitzt jetzt zwei Neuntel, das sind etwa zweiundzwanzig Prozent der Galaktischen Bank und ein Drittel der Intergalaktischen Rohstoff-Company.« Er wandte sich an MacAdam. »Vielleicht sollten wir den Anteil tatsächlich erhöhen.«

MacAdam sah Sir Robert eindringlich an. »Glauben Sie, wir lassen den armen Jungen, wie Sie ihn nennen, im Regen stehen? Ein Teil dieser Tonne Gold gehört ihm auch noch. Und wenn Sie alles zusammenrechnen wollen, brauchen Sie einen Computer. Sein Vermögen geht in die Quintillionen! Er ist der reichste arme Junge, den es in diesen sechzehn Universen je gegeben hat, den verstorbenen Kaiser von Psychlo eingeschlossen!«

Sir Robert ließ Jonnie los und fing schallend an zu lachen. Dann schlug er ihm auf die Schulter. »Ab mit Ihnen, Sie verkappte Kirchenmaus!« Er blickte die anderen an. »Tja, Gentlemen, ich will's gut sein lassen und sage, es dürfte reichen. Aber nur knapp, wohlgemerkt, gerade so halbwegs! Wie wär's übrigens, vielleicht sollten Sie rausgehen und ihm ein halbes Dutzend dieser aufgeputzten Lords als Diener kaufen?«

»Die hat er bereits in die Tasche gesteckt«, meinte MacAdam. »Mit sämtlichen Kinkerlitzchen, die sie in ihren Stiefeln rumschleppen!«

Allgemein brüllendes Gelächter, bis auf Jonnie. Ihm brummte der Schädel. Quintillionen? Eine unwirkliche Zahl. Vielleicht könnte er eine dieser geflochtenen ledernen Reitpeitschen für Windsplitter kaufen. Oder ein paar neue Möbel, falls Chrissie alles verloren hatte ...

Der Gedanke an Chrissie setzte ihm schwer zu. Er hatte ihn die ganze Zeit unterdrückt, sonst wäre es ihm unmöglich gewesen, das alles durchzustehen.

MacAdam und der Baron rafften abermals ihre Sachen zusammen und gingen hinaus, kopfschüttelnd und vor sich hinmurmelnd: »Brown Limper!« Und: »Macht nichts wie Ärger bis zum Schluß!«

Von draußen erklang eine laute, wütende Stimme. Sir Robert blickte auf. Stormalong stand in der Türöffnung, vor ihm zwei Russen, die ihm stur den Weg versperrten. »Sir Robert! Bitte kommen Sie raus! Ich habe eine Eilmeldung für Sie, die wartet schon seit Stunden!«

Sir Robert drängte sich an den russischen Wachen vorbei und entschwand.

Jonnie hockte ein wenig erschöpft da und versuchte, ein Fazit der hektischen Ereignisse zu ziehen, versuchte, eine Entscheidung zu treffen, was er jetzt tun sollte. Er kam zu einem Entschluß. Hier hielt ihn jetzt nichts mehr zurück. Er würde nach Schottland fliegen und dort helfen. Er hob seinen Helm vom Boden auf. Die beiden Russen an der Tür machten ihm den Durchgang frei.

Er rannte direkt in Sir Robert hinein. Der alte Haudegen stand wie angewurzelt da, eine schriftliche Nachricht in der Hand. Er weinte und lachte in einem Atemzug.

Er drückte Jonnie die Meldung in die Hand. »Du lieber Himmel! So ein Durcheinander! Aber Jonnie, Jonnie - der alte Felsen hat's ausgehalten und alle geschützt!«

Edinburgh! Sie hatten sich heute bei Tagesanbruch durch den letzten unterirdischen Gang durchgearbeitet. Die Verschütteten waren halb verhungert, einige verletzt, alle mehr oder minder im Schockzustand, aber ... sie hatten sie rausgeholt! Alle zweitausenddreihundert.

Jonnie war wie benommen vor Erleichterung. In der Funkmeldung waren keine Namen erwähnt. Er wankte ins Freie und wollte in die Operationszentrale eilen.

Auf der gegenüberliegenden Seite des Kraterrunds stand jemand, über und über mit Staub bedeckt, aber auf dem Kopf den gewölbten Helm, den sie bei Flügen mit Überschallgeschwindigkeit trugen. Das war Thor!

Thor winkte ihm fröhlich zu. Thor brüllte: »Sehen Sie, wen ich Ihnen hier mitgebracht habe, Jonnie!«

Jemand rannte auf ihn zu. Sie warf sich an seine Brust, umarmte ihn stürmisch, rief seinen Namen, immer wieder.

Chrissie! Blaß und hager, die schwarzen Augen schwammen in Tränen.

»Ach, Jonnie, Jonnie!« schluchzte sie. »Nie wieder gehe ich von dir fort! Nie wieder! Halt mich fest, Jonnie!«

Er hielt sie so fest umklammert, daß er ihr beinahe die Rippen gebrochen hätte. Er stand nur da und hielt sie in seinen Armen, als wolle er sie nie mehr loslassen. Reden konnte er nicht.

# TEIL XXXI

## 1

Luxemburg an einem strahlenden Sommertag. Jonnie ritt gemächlich auf Windsplitter am Ufer der Alzette entlang.

Er war auf dem Heimweg. Die Sonne schien durch das dichte Laubdach, zeichnete grüne und goldene Kringel auf den bemoosten Pfad. Friedliche Stille, untermalt vom sanft dahinrauschenden Flüßchen.

Plötzlich begann Windsplitter zu schnauben und wollte sich aufbäumen. Es war der Bär. Derselbe Bär, dem sie hier schon mehrmals begegnet waren in den vergangenen drei Monaten, wenn sie von der alten Außenstation zu Jonnies Haus ritten. Der Bär fischte. Er hielt jetzt inne, blickte witternd umher und sah sie. Ein ganz schöner Brocken von einem Braunbär, aufrecht stehend maß er gut zwei Meter.

»Ist doch bloß der Bär, du alter Schwindler«, sagte Jonnie.

Windsplitter wieherte, hörbar vergnügt, und stellte sich wieder auf den Boden. Er ergriff jede sich bietende Gelegenheit, um sich Abwechslung zu verschaffen. Seitdem die Pferde von Rußland hergeflogen worden waren, fehlte es ihnen an Bewegung, und sie setzten Fett an. Jonnie ritt zwar jeden Morgen mit ihm zur Außenstation und ließ ihn dort herumstreunen, bis es wieder heimwärts ging. Aber Windsplitter wäre jetzt zum Beispiel viel lieber wie in den guten alten Zeiten durch dieses interessante sommerliche Waldgelände galoppiert, anstatt gehorsam stillzustehen.

Jonnie schaute gedankenverloren dem Bären zu. Der hatte Roß und Reiter am gegenüberliegenden Ufer des seichten Flüßchens offenbar als harmlos eingestuft und fischte in aller Gemütsruhe weiter. Vor einem Psychlo hätte der bestimmt Reißaus genommen, darauf wäre Jonnie jede Wette eingegangen. Er wollte sehen, ob es dem Bären gelang, eine dieser dicken Forellen zu angeln, die im Wasser herumwimmelten.

Trotz dieses wunderschönen Tages fühlte sich Jonnie irgendwie enttäuscht. Er war morgens mit der festen Überzeugung aufgewacht, daß sich etwas Wichtiges ereignen würde, eine gute Nachricht zum Beispiel. Und den ganzen Tag über hatte er darauf gewartet.

Könnte es sein, daß ihm irgendeine erfreuliche Begebenheit entgangen war? Er ließ Stunde um Stunde Revue passieren.

Also - morgens war er wie gewöhnlich zur alten Außenstation geritten, wo er den üblichen hektischen Betrieb vorgefunden hatte. Vor drei Monaten hatte er das ehemalige Großherzogtum Luxemburg aus dem Besitz der Company gekauft. Die Psychlos hatten dort ein Eisenerzbergwerk betrieben, und zwar recht nachlässig. Außerdem hatten sie ein kleines Stahlwerk gebaut und eine Fabrik, in der Geräte für ihre Minen auf der Erde hergestellt wurden.

Der gemischte Verband hatte die stark befestigte Anlage verschont, und die tiefen unterirdischen Stockwerke eigneten sich geradezu ideal für die Endfertigung der Konsolen. Angus MacTavish und Tom Smiley Townsen arbeiteten dort hinter Panzerstahltüren. Sie brauchten nur noch den Stromkreis auf der Isolierplatte einzusetzen, die Konsole zu montieren und sie in die Versandkiste zu schieben. Alle übrigen Teile waren vorgefertigt. Das konnte ohne jede Geheimhaltung geschehen, da sie ja keinerlei Rückschlüsse zuließen.

Bis auf Jonnie, Angus, Tom Smiley und Sir Robert wußte niemand, daß die Konsolen in Luxemburg vollendet wurden. Zur Vorfertigung gehörte sogar die Verpackung. Die Leute, die damit beschäftigt waren, hielten Angus und Tom Smiley lediglich für Kontrolleure. Doch die beiden, die nur ein paar Stunden täglich mit Spezialwerkzeugen arbeiteten, holten die »vorgefertigte« Konsole aus der Kiste, machten die abschließenden Handgriffe, plombierten sie und stellten sie, versandfertig, zu den übrigen.

Darauf wurden sie von einem schwerbewachten Lastwagenkonvoi über eine lange Strecke in einen alten Tunnel gebracht; er lag südlich, war etwa fünfzehn Kilometer lang und hieß früher Sankt Gotthard. Dort wurden die Kisten auf Plattformwagen umgeladen und über die alten Schienen bis zur Mitte des Tunnels gefahren. Sie wurden durch einen abgeschlossenen Raum geschleust, wo ihnen eine automatisch gesteuerte Maschine den Endkontrollstempel aufdrückte, und danach auf neue Plattformwagen umgeladen.

Wenn sie den Tunnel passiert hatten, erwartete sie ein ebenfalls neuer Lastwagenkonvoi, der weitaus schärfer bewacht war, und fuhr sie zu der Abfeuerungs-Plattform in einem Bergkessel außerhalb von Zürich. Von hier wurden sie dann zu ihrem Bestimmungsort befördert.

Da Jonnie, Angus und Tom Smiley den Tunnel umgebaut hatten und der Tunnel schwer bewacht wurde, wußte keiner, wer die abschließenden Handgriffe tätigte. Einige dachten, es gäbe spezielles Personal oder Gnome oder so etwas, das im Tunnel lebte und die Arbeit machte.

Der tägliche Ausstoß belief sich auf rund zweihundert Konsolen. Plattform, Masten und Drähte wurden ebenfalls vorgefertigt, da es dabei ja nichts geheimzuhalten gab, und zusammen mit den Konsolen verfrachtet.

Nein, überlegte Jonnie, das alles war heute wie immer über die Bühne gegangen, ohne irgendwelche Überraschungsmomente. Die einzige Neuigkeit in letzter Zeit hatte er vergangene Woche von Tom Smiley erfahren, der ihm erzählte, daß Margarita ein Baby erwarte.

Der Bär hatte die erste Forelle gefangen. Er erschlug sie oben auf der Uferböschung, blickte sich um und trottete wieder zum Fluß, um weitere zu fischen. Windsplitter hatte saftiges, frisches Gras entdeckt und tat sich daran gütlich.

Auch bei den Chatovarianern hatte es nichts Neues gegeben. Die Bank hatte es Sir Robert sofort wissen lassen, als im Reich der Chatovarianer sämtliche Rüstungsbetriebe und Zulieferfabriken zusammengekracht waren. Daraufhin hatten sich Sir Robert, Angus und ein halbes Dutzend Selachees unverzüglich hinbegeben.

Die Chatovarianer standen in dem Ruf, die besten Verteidigungswaffen herzustellen. Sie konnten mit Stolz darauf verweisen, daß keinem Angriff der Psychlos in dem ganzen, siebenhundert Planeten umfassenden Reich jemals ein Durchbruch geglückt war. Sie hatten sogar Killergas-Drohnen abgeschossen. Aus diesem und anderen Gründen war die neue Teleportations-Company - sie hieß jetzt »Anlagenbau«, da Jonnie es abgelehnt hatte, sie nach ihm zu benennen - mit den Chatovarianern ins Geschäft gekommen. Mit Hilfe der Selachees hatte Angus die geeigneten Firmen gefunden und Sir Robert den Kauf getätigt, und nun gehörten ihnen dort elf Werke, die auf die Fertigung der von ihnen benötigten Teile spezialisiert waren. An zum Verkauf stehenden Betrieben hatte ebensowenig Mangel geherrscht wie an Ingenieuren und Facharbeitern - kein Wunder bei dieser Übervölkerung, neunundvierzig Milliarden!

Die Hauptverwaltungen waren in Chatovaria geblieben und auf der Erde nur Produktionsstätten eingerichtet worden.

Nein, auf diesem Gebiet hatte es keinerlei erfreuliche Neuigkeiten gegeben, eher schon weniger angenehme. Die Unterhaltskosten für die Hauptverwaltung dieser Betriebe waren sehr hoch, da sie keine leitenden Angestellten entlassen konnten. Und außerdem wurde das Problem akut, was sie jetzt daheim produzieren sollten.

Technologie und Leistungsfähigkeit waren durchaus gut zu bewerten. Ihre Mathematik allerdings bereitete Jonnie einige Schwierigkeiten - sie benutzten ein binäres Zahlensystem, da alles, was sie hatten, durch Computer oder Stromkreise gesteuert wurde. Doch jedes ihrer Erzeugnisse war qualitativ hervorragend. Mit einer Ausnahme.

Jonnie konnte Reaktionsmotoren einfach nicht ausstehen. Sie machten das Fliegen zur Qual. Und außerdem erforderten sie spezielle Landebahnen und Pisten. Für den Raumflug eigneten sie sich ausgezeichnet, nicht jedoch für Transporte innerhalb der Erdatmosphäre. Man konnte nicht einmal richtige Kunststücke damit vorführen.

In Luxemburg wimmelte es überall von Chatovarianern. Sie waren nett und sympathisch, ungefähr anderthalb Meter groß, hatten etwas flach geratene Köpfe und Reißzähne. Die Hautfarbe war gelbbraun, mit einem Stich ins leuchtende Orange. Sie hatten außerordentlich geschickte Hände und zwischen den Fingern Andeutungen von Schwimmhäuten. Und sie besaßen enorme Kräfte. Das hatte Jonnie festgestellt, als er mit einem ihrer Ingenieure zum Spaß einen Ringkampf aufführte, den er um ein Haar verloren hätte. Sie waren sehr behende und flitzten ständig im Laufschritt durch die Gegend. Auch die Arbeit ging ihnen flott von der Hand. Arbeit wurde überhaupt bei ihnen ganz groß geschrieben.

Sie ernährten sich von Holz. Deshalb bepflanzten ihre Leute auch gleich nach der Ankunft eine Fläche von etwa fünfzehn Morgen - in der Geschwindigkeit von Maschinengewehren - mit verschiedenen Bäumen, die in sogenannten »Katalysetöpfen« wuchsen. So sorgten sie für ausreichende Nahrungsreserven.

Mit den drei hier beschäftigten chinesischen Ingenieuren gerieten sie in Konflikt, denn deren Vorliebe für Holz als Baumaterial war in ihren Augen eine sträfliche Vergeudung guter Lebensmittel. Die Chatovarianer arbeiteten gern mit Stein - sie hatten kleine, schwertähnliche Strahlschneider und versahen die Steine mit Kerben, so daß sie sich ohne Mörtel fest ineinander verzahnen ließen. Dann härteten sie den Stein und brachten durch Molekularbindung Panzerstärke zustande. Und dabei kam die ganze Maserung des Steins in hellen, schimmernden Farben zur Geltung. Sehr hübsch. Sie brachten das den Chinesen bei, die sie wiederum Seidenweberei lehrten, so daß der Streit ums Holz vergeben und vergessen war und eitel Sonnenschein herrschte, doch eine Zeitlang hatte es kritisch ausgesehen.

Wenn man zu den Chatovarianern zum Dinner ging, meinte man, einen Holzplatz zu betreten. Jonnie hatte ihnen das Versprechen abgenommen, nicht den gesamten Baumbestand der Gegend zu konsumieren.

Alle Betriebe der Chatovarianer waren personell überbesetzt. Und wenn sich Jonnie nicht irgendwelche Verbrauchsgüter einfallen ließ, die sie zu Hause produzierten, würden die roten Zahlen ihre Bilanzen zu einem wahren Blutbad machen.

Er wollte sie Wagen und Flugkörper mit Teleportationsmotoren bauen lassen. Doch er wußte nicht, wie man einen Teleportationsmotor baut und fand es auch trotz aller Bemühungen nicht heraus. Diese verdammte Mathematik der Psychlos! Nie ging etwas auf.

Der Gedanke daran machte ihn unruhig. Der Bär hatte wieder einen Fisch gefangen. Die Sonne schien warm auf Jonnies Wildlederhemd.

Er war so sicher gewesen, daß heute irgend etwas Hübsches passieren würde. Nun, der Tag war ja noch nicht zu Ende.

Er tippte Windsplitter auf die Schulter, was das Pferd als Aufforderung, sich zu beeilen, mißverstand und in wildem Galopp nach Hause jagte.

## 2

Sie stürmten aus dem Wald und rasten auf das Schloß zu, und dann begann Windsplitter, eine gewaltige Schau abzuziehen. Als wäre es wer weiß was für ein Kunststück, stehenzubleiben, scheute er, bäumte sich auf und mimte den Überstrapazierten.

»Alter Angeber!« beschimpfte ihn Jonnie.

Sie waren alles in allem noch nicht mal einen Kilometer galoppiert. Aber Windsplitter fühlte sich nun glücklich und zufrieden. Der Tumult mitten auf der zehn Morgen großen Rasenfläche erregte seine Aufmerksamkeit.

Stormy, Blodgetts Fohlen - es sah genau aus wie Windsplitter, hatte sogar die gleichen viel zu langen Beine - und ein riesiger hellbrauner Hund, der kürzlich aus dem Wald zugelaufen war und Chrissie vollständig mit Beschlag belegt hatte, balgten sich übermütig und führten einen richtigen Scheinkampf auf. Blodgett schaute ihnen ziemlich unbeteiligt zu, und Windsplitter lief zu ihr.

Jonnie glitt zu Boden und hob grüßend die Hand zu dem Russen im Kontrollturm, der zurückwinkte.

Erstaunlich, wie sich hier alles verändert hatte. Nur schade, daß es zu neu und blankgeputzt aussah und mit Sicherheit auch so bleiben würde. Die chinesischen Ingenieure hatten es begriffen, aber den Chatovarianern fehlte einfach das Gespür dafür, daß man den Dingen ruhig ihr Alter anmerken sollte.

Jonnie erinnerte sich, wie Chrissie das Areal zum ersten Mal entdeckt hatte. Sie saßen in einem kleinen Flugkörper, und Jonnie, der gerade das Großherzogtum erworben hatte, versuchte einen Gesamteindruck zu gewinnen. Plötzlich hatte sich Chrissie vorgebeugt und aufgeregt geschrien: »Da, sieh doch, da!« Es blieb ihm gar nichts übrig - er mußte aufsetzen und sie das Ganze besichtigen lassen. Sie war immer noch blaß und hager, und er konnte ihr kaum etwas abschlagen.

Das Gebäude stand inmitten einer Wildnis, die einst vielleicht ein Park gewesen sein mochte. Schwer zu sagen. War dieser Trümmerhaufen überhaupt jemals etwas anderes gewesen als ein Steinbruch?

Chrissie war umhergerannt, ohne auf das Dornengestrüpp zu achten, das an ihren Hosenbeinen hängenblieb, und hatte immer wieder ihrer Begeisterung Luft gemacht. Sie deutete auf eine fünfzig Morgen große Fläche und rief: »Genau richtig für ein Viehgehege!« Und auf eine andere: »Ideal für unsere Pferde!« Sie breitete die Arme aus und zeigte auf ein paar Erdlöcher: »Wie geschaffen für Gerbbottiche!« Und dann entdeckte sie einen munter dahinplätschernden Bach: »Der läßt sich direkt an der Küchentür vorbeileiten, dann haben wir ständig fließendes Wasser!«

Sie war über morsche, geborstene Überreste balanciert, die einst stabile Fußböden gewesen sein mochten, und hatte ihm Stellen bezeichnet, an denen er beim besten Willen nichts erkennen konnte: »Hier war ein Kamin! Und dort auch! Und da noch einer!«

Dann hatte sie vor ihm gestanden und feierlich erklärt: »Hier werden wir nie Hunger leiden, nie eingeschneit sein, niemals frieren!« Und trotzig, als könnte er etwas dagegen haben: »Hier werden wir wohnen, hier und nirgends sonst!«

Jonnie holte sich den Chefingenieur, der mit dem ersten aus zweihundert Chatovarianern bestehenden Kontingent eingetroffen war, und bat ihn, dort etwas Modernes hinzubauen. Damit meinte er, das Problem los zu sein, doch bereits am folgenden Tag fand er sich einem ergrimmten Architekten-Team ausgeliefert.

Wenn ein Chatovarianer gereizt war, pfiff er irgendwie durch die Zähne, was sich völlig anders anhörte als das glucksende Geräusch, das sie beim Lachen ausstießen. Der leitende Architekt tat seine Entrüstung mit durchdringenden Pfeiftönen kund.

Es spielte nicht die geringste Rolle, ob Jonnie Eigentümer der Company war, doch schließlich hatte Jonnie seinen Titel ja direkt von der Kaiserin Beaz verliehen bekommen, war also ein echter Chatovarianer. Und als solcher hätte er es wahrhaftig besser wissen müssen.

Nach dieser Einleitung, die Jonnie völlig ratlos machte, folgte ein Vortrag über Architektur. Sie hätten die irdischen Stilepochen studiert, und viele seien ja auch ganz in Ordnung. Griechische und römische Klassik kenne man in anderen Galaxien ebenfalls, ein unpraktischer Baustil, aber trotzdem akzeptabel. Die Architektur der Gotik, Neugotik und Renaissance hielten sie eigentlich für recht neuartig und ungewöhnlich. Selbst mit dem Barock könnten sie ihr künstlerisches Empfinden eben noch strapazieren.

Aber - modern? Unmöglich - lieber kündigten sie. Er solle sie nach Chatovaria zurückschicken. Auch wenn sie dort verhungern müßten. Manche Dinge konnte man einfach nicht tun!

Erst da wurde Jonnie klar, was unter »modern« zu verstehen war - ein Architekturstil, der vor elfhundert Jahren auf der Erde vorgeherrscht hatte. Die typischen Merkmale dieser Bauweise bestanden aus einfachen, senkrecht hochgezogenen Mauern und rechtwinkligen Flächen, die Fronten häufig aus riesigen Glasfenstern. Ausgedacht hatte sich das jemand, der unbedingt alle regional entwickelten Besonderheiten ausmerzen und Gleichförmigkeit erreichen wollte. Kurz - mit »modern« bezeichnete man eine Architektur, die gar keine war, sondern nichts weiter als ein billiger Weg, die Gegend zu verschandeln und noch dafür zu kassieren.

Zornbebend wies der Chatovarianer in Richtung der alten Stadt Luxemburg und jammerte, unterstützt von fünf ernsthaft nickenden Assistenten, dies sei ein Schulbeispiel für moderne Bauweise gewesen; zu einer Fortsetzung solcher Scheußlichkeiten gäbe er sich nie und nimmer her, das könne er bei seinem künstlerischen Gewissen schwören!

Daraufhin hatte Jonnie sich entschuldigt. Der Chatovarianer erwiderte, vielleicht habe es sich um ein Mißverständnis gehandelt, weil sie sich ja in Psychlo unterhalten müßten. Und Jonnie fragte ihn, was sie denn nun empfehlen würden.

Die fünf Assistenten legten ihm unverzüglich einen riesigen Bauplan vor.

Bei diesem Gebäude handle es sich um das ehemalige Schloß des Großherzogs von Luxemburg, erläuterten sie. Jonnie war zwar nicht dieser Ansicht, sagte aber nichts dazu.

Nach den umliegenden Schlössern zu urteilen, seien vermutlich Gotik und Neugotik die für diese Gegend charakteristischen Stilrichtungen gewesen. Deshalb sollte das auch für diesen Palast gelten. Jonnie hatte lange gezögert, ehe er Chrissie nach ihrer Meinung fragte, aber dann nur Hinweise auf all die Einzelheiten bekommen, die sie als besonders reizvoll empfand. Er hatte sich vergewissert, daß diese im Plan berücksichtigt waren, und danach den Architekten das Startzeichen gegeben.

Chrissie und er hatten draußen in den Wäldern kampiert. Glücklich, dem Lärm entronnen zu sein, verbrachten sie die Nächte in einem aus Häuten gefertigtem Zelt und verzehrten köstliche Dinge, die Chrissie auf offenem Feuer zubereitet hatte.

Die Chatovarianer hatten das Gelände geräumt und ein Gerüst aus Panzerstahl errichtet. Dann waren sie nach Italien geflogen zu Marmorbrüchen nördlich von Livorno, wo sie einen Pulk von Erztransportern mit Stapeln von grünen, rosa und andersfarbigen Steinplatten beluden. Die hatten sie zusammengefügt zu Außen- und Innenwänden und dann liebevoll poliert. Auch das Bachbett hatten sie mit Steinplatten unterlegt und kanalisiert, wie es Chrissies Wunsch gewesen war. Trotzdem hatten sie außerdem noch eine komplette Wasserleitung installiert. In den Kaminen würde Holz verfeuert, aber da das eine Verschwendung von wertvollen Nahrungsmitteln bedeutete, bauten sie zusätzlich mit Sonnenenergie betriebene Infrarotheizungen ein, die Flammenschein vortäuschten.

Es war ein Schloß geworden, keine Frage. Und vielleicht sogar im gotischen Stil. Aber eins war es mit Sicherheit - überaus farbenprächtig! Chrissie hatte es bezaubernd gefunden.

Als Jonnie auf die überwölbte Durchfahrt am anderen Ende der Zugbrücke zuging, hörte er von ferne das Krachen und Poltern, mit dem die Chatovarianer die ehemalige Stadt Luxemburg niederrissen. Zuvor hatten sie es von einer Kommission aus historischen und technischen Sachverständigen begutachten lassen, und dann waren die Planierraupen in Aktion getreten. Dieses Erbe der sogenannten Modernen würde jedenfalls nicht erhalten bleiben.

Die Bank war bereits wieder nach Zürich umgesiedelt, wo Jonnie auch gern gewohnt hätte - wegen der Gebirgsnähe.

Jonnie hielt inne. Auf dem Rasen war eine Brandstelle, also mußte Dries Gloton heute hier gewesen sein. Nach Übernahme seiner regionalen Zweigstelle war er zum Verbindungsmann zwischen der Galaktischen und der Planetarischen Bank der Erde ernannt worden. Er hatte zwar den *einen* ausfindig gemacht, doch ein leitender Bankangestellter konnte solche Belohnungen nicht annehmen - das hätte das Vertrauen der Kundschaft erschüttert -, und so hatte Voraz sein Gehalt auf einhunderttausend Währungseinheiten jährlich erhöht, was vollauf genügte, die Aufwendungen für seinen Raumkreuzer und sonstige Extravaganzen zu bestreiten. Dries hatte den Raumkreuzer hier geparkt und sich nach Hause teleportieren lassen, und während seiner Abwesenheit hatte seine Besatzung den Chatovarianern Glücksspiele beigebracht und ihnen einen Großteil ihres Lohnes abgeknöpft. Doch die Chinesen hatten das Geld von den Selachees wieder zurückgewonnen, und Jonnie konnte sich aus der Geschichte heraushalten.

Dries gondelte mit seinem Raumkreuzer überall umher - er benutzte ihn sogar, um sich im Laden an der Ecke eine Flasche Schnaps zu kaufen -, aber derlei Absonderlichkeiten gehörten nun mal zu Dries. Er hatte die neue Position unter der Bedingung angenommen, daß ihm lange Wochenenden vertraglich zugesichert würden, und begab sich dann anscheinend stets nach Nordschottland. Angeblich wollte er dort nebenbei eine »Pfefferminz-Industrie« starten, aber das glaubte ihm Jonnie nicht. Er war vielmehr fest davon überzeugt, daß da noch etwas anderes mitspielte. Heute hatte er Chrissie vermutlich Butter oder ähnliches mitgebracht.

Andererseits könnte er ja auch mit Mr. Tsung abgerechnet haben. Bestimmte Kunden betreute Dries persönlich, und Mr. Tsung zählte zu den Auserwählten. Jonnies Konto wurde von fünfzehn Selachees geführt, die unten in der Außenstation arbeiteten, und Dries hatte damit nichts zu tun - seine Einnahmen beliefen sich jetzt auf etwa eine Milliarde am Tag und wuchsen ständig. Irgendwie war Mr. Tsungs Konto jedoch interessant für Dries. Jonnie hatte Mr. Tsung zu dessen größter Überraschung ein Gehalt angeboten und die Antwort erhalten, üblicherweise sei es umgekehrt, ein Kammerherr bezahle seinen Chef, woraus Jonnie sich nun erklären konnte, wieso manche Gäste immerzu eingeladen wurden und andere nicht. Doch es war Mr. Tsungs Tochter, die das Geld verdiente. Sie hieß Lü, nach der letzten Kaiserin der Han-Dynastie, und wurde allmählich berühmt. Sie arbeitete in einem kleinen pagodenähnlichen Bau hinten im Parkgelände, der in Wirklichkeit zur Tarnung einer Flugabwehrgeschütz-Stellung diente, und schuf dort Bilder von Tigern im Schnee, fliegenden Vögeln und dergleichen auf Seide und Reispapier. Es waren begehrte Sammlerobjekte, die im Nu tausend Währungseinheiten einbrachten. Außerdem machte sie sich im Haus nützlich, half Chrissie und schnitt Haare.

Jonnie beschloß, lieber eine Metallauflage installieren zu lassen, auf der Dries landen konnte. Er kam jetzt bestens mit ihm aus. Es hätte keinen Sinn, ihm wegen der Brandstelle im Rasen Vorwürfe zu machen.

Unmöglich, den Hof zu überqueren. Lin Li, Mr. Tsungs Schwiegersohn, hatte sämtliche Möbel aus dem Bankettsaal nach draußen geschleppt und überzog sie mit Molekularspray. Um den jungen Mann hatten sich ein paar Chatovarianer geschart, die ihm staunend zuschauten. Der konnte doch tatsächlich Bilder malen mit einer Pistole, die Metall versprühte, und einem Stück Pappe, um Spritzer aufzufangen. Es ging ihm fix von der Hand. Eben jetzt arbeitete er an einer Szene, die er auf Wandteppichen gesehen haben mußte - eine Schar von Rittern, mit denen er die Tischplatte verzierte.

Die Medaillons mit dem Drachen darauf stellte er nicht mehr selber her. Da sie ja alle gleich waren, hatten ihn zwei chatovarianische Mechaniker, die seine Geschicklichkeit bewunderten, ein Modell anfertigen lassen und dann eine Maschine konstruiert, die ungefähr zehntausend Stück stündlich produzierte. Die Nachfrage in sämtlichen Universen war so groß, daß sie trotzdem mit der Lieferung in Rückstand gerieten.

Jonnie konnte nicht durchkommen, ohne Lin Li zu stören. Deshalb blieb er stehen und schaute ihm zu. Chrissie und Mr. Tsung hatten die Frage erörtert, ob nicht einige von den Chatovarianern bei einer Party die Kontrolle verlieren und die ganze Einrichtung verspeisen könnten. Das mußte der Grund für den Metallüberzug sein! Die vielen Gäste, die sie ständig hatten, sollten sich wohlfühlen und gemütlich bei Tisch sitzen.

Wieder befiel ihn dieses vage Gefühl von Enttäuschung. Beim Aufstehen war er so sicher gewesen, daß dies ein irgendwie besonderer Tag sei. Daß sich etwas Wunderbares ereignen würde. Nichts dergleichen ...

Lin Li hatte gerade an der furchteinflößenden Gestalt eines angreifenden Ritters zu arbeiten begonnen. Mit einem scharlachroten Metall sprühte er Blut auf die Schwertklinge. Das erinnerte Jonnie an die roten Zahlen, in denen die Company namens »Letzte Bastion« der Chatovarianer bisher noch steckte. Wenn es ihm doch bloß gelänge, hinter das Geheimnis der Teleportationsmotoren zu kommen, könnte er den Passagierverkehr ankurbeln. Wenn er jedoch mit Rückstoßmotoren weitermachte, würde ihn das Kopf und Kragen kosten.

Lin Li trug jetzt das graue Molekularspray für die Panzerung auf. Die Chatovarianer verfolgten jede seiner Bewegungen. Einer hielt eine Spritzpistole als Reserve für Lin Li in der Hand. Sie waren nicht etwa zur Assistenz da, sondern nur als Zuschauer, die sich nichts sehnlicher wünschten, als solche Kunstwerke schaffen zu können. Der Chatovarianer drückte probeweise den Abzug der Spritzpistole herunter.

Plötzlich wußte Jonnie - es war geschehen! Das erfreuliche Ereignis!

Er sauste zurück durch den gewölbten Durchgang, an der Seitenfront des Schlosses entlang, sprang über den Bach und stürmte durch die Hintertür.

Chrissie, das Haar fest zurückgebunden, stand am Herd und füllte etwas aus einem Topf um in eine riesige Schüssel, die ihr Mr. Tsung hinhielt.

»Hol deine Sachen, Chrissie!« sagte Jonnie.

Pattie saß gegenüber in der Ecke. Sie sprach in letzter Zeit kein Wort und blickte auch jetzt nur stumm zu Boden. Tinny, der weibliche buddhistische Funker, hatte, wie schon häufig, versucht sie zum Reden zu bringen.

»Tinny«, wandte sich Jonnie an sie, »sagen Sie bitte in der Außenstation Bescheid, sie sollen mir einen von den großen Kampfflugkörpern in zwanzig Minuten startklar machen! Setzen Sie sich mit Dr. MacKendrick in Aberdeen in Verbindung und bitten Sie ihn, direkt nach Victoria zu fliegen!«

»Pattie fühlt sich nicht wohl«, gab Chrissie zu bedenken.

»Rede ihr gut zu!« entgegnete Jonnie.

»Handelt es sich um eine diplomatische oder um eine wissenschaftliche Konferenz?« wollte Mr.Tsung durch die monotone Stimme seines Sprachumwandlers wissen.

»Um eine medizinische!« antwortete Jonnie.

Mr. Tsung stellte die Schüssel ab und eilte davon, um einen weißen Mantel und eine Brille - ohne Gläser - in eine Tasche zu packen. Das war genau die richtige Aufmachung, wie er in alten Filmen gesehen hatte.

»Jonnie, es gibt Wildragout!« bemerkte Chrissie tadelnd.

»Das essen wir unterwegs! Wir fliegen nach Afrika!«

## 3

Jonnie korrigierte den Kurs der Maschine etwas mehr auf Südost und schaltete die Bildschirme ein. Der Copilot war neu; er gehörte zu den französischen Flüchtlingen, die in den Alpen überlebt hatten, und hieß Pierre Solens. Ein recht junger Kerl, der, gerade mit der Ausbildung fertig, immer noch etwas Schwierigkeiten hatte, sich auf Psychlo zu verständigen. Für gewöhnlich wurde er nur im Pendelverkehr der Außenstation eingesetzt, aber als diensttuender Pilot im Camp mußte er den Flugkörper zu Jonnies Haus bringen. Er hätte es sich nicht träumen lassen, daß er wenige Minuten später als Copilot des berühmten Tyler nach Afrika fliegen würde. Zunächst war er auch ganz unbefangen, doch als er sah, wie Jonnie abhob, erstarrte er vor Ehrfurcht. Das hatte er noch nie erlebt, daß eine Maschine auf diese Weise hochgezogen wurde, wie ein abgefeuertes Geschoß! Und jetzt flogen sie mit Überschallgeschwindigkeit in nur viereinhalbtausend Meter Höhe! Ob sie glatt über die französischen und italienischen Alpen kommen würden?

»Unsere Flughöhe ist sehr knapp«, wagte er sich vor.

»Hinten sitzen Leute«, entgegnete Jonnie. »Die kann ich nicht frieren lassen. Kontrollieren Sie mal die Bildschirme, damit wir nicht mit irgendwelchen Drohnen zusammenrasseln.«

Drohnen, Drohnen, Drohnen! Sein Leben lang war Jonnie von Drohnen beobachtet worden! Daran hatte sich auch jetzt nichts geändert. Das chatovarianische Verteidigungssystem war erst zur Hälfte komplett und obwohl er die Firma gekauft hatte, kam es teurer, fast dreimal soviel, wie der kleine graue Mann veranschlagt hatte, doch dafür war es etwa um das Zehnfache besser. Automatische Wuchtdruckgeschütze mit einer Reichweite von zweitausendfünfhundert Kilometern konnten eine Raumflotte mit einer einzigen Salve abschießen; bewaffnete Drohnen für den Bereich der Erdatmosphäre; Raumdrohnen zur Kontrolle der Umlaufbahnen; Raumsonden, die alles, was sich innerhalb einer Entfernung von zehn Lichtjahren bewegte, erfaßten. Echte Panzerkabel, mit denen jede Stadt unangreifbar zu machen war.

Da das System noch nicht komplett war, flogen eine Menge Drohnen aus der Ersatzreserve umher, die auf jede Art von Flugkörper prompt reagierten. Oben auf seiner Maschine blinkte ein riesiges grünes Warnlicht, und eine kürzlich installierte Kassette sendete den »Code des Tages«, und zwar so schnell und so verwürfelt und von einer Mikrosekunde zur nächsten verändert, daß jeder Versuch eines Angreifers, ihn zu kopieren, zum Scheitern verurteilt war. Wenn die Drohnen weder das Blinksignal sahen noch den Code hörten, würden sie unweigerlich zu feuern beginnen.

Ah ja, da kamen die Reservedrohnen für den Mittelmeerraum, drei von ihnen, zum »Begutachten« angeschossen. Der Copilot reagierte langsam, so daß Jonnie an einem Knopf drehte, um sie scharf auf den Bildschirm zu bekommen.

Chatovarianische Drohnen, nun gut. Vorn auf der Spitze hatte jede ein großes rundes Auge aufgemalt. Doch das war nicht auf den chatovarianischen Hang zum Dekorativen zurückzuführen, sondern auf eine psychologische Überlegung: Jeder Pilot würde instinktiv mitten in diese riesigen Glotzaugen feuern, und wenn er das tat, leitete die Drohne den Druckstrahl mit verstärkter Wirkung in die umgekehrte Richtung, so daß die Munition des Angreifers und damit auch sein Flugkörper explodierten. Wehe dem, der auf eines dieser Augen zielte!

Trotzdem hatten sie etwas Beunruhigendes an sich, wie sie ihm da so finster aus dem Bildschirm entgegenblickten. Irgendwie erinnerten sie an schnüffelnde Jagdhunde, und dann, als der automatische Kontrollaustausch offenbar zur Zufriedenheit ausgefallen war, drehten sie ab, um zu ihren regulären Überwachungsabschnitten zurückzukehren.

Der französische Copilot blickte zurück zu den Alpen. Ein Glück - sie hatten keinen Gipfel gestreift!

Jonnie dagegen hatte die Bildschirme jetzt auf die Drohnen in der Umlaufbahn gerichtet. Sie schienen nicht interessiert zu sein, der Code hatte ihnen offenbar genügt.

Und was war das? Er hatte eine Sonde auf dem Bildschirm. Daß man die überhaupt sehen konnte, war ihm neu. Ob sie etwas im Schilde führte?

Sämtliche Raumdrohnen oder -sonden besaßen ein »Objektiv«, das aus einem sogenannten Lichtmagneten bestand. Dieser reagierte auf Lichtstrahlen und zog sie an aus einem Bereich von vielen tausend Kilometern Durchmesser und konzentrierte sie zu einem winzigen Punkt, wobei Abweichungen magnetisch korrigiert wurden. Effektiv hatte das Objektiv also eine Brennweite von sehr vielen Kilometern. Das Problem lag darin, daß eher zu viel als zu wenig Licht angezogen wurde, und deshalb hatten sie Schutzklappen oder Filter, die sich automatisch auslösten, sobald sie sich einer Sonne zu sehr näherten, und das Ausbrennen ihrer Empfangsgeräte oder der Recorder-Chips verhinderten. Auf diese Weise ließen sich billionenfache Vergrößerungen erzielen.

Einer der bei der Lieferung anwesenden Berater hatte Jonnie in das System und die Bedienung der Fernkontrollschalter eingewiesen. Ein solches Gerät befand sich über der Konsole. Jonnie schaltete zum Empfangsgerät der Raumsonde und dann auf seinen eigenen Bildschirm um.

Es klappte, also handelte es sich um eine von ihren Raumsonden. Hinter ihrem Bildschirm sah er nun den Copiloten und sich selbst. Und dabei war die Raumsonde mehr als sechzehntausend

Kilometer von ihnen entfernt. Es gab nichts zu befürchten, also schaltete er das Fernkontrollsystem wieder ab.

Eigentlich glaubte er nicht, daß der Erde jetzt von irgendwoher ein Angriff drohen könnte. Der Friedensvertrag war in Kraft - stahlhart, schußfest, bombensicher, wie versprochen! Und überaus populär. Die Delegierten hatten sogar Kopien der Aufzeichnungen, die das Ende von Psychlo und des Mondes Asart zeigten, mit nach Hause genommen. Die Bank gewährte Darlehen für Lebensmittelkäufe im Fließbandverfahren. Die Konsumgüterproduktion war noch nicht angelaufen. Das würde Zeit brauchen. Hoffentlich konnte er hinter das Geheimnis des Teleportationsmotors kommen, dann ließen sich eine Menge Konsumgüter produzieren. Und was noch wichtiger war - sie könnten ihr hiesiges Transportwesen funktionstüchtig erhalten. Diese Flugkörper würden sich irgendwann einmal verschleißen.

»Übernehmen Sie«, wandte er sich an den französischen Copiloten.

Als er nach hinten in die Kabine kam, stand Chrissie auf, um eine Schüssel auszupacken. »Ich fürchte, das Wildragout ist inzwischen kalt geworden.«

Jonnie ließ sich in einem der riesigen Schalensitze nieder. Pattie hockte teilnahmslos ganz hinten und starrte zu Boden. Er machte sich Sorgen um sie. Manchmal wanderte sie nachts stundenlang umher. Dann wieder hörte er sie in ihrem Zimmer weinen. Sie war doch erst zehn Jahre alt, und da hatte er gedacht, sie würde schneller über Bitties Tod hinwegkommen. Ein Irrtum.

Mr. Tsung wollte offenbar die Zeit nutzen, um sein diplomatisches und gesellschaftliches Pensum aufzuarbeiten, denn er erschien mit einem beachtlichen Papierwust. Jonnie widmete sich dem Wildragout, das keineswegs kalt geworden war.

»Der wöchentliche Postbehälter aus Snautch ist eingetroffen«, verkündete Mr. Tsung.

Deswegen also war Dries von Zürich nach Luxemburg gekommen. »Schicken Sie die geschäftlichen Sachen ans Büro, die sollen sich drum kümmern.«

»Aber das habe ich doch längst getan«, erwiderte Mr. Tsung. »Das hier betrifft durchweg diplomatische und gesellschaftliche Angelegenheiten. Einladungen zu Hochzeiten, Banketten, Taufen. Anfragen wegen Reden vor Kongressen ...«

»Gratulieren Sie, oder lehnen Sie dankend ab, je nachdem«, beschied ihn Jonnie.

»Aber das habe ich doch längst erledigt«, wiederholte Mr. Tsung besänftigend. »Das alles klappt reibungslos, nicht die geringsten Schwierigkeiten. Wir benutzen ein Foliophon, einen Sprachumwandler, und einen Phonotypographen. Wir können jetzt die Korrespondenz in ungefähr achtzehntausend Sprachen erledigen.

Aber es dürfte noch mehr werden.«

Jetzt kommt's, dachte Jonnie. Mr. Tsungs älterer Bruder war Kammerherr am Hof des Clanchefs der Fearghus geworden. Sein jüngerer Bruder eröffnete gerade eine Diplomatenschule in Edinburgh.

»Haben Sie noch einen Bruder?« erkundigte sich Jonnie zwischen zwei Bissen Wildragout.

»Bedauerlicherweise nicht«, erwiderte Mr. Tsung betrübt. »Ich rede vom Neffen des Baron von Roth. Er möchte eine diplomatische Lehre in meinem Büro antreten.«

»Ausgezeichnet«, meinte Jonnie.

Mr. Tsung regulierte die Lautstärke seines Sprachumwandlers, denn mit Pierre an der Konsole hatte der Fluglärm erheblich zugenommen. »Ich möchte gern ungefähr dreißig weitere Russinnen und Chinesinnen engagieren, um sie zu Sekretärinnen und zu Operatoren an den Phonotypographen auszubilden. Das Ganze ist wirklich kinderleicht. Man liest die Einladungen mit Hilfe eines Foliophons in der eigenen Sprache und benutzt dann zur Weitergabe des Textes an den Phonotypographen einen Sprachumwandler, so daß der Brief in der Originalsprache beantwortet wird ...«

»Sprechen Sie weiter«, forderte ihn Jonnie auf.

»Ich denke, für die Unterbringung der vielen Leute und Akten wäre ein neues Gebäude erforderlich. Etwas mehr im chinesischen ...«

»Nur weiter im Text«, ermunterte ihn Jonnie.

»Da war ein Brief darunter, den sollten Sie lesen. Ich habe ihn herausgelegt. Von Lord Voraz an MacAdam, mit einer Kopie für Sie. Dries sagte, MacAdam müsse erst eine Nachricht von Ihnen haben, bevor er ihn beantwortet.«

Ärger, dachte Jonnie.

»Voraz möchte genaue Richtlinien für die Gewährung von Warenkrediten.«

»Das ist doch weder eine diplomatische noch eine gesellschaftliche Frage«, wandte Jonnie ein.

»Irgendwie spielt Diplomatie schon hinein« entgegnete Mr. Tsung. »Man muß Voraz und MacAdam nehmen, wie sie nun mal sind, und da möchte man keinesfalls Spannungen aufkommen lassen. Das ganze Problem dreht sich darum, auf welche Konsumgüter die Rüstungswerke umstellen sollen. Entscheiden sie sich für die falschen Produkte, wird das gesamte Programm scheitern, und die Bank hat unnütze Darlehen gewährt.«

Das ist haargenau mein Problem, nur in einer anderen Variante, dachte Jonnie. Eine Parallele zu den roten Zahlen von »Letzte Bastion«.

»Die Intergalaktische Rohstoff-Company hockte auf Hunderttausenden von Erfindungen, die in der >Hall of Legality< hinterlegt wurden, damit andere Staaten sie nicht nutzen konnten. Ich weiß schon, daß dies nicht unmittelbar mit Diplomatie zu tun hat, aber es könnte daraus ein riesiges diplomatisches Debakel entstehen, wenn die Bank für die Herstellung der falschen Produkte Geld verleiht. Außerdem sind natürlich sämtliche Berechnungen und Formeln bei den Erfindungen in psychloischer Mathematik gemacht worden.«

Jonnie hatte das Wildragout verzehrt und gab Chrissie die Schale zurück. Zu dieser Frage stand einiges in den alten Büchern der Menschen. Wie lautete gleich das Thema? ... Marketing als profitbringender Faktor ... »Sagen Sie MacAdam, die Banken sollen Befrager losschicken - Teams, die herumgehen und den Leuten Fragen stellen - und herausfinden, was die Bevölkerung in jedem planetarischen System gern kaufen möchte - nicht, was sie kaufen *sollte,* sondern was sie kaufen *möchte.* Keine Vorschläge machen. Nur Fragen stellen. Dabei können auch kleine, bescheidene Dinge herauskommen, wie zum Beispiel ...« Er erinnerte sich an seine eigene Entdeckung, daß man mit Glas schneiden konnte. »Ein Gerät, mit dem es sich leichter häuten läßt oder so. Das Thema heißt >Marktforschung<. Und ich mache mich gleich an die psychloische Mathematik.«

Tinny hatte zugehört. Sie drückte bereits eifrig auf verschiedene Knöpfe. Das hier war ein neues System und allzu hochentwickelt. Die kleinste Zentrale, die von den Chatovarianern für einen Planeten hergestellt wurde, besaß zwei Milliarden individuelle Frequenzbänder, und sie hatten seit dem Krieg nur noch einunddreißigtausend Einwohner. Radiophone mit Textausdruck gab es überall. Sie hatte Zürich erreicht und ließ den Mitschnitt von Jonnies Ausführungen durchlaufen, sobald Mr. Tsung ihr zunickte. Die ausgedruckte Antwort würde MacAdam jetzt auf seinem Tischgerät lesen. Sie speicherte die Briefkopie, die Tsung ihr zureichte.

»Dries hat das für Sie dagelassen«, sagte Mr. Tsung und hielt Jonnie einen kleinen blauen Chip hin, auf dessen Rückseite sich eine Nadel befand. Auf der Vorderseite stand »Galaktische Bank«. Als er merkte, daß Jonnie ihn zwar anschaute, aber nicht nahm, fügte er hinzu: »Der chatovarianische Offizier hat ihn durch die

Kontrolle passieren lassen - das Ding ist harmlos.«

Jonnie nahm es. »Hat er Ihnen noch was gegeben?«

»Ach, Sie kennen doch Dries«, antwortete Mr. Tsung. »Er sagte, oben im Hochland gäbe es momentan eine Butterschwemme, und da hat er für Chrissie gleich ein ganzes Faß mitgebracht. Eine alte Frau dort hat fünfzehn Holsteiner Kühe, wie er sagt, und er finanziert eine Molkerei.«

Jonnie lachte. Seines Wissens hatte es in Schottland keine Holsteiner Kühe gegeben. Dries mußte einen Piloten überredet haben, sie aus Deutschland oder aus der Schweiz einzufliegen, wo sie wild umherzogen. Eine weitere »Pfefferminz-Industrie«. »Revanchieren wir uns bei ihm dafür?«

»Aber ja«, bestätigte Mr. Tsung. »Wir setzen ihm jedesmal einen Bottich mit gebratenem Reis vor, den liebt er über alles. Und mein Schwiegersohn hat ein Buch mit Farbabbildungen von Fischen gefunden und danach ein paar Fisch-Medaillons gemacht. Von denen schenken wir ihm jedesmal eins. Sie sind wertvoll, sagt er.«

»Und Sie bezahlen Lin Li«, bemerkte Jonnie, der mittlerweile einiges über die verschlungenen Wege des Handels und Wandels und über Chinesen gelernt hatte.

»Selbstverständlich. Aus unserer kleinen Kasse für gesellschaftliche Sonderausgaben.«

Kleine Kasse - ein dehnbarer Begriff. Die Planetarische Bank der Erde bezahlte die Kosten für das Verteidigungssystem auch aus der sogenannten kleinen Kasse.

Doch Mr. Tsung redete unbeirrt weiter. Dieser Ansteckknopf stammt aus der Musterkollektion von Preisen, die sie in ihrem neuen Programm für die Nachbarschaftsbanken in allen Universen verteilen - an Kunden, die Konten eröffnen, verstehen Sie. Jedesmal in der ortsüblichen Sprache. Man trägt es am Rockaufschlag oder an einer entsprechenden Stelle, und dann summt man einen Ton, und solange man den Mund bewegt, singt der Knopf. Sie sammeln alle Volkslieder in den verschiedenen Regionen.«

Jonnie holte eine Werkzeugtasche aus seinem Gepäck. Er hatte sie für das Projekt mitgenommen, das er gerade verfolgte. Mit einem Mikroschweißbrenner öffnete er den Knopf und betrachtete das Innere mit einer Mikrolupe. Es handelte sich lediglich um eine molekulare Gruppe von Sekundärzellen mit winzigen Auslösern und Relais. Eine Minibatterie lud sich bei Zimmertemperatur selbst auf. Ein elektronischer Mikrovibrator versetzte Luftmoleküle in Schwingung und erzeugte dadurch Töne. Einfach, ziemlich billig ...

Aber das war es gar nicht, wonach Jonnie suchte. Ihm kam

häufig der Verdacht, daß die Bank sich auf höchst eigentümliche Weise Informationen verschaffte. Deshalb überprüfte er Sprachumwandler und ähnliche Geräte, um sich zu vergewissern, daß sie kein Mikrophon, keinen Minirecorder oder dergleichen enthielten, die sich später wieder entnehmen ließen. Bisher hatte er nichts derartiges gefunden. Aber so sah nun mal die Welt aus, in der er jetzt lebte ...

Er schweißte alles wieder zusammen und steckte es sich an den Kragen seiner Lederjacke.

»Das ist keine Standardausführung, soll ich Ihnen ausrichten«, piepste Mr. Tsung aus seinem Sprachumwandler. »Er hat ein paar alte Aufzeichnungen von amerikanischen Balladen gesammelt und da reingetan. Es gibt ja nicht sehr viele Amerikaner, deshalb lohnt sich eine solche Sonderherstellung nicht.«

Jonnie räusperte sich und bewegte den Mund. Der Knopf summte eine Melodie ohne Worte. Hatte er die nicht schon früher einmal gehört? Schottisch? Deutsch? Ach ja ... sie hieß »Jingle Bells«. Und nun begann der Knopf zu singen:

»Galaktische!«

»Galaktische!«

»Du Bank so treu und gut.«

»Bist mein Freund und Nachbar nun.«

»Nimmst mich in deine Hut!«

Und dann folgte mit stolzgeschwellter Stimme: »*Ich* bin Kunde bei der Galaktischen Bank!«

Na, das war ja nun bestimmt keine »Amerikanische Ballade!« Machte sich Dries einen Scherz? Das war gar nicht seine Art. Er war ein durch und durch ernsthafter grauer Mann.

Jonnie wollte den Knopf abnehmen, der jedoch durch sein Lachen zu einem neuen Lied angeregt wurde:

»So weit war das Land«

»Wo einst ich zu Haus ...«

Jonnie erinnerte sich, daß man die Kinnbacken bewegen mußte, um ihn zum Singen zu bringen. Vermutlich Speicheltropfen oder Muskelanspannung oder ähnliches. Also begann er wieder zu malmen.

»So fern von Neid und Streit«

»Alles ist so wunderschön ...«

»Mister Tyler!« Pierre meldete sich nervös über Bordfunk. »Ich kann den Victoriasee auf dem Bildschirm jetzt durch die Wolkendecke sehen. Vor uns ist alles restlos zu. Sollte ich nicht besser nach Kariba weiterfliegen?«

Jonnie ging ins Cockpit und übernahm den Steuerknüppel. In

Victoria war es immer stark bewölkt.

Er öffnete den Mund, um die Bodenstation wegen Freigabe und Landeerlaubnis zu verständigen, doch statt dessen begann der Knopf zu singen:

»... und der Himmel war blau den ganzen Tag.«

Was für eine lausige Wettervorhersage, dachte Jonnie, und steckte den Knopf in die Tasche.

## 4

Nachdem Jonnie sich über die Flugbedingungen orientiert hatte, konnte er Pierre kaum etwas vorwerfen. Sie waren jetzt schon eine Weile bei Dunkelheit unterwegs, ein Umstand, dem ein auf Instrumentenflug geeichter Pilot wenig Beachtung geschenkt hätte, wie es bei Jonnie ja auch der Fall gewesen war.

Man mußte schon sehr hinsehen und dazu noch geübte Fliegeraugen haben, um die schwachen Umrisse des Mount Elgon zu erkennen, die aus der schwarzen Wolkendecke herausragten. Denn Mond oder Sterne, die solche Gipfelmassive deutlich hervortreten lassen, standen nicht am Himmel.

Die Wolkendecke unter ihnen war so dicht, daß sie auf den Bildschirmen ein heftiges Schneetreiben zu reproduzieren schien. Wenn man die Konturen von See und Camp nicht genau kannte, ließ sich aus diesen verschneiten Bildern kaum etwas entnehmen. Jede Menge elektrostatische Störungen - wahre Wolkenbrüche mußten auf die Außenstation niedergehen, strömender Regen und dazwischen Blitze. Nein, bei solchen Wetterverhältnissen durfte man von einem jungen, unerfahrenen Piloten keine Wunder erwarten ...

Pierre selber jedoch war in einer Verfassung, daß er sich nur noch eines wünschte - festen Boden unter den Füßen zu haben. Er war außerstande, irgend etwas von den Bildschirmen abzulesen. Er sah nur tiefe, undurchdringliche Dunkelheit dort unten, durch die es manchmal grell aufzuckte. Jeder Versuch, da durchzustoßen, wäre glatter Selbstmord. Wer konnte wissen, ob sie dabei nicht gegen einen Hang prallten? Zum Glück ahnte er nicht, wie hoch der Elgon war, daß sie unterhalb des Gipfels flogen und daß sie sogar einige noch höhere Berge bereits passiert hatten. Als Monsieur Tyler sich wieder ans Steuer gesetzt und dabei ein sonderbares Lied gesummt hatte, war er noch mehr in Panik geraten. Mon dieu, den sicheren Tod vor Augen und dann singen! Völlig verrückt ...

Victoria gab Landeerlaubnis, und Jonnie tastete sich durch die Regenwolken nach unten. Die Bildschirmwiedergabe besserte sich nicht, aber da er die Gegend kannte, boten ihm die gelegentlichen Bildfetzen eine gewisse Orientierungshilfe. Vorn durch die Scheibe zu blicken brachte nichts, sie war über und über bespritzt.

Jonnie versuchte, mit den Gleitkufen den Boden zu ertasten, wobei es ihm vor allem darauf ankam, seine Passagiere zu schonen. Hauptsache, er setzte nicht zu hart auf - das Wo spielte keine Rolle. Geschafft! Er landete so behutsam, daß Pierre abermals in Panik geriet, als Jonnie die Motoren abstellte - er dachte, sie wären noch immer in der Luft!

Jonnie hätte ihm gern Trost zugesprochen, aber bei dem prasselnden Regen verstand man kaum sein eigenes Wort. Er riß die Tür auf, und da stand Ker triefend naß im Scheinwerferlicht.

Selbst wenn man diese Sintflut in Betracht zog, schaute Ker erschreckend finster drein. Normalerweise war er stets hocherfreut, Jonnie zu sehen.

Bei Jonnies letztem Aufenthalt in Afrika hatte er zusammen mit Ker drei Nächte hindurch an der Anlage in Kariba gearbeitet. Der Planet Fobia stellte sie vor schwierige Probleme; sie besaßen keine genauen Koordinaten, nur eine vage Angabe: »Irgendwo im Umfeld der Sonne von Psychlo.« Eine Zeitlang schien es, als würden sie ihn nie entdecken und Ker müßte aus Mangel an Atemgas sterben.

Schließlich wurde der Planet doch lokalisiert. Seine Umlaufbahn glich einer zusammengedrückten Ellipse: Der Abstand zur Sonne differierte zwischen dem Perihel - dem am nächsten gelegenen Punkt - und dem Aphel - dem sonnenfernsten Punkt - so enorm, daß niemand auf Fobia hätte existieren können, nicht einmal ein Psychlo.

Fobia machte drei Stadien durch. Wenn er sich auf seiner Umlaufbahn von der Sonne entfernte, kühlte sich seine Atmosphäre ab und verflüssigte sich; die Flüssigkeit gefror, je mehr sich der Abstand vergrößerte. Näherte sich der Planet wiederum der Sonne, geschah das gleiche in umgekehrter Reihenfolge, und die Atmosphäre wurde wieder gasförmig. Bei dieser langanhaltenden Periode einer Art von Sommer - ein Jahr auf Fobia entsprach ungefähr dreiundachtzig Erdenjahren - konnte sich pflanzliches Leben entwickeln, Moose und ähnliches. Sie wuchsen und gediehen eine Zeitlang, und wenn sich dann die Atmosphäre verflüssigte, überdauerten sie, quasi scheintot, bis zur Wiederkehr des Sommers.

Es machte ihnen zwar unendliche Schwierigkeiten, anhand der dreidimensionalen Luftbilder die Umlaufbahn zu bestimmen, doch das Ergebnis übertraf Kers kühnste Träume. Auf dem Planeten war es gerade Herbst - wirklich keine Kleinigkeit, flüssiges Atemgas in große Behälter zu pumpen. Und nicht nur das - sie hatten auch noch rund fünfzig Tonnen von dem für die Zubereitung von echten »Goo-food« erforderlichen Grundstoff hergeschafft. Ja, damals war Ker überglücklich gewesen: ein Psychlo im Paradies - so unwahrscheinlich diese Vorstellung auch sein mochte.

Und hier stand er nun mit Grabesmiene im Regen. »Hallo, Jonnie«, begrüßte er ihn hölzern.

»Was ist denn mit dir los?« fragte Jonnie. »Ist dir 'ne Laus über die Leber gelaufen?«

»Hat nichts mit dir zu tun, Jonnie. Ich freu mich immer, wenn du kommst. Es geht um diesen Maz. Er war früher hier Chefingenieur. Wurde verwundet. Ich hab rund siebzig ehemalige Gefangene von überallher gekriegt und bemühe mich, diese Wolfram-Mine wieder flottzumachen. Schließlich muß ich mir ja mein Geld auch verdienen.«

Er kam heran, der Regen strömte über seine Atemmaske, die völlig durchweichte Jacke klebte an seinem Oberkörper. »Ich bin doch kein Ingenieur!« brach es plötzlich aus ihm heraus. »Ich war Mechaniker, und ein verdammt guter. Die Erzader gibt nichts mehr her, und die nächste liegt irgendwo dahinter. Dieser Armleuchter, der Maz, und all die anderen hirnrissigen Psychlos hocken einfach auf ihrem Hintern und glotzen dämlich! Irgendso'n Knallkopf hat ihnen die Bilder gezeigt, wie Psychlo explodiert ist, und nun wollen sie keine Klaue mehr rühren. Ich versteh nichts von dieser beschissenen Mathematik und kann nicht berechnen, wo die nächsten Erzlager genau sind!«

Das macht schon zwei, dachte Jonnie. Er war heilfroh, daß die Mädchen kein Psychlo sprachen. Dieser kleinwüchsige ehemalige Ganove fluchte lästerlich vor sich hin, was er sonst so gut wie nie tat.

Er mußte wirklich außer sich sein. »Deswegen bin ich ja hier«, sagte Jonnie.

»Tatsächlich?« Ker strahlte, als sei damit das Problem bereits gelöst.

»Ist MacKendrick schon angekommen?« erkundigte sich Jonnie.

»Im Kontrollturm hat 'ne Drohne einen Flugkörper aus Schottland gemeldet. Ist MacKendrick da drin? Dann trifft er ungefähr drei Stunden nach dir ein.«

Drei Stunden! Jonnie hatte sich eigentlich gleich in die Arbeit stürzen wollen. Nun, zuvor mußte er sowieso noch etwas anderes erledigen - ein paar Psychlo-Leichen holen.

»Hinten sind Passagiere. Tu mir den Gefallen und bring sie ins Camp.«

»Wird gemacht«, erwiderte Ker munter. Er trug eine zusammengelegte Plane über dem Arm, mit der er die anderen vor dem Regen schützen konnte. Er faltete sie auseinander, während er zur Kabinentür platschte.

Pierre hatte sich mittlerweile wieder gefaßt. Doch schon packte ihn neuerlich Entsetzen, als er Jonnie in einem Schließfach nach Monturen für Höhenflüge kramen sah. Jonnie warf ihm eine Kombination zu und zog sich ebenfalls eine über.

Jonnie hörte, wie die hintere Tür zugeschlagen wurde, und blickte den schattenhaften Gestalten nach, die durch den dichten Regenschleier auf das Camp zuliefen. Er zog den Reißverschluß der Kombination hoch und überprüfte den Treibstoffvorrat. Reichlich.

Zwanzig Sekunden später brausten sie wieder himmelwärts. Pierre kämpfte immer noch mit der ungewohnten Montur. Mon dieu, das kostete Nerven! Monsieur Tyler sorgte wirklich ständig für Überraschungen!

Jonnie ließ sich durch nichts aus der Ruhe bringen. Über den Regenwolken gab es keine Störungen auf den Bildschirmen, und er konnte sogar die Konturen der Berggipfel ausmachen. Er ließ die Scheinwerfer brennen, während er die vereisten Schneefelder ansteuerte, in denen sie die Leichen der Psychlos deponiert hatten. Er brauchte zwei, überlegte er. Einen Arbeiter und einen leitenden Angestellten.

Daß er kein Sterbenswörtchen über Ziel und Anlaß dieses Unternehmens erfuhr, trug auch nicht gerade dazu bei, Pierres Gemütsverfassung zu heben. Mit dieser Geschwindigkeit durch die pechschwarze Nacht zu rasen, war doch heller Wahnsinn! Er verschwendete keinen einzigen Blick an die Bildschirme, sondern starrte unverwandt durch die schneeverkrustete Windschutzscheibe.

Sehr bald hatte Jonnie die richtige Stelle gefunden. Er wußte, daß sie einen Gabelstapler dort hinterlassen hatten. Den würde er als Orientierungsmarke benutzen. Denn die Leichen dürften nach der langen Zeit wohl von einer ziemlichen Schneeschicht bedeckt sein.

Pierre jedoch, ahnungslos, worum es hier eigentlich ging, blickte stur geradeaus durch die Windschutzscheibe - in den weit aufgerissenen Augen malte sich blankes Entsetzen.

Plötzlich entdeckte er eine weiße Masse im Scheinwerferlicht: Ja eine Wolke. Voller Grauen hörte er, wie die Motoren zur Landung gedrosselt wurden.

»Nein, nicht!« schrie er. »Nicht doch! Sie landen ja auf einer Wolke!«

Ein Blick auf den oberen Bildschirm zeigte Jonnie, daß es aus diesem Winkel tatsächlich wie eine Wolke aussah. Ein scharfer Wind wirbelte Schnee hoch.

Aha, dort stand ja der Gabelstapler! Bis zum Sitz mit Eis und Schnee bedeckt. Unmittelbar dahinter mußten die Leichen liegen.

Er hatte sich während des ganzen Fluges ausschließlich an den Bildschirmen orientiert. Sie waren ein gutes Stück von der nächsten Steilwand entfernt. Er setzte den Flugkörper sanft im knirschenden Schnee auf und stellte die Motoren ab. Hier oben herrschte ein stürmischer Wind, der die Maschine erzittern ließ.

Jonnie schnallte die Schutzmaske fester. »Steigen Sie aus und helfen Sie mir!«

Pierre war völlig durcheinander. Er hatte doch deutlich gesehen, wie sie auf einer Wolke landeten, und konnte einfach nicht begreifen, was dem Flugkörper Halt gab. Der bisherigen Flugroute nach mußten sie doch ganz nah, wenn nicht direkt am Äquator sein, und auf dem Lehrgang hatte er erfahren, daß es dort sehr heiß war. Woher dann diese Schneemassen kamen, konnte er sich beim besten Willen nicht erklären.

Sein kleiner Stamm hatte unter der Herrschaft von Jesuitenpatern gestanden, die sie in Furcht und Schrecken vor Himmel und Hölle hielten und vor allem die Angst vor der Hölle als Zuchtmittel einsetzten. So war es nicht verwunderlich, daß allein der Ruf von Monsieur Tyler genügte, in Pierre abergläubische Scheu zu erwecken. Daß sie auf einer Wolke gelandet waren, überraschte ihn weniger als die Aufforderung, auszusteigen.

Er betrachtete die weißen Wölkchen im Scheinwerferkegel. Er befühlte das Kruzifix, das er um den Hals trug. Nein, er war viel zu jung, um zum Märtyrer zu werden. Doch es gab eine Lösung. Er schnappte sich den Düsentornister aus dem Fach hinter dem Sitz und legte ihn hastig an. Monsieur Tyler konnte höchstwahrscheinlich auf Wolken wandeln, aber für Pierre, den Sohn von Madame Solens, galt das nicht.

Es erforderte eine gehörige Portion Mut, die Tür zu öffnen, doch er tat es. Er schloß die Augen ganz fest und sprang nach draußen, die Hand am Auslöser des Tornisters. Der Abstand vom Pilotensitz zum Boden betrug bei einem Flugkörper dieses Typs knapp zwei Meter. Pierre jedoch hatte sich in die Vorstellung hineingesteigert, mindestens dreitausend Meter in die Tiefe zu stürzen. Als er auf dem Boden landete, hätte er sich trotz des Schnees beinahe die Beine gebrochen. Er lag auf dem Rücken, die Ellbogen aufgestützt. Wieso er nicht durch die Wolke bis auf die Erde hinuntergefallen war, blieb ihm ein Rätsel.

Jonnie, ganz auf sein Vorhaben konzentriert, merkte nichts von Pierres Verwirrung. Er hatte sich aus dem Werkzeugkasten im Flugkörper eine Brechstange geholt und stocherte damit im Schnee nach den Leichen. Ein mühsames Unterfangen ...

Da! Die Spitze der Brechstange war auf eine gestoßen. Er kniete sich hin und fegte den Schnee weg, daß die Flocken im Wind aufstoben und davonwirbelten. Er legte das Oberteil einer Atemmaske frei und dann das Abzeichen einer Mütze. Ja, ein leitender Angestellter!

Er tastete unter den wuchtigen Schultern nach der Stelle, wo er das abgeflachte Ende der Brechstange ansetzen mußte, um das Monster aus dem Eis zu stemmen. Ein solcher Psychlo wog seine zehn Zentner, in diesen Schnee- und Eismassen entsprechend mehr.

Jonnie schob die Brechstange tiefer hinein und drückte sie dann nach unten. Das Monster war so festgefroren, daß ihm das obere Ende der Stange wegrutschte und die Jackenverschlüsse aufriß.

Er versuchte es abermals mit aller Kraft. Ein dumpfes Knirschen - das Monster kam langsam nach oben.

Das Begleitgeräusch erinnerte wohl etwas an ein Räuspern. Zumindest hatte es auf den singenden Ansteckknopf der Bank, den er in der Tasche trug, die gleiche Wirkung, denn er ließ eine Baritonstimme erklingen:

»Wie Geister sie ziehn«
»am Himmel dahin ...«

Und Pierre, sowieso schon schwer erschüttert, sah einen Geist, der sich langsam aus der Wolke erhob. Und nicht nur das, er sang auch noch mit Grabesstimme.

Das war entschieden zuviel für ihn. Mit einem leisen Seufzer fiel er in Ohnmacht.

# 5

Jonnie legte die Leiche eines Arbeiters mit der Brechstange frei, ging dann zum Gabelstapler und klopfte das Eis heraus. Als er damit losfahren wollte, merkte er, daß Pierre spurlos verschwunden war. Er hatte wenigstens erwartet, daß er ihm die Ladeklappen des Flugkörpers aufmachen würde.

Dann entdeckte er ihn, im Schatten eines Stabilisierungsmotors liegend. Der Schnee blies bereits über ihn hin. Ein wenig besorgt schaute er nach, ob Pierre verletzt war. Verblüfft fragte er sich, was wohl der Düsentornister sollte und wieso er hier draußen bewußtlos lag. Nein, das war selbst für Erste Hilfe nicht der geeignete Platz.

Jonnie setzte den Gabelstapler in Gang und liftete Pierre hoch. Er fuhr am Rumpf des Flugkörpers entlang zu den Türen, stellte sich auf den Sitz und schaffte es so, sie zu öffnen.

Doch der Wind, der vom Heck her wehte, drohte sie wieder zuzuschlagen. Jonnie sprang hinein in der Hoffnung, auf dem Fußboden der Kabine irgend etwas zu finden, womit er die Tür blockieren konnte, und blieb abrupt stehen.

Pattie! Sie saß immer noch im Flugkörper. Sie mußten sie glatt vergessen haben, als sie hastig hinauskletterten und im strömenden Regen dem Camp zustrebten. Pattie war in letzter Zeit so still und unauffällig, daß man sie leicht übersehen konnte.

Sie mußte halb erfroren sein. Jonnie öffnete ein Schließfach, zog eine Wolldecke heraus und wickelte sie darin ein. Sie blickte kaum hoch.

Das einzige, was er für die Tür fand, war ein Rollstab zum Aufwickeln von Landkarten. Er versuchte ihn zwischen einen Ring in der Bodenverkleidung und einer Türangel festzuklemmen.

Er stieg wieder aus und manövrierte den Gabelstapler in eine Position, aus der er den reglosen Körper Pierres in den Flugkörper schieben konnte. Er hatte es beinahe geschafft, als ein heftiger Windstoß die Tür zuschlug. Wiederum kletterte er hinein und versuchte, den Rollstab als Sperre einzusetzen. Aber diesmal splitterte das Holz.

Hinter ihm ertönte eine leise Stimme: »Ich halte sie dir auf.« Pattie umklammerte mit der einen Hand die Wolldecke und stemmte mit der anderen die Tür auf.

Seit Monaten war dies das erste Mal, daß sie freiwillig ihre Hilfe anbot.

Jonnie sprang hinunter auf den Gabelstapler und hievte Pierre bis zur Türöffnung, wo er ihn auf die Bodenplatten gleiten ließ. Dann stieg er wieder in den Flugkörper, um den leblosen Körper vom Eingang weg irgendwo zur Seite zu ziehen, und stellte erstaunt fest, daß Pattie ihm auch dabei behilflich war.

Da sie ihm weiterhin die Tür aufhielt, konnte Jonnie die beiden unförmigen Leichen aus dem Schnee aufladen und in den Flugkörper befördern. Pattie beobachtete ihn und sein Tun mit gespannter Aufmerksamkeit.

Danach stellte er den Gabelstapler an einem geschützten Felsvorsprung ab und kehrte schleunigst zurück, um vor dem schneidenden Wind Zuflucht zu suchen. Er setzte sich mit dem Camp in Verbindung und bat, einen Tieflader und einen Gabelstapler bereitzuhalten. Er vergewisserte sich, daß Pattie richtig angeschnallt war, und hob dann ab.

Er war darauf gefaßt gewesen, sich mit halbblinden Bildschirmen durch die Wolkendecke nach unten tasten zu müssen, und merkte zu seiner großen Freude, daß der schlimmste Sturm und all die elektrostatischen Störungen vorbei waren.

Im Camp regnete es nicht mehr, und sie hatten sämtliche Scheinwerfer eingeschaltet. Um die wartenden Fahrzeuge hatten sich zahlreiche Neugierige versammelt, die den Flugkörper einschweben sehen wollten. Darunter einige von den ehemaligen Sturmtruppen und Raumfahrern, die Jonnie das letzte Mal während des Kampfes anvisiert hatte - es war schon ein wenig sonderbar, daß jetzt Jambitschows, Hawvins und andere hier herumstanden, aber sie wirkten durchaus friedlich. Drei chatovarianische Ingenieure in Arbeitsanzügen mit der Aufschrift »Letzte Bastion« über der Brust befanden sich ebenfalls unter den Neugierigen; vermutlich inspizierten sie die Sicherungsanlagen der Station, bevor sie auf das neue System umgestellt wurden.

Ein weiterer Flugkörper stand jetzt auf dem Landeplatz, und Jonnie registrierte erleichtert, daß MacKendrick eingetroffen sein dürfte. Er rief Pattie nach vorn, nahm sie unter den Arm und sprang mit ihr zusammen nach draußen.

Ker hockte auf einem Gabelstapler. »Der Copilot ist noch drin. Er muß verletzt oder so was sein, aber er atmet jedenfalls noch«, sagte Jonnie. »Schaff ihn und die beiden Psychlos ins Hospital.«

Jonnie, immer noch Pattie unter dem Arm, eilte ins Camp, um MacKendrick zu suchen.

Ker machte sich sofort mit dem Gabelstapler ans Werk und

schaffte es mit der ihm eigenen unvergleichlichen Geschicklichkeit, alle drei Körper auf einmal aus dem Flugkörper zu hieven und in den Tieflader zu verfrachten.

Der Fahrer, ein frischausgebildeter Jambitschow, riß erschrocken die Augen auf, als er die zwei riesigen Psychlos auf die Ladefläche plumpsen sah und gleich hinterher noch einen kleinen Menschenkörper.

Beim Anblick der Psychlos wollte die Menge spontan das Weite suchen, und zwar schnellstens! Schnee und Eis waren weggeschmolzen, und dem äußeren Anschein nach konnten sie womöglich lebendig sein ...

Der Fahrer schickte sich an, den Tieflader zu verlassen und einen möglichst großen Abstand zwischen sich und diese Psychlos zu legen. Nicht auszudenken, wenn sie plötzlich zum Leben erwachten ...

Ker, der noch mit dem Gabelstapler beschäftigt gewesen war, merkte nun, was für ein Aufruhr rundum herrschte und daß ihm der Fahrer zu entwischen drohte. »Nein, nein!« schrie er. »Sie sind tot!« Ängstlich machte der Jambitschow kehrt und setzte sich wieder in den Tieflader. Die Menge näherte sich vorsichtig, um sich durch Augenschein zu überzeugen. Fragende Blicke richteten sich auf Ker.

»Habt ihr denn nicht gehört, was Jonnie mir gesagt hat?« fragte er.

Nein, sie standen zu weit entfernt.

»Diese Psychlos hatten sich draußen im Dschungel versteckt«, begann Ker. »Plötzlich tauchten sie auf und begannen, den Copiloten in Stücke zu zerreißen. Da geriet Jonnie derart in Wut, daß er sich auf sie stürzte. Er packte beide gleichzeitig an der Gurgel und hat sie glatt erwürgt!«

Sie lauschten mit offenem Mund und weit aufgerissenen Augen. Der Beweis für Kers Worte lag ja hier direkt vor ihnen ...

Nach kurzem Schweigen meinte ein ehemaliger Offizier der Hawvins: »Kein Wunder, daß wir den Krieg verloren haben.«

»Richtig«, entgegnete Ker. »Ihr müßt Jonnie erst mal näher kennenlernen, dann werdet ihr's schon merken - wenn er wütend wird, dann gibt's kein Halten mehr!«

Er gab dem Tieflader ein Zeichen, ihm zu folgen, und fuhr mit dem Gabelstapler davon. Er hatte einfach nicht widerstehen können, er mußte ihnen diesen Bären aufbinden. Am schwersten war ihm dabei gefallen, ihnen nicht ins Gesicht zu lachen.

# 6

Im Camp angelangt, setzte Jonnie zunächst Pattie ab und machte sich dann auf die Suche nach MacKendrick. Er fand ihn im Hospital.

»Wo ist denn nun der dringende Fall?« fragte MacKendrick. »Ich war mitten in einer Vorlesung, als Ihr Anruf kam, und habe sicherheitshalber gleich ein ganzes Team mitgenommen! Und bei der Ankunft stelle ich dann fest, daß Sie irgendwo unterwegs sind ...«

»Diesmal werden wir es *tun*«, unterbrach ihn Jonnie.

»Ach so, Sie reden von den Kapseln«, entgegnete MacKendrick. »Jonnie, ich habe wirklich alles nur Erdenkliche versucht, aber in diese Schädel kommt niemand rein. Viel zuviel Knochenmasse! Ich hab's Ihnen doch gezeigt, oder?«

Der Doktor ging hinüber zu dem Tisch, auf dem er den mächtigen Psychlo-Schädel das letzte Mal hatte liegen lassen. Er pochte mit den Knöcheln dagegen. »Alles nur feste, harte Knochenmasse! Das Gehirn liegt deutlich unter dem Hinterhauptbein. Wenn ich den Knochen tief genug aufbohre, um da heranzugelangen, bleibt Ihnen nichts als ein toter Psychlo.«

»Das ist es ja, Sie reden von *bohren,* ich nicht.«

Jonnie ging hinüber zum Tisch, nahm den gut und gern einen halben Zentner schweren Schädel. MacKendrick hatte die Gelenke mit Draht befestigt, und Jonnie klappte den Kiefer auf. »Schauen Sie mal die Ohrknochen an.« Jonnie veränderte seinen Griff, so daß er den Schädel zum Licht hochheben konnte, was an das Jonglieren mit einem Medizinball erinnerte. »Sehen Sie genau hin.« Er klappte den Kiefer wieder auf.

Das Scharniergelenk - es saß an der Stelle, wo der Ohrknochen der Psychlos hinten auf den Kiefer traf, und hatte nichts mit dem Gehör zu tun - öffnete sich, so daß ein Loch von knapp acht Millimeter Durchmesser sichtbar wurde.

»Sie haben mir das mal gezeigt«, sagte Jonnie, »und erklärt, da kämen Sie mit keinem Instrument durch. Aber es führt genau zu den Stellen, wo die Kapseln im Gehirn eingepflanzt sind.«

MacKendrick war skeptisch. »Jonnie, ich habe ein ganzes Team mitgebracht und alles für eine Operation vorbereiten lassen. Nach Ihrem Anruf dachte ich, es sei etwas Ernstliches passiert. Aber da es sich ja nun doch nicht um einen Notfall handelt, sollten wir uns besser hinlegen und ein wenig schlafen ...«

Jonnie trug den Schädel zu dem Tisch, den sie früher zum Sezieren benutzt hatten, und legte ihn dort hin. »Für Sie sieht es vielleicht nicht wie ein Notfall aus. Tatsächlich aber geht es um folgendes - wir wissen weder, wie man einen Psychlo-Motor baut, noch verstehen wir etwas von ihrer Mathematik. Ohne diese Kenntnisse kann unser gesamter Flugverkehr zum Erliegen kommen. Wir müssen jetzt schon Hunderte von Flugkörpern haben, die nicht mehr funktionstüchtig sind und bloß herumstehen. Wir brauchen Konsumgüter für all die Planeten, und die Psychlo-Motoren sind eben unerreicht. Insofern handelt es sich um einen akuten Fall. Aber sehen Sie mal!«

Jonnie nahm einen dünnen isolierten Draht aus der Tasche und schob ihn durch das winzige Schädelloch auf der rechten Seite. Dann wiederholte er das gleiche mit dem anderen Drahtende auf der linken Seite.

»Was machen Sie da?« fragte MacKendrick.

»Zuvor müssen Sie mir eine Frage beantworten. Besteht die Gefahr, daß die auf diese Weise eingeführten Drähte irgendwelche Muskeln durchtrennen oder sonstwie beschädigen?«

»Nun, es könnte sein, daß sie auf Gewebe treffen, aber die Hauptmuskeln befinden sich nicht dort. Ich denke nicht ...«

Jonnie griff zu der Werkzeugtasche, die er eilig zusammengepackt hatte, und zog eine Molekularpistole heraus. »Mit dem Ding kann man mit Hilfe eines Drahtes aus Sprühmetall eine Oberfläche mit einer Molekülschicht überziehen.«

MacKendrick konnte nicht folgen. »Unmöglich, eine solche Pistole kriegen Sie doch niemals in einen Schädel rein!«

»Das bleibt ja auch draußen.« Er holte eine Elektrodenplatte hervor. »Kann ich eine von den Kapseln bekommen, die wir rausgenommen haben?«

MacKendrick brachte ihm eine - die zwei Halbkreise aus Bronze.

Jonnie schnitt einige Stücke isolierten Draht ab. Er nahm die Molekularpistole und schloß einen Draht an die Elektrode an, die normalerweise Strom in den Sprühdraht leitete. Das andere Ende des Drahtes legte er auf die Bronzekapsel. Dann nahm er ein zweites Stück Draht und führte es von der Bronze zur Elektrodenplatte, deren Rückseite er nun durch ein langes Stück Draht mit der Eingangsklemme der Molekularpistole verband. Er wollte einfach den Sprühdraht durch das Bronzestück ersetzen und dann die Spraykomponente weglassen, statt dessen jedoch die Moleküle über einen Draht zu einer Empfangsplatte fließen lassen. Und um sicherzugehen, daß die Elektrolyse stattfand, schloß er den Stromkreis, indem er den Draht zur Pistole zurückführte.

Er betätigte den Auslöser.

Die Empfangsplatte begann sich mit Bronze zu überziehen.

In der Kapsel, die aus einem Psychlo-Schädel stammte, entstand ein winziges Loch.

MacKendrick, kein Fachmann für Elektrizität, rief aus: »Sie verschwindet!«

»Wir leiten die Metallmoleküle über den Draht zur Platte. Ich glaube, man nennt das ›Elektrolyse‹. Wir verhindern einfach den Sprühvorgang und lassen statt dessen die Metallmoleküle auf eine Platte fließen.«

Er regulierte die Drähte an dem Bronzestück, so daß der Strom an einer anderen Stelle einfloß und ebenso an einem neuen Punkt abfloß.

MacKendrick staunte. »Das Metallstück verschwindet!«

»Es taucht drüben auf der Elektrode wieder auf«, entgegnete Jonnie. »Aber das geschieht ja außerhalb des Schädels.«

Er nahm sich ein neues Stück Draht vor und bearbeitete das Ende mit einem Schweißbrenner, bis eine glatte Rundung entstand. »Wenn wir die scharfe Spitze wegnehmen, können Sie dann diesen Draht durch das Loch im Scharniergelenk in den Schädel und um die verschiedenen Nerven herum bis zum Bronzeteil einführen? Und danach das gleiche noch mal von der anderen Seite?«

Hier wußte MacKendrick bestens Bescheid. Die Nervenstränge im Gehirn eines Psychlos ließen sich mühelos verschieben. Wenn man die Hirnrinde an ein paar Stellen durchstieß, würde das bei dem dünnen Draht vermutlich nicht viel Schaden anrichten.

»Versuchen wir's!« MacKendrick dachte gar nicht mehr daran, bis zum nächsten Tag zu warten.

Die Leichen der beiden Psychlos lagen auf zwei Förderwagen draußen vor der Tür. Pierre schien spurlos verschwunden zu sein. MacKendrick rief zwei Krankenschwestern und einen Arzt herbei, und sie rollten den ehemaligen Arbeiter in den Sezierraum. Er wog etwa das Fünffache dessen, was sie gewohnt waren, aber mit vereinten Kräften schafften sie es, ihn auf den Tisch zu wuchten.

»Innen ist er wahrscheinlich noch gefroren«, meinte Jonnie.

»Kein Problem«, entgegnete MacKendrick. »Sie vergessen, daß wir das alles schon mal hatten. Ein paarmal war ich sogar voller Hoffnung, daß wir operieren könnten.« Er bepflasterte den Schädel auf beiden Seiten mit Plättchen, um das Innere mittels Mikrowellen beschleunigt aufzutauen.

Es war reichlich voll im Raum. Mr. Tsung stattete Jonnie mit einem weißen Mantel und einem Brillengestell ohne Gläser aus. Jonnie wußte nicht recht, was er damit anfangen sollte, und steckte beides in die Tasche. Er wollte gerade Anweisung geben, die Leiche bereitzulegen, als der singende Knopf losträllerte:

»Vorbei sind die Zeiten,«
»als mein Herz jung und glücklich war.«
»Vorbei sind die Zeiten ...«

Das Ärzteteam war bestürzt und leicht schockiert. Die Szene war schon makaber genug, ohne daß jemand ein Klagelied anstimmte!

Jonnie streckte Mr. Tsung den Knopf hin. »Werfen Sie das Ding weg!«

Er entnahm seiner Werkzeugtasche weitere Utensilien und machte sich daran, alles handlicher zu arrangieren. Dr. MacKendrick stellte den Erzanalysator, den sie als Röntgengerät benutzten, zurecht, bettete den Schädel der Leiche darauf und regulierte die Skalen, so daß er ein scharfes, deutliches Bild der Bronzekapsel erhielt. Er probierte, ob sich die Kinnladen bewegen ließen, und klemmte dann eine metallene Kiefersperre ein, um sie offenzuhalten.

Der andere Arzt beseitigte die feuchten Stellen, die das aus dem Schädel tropfende Tauwasser auf dem Erzanalysator hinterlassen hatte.

Eine Krankenschwester beugte sich zu Jonnie hinüber und flüsterte: »Ich finde es nicht richtig, wenn das kleine Mädchen das alles hier mit ansieht.«

Jonnie drehte sich um und entdeckte Pattie, die ihm offenbar gefolgt war. Sie betrachtete den Schädel mit sichtbarem Interesse.

Es war der erste Tag nach all den verflossenen Monaten, an dem Pattie ihre Umgebung wahrnahm. Er dachte gar nicht daran, diesen Impuls im Keim zu ersticken, indem er sie wegschickte. »Lassen Sie sie hierbleiben«, flüsterte er der Krankenschwester zu. Sie fügte sich, wenngleich widerstrebend.

Jonnie hatte seine Vorrichtung fertig. MacKendrick sah sich ein paar Zeichnungen an, die er von den Nervenbahnen im Gehirn der Psychlos angefertigt hatte. Er legte sie hin, nahm die Drähte, die ihm hingehalten wurden, und machte sich ans Werk.

Behutsam begann er, das abgerundete Drahtende einzuführen, wobei er sich ständig am Gerät und an den Skizzen orientierte. Ein paar geringfügige Hindernisse waren zu überwinden, und dann hatte er es geschafft und den Draht bis zur Bronzekapsel gebracht.

Dann wiederholte er das gleiche mit dem zweiten Draht. Auch diesmal gelang es ihm, den Draht an die Seite der Kapsel zu führen.

Jonnie vergewisserte sich, daß alles soweit war, und betätigte den Schalter.

Die äußere Elektrodenplatte begann sich mit Bronze zu überziehen.

MacKendrick leitete mit größter Behutsamkeit den Strom auf der einen Seite ein und von der anderen ab. Auf dem Geräteschirm sah es fast so aus, als ob er einen Fleck reinigte.

Die Bronzekapsel im Schädel wurde immer kleiner. MacKendrick steuerte die Drähte geschickt, bis er nach etwa einer halben Stunde keinerlei Schatten oder Spuren mehr im Schädel entdecken konnte. Vorsichtig zog er die Drähte heraus. »Nun wollen wir mal sehen, ob wir Nerven beschädigt haben«, sagte er.

Sofort setzte sich das Team in Bewegung, holte Schürzen und Handschuhe sowie einen Satz Instrumente, darunter eine Knochensäge.

Die Krankenschwester beugte sich wieder zu Jonnie hinüber und flüsterte: »Ich bin wirklich der Meinung, das kleine Mädchen sollte jetzt gehen. Für ein so junges Wesen ist das einfach zuviel. Wie alt ist sie denn? Zehn?«

Pattie hockte auf einem Schemel und verfolgte das Geschehen höchst interessiert.

Nichts hätte Jonnie dazu bringen können, sie zu verscheuchen. »Lassen Sie sie in Ruhe«, flüsterte er.

Schüsseln und Tücher wurden bereitgestellt, und gleich darauf fraß sich die Knochensäge knirschend in die Schädeldecke. Grünes Blut begann herauszufließen und wurde vom Team aufgewischt.

MacKendrick war die Prozedur schon so geläufig, daß es nur Minuten zu dauern schien, bis sie die Stelle erblickten, wo sich die Bronzekapsel befunden hatte. Er tupfte ein paar Blutreste ab, nahm eine Lupe und untersuchte die Nerven.

»Nur ganz geringfügige Verbrennungen«, stellte er fest.

»Ich werde die Stromstärke verringern«, erklärte Jonnie und machte sich daran, einen Regulierwiderstand zu installieren.

Das Team hievte die Leiche wieder in den Förderwagen und rollte sie auf den Flur. Zwei Minuten später hatten sie den ehemaligen leitenden Angestellten auf den Tisch gewuchtet.

Sie wiederholten den Vorgang an einer Bronzekapsel, um zu testen, ob es auch mit der reduzierten Stromstärke funktionierte. Es klappte reibunglos.

Danach probierte es Jonnie noch einmal an einer silbernen

Kapsel aus, die von einer früheren Sektion stammte. MacKendrick studierte wiederum seine Zeichnungen gründlich.

Und dann führte er die Drähte in den Leichenschädel zu der eingepflanzten Silberkapsel.

Es ging einwandfrei, bis sie an die eingebaute Sicherung stießen. Sie war so winzig und zerschmolz so rasch, daß es eine ganze Weile dauerte, die einzelnen Teile zu erwischen. Beim Herumtasten berührten sich die Drahtenden viel häufiger, als daß sie auf einen der verbliebenen Splitter trafen.

Schließlich war auch das geschafft. Abermals Handschuhe und Knochensäge, und im Nu hatte MacKendrick das Gehirn freigelegt. Er untersuchte es mit größter Sorgfalt. Dann richtete er sich auf.

Der Arzt sah Jonnie lange an. In seinem Blick lag Bewunderung, Ehrfurcht. Da hatte doch dieser Junge tatsächlich eine neue Operationsmethode erfunden! MacKendrick dachte an die Geschosse und Metallsplitter, die auf diese Weise entfernt werden konnten - ohne tiefe Einschnitte, ohne Narben zu hinterlassen. Elektrolytische Chirurgie!

»An einer Leiche funktioniert's ja«, meinte Jonnie. Er sah auf die Uhr. »Kurz vor Mitternacht. Morgen wollen wir mal versuchen, ob es auch bei Lebenden klappt!«

## 7

Am nächsten Morgen um sieben begann MacKendricks Team, einen anderen Raum für die Operation herzurichten. »Wir wissen nicht genug über die Krankheiten der Psychlos«, erklärte er Jonnie, »es könnte zum Beispiel leicht möglich sein, daß schon die geringste Berührung von verwesenden Leichen Infektionsgefahr mit sich bringt. Man darf nicht vergessen, daß ihr gesamter Organismus sich aus Viren zusammensetzt, und vielleicht ist darunter auch ein winziger tödlicher. Deshalb ziehen Sie sich besser um und stellen das ganze Material neu zusammen.«

Jonnie befolgte den Rat und bereitete Mr. Tsung einiges Kopfzerbrechen, woher er einen frischen weißen Kittel nehmen sollte. Natürlich wurde er fündig, und als Jonnie zurückkam und die neuen Drähte präparierte, hörte er zu seinem Erstaunen, daß MacKendrick die Krankenschwester anwies, Chirk herzubringen.

»Sie ist dem Tode nahe«, erläuterte er. »Seit Monaten wird sie von weiblichen Psychlos durch einen Magenschlauch ernährt. Die Hirnstruktur ist ähnlich und das Loch im Kiefergelenk größer. Sie liegt bereits im Koma, wir müssen ihr keine große Dosis Methan geben. Das ist das Narkotikum, das Psychlos betäubt.«

»Ich hole sie lieber selber«, sagte Jonnie.

Er nahm einen Förderwagen und eine Schutzmaske und ging hinunter zu den Räumen, die ständig mit Atemgas klimatisiert wurden.

Zwei weibliche Psychlos waren sofort zur Stelle, als er den Förderwagen zu Chirks Bett schob.

Da lag sie - reglos, die Augen geschlossen. Unheimlich dünn war sie geworden, fast zum Skelett abgemagert. Arme Chirk ...

Die beiden kräftigen Muskelpakete hatten nicht die geringsten Schwierigkeiten, sie auf den Förderwagen zu heben. Jonnie dachte, daß er dieses Bündel Haut und Knochen wahrscheinlich sogar allein hätte tragen können.

»Gebt mir eine Atemmaske für sie«, sagte er.

Sie sahen ihn fassunglos an. »Wozu?« fragte die eine.

»Damit sie atmen kann«, entgegnete Jonnie ungeduldig.

»Es hat keinen Sinn, sie vorher zu foltern. In ihrem Zustand spürt sie das gar nicht«, sagte die andere.

Jonnie rätselte herum, was sie damit wohl gemeint haben könnten. Die erste, die seine Verwirrung bemerkt hatte, erklärte: »Wir haben darauf gewartet, daß jemand runterkommt, um sie zu töten. Das tun sie immer. Immer wieder haben wir uns gefragt, warum das monatelang gedauert hat.«

»Es ist die einzige Behandlung von Lapsin, die die Catristen je zugelassen haben.«

Was bedeuteten diese Worte überhaupt? Nun, »Catrist« war der medizinische Wissenschaftskult, die eigentliche oberste Instanz auf Psychlo. Wußte er das denn nicht? Und »Lapsin« war eine Kinderkrankheit, die häufig bei kleinen Mädchen auftrat; daß jemand in Chirks Alter sie bekam - sie ist immerhin dreißig - geschah sehr selten, aber sie hatte Lapsin, daran bestand kein Zweifel. Und so mußte sie natürlich früher oder später getötet werden.

»Ich werde sie nicht umbringen!« entgegnete Jonnie empört. »Vielmehr will ich versuchen, sie zu heilen!«

Sie glaubten ihm nicht. Zunächst war es gesetzwidrig, Lapsin zu heilen. Ebenso verstieß es gegen das Gesetz, wenn ein Unbefugter leichtfertig daherredete und falsche Hoffnungen weckte. Also log er, genau wie ein Catrist, das lag auf der Hand, oder? Trotzdem wäre jeder Versuch, sie zu foltern, ehe man sie auslöschte, zwecklos, da sie nichts davon spüren und er es auch nicht genießen würde.

Jonnie mußte sich die Atemmaske selber holen, sie Chirk aufsetzen und sie durch die Luftschleuse fahren. Er hörte die beiden anderen hinter seinem Rücken tuscheln: »Folter - das hab ich dir doch gleich gesagt.«

Schon diese flüchtige Wiederbegegnung mit einer »Zivilisation« namens Psychlo hatte Jonnie außer Fassung gebracht. Als er kurz darauf mit Chirk in dem improvisierten Operationsraum anlangte, wurde sie auf den Tisch gelegt. Obwohl sie so mager geworden war, erforderte es drei Personen, sie dorthin zu wuchten.

MacKendrick hatte die ganze Prozedur vor langem durchexerziert, und sein Team assistierte ihm sehr sachkundig. Der neue Arzt hob die Atemmaske vorsichtig an, um die Vorrichtung für die Kiefersperre einzuklemmen. Eine Krankenschwester schob den Schlauch, durch den das Methan zugeführt wurde, unter den Maskenrand und kontrollierte dann mit dem Stethoskop Chirks Herztätigkeit, die sich offenbar zufriedenstellend verlangsamte, so daß sie MacKendrick zunickte.

Die Löcher in den Scharniergelenken befanden sich außerhalb der Atemmaske, und MacKendrick hatte die Drähte bald durch das Gewebe ins Gehirn geführt. Behutsam rückte er den Kopf zurecht, um das Operationsfeld auf dem Bildschirm optimal im Blick zu haben. Jonnie regulierte den Auslöser für ihn. Die Krankenschwester beobachtete weiterhin die Herztätigkeit und dosierte das Gemisch aus Methan und Atemgas.

Die Kapsel in Chirks Kopf schwand zunehmend dahin, der Metallüberzug der Elektrode dagegen verstärkte sich immer mehr.

Nach einer Stunde und fünfundzwanzig Minuten trat MacKendrick zurück, in den Händen die wieder herausgezogenen Drähte. Eine Krankenschwester stillte das grüne Blutgerinnsel an beiden Seiten des Kopfes. Der Narkoseschlauch wurde entfernt, desgleichen die Kiefersperre. Die Schwester drehte das Ventil des Atemgasbehälters voll auf.

»Wir haben dieses Verfahren vor ein paar Monaten an einem Arbeiter getestet, allerdings ohne Operation«, erklärte MacKendrick. »Es wird etwa vier Stunden dauern, ehe sie aus der Narkose aufwacht. Falls sie aufwacht ...«

Jonnie traf Vorkehrungen, um sicherzustellen, daß der Verlauf durch nichts behindert wurde. Er schob den Förderwagen hinaus und wieder nach unten in den mit Atemgas klimatisierten Trakt.

Die beiden weiblichen Psychlos waren noch da und höchst überrascht, ihn wiederzusehen. Sie halfen ihm, Chirk aufs Bett zu legen. Als Jonnie ihr die Atemmaske abnahm, sagte die eine: »Ich vermute, sie wurde nur zurückgebracht, damit wir sie jetzt töten.« Das gab Jonnie den Rest. Er warf beide hinaus, holte sich einen Stuhl und ließ sich vor der Luftschleuse nieder. Hier würde er die ganzen vier Stunden sitzenbleiben und haarscharf aufpassen, daß ja niemand sonst auf irgendwelche merkwürdigen Psychlo-Gedanken kam! Danach würde Chirk hoffentlich zu sich kommen. Er jedenfalls würde bis dahin nicht von der Stelle weichen.

# 8

Zu Jonnies Pech herrschte auf diesem Durchgang ziemlich lebhafter Betrieb. Vielleicht suchten auch die zahlreichen Passanten nach einem Vorwand, nur um ihn zu sehen.

Chrissie stöberte ihn dort auf. »Es tut mir schrecklich leid, daß wir Pattie vergessen haben. Ich dachte, du kommst direkt hinter uns und hast sie bei dir, und als ich merkte, daß sie nicht da war, bin ich zurück nach draußen gerannt, aber du warst schon wieder gestartet.« Pattie stand hinter ihr und sah Jonnie an.

»Aber besprechen muß ich was ganz anderes mit dir«, fuhr Chrissie fort. Sie brachte einen Umschlag zum Vorschein, den sie hinter dem Rücken gehalten hatte, und entnahm ihm verschiedenes. Ein Blick darauf belehrte Jonnie, daß Dries etwas anderes im Schilde geführt hatte. Es handelte sich um eine Probekollektion des neuen Geldes, das die Bank ausgeben wollte - auf allen stand: »Muster, ungültig für den Zahlungsverkehr«. Es waren insgesamt vier Münzen und vier Scheine in unterschiedlicher Größe. Jede Münze hatte eine andere Form, die Prägung war bei allen gleich gut. Papier und Druck der Noten waren ebenfalls ausgezeichnet. Jonnie konnte sich nicht vorstellen, was daran auszusetzen wäre.

»Die Ein-Elftel-Münze geht einigermaßen«, erklärte Chrissie. »Sie ist grün, und man sieht es da gar nicht. Die Drei-Elftel-Münze, die blaue hier, läßt sich gerade noch vertreten, weil man es auch kaum sehen kann. Die rote, die Fünf-Elftel-Münze, ist schon hart an der Grenze. Und die gelbe Sechs-Elftel-Münze ist einfach unmöglich.«

Daß Chrissie Kommentare über Geld abgab, war entschieden neu. Höchstwahrscheinlich hatte sie in ihrem ganzen Leben noch nie welches benutzt.

»Aber worum du dich kümmern solltest, sind die Banknoten, von den kleinsten bis zu den größten Scheinen. Ich hab Dries schon gesagt, daß ich deswegen ganz außer mir bin! Das hier ist eine Währungseinheit, und dies sind elf Währungseinheiten, wie sie es nennen, aber auf dem Schein steht eine Zehn.«

»Das liegt am Zahlensystem der Psychlos«, erklärte Jonnie. »Es gründet sich nicht auf zehn, sondern auf elf Ziffern. Die Zehn bedeutet - eine volle Grundeinheit, nämlich elf, plus null Bruchteile, das heißt im Endergebnis wiederum elf. In Ziffern ausgedrückt, muß also auf einer Note über elf Währungseinheiten eine Eins und eine Null stehen.«

»Wenn du's sagst, wird's schon stimmen«, meinte Chrissie. »Aber das ist es ja nicht, warum ich so wütend bin. Sieh dir doch mal die hier an. Da steht drauf ... eins-eins-null Währungseinheiten, in Wirklichkeit aber sind's hunderteinundzwanzig. Ja, ja, ich weiß ... das Zahlensystem der Psychlos.« Sie hielt Jonnie eine andere Note hin. »Und das sind eins-drei-drei Währungseinheiten.«

Jonnie hatte sich alles genau angesehen. Die Prägestempel der Münzen waren nach Größe gestaffelt. Das Notenpapier, glatt und glänzend, wirkte geradezu pompös. »Tut mir leid«, sagte er, »ich kann daran wirklich keinen Fehler entdecken.«

»Das Gesicht!« rief Chrissie. »Sieh dir doch bloß mal das Gesicht an! Auf den Münzen haben sie's im Profil, und auf den kleineren kann man es nicht erkennen, auf der gelben aber schon! Die Nase! Du hast doch keine Stupsnase!«

Jonnie nahm die Münzen zur Hand. Ja, es war tatsächlich eine Stupsnase.

»Und dann die Noten. Dries kann mir sonst was erzählen, wie schwierig eine naturgetreue Wiedergabe ist!« Chrissie geriet in Rage. »Ich sehe nur eins - deine Haut schimmert grau, die Augenlider sind viel zu dick und schwer. Und solche Ohren hast du auch nicht, Jonnie! Sie haben ja so was wie Kiemen draus gemacht!«

Jonnie betrachtete die Banknoten. Chrissie hatte schon recht - die Porträts waren verändert worden! Dann lachte er schallend los. Er sah sich immer noch ähnlich genug, also bestand kein Anlaß zum Streit. Aber sie hatten es mit ein paar Retuschen geschafft, ihm eine gewisse Ähnlichkeit mit einem Selachee zu verleihen.

Großartig! Nach diesem Bild würde man ihn bestimmt nicht mehr überall sofort wiedererkennen! Doch Jonnie hatte inzwischen an Diplomatie dazugelernt. »Tut mir wirklich leid, Chrissie, daß sie dir nicht gefallen.«

»Ach das ist es ja nicht! Es sieht dir nur eben nicht ähnlich, das bist nicht *du*!« »Ich fürchte, es wäre sehr kostspielig und würde eine Menge Scherereien machen, wenn man das jetzt noch ändern wollte«, sagte Jonnie. »Vielleicht für die nächste Ausgabe!«

Das schien sie zu besänftigen. Sie steckte alles zurück in den Umschlag und eilte davon, um dafür zu sorgen, daß ihm sein

Mittagessen hierhergebracht würde, wo er offenbar vorläufig zu bleiben gedachte.

Pattie ging nicht mit, sondern ließ sich auf dem Boden nieder. Sie wirkte immer noch sehr nachdenklich, aber nicht mehr so teilnahmslos wie zuvor.

Ker kam die Rampe herauf, gefolgt von etwa dreißig ehemaligen Angehörigen der Sturmtruppen - Jambitschows, Drawkins und zwei Hockner. Ker ging mit einem freundlichen Gruß vorbei, aber als die anderen vor Jonnie anlangten, wurde ihnen schlagartig klar, wer dort saß. Sie wichen so hastig auf die andere Seite des Durchganges zurück, daß sie gegen die Mauer prallten, und rasten dann vorwärts, bis sie Ker überholt hatten.

Jonnie war das nicht entgangen. Er rief laut: »Ker!«

Der kleinwüchsige Psychlo ließ die anderen stehen und kehrte zurück. »Na Ker, was hast du denen erzählt?« fragte Jonnie.

»Gar nichts«, erwiderte Ker. Die bernsteinfarbenen Augen hinter dem Sichtschutz blickten unschuldsvoll. »Manchmal sind sie eben ein bißchen schwierig.«

»Na schön, egal, was dieses >Gar nichts< war, du stellst das klar!«

»Selbstverständlich!« Ker drehte sich um und brüllte zu der Gruppe hinüber: »Alles in bester Ordnung! Im Augenblick hat er keine Wut auf euch!«

Die allgemeine Erleichterung war so sichtbar, daß Jonnie den kleinwüchsigen Psychlo sehr mißtrauisch musterte. Ker instruierte den ehemaligen Offizier der Hockner lautstark, er solle die anderen in die Garage führen und die Fahrzeuge waschen lassen, und wandte sich dann wieder Jonnie zu. »Einen Moment lang hast du mir einen ordentlichen Schreck eingejagt«, gestand er. »Ich dachte nämlich, du wärst mir wirklich auf die Schliche gekommen.«

»Gibt's da noch was?« fragte Jonnie.

Haha. Nun, es stimmte nicht, daß er als einziger hier zurückgeblieben war, als alle, auch die Leute aus den Mondbergen, zu Bergungsarbeiten nach Edinburgh abgeflogen waren. Sie hatten die Alten und die Kinder dagelassen. Und so war es ihm langweilig geworden, immer nur mit dem Sturmgewehr im Schoß auf dem Gang oben rumzuhocken, und er hatte dann unter den Alten einen entdeckt, der so ein komisches Holländisch sprach - das ist, oder vielmehr war, eine der irdischen Sprachen. Und Ker hatte einen Sprachumwandler gefunden - in dem Verschlag, wo Sachen von den Chinkos aufbewahrt wurden -, und der war auch für Holländisch. Damit konnte er sich etwas Abwechslung verschaffen, indem er dem Alten Geschichten erzählte zur Weitergabe an die Kinder, die ständig herumlungerten.

Zuerst waren die Kinder ziemlich scheu, weil sie ihn für ein Monster hielten und all das, deshalb hatte er ihnen klarzumachen versucht, daß er in Wirklichkeit ein Mensch sei. Daß sein Vater und seine Mutter Menschen gewesen seien. Aber ein Psychlo habe seiner Mutter einen solchen Schreck eingejagt, daß er, Ker, dann eben mit dem Äußeren eines Psychlos zur Weit gekommen sei.

Doch Jonnie gegenüber wolle er aufrichtig sein, schließlich dürfe man ja einem alten Jugendfreund nichts vormachen ... Und so gestand Ker, daß er nur zur Hälfte von Menschen abstamme.

»Ich will ja nicht vom Thema ablenken«, fuhr Ker fort, »aber du hast doch was von einem Problem gesagt, das du lösen willst. Ich kann nicht ewig nur Wagen waschen. Wann schnappst du dir endlich diesen Maz und nagelst ihn fest, damit ich die Mine wieder in Gang kriege?«

»Ich bin gerade an der Sache dran!« teilte ihm Jonnie mit. Er sah auf die Uhr. Noch anderthalb Stunden. Und dann konnte er sich ein Bild machen, ob seine Rechnung ganz aufgehen würde oder nicht.

## 9

Vielleicht lag es daran, daß sie so geschwächt war - auch nach fünf Stunden hatte sich Chirk noch nicht geregt.

Jonnie hatte sich inzwischen am Fußende ihres Bettes niedergelassen, eine Schutzmaske angelegt und wartete. Pattie, die ihm folgen wollte, mußte draußen bleiben, bis er eine weitere Maske für sie gefunden hatte. Atemgas sei gefährlich für Menschen, hatte er ihr erklärt, es könne schwere Krämpfe verursachen. Nun saß Pattie mit gekreuzten Beinen auf dem Fußboden, den Rücken an die Wand gelehnt, und beobachtete Chirk.

Bildete er sich's nur ein oder ging Chirks Atem tatsächlich nicht mehr flach?

Nein, er hatte sich nicht geirrt! Chirk hatte eine Pranke bewegt, ganz schwach, aber immerhin ...

Nach einer endlos scheinenden Weile stieß sie einen Seufzer aus.

Sie schlug die Augen auf und sah sich benommen um.

Schließlich konzentrierte sich ihr Blick auf Jonnie. Sie schaute ihn eine Zeitlang unverwandt an.

Dann stützte sie sich unvermittelt auf die Ellbogen, richtete sich halb hoch und sagte streng: »Hast du das Bibliotheksformular eingeschickt, wie ich es dir gesagt habe, Jonnie? In der Hauptverwaltung verstehen sie keinen Spaß, wenn sie feststellen, daß in der Bücherei hier unten bestimmte Bände fehlen!«

Jonnie atmete erleichtert auf. Teils galt es dem praktischen Nutzen, den diese Entwicklung mit sich brachte, teils galt es Chirk selber.

Er wollte gerade antworten, als sie nach einem Blick auf ihre Arme verstört fragte: »Wovon bin ich denn so dünn geworden?« Sie richtete sich etwas höher auf. »Und wieso bin ich so schwach?«

»Du wirst dich gleich kräftiger fühlen, wenn du etwas Ordentliches gegessen hast. Wir haben neuerdings sehr gutes Goo-food. Und sogar ein paar Wurzeln zum Kauen.«

Ihr Interesse erwachte und ließ ebenso schnell wieder nach. »Ich bin schon ziemlich lange hier, stimmt's Jonnie?« »Eine ganze Weile«, bestätigte er.

Sie dachte darüber nach. Dann erstarrte sie. »Ich hab Lapsin gehabt! Das ist unheilbar!« Sie jammerte laut.

»Du bist aber geheilt worden«, entgegnete Jonnie.

Wiederum dachte sie angestrengt nach, bis sie ein neuerlicher Schreck erfaßte. »Aber warum haben sie mich denn nicht ausgelöscht? Die Catristen, meine ich?«

»Ich glaube, du wirst bald wieder ganz gesund«, versicherte Jonnie. »Ich bin sogar überzeugt davon, daß du gesünder sein wirst als früher.«

Sie meinte, ihn verstanden zu haben. »Du sitzt hier, damit sie nicht reinkommen und mich auslöschen können. Jonnie, das ist sehr mutig von dir, und ich müßte dir dafür dankbar sein, aber du kannst die Catristen nicht aufhalten! Sie sind das Gesetz. Sie stehen über jedem Gesetz! Sie können alles tun, was ihnen beliebt, nicht einmal der Kaiser ist vor ihnen sicher. Jonnie, geh lieber weg, bevor sie kommen!«

Jonnie sah sie eine Weile stumm an. Unvorstellbar, in was für einer Welt des Terrors und der Brutalität diese Psychlos gelebt hatten ... »Ich sitze hier, Chirk, um dir das Neueste zu berichten«, sagte er schließlich. »Ich habe die Catristen gefeuert.« Und das entsprach sogar der Wahrheit, oder etwa nicht? Auch wenn er nicht genau wußte, was eigentlich ein Catrist war, so stand doch eins fest - falls sie sich auf Psychlo befunden hatten, waren sie in dem von ihm abgefeuerten radioaktiven Inferno untergegangen ...

Chirk richtete sich noch höher auf, schüttelte die Benommenheit ab. »Ach, Jonnie, das war riesig nett von dir!«

Sie schwang die Beine aus dem Bett, um aufzustehen. »Wo sind meine Kleider? Ich mache mich besser gleich an die Arbeit, sonst hole ich mir noch einen Verweis in der Personalakte.« Sie versuchte zu stehen.

»Ich würde mich an deiner Stelle noch etwas ausruhen«, entgegnete Jonnie. Und dann hatte er eine Eingebung: »Du hast doch heute deinen freien Tag.«

Sie sank aufs Bett zurück, zitternd vor Schwäche und offensichtlich schwindlig. »Na, das nenne ich Glück. Ist es recht, wenn ich morgen antrete?«

Jonnie versicherte ihr, daß das völlig ausreiche, und ging hinaus. Draußen stieß er auf die beiden anderen. Vielleicht lag es an seiner neu geknüpften Beziehung zu Ker, daß er ihnen mitteilte, er habe eine Anweisung erhalten, Chirk sei von der Auslöschung auszunehmen, und wenn sie ihr auch nur das geringste zuleide täten, würde er ihr Gehalt sperren und ihre Personalakten mit Tadelsvermerken übersäen. Er könne ihnen also nur raten, Chirk Goo-food und ein paar Wurzeln zum Kauen zu bringen und ihr beim Baden zu helfen. Sie verstanden ihn genau. Solange er sprach, hielt er den Handfeuer-Killer an seinem Gürtel umklammert. Das war unmißverständlich ...

# Teil XXXII

## 1

Jonnies Geduld wurde auf eine harte Probe gestellt, als MacKendrick ihm eröffnete, daß er erst in drei Tagen mit Bestimmtheit sagen könne, ob der Eingriff erfolgreich verlaufen sei. Man dürfe nicht außer acht lassen, daß unerwartete Entwicklungen, etwa eine Infektion oder auch ein Rückfall eintreten könnten. Er müsse Chirks Reaktionen sorgfältig beobachten, bevor er eine gezielte Behandlung einleiten könne.

Vergebens malte ihm Jonnie aus, was alles von dem Ergebnis abhing. Sollte es ihnen nicht gelingen, das Geheimnis der psychloischen Mathematik zu lösen, wäre wohl bald wieder eine interplanetarische Konferenz fällig - mit lauter Delegierten, die vor Zorn kochten, weil ihre Wirtschaft immer noch stagnierte. Durchaus denkbar, daß er dann zu einer neuerlichen Machtdemonstration gezwungen wäre. Doch MacKendrick entgegnete ungerührt, es habe keinen Sinn, jetzt irgend etwas zu forcieren.

Und Chirk war keineswegs sofort wieder quicklebendig, sondern blieb auch am zweiten Tag noch im Bett liegen, weil sie sich viel zu benommen fühlte, um aufzustehen. Ihr Zustand erweckte in Jonnie Zweifel, ob durch den Eingriff ihr Gleichgewichtssinn, womöglich sogar ihre Denkfähigkeit, beeinträchtigt sein könnten.

Es gab noch andere Zwischenfälle, die ihn beschäftigten. Pierre Solens war verschwunden, und Jonnie brauchte Stunden, bis er herausfand, daß Pierre sich die Zwischenlandung eines Flugkörpers zunutze gemacht und sich sozusagen per Anhalter auf den Rückweg nach Europa begeben hatte.

Mit Pattie schien tatsächlich eine Veränderung vorgegangen zu sein. Jonnie saß in der alten Bibliothek und blätterte ungeduldig in Büchern herum, als er Pattie bemerkte, die ihm offensichtlich etwas mitteilen wollte. Er wandte sich ihr zu und wartete ruhig ab.

»Jonnie, du mußt mir die Wahrheit sagen, bitte! Hat Bittie nach der Verwundung noch lange gelebt?«

Die Frage traf Jonnie wie ein Keulenschlag, vergegenwärtigte ihm jenen verhängnisvollen Tag. Die Kehle war ihm wie zugeschnürt, so daß er lediglich leicht nickte.

»Dann hätte man ihn retten können«, antwortete Pattie - keine Anklage, nur eine sachliche Feststellung.

Jonnie sah sie an. Er konnte nicht sprechen. Lieber Gott, nein!

Alles stand ihm wieder schmerzhaft deutlich vor Augen - der zerfetzte Körper, die gebrochene Wirbelsäule. Nichts und niemand hätte Bittie retten können. Nichts. Doch das konnte er ihr unmöglich sagen.

»Jonnie, wenn ich nun gelernt hätte, was ein Arzt tun muß, und wenn ich dort gewesen wäre, dann wäre er nicht gestorben.« Das war für sie eine Tatsache, durch nichts zu erschüttern.

Er wartete, immer noch unfähig, ein Wort herauszubringen.

»Wenn die Ärzte zurückfliegen, möchte ich mit«, sagte Pattie. »Ich werde mucksmäuschenstill sein und sie bestimmt nicht stören. Ich will auf eine Schule gehen und alles lernen, was ich wissen muß, um Ärztin zu werden. Hilfst du mir dabei, Jonnie?«

Er schloß sie stumm in die Arme. Nach einer Weile sagte er: »Natürlich helfe ich dir, Pattie. Du kannst bei Tante Ellen wohnen. Ich rede mit MacKendrick. Und ich sorge dafür, daß du genug Geld hast.«

Sie trat einen Schritt zurück, ihre Augen leuchteten vor Entschlossenheit und Zuversicht. »Danke!« Damit ging sie hinaus - ernst, gefaßt, zielbewußt.

Je länger Jonnie darüber nachdachte, desto erleichterter war er ihretwegen. Er hatte schon befürchtet, sie würde sich nie mehr von dem Schock erholen. Aber sie hatte es geschafft, hatte aus eigener Kraft einen Weg gefunden, den sie gehen wollte - einen Weg, der sie aus der Verzweiflung ins Leben zurückführte.

Am folgenden Tag war er unten in der Elektrowerkstatt, um Material zusammenzustellen. Da er dazu eine Angabe über molekulare Stromwerte benötigte, stürmte er hinauf in die Bibliothek, um dort nachzuschlagen.

Und da war Chirk!

Sie saß an einem Schreibtisch, links und rechts neben sich Bücherstapel. »Also ich muß schon sagen, Jonnie«, begann sie streng, »du hast hier eine fürchterliche Schluderei einreißen lassen. Du mußt lernen, Bücher, die du aus den Regalen nimmst, auch wieder ordentlich zurückzustellen!«

Er musterte sie. Unter der Atemmaske erkannte man die kräftig mahlenden Kinnladen, vermutlich ließ sich Chirk eine Wurzel schmecken. Ihre bernsteinfarbenen Augen wirkten völlig klar. Sie hatte sogar schon ein bißchen zugenommen. »Die Company legt größten Wert darauf, daß die Bibliotheken in Ordnung sind. Vergiß das ja nicht, sonst kriegst du Ärger.« Sie machte sich wieder daran, Bücher zu sortieren. Jede ihrer Bewegungen wirkte hervorragend koordiniert, als sie mit sicherem Griff die Bände aufeinanderstapelte, die Kanten exakt ausgerichtet. Keine Spur mehr von Schwäche, von Zittern.

Er wollte gerade gehen, um diese erfreuliche Nachricht zu verbreiten, als Chirk ihn zurückhielt.

»Jonnie, ich hab über die Sache mit der Mathematik nachgedacht. Wenn du meine Hilfe noch brauchst, werde ich versuchen, Addition und Subtraktion und all das Zeug zu erlernen.«

Sie fixierte ihn mit scharfem, fragendem Blick und fuhr fort: »Aber mal unter uns, Jonnie, und ganz ehrlich - wieso sollte eine intelligente Person sich freiwillig ausgerechnet mit Mathematik befassen? Ich meine, wozu ist die eigentlich gut?«

Drei Minuten später erschien Jonnie bei MacKendrick und teilte ihm aufgeregt mit, daß sie jetzt loslegen könnten.

## 2

Sie hatten sich Zeit gelassen, einen genauen Plan zu entwerfen.

Der Umgang mit Psychlos barg stets ein Risiko, selbst wenn man sich nur in ihrer Nähe aufhielt. Mit einem einzigen Prankenhieb konnten einem die scharfen Klauen das ganze Gesicht zerfetzen. Deshalb hatte MacKendrick auch mit Chirk angefangen, weil bei ihrem geschwächten Zustand die Gefahr minimal war. Der Arbeiter dagegen, den er vor ihr getestet hatte, war eine Gefahr: Der Psychlo hatte sich aufgebäumt, als er schon halb betäubt war. Wäre er nicht angeschnallt gewesen, hätte er bestimmt jemanden verletzt. Also mußte man von vornherein vermeiden, einen Psychlo zu betäuben und zu operieren, wenn dieser irgendwelchen Anlaß zum Mißtrauen hatte, beispielsweise meinte, die ganze Sache sei nur ein Vorwand, um ihn zu töten.

Wie viele Allgemeinmediziner, hatte auch der jüngere Arzt einen Grundkurs in Zahnheilkunde absolviert. Er untersuchte einige Schädel, um vor allem die Fang- und Backenzähne zu studieren. Sie wiesen einen Belag auf, der vom Goo-food stammte und sich mit der Zeit schwarz zu verfärben schien. Außerdem entdeckte er mehrere Löcher.

Jonnie besorgte ihm Silber und Quecksilber, so daß er eine Amalgamfüllung herstellen konnte. Er gestaltete außerdem eine Atemmaske, die die Nasenknochen benutzte, und Stöpsel, die die Luftwege in der Mundhöhle blockierten. Damit wären die Psychlos gezwungen, ausschließlich durch die Nase zu atmen. Einige geeignete kleine Bohrer fanden sich auch.

Der Plan sah vor, allen Psychlos mitzuteilen, einer neuen Bestimmung zufolge müßten ihre Zähne in Ordnung gebracht und poliert werden. Da dies schmerzhaft sein könne, werde es unter Betäubung gemacht. Die versammelte Gruppe reagierte auf diese Eröffnung mit gewissen Zweifeln, vor allem, weil die Company sich bislang noch nie um die Gesundheit ihrer Angestellten gekümmert hatte. Andererseits war dies hier ein neuer Standort, und da galten vielleicht auch neue Richtlinien, wer weiß?

Das Team wickelte das Ganze im Fließbandverfahren ab. Der Psychlo wurde hereingebracht und betäubt, auf den Operationstisch gehievt, wo MacKendrick die Kapsel entfernte, danach auf einen anderen Tisch geschoben, wo der junge Arzt sich die noch anhaltende Betäubung zunutze machen konnte, um die Fang- und Backenzähne zu plombieren und zu polieren.

Auf diese Weise sah jeder Psychlo, der nach dem ersten hereinkam, einen anderen bewußtlos auf einem Tisch liegen, wo ihm die Zähne in Ordnung gebracht wurden. Der Metallanalysator auf dem ersten Tisch wurde benötigt, so erklärte man ihnen, um festzustellen, wo die Löcher in den Zähnen sind.

Das Fließbandverfahren rollte ohne Stocken ab. Ein Psychlo nach dem anderen wurde hereingebracht, das Metall aus seinem Gehirn entfernt, danach kamen die Zähne an die Reihe, und dann rollte man ihn auf einem Förderwagen zurück in den Psychlo-Trakt, wo er sich erholen konnte.

Sie brauchten zwölf Tage mit insgesamt hundertvierundvierzig Arbeitsstunden, bis sämtliche Psychlos behandelt worden waren.

Die ersten waren schon wieder ganz mobil, bevor der letzte die Prozedur hinter sich hatte. Es gab unzählige Löcher zu plombieren und sogar ein paar Fälle, bei denen Zähne gezogen werden mußten. Aber dafür hatten sie jetzt prächtig schimmernde Fangzähne!

Ein Ergebnis, das sie sichtlich beeindruckte. Wo immer sie beim Umherwandern eine reflektierende Fläche entdeckten, blieben sie stehen, hielten die Luft an, nahmen die Atemmaske ab und konnten sich gar nicht satt sehen an ihrem neuen, so wunderschön strahlenden »Lächeln«.

Allein die Tatsache, daß ein Psychlo Schönheit bewunderte, bedeutete eine wichtige Veränderung.

Höflicher wurden sie zwar nicht, doch entschieden freundlicher und angenehmer.

Ker fühlte sich zurückgesetzt. Warum wurde mit allen anderen ein solches Getue gemacht, nur mit ihm nicht? Er wußte zwar nicht einmal, daß man ihm keinerlei Kapseln eingepflanzt hatte, dafür aber um so besser, daß seine Fangzähne alles andere als strahlend weiß waren. Also blieb ihnen gar nichts anderes übrig, als auch Ker hereinzurollen, ihn auf den Tisch zu legen und ihm die Zähne zu polieren. Damit war die Aktion abgeschlossen.

Endlich konnte sich das Team wieder gerade aufrichten! Sie versuchten, die verkrampften Rückenmuskeln zu lockern und machten sich ans Zusammenpacken.

»Alles weitere bleibt nun Ihnen überlassen, Jonnie«, sagte MacKendrick. »Seien Sie vorsichtig. Wir haben keine Garantie dafür, daß sie nicht doch irgendwelche restlichen Verhaltensmuster zurückbehalten, die auf Tradition und Erziehung basieren. Ich hoffe sehr, daß es Ihnen gelingt, ihre Mathematik zu entschlüsseln.«

Das Team flog zurück nach Aberdeen.

Jonnie war nun ganz auf sich gestellt.

## 3

Chirk suchte die Personalakten der Company für ihn zusammen, und Jonnie ging sie Stück für Stück in der Reihenfolge durch, wie er sie bekam. Eben brachte sie ihm einen riesigen, dicken, schwer ramponierten Ordner, über und über verschimmelt und voller Stockflecken.

Jonnie nahm ihn sich vor. Es war die Personalakte eines gewissen Soth, der als stellvertretender technischer Direktor in der Außenstation bei Denver gearbeitet hatte. Jonnie hatte ihn dort nie gesehen; er mußte sich wohl ständig entweder in seinem Büro oder in seinem Apartment aufgehalten haben. Für diese Vermutung bot die Akte einen plausiblen Grund: Soth war hundertundachtzig Jahre alt. Die durchschnittliche Lebenserwartung eines Psychlos lag bei hundertundneunzig Jahren, woraus man schließen konnte, daß Soth kaum noch sonderlich unternehmungslustig gewesen sein dürfte.

Doch die Personalakte enthielt weitere interessante Einzelheiten. Seitdem Soth als Fünfzigjähriger Psychlo verlassen hatte, war er nie mehr zurückgekehrt. Transfers quer durch sämtliche Universen, mal für zwei Jahre hier gearbeitet, mal vier Jahre dort. Aber nie eine Rückkehr nach Psychlo. Die Teleportation war sogar jedesmal direkt zum nächsten Bestimmungsort erfolgt, ein höchst ungewöhnliches Vorgehen, da fast sämtliche Ladungen via Psychlo gingen und Jonnie angenommen hatte, das gelte ebenso für Personaltransporte. In der Praxis bedeutete dieses engstirnige

Festhalten an Psychlo als Leitzentrale und Umschlagplatz für den gesamten intergalaktischen Transfer das Haupthindernis für die Expansion der Psychlos, da die dortige Plattform eben nur über eine begrenzte Tageskapazität verfügte. Jonnie hatte daraus die Lehre gezogen und bereits begonnen, jeweils zwei Plattformen an einem Ort zu installieren - eine für die eingehenden und eine für die abzufeuernden Sendungen.

Jonnie vertiefte sich weiter in die Personalakte. Nach Absolvierung der Bergbauakademie hatte Soth eine Professur in theoretischer Hüttenkunde inne. Eine anscheinend durchaus normale Karriere bis zu seinem fünfzigsten Lebensjahr, als er unvermittelt zum stellvertretenden technischen Direktor auf einem sehr entlegenen Planeten ernannt wurde. Und in den folgenden hundertdreißig Jahren hatte man ihn ständig versetzt, und zwar stets in der gleichen Funktion. Keine Beförderung.

Eine seltsame Geschichte. Jonnie pflügte den Papierwust systematisch durch, las Blatt für Blatt. Bis er schließlich auf eine Aktennotiz stieß, deren Datum mit dem von Soths erstem Transfer übereinstimmte. Darin hieß es: »Für Lehrtätigkeit ungeeignet. Fla, Chefcatrist, Gru Klinik, Psychlo.«

Dieser kleine Zettel hatte ein Lebewesen zu hundertdreißig Jahren offenkundigen Exils verurteilt! Keinerlei sonstige nachteilige Vermerke, nur das. Er schien seine Arbeit einwandfrei getan zu haben, nicht eine negative Eintragung. Anstatt sich geradewegs an Soth zu wenden, machte Jonnie zunächst einen Test mit Maz. Dieser Psychlo, über den sich Ker so aufgeregt hatte, einst lokaler Planungsingenieur, gehörte zu den riesenhaftesten Psychlos, die Jonnie je gesehen hatte.

In Gedanken an die Brüder Chamco lud Jonnie zur Sicherheit einen Handfeuer-Killer, suchte sich einen Raum aus, der genügend Rückendeckung bot, und ließ Maz eintreten.

Der Koloß, dessen Fangzähne blendend weiß durch den Sichtschutz schimmerten, nahm ungezwungen Platz. Er wirkte ein wenig verdrossen.

»Ich höre, dieser Trottel Ker behauptet, ich verweigere die Arbeit«, begann Maz ohne jede Vorrede. »Wenn du meinst, du kannst einem Planungsoffizier einen zwergwüchsigen Mechaniker vor die Nase setzen, dann bist du verdammt schief gewickelt!«

»Er will ja nur die Wolfram-Mine wieder in Gang bringen«, entgegnete Jonnie.

»Wozu denn? Nach Psychlo könnt ihr's nicht verfrachten. Dafür hast du gründlich gesorgt!«

Jonnie hielt es für ratsamer, die Karten auf den Tisch zu legen, anstatt noch lange um den heißen Brei herumzureden. »Wenn du mir die mathematischen Grundlagen lieferst, kann ich errechnen, wo die nächste Ader zu lokalisieren ist.«

Maz verfinsterte sich. Jonnie bereitete den Rückzug vor.

»Irgendwie sehe ich nicht ein, daß ich mit einem Fremden über Mathematik sprechen sollte.« Seine Miene verdüsterte sich immer mehr, während er darüber nachdachte. Er lockerte einen Riemen der Atemmaske und kratzte sich am Hinterkopf.

Langes Schweigen.

»Wie komme ich bloß darauf? Wo war das nur? Auf der Bergbauakademie? Ja, genau. Also das ist wirklich komisch. Ich sah das Bild deutlich vor mir, da stand jemand und hielt mir eine kreiselnde Spirale ins Gesicht ...« Er gähnte, überlegte wieder. »Ha!« rief er nach einer Weile plötzlich. »Das war der Catrist, unser Gruppenleiter. An den hab ich seit Jahren nicht mehr gedacht. Eine schräge Type, so'n richtiger alter Lustmolch. Hat stundenlang mit den jüngsten Knaben rumgemacht - wenn er nicht gerade durch die Sexshops in der Altstadt zog. Klar, der war's. Wovon sprachen wir eigentlich?«

»Daß du mir Mathematik beibringst«, sagte Jonnie.

Maz zuckte die Achseln. »Warum kümmerst du dich darum? Es geht viel schneller, wenn ich die Berechnung selbst mache. Was wollt ihr denn mit dem Erz anfangen?«

»Es zu einem anderen Planeten schießen«, sagte Jonnie.

»Das ist gegen das Gesetz, nicht ganz koscher. Wieviel gibt's als Prämie? Für mich, meine ich.«

»Das Übliche.«

»Ich werde dir mal was sagen. Du verklickerst Ker, daß er nicht mein Boß ist und daß er sich gefälligst benehmen soll. Und du gibst mir pro Tonne den doppelten Bonus, und dafür mache ich dann die Berechnung für die Lokalisierung der Ader.« Er lachte. »Da drin ist noch massenhaft Wolfram, viel mehr, als ich der Company je erzählt hab! Abgemacht?«

Jonnie willigte ein, und Maz entschwand. Beweiskraft hatte dieser Test zwar nicht, aber immerhin war er nicht angegriffen worden. Er wartete zwei Tage, ob Maz Selbstmord begehen würde. Er tat nichts dergleichen, sondern begann lediglich, Ker das Leben schwer zu machen, holte aber dann doch seine Analysatoren, Instrumente und Pfähle zusammen und schoß bald darauf sogenannte Leuchtstreifen in den Boden, als Markierungslinien für die Arbeiter, so daß sie anfangen konnten zu schürfen.

Jonnie nutzte die Zeit anderweitig. Er flog nach Salisbury, wieder in Begleitung von Thor, der Elefanten und Schwarze Mambas fernhielt, und durchstöberte die alten Bücher der Menschen auf der Suche nach irgendwelchen Angaben über »kreiselnde Spiralen«, mit denen man anderen vor dem Gesicht herumfuchtelte.

Er fand eine einzige Stelle in einer Broschüre mit dem Titel »Massenhypnose«. Schien sich um eine reichlich alberne Sache zu handeln. Er fertigte eine Spirale an, ließ sie vor einem kleinen Hirsch, den Thor festhielt, kreisen, und es passierte gar nichts - der Hirsch starrte auf das Ding, das war alles. Auf Thors Vorschlag probierte er es bei ihm aus - mit dem Erfolg, daß Thor in schallendes Gelächter ausbrach und sich überhaupt nicht mehr beruhigen konnte.

Dem Buch zufolge schläferte man die Leute ein, sagte ihnen, was sie tun sollten, und nachher taten sie es dann auch, ohne zu wissen, daß es ihnen befohlen worden war. Vermutlich waren Psychlos einfach andersgeartet als Thor, wenn es bei ihnen funktionierte.

Immerhin hatte er jetzt eine gewisse Vorstellung, was der »Catrist« bei Maz versucht hatte. Ganz ohne Wirkung war es ja nicht geblieben, aber ohne die Kapsel hatte es eben nicht ausgereicht. Eine unheimliche Welt, in der diese Psychlos gelebt hatten! Da war einem ganzen Volk das Gehirn vernebelt, das Denken manipuliert worden! Doch die Idee beschränkte sich nicht allein auf die Psychlos, dafür gab es unter den Spinnweben in der ehemaligen Bibliothek hinreichend Zeugnisse! Und es war schließlich ein von Menschen stammendes Buch, das ihn bei den Kapseln auf die Lösung gebracht hatte.

Wie konnte jemand so selbstherrlich sein, daß er sich das Recht anmaßte, alle anderen zu willenlosen Werkzeugen zu machen, die blindlings seinen Befehlen gehorchten? Er mußte an Lars denken und sein wirres Gerede über diesen Hitler. Ihm erschien es nicht ausgeschlossen, daß damals, vor mehr als einem Jahrtausend, vergleichbares auf der Erde geschehen war ...

Aus Victoria erfuhr er, daß Maz immer noch kräftig am Werk war, und so flog Jonnie zurück, um sich mit Soth zu befassen. Wenn einer etwas von Mathematik verstand, dann mußte er es sein.

Jonnie war fest entschlossen, die Herstellung von Motoren aufzunehmen. Und weil ihn die vertrackte Mathematik der Psychlos schon so lange in Atem hielt, fühlte er sich in diesem Vorsatz noch bestärkt. Das Problem mußte einfach gelöst werden! Daran führte kein Weg vorbei! Terl mit seinen verflixten Gleichungen, die nie aufgingen, die nicht den leisesten Sinn ergaben! Und wenn an einer Konsole irgend etwas passierte, könnte er nie rauskriegen, ob und was es mit dem Stromkreis zu tun hatte. Er wäre nicht in der

Lage, die erforderlichen Berechnungen anzustellen. Nicht ohne die psychloische Mathematik ...

Plötzlich fiel ihm der Brief von Voraz ein. Hunderttausende von Erfindungen und sämtliche Formeln in psychloischer Mathematik. Selbst wenn sie sich seit Jahrtausenden angehäuft und die Psychlos sie wahrscheinlich von verschiedenen, inzwischen ausgestorbenen Spezies gestohlen hatten, könnten diese Erfindungen sehr wohl dazu beitragen, die zusammengebrochenen Rüstungsindustrien auf Konsumgüterproduktion umzustellen. Ohne daß dies gleich in allen Galaxien blühenden Wohlstand ausbrechen ließ, würde es ihm zumindest vorerst eine weitere Konferenz ersparen, auf der die Delegierten nach seinem Blut lechzten. Der Haken dabei war eben, daß niemand die rechnerische Seite lösen konnte, wenn es ihm nicht gelang, einem dieser ehemaligen Angestellten der Company das Geheimnis der psychloischen Mathematik zu entreißen. Mr. Tsung hatte recht gehabt. Das Ganze könnte sich zu einer »diplomatischen« Angelegenheit entwickeln. Schlimmer - es könnte sogar zum Krieg führen ...

## 4

Soth wohnte nicht im Psychlo-Trakt, wie Jonnie herausfand. Offenbar litt er unter nächtlichen Hustenanfällen, so daß die anderen nicht schlafen konnten, und war deshalb auf allgemeines Drängen in einem kleinen ehemaligen Lagerraum untergebracht worden, den man an das Atemgas-Belüftungssystem angeschlossen hatte. Und dort suchte ihn Jonnie auf.

Der Raum war ganz passabel. Der alte Psychlo hatte die ursprünglichen Lagerregale herausgerissen und daraus ein paar Bücherregale und Tische gezimmert. Die Regale waren gerammelt vollgestopft, und auf den Tischen türmten sich Papierberge.

Soth saß auf einem hohen Hocker, als Jonnie eintrat. Sein Körperpelz war mit blauen Strähnen gesprenkelt, bei den Psychlos ein Altersmerkmal. Die bernsteinfarbenen Augen wirkten etwas verschwommen, in den Winkeln hatten sich zähflüssige weiße Rückstände angesammelt. Er trug ein wallendes Wickelgewand und auf dem Kopf ein Käppchen.

Mit dem starren Blick der Kurzsichtigen fixierte er Jonnie und versuchte offenbar herauszukriegen, wen er vor sich hatte. Dann bemerkte er die Waffe am Gürtel.

»Nun bist du also gekommen, um mich zu verfrachten«, begrüßte ihn Soth. »Ich hab mich schon lange gefragt, wann es jemand merken wird.«

»Du hast aber viele Bücher hier«, bemühte sich Jonnie, das Thema zu wechseln.

»Ich hatte Glück«, erwiderte Soth. »Beim ersten Angriff auf das Camp saß ich in meinem Büro und hörte den Feueralarm. Mir war klar, daß nun massenhaft Wasser verspritzt würde, deshalb lief ich in mein Apartment und stopfte meine gesamte Habe in wasserdichte Säcke. Als wir dann hierher geschafft werden sollten, fragte ich einen netten jungen Menschen, ob ich sie holen und mitnehmen dürfe, und er erlaubte es.«

Jonnie betrachtete die Titel. Die meisten konnte er nicht lesen. Solche Schriftzeichen hatte er noch nie gesehen.

»Gewöhnlich lassen sie mir meine Bücher«, berichtete Soth. »Bei den intergalaktischen Direkttransfers kümmern sie sich nicht weiter um Gewicht oder Rauminhalt, weil ja außerdem nichts verfrachtet wird. Gestattest du, daß ich sie auch diesmal behalte, wenn du mich teleportierst?«

Jonnie befürchtete einen Moment lang, der alte Psychlo sei völlig senil. Dann machte er sich klar, daß sie die Wahrheit ja gar nicht kennen konnten. Woher sollten sie wissen, daß keine weiteren Psychlos überlebt hatten? Sie dachten vielleicht, es gäbe auch woanders noch Gefangene.

»Ich bin nicht gekommen, um dich zu teleportieren. Wir sind ganz sicher, daß es auf anderen Planeten jetzt keine Psychlos mehr gibt.«

Soth verdaute dies. Dann schnaufte er leise. »Ein komisches Ende nach hundertdreißig Jahren Exil. Aber es ist ja gar nicht zu Ende. Selbst wenn ich hierbleibe, lebe ich immer noch im Exil.«

Jonnie bemühte sich, den Redefluß nicht ins Stocken geraten zu lassen. »Wie hat es angefangen?«

Soth zuckte die Achseln. »So, wie es eben immer anfängt. Unhöflichkeit gegenüber einem Catristen. Steht das denn nicht in meiner Personalakte?« Als Jonnie den Kopf schüttelte, fuhr Soth fort: »Du sollst es ruhig wissen. Kürzlich hatte ich dieses sonderbare Gefühl, als sollte ich aufrichtiger sein. Und ich rechne es euch hoch an, daß ihr mir die Fangzähne in Ordnung gebracht habt. Zwei waren schadhaft und taten ganz schön weh. Es war jedenfalls folgendes - wir hatten einen jungen Psychlo auf der Akademie, der kam mit dem Unterrichtsstoff nicht klar und verlangte eine verständlichere Erklärung ...«

»In puncto Mathematik?« erkundigte sich Jonnie.

Soth sah ihn lange an. »Wieso fragst du das?« sagte er schließlich. Eine Art von Schatten hatte ihn gestreift und sich wieder verzogen. Als Jonnie nicht antwortete, berichtete er weiter: »Nun, irgendwie ging es wohl schon um Mathematik, nehme ich an. Es handelte sich darum, wie man die Erzadern beim Abbau von Lagern durch Berechnungen lokalisiert.« Er seufzte. »Jemand mußte ihn gemeldet haben, denn der Catrist für diesen Fachbereich erschien, brüllte zuerst ihn und dann alle Studenten an. Er tobte wie von Sinnen. Eigentlich gibt es keine Entschuldigung für das, was ich tat, doch seit Jahren erkläre ich es mir damit, daß meine Mutter Mitglied einer kirchlichen Geheimgruppe war. Sie glaubten, daß empfindende Wesen Seelen hätten, und ließen sich in diesem Glauben durch nichts beirren. Ihr ist nichts passiert, und sie hat auch nie Bekehrungsversuche unternommen. Trotzdem muß irgend etwas auf mich abgefärbt haben, sonst hätte ich mich nicht so spontan ins Zeug gelegt. Da stand dieser Catrist vor den Studenten und schrie auf sie ein, sie seien alle Tiere und sollten das gefälligst nicht vergessen. Und er tobte in einer solchen Lautstärke, daß es mich offenbar völlig durcheinanderbrachte. Ich wollte nur, daß er sich endlich beruhigte, denn ich mußte ja eine Vorlesung halten. Und da rutschte es mir eben einfach so raus.«

Er schwieg lange. »Es ist schmerzlich, darüber zu sprechen. Ich tue das sonst nie. Wenn auch nur ein Wort davon an den ...« Er hielt keuchend inne. »Jetzt ist's mir klar geworden. Sie sind alle tot. Ich kann offen darüber reden!« Er sah Jonnie prüfend an. »Das kann ich doch unbesorgt, oder?«

»Sicher. Ich weiß nicht mal, was ein Catrist eigentlich ist.«

»Ehrlich gesagt, ich glaube allmählich, daß ich es auch nicht weiß«, gestand Soth. »Aber ich habe mir eine Menge zusammengereimt, weil mein Leben so dadurch beeinflußt worden ist. Es gibt massenhaft Bücher auf den vielen Planeten, die ich zwangsläufig kennengelernt habe. Vor zweihundertfünfzigtausend Jahren waren die Psychlos von Grund auf anders. Sie hießen sogar anders. Ich denke, irgendwann muß sie Angst erfaßt haben vor irgendwelchen fremden Eindringlingen oder so was. Soweit ich es rekonstruieren konnte, gab es da eine kleine Gruppe von Schaustellern - Quacksalber, Scharlatane, Schwindler. Die zogen auf Jahrmärkten rum und führten ihre Kunststückchen vor. Sie holten sich ein paar Zuschauer auf die Bühne, hypnotisierten sie und ließen sie dann alle möglichen albernen Dinge tun, um das Publikum zum Lachen zu bringen. Ein übles Gesindel. Nein, eigentlich regelrechte Verbrecher. Als diese allgemeine Angst ausbrach, gingen sie zum Kaiser und machten ihm irgendwas vor, denn als nächstes erfuhr man, daß sie die Leitung aller Schulen und Krankenhäuser innehatten. Vor diesem Ereignis hatte sich die Spezies nach dem jeweils regierenden Herrscher genannt, wie in den Büchern auf anderen Planeten nachzulesen ist. Na ja, von jener Zeit an begann man sie Psychlos zu nennen. So hießen nämlich diese Schausteller. Der Name der Spezies richtete sich jetzt also nicht mehr nach dem Herrscher, sondern nach den Psychlos. Einigen alten Wörterbüchern zufolge bedeutet das >Gehirn<. Eine andere Bedeutung des Wortes ist: >Eigentum von ... <. Jeder wurde zum Eigentum der Psychlos. Die Mitglieder dieser Bande von Halsabschneidern begannen sich >Catrist< zu nennen. Das bedeutet >Facharzt für Geistiges<. So wurde die Bevölkerung zu >Psychlos< oder >Gehirnen<, und der >Catrist< oder >Facharzt für Geistiges< bildete die wirkliche, geheime Regierung. Sie unterrichteten alle Kinder. Sie überprüften jeden Bürger. Sie schafften die Religion ab. Sie schrieben der Bevölkerung vor, was sie zu denken hatte. Ach, ich war ja so dumm. Es gibt einfach keine Entschuldigung für das, was ich getan habe.« Er verstummte. »Aber dieser Catrist schlug so einen Krawall! Ich sollte nicht meiner Mutter die Schuld geben. Ich hätte sie niemals verantwortlich machen dürfen.« Er schwieg abermals und holte tief Atem. »Es brach einfach aus mir heraus. Ich sagte: >Sie sind keine Tiere!<«

Er erschauerte und sagte nach einer Weile: »Damit also begann mein Exil. Jetzt weißt du Bescheid.«

Was Jonnie jetzt wußte, war vor allem eins - diese Schwindlerbande war vollkommen verrückt ...

»Wenn das nicht der Grund für dein Erscheinen ist, weshalb bist du dann gekommen?« erkundigte sich Soth, der allmählich wieder etwas Mut faßte. »Ein altes Wrack wie ich hat doch nichts zu bieten.«

Jonnie beschloß, aufs Ganze zu gehen. »Du verstehst offensichtlich was von Mathematik.«

In Soths umwölktem Blick flackerte Mißtrauen auf. »Woher weißt du, daß Mathematik von jeher mein Hobby war? Das steht nicht in meiner Personalakte. Ich habe sie mir nämlich mal von einer Angestellten zeigen lassen und ihr fünfhundert Währungseinheiten dafür gezahlt.« Er rätselte offensichtlich an dieser Frage herum, bis er schließlich die Lösung fand. »Aha!« Er fuhr mit der Pranke über die Bücherregale. »Meine Bücher!« Dann umdüsterte sich seine Miene wieder. »Aber sie sind ja vorwiegend in fremden planetarischen Sprachen geschrieben, die nur ganz wenige lesen können. Die betreffenden Spezies sind sogar großenteils ausgestorben. Komm, sag mir doch, weshalb du mich aufgesucht hast!« bat er.

»Ich möchte, daß du mir psychloische Mathematik beibringst«

antwortete Jonnie.

Plötzlich zeigte sich bei Soth eine innere Anspannung. Ein Anflug von Verwirrung schien ihn zu erfassen, legte sich dann offenbar wieder. »Seit hundertdreißig Jahren hat mich niemand mehr gebeten, ihm etwas beizubringen. Du gehörst einer fremden Spezies an, aber was tut das schon? Es haben ja kaum noch Psychlos überlebt. Was möchtest du wissen?«

Jonnie entspannte sich. Er hatte es geschafft!

## 5

Soth hatte es sich ein wenig bequem gemacht, sich mit einem Schluck Kerbango, den Jonnie hervorzauberte, gekräftigt, bevor er seinen Vortrag begann.

»Zunächst gibt es zahllose verschiedene mathematische Systeme - jede Spezies hat ihr eigenes. Ich fing an, sie gewissermaßen zu sammeln, und habe dadurch irgendwie mein Interesse am Leben wachgehalten. Die Systeme bauen auf einer Fülle verschiedener ganzer Zahlen auf. Zum Beispiel das >binäre System<, das die Chatovarianer benutzen: Es enthält nur zwei Zahlzeichen, eins und null, und läßt sich somit hervorragend für Computer verwenden. Ein Wert entspricht dem Zahlzeichen null, der andere dem Zahlzeichen eins. Jede Zahl jedes anderen Systems kann in das binäre System übertragen werden - für Lebewesen mühsam, für Computer jedoch leicht verständlich und umsetzbar. Ein anderes System basiert auf der ganzen Zahl drei, ein ganz unterschiedliches auf der Vier, ein anderes auf der Fünf, ein anderes auf der Sechs, ein anderes auf der Sieben, wieder ein anderes auf der Acht, noch ein anderes auf der Neun und so fort. Eines gründet sich sogar auf die Zwanzig und eines auf die Sechzig. Für schriftliches Rechnen am besten geeignet ist das sogenannte Dezimalsystem, das auf der Zehn basiert.« (Darüber wußte Jonnie etwas aus den alten Büchern der Menschen.) »Die Mathematik der Psychlos gründet sich auf die Elf und wird deshalb gelegentlich auch >Adezimalsystem< genannt. Es ist sehr schwierig, deshalb möchte ich gar nicht erst versuchen, dir das beizubringen.«

»Ich würde aber liebend gern etwas über das >Adezimalsystem< lernen«, widersprach Jonnie. Daß er die Worte »liebend gern« gebraucht hatte, verursachte ihm Gewissensbisse. Er haßte dieses Tohuwabohu - und wie!

»Das Dezimalsystem kann ich dir viel leichter beibringen«, erklärte Soth. »Und wenn du es dann auf diesem Planeten einführst, wird man dir ein Denkmal setzen. Das ist in allen Galaxien Brauch.« Als er merkte, daß Jonnie ihm das nicht abnahm, seufzte er tief. »Also gut.« Er suchte sich ein etwas zerknittertes Blatt Papier. »Ich schreibe dir jetzt die ganzen Zahlen des >Adezimalsystems< auf.«

Auf Jonnies Einwand, die kenne er bereits, schüttelte Soth nur den Kopf.

»Nein, nein, das bezweifle ich stark. Um ein Zeichen wirklich zu verstehen, mußt du wissen, woher es stammt. Ursprünglich waren nun alle Zahlzeichen entweder der Anfangsbuchstabe des Wortes, mit dem man sie bezeichnete, oder sie bestanden aus mehreren Punkten oder Strichen. Oder es waren Bilderschriftzeichen, die im Laufe der Zeit zu Fragmenten verkürzt wurden. Die psychloischen Ziffern waren ursprünglich Bilderschriftzeichen, die allmählich immer mehr vereinfacht und schließlich zu den elf Grundzahlen des psychloischen Systems wurden, die du heute siehst. Einst nannte man sie >Der Weg zum Glück<.«

Jonnie hatte das nicht gewußt. Diese Zahlen, diese Symbole sah er bei jedem Flug vor sich. Die Sache begann ihn zu interessieren.

Soth schrieb die Ziffern als Bilderschriftzeichen nieder. »Null ist ein leerer Mund. Siehst du die Zähne? Eins ist eine Pranke, nur eine einzelne Kralle. Zwei - eine Gestalt und eine Spitzhacke. Drei - eine Gestalt, eine Schaufel und ein Felsen. Vier - ein Förderwagen, siehst du die vier Ecken? Fünf - eine Pranke mit fünf Krallen, die >Kleine< Pranke, wie wir sie nennen. Sechs - die >Große< Pranke, die mit den sechs Krallen. Sieben - ein Erzschacht. Acht - ein Schmelzofen, siehst du den Schornstein und den Rauch? Neun - zu einer Pyramide aufgetürmte Metallbarren, Zehn ist ein Blitzstrahl, Symbol der Macht - jetzt nur noch ein Strich. Elf - zwei gefaltete Pranken, das bedeutet Zufriedenheit. Insgesamt beinhaltet es eine kleine moralische Lektion. Wenn du nach Erz gräbst und es schmilzt, entrinnst du dem Hunger und gelangst zu Macht und Zufriedenheit.« Er lachte. »Nur die wenigsten kennen diese Zeichen, wissen von ihrer Bedeutung. Allgemein bekannt sind lediglich noch die kümmerlichen Überreste, das andere ist der Zeit und der zunehmenden Hektik zum Opfer gefallen.« Und er schrieb rasch über seinen Bildern die elf psychloischen Zahlzeichen hin, wie sie im täglichen Gebrauch vorkommen. Spuren der Bilderschriftzeichen waren immer noch zu erkennen.

»Ich bin sehr froh, das zu wissen«, sagte Jonnie. Zudem fand er es auch irgendwie belustigend, daß die Psychlos von Anbeginn Bergarbeiter gewesen waren! »Rechnen kann ich ein bißchen nach diesem System.« Er beschloß, einen direkten Vorstoß zu unternehmen. »Was mir Schwierigkeiten macht, sind die psychloischen Kraftgleichungen.« Und das war nicht gelogen. Sie verursachten ihm Kopfschmerzen. Nie ging etwas auf.

Soth musterte ihn scharf. »Ich denke du bist hinter den Formeln für die Teleportation her.«

Jonnie zuckte die Achsein. »Wir haben eine Anlage in Betrieb. Außerdem stellen wir welche her.«

»Ja, davon habe ich gehört«, erwiderte Soth. »Damit ist ja auch das neue Atemgas und das Goo-food herangeschafft worden. Es soll einen Planeten gegeben haben, Fobia, auf dem kein Lebewesen existieren konnte.« Er war sichtlich ratlos. Dann hellte sich seine Miene auf. »Ach so! Einer von euren Wissenschaftlern hat die ganze Entwicklung mit Hilfe irgendeines anderen mathematischen Systems nachvollzogen, und du versuchst jetzt, das durch die psychloischen Gleichungen zu überprüfen.« Er lachte schallend und konnte sich gar nicht mehr beruhigen.

Jonnie gab ihm noch einen Schluck Kerbango.

»Na schön. Viel nützen wird dir's allerdings nicht. Kein Wunder, daß du's nicht ausrechnen kannst.« Er lachte abermals. »Dazu müßtest du ein geborener Psychlo sein.«*

Er lachte Tränen und mußte sich die Augen trocknen.

»Von mir aus«, sagte er schließlich. »Die Teleportations-Anlage hast du sowieso schon, also macht's keinen Unterschied.« Er nahm einen neuen großen Bogen und zog darauf einen riesigen Kreis. Dann fiel ihm etwas ein, er lehnte sich zurück und sah Jonnie an. »Was ist es wert, wenn ich dir das gebe?« fragte er.

»Geld?« lautete die Gegenfrage.

»Ein eigener Kuppelbau, Zugang zu den Büchereien im Camp und Werkzeuge für Experimente mit Computern. Und kein intergalaktischer Transfer mehr! Das wär's!«

* Bei der irdischen Ausgabe dieses Buches wurde ebenso wie bei mehreren anderen durchweg von übersetzerischen Freiheiten Gebrauch gemacht, insbesondere jedoch bei der nun folgenden Erklärung, was hauptsächlich darauf zurückzuführen ist, daß zeitweilig keine Schriftarten verfügbar waren, die auch psychloische Zahlen und Buchstaben enthielten.(Anmerkung des Übersetzers)

»In Ordnung.«

Soth beeilte sich, die eben genannten Bedingungen schriftlich zu fixieren, und fügte noch hinzu: »Atemgas und ordentliche Verpflegung auf Lebenszeit. Tut mir leid, daß ich das hinzusetzen muß.

Aber ich habe ja nur noch etwa zehn Jahre vor mir, also einen begrenzten Zeitraum. Weiter kommt nichts dazu.«

Jonnie unterschrieb und bekräftigte es sogar noch durch einen Prankenabdruck, für den er die Fingernägel benutzte. Soth erschien plötzlich mindestens zehn Jahre jünger.

Schwungvoll zog er das Blatt mit dem Kreis zu sich heran, legte einen weiteren Bogen darauf. »Hast du eine Ahnung von Chiffren, von Schlüsseln? Von Kryptographie? Nun, hier ist jedenfalls das psychloische Alphabet.« Er schrieb es hin. »Und hier sind die psychloischen Ziffern.« Er brachte sie auf das Papier und dann noch einmal sorgfältig, so daß genau unter jedem Buchstaben eine Zahl stand. »Siehst du, daß jeder Buchstabe einen Zahlenwert hat?«

Jonnie nickte. Soth legte das obere Blatt beiseite und wandte sich wieder dem riesigen Kreis zu.

»Dies ist der Umriß des Imperial Palace auf Psychlo.« Er versah den Kreis rundum mit einer Reihe von Strichelchen. »Dies sind die elf Tore. Daß sie Namen hatten, war sogar den meisten Bewohnern von Psychlo nicht bekannt. Aber es stimmt, und zwar wie folgt:

»Gegen den Uhrzeigersinn gelesen, lauten die Namen: ›Engelstor‹, ›Betrügertor‹, ›Teufelstor‹, ›Gottestor‹, ›Himmelstor‹, ›Infernotor‹, ›Monstertor‹, ›Nachtmahrtor‹, ›Streittor‹, ›Königstor‹ und ›Verrätertor‹. Elf Tore, und jedes hat einen eigenen Namen.«

Er nahm ein Buch mit dem Titel »Kraftgleichungen« vom Regal. »Es spielt keine Rolle, welche Art von Gleichungen man in der psychloischen höheren Mathematik auswählt. Sie sind sich alle gleich. Da du von ›Kraftgleichungen‹ gesprochen hast, nehmen wir uns eben die vor. Kein Unterschied.«

Mit der Klaue blätterte er das Buch bis zu der Seite durch, auf der die Gleichungen zusammengefaßt waren, und deutete auf die erste. »Siehst du das B hier? Vielleicht hältst du es für ein mathematisches Symbol. Aber das B steht für nichts dergleichen, sondern lediglich für ›Betrüger‹.«

Er zog das Blatt Papier heran. »Wo also dieses B auftaucht, sehen wir, daß der Buchstabe B den Zahlenwert zwei hat. Wir müssen nun lediglich die Zahl zwei addieren, subtrahieren oder was sonst für das B angegeben ist. Für die zweite Größe der

Gleichung steht kein Buchstabe, aber ein psychloischer Mathematiker weiß, daß man den zweiten Buchstaben von ›Betrüger‹ nehmen muß, das E, dessen Zahlenwert fünf ist, also hat man die zweite Größe der Gleichung mit fünf zu multiplizieren. Nun folgt der dritte Schritt, und der Mathematiker weiß, daß er mit dem Zahlenwert für T, der zwanzig ist, multiplizieren muß. Und so weiter. Wenn in der Originalgleichung der Buchstabe I stünde, würden wir dessen Zahlenwert nehmen und dann weiter in der Buchstabenfolge von ›Inferno‹.«

»In der ersten Gleichung findest du immer einen dieser Buchstaben, so daß du jedesmal die Namen der Tore hast. Und die mußt du dann entsprechend benutzen. Die Zusammensetzung der Gleichungen erfolgte in umgekehrter Richtung, das heißt von rückwärts, damit ein Torname seine Funktion erfüllen kann. Kapiert?«

Jonnie hatte verstanden. Mathematik aus Codes und Chiffren ...

Kein Wunder, wenn anscheinend gar nichts aufging. Hier wurden ja sogar die Originalgleichungen zu Hokuspokus!

Und nahm man dann noch die Schwierigkeiten eines auf der Elf basierenden Zahlensystems dazu, dann mußte es ja für jeden Außenstehenden wie ein unentwirrbares Knäuel erscheinen.

Ein Glück, daß der Recorder unter seinem Kragenaufschlag alles aufgezeichnet hatte. Mal ganz abgesehen davon, daß er kein geborener Psychlo war - allein diese sonderbaren Tornamen konnte sich ja kein Mensch merken!

»Ich muß ganz aufrichtig zu dir sein«, sagte Soth. »Keine Ahnung, was mich auf einmal dazu treibt ... Aber all dies wird dir nur bedingt nützen.«

## 6

Jonnie saß still da. Noch etwas? Sollte das heißen, daß er zwar den weiten Weg bis hierher zurückgelegt hatte, aber trotzdem nicht ans Ziel gelangen würde? Doch er sagte kein Wort, sondern wartete.

Soth kramte zwischen seinen Papieren. Er nahm den Vertrag, den Jonnie unterzeichnet hatte, und legte ihn wieder hin. Offensichtlich plagten ihn Gewissensbisse und Zweifel an der eigenen Ehrlichkeit ...

»Du mußt eins verstehen - ihre geradezu wahnafte Versessenheit auf Geheimhaltung«, sagte er schließlich. »Was ich dir erklärt habe, gilt zwar für die psychloische Mathematik im allgemeinen, aber da gibt es noch einen Punkt. Wenn Gleichungen zur Berechnung der Teleportation angewendet werden, findest du nicht alle

Antworten in den Texten.«

Soth seufzte. »Die Regierung hatte vor vielen Dingen Angst. Zum Beispiel vor der Möglichkeit, daß die Angestellten der Company auf irgendeinem fernen Planeten Unfug stiften oder in die eigene Tasche wirtschaften könnten. Daher wird die exakte Reihenfolge, in der die Kraftgleichungen anzuwenden sind, in den Texten nicht angegeben, und außerdem halte ich einige Gleichungen für bewußte Mystifikation. Ich könnte dir jedenfalls nicht die Berechnungen für eine Konsole liefern.«

Jonnie hielt ihm entgegen: »Die Chamco-Brüder schienen daran zu arbeiten!«

»Ach, die Chamco-Brüder!« entgegnete Soth unwirsch. »Vermutlich haben sie bloß herumgespielt, sich vielleicht sogar ernsthaft bemüht. Aber gekonnt hätten sie's nicht - ausgeschlossen!«

Er fuchtelte mit der Pranke in Richtung des Psychlo-Traktes. »Von den Trotteln hier wäre keiner imstande, eine Konsole zu bauen«, erklärte er verächtlich. »Sie wissen das, was ich dir erzählt habe, und das reicht ja auch für andere Dinge. Aber nicht für Konsolen!«

Ein verlangender Blick wanderte zum Vertrag, dann sah er Jonnie gerade in die Augen. »Auf der Bergbauakademie gab es einen Sonderlehrgang. Die Catristen überprüften bei Studienbeginn alle Neuankömmlinge auf Herz und Nieren und suchten die Begabtesten heraus. Die waren wahrhaftig nicht massenhaft vertreten. Und wenn sie welche gefunden hatten, bildeten die Catristen sie gründlich in sämtlichen Bereichen des Bergbaus aus, theoretisch und praktisch. Die Regierung achtete strikt darauf, daß auf jedem Planeten nur eine Person imstande war, eine Teleportationskonsole zu bauen - für Notfälle oder zwecks Reparatur. Deshalb wurde diese Elitegruppe auch dafür eigens geschult. Wir nannten sie immer die >Supergehirne<. Es waren nicht immer die angenehmsten Zeitgenossen, aber die Catristen sahen das anders. Und da die Regierung und die Company so versessen auf Geheimhaltung waren, kam für diese >Supergehirne< natürlich nur ein Posten in Frage - der des Sicherheitsoffiziers.«

Terl!

Als ob er Jonnies Gedanken erraten hätte, fuhr Soth fort: »Terl war ein >Supergehirn<. Liebling der Catristen. Umfassend geschult auf jedem nur erdenklichen Gebiet. Verschlagen, bösartig. Ein echtes Produkt der Catristen. Nur Terl hätte eine Konsole aus dem Nichts bauen können, und er ist tot.«

Jonnie überlegte fieberhaft. Er hatte Terls sämtliche Arbeitsunterlagen! Daraus könnte er die Reihenfolge entnehmen!

Und dann wurden seine Hoffnungen jäh zerschlagen, als Soth sagte: »Das gilt auch für die Berechnung von Motoren. Terl war der einzige, der die kompletten Stromkreise für Motorkonsolen hätte berechnen können.«

Darüber besaß Jonnie keine schriftlichen Aufzeichnungen von Terl.

»Die sind nämlich grundverschieden, mußt du wissen«, fuhr Soth fort. »Die Abfeuerungs-Konsole umgeht das Prinzip der >Raumidentität<. Der Motor wird durch den Widerstand angetrieben, den der Raum der Umwandlung entgegensetzt.«

Soth hielt den Vertrag zwischen den Klauen. »Was ich dir über psychloische Mathematik erzählt habe, läßt sich auf alles anwenden, du kannst jedes Problem damit lösen - Teleportation ausgenommen.«

Ein Lichtblick. Zumindest könnte man dann mit den hunderttausenden von Patenten etwas anfangen! Andererseits hieß das, weiterhin mit Rückstoßmotoren fliegen zu müssen. Und die Umstellung von »Letzte Bastion« auf Friedensproduktion würde sich damit schwer anlassen. Dann fiel ihm etwas ein.

»Aber die leitenden Angestellten haben doch gewöhnlich Motorkonsolen repariert.«

Soth richtete sich auf. Wieder wanderte sein Blick vom Vertrag zu Jonnie. »Du willst bloß den Stromkreis selbst? Ich dachte, du interessierst dich für die rechnerische Seite. Mathematik ist reine Wissenschaft«, fügte er mit der Leidenschaft hinzu, die er seinem geliebten Spezialgebiet schuldig zu sein meinte. »Aber wenn du nur den Stromkreis möchtest ...« Er wühlte zwischen Papieren und Büchern herum. »Wo steckt denn meine Atemmaske?«

Innerhalb von Minuten waren sie draußen, und Jonnie gab die von Soth gewünschten Anweisungen weiter.

Eine Konsole war aus einem Flugkörper auszubauen, eine aus einem Landfahrzeug und eine aus einer fliegenden Plattform. Und dann sollten sie unverzüglich in die Reparaturwerkstatt gebracht werden. Die Mechaniker flitzten durch die Gegend.

Nun standen die drei Konsolen auf dem Fußboden in der Reparaturwerkstatt.

»Dies sind die drei verschiedenen Konsolentypen für Motorantrieb. Alle übrigen Motorkonsolen gehören zu einem dieser drei Typen. Jetzt mußt du mir behilflich sein. Ich bin nicht mehr so kräftig, wie ich früher mal war.«

Soth schloß die Tür, damit sie nicht gestört würden. Von einem Regal holte er einen sogenannten Giftsack. Jonnie kannte die Dinger vom Sehen. Sie waren durchsichtig, hatten zwei sehr enge

Armlöcher, durch die man Hände und Arme stecken konnte. Seiner Meinung nach wurden sie zum Aussieben arsenhaltiger Verbindungen benutzt, die man zur Erzaufbereitung brauchte.

Mit Jonnies Unterstützung schaffte es Soth, die Konsole aus dem Landfahrzeug in den Sack zu zwängen. Danach stopfte er die vielen losen Verbindungsdrähte hinein, die gerade aus dem Wagen herausgerissen worden waren. Er verschloß den Sack fest, schraubte an der Unterseite einen Schlauch an, worauf sich der Sack rund um die Konsole mit Luft zu füllen begann.

Er nahm einen Druckmesser und eine Werkzeugtasche und schob beides durch die Armlöcher. Danach steckte er die Arme durch und ließ in Ellbogenhöhe die Verschlüsse zuschnappen. Von oben beobachtete er den Druckmesser. »Sechseinhalb Atmosphären brauchst du«, sagte er.

Der Sack füllte sich weiter mit Luft. Das Manometer stieg auf Sechseinhalb. Er kontrollierte die Verschlüsse an den Ellbogen. Der Druck blieb konstant.

Soth entnahm der Werkzeugtasche, die er hineingestellt hatte, einen Schraubenzieher und drehte geschickt die Schrauben aus der Deckplatte der Konsole heraus.

Jonnie sah fasziniert zu. Das gleiche hatte er einmal bei einer Panzerkonsole versucht und prompt Schiffbruch erlitten.

Soth hingegen zog die gelockerten Schrauben einfach heraus, hob den Deckel der Konsole, der sämtliche Schaltknöpfe enthielt, ganz ab und bündelte die Zuführungskabel.

Dann schaute er ins Innere der Konsole, das alle möglichen Elemente enthielt, jedoch im Gegensatz zu dem bei der Teleportationsanlage verwendeten Modell keine Isolierplatte hatte. Soth wählte ein Kabel, das an beiden Enden Klemmen hatte, und befestigte es an den Seiten von drei Bauteilen, um sie damit zu überbrücken.

»Drucksicherungen«, erklärte Soth. »Bei jeder dieser Konsolen steht der gesamte Innenraum unter Hochdruck. Ein Druckabfall bewirkt, daß die drei Sicherungen sich ausdehnen und durchbrennen! Wenn jemand an der Deckplatte herumspielt, entweicht die Luft geräuschlos, so daß die drei Sicherungen durchbrennen.«

»Bis auf die Sicherungen und die Spannungsregler ist alles, was du hier siehst, Schund. Erscheint ganz ordentlich, tatsächlich aber nichts als Ausschuß. Hat nicht das mindeste mit der Arbeitsweise der Konsole zu tun. Ich hab die Sicherungen mit einem Kabel überbrückt. Sie werden durchbrennen, und ich muß sie ersetzen. Der Schaltungsmechanismus funktioniert jetzt nicht, aber der *echte* Stromkreis ist nach wie vor intakt.«

Jonnie fragte sich, wo dieser echte Stromkreis wohl stecken mochte, wenn die ganze riesige Apparatur nichts als Schund und Ausschuß war.

Doch Soth wußte genau, was er tat. Er entfernte den Schlauch mit einem Fußtritt, und die Luft entwich aus dem Sack. Er zog die Arme heraus und entfernte die Klemmen. Der Sack fiel zu Boden.

Soth kippte die Konsole um. »Es erweckt den Anschein, als ob diese Schaltknöpfe hier unten einen Kontakt herstellen wie übliche Knöpfe und den falschen Stromkreis in Gang setzen. Aber das ist Tarnung. So arbeitet die Konsole nicht. Der gesamte Stromkreis befindet sich in der Deckplatte. Wenn du einen Knopf drückst, wird dadurch eine interne Lichtschranke abgesperrt und der Stromkreis geschlossen. Jeder der Knöpfe arbeitet auf diese Weise.«

Ein völlig getarnter Stromkreis, mit Molekularbinder in die Deckplatte eingesetzt. Und wenn man an dem herumspielte, entstand ein Kurzschluß. Nur eine gelockerte Schraube an der Deckplatte, und die Konsole war außer Betrieb.

»Wo gibt's hier Papier?« fragte Soth. Er fand einen Bogen, größer als die Deckplatte. »Gibt's hier irgendwo Eisenpulver?« Auch das war vorhanden - staubartiges, schwarzbraunes Pulver, so fein und leicht, daß es nahezu frei schweben konnte.

Soth bestäubte das weiße Papier mit dem Pulver, bis sich eine dünne Schicht bildete. Dann legte er die Deckplatte mit der richtigen Seite nach oben auf das Papier, wobei er nach Kräften zu verhindern suchte, daß sich die gebündelten Kabel verhedderten.

Er nahm einige der Überbrückungskabel, fand eine Batterie, die er unter einem Funkenregen an die Konsole anschloß, so daß der Deckel und die Schaltknöpfe von Strom durchflossen wurden.

Soth rückte den Deckel auf dem Papier exakt zurecht, und drückte dann jeden einzelnen Schaltknopf der Konsole.

Auf einmal begriff Jonnie, was Soth da machte. Mit erhobener Hand hinderte er Soth daran, die Deckplatte wegzunehmen. Jonnie holte eine Metallanalysekamera aus einem Regal, stellte sich auf einen Schemel und nahm das Ganze von oben auf.

Als Jonnie fertig war, hob Soth behutsam den Deckel hoch.

Auf dem Papier, von magnetisch gruppierten Eisenspänen nachgezeichnet, war der ganze Stromkreis! Als er durch die Betätigung der Schaltknöpfe in Betrieb gesetzt wurde, hatte das eine in allen Einzelheiten übereinstimmende Anordnung der Eisenspäne bewirkt.

Beim Abnehmen des Deckels war eine winzige Stelle vermischt worden. Doch Jonnie hatte ja das genaue Abbild in der Kamera. Um ganz sicherzugehen, machte er nun noch eine weitere

Aufnahme von den haarfeinen schwarzbraunen Umrissen.

Sie hatten den Stromkreis!

Soth packte alles in den Sack zurück, füllte ihn bis auf sechseinhalb Atmosphären mit Luft, ersetzte die durchgebrannten Sicherungen, kontrollierte die Dichtung der Platte und schraubte dann die Konsole wieder zusammen.

Zwei Stunden später hatten sie alle drei Typen von Stromkreisen der Motorkonsolen. Sie räumten gründlich auf, riefen die Mechaniker und ließen die Konsolen in die Fahrzeuge zurückschaffen und wieder einbauen.

Jonnie machte einen Test. Sämtliche Motoren sprangen sofort an.

Ein erheblicher Unterschied zu den Teleportationsanlagen. Wirklich etwas ganz anderes ...

## 7

In sein Zimmer zurückgekehrt, spürte der alte Soth erst, wie müde und überanstrengt er war. Er bekam einen Hustenanfall, und Jonnie wartete, auf einer Bank sitzend, bis er sich erholt hatte.

Schließlich sagte Soth: »Ich kann eine Teleportationsanlage weder demontieren noch montieren; das konnte nur Terl. Und bauen kann ich erst recht keine. Deshalb sollte ich den Vertrag vielleicht doch nicht annehmen.« Er hielt ihn zwischen zwei Klauen hoch, blickte ihn verlangend an und reichte ihn dann Jonnie.

Jonnie fragte sich unwillkürlich, wie wohl die Entwicklung dieser Spezies verlaufen wäre, wenn es die Catristen mit ihren Manipulationen des Gehirns nicht gegeben hätte.

»Nein, nein«, entgegnete Jonnie und schob ihm das Papier wieder hin. »Du hast ihn dir redlich verdient. Mit dem Schlüssel, den du mir für die gängige psychloische Mathematik gegeben hast, eröffnen sich wahrscheinlich ungeahnte Möglichkeiten. Zum Beispiel die Auswertung von Erfindungen, auf denen die Company saß. Vielleicht hast du dazu beigetragen, vielen, vielen anderen Planeten zu Wohlstand zu verhelfen.«

»Tatsächlich?« fragte Soth. Er dachte darüber nach. »Das ist erfreulich. Sehr erfreulich.« Wieder überlegte er eine Weile, ehe er fortfuhr:

»Du bist dir doch klar darüber, daß du es außerdem auch noch mit einem Sicherheitsproblem zu tun hast, oder? In der Menge von Spezies gibt es jede Menge von Personen, die wer weiß was täten, um an die psychloische Mathematik und einige der gestohlenen Erfindungen und Entwicklungen heranzukommen. Du weißt doch, daß Professor En, der die Teleportation entwickelt hat, ein Boxnard war? Nein? Ja, ja, es stimmt schon. Versuche in dieser Richtung wird es viele geben, aber ich glaube, ich kann dir da helfen.«

Er erwog das lange. »Ja, ich denke schon, daß ich dazu imstande bin.« Er lächelte. »Wie jeder Tüftler stelle ich mir immer neue knifflige Aufgaben. Und vor ungefähr fünfzig Jahren - ich war damals auf einem gräßlichen Planeten, kein einziger Baum - setzte ich mir das Ziel, die höhere psychloische Mathematik in einen Computer einzuprogrammieren. Nicht auszudenken, wie sich die Company und die Regierung aufgeregt hätten, wenn ihnen das bekannt geworden wäre! Aber ich erinnere mich noch genau an die Stromkreise, die ich dafür erdacht habe. Ich brauche nur etwas Zubehör und die entsprechenden Geräte, dann würde es bestimmt klappen.«

Ein Computer! Jonnie hatte es davor gegraut, hunderttausende von Formeln lösen zu müssen, bevor sie daran gehen konnten, irgendwelche Erfindungen auszuwerten. Wenn er jedoch einen Computer hätte, wäre das für jeden von seinen Leuten ein Kinderspiel!

»Wenn du das schaffst, zahle ich dir eine Million Währungseinheiten aus meiner eigenen Tasche«, sagte er.

»Eine Million Währungseinheiten?« wiederholte Soth ungläubig. »So viel Geld gibt's doch gar nicht!« Er wühlte in seinem Papierwust herum. Jonnie dachte, er suche nach irgendwelchen Unterlagen, bis er merkte, daß Soth nach dem Kerbango fahndete. Offenbar meinte er, eine Stärkung nötig zu haben! Der Behälter erwies sich als leer, und Jonnie zog eine Ladung Kerbango aus der Tasche und goß Soth einen tüchtigen Schluck ein.

Soth schlürfte ihn dankbar, erinnerte sich dann, was sich gehörte, und bot Jonnie etwas an, der natürlich dankend ablehnte.

»Du hast mir einen Schock versetzt«, bekannte Soth. »Aber das war noch nicht alles, was ich dir erzählen wollte.« Er nahm noch einen Schluck, wartete, bis sich sein Herzschlag beruhigt hatte. »Ich hab mich zum Zeitvertreib damit beschäftigt, die einfachere psychloische Arithmetik auf das Dezimalsystem umzustellen.« Er kramte wieder in dem Papierwust herum, fand das Gesuchte auf dem Fußboden und reichte es Jonnie. »Ein erstaunliches System. Kinder und Erwachsene erlernen es spielend. Das Imperium der Psychlos hielt nur aus einem Grund am Elfersystem fest - um andere noch mehr durcheinanderzubringen.«

»Mich haben sie wahrhaftig durcheinandergebracht«, bestätigte Jonnie.

»Tja, das kann ich mir vorstellen, aber all das gehörte zum Sicherheitsprogramm. Jedenfalls lassen sich alle arithmetischen Basisfunktionen und die einfacheren Formeln ins Dezimalsystem übertragen. Vielleicht stellen sie dann sogar das Geld auf das Dezimalsystem um - denn wie ich sehe, hat die Galaktische Bank auch bei ihrer neuen Ausgabe das Elfersystem beibehalten. Und das ist der positive Effekt: Das Dezimalsystem wird allgemein eingeführt. Mit dem schwerfälligen Elfersystem will niemand mehr etwas zu tun haben, so daß es schließlich außer Gebrauch kommt!«

Er lehnte sich stolzgeschwellt zurück. »Du kriegst deinen Computer!« verkündete er triumphierend. »Das Elfersystem verschwindet allmählich. Alle Welt wird darin ein veraltetes Kuriosum sehen und es dann vergessen. Und das ist an sich schon eine Sicherheitsvorkehrung.«

Jonnie hatte ein Blatt Papier gefunden und schrieb mit Windeseile.

»Ein zweiter Vertrag!« stellte Soth fest, als er den Text verkehrt herum entziffert hatte.

»Ein Zusatz zum ersten Vertrag", erklärte Jonnie. »Zwei Millionen Währungseinheiten, wenn du den Computer programmierst, und eine weitere Million, wenn du die psychloische Mathematik in Grundzügen auf das Dezimalsystem umstellst.«

»Du meine Güte!« staunte Soth. »Dafür könnte ich mir ein Lagerhaus voller Werke über Mathematik leisten! Ach was, zehn Lagerhäuser! Fünfzig! Schnell, gib her, bevor du dir's anders überlegst! Laß mich lieber gleich unterschreiben!«

Nachdem alles zur Zufriedenheit erledigt war, blickte Soth versonnen vor sich hin. »Weißt du, auf Psychlo hätte das für mich bedeutet, zu den Reichen zu gehören ... ein Dutzend Frauen, eine große Familie zu besitzen, ja, so etwas wie eine Dynastie zu begründen. Aber das ist nun alles aus und vorbei.«

»Hier gibt es noch einige Psychlos«, entgegnete Jonnie, »darunter auch mehrere Frauen. Die Spezies braucht nicht auszusterben.« »Ach, du hast gut reden«, sagte Soth bedrückt. »Vor langer Zeit haben die Catristen die einzigen Kolonien der Psychlos, die gerade entstanden, wieder aufgelöst. Sie überzeugten den Herrscher, daß die Ansiedlung auf anderen Planeten eine Mutation der Spezies bewirken könne, daß die Psychlos dann womöglich imstande wären, auch unter anderen atmosphärischen Bedingungen zu leben - und schließlich eine Bedrohung der Krone darstellen würden. Mit der Begründung bestanden sie darauf, daß Kinder nur auf Psychlo geboren werden durften, nirgends sonst.«

Wo sie ihnen dann irgendwelche Metallkapseln ins Gehirn pflanzen konnten, dachte Jonnie.

»Manchmal, wenn auch sehr selten, wurde es einem Mitglied des Herrscherhauses gestattet, seine eigenen Frauen auf andere Planeten mitzunehmen, allerdings nur in Begleitung eines ganzen Teams von Catristen. Sämtliche weiblichen Angestellten der Company mußten gemäß einer alten Anordnung der Catristen sterilisiert werden, bevor sie den Heimatplaneten verlassen durften, um irgendwo in einer Außenstation zu arbeiten.

»Du meinst ...?« Jonnie wies in Richtung des Psychlo-Traktes.

»Ja«, bestätigte Soth. »Alle weiblichen Psychlos dort sind sterilisiert. Sie können niemals Kinder bekommen.«

Er grübelte eine Zeitlang vor sich hin. »Vielleicht denkst du, ich trage es dir nach, daß du den Planeten zerstört hast. Das tue ich keineswegs. Von dem Augenblick an, als die Catristen die Macht zu erobern begannen, nahm das Übel seinen Lauf. Es bedeutete den Anfang vom Ende der Spezies ...«

Nach kurzem Schweigen fuhr er fort: »Ich sehe es so - die Catristen handelten nach einem festen Programm. Sie erniedrigten jeden, sie unterdrückten Andersdenkende, sie verbreiteten Furcht und Schrecken. Für sie waren alle anderen Tiere, sie nannten sie auch so, und das hat Psychlo zu einem Ungeheuer werden lassen. In allen Universen und zu allen Zeiten hatten die Bewohner nur den einen Wunsch, daß es mit dem Imperium der Psychlos ein Ende nehmen möge. Es war überall zutiefst verhaßt!«

Er sah Jonnie an. »Früher oder später mußte jemand kommen, der die Galaxien von den Psychlos befreite. Das war der Traum aller Spezies ...«

Er deutete mit einer Klaue auf Jonnie. »Du denkst vielleicht, du hättest es getan. Das ist ein Irrtum. Die ganze Zivilisation war von dem Moment an zum Untergang bestimmt, in dem die Catristen ihren Einfluß auszuüben begannen. Nein, du warst es nicht. Sie waren es, die Psychlo und das gesamte Imperium zerstört haben.

Terl war ihr Produkt, und ich glaube, irgendwie hat er seinen Teil zur Vernichtung beigetragen. Ich habe gehört, daß er oft im Kasino gehockt und den Umsitzenden erzählt haben soll, die Spezies Mensch sei vom Aussterben bedroht. Durch die Catristen ist die Spezies Psychlo seit Jahrtausenden vom Aussterben bedroht gewesen. Und jetzt sind sie nicht nur bedroht, sondern tatsächlich ausgestorben!«

Er seufzte und blickte auf seinen Papierstapel. »Na, vielleicht kann ich helfen, wenigstens einige der Verbrechen, die sie begangen haben, wiedergutzumachen.«

Dann sah er Jonnie an. »Und was dich angeht, Jonnie Goodboy Tyler, plage dich deswegen nicht mit Gewissensbissen herum. Durch die Zerstörung von Psychlo hast du allen Galaxien die Chance zur Umkehr gegeben. Ich brauchte diese Verträge nicht. Du hast sie mir angeboten, und ich werde sie auch einhalten. Aber es ist mir eine besondere Ehre, dir zu helfen, und ich bin dir dankbar, daß du mir die Gelegenheit dazu gegeben hast.«

# Epilog

Wenige Monate später erfuhr Jonnie, daß die Regierung in Schottland Steuern für den Wiederaufbau von Edinburgh einführen wollte. Er wußte, daß Steuern in den Frühzeiten des schottischen Volkes ein unbekannter Begriff gewesen war - damals hatte einfach der König alle Unkosten bestritten. Außerdem bezweifelte er, daß Schottland die Mittel dafür hatte. Und schließlich empfand er es als widersinnig, daß eine Regierung Steuern erhob, anstatt das, was sie brauchte, aus eigener Kraft aufzubringen. Warum mußte sie den Leuten das Geld aus der Tasche ziehen?

Er sprach mit Dunneldeen und gewann ihn dafür, dem Clanchef der Fearghus vorzuschlagen, daß Edinburgh durch »Spenden« wiederaufgebaut werden solle. Um die Illusion zu fördern, daß die schottische Bevölkerung tatsächlich dafür bezahlte, stellten er und Dunneldeen an allen Wegen kleine rote Büchsen auf, in die Münzen geworfen werden konnten, und sie leerten sogar einige davon.

In Wirklichkeit aber verhielt es sich so, daß Jonnie das Ganze bezahlte. Er schickte seine chatovarianische Baufirma, die ihre Arbeiten in Luxemburg und in Zürich inzwischen abgeschlossen hatte, nach Schottland.

Die Chatovarianer nahmen den neuen Auftrag auf ihre Weise in Angriff - sie stellten ein Forschungsteam zusammen, das durch Befragungen im Land und bei der Regierung ermitteln sollte, wie man sich das neue Edinburgh wünschte, und dann machten sie doch alles so, wie sie selber es für richtig hielten.

Ihrer Meinung nach fielen Edinburgh in Zukunft drei Aufgabenbereiche zu: Sitz der Planetarischen Regierung, Ausbildungsstätte für Außerirdische und Zentrum für schottisches Handwerk. Derart unterschiedliche Gebiete architektonisch miteinander zu verbinden, bereitete ihnen erhebliches Kopfzerbrechen, denn für die gestalterische Lösung galten unumstößliche Grundsätze: Sie mußte stil- und sachbezogen sein, also zugleich schottisch-folkloristisch und zweckentsprechend.

Die Stadt selber hatte nach den Feststellungen des Forschungsteams einst den Spitznamen »Alte Dunstglocke« getragen, der schlechten, stickigen Luft wegen. Außerdem fanden sie heraus, daß seit elfhundert Jahren dort kein einziger Schotte mehr gewohnt hatte. Das gab ihnen völlig freie Hand - sie planierten alles, bis auf Castle Rock; sie setzten mehrere Wasserkraftwerke im Hochland schleunigst wieder in Gang, ließen dann ihre Schwesterfirma, die »Letzte Bastion«, kommen und die Verteidigungsanlagen installieren; danach bauten sie Kanalisationssysteme und Filteranlagen; und als sie das erledigt hatten, rieben sie sich die Hände und machten sich an die eigentliche Arbeit.

Den Nordteil der Stadt sahen sie für das Gewerbe vor - Geschäfte und Handwerksbetriebe -, und die architektonische Gestaltung mit den kleinen Ziegelhäusern glich den Ansiedlungen im schottischen Hochland. Die zahlreichen Ausbildungsstätten verteilten sich über ein weiträumiges Parkgelände - das Äußere erinnerte an Schlösser aus den alten Märchenbüchern, feudale Herrensitze mit Zinnen und Türmen, innen dagegen war alles auf die Lebensbedürfnisse der künftigen außerirdischen Bewohner zugeschnitten.

Castle Rock sollte als Regierungssitz erhalten bleiben. Es war weitgehend zerstört worden, so daß sie nach frühen Stichen suchen mußten, um sich einen Eindruck zu verschaffen, wie es vor zweitausend Jahren ausgesehen haben mochte. Bei ihren Nachforschungen erhielten sie einen Hinweis, daß an dieser Stelle einst das Schloß eines schottischen Königs namens Duncan gestanden habe, der offenbar von einem gewissen Macbeth ermordet wurde - woher sie das hatten, blieb ein Rätsel. Irgend jemand behauptete, aus einem uralten Theaterstück, das sie in den Überresten des Britischen Museums entdeckt hatten.

Sie restaurierten den Felsen in seiner ursprünglichen Form, rekonstruierten die unterirdischen Gänge und Schutzräume, verkleideten das Ganze mit blauem italienischen Marmor, den sie härteten und glänzend polierten, und errichteten dann darauf Duncans Schloß in leuchtendem Weiß. In einer alten Stadt namens Reims fanden sie eine Kathedrale, die ihnen gefiel und die ihrer Auffassung nach architektonisch zum Schloß paßte. Sie stellten sie auf den Felsen, wo sie in strahlendem Scharlachrot prangte und den Namen »Saint-Gilles« bekam.

Die Schotten waren hingerissen von dem Ergebnis, das sie ja »finanziert« hatten.

Auch Jonnie fand, das alles sei doch recht ansehnlich. Aber es brachte ein Problem mit sich. Die Übervölkerung ihres Heimatplaneten hatte zur Folge, daß die Chatovarianer stets viel zuviel Personal einstellten, und da es sich hier um einen »Eilauftrag für den Chef persönlich« handelte, waren sie noch großzügiger verfahren als sonst üblich. Da sie außerdem grundsätzlich nie jemanden entließen, blieb Jonnie jetzt ein Team für den Städtebau, das zahlenmäßig fast der Erdbevölkerung entsprach. Also setzte er die Chatovarianer daran, die von den außerirdischen »Besuchern« niedergebrannten Städte wiederaufzubauen.

Auch dies war keine leichte Aufgabe. Wozu waren diese Städte bestimmt, in denen seit elfhundert Jahren niemand mehr gewohnt hatte? Zur Beantwortung dieser Frage mußten sich die chatovarianischen Forschungsteams denkbare Lösungen einfallen lassen. Als Richtlinien für diese Zukunftsplanung dienten ihnen: Bodenschätze, Fluß- oder Meeresnähe, klimatische Anbaubedingungen, mögliche Handelspartner, geeignete Industrieansiedlungen und benötigter Wohnraum. Kurz - sehr komplex, sehr schwierig.

Was den ursprünglichen einheimischen Baustil betraf, so ließ sich dieses Problem in Asien mühelos, in Europa einigermaßen, in Amerika aber überhaupt nicht lösen - dieser Kontinent verkörperte geradezu die von den Chatovarianern so verabscheute Moderne. So trafen sie einfach ihre Auswahl unter den interessantesten Bauwerken, die ihnen für die jeweilige Gegend charakteristisch erschienen, schufen davon jeweils eine Kopie und legten Unmengen von Parks an. Die Stammfirma in Chatovaria hatte bei einem anderen Auftrag zuviel Einschienenschwebebahnen für den Nahschnellverkehr geordert; die ließen sie sich kommen und errichteten ein Verbindungsnetz zwischen den Städten, das durch die Luft führte und so eine Verschandelung der Parks durch Straßen überflüssig machte.

Zur Beseitigung der radioaktiven Verseuchung in der Umgebung von Denver mußten sie eine Firma aus Hawvin kommen lassen, die dafür magnetische fliegende Räumgeräte einsetzte. Danach bauten die Chatovarianer die ganze Gegend wieder auf, sogar Jonnies Heimatdorf.

Da ja keine Bewohner vorhanden waren, verschlossen sie jeweils nach Beendigung ihrer Arbeit sämtliche Türen und Fenster fest, ließen das erforderliche Verwaltungspersonal zurück und machten sich an die nächste Stadt.

Beim Anblick all dieser wiedererstandenen leeren Städte

klammerte sich Jonnie an die Hoffnung, daß vielleicht doch eines Tages wieder Menschen darin leben würden.

Ker übernahm die Leitung der Bergbauakademie in Edinburgh; sämtliche überlebende Psychlos waren dorthin umgezogen und hielten Vorlesungen. Die Außerirdischen strömten in hellen Scharen herbei, um zu lernen, wie sie den Rohstoffabbau auf ihren Heimatplaneten betreiben und den Metallhandel wieder in Gang bringen sollten. Ker zeichnete alle Vorlesungen und Demonstrationen mit dem Bildrecorder auf, damit die Technologie nicht verlorenging. Praktische Übungen hielt er in Cornwall und Victoria ab, und er war eigentlich ständig unterwegs mit Chirk, die den Aufbau von Bibliotheken übernommen hatte. Auf seine Atemmaske malte Ker immer das Konterfei der Spezies, die er gerade ausbildete. Ein kleiner Kniff, der jedoch viel zu einem freundschaftlichen Klima beitrug, versicherte er.

Eine Unmenge der ehemals von Psychlo beherrschten Planeten waren entweder von Sklaven besiedelt, oder die einheimische Bevölkerung hatte sich in die Berge verschanzt. Die Koordinatoren auf dem College in Edinburgh waren vollauf damit beschäftigt, den vormals unterjochten Spezies die organisatorischen Grundzüge für Verwaltung und Wirtschaft beizubringen. Ein wesentlicher Grund für den enormen Andrang war die Tatsache, daß die Galaktische Bank den Planeten mit in Edinburgh ausgebildeten Koordinatoren weitaus günstigere Zinssätze gewährte.

Die neue Regierung der Erde proklamierte den Clanchef der Fearghus zum König, wahrscheinlich auf Betreiben von Mr. Tsungs Bruder. Dadurch wurde Dunneldeen zum Kronprinzen, doch soweit Jonnie erkennen konnte, nahmen weder der Clanchef noch Dunneldeen diese Rangerhöhung sonderlich ernst. Bei der Gesetzgebung war die Regierung sehr zurückhaltend und überließ es im allgemeinen den Stammesoberhäuptern, solche Dinge regional zu regeln; sie schritt nur ein, wenn irgendein Zwist gar nicht anders beigelegt werden konnte. All dies trug zu ihrer Beliebtheit bei. Colonel Iwan herrschte in Rußland, hilfreich unterstützt von Jonnies ehemaligen Dorfnachbarn. Einige der Jüngeren beschlossen eines Tages, nach Amerika zurückzukehren und sich dort an den Neuanfang zu wagen.

Stammesführer Chong-won und der nordchinesische Stamm schlossen ein Bündnis und begannen mit dem Aufbau von China. Kunsthandwerk und Seidenweberei sorgten für die wirtschaftliche Grundlage. Außerdem hatten sie eine Kochschule, die regen Zuspruch fand, denn die dank ihrer »Nachbarschaftsbanken« über sämtliche Galaxien verstreuten Selachees schworen darauf, es sei die beste Küche überhaupt und speziell für Fischgerichte unübertroffen. Sie waren sofort bereit, jeden Außerirdischen, der in seinem Bereich ein chinesisches Restaurant eröffnen wollte, zu finanzieren, unter der Voraussetzung, daß er die erforderlichen Köche zur Ausbildung auf die Schule nach China schickte. Für gewöhnlich gab es dort mehr Kochschüler, als China insgesamt Einwohner zählte. Sie erlernten nicht nur die Kochkunst, sondern auch viel über Anbau und Beschaffung der benötigten Zutaten. Dank dieser zusätzlichen Arbeitskräfte und der importierten Maschinen gelangten Landwirtschaft und Fischereiwesen in China zur Blüte, so daß Hunger nicht mehr das Hauptprodukt war, wie Stammesführer Chong-won bei jeder seiner zahlreichen Begegnungen mit Jonnie zu bemerken pflegte. Jonnie wunderte sich oft, wie ein Außerirdischer, der sich völlig anders ernährte, es überhaupt lernen konnte, Mahlzeiten zuzubereiten, die er niemals essen würde. Doch die Macht der Bank und der Appetit der Selachees boten nicht weniger Anlaß, sich zu wundern ...

Im Anschluß an die in zahlreichen Galaxien erfolgte Umstellung auf das Dezimalsystem brachte die Bank das neue Geld in Umlauf. Chrissie regte sich heftig darüber auf, denn die Abbilder auf den Münzen und Noten hatten noch weniger Ähnlichkeit mit Jonnie als die bei der vorigen Ausgabe. Tagelang ereiferte sie sich darüber, daß sie weit mehr einem Selachee als Jonnie glichen. Doch Jonnie verriet ihr mit keinem Wort, daß er selber das mit behutsamem Taktieren erreicht hatte - nun konnte er endlich über eine Straße spazieren und kaum jemand zeigte mit dem Finger auf ihn. Noch zwei bis drei Ausgaben, dann würde ihn überhaupt kein Fremder auf Anhieb erkennen.

Die Bank in Snautch gab ihnen das Gold nie zurück. Als sie ihren riesigen neuen Gebäudekomplex fertig hatten, stellten sie das Gold in der Haupthalle hinter Panzerglas aus. Auf dem Schild hieß es in vielen Sprachen: »Dieses Gold wurde von Jonnie Goodboy Tyler persönlich zusammen mit einigen Schotten geschürft. Er hat es bei uns deponiert, weil er uns VERTRAUT. Das können auch Sie. Wenn Sie Ihr neues Konto heute eröffnen, haben Sie Gelegenheit, das Gold einmal zu berühren.«

Als Jonnie etwas Gold haben wollte, um das Modell eines neuen Teleportationsmotorfahrzeugs, mit dessen Serienherstellung »Letzte Bastion« jetzt in Chatovaria beginnen wollte, für eine Ausstellungseröffnung zu plattieren, mußte Dwight mit einem Team der alten Mannschaft in die Anden fliegen, suchen und zu schürfen beginnen.

Als die von Jonnie angeregten Umfragen der Bank nach den

tatsächlichen Kaufwünschen abgeschlossen und die Ergebnisse ausgewertet worden waren, vollzog sich die Umstellung der ehemaligen Rüstungsindustrien auf Konsumgüterproduktion sehr rasch. Eine Zeitlang bestand kaum Nachfrage nach den Patenten der Company. Die Bewohner der zivilisierten Planeten verlangten Töpfe und Pfannen und ähnliche Artikel, die alle leicht zu fertigen und gewinnbringend abzusetzen waren.

Die Delegierten jener ersten denkwürdigen Konferenz wurden nun sehr wohlhabend und mächtig und hielten sich strikt an Jonnies Weisungen, sie steuerten sogar den politischen Kurs ihrer Staaten in Richtung auf eine soziale Demokratie. Jonnie nahm selten an ihren Konferenzen teil, doch sie überschütteten ihn via Teleportation häufig mit Bergen von Eilpost, um seine Meinung zu irgendwelchen Fragen einzuholen. Mit dem kompromißlosen Verzicht auf Krieg ließen sich wirklich die einträglichsten Geschäfte machen, versicherten sie einander immer wieder und meinten es auch so.

Der Nachrichtendienst der Hawvins brachte einen Geheimbericht über achtundzwanzig Plattformen in Umlauf, ohne zu ahnen, daß er ihm von der Galaktischen Bank zugespielt worden war. Da er als der am meisten unterwanderte Nachrichtendienst sämtlicher Universen galt, hatte man ihn auserwählt, den getürkten Bericht durchsickern zu lassen. Er wurde dann auch prompt in allen Galaxien verbreitet.

Es hieß darin, die ursprüngliche Anzahl sei von achtundzwanzig auf dreiundfünfzig erhöht worden, unter Berücksichtigung neuer Staaten, und die Plattformen seien im siebzehnten Universum stationiert.

Der Bericht löste eine neue Antikriegswelle aus. Außerdem aber brachte er in der Astrographie erhebliche Unruhe hervor, denn er rüttelte an der unveränderlich gegebenen Größe, daß es nur sechzehn Universen geben könne, da nämlich die Zahl vier im Quadrat gleich sechzehn sei.

Man schritt unverzüglich zu Taten. Mehrere wissenschaftliche Institute begannen zu forschen, zwar nicht unbedingt nach den Abfeuerungs-Plattformen, sondern nach dem siebzehnten Universum.

Die Demokratische Königliche Akademie von Chatovaria entdeckte tatsächlich ein neues Universum, das jedoch erst im Entstehen begriffen war. Da sich dort weder irgendwelche Anzeichen für die Existenz von Leben noch für Spuren von fester Materie, auf der man eine Plattform installieren konnte, nachweisen ließen, folgerte man, es müsse sich dann eben um das achtzehnte Universum handeln.

Das siebzehnte Universum mitsamt den angeblichen Plattformen blieb bis zum heutigen Tag unentdeckt. Und das war auch nicht weiter schwer zu verstehen, wie Jonnie sich gelegentlich sagte. Denn es existierte nur in seinem Kopf. Er hatte diese Plattformen niemals gebaut.

MacAdam hatte Jonnie informiert, daß ein paar der Reserveplaneten der Intergalaktischen Rohstoff-Company eine Belastung des Marktes darstellten, obwohl sie bewohnbar, nur derzeit unbewohnt seien. Daraufhin entsandte Jonnie einige Selachees, die bei ihm angestellt waren, als Sonderkuriere zu den damaligen Delegierten, um diese insgeheim auf verschiedene Planetengruppen in der Liste hinzuweisen. Die Delegierten stiegen prompt in das Geschäft ein und boten die Planeten schleunigst auf dem Immobilienmarkt an mit dem Werbeslogan: »Idyllisches Wohnen in einmalig ruhiger planetarischer Randlage!« Und sie scheffelten damit noch mehr Reichtümer für sich und ihre Freunde. Alle schworen auf Jonnie-Frieden gehörte zu den gewinnträchtigsten Entdeckungen, die jemals gemacht wurden!

Die einzige unerfreuliche Nachricht, die Jonnie in jener Zeit erhielt, stammte aus seiner Vermögensverwaltung. Zu dieser Abteilung, die über seine Einkünfte Buch führte, zählten mittlerweile zweihundert Selachees. Sie berichteten ihm, die irdische Niederlassung der Baugesellschaft steckte als einzige seiner Firmen noch in den roten Zahlen, alle übrigen erwirtschafteten Gewinne. Er werde mal ein ernstes Wort mit dem Generaldirektor sprechen, entgegnete Jonnie. Und dabei stellte er dann fest, daß die Baugesellschaft jetzt zweihunderttausend weitere chatovarianische Arbeiter auf der Lohnliste stehen hatte. Der Generaldirektor begründete das damit, daß sie nicht nur die niedergebrannten Städte der Erde wiederaufbauten, sondern auch alle übrigen, wofür sie ein auf zweihundert Jahre festgeschriebenes Programm entworfen hätten, das keinerlei Aufschub duldete. Jonnie wies ihn und seine sechs Assistenten darauf hin, daß sie Städte bauten, für die es jetzt und in den nächsten Jahrhunderten keine Bewohner gäbe. Sie sollten sich lieber Gedanken darüber machen, wie sie aus den roten Zahlen herauskommen könnten. Sie versprachen, sich darum zu kümmern.

Dennoch bestand er darauf, daß sie an ihrem Plan festhalten sollten. Nein, sie hatten keinerlei Pläne, die Erde mit Chatovarianern zu besiedeln; sie seien sich klar darüber, daß dies das Ende der Menschheit bedeuten würde. Es sei nur so, daß alle Dinge, die sie in Gang brächten, ganz von selbst eine ungeahnte Schwungkraft entwickelten. Jonnie fand die Sache sowieso nicht sonderlich wichtig und vergaß sie.

Eine Weile danach bekam es Stormalong satt, die neuen Lufttransporter mit Teleportationsmotoren vorzuführen, welche die »Letzte Bastion« an sämtliche Galaxien verkaufte und für die sie ebenfalls Piloten ausbildeten. Er bestürmte Jonnie, ihn einen von den alten Spezialflugkörpern der Company mit Greifarmen ausrüsten zu lassen, um damit zum Mond zu fliegen. Jonnie überredete Stormalong, zunächst ein paar Druckanzüge zu beschaffen und dann drei ebenso verrückte Piloten auszusuchen, mit denen zusammen er vier Spezialflugkörper umrüsten solle, und zwar ordentlich.

Stormalong gab als Grund für sein Vorhaben an, er wollte sehen, ob er nicht noch etwas von jenem schweren Metall finden könne. Seiner Schätzung nach müßten jetzt Schwärme von Meteoriten auf dem Mond aufgeschlagen sein. Sie brauchten insgesamt zwei Monate für die Vorbereitungen sowie Hin- und Rückflug.

Tatsächlich fanden sie Meteoriten mit Spuren von Schwermetall und brachten etwa zweihundert Tonnen Roherz zur Bearbeitung mit. Vor allem hatte Stormalong Verblüffendes zu berichten.

»Da oben gibt's Fußabdrücke«, teilte er Jonnie mit, »und Reifenspuren!«

Dies fiel unter das Kapitel Spurensuche und erregte damit natürlich Jonnies lebhaftes Interesse. Sie erwogen die Möglichkeit, ob ihnen abermals Angreifer drohten. Doch diese Vermutung wurde allgemein als absurd abgetan. Die "Letzte Bastion« verwahrte sich energisch dagegen - ihre Verteidigungsanlagen seien schlechthin unüberwindlich, basta. Dann überlegten sie, ob womöglich während des Krieges eine Zwischenlandung der außerplanetarischen Streitkräfte stattgefunden hatte.

Jonnie wollte nicht wochenlang in einem solchen Spezialflugkörper unterwegs sein und charterte deshalb Dries Glotons Raumkreuzer übers Wochenende, um sich gemeinsam mit Stormalong den Schauplatz näher anzusehen.

Tatsächlich! Fußabdrücke! Radspuren!

Dann erspähte Jonnies scharfes, geübtes Auge eine über und über mit Staub bedeckte Papierhülle, die offenbar jemand weggeworfen hatte. Darauf stand: » *** Care*free*** Zuckerfreies Kaugummi, Pfefferminz, 15 Streifen, Lebensretter GmbH, New York City«. Stormalong dachte, es müsse aus der Apotheke eines vielleicht notgelandeten Flugkörpers stammen, da stehe doch deutlich zu lesen: »Pfefferminz«. Von einem Flugkörper oder Wrackteilen war freilich nirgends etwas zu entdecken. Dries schloß aus dem Wortfetzen »Gummi«, es müsse wohl dafür benutzt worden sein, um Löcher zu stopfen.

Jonnie wollte verhindern, daß die Fußspuren durch ihre eigenen verwischt wurden. Er zeichnete die Abdrücke mit dem Bildrecorder auf, und als er sie zurückverfolgte, stieß er in einem Steinhaufen auf brüchige, verblichene Stoffreste, die von einer Fahne stammen mochten. Und obwohl ihm das Gehen im Zustand fast völliger Schwerelosigkeit Mühe bereitete, streifte er umher und fand einen zweiten Steinhaufen, in dem ebenfalls die bis zur Unkenntlichkeit verblichenen Überreste einer Fahne lagen. Das war alles, was sie entdeckten. Doch Jonnie zeigte ihnen, daß der im Freien liegende Teil der Papierhülle weit mehr verblaßt war als der im Boden vergrabene, und folgerte daraus, daß die Spuren und Steinhaufen hunderte von Jahren alt sein müßten. Also könne man nicht auf eine unmittelbare Gefahr schließen. Mit dieser beruhigenden Feststellung machten sie sich auf den Rückflug.

Und der brachte die eigentliche Entdeckung. Jonnie bewunderte die technische Ausstattung des Leitzentrums, und Dries zeigte ihm daraufhin die ersten Bilder, die er seinerzeit vom Planeten Erde gemacht hatte. Jonnie registrierte, daß die Wolkendecke jetzt viel dichter war.

Er stellte weitere Vergleiche an. Während sie in rasantem Tempo Europa ansteuerten, konnten sie trotzdem noch Nordafrika und den Nahen Osten ausmachen, der leuchtend grün schimmerte. Und mitten in Nordafrika erkannte man ein neues Meer.

Obwohl sie ziemlich spät landeten und es höchste Zeit fürs Dinner war, ging Jonnie geradewegs zum Offizier vom Dienst der »Letzten Bastion« und wollte wissen, ob dieser bestimmte planetarische Veränderungen wahrgenommen habe. Der Offizier bejahte und verwies Jonnie an den Generaldirektor der Baugesellschaft.

»Sie haben doch von uns verlangt, wir sollten Gewinne erwirtschaften«, verteidigte sich der Generaldirektor. »Deshalb haben wir noch ein paar Chatovarianer eingestellt und eine Abteilung Gesundheitsdienst gegründet. Wir fanden es durchaus angemessen, wenn eine Baugesellschaft sich auch konstruktiv um das körperliche Wohl bemüht.«

Jonnie forderte energisch Auskunft darüber, was zum Teufel er denn nun eigentlich gemacht habe. Offenbar war folgendes passiert: In der Sahara gab es in der Dürrezone eine unter dem Meeresspiegel gelegene Stelle, wohin sie mit einem Durchstich das Mittelmeer einströmen ließen, so daß ein neues Meer entstand und für Regen sorgte. Und sie hatten dort unvorstellbar viele Bäume im Schnellverfahren angepflanzt, desgleichen im Nahen Osten, wo sie nicht viel Wasser brauchen würden. Es handelte sich um gute, langsam wachsende Sorten, doch außerordentlich wohlschmeckend. Außerdem hatten sie weitere zahllose Bäume im Mittleren Westen des amerikanischen Kontinents gepflanzt ... ach so, Jonnie kannte diesen Teil nicht? Nun, auf dieser riesigen zentralen Ebene wuchsen früher Bäume, das konnten sie anhand von fossilen Überresten beweisen. Es tut ihm jedenfalls leid, wenn sich dadurch das Klima verändert hatte. Aber das passierte meistens. Im übrigen werde dadurch auch die Luft sauberer.

Jonnie wollte wissen, wie denn bei den aufgewendeten Unsummen und den neu eingestellten Heerscharen von Chatovarianern Gewinn erwirtschaftet werden könne. Daraufhin zeigte ihm der Generaldirektor die Bilanzen, die jetzt nur noch schwarze Zahlen aufwiesen. Sie exportierten nahrhafte Bäume auf chatovarianische Planeten, auf denen Lebensmittelmangel herrschte. Das gab für Jonnie den Ausschlag - er verzieh ihm, gewährte ihm eine Gehaltserhöhung und ging nach Hause zu einem reichlich späten, sonntäglichen Dinner.

Ein anderer erwähnenswerter Zwischenfall ereignete sich etwa um die gleiche Zeit. Jonnie, durch eine Atemmaske für Außerirdische getarnt, besuchte einen Jahrmarkt in Zürich, wo er Pierre Solens erblickte. Der ehemalige Pilot, wie ein Bettler in Lumpen gehüllt, versicherte einer gebannt lauschenden Menschenmenge in einer schwungvollen Rede, er habe mit eigenen Augen gesehen, wie Jonnie Goodboy Tyler auf einer Wolke gewandelt sei, und nicht nur das, o nein, er habe auch noch einen Dämon herausgezaubert und mit ihm ein Duett gesungen. Nach Beendigung dieses Schauermärchens ging er mit einer schäbigen Mütze herum und sammelte bei den Zuhörern milde Gaben. Damit verdiente er sich anscheinend seinen Lebensunterhalt.

Als er bei Jonnie angelangt war, zog dieser die Maske herunter, und Pierre fiel beinahe wieder in Ohnmacht.

Nach Jonnies Meinung reichten die bereits über ihn in Umlauf befindlichen maßlosen Übertreibungen und Lügen vollauf, so daß sich jede weitere erübrigte. Deshalb nötigte er Pierre in einen Flugkörper, brachte ihn geradewegs nach Afrika, ließ ihn in Victoria in eine andere Maschine umsteigen und selber zu dem Gipfel hinauffliegen, wo die Leichen der Psychlos immer noch im Schnee vergraben lagen. Dort mußte er aufsetzen, sich alles genau anschauen, durch die dichte Wolkendecke zurückfliegen und landen. Pierre schaffte es, ohne sich den Hals zu brechen, und Jonnie brachte ihn zurück nach Luxemburg. »Vielen Dank«, sagte Pierre und meinte es auch so. Er übernahm wieder seinen alten Job und wurde mit der Zeit ein brauchbarer Pilot.

Der Zwischenfall, der sich in Edinburgh ereignete, war eher bizarr. Der Sarkophag von Bittie MacLeod war wie durch ein Wunder bei den Bombenangriffen unversehrt geblieben - drei Balken der zusammenstürzenden Kathedrale hatten sich quer darübergelegt und eine Art Schutzdach gebildet. Die Chatovarianer hatten ihn dann in der Krypta der neuen Kathedrale wieder aufgestellt, wo die toten Kriegshelden in einer Reihe ruhten, darunter auch die geborgenen sterblichen Überreste Glencannons.

Als Pattie sechzehn wurde, verlangte sie, in der Krypta mit Bittie MacLeod getraut zu werden. Nichts und niemand konnte sie davon abbringen, und so stand sie denn im weißen Hochzeitskleid neben dem Sarkophag, in der Hand Bitties Medaillon mit der Inschrift »Für Pattie, meine künftige Frau«.

Der Pastor, der darin nichts Gesetzwidriges entdecken konnte, nahm die Trauungszeremonie vor. Danach zog sie Trauerkleidung an und nannte sich Mrs. Pattie MacLeod.

Ihre medizinische Ausbildung setzte sie weiterhin fort und gründete die MacLeod Intergalactic Health Organization. Jonnie finanzierte diese Gesundheitsorganisation, deren Stationen sich in allen Galaxien auf dem Teleportationsterminal befanden und sowohl vor wie nach jedem Transfer passiert werden mußten. Sie sorgten auch für ärztliche Soforthilfe.

Zwei wichtige Ereignisse in Jonnies und Chrissies Leben waren die Geburt eines Jungen und eines Mädchens. Timmie Brave Tyler war seinem Vater wie aus dem Gesicht geschnitten. Und seine zwei Jahre jüngere Schwester Missie glich ihrer Mutter aufs Haar. So war jedenfalls die allgemeine Ansicht.

Als Timmie sechs Jahre alt war, geriet Jonnie plötzlich in Rage. Der Junge werde ganz falsch erzogen, ereiferte er sich. Er hatte jede Menge »Onkels«. Da gab es nicht nur »Onkel« Colonel Iwan, »Onkel« Sir Robert, »Onkel« Dunneldeen, sondern jeder Schotte, der zusammen mit Jonnie in der Goldader gearbeitet oder im Krieg gekämpft hatte, war ebenfalls Timmies »Onkel«. Sie alle verwöhnten das Kind nach Strich und Faden, brachten ihm von überallher Geschenke mit. Aber achteten sie etwa darauf, daß Timmie erzogen wurde, wie es sich gehörte? Kein Gedanke! Er plapperte mehr schlecht als recht in mehreren Sprachen - Russisch, Chinesisch, Chatovarianisch, Psychlo und Englisch. Er konnte Kopfrechnen, wenn er Lust dazu hatte. Und er konnte einen Go-Kart mit Teleportationsmotor steuern, den Angus und Tom Smiley für ihn gebaut hatten. Jonnie jedoch sah sich einer Schreckensvision gegenüber - ein Sohn, der aufwuchs, ohne von den wirklich wichtigen Dingen im Leben auch nur die geringste Ahnung zu haben.

Sein Entschluß war gefaßt. Die Geschäfte liefen hervorragend - sie wurden sowieso größtenteils von anderen erledigt. Er packte ein paar unumgänglich notwendige Dinge zusammen, verfrachtete Timmie, Chrissie, Missie und vier Pferde in einen alten Kampfflugkörper und brauste ab nach Süd-Colorado. Er schaltete sämtliche Telefon- und Funkkontakte im Flugkörper ab, versteckte die Maschine zwischen dichten Bäumen und schlug Zelte auf.

Das ganze nächste Jahr hindurch arbeitete Jonnie unermüdlich mit Timmie, bei Regen und Sonnenschein. Missies wegen brauchte er sich keine Sorgen zu machen, sie half ihrer Mutter, wo sie nur konnte, und lernte Gerben, Kochen und ähnliche nützliche Dinge von der Pike auf. Aber Timmie erforderte seine ganze Aufmerksamkeit.

Anfangs tat sich Jonnie ein wenig schwer, denn der Junge brauchte offensichtlich etwas länger. Doch nach ein paar Monaten konnte er merkbare Fortschritte feststellen. Timmie lernte, Spuren zu verfolgen, verschiedene Tiere zu erspähen und ihre Reaktionen richtig vorauszusehen. Er lernte, Wildpferde zusammenzutreiben, sie zuzureiten, und das ohne Sattel. Er kam gut voran und freute sich darüber. Jonnie brachte ihm bei, Keulen mit beachtlicher Zielgenauigkeit zu werfen, und einmal gelang es ihm sogar, einen Kojoten damit zu erlegen. Jonnie wurde gerade etwas zuversichtlicher im Hinblick auf die Zukunft des Jungen und machte sich an den Fortbildungskurs: Anpirschen von Wölfen und dann von Pumas. Doch bereits am ersten Tag des neuen Lehrganges hörte er Motorengeräusche am nachmittäglichen Himmel. Keine Drohne. Ein Flugkörper, der direkt auf die Rauchwölkchen zusteuerte, die sich über ihrem derzeitigen Zeltplatz kräuselten.

Jonnie und sein Sohn machten sich auf den Rückweg. Jonnie schwante nichts Gutes.

Dunneldeen und Sir Robert ...

Timmie stürmte wie ein Wirbelwind auf die beiden zu und kreischte vor Begeisterung: »Onkel Dunneldeen! Onkel Robert!«

Chrissie verzog sich diskret, um das Abendessen vorzubereiten. Doch die beiden hatten es anscheinend nicht eilig, zur Sache zu kommen. Es wurde dunkel, und alle hockten nun rund um das Lagerfeuer und sangen schottische Lieder. Dann wollte Timmie unbedingt zeigen, daß er den Fling, den schottischen Tanz aus dem Hochland, nicht vergessen hatte, und führte ihn vor, wie er ihn von Thor gelernt hatte.

Nachdem Chrissie und die Kinder zu Bett gegangen waren, rückte Dunneldeen endlich mit der völlig überflüssigen Feststellung heraus: »Vermutlich wollen Sie wissen, warum wir hier sind.«

»Was habt ihr für Hiobsbotschaften?« fragte Jonnie.

»Keine Rede davon«, brummte Sir Robert. »Wir haben sechzehn Universen, die wie Pech und Schwefel zusammenhalten. Woher also schlechte Nachrichten?«

»Ein ganzes Jahr und keine einzige Panne«, bemerkte Dunneldeen.

»Ihr beide seid doch aus einem bestimmten Grund hier«, meinte Jonnie mißtrauisch.

»Na ja, wenn man sich's genau überlegt, stimmt's schon«, gab Dunneldeen zu. »Vor einigen Jahren haben Sie eine Rundreise zu sämtlichen Stämmen der Erde gemacht. Es wurde nun vorgeschlagen, Sie sollten den wichtigsten Zivilisationen der Galaxien ebenfalls einen Besuch abstatten. Zahlreiche Regierungen möchten Ihnen Orden und Ehrenzeichen und was weiß ich was noch verleihen als Dank und Anerkennung dafür, daß es überall diese stürmische Aufwärtsentwicklung gegeben hat.«

Jonnie reagierte darauf sehr verärgert. »Ich habe Ihnen doch gesagt, daß ich ein Jahr Urlaub nehme! Ist Ihnen denn nicht klar, daß ich familiäre Verpflichtungen habe? Was für ein Vater wäre ich wohl, wenn ich meinen Sohn wie einen gebildeten Wilden aufwachsen ließe?« Er las ihnen tüchtig die Leviten.

Dunneldeen hörte geduldig zu, bis Jonnie seinem Herzen Luft gemacht hatte, und fing dann laut zu lachen an. »Wir haben uns gedacht, daß Sie das sagen würden, und deshalb haben wir Thor an Ihrer Stelle losgeschickt.«

Nachdem Jonnie diese Mitteilung verdaut hatte, fragte er: »Wenn Sie sowieso schon alles geregelt hatten, warum sind Sie dann überhaupt hergekommen?«

Sir Robert sah ihn durchdringend an. »Ihr Jahr ist um, mein Junge. Ist es Ihnen eigentlich nie in den Sinn gekommen, daß Ihre Freunde Sie vermissen?«

Also kehrte Jonnie nach Hause zurück. Und Timmie erlernte fünfzehn Sprachen fließend, fünf verschiedene mathematische Systeme, er lernte, ein Landfahrzeug so zu steuern wie Ker, mit jedem Modell, das Jonnies Firma herstellte, auf jeden Planeten zu fliegen, auch mit Dries Glotons neuem Raumkreuzer - all das beherrschte er perfekt, seine Erziehung aber wurde nie abgeschlossen. Das war vermutlich der einzige Fehlschlag in Jonnie Goodboy Tylers Leben.

Doktor MacDermott, der sich selber für entbehrlich hielt, lebte noch viele, viele Jahre.

Er schrieb ein Buch mit dem Titel »Jonnie Goodboy Tyler, wie ich ihn kannte«. Der Untertitel lautete: »Der Sieger über Psychlo, der Stolz der schottischen Nation«. Es erhob keinen literarischen Anspruch, sondern war für ein breites Publikum gedacht, aber es enthielt dreidimensionale bewegliche Farbabbildungen - er hatte Zugang zu mehreren Archiven, und die Erstauflage mit zweihundertfünfzig Milliarden Exemplaren war binnen kurzem vergriffen. Es wurde in achtundneunzigtausend verschiedene galaktische Sprachen übersetzt und immer wieder nachgedruckt.

MacDermott erhielt Tantiemen, die seine einfachen Bedürfnisse so weit überstiegen, daß er das Tyler-Museum gründete. Es ist das Gebäude mit der goldenen Kuppel, das man als erstes erblickt, wenn man den Terminal von Denver durch den Ausgang der MacLeod Intergalactic Health Organization verläßt.

Nicht lange nach seiner Rückkehr aus Amerika verschwand Jonnie. Seine Familie und seine Freunde machten sich große Sorgen. Andererseits wußten sie sehr wohl, wie er Schmeicheleien verabscheute und wie sehr es ihm zuwider war, daß er kaum einen Schritt tun konnte, ohne einen Volksauflauf zu verursachen. Er hatte bemerkt, daß er jetzt nicht gebraucht wurde und sein Werk getan hatte. Ein Lederbeutel, zwei Keulen und ein Messer fehlten. Der Drachenhelm und die Jacke mit den funkelnden Knöpfen waren noch an dem Haken, an den er sie zuletzt gehängt hatte.

Doch die Bewohner der Galaxien wissen nicht, daß er verschwunden ist. Fragt man auf irgendeinem beliebigen zivilisierten Planeten nach ihm, wird man höchstwahrscheinlich zur Antwort bekommen, er sei hier, ganz in der Nähe, hinter jenem Hügel. Dort halte er sich bereit für den Fall, daß die Lords oder die Psychlos zurückkämen. Probieren Sie's nur. Sie werden sehen, daß man Ihnen sogar den Weg weist.

# Über den Autor

Im Jahre 1911 als Sohn eines amerikanischen Marineoffiziers geboren, wuchs der legendäre L. Ron Hubbard im weiten amerikanischen Westen auf und wurde früh mit der Wildnis vertraut, bevor er zur See ging. Die Cowboys, Indianer und die Berge von Montana bildeten einen Gegensatz zur offenen See und den zahlreichen Tempeln des Orients, die Herr Hubbard als Teenager im Fernen Osten bereiste. Mit neunzehn hatte er bereits eine Viertelmillion Seemeilen und Tausende von Kilometern auf Land zurückgelegt, während er seine Erfahrungen in Tagebüchern aufzeichnete und als Ideen für Geschichten verwendete.

Als Herr Hubbard in die Vereinigten Staaten zurückkehrte, brachten ihn seine unersättliche Neugier und Abenteuerlust dazu, es als Sportpilot zu versuchen. Er hatte bald den Ruf eines verwegenen Könners, bevor er sich wieder der See zuwandte. Diesmal waren es Viermast-Schoner und Reisen in die Karibik, in denen er Erfahrungen sammelte, die ihm später an der Schreibmaschine dienlich waren. Von seinen Reisen angeregt schrieb er eine erstaunliche Palette von Geschichten, angefangen von Abenteuer und Western bis hin zu Mystik und Detektivgeschichten.

Im Jahre 1938 war L. Ron Hubbard bereits etabliert und als einer der erfolgreichsten Autoren anerkannt, als ein großes neues Magazin - das »Astounding Science-fiction« des Street and Smith Verlages nämlich - nach »frischem Blut« verlangte. Man drängte ihn dazu, es mit Science-fiction zu versuchen. Er protestierte und meinte, daß er nicht über »Roboter und Maschinen« schreiben würde, sondern über Menschen. »Das ist genau das, was wir wollen«, bekam er als Antwort.

Das Ergebnis war eine Fülle von Romanen und Kurzgeschichten von Herrn Hubbard, die die Literaturgattung Science-fiction als solche erweiterte und dem Genre zu einem anderen Ansehen verhalf. L. Ron Hubbard wurde dadurch zusammen mit Robert A. Heinlein als einer der »Väter« des goldenen Zeitalters der Science-fiction bekannt.

Früher wie heute war dies Anlaß zu kritischen Vergleichen mit dem Besten von H. G. Wells und Edgar Allan Poe. Gleichzeitig bedeutete L. Ron Hubbards erstaunliche und fortwährende Kreativität über den Zeitraum eines halben Jahrhunderts ein wahres Phänomen im Verlagswesen. Von seinen über hundert Romanen und mehr als zweihundert Kurzgeschichten, wurden in über 12 Sprachen mehr als 23 Millionen Exemplare verkauft.

Aber vielleicht am wichtigsten mag sein, daß im Laufe der Zeit L. Ron Hubbards Werk und Stil immer weitere Verbesserung erfuhr - bis hin zu meisterhaften Verhältnissen. Sein Riesenerfolg »Kampf um die Erde« von 1982, mit dem er 50 Jahre professionelle schriftstellerische Tätigkeit feierte, wurde sehr schnell ein internationaler Bestseller und erhielt überall in der Welt überschwengliche Kritiken. Der erste Band der deutschen Ausgabe, »Menschheit in Gefahr", wurde 1987 von der Zeitschrift »Zauberzeit« zu einem der beliebtesten Science-fiction-Romane des Jahres gewählt.

Aber sein schließlich größtes Werk sollte noch kommen. Nachdem er »Kampf um die Erde« fertiggestellt hatte, setzte sich L. Ron Hubbard hin und tat, was sich wenige Schriftsteller auch nur zu träumen wagten - geschweige denn erreichten. Er schrieb das zehn-bändige Werk »MISSION ERDE«, das Raumfahrt, Abenteuer und gesellschaftskritische Satire miteinander verbindet, und eroberte damit augenblicklich die großen Bestsellerlisten auf dem englischsprachigen Markt. Jetzt wird es in alle wichtigen Sprachen übersetzt.

Mit dem fertiggestellten Manuskript in den Händen des Verlags und all seiner anderen Arbeit getan, verließ L. Ron Hubbard am 24. Januar 1986 seinen Körper. Er hinterließ ein zeitloses Vermächtnis von unvergleichlicher Erzählkunst für Sie, den Leser. Mögen Sie sich daran erfreuen, so wie es andere Leser immer wieder im Verlaufe des letzten halben Jahrhunderts getan haben.

Wir, der Verlag, sind stolz darauf, Sie mit »Kampf um die Erde« bekannt machen zu können, einem weiteren Meilenstein in der fabelhaften Karriere, die L. Ron Hubbard zu einem der beliebtesten und einflußreichsten Autoren des zwanzigsten Jahrhunderts gemacht hat.

*"Ich freue mich immer, von meinen Lesern zu hören."*

L. Ron Hubbard

Dies waren die Worte L. Ron Hubbards, der zu allen Zeiten sehr daran interessiert war, von seinen Freunden und Lesern zu hören. Er machte es sich zur Regel, mit allen, die er im Lauf seiner fünfzigjährigen Karriere als professioneller Schriftsteller kennenlernte, in Kommunikation zu bleiben, und korrespondierte mit Tausenden von Fans und Freunden in aller Welt.

Der Verleger der literarischen Werke L. Ron Hubbards wünscht diese Tradition fortzusetzen, und Briefe und Kommentare von Ihnen, seinen Lesern, sowohl von alten als auch neuen, sind immer sehr willkommen.

Jede an den Direktor für Autorenangelegenheiten in NEW ERA Publications gerichtete Zuschrift erhält prompte und volle Aufmerksamkeit.

NEW ERA Publications
Deutschland GmbH
Bahnhofstraße 40
D-21629 Neu Wulmstorf